德富健次郎著
自然と人生
塩井雨江
武島羽衣
大町桂月
合作
美文韻文
花紅葉
出征将士と銃後
軍人手紙文範
田山花袋著
東京博文館蔵版
徳田秋聲著
小説の作り方
小説の作り方を實際的に説くと共に一般の藝術創作上の用意を根本的に究めたる書創作に志す人の入門書也
新潮社出版
書翰文講話及文範
通俗文學全書
第貳編
新體詩學
全
大和田建樹著
東京
博文館蔵版
現代童謡講話
新しき童謡の
内田節堂著
新女子道
全國高等小學生徒
作文集
全
小説の作り方
清川彰
戦時女性文
生田花世著
JN195489

文体史零年《ゼロ》

文例集が映す近代文学のスタイル

国文学研究資料館 編
National Institute of Japanese Literature

On Stylistics
Exempla and Modern Japanese Literature

Bungaku-Report Co., Ltd.
文学通信

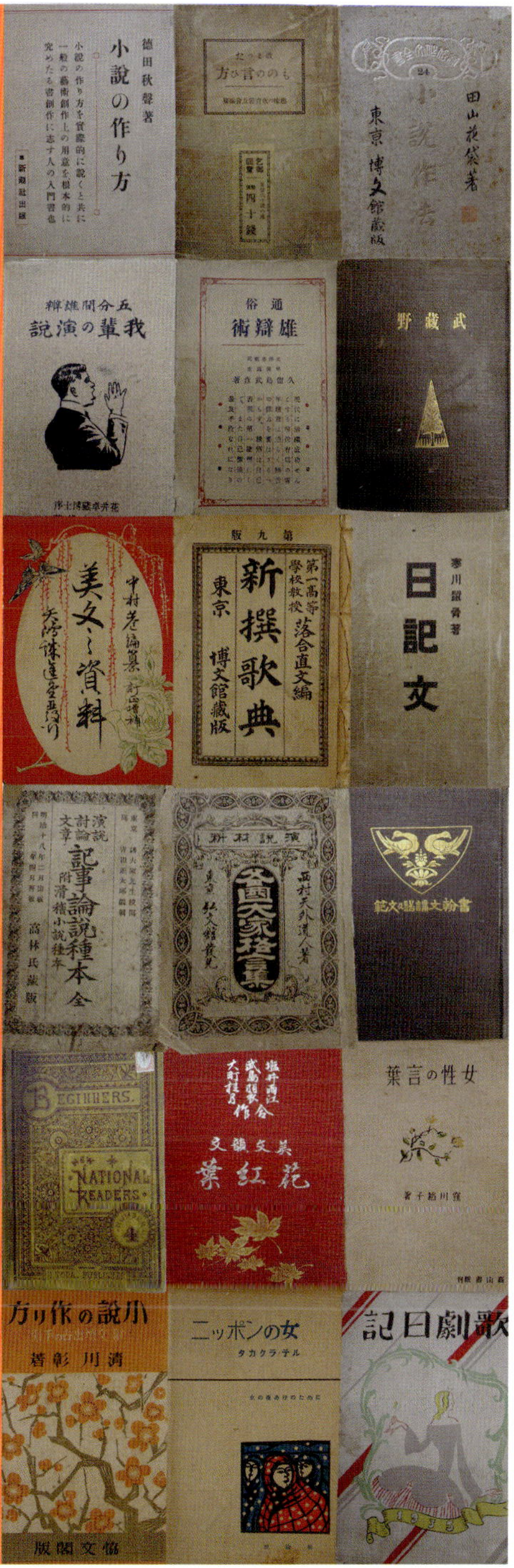

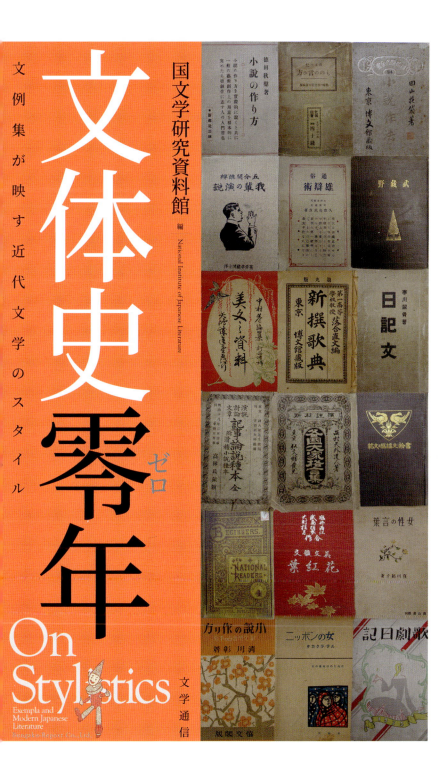

大町桂月《おおまちけいげつ》・武島羽衣《たけしまはごろも》・塩井雨江《しおいうこう》『美文韻文《びぶんいんぶん》 花紅葉《はなもみじ》』（博文館、一八九六（明治二九）年初版、一九一八（大正七）年四五版）

「美文」は明治三〇年代に大流行した文章スタイル。和漢の古典とともに西洋文学の語彙や措辞をも縦横に織りまぜ、各ジャンルのルールにとらわれずに書くモダンな文体である。本書は雑誌「帝国文学」に拠る三人の文学者の文と詩歌をあつめ、美文の流行を決定づけた一書。夏目漱石の文体との交渉も北川扶生子による詳細な論がある。羽衣と雨江の詩と散文もさることながら、本書の面目は冒頭の「木太刀」にはじまり、哀切な悲劇をみじかい章に仕立てる大町桂月の散文にあると言えよう。

本書は大正期まで読みつがれた（写真は一九一五年第四〇版）。桂月は島根に中学教師として赴任した際、学生がみな『花紅葉』と続刊『黄菊白菊《きぎくしらぎく》』の「二書の文体にかぶれ」ていることに驚き「これ天下の学生を誤る」と感じ普通文に力を傾けたという（『半生の文章』）。しかし後に桂月が出版した『時代青年文集』一・二篇における無名青年の文章と、『花紅葉』には実は通底するところがある。古典語であれ口語であれ、文章を書きはじめたばかりの青年男女にも美しい文章は可能だと鼓舞する書物である。

（多田蔵人）

大和田建樹《おおわだたけき》『散文韻文《さんぶんいんぶん》 雪月花《せつげっか》』（博文館、一八九七（明治三十）年初版、一九二二年四九版）

本資料には、自序にて次のように記されている。

此巻はじめより心して撰び集めたるものにはあらず。たゞ事にふれ折にふれて書きすさびたるまゝなり。

この序文に「心して撰」んだものではないとあり、列挙されている散文や韻文はその内容や分量が多岐にわたっている。目次を繙けば、「ふるさと日記」「故郷の山（歌）」「親なくて（歌）」「忘れぬ影」のように、「（歌）」と題名の末尾に示されるものとそうでないものとに大別される。

「（歌）」と記されない文章には「ふるさと日記」のように紀行文といってよい旅程が細かく書き込まれた文章もあれば、「悪戯」のようにたった二行で情景のスケッチのような文章もある。そしてその文章の中にも五・七・五・七・七による詩歌が挿入されている。さらに「（歌）」と付されていないながらも「短歌十二首」と題され短歌がおさめられたものや、「（歌）」と付されたものも字数が統一されているわけではないなど、角書にある「散文韻文」は明確に区別されて整理されている様子はない。まさしく雪月花のように自然美を中心に情景を切り取った文章たちをさまざま編んだ文範書である。

（湯本優希）

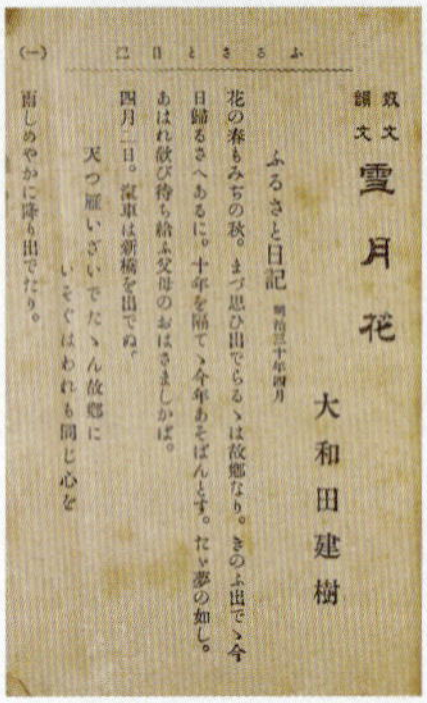
散文韻文 雪月花

大和田建樹

ふるさと日記 明治三十年四月

花の春もみちの秋。まづ思ひ出でらるゝは故郷なり。きのふ出でゝ今日帰るさへあるに。十年を隔てゝ今年あそばんとす。たゞ夢の如し。あはれ歓び待ち給ふ父母のおはさましかば。

四月二日。汽車は新橋を出でぬ。

天つ雁いざいでたゝん故郷に
いそぐはわれも同じ心を

雨しめやかに降り出でたり。

ふるさと日記 (一)

山田美妙《やまだびみょう》編『美人詞林衣香扇影《いこうせんえい》』（青木嵩山堂、一八九九（明治三二）年初版）

「衣香扇影」は貴婦人たちの優雅な会合の様を意味し、「美人」にゆかりある詩文や詩歌を集めたもの。漢詩文・和歌が中心で、漢詩は和文に訳されている。美妙によれば、子供の頃から書き抜いてきたもので、折につけて読み返し、また門人などに写しとらせていたものを、嵩山堂主人《すうざんどうしゅじん》こと青木恒三郎《あおきつねさぶろう》が知り、珍しいものとして出版するに至ったという。そのなかには『唐詩選』『三体詩』の艶なる詩を多く含んでいたが、ありふれていると判断し採用しなかったとある。美妙は、こうした詩歌を熟読暗記することが、いかに作詩・作歌に効果的かという実践経験を語っている。また、少年時代の文章修行を回想しており、友人・尾崎紅葉の熱心は非常で、人の知らない「名什」を写し、互いに見せ合ったというエピソードを紹介している。

本書巻末には「添削代作に就て」という告知文があり、美妙が「韻文散文の添削代作」を広く請け負うとある。前月に同じ出版社から刊行した美妙著『韻文散文美文活法《びぶんかっぽう》』（明治32年）と連動した企画になっていたようだ。この書の韻文編にも「美人」の項目があり、こちらは実作用に、応用吟題・用語例・活用例が豊富に盛り込まれている。

（馬場美佳）

徳富健次郎《とくとみけんじろう》『自然《しぜん》と人生《じんせい》』（民友社、一九〇〇（明治三三）年初版、一九二一年二五四版）

多くの明治人に親しまれた文集。西南戦争に材をとった歴史小説「灰燼《かいじん》」、自然を描く短文集「自然に対する五分時」「写生帖」「湘南雑筆」、評論「風景画家コロオ」の五部に分かれる。「眼に見耳に聞き心に感じ手に従つて直写したる自然及人生の写生帖の其幾葉を公にしたるもの」「自然を主とし、人間を客とせる、小品の記文、短編の小説、無慮百編を一巻に収む」と著者が広告文で述べるように、自然を描く短文が中心。「富士は今睡《ねむ》より醒めんとすなり。／今醒めぬ。見よ、嶺の東の一角、薔薇色になりしを。」（「此頃の富士の曙」）のように、刻々と変わる自然の詳細な観察結果を簡潔清新な漢文調で報告し、名文として多くの文例集に収録された。美文・写生文運動と併行しつつ、国木田独歩『武蔵野』（一九〇一年）につながる作品のひとつで、大岡昇平はこうした文章について「原稿用紙二、三枚の短文で、措辞が整い、音読して耳に快く、美しいのが理想」「自然描写が主」で自分たちの世代では中学校教科書の多くを占めていたと証言している。

【参考文献】大岡昇平『小説家夏目漱石』（筑摩書房、一九九二年）

（北川扶生子）

日本文章学院《にほんぶんしょうがくいん》『通俗《つうぞく》 新文章問答《しんぶんしょうもんどう》』（一九一三（大正二）年初版）

「文章」「創作」「人」「文学」「書」の五章構成、「〜とは何ぞ」という問いに対する回答が列挙された問答集である。第一章こそ文章全般の話題であるが、第二章以降の問答は文学関係のものが主で、小説作法書とも言える（読書指南にあたる「書」の項目でも、推薦図書の殆どが文学書である）。このような書物からは、当時、文学技法として何が重んじられていたのかが窺える。「創作」の半分程度が、描写に関連する問答で占められているのも自然主義的な「描写の時代」（和田勤吾）を感じさせる。「人」の章は文学者・文章家に対する同時代評として読める。「文学」の章では海外文学史にも触れられており、日本文章学院が発行していた『近代文学講義録』の副産物だろう（実際、講義録の購読を奨めるような記述もある）。付録として名作の著作年表の他、文士の出身地や年齢表が掲げられているのが面白い。後の『文章倶楽部《ぶんしょうくらぶ》』で本格化される作家のアイドル扱いが、既にここで片鱗を見せている。様々な点で、新潮社の文芸出版にまつわる戦略と、力の入れ具合が窺える書物である。

（山本歩）

相馬御風《そうまぎょふう》『新描写辞典』（新潮社、一九一五（大正四）年初版、一九一七年第四版）

刊行翌年の四月『学生』第七巻第四号「新刊紹介」欄に「此の類の著述は随分数多くある」が「真に纏《まと》まつて作文の士の為めになる実用的」な書が少ない中、『新描写辞典』は現代作家の作中から用例を選び、季節、花と草と木と、光と影と、天象のさま〴〵、地象のさま〴〵、海岸、田園と都市、動物描写、人物描写、心理描写等の項目を立て、分類しており、実用的価値があるとの評価が示されている。

前田河広一郎《まえだこうひろいちろう》『青春の自画像—遊びは学問なり』（理論社、一九五八）には渡米中、英文ではなく「日本語の稽古」をしようと思い立ち、注文した書物の中に『新描写辞典』があったと記されている。一九一七年のことであった。

福岡県在住の日本文章学院の生徒が「天象のさま〴〵」「雲、霧—其他」の項には谷崎純一郎「悪魔」（『中央公論』第二七年第二号、一九一二）、「人物描写（1）」「肉体」の項では夏目漱石「坊っちゃん」（『ホトトギス』第九巻第七号「附録」、一九〇六）からというように文例を書き入れた書も現存している。読者が自ら文例集に用例を加えていくこともあったのである。

（高野純子）

友納友次郎《とものうともじろう》『文話文例　少女模範文』（大日本雄辯會講談社、一九三三年（昭和八）初版、一九三五年第四二版使用）

『少女倶楽部』に掲載された綴方や作文のなかから優れたものを集めた文例集。著者の友納友次郎は、『少女倶楽部』の選者を務めていた人物である。

全三六章から成り、各章の冒頭に友納による解説が置かれている。「綴方つて何でせう」にはじまり、書簡文や年賀状等の書き方を挟みつつ、「推敲といふこと」「描写といふこと（一）～（二）」「描写と説明」などの方法論を冠した章が並び、各章に文例と寸評が付されている。ただし、各章の解説では、「本当の綴方は、みなさんの心のうちを偽らず飾らず、ありのまゝに打ち明けて文を綴ることなのです」（第一章）、「わざとらしい考を捨て、あるがまゝに自己を表現して、生々溌剌、純真神の如きたふとい姿を紙の上に描き出して下さい」（第七章）と繰り返し述べられ、寸評においても技巧性を排した素朴な表現が評価される傾向にあり、具体的な方法論の指南は少ない。「描写といふこと」では、徳富蘆花《とくとみろか》、田山花袋《たやまかたい》、小川未明《おがわみめい》、近松秋江《ちかまつしゅうこう》らの文章が引用され、「味はつて読んでごらん」（第二十三章）と助言が付されている。

（倉田容子）

水野葉舟《みずのようしゅう》『代表的の美文』（アルス、一九一七（大正六）年初版、二六二頁）

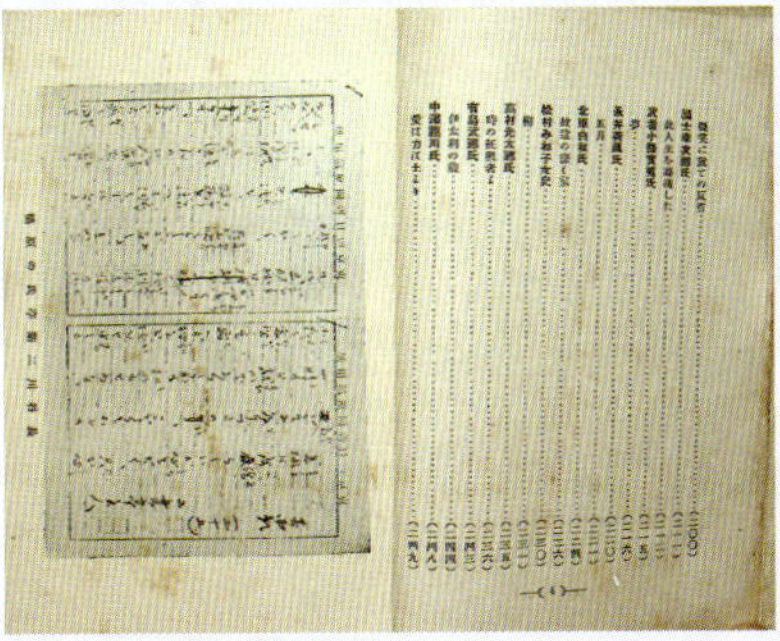

「アルス作例叢書」の一篇として編まれたもので、水野葉舟はほかに同シリーズから『模範の日記文』（一九一七）も刊行している。構成としては、葉舟自身による「文話」と諸小説家の散文を集めた「作例二十八篇」からなる。その編集方針は、「なる可く諸家の文集に収められて居ないもので、面白いと思はれるものを選んだ」（「序」）とされており、たとえば中村星湖《なかむらせいこ》が三《み》富朽葉《とみきゆうよう》の死に向けた弔辞（「悲しき濤聲《とうせい》」）や詩集『太陽の子』の序文（福士幸次郎《ふくしこうじろう》「此人生を凝視した」）など小説に限定されない。むしろ「氏の作の中でも、必ずしもすぐれたものではなかつた」としつつ、山水論の一例として田山花袋「京都とその郊外」を選んだと述べているように、さまざまなジャンルの文章を見せることにウェイトが置かれていた。また、「序」の終わりには「作例を読まれる前に是非、文話を一読されることを希望する」とあるが、この「文話」では一貫して作者のことをよく知ろうとする心構えを持ちつつ、その文章に向き合うことの重要性が説かれている。

（栗原悠）

『近代文学』同人編『戦後批評集』（双葉社、一九四九（昭和二四）年三月）

『近代文学』同人の批評集。本書の初めに置かれている本多《ほんだ》秋五《しゅうご》「芸術 歴史 人間」には「前期社会運動の時代に思想感情の根本を養はれ、まさに世に立たうとする時にあつて運動の挫折を経験し、以後社会の水面下に潜勢力として蟄伏してゐた人々」が敗戦後に「三〇年代使命説」を唱え始めたとある（二四頁）。その筆頭は荒正人《あらまさひと》であり、本多の批評の次に配された「第二の青春」でその内容が語られている。

本書に収録された批評の書き手は一九〇六年から一九一九年の間の生まれであり、敗戦直後における三十代が主である。彼らは世代のみならず、言葉やテーマも共有している。例えば、「第二の青春」に「肉体と思想の使ひ分けは、かれ自身の芸術的自殺を意味する」（三六頁）とあるかと思えば、次の佐々木基一《ささききいち》「実感文学論」の冒頭には「肉体と思想とはいかにして統一され得るか」（四五頁）とあり、テーマの連続性に驚かされる。これは一例に過ぎず、本書に収められた批評は、マルクス主義、芸術至上主義、ヒューマニズム、ニヒリズム、西洋文学、プロレタリア文学、インテリゲンチャなど、言葉やテーマを共有しているがゆえに、ゆるやかな呼応関係の網の目を形成しているのである。

（杉山雄大）

芳賀矢一《はがやいち》・杉谷代水《すぎたにだいすい》『書簡文講話《しよかんぶんこうわ》及文範《およびぶんぱん》』上下（冨山房、一九一六（大正五）年縮刷初版）

大正期に広く読まれた書簡文例集の一。一九一三年刊、一九一六年縮刷版が刊行。写真は一九一七年縮刷第一四版。芳賀矢一と杉谷代水が前著『作文講話及文範』の形式を踏襲しつつ、手紙の書き方や心構えを説く「講話」、用語集と書例である「便覧」（以上上巻）、実例を示す「文範」（下巻）の三部構成で書簡文作法を教授した本。「講話」と「文範」に挙がる書簡実例は杉谷代水が「古今の書翰文」と「西洋のレター、ライター」からも例を拾い、さらに芳賀がドイツの書簡作法書（Briefsteller か）を参看し集めたという。「講話」は「実用的の手紙」と「文学的の手紙」を分けてそれぞれの書き方を示し、口語文を他の文体に混淆させてはならないと説く。西洋の手紙作法は主に口語文の参考例として挙がる。

中野重治《なかのしげはる》は、獄中で読んだ本書と『作文講話及文範』を激賞した（『わが読書案内』）。中野は伊藤博文《いとうひろぶみ》などの政治家と国木田独歩《くにきだどっぽ》や正岡子規《まさおかしき》、尾崎紅葉《おざきこうよう》の書簡を「洋文」「独文」の書簡と並べて引用しつつ、自然主義以降の新しい「文範」から文体を少し引き戻した本に触れていたわけである。

（多田蔵人）

土居光華編『〈偶評《ぐうひょう》〉今体名家文抄《きんたいめいかぶんしょう》』（一八七七〈明治十〉年）

幕末から明治初期に発表された、政治、経済、学術関係の今体文《きんたいぶん》（漢文訓読調の文語文）の文章五十一篇を集めたアンソロジー。本書はきわめて好評で、刊行後半年を経ないうちに約一万五百部が売れ、本書を模倣した無数の文集が刊行されたと言う（『〈偶評〉欧米大家所見集《おうべいたいかしょけんしゅう》』自序、明治十一年〈一八七八〉）。その後、続編の『〈偶評〉今体続名家文抄《きんたいぞくめいかぶんしょう》』（明治十年〈一八七七〉）や『〈偶評〉今体名家《きんたいめいか》文抄《ぶんしょう》 拾遺《しゅうい》』（明治十一年）が出版された。本編、続編、拾遺合わせての収録作品の筆者は、福沢諭吉《ふくざわゆきち》と中村正直《なかむらまさなお》が、各二十篇前後と突出して多い。他に明六社の学者の名もしばしば見えるが、木戸孝允《きどたかよし》、伊藤博文《いとうひろぶみ》、大久保利通《おおくぼとしみち》、大隈重信《おおくましげのぶ》らの政治家のものも、一定数収録されている。本書が特に人々に好まれた理由は、こうした収録作品のバランスの良さに加え、編者の土居の評の面白さであろう。彼は、文章構造における工夫や表現における中国古典との結びつきを的確に指摘し、時に自身の思想信条を開陳して収録文章を批判するなど、読者を飽きさせない。土居は、森田節斎《もりたせっさい》に学び、一時『東京曙新聞』の編纂に従事したが、後に東京府に勤務した。

（合山林太郎）

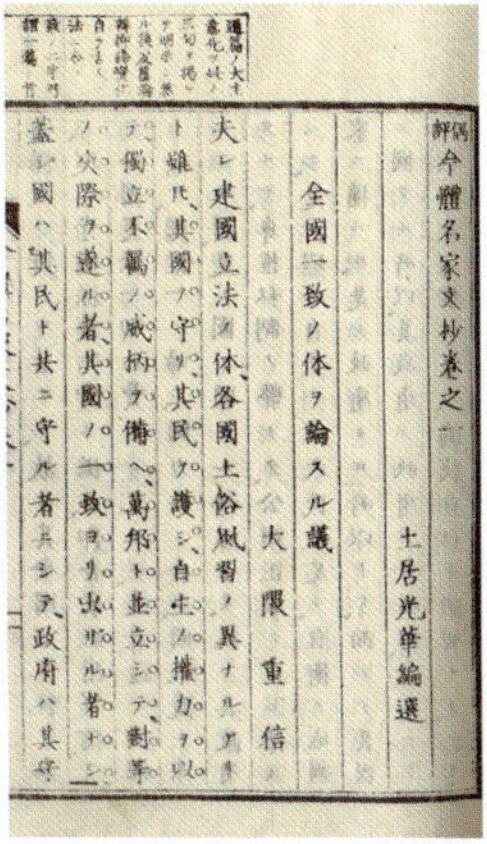
偶評今體名家文抄巻之一
土居光華編選
全國一致ノ体ヲ論スル議　大隈重信
夫レ建國立法ノ体各國土俗風習ノ異ナル
ト雖氏其國ヲ守リ其民ヲ護シ自主ノ権力ヲ以
テ獨立不羈ノ威柄ヲ備ヘ萬邦ト並立シテ對峙
ノ交際ヲ遂ル者其國ノ一致ヨリ出ザル者ナシ
蓋シ國ハ其民ト共ニ守ル者ニシテ政府ハ其守

上原三川《うえはらさんせん》・直野碧玲瓏《なおのへきれいろう》編、正岡子規閲『新俳句』（民友社、一八九八〈明治三一〉年三月初版）

正岡子規ら日本派の第一句集。該派の句は子規選の『俳句二葉集　春の部』（新聞『小日本』附録、一八九四・五）や稿本『なじみ集』（一八九五頃）にもまとめられるが、単行本としては本書が初。「俗宗匠輩、月並者流の製作を含まず」（子規「『新俳句』のはじめに題す」）という自負のもと、新聞『日本』や『国民新聞』、雑誌『日本人』から収集した六〇〇名以上の句、約四八五〇句を収録する。四季題別で、各季はさらに上、中、下、雑、詞書《ことばがき》の部に分かれる。子規が明治の新風として注目した「屠蘇《とそ》臭くして酒に若かざる憤り　虚子」や「赤い椿白い椿と落ちにけり　碧梧桐」をはじめ、石井露月や佐藤紅緑、夏目漱石らの句が並び、日本派始発期の様相が窺える。巻末には、禅僧天田愚庵《あまだぐあん》の居所を詠んだ句群「愚庵十二勝」を付す。

なお、本書に続く日本派の句集に『春夏秋冬』がある。春の部（ほとゝぎす発行所、一九〇一・五）は子規の選で、夏、秋、冬の部（俳書堂、一九〇二・六～一九〇三・二）は虚子と碧梧桐の共選。一八九七年以降の句が中心で、『新俳句』から進んだ「蕪村調成功の時期」（子規「春夏秋冬　序」）を体現する句集と位置づけられる。

（田部知季）

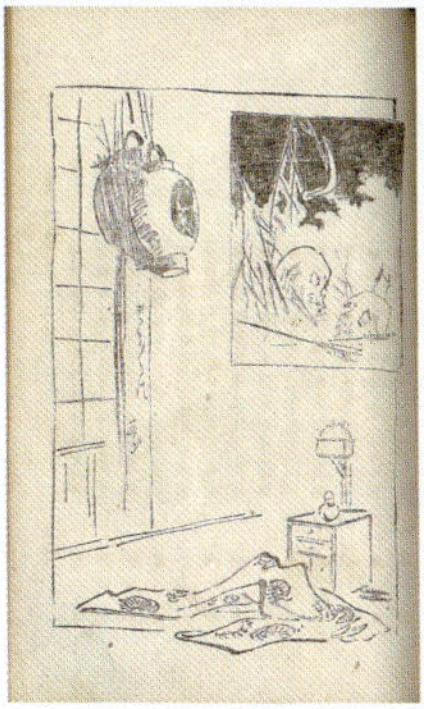

『寸紅集《すんこうしゅう》』（ほととぎす発行所、一九〇〇（明治三三）年初版）

『寸紅集』には、『ホトトギス』の第二巻第二号（一八九八年一一月）から第三号第十二号（一九〇〇年九月）までの期間に募集された同人内外の文章が収録されている。募集課題は、最初は「山といふ者につきての観念、連想、といふ者につきての形容、記事、」というものだったのが、「夢といふ者につきての観念、といふ者につきての事実、」というように変わり、途中からは「恋といふものにつきて」というように簡略化された。ここに収められた文章の文体は、漢文から英文まで様々であり、文章カタログの体をなしている。その並べ方にも工夫が凝らされており、長いものから短いものへと階段状に並べられている。その調整のために初出時と順番が入れ替えられたところもある。「蝶」の題における「編輯子」による一文は「諸君の稿中にありし蝶の種類は、江を渡る蝶、船中の蝶、書斎に放ちたる蝶、花売の荷に取りつく蝶、（…）三千の宮女に各花を挿さしめてどれにとまるかと玄宗の放ちし蝶」と種々の蝶を列挙しており、この文集の性格を象徴している。キャッチコピーは「寸鉄殺人的文字」（『写生文集』俳書堂、一九〇三年、巻末広告）。

（都田康仁）

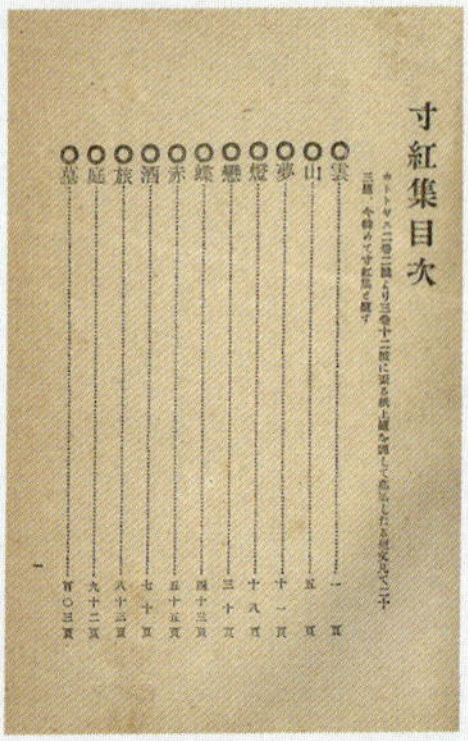

佐々木弘綱《ささきひろつな》編『詠歌自在《えいかじざい》』（柳瀬喜兵衛、一八八五（明治一八）年初版）

有賀長伯《ありがちょうはく》『和歌麓《わかふもと》の塵《ちり》』などの先例がある詞寄《ことばよせ》の体裁の書物で、上下巻の版本。佐佐木信綱《のぶつな》の父・弘綱の主著として回想される著作である。歌題ごとに例歌を示し、さらに初句～結句ごとに五音・七音の詩句例を列挙する。例歌の作者は近世歌人ならびに同時代人で、後者には本居豊穎《もとおりとよかい》、高崎正風《たかさきまさかぜ》、伊東祐命《いとうすけのぶ》、間宮八十子《まみややそこ》ら著名歌人のほか、弘綱の指導を受けていた者も相当数含まれる。

これは四季題のみが載るが、翌年には雑部を追加した四巻本が環翠堂より刊行され、追って恋部が単独で作られた（東崖堂、一八九〇（明治二三）年）。節序の部は没後に活字の袖珍本（東雲堂、一八九三（明治二六）年）として再刊され、さらに信綱が例歌と新題を加えた『増補　詠歌自在』（博文館、一八九〇（明治三〇）年）が刊行された。なお弘綱には先に、新題に特化した詞寄『開化新題和歌梯』（文言堂、一八八一（明治一四）年）もある。

詩句例を組み合わせることで簡便に和歌を作ることができるものとして人気を博し、少なくとも明治末年代まで読まれた一方、明治三〇年代以降、本書に代表される詞寄は歌論に近い体裁をとる作法書の批判の的ともなっていった。

（堀下翔）

文体史零年——文例集が映す近代文学のスタイル

◉目　次

凡例

◆年月日の表記は西暦年・漢数字を基本とし、各論者の記述方法を尊重した。

◆「文範百選」所載の図版は、特記なきかぎりは「国文学研究資料館・文例集コレクション」(「あとがき」参照)による。

『文体史零年』のための序

――『吾輩は猫である』の文体から

多田蔵人

一　「吾輩は猫である」はどんな口調か

夏目漱石《なつめそうせき》の『吾輩《わがはい》は猫《ねこ》である』（一九〇五年一月～一九〇六年八月「ホトトギス」に断続掲載、以下『猫』とも略す）を読んだ人は、少なくないと思います。もしあなたが、この小説をまったく知らない人に作品の特徴を説明しなければならない立場にあるとしたら、どのように説明するでしょうか？

吾輩は猫である。（一）

猫がしゃべっている、という設定が、まず目につくでしょう。この猫は学生（書生）は人間のなかでも一番獰悪な種族らしいと言ったり人間の顔は毛があるべきところになくてまるで薬缶のようだと評してみたり、とりわけ自分を飼っている主人（苦沙弥先生）についてはさんざんその短所をあげつらいながら、人間社会を面白おかしく描写していきます。人間に対する猫の観察眼の切れ味が、まずはこの作品の魅力といえます。

ただし「猫が話す」という説明だけでは、右の一文のもつ特徴を説明しつくせないことも確かです。漱石の時代には、たとえば一円札が「吾等《われら》の貌《かほ》を見《み》たる時《とき》、いくらか喜《よろこ》ばぬものは稀《まれ》なればなり」（坪内逍遥《つぼうちしようよう》『壱円紙幣《いちえんしへい》の履歴《りれき》ばなし』一八九〇）と話したり時計の振り子が「天下《てんか》恐《おそ》らく吾《おれ》ほど働《はたら》くものはまたとあるまい」（泉鏡花《いずみきようか》『八万六千四百回《はちまんろくせんよんひやくかい》』一八九五）とぼやいたり、あるいは犬が「四《よ》つ足《あし》の俺《おれ》に咄《はな》して聞《き》かせるやうな履歴《りれき》があるもんか」（内田魯庵《うちだろあん》『犬物語《いぬものがたり》』一九〇二）と文句を言ったりする作品をいくつか拾うことができるからです。

さかのぼれば山東京伝《さんとうきようでん》『御存商売物《ごぞんじのしようばいもの》』（天明二／一七八二年）や曲亭馬琴《きよくていばきん》『昔語質屋庫《むかしがたりしちやのくら》』（文化七／一八一〇、以上二点は古道具たちの談話）、都賀庭鐘《つがていしよう》「雲魂雲情《うんこんうんじやう》を語《かた》て久《ひさ》しきを誓《ちか》う話《こと》」（明和三／一七六六『繁野話《しげしげやわ》』巻一、雲の談話）など、人間以外の動物やモノが話しはじめる設定自体は江戸後期の文学にも少なくありません。『猫』が言及するホフマン『牡猫《おすねこ》ムルの物語《ものがたり》』や、『猫』と近い時期に翻訳が出たフルード『猫《ねこ》の哲学《てつがく》』（J. A Froude, *The Cat's Pilgrimage*, 1870. 戸澤藐姑射《とざわはこや》訳『浮世《うきよ》の旅《たび》』一九〇三）など、猫が話す話もありました。ちなみにフルードの作品は次のような一節にはじまる、なかなか愉快な小説です。

「かうして日《ひ》を送《おく》るのも至極結構《しごくけつかう》さ」、一匹《ぴき》の猫《ねこ》が大欠伸《おほあくび》で、暖炉《だんろ》の鉄欄《てつらん》へ寄《よ》りかゝる様《やう》に、伸《の》びをしながら、かう云《い》つた、「併《しか》し、つまらない、是《これ》が何《なん》の役《やく》に立《た》つだらうね」（『猫の哲学』）

猫その他の動物やモノが語る小説は、明治時代には珍しくない。この点を踏まえて、もう一度冒頭の一文をどう説明するか、考えてみましょう。

吾輩は猫である。（一）

たぶんこの小説のもう一つの特徴は、猫の喋りかた、「吾輩は〜である」という言葉づかいにあるのではないでしょうか。この文はたとえば「私は猫です」と書きはじめてもよかったし、「己《おれ》は猫だ」でも「わしは猫じゃ」でも「妾《わたし》は猫よ」でも別にかまわないわけです（「妾《わたし》」は明治期の女性一人称によく使われた表記）。実際、『猫』に登場する他の猫は「己れは車屋の黒よ」とか「あたし嬉しいわ」（三毛子）のような言葉を使っており、人間たちの人称表現や文末詞にはさらに多くヴァリエイションがありました。したがって猫同士の自己紹介にも「吾輩は猫である」と喋っている苦沙弥先生の猫は、いくつかのありうる言葉づかいのなかから「吾輩は〜である」という口調——文体——を選んで使う猫だと言えるわけです。

それではこの「吾輩は〜である」という口調は、どんなニュアンスを持つ言葉として説明すればよいでしょうか？　国文学研究資料館の三年間にわたる共同研究「近代文学における文例集・実作・文学読者層の相関の研究」（二〇二二〜二〇二四年度）の成果となる、『文体史零年——文例集が映す近代文学のスタイル』というこの論文集の水先案内人としては、まずは「吾輩は〜である」という文体について、文例集を使って考えてみたいと思います。この分析を通じて、この論文集があつかう「文例集」の種類や研究上の役割を、少しでも説明できればと思います。

『猫』の解説にはときどき、「吾輩」という一人称は政治家や軍人の演説で使われたと書かれています。この言葉はもとは一人称複数表現で現在の「われわれ」に近い意味があり（ブリンクリー他編『和英大辞典』一八九六では「Wagahai（我輩）,pron. We.」）、のちに一人称単数表現に転用されました（一九〇九年の井上十吉『新訳和英辞典』では「Wagahai（我輩）,pron. We;I.」）。しかし実際に演説家たちが一人称単数の「吾輩」を頻繁に用いたかといえばちょっと微妙で、たとえば『陸海軍人《りくかいぐんじん》送迎演説模範《そうげいえんぜつもはん》』（一九〇〇）という本にあがる演説例の一人称はほぼ「小生」「私」「余」「野生《やせい》」「不肖」（文末はすべて「であります」調）。九六例挙がる演説例のうち「我輩」を一度でも用いるのは「入営を祝する演説 其三」と「同答辞の演説 其一」の二例のみです。『猫』で寒月君が練習する演説は「私」と「です・ます」調、苦沙弥の姪・雪江が紹介する八木独仙の演説は「私」と「ござります」調でした。実際の表現の場では、「吾輩」はかなり肩をそびやかした――あるいは滑稽な感じを与える――調子の人称表現だったと思われます（二葉亭四迷《ふたばていしめい》『浮《うき》雲《くも》』に登場する軽薄才子・本田昇は、しばしばふざけて「我輩」という一人称を使います）。

文末詞「である」の方も、一対一の口頭表現ではあまり使いません。ただし「です」「であります」を基調とする話し言葉でも、事実ないし演説者にとっての真実を標示する場合や、強い主張の際には「である」が使われます。「吾輩は〜である」調の演説の名手だった伊藤博文《いとうひろぶみ》や大隈重信《おおくましげのぶ》にしても、彼らの演説集（『伊藤侯演説集《いとうこうえんぜつしゅう》』一八九九、『大隈伯演説集《おおくまはくえんぜつしゅう》』一九〇七）を見ると一人称は「私」、文末詞は「であります」ではじまる例が多く、「吾輩は〜である」はしばしば、演説が核心に迫る部分や強調表現に使われる文体なのです（相澤正夫・金澤裕之編『SP盤演説レコードがひらく日本語研究』（二〇一六）所収、田中牧郎「演説の文末表現の変遷――明治時代から昭和10年代まで」も参照）。したがって一対一の会話で話者が「である」を文末詞として使う場合、何か不特定多数の相手に対して訴えかけているようなトーンを帯びたはずです。こうした「である」の出現条件をよく示す例として、一九〇八年三月一四日、第二三回帝国議会衆議院本会議第一五号の速記録より、当時演説家として知られた花井卓蔵《はないたくぞう》の弁論を引いておきます。

死刑廃止ノ論ハ果シテ本会ニ於テ御採用ニナルヤ否ヤハ或ハ疑問デアルカモ存ジマセヌ、併ナガラ私ハ［略］必ズ請願委員会ノ決議通ニ今日ハ迎ヘラルベキモノデアルト信ズルモノデアリマス、幸ニ御賛同ヲ得ルコトガ出来マシタナラバ此削除ノ一ツダケデ刑法改正ノ面目ト云フモノハ立ツモノデアルト私ハ信ズルモノデア

ル、

明治期には議会演説や大新聞の論説など、公的な文章は漢字カタカナ交じり文で出版されました。漱石は『猫』の単行本出版の際にタイトル表記を『吾輩ハ猫デアル』としました（ただし序文内の表記は「吾輩は猫である」、本文冒頭題は「ワガハイハネコデアル」）が、この表記も本文の公文書めいた調子によるのでしょう。「ホトトギス」掲載時に猫の一人称を「余」とした箇所も、単行本収録時にほぼ「吾輩」と改められました。「吾輩は」と「である」の組み合わせをほぼ全篇にわたって用いる『猫』の文体は、明治期に新しく登場した「演説」形式のなかでも飛びきり大上段に振りかぶった文と見てよいようです。

ここまで和英辞書と演説文例集、個人の演説アンソロジーから、「吾輩は〜である」の特徴を見てきました。もう一つ、語学学習書ものぞいてみましょう。右に引いた花井卓蔵の速記録をローマ字で『日本口語文典』（*A handbook of colloquial Japanese*, 1907, 4th ed.）に収めたB・H・チェンバレンは、花井の言葉づかいには日本における「ヨーロピアニズム（Europeanism）」が認められると述べています。「疑問デアルカモ存ジマセヌ」は"I am aware that it may be questionable,"の翻訳、花井が自分の信念を伝える際にくりかえす「ト信ズル」の用法は英語の"I believe"や"I think"から来たものだというのです。『吾輩は猫である』にも、同様の語法を用いた文があります。

①吾輩は猫である。猫の癖にどうして主人の心中をかく精密に記述し得るかと疑ふものがあるかも知れんが、此位な事は猫にとつて何でもない。（九）

②今度はにやご〳〵とやつて見た。其泣き声は吾ながら悲壮の音を帯びて天涯の遊子をして断腸の思あらしむるに足ると信ずる。（十）

これらのちょっと新しい語法には、読者の予測を超える展開について強弁したり、漢文体のもたらす緊張を脱臼したりする効果がありました。①は、猫が人間の心理描写に乗り出す第九章の重要な一節。「疑ふものがあるかも知れんが…」という語法は、とつぜん人の心理を読みはじめた猫が「吾輩は是で読心術を心得て居る」（九）と弁明する、小説の構成上はちょっと苦しいくだりにあらわれます。②は直前にある「にやあ〳〵と甘へる如く、訴ふるが如く、或は又怨ずるが如く泣いてみた」（十）という、蘇軾《そしょく》『前赤壁賦《ぜんせきへきのふ》』の「怨むが如く慕うが如く、泣くが如く訴うるが如し」をもじった文とあわせて、おなかを空かせた自分の鳴き声を漢詩の語彙で修飾した箇所です。猫の声を漢語で飾りたてたあとに「…と信ずる」という語が続くことで、読者はどうもそんな大層な声ではなさそうだと思うわけです。過剰に重々しく語っている猫の語り口は、作中の構成上、あるいは文体上の裂け目をひょいと渡ってみせる作用もあったと考えられます。

こうして、文例集の方から文体を分析してみることで、『吾輩は猫である』に内在していた試みが見えてくるように思います。それは——この論集に収まる論考の筆者たちが明らかにするように——おそらく近代の文学にある程度共通する試みでもありました。明治期の談話表現や推論形式の通念を飛びこえた、かなり極端なパブリック・スピーチの言葉を基調とするこの小説は、近代にむらがり出た日本語文体のヴァリエイションを、外側から眺めるような〈文〉を模索しているのではないでしょうか？

二　近代文学、文体のラビリンス

『猫』の第二章は、猫が「吾輩は新年来多少有名になつた」と読者に告げてはじまります。苦沙弥先生の家には猫を描いた年賀状が三枚舞いこみ、その一枚に「吾輩は猫である」と書いてあることを見るに、猫はどうも、苦沙弥先生が発表した『吾輩は猫である』という文章によって有名になったようなのです。

ここには、作品のウチとソトの境界を撹乱していく『吾輩は猫である』の戦略があります。『猫』の読者はまず猫が苦沙弥を面白おかしく描きだす文章を読むわけですが、この「猫が苦沙弥を描く文章」は苦沙弥自身が描いたものとされ、この苦沙弥の文章について文中の猫がまた言及する——それでは目の前にある「吾輩は猫である」という文章は、誰が書いて（話して）いる文として読むのがよいのか。『猫』はこの錯綜した関係図のなかに、読者を誘いこむわけです。もちろん常識的には作者・夏目漱石が書いているということになるのでしょうが、この作品には夏目漱石にそっくりな「送籍」という文学者もまた登場していて、情報の起源をめぐる迷宮はますます複雑なものになっています。

苦沙弥先生は文章だけではなく絵でも、猫を熱心に「写生」する存在でした。

> 不図眼が覚めて何をして居るかと一分許り細目に眼をあけて見ると彼は余念もなくアンドレア・デル・サルト［友人の迷亭先生が作り出した、実在しない写生画家］を極め込んで居る。［略］彼は彼の友に揶揄せられたる結果としてまず手初めに吾輩を写生しつゝあるのである。（一）

迷亭にそそのかされた苦沙弥が猫を「写生」し、猫が苦沙弥その人や絵の出来ばえを「写生」しかえしてみせる場面です。苦沙弥と猫の主客関係の複雑さは、猫が有名になる第二章よりも前から作品に埋め込まれていたわけです。そう考えてみると、この作品の構造は「写生」をめぐるだまし絵のようなものと捉えることもできるでしょう。『吾輩は猫である』が連載された雑誌「ホトトギス」には、漱石の友人の正岡子規《まさおかしき》が提唱した「写生文」

の欄が、継続的に設けられていました。『猫』には対象を精緻に把握する「写生文」の方法から出発しつつ、それを超え出てゆこうとするような文言があります。

> 二十四時間の出来事を洩れなく書いて、洩れなく読むには少なくも二十四時間かゝるだらう、いくら写生文を鼓吹する吾輩でも是は到底猫の企て及ぶべからざる芸当と自白せざるを得ない。（五）

猫は写生文の限界を時間の面から指摘していますが、『吾輩は猫である』という作品はさらに、写生の基底をなす関係そのものを相対化してみせています。たとえば猫を写生するとして、猫の目に写生画家の姿が映っていたり、画家の隣で画家とそっくりな男が絵を描いていたりしたら――写生主体の近くに別の写生主体が配され、写生する／されるまなざしが乱反射しはじめるありさまを、漱石は作り出しているわけです。

『猫』が選んだ「吾輩は〜である」という滑稽なほど尊大な口調が、よく考えてみると主体を透明化する「写生」という営為にまったく適さない文体だったことも指摘しておいていいでしょう。この、演説というジャンルからも写生文というジャンルからもはみ出した「吾輩は〜である」という文体は、特定のジャンルに従属することなく〈文〉を眺めわたしてゆく手法として有効でした。

じっさい、『吾輩は猫である』には実にたくさんのジャンルの〈文〉が登場します。苦沙弥先生が凝っている「謡」や「俳句」、迷亭が会に参加している「短歌」、随所に引用される漢詩、東風君が金田の娘に捧げた「新体詩」、新体詩と俳句が出会って生まれた「俳体詩」、よく猫に覗かれる「日記」、年賀状をはじめとする「手紙」、東風の開く「朗読会」、苦沙弥の子供が歌う「唱歌」や彼らが真似するおとぎ話、八木独仙や寒月の「演説」、迷亭のギリシャ史談義…。苦沙弥がむやみに酒を飲み「大町桂月が飲めと云つた」からだという大町桂月《おおまちけいげつ》は、明治三〇年代に大流行した「美文」というジャンルの創出者の一人でした。とくに口語文――しゃべるように書く文体――のヴァリエイションに対する『猫』の鋭敏さは驚くべきものがあり、たとえば水島寒月君が演説を練習する場面では、迷亭君が「講釈師」すなわち講談と「演舌家」とでは言葉づかいが違うと指摘しています。

「偖《さて》愈《いよいよ》本題に入りまして弁じます」「弁じますなんか講釈師の云ひ草だ。演舌家はもつと上品な詞を使つて貰ひ度ね」と迷亭先生又交ぜ返す。「弁じますが下品なら何と云つたらいいでせう」と寒月君は少々むつとした調子で問ひかける。［略］「それでは此両三句は今晩抜く事に致しまして次を弁じ――えゝ申し上げます。（三）

猫が人の家に出入りするようなのびやかさで次々に言及していく多種多様な〈文体〉の群れは、たまたま取り上げられた一過性の現象などではなく、いずれも当時の雑誌や新聞などでそのありかたを大真面目に論議された文の形式でした。

近代文学における〈文〉の雑居状況は、よく言われる雅文体（文語文）／俗文体（口語文）／雅俗折衷体といった三分法や音声と書記の二分法の組み合わせでは到底整理しきれないほど多様です。「口語文」ひとつを取ってみても、たとえばはじめ大変くだけた調子の言文一致で『浮雲』を書いた二葉亭が坪内逍遥《つぼうちしょうよう》から三遊亭円朝《さんゆうていえんちょう》の落語を参考にするよう勧められたというほとんど伝説化した逸話からは、二葉亭がはじめに考えた言文一致文と逍遥の構想した言文一致文、あるいはおなじ音声言語でも円朝のような落語講談とはまったく違うと迷亭が言っている演説家の「言文一致」など、いくつもの文体のヴァリエイションがあったことが見えてきます（演説の口調も一通りではなかったことはこれまで見てきた通りです）。

口語文については他にも「講話」や仏教・キリスト教の「説教」などの類型がありますが、文語文のほうも決して一枚岩ではありません。『和文学史』（明治二五）を表した大和田建樹《おおわだたけき》は、最近の文章の文体は「四分五裂」しつつあるといって①「和文体（王朝物語の文体を標準とする文）」②「漢文体（頼山陽『日本外史』などの漢文訓読体）」③「洋文体（欧文翻訳体）」④「和漢洋折衷体（新聞論説欄に用いられる文体）」⑤「通俗体（新聞雑報欄の文体）」を挙げています。大和田はこのほか⑥として「言文一致体」を立てていますから、①〜⑤の文体はすべて文語文の諸類型と考えてよいはずです。文語文にはこのほか、江戸戯作者たちの文語（彼らは序文などでよく「雅言《みやびごと》」に「俚言《さとびごと》」を交えたと謙遜して述べます）、清元や長唄などで流通した三味線歌の詞章、あるいは「候文」を基調とする手紙や女性たちに奨励（強制）された「女ことば」といった類型をただちに挙げることができます。樋口一葉《ひぐちいちよう》は和歌の師だった中島歌子から、日記の文体は一定にすべきだけれども言文一致でも和文でも「新聞屋文」でもよく、文章はただ「くろがねのまろがせを烟の内につゞみたらん様」な心で書けと教えられて大いに力を得ていました（明治二五年三月二四日日記）。日記の文体選択に迷う一葉の姿が示すように、古典世界に存在した文体の諸類型が少しずつ内部分裂しつつ新しい形式をつくりだし、一方で近代以降にあらわれた文体群と雑居していく――『吾輩は猫である』はこうした文体のラビリンスとも言うべき状況を、「吾輩は〜である」といういささか極端な文体を軸として縦横無尽に歩きまわってみせた作品でもあるわけです。

　したがって、というべきか、近代の文学には、複数の文の範型を組み合わせて成立している作品が少なくありません。『猫』に登場する猫たちが互いの言葉づかいを変てこだと評しあっているように、小説の書き手や登場人物は、聞き手や読者とのあいだで共有されていない語彙や文脈にそぐわない語法をあえて使って、ちょっと違う角度からメッセージに光を当てるよううながすことがあります。同じ登場人物が手紙を「候文」で書いたり口語文で書いたりする田山花袋や近松秋江の小説などは見やすい例で、手紙の文体の変化は物語内の人物関係を微妙に変奏する効果を持っています。あるいは漱石の『こころ』。一貫して言文一致で書かれる「先生」の手紙は、依頼や招待、遺言といった用件では候文で手紙をやりとりすることが普通だった時期の書簡として、異様といってもいい調子を帯びていました。相手に苦笑されながら「先生」という呼称にこだわる「私」の言葉づかいも含めて、この小説は当時の書簡文や東京方言による談話の枠を踏みこえる形で展開していたわけです。

詩歌の力でも、一つの詩が一つの形式にのっとって詠まれたと信じてかかることはできません。そもそも詩歌は初学者から宗匠・師匠にいたるまでのレベルの差が範型にもとづいて比較的顕著に表れるジャンルですし、和歌・短歌の「歌語（歌に使うべき言葉）」の内実は時代ごとに変化していきました。新体詩以降の近代詩は小説以上に文体様式が交錯していった場で、たとえば北原白秋や中原中也のように、一つの詩のなかに童謡や音曲の調子、「だ」「である」調の口語と文語が同居する作品を書いた人もいます。

近代日本の文学は、単一の辞書によって意味を読みとりうるような形式ではなく、読むにあたって複数の文体類型ごとの辞書を必要とするような、様式混淆を基調としたスタイルで書かれていたのではないか。人称は「僕」「俺」「私」「妾」「あたし」「吾輩」「我」「余」「儂《わし》」などのどれか、敬体の言葉は教育者、芸能者、演説家、宗教者のどの類型に属するか、常体の言葉にはどんな社会集団（山の手／下町、東京／地方、男性／女性、経済規模）ごとの言葉が使ってあるか、文末詞は何か、漢文や欧文の翻訳に由来する語彙・語法はないか、和文や和歌のなかに妙に新しい語彙は、あるいは歌うような調子はまぎれこんでいないか、書簡文に「候」はあるか——。現代の物語の読者が登場人物の談話から話者の性別や年齢、出身地などをほとんど無意識のうちに読みとったり、書かれたメッセージが自筆の手紙なのか事務的なメールなのかＳＮＳの文章なのかをある程度見分けているように、近代における日本語文学の読者たちはこうしたいくつもの〈文の類型〉の差異を見わけ（聞きわけ）、文体の組み合わせかたや食いちがいを楽しんでいたはずです。

しかし言葉はすぐに古くなってしまうものですから、わずか十数年前の作品であっても、作品に内在する言葉の類型やニュアンスを読みとることは難しくなってしまいます。文学研究が小説や詩の言葉を「現代語訳」した意味内容だけを考察対象とするのではなく、右にみてきたような文体のトーンや混淆ぶりを含みこんだ形で捉えて分析するにはどうすれば良いか？　そうした問いに手がかりを与えてくれるのが、本書で〈文例集〉と総称する資料群です。近代には右に見てきたような文体状況と呼応するように、様々なジャンルにわたる語彙集や文例集、作法書、あるいは個人・流派ごとのアンソロジーが、実用的な言葉の初学者用入門書からかなりの文学愛好者に向けた書物にいたるまで、大量に出版されていました。書簡、日記、美文、論文、翻訳、金言・教訓、紀行文、近代詩、戯曲、音曲、漢詩、和歌・短歌、俳諧、言文一致会話、説教、朗読、演説、労働者の言葉、小説——ずいぶん読まれていたらしいにもかかわらずどの古本屋でもボロボロになって本棚の隅に置かれており、図書館でもあまり顧みられていないこれらの文例集こそ、失われつつある近代文学のニュアンスを読みとくための「類型辞書」ともいうべき役割を果たしてくれる資料群なのです。

三　現在の研究状況と本書の提言

E・アウエルバッハ『ミメーシス』やM・バフチン『ドストエフスキーの詩学』といった文学修辞論の歴史を引き受けながら『第二の手、または引用の作業』（今井勉訳、二〇一〇。原著は *La seconde main: ou, Le travail de la citation*, 1979）を著したA・コンパニョンは、来るべき新しい文学分析のための書物として、類型とジャンルの方から文章を読める辞書が必要だと説いていました。

ここで到来しうるのが、類型としての引用の研究、あらゆるジャンルの選集の精査ということであろう。詞華集、記録文集、名文集、これらは、厳密な意味での辞書とは異なっている。というのも、それらの書物の検討には、名前と観念という二重の入り口を持った一覧表が必要となるからである。それらは、ラングのなかにパロールを再循環させる、いわば貯金通帳であり、宝物殿であり、記憶庫である。（「基本構造——引用の記号学」）

コンパニョンが言葉の字義通りの意味（名前）を教える「厳密な意味での辞書」とともに、文章が属するジャンルの理想型（観念）を教えてくれる辞書に言及しているのは、ふつう記号には発信者と受信者だけが存在するのではなく、そのあいだに解釈項（interpretant）ともいうべき第三の領域があって意味に関与しているのだと、彼がパースの記号学を援用しながら考えるためです。話者（作者）の発した言葉は国語辞書の意味通りに聞き手（読者）に理解されるよりも、その言葉が属するジャンルのコノテーション（暗示的な含み、これが interpretant になる）によって意味を変形された形で受けとられることが多い。たとえば「よろしくお願いします」という言葉は①簡単な業務連絡では「以上です」とか「それではまた」といった意味になり、②初対面の人との会話なら「こんにちは」に近い意味になります。これに対して③具体的に何かを依頼する場合、この言葉はしばしば切実なお願いとして（例「原稿の締切は○日までということで…。よろしくお願いします」）発信されるのですが、ときどき受け手は③の意味で発信されたメッセージを①のコノテーションで了解し、結果としていつまでも原稿を提出しないといった悲劇を引き起こします。これは受信者が発信者の意図を誤解したというだけではなく、「よろしくお願いします」という言葉に複数の解釈項（挨拶／依頼）があることも理由の一つなのかもしれません（もっとも発信者の意味が①であれ③であれ、一般に期日は守るべきですが）。

『第二の手、または引用の作業』はこうした解釈項を示す辞書の探求ではなく西洋における引用の修辞を通史的に分析する方向へ進んだものの、近年ではM・ルーシーの*What Proust Heard*（『プルーストは何を聴いたか?』Michael Lucey, 2022）のように、文学の登場人物が属す社会集団を洗い出し、集団ごとの言葉の違いを手がかりとして物語内容にアプローチする研究もあらわれました。ルーシーはプルースト『失われた時を求めて』の発話に注目し、たとえば公園に響く少女の「さようなら、ジルベルト、私帰るわ、忘れないでね、今晩私たちは夕食をすませてからおうかがいするわよ」（第一篇第三部、井上究一郎訳）という声に主人公がさまざまな社会的指標《インデックス》を代入し夢想にふける場面から、この作品を異なるジャンルや社会集団に属する複数のスタイルが交響し、すれ違ってゆく物語として分析しています。ルーシーの着想はM・シルヴァスティンの言語人類学（小山亘編『記号の思想 現代言語人類学の一軌跡』二〇〇九で主要論文を読むことができます）の方法に強く刺激されていて、言語学研究では**register**（言語使用域）やシルヴァスティンも注目した**shifter**（転換子）の分析を通じて、ひとつの言語生活のまとまりのなかに複数の「文体」を見いだす研究が行われています。

近代文学の研究では書き手《ナレーター》が物語に関与する度合いや意味を変形する方法を「文体」と捉え、作品のなかの情報の流通経路や階層性を分析する研究が行われてきました。さらに作品内に生じた社会的《カルチュラル》な権力関係を指摘しテクストの表面には見えない力学と指向性を明らかにする研究、あるいは文学の経済的流通や集積の場《シャン》と物語の関係を掘り起こす研究も優れた成果をあげています。こうした研究と、漢語・和語・西洋語などの様々な文体が一つの作品に混在する日本語の特性を明かす研究の流れを組み合わせることで、日本語文学の〈意味〉は新たな相貌を見せるはずです。

日本語文体の諸相については、明治初期におけるジャンル間の言葉の交流の諸相を明かした越智治雄氏や山本正秀氏の論考が先駆的で、加藤周一・前田愛編『日本近代思想大系16 文体』（一九八九）も各収録作の解題とともに重要なアンソロジーです。前近代や清の文章作法と「近代小説」の文言との関わりについては亀井秀雄氏や齋藤希史氏の研究があり、修辞学の受容については原子朗氏、男性語と女性語の交錯については平田由美氏、メディアによる文体の差異は山田俊治氏が具体的に明らかにしています。木村洋氏の論考は明治期の文章と思想との関わりを示し、大橋崇行氏は演劇や落語と「小説」というジャンルとの関わりを分析しました。日本語学では松村明氏が「口語文」の微細な変化、林大氏の諸論考が昭和期以降の日本語の変化を精密にたどっており、近年では金水敏氏の「役割語」をめぐる研究も行われています。文例集と文学の関係については北川扶生子氏が「美文」と漱石小説のスタイルとの関わりについて研究の端緒を開き、これを受け継ぐ研究として湯本優希氏の論考があります。谷川恵一氏の論考は、明治の〈文〉のなかにあるいくつもの見えないルールを明らかにしてきました。

本書に収まる一四の論考と一〇〇の書目解題（『文範百選』）は、右にあげたすぐれた研究の後にくるものとして、「文体」の実質を明らかにしつつ「文学」を分析するために近代日本の文例集を取り扱っています。明治期から現代に至るまで膨大な数が出版された文例集や語彙集、アンソロジーは、コンパニョンをはじめとする文学修辞の研究家たち、あるいはシルヴァスティンのようにジャンルに関心を持つ言語学者たちならば理想的な書物と見ただろう資料群です。これらの本に集められた各ジャンルの模範例や作成方法は、文学作品に登場する言葉や言い回しが作り手と読み手にどのような「含み」をもって理解されえたかという、まさに解釈項を考えるための辞書になるわけです。

第一部「散文」は、尾崎紅葉『二人比丘尼色懺悔』、岸田俊子（中島湘煙）作か否か議論のあった『同胞姉妹に告ぐ』、矢野龍渓『経国美談』、「ホトトギス」誌における写生文、大西巨人『精神の氷点』における〈文体〉の実相を、それぞれ小説文例集、教科書、演説文例集、投稿雑誌の文体、写生文作法書、戦後文学の用例を用いて分析しています。小説の文には「文範」となったさまざまなジャンルの文や類型が摂取されており、さらに小説の文が愛誦されるようになり、それ自体「文範」として流通してゆくこともある。一つの記念碑的な論文として捉えられていた文が投稿雑誌に断続的にあらわれていた表現の累積であったことが明かされ、演説の模範的文体をあえて差異化することで、前時代の物語様式とも同時代の物語様式とも異なる〈小説〉の形を求める挑戦が見えてくる。明治期の文のジャンルとしてよく知られた写生文を作法書の方から見るとき、写生文そのものが理念を変えながら絵画的な美を担保した様が浮かび上がり、用語例のよく似た二つの戦後小説を仔細な検討から、かえって両者の違い、ひいては戦後の「ヒューマニズム」をめぐる興味深い差が見える——といった形で、一つの作品に含まれた複数の文体や類型をさぐりだし、〈文〉の分析方法を再審に付す論考群です。

第二部「詩歌」では、幕末明治期の和歌における「里川」という語、「ホトトギス」の版元であり後に「三田文学」をも出版した俳書堂における連句作法書、稲垣千穎の国学と『小学唱歌集』、正岡子規の漢詩と初学者向け漢詩作法書を取り上げています。はじめはずいぶん新奇な語彙だったらしい「里川」が次第に明治期の重要な歌語となり新体詩に流れ込んで行く経路、連句作法書において人格への注目が高まる過程、新しい「唱歌」の文体に関する国学者たちの抗争、そして子規の漢詩を「測る」方法。詩歌の内なるルールを新しく測定していくための方法が、ここでは示されています。

第一部・第二部の論考が文例集を通じて実作と文体の関係を再審に付すものであるとすれば、**第三部「書く読者たち」**では文例集を作りだした人や運動に着目し、文例集が近代における作品と読者の重要な通路となったことを明かしています。文例集の作り手たちは、たんに同時代の〈文〉をあつめた用例集をつくったわけではなく、むしろ編成方法や文章そのものの改変によって、文学志望者たちにとっての〈文〉のインフラストラクチュアを動かそうと試みていました。日清日露戦争期における美文や写生文が書き手と読者にとっての『異文化』を脱色していく傾向、美辞麗句集の出版が和／漢・雅／俗の文体を包括してゆくさま、文学愛好者向け雑誌「文章世界」

の投稿欄に載った文章を「文範」として再編成した文例集の存在、新潮社と日本文章学院が島崎藤村『破戒』や田村俊子『誓言』までをも「文範」として販売していく戦略、文学文例集が明治末の「文壇」形成の動きと連動しながら美文の文体を破壊する「新美文」を現出し、そのこととあいまって自然主義の文体が互いに似かよっていくさま――ここからは、実作の群れを断片化し再編集した人々の「文学教育」の欲望とともに、文例集を手にとり、場合によっては書き手へと変貌していった読者たちの輪郭が浮かび上がってくるはずです。

＊　　＊

日本語における文体と文学の関係は、本書が主として論じた明治期の文学に固有のものではありません。口語文が標準化したといわれる大正昭和期の文学にも、谷崎潤一郎や太宰治のように古典語と現代語、方言と標準語のあいだを行き来した作家がおり、文学の言葉にも「口演童話」、映画と弁士の文体、ラジオ・ドラマ、「軍隊口調」などの新しい語彙・語法が追加され、それぞれに文例集が作られていきました。漱石が『坑夫』（一九〇八）で描いた労働者の文体はその後長く力を持ち、大正後期からはプロレタリア文学（労働者文学）のための作法書が叢出します。第一次世界大戦と第二次大戦の戦間期あたりから、日本語を母語とせず独特の翻訳調で話す登場人物たちがあらわれ（谷崎『細雪』）、植民地において方言や各国語が混在する様が描かれ、戦後文学にはこの「国際日本語」と呼びたいような言葉が大きな位置を占めるようになります。

・わしの息は椰子油の匂いがするが、プロフェソール、いつまでも息をとめておくわけにもゆかんのや。わしは、プロフェソール、あんたがスーパーで買物するところは、もう以前に見ておった。（大江健三郎『身がわり山羊の反撃』一九八〇）

・バーテンのジェイが僕の前にやってきて、うんざりした顔で、ケツがすりきれるんじゃないかな、と言った。

彼は中国人だが、僕よりずっと上手い日本語を話す。（村上春樹『風の歌を聴け』一九七九）

『身がわり山羊の反撃』を収録した中篇小説集『伝奇集』（一九八〇）の巻頭作となった『頭のいい「雨の木《レイン・ツリー》」』の書き手は、「わが国の近来の小説にしばしば見る」「外国語に練達な同胞の、異国での愛の物語」に言及していました。

現在の文学創作の現場でももちろん文体混淆の挑戦は続いており、さらにこの数年、機械の言葉と人間の言葉の関係が問い直されつつあります。こうした通史的な文体の把握に資するため、また本書が扱う「文例集」のイメージをさらに具体的に掴んでいただくために、明治から戦後にかけての文例集から一〇〇点を選び図版と解題を付した「文範百選」も用意しました。なお本論集の要求をはるかに超える規模で解題執筆に応じてくださった谷川恵一氏の「拡大解題」を、論考と解題を締めくくるものとして掲載しております。

この論文集は、これまでにない水準と精密さで日本語文学における「文体」の実態を把握し、文学の実作とそれを受けとる人々のあいだにあった〈意味〉の輪郭を復元するために、「文例集」を文学研究の重要な資料群として提案するものです。あまりに長きに失した序文の末尾となりますが、ご高覧を伏して冀うとともに、この本を手にとった読者諸氏が一つでも新しい「文体」に触れ、結果的に思いもかけない「文学」をめぐる冒険へと出発することを、心より祈念しております。

第Ⅰ部 散文

第1章
紅葉の文範、文範としての「二人比丘尼色懺悔」

馬場美佳

はじめに　小説を書きたくなる文体

尾崎紅葉（一八六八―一九〇三）著「二人比丘尼色懺悔」（『新著百種』第一号、一八八九（明治22）年四月。以下「色懺悔」）の衝撃を語るのは、主に一八七〇年代生まれの文学者たちなのだが、当時一〇代後半だった、紅葉より少し年下の彼らにとって、それは具体的にどのような体験だったのだろうか。

田山花袋（一八七二年生）は、「我は如何にして小説家となりしか」（『新古文林』一九〇七（明治40）年一月）で「僕が小説を書いた初めですか、初めは只《ただ》尾崎さんの色懺悔だなど云ふ小説を読んで連《しき》りに面白いと思ひ」と徐に語り出す。そして花袋は『東京の三十年』（博文館、一九一七（大正6）年）において、

> 『新著百種』の第一号に出た紅葉山人の『色懺悔』それがまた非常に私を動《うごか》した。尠《すくな》くとも、『色懺悔』はその文体に於て、その叙述に於て、当時の青年を魅することの出来る力を持つてゐた。それに『かういふものなら書けぬことはない』といふ感を私達に持たせた。遠い漢文漢詩や、和歌や、乃至は難かしい英文よりも

親しい新しい感を私達に与へた。（「新しい文学の急先鋒」）

と述べており、その文体や叙述に魅せられ、さらに小説を書くことを意識したのだという。「色懺悔」の文体は、花袋に既存の文学ジャンルの文体のみならず、英文よりも「親しい新しい感」を抱かせるものだった。

泉鏡花（一八七三年生）も「明治二十二年、友人の素人下宿にて紅葉先生の「色懺悔」を読む。春昼闌《たけなわ》にして、窓に桃李の色、隣家に機《はた》織る梭《おさ》の音をきく。記憶忘れ難し」と鮮烈な読書体験として印象しており、[1] ほどなくして紅葉に弟子入りすべく上京を果たす。その頃同じ金沢にいた藤岡作太郎（一八七〇生）も読後「若き心にわれも何か書き試みんと紙を汚し」たとあり、[2] 堺利彦（一八七一年生）に至っては「政治上の事は幾許も印象がない。来島恒喜の大隈狙撃ほどの大事件も、『二人比丘尼』には比ぶべくもない」と豪語して憚らず、まもなく文学修行を開始している。[3] 島村抱月（一八七一年生）は「『色懺悔』発端の文句」を「当時の読書界を騒《さわが》した」例にあげ、「私等も名文句として書抜帖に写し取つて、感情的な甘い味を忘れ難く懐しんだ」と回想し、[4] 野口米次郎（一八七五年生）を実学から文学へと舞い戻らせた要因には、バイロン、ワーズワースとともに「「茶の煙だにあがらずば山賤も知らぬ谷陰」の二人比丘尼の物語に夜を明かした」という体験が深く関わっていたようだ。[5]

文学史上「色懺悔」は、小説改良運動の流れにありつつ、憲法発布、国会開設を前に勃興した国粋主義に呼応した擬古典主義の小説として思想的観点から位置付けられてきた。しかしこうしてみると、「色懺悔」とは、和文や戯文をはじめとする従来のものとは全く異なる新しい小説の文体を青年たちに示し、それを味わうのみならず、小説なるものが書きたくなる衝動に駆られてしまう一大事件だったことがわかる。このことは、小説のイメージが未だ定まらない時代に、「色懺悔」の文体がその有力な範例、すなわち「文範」として現れたと言い換えられるのではないだろうか。そこで本稿では、「色懺悔」のインパクトを文範という観点から考察してみたいのだが、ただその前に、「色懺悔」の文体における試みを、紅葉が意識した文範を検討することによって確認しておきたい。

一　紅葉が意識した文範

紅葉が「作者曰《いわく》」（凡例）に「此小説は涙を主眼とす」と記した通り、「色懺悔」では四つの巻（章）を通じて、中心たる若武者の浦松小四郎守真、その妻にして恋する夫と結婚直後に離別せねばならなかった若葉、本来許嫁だったはずが戦のために守真側と敵対し結ばれなかった芳野が、それぞれの想いを胸に、感情を昂ぶらせては涙を流す。これを描くにあたり紅葉は、「文章は在来の雅俗折衷おかしからず。言文一致このもしからずで。色々気を揉みぬいた末。鳳《ほう》か鶏《けい》か──虎か猫か。我にも判断のならぬかゝる一風異様の文体を創造」することになったという。

「色懺悔」の文体をはじめて本格的に分析した岡保生[6]は、「一種の雅俗折衷体」だとし、地の文については、俳文的で、「随所に──、……、「　」、等の記号」を用いて「西欧風の清新味を盛」ったものだと判断している。岡はとくに「風俗文選」をはじめ、参照されたであろう「信長記」「二人比丘尼」「太平記」「好色一代女」等の古典作品を検討し、明確な典拠とは言えないまでも「多くの先行文学から自由に摂《と》るべきを摂り、学ぶべきを学び、それらを完全に自家薬籠中のものとなして、見事な調和のある文体を作り出した」と評価した。

しかし発表当初から「先づは言文一致小説の中に頭角を露《あら》はし得たるものと謂ふべし[7]」という評も見られ、当時の読者には違った印象も与える文体だった。だが、国粋の時代を代表する作とされてきた「色懺悔」にとって、言文一致体が醸し出す欧文の要素はノイズとみなされがちである。岡が、山田美妙の言文一致体の小説集『夏木立』（金港堂、一八八八（明治21）年）所収作と比較し、語彙の選択、倒置法、反復法、譬喩法（とくに擬人法）、説明的・

分析的表現や、談話体の欠点（「舞台俳優の台詞式」の「リアリズムの誤用」）といった共通点を洗い出し、美妙への対抗意識から紅葉が模倣してしまったと批判したのもそれゆえだろう。とはいえ、紅葉と美妙がともに活動していた頃の硯友社の雑誌『我楽多文庫』（一八八六（明治19）年一一月刊の活字版以降、閲覧可能）を見てみれば、使用に多少の差異はあれどもそうした諸要素はすでに共有しており、それゆえに「色懺悔」を執筆する紅葉にとって、美妙の小説も、あくまでも先行する実作例のひとつだったという文範的発想から、一度本作を見てゆくことも必要だと思われる。

さて、当時の青年たちが陶酔したという「色懺悔」の発端の章「奇遇の巻」冒頭だが、それは次のような文章であった。[8]

都《みやこ》さへ…………蕭條《さびしさ》いかに片山里《かたやまざと》の時雨《しぐれ》あと。晨《あした》から夕《ゆうべ》まで昨日《きのふ》も今日《けふ》も木枯《こがらし》の吹通《ふきとお》して。あるほどの木々《きゞ》の葉《は》―峯《みね》の松《まつ》バかりを残《のこ》して―大方《おほかた》をふき落《おと》したれば。山《やま》は面瘦《おもやせ》て哀《あは》れに。森《もり》は骨立《ほねだ》ちて凄《すさ》まし（＊じ。）（「奇遇の巻」）

「都さへ」をはじめ、ここにちりばめられた言葉から想起される和歌は数首指摘されているが、[9]本歌取りや典拠を前提とした鑑賞法が要請されているわけではないようだ。[10]これらの文学的語彙を、新しい散文のかたちに成形しているものは日本の文章にはなかった記号「…」「―」になるのだろう。実際、『新著百種』第二号（一八八九（明治22）年五月）に「掘出し物」を載せた饗庭篁村は、「此篇紅葉先生の色懺悔に比すれバ葉数《ちょうすう》少なきに似たれど

…………又ハ―――――。　　＊＊＊＊＊又ハ断りなし　ズーツと明けなどの糧ハ用ひず」と断っており、

「色懺悔」の文体的特徴を大量に使用された各種記号に見ていた。[11]「色懺悔」に熱狂した青年読者は、外国語学習を通じて、欧文記号自体は見慣れたものだったはずだが、小説の冒頭に配置された「都さへ…………」の長いリー

ダーは、和歌の二句目以降があたかも省略されているかのような味わいを与えたのではないだろうか。[12]紅葉が最も意識したとされる美妙の時代小説「武蔵野」（『読売新聞』一八八七（明治20）年一一月二〇、二三日一二月六日、『夏木立』所収）が、「中」の章の書き出しに、「「山里ハ冬ぞさみしさまさりける、人目も草もかれぬと思へば」」と、和歌を省略なしで直接引用した散文感覚の使用例と比較すると、その違いは際立つ。

また「山は面痩て哀れに。森は骨立ちて凄まじ。」という擬人法による表現も美妙の影響とされるが、「武蔵野」の「頃は秋。其処此処《そここ》我儘に生えて居た木も既に緑の上衣《うはぎ》を剥がれて、寒いか、風に慄へて居ると、旅帰《がへり》の椋鳥は慰顔《なぐさめがほ》にも澄まし切ツて囀ツて居る」（「上」）といった主客を明示した散文的擬人法と比べると、紅葉の場合、対句にすることで端的に韻文的擬人法になっている。美妙は秋の定型的な情景を解剖・分析することによって非凡化する理知が勝った表現である。一方、紅葉は、擬人法を「哀れ」や「凄まじ」で結び、感情に集約させている。このようにみると、「色懺悔」では、欧文の記号や修辞法を、叙情の表現にしていることがわかる。

さらに特定の欧文系の文範を応用したものがある。「色懺悔」の文体を細評した内田魯庵は、「「いかに芳野」云々の句、語は日本なれども体は西洋……上下《かみしも》着て帽子を被る心地す」[13]と指摘していた。これは「怨言の巻」で芳野に心変わりを疑われた守真が、「いかに芳野。知らずや戦国の常として。」と、苦しい胸中を内心で吐露する語り出しの部分になる。「いかに芳野」は、たとえば「平家物語」の「いかに佐々木殿、いけずき給はらせ給てさうな」（「生ずきの沙汰」）といった用例のように、軍記で馴染みのある呼びかけの感動詞である。となると魯庵のいう「体は西洋」というのは、この呼びかけに続く「知らずや」だろうか。これも読本や講談にもみられる「汝知らずや」という語りかけに近いのだが、魯庵が西洋風だと感じているのは、これが国会開設に向けて活発化した演説討論を思わせたからではないだろうか。たとえば、「島田君よ知らずや米国の裁判官が憲法解釈の現に偏頗なるを」（田中耕三君発論「裁判官を公選にするの利害」、羽成恵造編『学術政談演説討論集』上田屋、一八八七（明20）年）などのように、呼びかける相手の名とともに文頭に置かれる「知らずや」は、自身の主張を説得的に語るための知識や例証を聴衆に強調して提示する際の感動詞的な役割を担っている。しかもこのあと、守真の長台詞のごとき心内語が、初出では四頁を越えて続き、こうした長さも演説討論に特有であろう。カッケンボスの『雄弁美辞法』（黒岩大訳、輿論社、一八八二（明治15）年）によれば、演説で用いる修辞法に「比擬（擬人）法・比兪（比喩）法・寓言法・形容法・設問法・対句法・進級法・譏誚法・隠見法・写音法」があり、このいくつかは「色懺悔」にも使用されている。たとえば「設問法」だが、

意見ヲ殊更《ことさ》ラニ疑問体ニ明言スル法ナリ。決シテ疑《うたがい》ノ意ヲ含ム者ニ非ラズ。又タ聴者ノ答ヲ乞フ者ニモ非ラズ。唯《た》ダ己《おの》レノ出ダシタル疑問ニ反対ノ意義ヲ強ク断定センガ為ナリ。此法ハ能ク語勢ヲ活動セシメ聴者の感覚ヲ強クス（句点は引用者による）

と説明されており、芳野の怨言に対し守真が、「それしきを暁《さと》らぬ小四郎か。それしきを得為《えせ》ぬ守真か。」と疑問形を何度も連ねて思う所を心中に述べる箇所など、あえて疑問を発し自らそれを否定することで説得をはかる設問法に則っており、相手の答えをまつものではない。自説を主張し、相手を論理的に説得するための演説の文範が、他者に語ることができない孤独な内面を吐露する小説表現へと応用されているのである。守真の本心が語勢強く心内語として開陳され、さらにその死によって二重に隠蔽されることにより、読者しか知り得ない深層の心情描写として読まれたのではないだろうか。

また、当時近松をシェイクスピアに匹敵する文章家とし文範化する流れがあった[14]。「色懺悔」もまた浄瑠璃を範としているが、独特な使用がみられる。たとえば、守真が妻・若葉に書き残した遺書の、次の言葉である。

おん身はまだ年若く在《おは》し候得ば。何方《いづかた》へなりとも似合はしき縁辺を求められ。万々年の御寿命の後。冥土にてかさねて対面を期し候。此義は己が一生の願ひに候。暮々も違背あるまじく候。もし聞き入れ申さゞるに於ては。未来永劫他人と相成るべく候。（「奇遇の巻」　傍線は引用者による、以下同）

近松の「冥土の飛脚」に、死を覚悟した梅川が、忠兵衛の父親との別れに際し呟く文句に「百年の御寿命過て後。未来でお目にかかりましよ」とあり、明治になってからは竹柴金作「三世相縁本《さんぜそうえにしのほん》阿弥《あみ》」（市村座上演、一八八六（明治19）年二月）の遺書に「万々年の御寿命を祈り居り申し上げ候」といった使用例が見える。今生での別れを覚悟し、残される側への申し訳を語る悲哀のなかで、未来での再会を期して用いられてきた詞章だが、「色懺悔」では、そうした用例を範としながらも、遺言に従って再縁しなければ「未来永劫他人と相成るべく候」と夫が妻を突き放そうとするのであり、浄瑠璃の別れの詞章が、男の情と女の恋がせめぎ合う事態を予想させる表現になっている。

このように、文範という観点からみたとき、紅葉が和文や欧文の語句や修辞法、文例について、文学以外のジャンルにも及んで意識し活用していたことが確認できる。花袋が、「色懺悔」の文体に既存の文学ジャンルでは味わえなかった新しさや親しみを感じたのは、文体のもつ多様性ゆえだといえ、それらが感情や心情を描くための新たな小説の表現となっていたからではないだろうか。

二　小説文範としての「色懺悔」

「色懺悔」における文範への意識を見てきたが、「作者曰」の「対話は浄瑠璃体に今時《きんじ》の俗話調を混じたるものなり。惟《おもん》みるに。これを以て時代小説の談話体にせんとの作者の野心」という書きぶりにもうかがえるように、紅葉は新たな小説の範となる意志を強く持っていた。実際「色懺悔」を模倣することによって新しい小説を学ぼうとする動きが、明治二〇年代にはみられる。これを仮に、「色懺悔」の小説文範化と名付けてみたい。

まず、『新著百種』の硯友社系の書き手に、内容・表現ともに踏襲、模倣されていく。たとえば第三号を担当した石橋思案の言文一致小説「乙女心」（一八八九（明治22）年六月）は、「此処は片山里の一軒家です」にはじまり、「こは〳〵とばかり果ては両人《ふたり》とも涙です。」という結末まで、「色懺悔」を模しているのは見やすい。『新著百種』には他にも、「片山里」「片田舎」や「庵」を舞台にした悲恋ものが見られ、「悲哀小説」（紅葉「色懺悔」の「自序」）の流行を呼んだといえる。

ただここで注目しておきたいのは、「…」と「—」の応用といえる紅葉独特の心理描写法が一時普及していった様である。ある程度のかたまりの章句のなかで「…」と「—」とを組み合わせ、行動や忠考と感情の継起を表現する場合がある。たとえば次のような箇所である。

守真今は為《せ》む方なし———戦場へは向ハれす（＊ず）…………義理の箭《や》に射すくめられ。　白害は得《え》遂《と》げず…………恩愛の手に障《ささ》えられ。　死を望む身の…………何事ぞ———死を厭《きら》ふ人と異ならぬは深手の苦痛。

（「戦場の巻」）

深手を負った守真が戦場で偶然出会った敵方の伯父に説得され、意志に反して救出される場面だが、倒置法や対句で美化された言葉が、「—」と「…」によって思考と感情の複雑な表現にもなっている。美妙によれば、「…」

を使い始めたのは坪内逍遥で、「―」は紅葉だという[15]。ただ当初から紅葉は、この二種の記号を組み合わせようともしており、「風流京人形」(『我楽多文庫』一八八八(明治21)年五月―『文庫』一八八九(明治22)年三月、以下「京人形」)の連載初回、少年が、バイロンの恋の詩を、身につまされて音読しはじめる様子を描写した箇所で、次のように使用している。

((必らず思ひ出したまふナ――ウムいゝ題だがわるい辻占だ――総て私の精神を君に与へたる愛情の熾《さかん》に焚《も》えたちしむかし。夢となりしむかしを……必らず思ひ出したまうナ――無理な……無慈悲な事をいふもんだあンまり気強い――光陰がわれらの生活の力を絶つて君と己れ此世を捨つるまでハ私は……我ハかの時を忘るゝ事あるべからず。(第一回)

二種の記号を用いて、音読(しかも翻訳しながら)に伴う思考や心情(圏点)の継起関係を説明しようとしていたようだ。ほかにも語り手の言葉と人物の心情を短句と記号で連ねる使用もみられる。「京人形」より少しあとに登場する二葉亭四迷の翻訳「あひびき」(『国民之友』一八八八(明治21)七、八月)、「めぐりあひ」(『都の花』一八八九(明治22)年一月)にこの記号二種のセット使用が見られるが、これはロシア語原文を直訳したもので[16]、発話の言い淀みや視点の切り替えの表記であって、紅葉のような心理描写の機能を持たせてはいない。

そこで参考にしたいのは、紅葉も序を寄せている、硯友社員の喜多川麻渓著・春亭(丸岡)九華補校の『真美人』(木南正吉、一八八八(明治21)年九月)である。「凡例」に「日本の文章にハまだ一定したパンクチユエーションが御座りません」とあり、「―」について「文章の中に此符号の間にある叙事ハ、人の思《おもい》を写した時です。ですから、其人物が此時の言語を発している訳でハありません」と定義し、「…」についても「言語の言《いい》切らない時、又上の言葉を言返す時に用ひました」と説明しており、発話に関連した「言」の書記にかかわる記号だとしている。たとえば、「―ハテ夜か…、（中略）残念ナ。―起上つて傍を見ると」（第三回）のように「―」によってやや長めに展開される心中の言葉を括っている。ただ『真美人』には「…」の多さが目立ち、[17] 紅葉のように二種混合させた上に、頻用することは特殊だといえる。「色懺悔」は「京人形」以来紅葉が試していたこの記号表現を、人物たちの差し迫る心理を描出する方法として印象付けたのではないだろうか。

『新著百種』第四号の漣山人（巌谷小波）「妹背貝」（一八八九（明治22）年八月）や第六号の広津柳浪「残菊」（同一〇月）の言文一致小説には、まさに紅葉流の使用例が見出せる。たとえば「残菊」の最後、主人公が病ゆえに危篤に陥るも、蘇生する瞬間を描いたクライマックスである。

> 自分の声か、母の念仏か、心に応ゆるはこればかり……今はもう――無心と云ふは今か――心のわな、きも消て、申さばボーツとなつて仕まひました。……フツと見ゆるは――眼よりも心に――遥に星の様な光、それにまた人影、能くは知れねど着て居るは黒衣《ころも》。其嬉しさ――覚へず其袖にすがれば、教へる様に指ざすは火の光、そして早く行といわぬばかりの手真似《てまね》。あの火迄《まで》……あれ迄行《ゆけ》ば、万に一つも助からうか。

このように記号表現を使い、幽明の境で生死を彷徨う心の描写さえ現れた。こうした「色懺悔」の応用例がみられるなか、紅葉は「文盲手引草」（『文庫』（一八八九（明治22）年九、一〇月）→『初時雨』（同年一二月）所収時完結）で、改めて記号を文学的表現として定義しようとしたようだ。

「第一　…………」

…………　和名ぽつく〳〵又ぽちく〳〵、英語どッてッど、ライン（点線）幾何学にいまじなりい、らいん（想像線）といふ（中略）想像線は実にその物あるにあらねど仮にあるものとさだめし線なり　譬へば「思入《おもひいれ》」「いひかけ」の穴へこのぽッ〳〵を埋めて此処は一番作者の腹を見せるか又は物語る人の心ありて言葉なきを、、、、、、とやあらむかくやあらむと看客《みるひと》がよしなに汲分《くみわけ》てやる処なり。ゆゑに思ひ遣《やり》のなき人は当今の小説ハ解《げ》しかぬるよし

「第五　だッし」

前に述べたる語なり文なりを一層深く理解せしめむが為に意味を強めむとて、いひ足したる文または語《ことば》の榜示杭と心得べし或は前文の意味を繰返して別の点から説くこともあり括弧と同じ勤《つとめ》をする事もあり此外変化つねならず

「文盲手引草」では、「…」も「—」も、小説における読解の重要な役割を与えられている。「…」は、読者にとっては作者の意図を想像しうる箇所であり、「当今の小説」を解せるかどうかの肝になる。紅葉は「幾何学」の imaginary line（想像線）だと説明するが、「色懺悔」での使用が「…………」のように異様に長いのも、そこに欧文の文章記号を超えて、心の動きを読者に想像させようとしていたからであろう。紅葉はまた「…」を「a言懸《いひかけ》・言遺《いひのこし》」「b節略　一名云々《しかぐ》」「c思入《おもひいれ》　一名余情」と三分類しており、とくに最後の「思入」が「色懺悔」の使用を特徴づけている。「—」も、その直前の語や文をより一層理解し、あるいは強調するという、読者に深い解釈を要請するものになっている。「作者曰」の最後、読みづらいかもしれないが「句読」（パンクチュエーション=句読法、記号含む）をたよりに再読してほしいと言っているのは、文字化されない心の存在が「—」「…」によって表現され、読者にそれを読みとく新種の読解力を要請することになったからだと考えられる。[18]

しかし、紅葉自身、「恋山賤」（『流行新聞』一八八九（明治22）七月一四日付（未完）→『文庫』同一〇日（完））を最後に、この二種の記号を組み合わせた表現を使用しなくなり、各記号の使用自体も激減する。紅葉にとって、記号を多用して心理を描こうとする試みは、明治二一年から二二年にかけての特有の試みでもあった。この問題については、改めて紅葉の文体の変容とともに考えていくべきだろう。

一方、紅葉はまた、時代小説の範になることも意図していたが、紅葉よりやや年上の大阪の小説家たちの時代小説に、「色懺悔」の趣向や文体を模倣し、涙を主題に仕組むものがみられる。これもまた本作の小説文範としてのありようを示していよう。堺利彦の次兄でもある本吉欠伸の『涙の淵』（駸々堂、一八九〇（明治23）年一〇月）は、徳川時代を舞台にした勧善懲悪的な筋立てだが、涙を描く場面に力を入れた時代物で、結末も「二人の比丘尼」とあり、「色懺悔」を意識していることがみやすい。「恩愛の手は柳腰を抱きしめて、その上に落す涙の顔、兄が涙は妹の背に妹の涙は兄が膝に注ぐ」など、「戦場の巻」や「怨言の巻」を範とした叙述があり、奸臣である父を死をもって諫めようとする息子の心理が「……よし忍ぶ可からざるをも――お家の為めにハ――忍んで結行すべし」と二種の記号を組み合わせて逡巡する様として描かれたのも「色懺悔」に学んだものと思われる。

さらに日清戦争前夜、講談が新聞小説として流行はじめると、「色懺悔」の語句や章句が時代小説として改めて注目された。たとえば大阪・積善館は、渡邊霞亭『女武者』（一八九三（明治26）年二月）や嘯月『主税亮《ちからのすけ》』（同年五月）を刊行しているが、これらは「色懺悔」から記号表現を削ぎ落とし、語句や、ときには場面描写を用いて、講談とは一線を画した時代小説になっている。

そしてこの時期、「色懺悔」に熱中した世代で、それを自身の小説の文体に吸収して後に残る作を書いてみせたのが高山樗牛（一八七一年生）である。「滝口入道」（『読売新聞』一八九四（明治27）年四月一八日～五月三〇日付掲載、無署名）は懸賞歴史小説に入選したもので、判者のなかには高田早苗や坪内逍遥とともに紅葉がいた。次の引用は、

「奇遇の巻」冒頭の片山里の庵の描写を、横笛の墓所の描写に利用している箇所である。[19]

滝口入道、横笛が墓に来て見れば、墓とは名のみ、小高く盛りし土饅頭の上に一片の卒塔婆を立てしのみ、里人の手向けしにや、半《なかば》枯れし野菊の花の仆れあるも哀れなり、四辺《あたり》は断草《だんそう》離々として、趾《あと》を着くべき道ありとも覚えず、荒れすさぶ夜々の嵐に、ある程の木々の葉吹落《ふきおと》されて、山は面痩せ、森は骨立ちて、目もあてられぬ悲惨の風景、聞きしに増りて哀れなり、あゝ是ぞ横笛が最後の住家《すみか》よと思へば、流石の滝口入道も法衣の袖を絞りあへず、」（第二十三）

全体に類似箇所が見えるが、とくに傍線部は「色懺悔」そのままである。同時代評[20]には、引用箇所につき、「（この）一段に至る誰か涙なからむや。世を捨ててふ滝口入道が法衣の袖を絞りあへざりしも宜《むべ》なりといふべし」とあり、「流麗なる文字の雅腸《はらわた》を充たしむるあり」と絶賛されている。妖堂居士（佐藤儀助）編『文壇風聞記』（新声社、一八九九（明治32）年）の「高山樗牛」に、「子《し》の仙台中学に在学せし当時、頻りに諸書を猟りて美辞佳句を集め衰然《こんぜん》として大冊を為す。子が著『滝口入道』の綺麗花の如き文字を以て満さるゝは、則此中より抜粋補綴せる也といふ」とあり、この「美辞佳句」の「大冊」には「色懺悔」も含まれていたことだろう。後に樗牛は自作を「小説と云はむよりは寧ろ抒情的叙事詩」（「明治の小説」『太陽』一八九七（明治30）年六月）だと述べており、文範の観点から見れば、本作は「色懺悔」を美文の時代へと架橋させた作としても位置付けられる。[21] そしてもしかすると、紅葉は、そうした時代の到来を「滝口入道」に見ていたかもしれない。

二　作文文範としての「色懺悔」

「色懺悔」を小説の文範とした明治二〇年代、その後半には「滝口入道」のように美文的に「色懺悔」を用いる小説も登場していた。実際、その後、有力な美文作法書で「色懺悔」の文体は美文の典型の如く扱われるようになる。花袋の『美文作法』（通俗作文全書・第三篇、博文館、一九〇六（明治39）年）は紅葉を「明治の文壇では、第一の美文家」（「現今の作家略評」）と位置付けて「色懺悔」から「金色夜叉」まで論じ、また久保天随（一八七五年生）の『美文作法』（作文叢書・第六巻、実業之日本社、一九〇七（明治40）年）は、「殊に『色懺悔』に於ては、読者の情緒を衝きて、空想の余地を存せしめ、語句簡略、筆致縦横にして、虚妄誇張を避けず、全く美文的性質を有するものなり」と、「一種異様な文体」の諸要素が、改めて「美文」として認識された様がうかがえる。この頃は、一八七〇年代生まれの文学者たちの「色懺悔」をめぐる発言が登場しはじめる時期なのだが、明治三六年の紅葉の死も相まって、書くことをめぐる状況の中で本作が復古的に話題になったようである。

はたして美文の時代を意識してか、紅葉は晩年、「色懺悔」に手を入れており、それが没後まもなくして刊行された『紅葉全集』第一巻（博文館、一九〇四（明治37）年）に収められた。そして、「奇遇の巻」冒頭は次のように改稿されていた。（　）内は初出本文である。

（都さへ…………）蕭寂（蕭條いかに）はそも如何ならん。（無し）片山里の時雨あと。晨より（から）夕まで。昨日も今日も凩の烈（木枯）（はげし）く。（吹通して）あるほどの木々の葉—峯の松のみ（ばかり）残して—大方（大方を）吹（ふき）落しぬれ（たれ）ば。山は面痩（せて）せ哀に（れに）。森は骨立ちて凄じ（まし）。（無し）（「奇遇の巻」）

「都さへ…………」を削除し、「木枯の吹通して」を「凩の烈く」にしたことによって和歌的自然詠のイメージを喚起していた文章が、冬枯れの厳しい自然を描写した写生文に変じてみえる。また「いかに」という問いかけが「如何ならん」と推量になったことにより、内省的にもなった。この改稿は、「色懺悔」を美文のなかでも叙景文として流通させやすくしたようだ。

松田秋浦編『明治小説文粋』(青木嵩山堂、一九〇三(明治36)年)は、明治一八年以降の小説から採録したもので、天地自然を分類した「天地の巻」に、「奇遇の巻」からは初出冒頭「都さへ」と夜更けた庵を描く「里ならば〜板戸を打てば」、「戦場の巻」からは冒頭「高きは林か」の箇所を採る。「色懺悔」の文章を自然描写として分類した最初の書だといえるが、「朗々称すべき名文」とあるように作文用というわけではない。

全集版(「蕭寂は」)を採録したものには作文用が多く、抜粋に見出しが付され、利便性が高い。たとえば「社寺 庵」(藤原喜一編『作文自在美辞宝鑑』実業之日本社、一九〇七(明治40)年)、「文章月令(十一月)」(大日本文芸会編『文章講習録』後編上「作文資料」大日本文学会、一九一四(大正3)—一九一五(同4)年)などのように、作文のテーマにそって選択できるようになっている。

さらに「山は面痩せ哀に。森は骨立ちて凄じ。」は、擬人法の好例とされ叙景文の修辞を学ぶための有力なサンプルとなり、愛用されていった。とくに五十嵐力が『文章講話』(早稲田大学出版部、一九〇五(明治38)年)「活喩法」の「非情の事物を有情扱ひにするもの」のうち「人間らしくあしらふ」例にあげたことが大きかったようで、同著『新文章講話』(一九〇九(明治42)年)・『高等女子新作文参考書』(一九二五(大正14)年)でも「擬人法」の例としており、これは文部省の尋常小学の読方、書方、綴方を連携させる教案の普通教育研究会編『毎時配当尋常小学国語教授細案』巻四(松村三松堂、一九一〇(明治43)年)にも影響している。河井酔茗・溝口白羊編『女子作文良材』(三星書房、一九〇八(明治41)年)も「第六章　叙景文」で「叙景文は情感を表現する一種の術《アート》」としつつ、「自然」の項目にこの擬人法表現を挙げている。

「色懺悔」を用いた叙景の例として、小泉又一の「教育小説棄石」(一九〇七(明治40)年五月)がある。小泉は高等師範の教育者で、初等教育研究会を創設し、雑誌『教育研究』を発刊しており、この小説もそこに掲載したものである。教育小説と角書きにある通り、まさに学生の作文を思わせる冒頭になっている。

> 空は夕の霧こめて、地にはうらがれの風吹きぬ。澹雲《たんうん》微雨。逝く秋は、いたく闌けたり。来ん冬の哀《あはれ》をかこつ凩の音に、なつかしき夏の休暇《やすみ》も、昔の夢となれば、夜々にはおく霜いと白く、木々には彩《いろ》どる紅の、樹梢《こずゑ》にかかる時雨ごとに、山は面痩《おもやせ》すさまじく、森は骨立《ほねだち》あはれなり。白より黒とかはりし小倉の制服《ふく》も、今は、襟首なにとなううらさむみ知らるる。……十月もはや中旬《なかば》！

山と森の形容を「色懺悔」とは逆にすることで、「あわれなり」という古典の定型的な文末にしているのだろう。凩・時雨とあるので、紅葉系の文範使用の例となる。

紅葉系といったのは、「山は面痩せ―」の擬人法は「滝口入道」でも用いられ樗牛の使用を範とするものもみられるからである。大町桂月編『文章大辞林』（至誠堂、一九一三（大正2）年）が「墳墓」と見出しを付けて文範として以降、野畑江村編『美文選集筆洗』（崇文堂、一九一九（大正8）年）ほか複数の文範集に採録された。作文で使用される場合、「時雨・木枯（凩）」の文脈であれば紅葉系、「夜嵐」だと樗牛系を文範にしていることがわかる。やはり教育雑誌になるが、玉井紅葩「編集後記　新春雑感」（『日本教育』一九〇八（明治41）年一月）に、「荒れまさる夜嵐に山は面痩せ森は骨立ちて満目荒涼、殺伐の冬景色に一層の哀れを添ふもの」とあり、一見同じ擬人法の表現に見えるが、夜嵐とあるので樗牛系を範としていることがわかる。ここには紅葉と樗牛のどちらを支持するかという思想的／趣味嗜好的問題も絡んでいた可能性もあるだろう。

もうひとつ愛用されたのは「戦場の巻」冒頭で雪景色の美を描いた「高きは林か。低きは野か。唯一面に白く。

なをチラ〳〵名残を降らす暁の空。」である。はやくには『小国民』（一八九三（明治26）年二月）の投稿作文「雪見の記　京都市上京区　喜多村重孝」に「高きは山か、烟立つは村か」（批点は評者）が見出せる。「奇遇の巻」同様、日露戦争期頃から文範集に採録されると「雪」や「十二月」の文例とされた。[22] 活字として残る作文例に、『新撰才媛文集』巻一（東洋社、一九一二（大正元）年）「四季之部　冬」に淑徳高等女学校・津田文子「雪見の記」があり、「今朝起き出でゝ見れば一面の銀世界、（中略）一望千里の武蔵野の平原、只見る真白の美しさ。高きは森か低きは畑か。雪晴れの空に筑波山そびえ立ちて、恰も綿にて包みたらんが如し。」とあり、圏点は評者が「文章の妙所」としたところだが、「高きは――　低きは――」という平易な構文でありながら、見慣れた風景が雪によって美的世界に一転する驚きを捉えることを可能にしたようだ。

　一方、このかたちは汎用性が高かったのか、土井晩翠（一八七一年生）「光の歌」（『反省雑誌』一九〇一（明治31）年一月）に「高きは山か山よりも／清きは水か水よりも」とあり、三惜道人編『美文精英』（積善館、一九〇〇（明治33）年）の「地理門――山」に「高きはそれの山なるか、低きはわが村のあたりなるべし」とあって、幸田露伴・堀内新泉（一八七三年生）『雪紛々』（春陽堂、一九〇一（明治34）年）の新泉執筆部分に「高きは山か低きは谷か、見渡す限りこの頃の大雪に銀などを敷けるが如きト丶ナイ山の裾野」（第三十三回）とあるなど、散文韻文に限らず、視線の上下を伴う広い視野で表現する叙景の文範として重宝されていたようだ。そして、当の紅葉もまた、「金色夜叉」の要所でこれを用いてみせた。宮の死を夢で見た貫一が、西那須野の駅に降り立ち、不安を拭えない思いで、塩原へと急ぐ道行きを描く箇所である。

疾《と》く往きて、疾く還らんと、遽《にはか》に率《ひきゐ》し俥に乗りて、白倉山の麓、塩釜の湯、高尾塚、離室、甘湯沢、兄弟滝、玉簾瀬、小太郎淵、路の頭《ほとり》に高きは寺山、低きに人家の在る処、即ち畑下戸《はたおり》。

（「続々金色夜叉」「（九）の四」『読売新聞』一九〇一（明治34）年二月八日付）

途上「険《けは》しき巌《いわお》と峻《さか》しき流《ながれ》」のために掻き乱されていた貫一の目が、寺山や人家を認識し、直後、畑下戸の清琴楼で「清福自在の別境」の境地いたる。貫一は「此の絵を看る如き清穏の風景に値《あ》ひて」、閉じた心を開いていくのであり（以上（十）の一）、物語の重要な転換点に紅葉の筆力が遺憾無く発揮されている。国語教科書にも採録され後々まで名文章とされた箇所だが、「山水の美」に目覚めることが貫一の救済であること自体、紅葉が文章をとおして世界を認識する文範の文化圏を生き、読者の書く感性を刺激し続ける書き手であろうとしたことの証ではないだろうか。

おわりに

新しい小説のかたちを強く印象付けることに成功し紅葉の文壇出世作となった「色懺悔」。紅葉は文範を強く意識し、さらに自身が新しい小説表現を生み出すことを模索していた。そして読者もまた、従来の文のかたちから自由になる感覚を得、さらには新しい文のかたちに自分の言葉を組み換えたくなる、そうした強烈な文範として、紅葉の文章があった可能性を考えることができよう。

ちなみに「色懺悔」と文範との関係を考える際、文学青年たちの作文には違った傾向がある。野口米次郎の回想にもあった「茶の煙だに」と始まる、山中の庵で女たちが亡き恋人を想い語り合う章句の愛好である。それは戦後、新制大学の一般教育科目「文学」のために編まれた久松潜一ほか委員（立案）・池田亀鑑（著）『源氏物語の文学』（三省堂出版、一九五一（昭和26）年）に、「野々宮の秋の深い情趣に因んで、秋の山里の寂寥を叙した紅葉の文章」

として、「奇遇の巻」を「谷間の庵」と題して紹介する文範的感性へとつながっている。「色懺悔」は隠遁や失恋といった、文学青年の琴線に触れる叙情の文範でもあったことを付記しておきたい。

注

1 泉鏡花「泉鏡花年譜」（『鏡花全集』第一巻、春陽堂、一九二七（昭和2）年）

2 藤岡作太郎「明治文学史を読む」（『東圃遺稿』巻二、大倉書店、一九一二（大正元）年）

3 堺利彦『堺利彦伝』（改造社、一九二六（大正15）年）

4 島村抱月「新文章論」（『文章世界』一九一一（明治44）年）

5 野口米次郎「烏兎匆々」（『強い力弱い力』第一書房、一九三九（昭和14）年）

6 岡保生「「色懺悔」の文体」（『尾崎紅葉―その基礎的研究―』東京堂、一九五三（昭和28）年）

7 無署名「（新刊書）新著百種色懺悔」（『朝野新聞』一八八九（明治22）年四月二〇日付）

8 「色懺悔」の底本は『新著百種』の初出による。『傑作集』（吉岡書籍店・学齢館、一八九一（明治24）年）所収版本文との違いは、必要に応じて傍に（＊）で示した。

9 江見水蔭『硯友社と紅葉』（改造社、一九二七（昭和2）年）は「新葉和歌集」後醍醐天皇「都だにさびしかりしを雲晴れぬ吉野の奥の五月雨のころ」、島内景二「尾崎紅葉の初期作品群に見る古典詞」（『電気通信大学紀要』二〇〇〇（平成12）年）は「新古今和歌集」祝部成茂「冬の来て山もあらはに木の葉ふり残る松さへ峯に寂しき」、須田千里「色懺悔」注釈（『新日本古典文学全集　尾崎紅葉集』岩波書店、二〇〇三（平成15）年）は補註一七「千載和歌集」中納言定頼女「都だにさびしさまさる木がらしにみねの松かぜおもひこそやれ」との関係を指摘している。

10 「色懺悔」執筆当時の紅葉を知る丸岡九華は、次のように回想している。

> 第一回の片山里の寂しい庵室を描写した條下など僅に数行の文字であるが、然し此数行を書上げるまでには実に苦心惨憺であつた。先以つて平家物語や方丈記などの手近いありふれたものは勿論、気の付いた参考書は出来るだけ渉猟して居た。
>
> （「紅葉山人著色懺悔について」『明治文学名著全集』第七巻、東京堂、一九二六（大正15）年）

紅葉の「参考書」には、物語の舞台や小道具の描写も含め、語句や章句などを学ぶ文範・文例意識をみることができる。また、須田（注9）は「文体や語彙に人情本や浄瑠璃・歌舞伎の影響が認められる」（〔構想〕）と指摘している。

11 木谷喜美枝「『二人比丘尼色懺悔』の試み」（『尾崎紅葉の研究』双文社出版、一九九五（平成7）年）は、記号を数量的に確認し、「一風異様な文体」の要因はそれらの使用の多さにあると指摘している。

12 内田魯庵（藤の屋）「文学上の符号」（『女学雑誌』一八八九（明治22）年一一月）は、「紅葉山人が「色懺悔」中に燈火《ともしび》の風に乱るゝを記して＝明……滅＝とせしは大に符号の巧妙を悉《つく》して一読其さま目にさへぎる様に覚ふ」と指摘しており、こうした独特の表現も試みていたことがわかる。

13 内田魯庵（藤の屋）「紅葉山人の色懺悔」其一（『女学雑誌』一八八九（明治22）年四月二〇日）

14 小野田孝吾編『やまと文範（浄瑠璃全書）』全三集（一八八一（明治14）―一八八三（明治16）年）の出版について、富山房編『富山房五十年』（一九三六（昭和11）年）「第二部　出版史話」は、「明治十四五年から抬頭して来た日本文学書翻刻の流行」のなかでも「特に注意を要するもの」とする。小野田は近松をシェイクスピアやスコットに匹敵するとし、「其措辞ノ巧妙、行文ノ流麗、之ヲ文章ノ上乗ト云フモ可ナリ」（諸言）と高く評価した。「色懺悔」の自序で、紅葉もシェイクスピアを称えている。

15 山田美妙「文章符号の解釈」（『以良都女』一八八九（明治22）年一二月）。美妙は「―」について、紅葉の次に使用したとも記している。ちなみに須田（注9）は補注四四で、逍遥の「当世書生気質」の第一五回（一八八五（明治18）年一一月）に「…」の使用例があること、また正岡子規「筆まかせ」第一編の記述（「妹と背鏡」（一八八五（明治18）―一八八六（明治19））における「…」の使用が顕著だとし、日本の小説に「一大進歩」を与えた記号だと述べていること）について言及している。

16 加藤百合『明治期露西亜文学翻訳論攷』（東洋書店、二〇一二（平成24）年）の「第二章　二葉亭四迷」に、翻訳において二葉亭が「文章符号（パンクチュエーション）と文節（フレーズ）が織りなす文調」にこだわり、その訳文にも「…」や「―」が写されたとの指摘がある。また「浮雲」第三編（『都の花』一八八九（明治22）七月）でも相似する使用が見出せるとする。

17 紅葉は「社員麻渓居士著真美人の評判」（『我楽多文庫』一八八八（明治21）年一〇月）で「…………の多きは我楽多の小説一般にしかりとの御注告屡々山人が木耳《ぼくじ》に入る所なり」と述べている。

18 田山花袋『美文作法』（通俗作文全書・第三篇、博文館、一九〇六（明治39）年）が「第三編　美文作法」中「一、美文組立―紅葉山人の文体論」で「殊更に句の短いものを使つて、其間に誇張した長い感嘆詞を挿んで居る具合、今日から見ると、何してこんな佶屈な文章を作つたかと思はれるが、それでも作者は其描写に於て或るところまで成功して居る」と述べているが、ここで評価されている描写と、本稿が指摘した描写法は同じものを指していると思われる。

19 「滝口入道」と「色懺悔」の表現の関係については、つとに後藤丹治「滝口入道続説」（『洛味』一九五〇（昭和25）年四月）が指摘している。ほかにも、近松の浄瑠璃等の古典、浪六、露伴にも拠っていることを明らかにしている。

20 無署名「瀧口入道を読むで所感を記す」（『裏錦』一八九五（明治28）年一〇月）

21 花澤哲文『高山樗牛　歴史をめぐる芸術と論争』（翰林書房、二〇一三（平成25）年）「付論『滝口入道』の美文解析」は、日清戦争前後から日露戦争前後の美文の流行のなかで樗牛が自作を「抒情的叙事詩」と称したのは「「美文」を意識的に選択した」ことの現れだと指摘している。

22 烟波生『美文良材〔正〕』（博多成象堂、一九〇五（明治38）年）では「四季門　十二月　雪」に、藤原喜一編『作文自在美辞宝鑑』（実業之日本社、一九〇七（明治40）年）には「雪　霰」、梨花生著『作文資料美文のしづく』（成象堂、一九一三（大正2）年）には「十二月　雪」と分類されている。

第2章

「同胞姉妹に告ぐ」と『穎才新誌』

――一八八〇年代前半における政治とジェンダーをめぐる表現史の水脈

倉田容子

はじめに

「同胞《どうほう》姉妹《しまい》に告《つ》ぐ」[1]は、どのような表現史の文脈において捉えられるべき文章なのだろうか。この文章は、自由党の小新聞である『自由燈《じゆうのともしび》』に一八八四（明治一七）年五月一八日から同年六月一八日にかけて「志ゆん女」の名で連載され、従来、女性の手になる最初期の男女同権論と見なされてきた。しかし、「同胞姉妹に告ぐ」に先立つこと約二年、一八八二（明治一五）年に少年・青年の投稿誌『穎才新誌《えいさいしんし》』[2]誌上で第二四八号（一八八二年三月四日）から第二八七号（一八八二年一二月二日）にかけて起きた男女（不）同権論争には、既に「同胞姉妹に告ぐ」に近似した思想や表現の断片が見られる。

本稿では、男女（不）同権論争の投稿文と「同胞姉妹に告ぐ」における表現の類似点について確認した上で、論争に至るまでの『穎才新誌』誌上の女権論の展開を辿り、「志ゆん女」の名が召喚された経緯を紐解くことを試みる。結論を先取りして言えば、そこには女権論、自由民権論、烈女伝、そして政治小説といった諸ジャンルの背後に拡がる表現の水脈が示唆されていると思われる。「同胞姉妹に告ぐ」が生み出された前提条件について考えることを糸口として、一八八〇年代前半の政治とジェンダーをめぐる表現史にアプローチしたい。

一　「同胞姉妹に告ぐ」

従来、「同胞姉妹に告ぐ」は岸田俊子《きしだとしこ》（中島湘烟《なかじましょうえん》）の手になるものと考えられ、「女性によって書かれた最初の男女同権論」（108頁）[3]、「自由民権論が男女同権論を明確に位置づけねばならない理由と必要性を、民権派内部から女性が訴えの声を起こしたエクリチュールという意味においても、画期的な価値を持っている」（2頁）[4]と評価されてきた。

だが、関口すみ子[5]は、「「志ゆん女」が岸田俊子であることを示す決定的な証拠はじつはみあたらない」（48頁）とし、「同胞姉妹に告ぐ」の文体が和文であることや一人称に「余」ではなく「妾」を用いていることについて、「論考（『女学雑誌』掲載の俊子の論考──引用者注）で、（女である自分が）漢文訓読体を用い、「余」と自称し、ジェンダー（男／女の型、象徴秩序）そのものを変えていこうとする俊子が、同じ論考という形式で、あえて和文・和語を強調し、「妾」を自称し、〝女ぶる〟〝へりくだる〟ことはありえないと言ってよい」（54頁）と述べている。加えて、他の論考に見られる俊子の思考がそれほど画期的なものではないのに対し、「同胞姉妹に告ぐ」は「女性参政権をめぐる攻防が始まったイギリスの思想を援用して「男女同権」を説くものであり、当時の日本でも、世界的に見ても、最先端である」（58頁）として、文体だけでなく思想的にも「同胞姉妹に告ぐ」を俊子の文章と考えることは不自然であると指摘する。

こうした文体や思想をめぐる違和感が「志ゆん女」は岸田俊子ではないと断定する根拠となり得るかどうかを

判断することは論者の手に余る課題である。だが、以下に述べていくように「同胞姉妹に告ぐ」よりも約二年早く『穎才新誌』に類似した思想・表現が見られるという事実は、関口の主張を別の角度から傍証するものになると思われる。

まず、「同胞姉妹に告ぐ」の内容と、その典拠として指摘されてきた文章を確認しておきたい。以下、とくに注目したい箇所を引用する。

①或《あるひ》は曰《い》ふ男《おとこ》は強《つよ》し女《おんな》は弱《よわ》し故《ゆゑ》に同等《どうとう》なること能《あた》はずと。抑《そもそ》も強《つよ》し弱《よわ》しとは何《なん》の力《ちから》を指《さ》して中するものぞや。**A**若《も》し腕《うで》の力《ちから》の強弱《きやうじやく》に依《よ》りて尊卑貴賤《そんぴきせん》の別《べつ》の分《わか》るゝと云《い》ふならば。男子《なんし》の仲間《なかま》にも強弱《きやうじやく》の差異《さい》種々《いろ〳〵》あること角力《すまふ》の番附《ばんづけ》にて知《し》るべく。一般《ぱん》の人間《にんげん》は兎《と》ても角力取《すまふと》りに勝《か》つこと能《のう》はず。梅ヶ谷楯山《うめがたにたてやま》は正《しやう》一位《ゐ》摂政《せつしやう》関白《くわんぱく》にならねばならず。色《いろ》の生白《なましろ》い華族方《くわぞくがた》は新平民《しんへいみん》の下《した》にでも位《くらゐ》せねばならぬ筈《はず》なり。世《よ》の中《なか》に何《なに》とてかゝる道理《だうり》のはべるべきや。又《また》いよ〳〵腕《うで》の力《ちから》の強《つよ》きが尊くして弱《よわ》きが賤《いや》しきものとせば。**B**鞆絵板額《ともゑはんがく》の如《ごと》き勇力《いうりき》たぐひなき女《をんな》は男子《なんし》よりも立《たち》まさりたる尊貴《そんき》の位《くらゐ》を有《たも》ち。其《そ》の権力《けんりよく》も遥《はる》かに諸々《もろ〳〵》の男子《なんし》の上《うへ》にあるべき筈《はず》なるが。論者《ろんしや》毫《すこし》もこれを論《ろん》ぜず。（其一、4頁。強調引用者、以下同じ。）

②試《こゝろみ》に思《おも》ひ見《み》よ　**C**古《いにしへ》より東洋《とうやう》の習慣《ならはし》として男子《なんし》たるものは教育《けういく》の法備《ほふそな》はり　文学《ふみまな》びの道《みち》より武芸《ぶげい》の術《じゆつ》までそれ〴〵に師《し》を撰《えら》び場《ば》を設《まを》けて教授《けうじゆ》なしけり　然《さ》れば男子《なんし》たるものは心《こゝろ》なくして自《みづか》ら棄《すつ》るものか　学《がく》を嫌《きら》ひて自《みづか》ら暴《そこな》ふものか或《あるひ》は貧《まづ》しく賤《いや》しくして学《まな》ぶに遑《いとま》なきの人《ひと》をのぞく外《ほか》のは大抵《おほむね》教《をし》へを受《う》けざるはなし　よしや教《をし》へを受《う》けざるも男子《なんし》は世《よ》の中《なか》に奔走《ほんそう》して弘《ひろ》く人《ひと》と交《まじは》るが故《ゆゑ》に　女子《によし》の閨閫《けいこん》の中《うち》にとぢこもりて人《ひと》交《まじは》りも得《え》せぬ様《やう》にせられぬるものとは　其《そ》の智識《ちしき》の進《すゝ》みも大《おほい》なる差異《たがひ》あらねばならぬ訳《わけ》なるべし　然《さ》れば　むかしより男子《なんし》のすぐれたるもの女子《によし》よりも多《おほ》かるの理《り》は教《をし》ふると教《をし》へざるとの差《たが》ひ　又《また》世《よ》に交《まじは》ることの

広《ひろ》きと狭《せば》きとに依《よ》るものにて　自然《しぜん》に得《え》たる精神力《せいしんりよく》に於《おい》て差異《たがひ》あるものにははべらぬぞかし（略）又教育《またけういく》に依《よ》りては啻《たゞ》に益《えき》なきのみならず害《がい》を為《な》すことも少《すく》なからず　**C**即《すなは》ち我邦《わがくに》古来《こらい》より女《をんな》の文学《ふみまな》びの道《みち》は大抵《たいてい》その方法《はうはふ》をあやまり　婦人社会《ふじんしやくわい》の智識《ちしき》の発達《はつたつ》を妨《さまた》げたるもの多《おほ》し　婦人《ふじん》のすぐれたるもの少《すく》なき所以《ゆゑん》に候はずや（其三、9－10頁）

③仮《か》りに男《をとこ》のいふごとく男《をとこ》をもて女《をんな》にまさりたる才智《さいち》ありとせんか　男《をとこ》は女《をんな》より権利《けんり》多《おほ》きものと定《さだ》めはべるべきや　**D**然《しか》る時《とき》は男同士《をとこどうし》の間《あひだ》にも才智《さいち》の多少深浅《たせうしんせん》の差《たが》ひあるべし　其《そ》の権利《けんり》は如何《いか》に定《さだ》め申すべきや　若《も》し才智《さいち》に依《よ》りて人間《にんげん》の権利《けんり》を定《さだ》むるとせば　多数《たすう》の男子《なんし》おの〳〵政府《せいふ》か博士《はかせ》の試験《しけん》を受《う》け　小学生徒《せうがくせいと》のごとく人々《ひと〴〵》等級《とうきふ》を立《た》て権利《けんり》の多少《たせう》を定《さだ》めねばなり申すまじ　かゝる煩《わづら》はしきことの為《な》し得《え》られはべるべきや（其三、10頁）

順に傍線部の内容とその典拠を確認していく。「志ゆん女」は、まず「男は強し、女は弱し、故に同等なること能はず」という男女不同権論を挙げた上で、傍線**A**のように、腕力の強弱が貴賤にかかわるならば、男のなかでも「相撲取り」、とりわけ「梅ケ谷」や「楯山」のような強豪力士は一般の人間よりも高い地位に就くはずだと反論する。さらに、傍線**B**では、鞆絵（巴御前）や板額といった「武勇にすぐれ戦場で活躍したことで名高い女性」（5頁）[6]は男子より権力を持つはずだが、男女不同権論者はこれを論じないと批判する。

「同胞姉妹に告ぐ」は、多くの記述をおよび斯辺瑣《スペンサー》著／井上勤訳『女権真論』（思誠堂、一八八一・一、原著一八五一年）[7]、および宝節徳《フォーセット》著／渋谷慥爾《しぶやぞうし》訳『政治談　下巻』（自由出版、一八八三・五、原著一八七二年）[8]に負っていると見なされており、右に挙げた引用箇所についても、傍線**B**を除いて、これらの中に対応する表現の存在が指摘されている。傍線**A**については、『政治談　下巻』の「此ノ反対論ヲ主張スル輩ハ、身体力ヲ量テ選挙権ヲ与ユルノ法ヲ設ケ、闘芸者、角力及ヒ踏舞技等ヨリ組織スル内閣ヲ見ンヿヲ望ム可シ」（100頁）という表現が元になっていると見なされてきた。

傍線Cでは、女子よりも男子のほうが優れた者が多いとしても、それは「自然」によるものではなく教育や習慣の結果であることが論じられている。男子に対しては古来「教育の法」が整備されており、また仮に教えを受けなかったとしても男子は「世の中に奔走して弘く人と交る」ことで知識を得るため、「女子の閨閫の中にとぢこもりて、人交りも得せぬ様にせられぬるもの」とは異なっている。また、教育は却って害を為す場合も多く、「我邦」の「女の文学びの道」はかえって「婦人社会の智識の発達を妨げたるもの」が多く、それらが優れた女子が少ない理由ではないかと言う。この箇所は、『女権真論』の「右ニ云ヘルガ如キ誤リタル思想（「婦人」は「学問、思想、熟練ノ各箇ニ於テ男子ノ如ク益スルモノナシ」、「男子ヲ教養スル所ノ場所ニ入ラシムルモ、多ク其功スルコトナシ」、「大志ヲ抱イテ之ヲ事業上ニ企テ来リシ事甚タ稀ナリ」といった思想――引用者注）ヲ抱クモノ多キヲ以テ、婦人ヲ教育スルノ方法宜キヲ得ザルヨリ、婦人、精神力ノ有リ丈ケヲ働カスコトナクシテ、其儘宝ノ持チ腐レニ成スコト、世上其数ヲ知ラズ」（11頁）を膨らませて記述したものと見なされてきた。

傍線Dでは、男子の間にも「才智の多少、深浅の差ひ」はあるのだから、才智の差によって権利の多寡が決まるならば、男子も「政府か博士の試験」を受けて「等級」を決めねばならないが、そのような煩わしいことはできないだろうと述べる。この箇所は、『女権真論』の「此ノ男ト彼ノ男トノ才智ニ差異アルヲ測量シテ、此ノ男ノ才智ハ如何程、彼ノ男ノ才智ハ如何程ナリト定メ、此レニハ此レ丈ケノ権利ヲ配分シ、彼ニハ此レ丈ケノ権利ヲ与ヘテ然ルベシト云フノ運ビニ為サヾルヲ得ザルノ訳柄ニ立チ至ルナリ」（13頁）、および『政治談　下巻』の「夫レ斯ノ如クナル（※権利を「智識ノ分量」に比例して分配すること――引用者注）ヲ以テ権利ヲ配当スルニ、男女ノ間ニ区別ヲ設ケス、其性ノ彼此ヲ問ハス、権利ニ無数ノ等級ヲ立テサル可ラス。而シテ吾人ヲシテ、再度、才智ト権利トヲ酌量スルノ標準ナル、到底得可ラサル〻ヲ探求セシムルニ至ルナリ」（98頁）が元になっているとされてきた。

このように「同胞姉妹に告ぐ」は、男女不同権論や「我国」古来の悪しき教育習慣風俗を挙げ、それらを論破していく内容となっており、その論旨にはたしかにスペンサーやフォーセットの影響が見られる。ただし、『穎才新誌』の投稿文には今確認した『政治談』や『女権真論』よりもさらに近似した表現が見られ、「同胞姉妹に告ぐ」がこれらの文献との単線的な結びつきによって成立した文章ではないことがうかがえる。次に、『穎才新誌』投稿文との内容・表現の類似を確認していきたい。

二　『穎才新誌』における男女（不）同権論争

『穎才新誌』は明治期の主として少年・青年を対象とした投稿雑誌であり、前田愛「明治立身出世主義の系譜」[9]以来、立身出世主義の文脈に位置付けられてきた。また佐藤忠雄[10]は、『穎才新誌』投稿文には、文語体、論争的であること、言葉遊びの多用といった大正期以後の作文教育から排除された要素が見られることを指摘している。これらの議論を先駆とし、立身出世主義と明治期の少年・青年の書記文化との交差が注目されてきた。[11]少年・青年の投稿誌と言っても、『穎才新誌』に掲載された投稿文は単に同時代の思想の受容状況を示すに留まらない。槙林滉二[12]は、北村透谷「漫罵」や夏目漱石「現代日本の開化」に先立って、『穎才新誌』の投稿文に日本近代化外発状況論が見られることを指摘し、「透谷や漱石が突出していたのではなく、それらに先行する言及が多々あり、また逆にそれらを集約するところも多々あったのではないか」（1頁[13]）と述べる。

他方、ジェンダーの視座からは、近代日本の教育史と連動していることが指摘されてきた。今田絵里香[14]は、中等教育機関の男女別学化に伴う子ども雑誌の性別分化という文脈で『潁才新誌』を取り上げ、一八八二年（明治一五）頃から女性の投稿が極端に少なくなること、また、この頃同誌で起きた男女（不）同権論争は「身体の強靭さと知識の豊かさにおいて男女に差異があること、そして当然男性のほうが優れていることを前提にし、そのうえで同権か不同権かを問うものにすぎなかった」（36頁）ことを指摘する。

『潁才新誌』のジェンダー偏差についての今田の指摘は極めて妥当なものだが、男女（不）同権論争の評価については同時代の議論の水準に照らして再検討の余地がある。そこには、従来先駆的な男女同権論と位置付けられてきた「同胞姉妹に告ぐ」と近似する表現が多く見られ、槙林が日本近代化外発状況論に関して指摘したのと同様の状況が、男女同権論に関しても生じていたことがうかがえる。

男女（不）同権論争は、福島県信夫郡福島師範生徒・永原鉦作（年齢不詳）の投稿文「男女不同権論」（『潁才新誌』第二四八号〜第二五〇号、一八八二年三月四日〜三月一八日）に端を発したものである。永原は、まず、「洋人ハ物理ニ精シ、而シテ倫理ニ昏シ。男女同権論ノ如キ、豈笑フヘキノ極ナラズヤ。（略）抑モ造物者ノ権ヲ万物ニ付与スルヤ、必身体ノ組織ト智識ノ浅深等ニ相比例スルモノナリ」（第二四八号、5頁）として、「造物者」が万物に与える「権」は「身体ノ組織ト智識ノ浅深等」に比例すると主張する。そして、「今夫レ男子ハ女子ニ比スレハ、身体ノ組織、力量ノ強壮、孰レカ優、孰レカ劣、三尺童子ト雖圧亦之ヲ知ル。是レ天賦に厚薄アルナリ」（第二四九号、5頁）と男子の身体的な優位を述べた上で、さらに「何トナレハ女子ハ懐妊ノ事アリ。随テ、其兒ヲ養育スルノ任アリ。之ヲ養育スル、終始家ニ在ラサルベカラズ」、「何ヲ以テカ広ク交際ヲ求メ、遍ク書籍ヲ閲シ、以テ智識才能ヲ錬磨スルヲ得ンヤ。然則女子ノ智識才能タル、其未タ嫁娶セサル以前ノ地位ニ止リ、到底是ヨリ歩ヲ進ムル能ハサルナリ」（同前）として、女子は「懐妊ノ事」があるため家にいなければならず、広い交際や書籍の渉猟によって「智識才能」を練磨することができないとする。これらの理由により、永原は「女子ハ、形体上ヨリ論ズルモ、智識上ヨリ論スルモ、到底男子ニハ優ル可カラズ。優ル可カラザル時ハ、其権タル、亦男子ノ上ニ出ツル能ハザルヤ、昭々乎トシテ其レ明カナリ」（第二五〇号、5頁）と断じる。

『穎才新誌』第二五五号（一八八二年四月二二日）の「学事要報」には「本誌第二百四十八号に於て、福島県福島師範学校生徒なる永原鉦作氏か一たひ男女不同権論てふ者を出せしより、反対論者より是れか駁論を投寄せらる者、既に数十篇の多きに至れり」（8頁）とある。この後、主に永原の「男女不同権論」への反論が第二五二号（一八八二年四月　日）から第二八七号（一八八二年一二月二日）までほぼ毎号掲載された。すなわち論争という形を取っているものの、ほとんどの投稿が男女同権を説くものであり、そのなかに「同胞姉妹に告ぐ」とよく似た主張・表現が登場する。

なかでも最も「同胞姉妹に告ぐ」に近いのが、東京芝濱寓神奈川県士族・石原東海男（十六年）の「非男女不同権論」（第二五一号、一八八二年四月一日）である。以下の波線**A**～**D**は、先に「同胞姉妹に告ぐ」の引用に付した傍線**A**～**D**と対応している。

④彼ノ論者ハ、身体ノ組織ヲ以テ、男女ニ差等ヲ置クノ第一因トナセリ。乞フ、得テ之ヲ論セン。彼ノ論者ノ言ノ如クセバ、**D**女ト男トニ限ラズ、一々其力量ト智識トノ試験所トヲ要スルノ煩シキニ至ラントス。此ノ如クセバ、甲ハ力ヨク鼎《かなえ》を扛《あ》ク、乙ハヨク綿一貫匁ヲ負フ、而シテ丙ハ僅カニ箸一本ヲ擔ク、故ニ甲ニハ百分ノ権ヲ与フベシ、乙ニハ五十分、丙ニハ十分ト云フカ如ク、男女ニ関セスシテ各人自身ニ区別セザルベカラズ。而レ𪜈、此権理タルモノハ無形物ニ属スルカ故ニ、彼ノ有形物ノ如ク分ツニ容易ナラス。故に力量組織ニ於テ差等ヲ形チツクルハ到底望ムベカラズ。否ナ、公道天理ニ適フト云フベカラズ。論者ヲ、**A**茲ニ角力ノ大関梅ケ谷《うめがたに》ト学士トアリト仮定セヨ。論者ハ、角力ノ関取ト、学士ト、何レカ力量アリヤ、

関取ノ身体ト、学士ノ身体ト、其組織何レカ壮ナルヤト考フルカ。論者、如何ニ執拗ナルモ、ヨモコレニハ不同意ナカルベシ。即チ言ハズト知レタ角力ノ力量組織ハ学士ヨリモ強且ツ壮ナルヲ知ルナラン。シカルニ、小生ハ、未タ角力ノ権力、学士ヨリ大ニシテ、学士ハ角力ヨリ小ナリト云フヲ聞カズ。（2頁）
⑤更ラニ、身体ト智識トノ両方ニ関スルモノトセンカ、コレ亦タ不可タルヲ免レズ。コレ数々論及セシ如ク、論者ノ言ノ如クセバ、一人一人ニ試験セサルヲ得ザルノ場合ニ立至ラン。**B**男子、果シテ身体強壮歟。看ヨ、気息掩々病余ノモノモアラン。女児、果シテ羸弱ナル乎。看ヨ、鼎ヲ扛クノ巴御前《ともえごぜん》モアルニアラズヤ。男子、果シテ智識ヲ富ムカ。女子、果シテ智識ニ貧ナルカ。コレ亦タ之ヲ保スベカラサルナリ。（2－3頁）

石原は、まず波線**D**のように、「身体ノ組織」によって「権」に差をつけるならば個人の「力量ト智識」を測るための「試験所」が必要になり、男女に限らず力の強弱に応じて「権」の大小も変えねばならなくなるとした上で、「権理」は無形のものだから力量に応じて差をつけることは不可能だと述べる。これは、「同胞姉妹に告ぐ」の傍線**D**およびその典拠とされる『女権真論』と論旨も表現も酷似している。

波線**A**では、「角力ノ大関梅ケ谷」と「学士」では「関取」のほうが「力量組織」は「強且ツ壮」であるが、「角力ノ権力」が「学士」よりも大きいという話は聞いたことがない、と述べる。「同胞姉妹に告ぐ」の傍線Aでも例として用いられていた強豪力士「梅ケ谷」の名が挙げられており、従来典拠として指摘されてきた『政治談下巻』の「此ノ反対論ヲ主張スル輩ハ、身体力ヲ量テ選挙権ヲ与ユルノ法ヲ設ケ、闘芸者、角力及ビ踏舞技等ヨリ組織スル内閣ヲ見ンヿヲ望ム可シ」よりも一層「同胞姉妹に告ぐ」に近い表現と言える。

波線**B**では、一人一人試験を行えば、「気息掩々病余」の男子もいれば、「鼎ヲ扛クノ巴御前」の如き女子もいると述べ、「智識」もまた男子が豊富で女子が貧困であるとは限らないと続ける。これも、「同胞姉妹に告ぐ」の傍線Bと共通する例（「鞆絵板額の如き勇力たぐひなき女」）を用いた表現である。

また、これまで『女権真論』を膨らませた表現と見なされてきた「同胞姉妹に告ぐ」の傍線C、「智識」等に男女差があるのは「自然」ではなく教育や習慣の成果であり、女子は「閨閫の中」に閉じ籠り「人交り」もできないため男子と違い知識を得ることもできない、また「我邦」の「女の文学びの道」はかえって「婦人社会の智識の発達を妨げたるもの」が多いという主張については、栃木県都賀郡新里村・水戸部健吉（年齢不詳）の「非男女不同権論ヲ読ム」（二五九号、一八八二年五月二〇日）に近い表現が見られる。

> 今日ニ当テ、女子ノ身体智識、男子ニ及サルハ、余輩ト雖モ之ヲ知ル。**C**然レトモ、之ヲ以テ自然ノ性ナリト謂ニ至テハ、未タ容易ニ信ヲ置クヿ能ハサルナリ。抑女子ノ身体智識ノ薄弱浅易今日ノ如キニ至リシ者ハ、人為ノ渇抑ニ出ルモノニシテ、性ニアラス。視ヨ、各国政府ハ皆、不同権ノ法律ヲ設ケテ、女子智識才能ノ達発ヲ遮碍シ、又社会ニハ種々無稽妄誕ノ説起リテ、女子ニ文学ハ無用ナリ、女子ニ論議ハ有害ナリ、女子ハ他出セシムヘカラス、女子ノ道ハ一閨房《けいぼう》ニアルヲ貞トスト、智識発達ノ要路ヲ壅塞シ、身体発育ノ運行ヲ遮碍シ、而シテ女子ノ身体薄弱智識浅易ナルハ是自然ノ性ナリト云ハ、豈ニ鑑ミサルノ甚シキニアラスヤト。
>
> （2頁）

水戸部は、「女子ノ身体智識、男子ニ及サル」のは「自然ノ性」ではなく「人為」によるものであるとし、その具体的な例として、「各国政府」が「不同権ノ法律」を設けて「女子智識才能ノ達発ヲ遮碍」していることや、「女子ニ文学ハ無用ナリ、女子ニ論議ハ有害ナリ、女子ハ他出セシムヘカラス、女子ノ道ハ一閨房ニアルヲ貞トス」といった「無稽妄誕ノ説」が女子の「智識発達ノ要路ヲ壅塞シ、身体発育ノ運行ヲ遮碍」していることを指摘する。

「智識」等に男女差があるのは「自然」ではなく法律や教育といった「人為」の結果であるという主張のみならず、「女子ノ道ハ一閨房ニアルヲ貞トス」や「智識発達ノ要路ヲ壅塞シ」といった表現は、「同胞姉妹に告ぐ」の「女子の閨閫の中にとぢこもりて人交りも得せぬ様にせられぬるもの」や「婦人社会の智識の発達を妨げたる」等の表現と近似している。

以上のように、『穎才新誌』には「同胞姉妹に告ぐ」とよく似た主張・表現が多数見られる。個々の表現は特殊なものではなく、常套的な言い回しにも見えるが、とくに石原東海男「非男女不同権論」は偶然の一致とは思えないほど表現に重なりがある。なお、これらの『穎才新誌』の投稿もまた、かねてから「同胞姉妹に告ぐ」の典拠として指摘されてきたスペンサーの議論を参照していることが示されている。前掲・石原東海男「非男女不同権論」には、「同等同権ハ、小生喋々スルモ、スペンサーノ説ヲ再演スルニ過キザレバ、乞フ、去リテ同氏著「モーラル、サイアンス」ヲ一読セヨ」（3頁）とあり、また、在美濃国岐阜・曾我部稜威夫「駁男女不同権論」（『穎才新誌』二五五号、一八八二年四月二二日）には、「抑モ、余、今男女同権ノ権利ヲ主張スルヤ、英国ノ哲儒スペンセル氏女権論ノ大旨ト余カ意トヲ合シ、以テ反対論者カ金城鉄壁トナス所ヲ駁撃シ、以テ彼ヲシテ跼天蹐地《きょくてんせきち》ノ思アラシメントス」（2頁）とある。すなわち「同胞姉妹に告ぐ」の内容は「画期的」なものではなく、『穎才新誌』投稿者のようなエリート少年・青年たちの多くが備えていた知識や認識と一致するものであったと言えるだろう。「同胞姉妹に告ぐ」についても、槙林[15]が日本近代化外発論について指摘したのと同様、先行する女権論の言説が既に多々あり、それらを集約するような内容であったと考えられる。以上のことを踏まえれば、関口が指摘するとおり、「志ゆん女」を岸田俊子と断定することは難しいと言えるだろう。

三　政治とジェンダーをめぐる表現史の水脈

では、仮に書き手が岸田俊子でないとすれば、なぜ「同胞姉妹に告ぐ」には岸田俊子を連想させる「志ゆん女」という署名が付され、「あえて和文・和語を強調し、「妾」を自称し、〝女ぶる〟〝へりくだる〟[16]」文体が選択されたのだろうか。明確な答えを出すことは難しいが、男女（不）同権論争に至るまでの『穎才新誌』誌上の女権論の展開を追うことで、『自由燈』を読んだだけでは見えてこない、「志ゆん女」の名を招き寄せた政治とジェンダーをめぐる表現史の水脈を浮かび上がらせたい。

男女同権論に限らず初期の『穎才新誌』は小学校生徒の作文を中心に掲載しており、今田[17]が指摘するとおり投稿者の性別にも投稿内容にも顕著なジェンダー偏差は見られない。たとえば『穎才新誌』第五号（一八七七年四月七日）は、掲載作文全二〇編のうち櫻川女学校生徒のものが一三編、残り七編のうち三編も女子のものである。その内容も、櫻川女学校上等六級・雨宮ふき（十五年一月）「穎才新誌ヲ見ルノ記」の「吾、昨日櫻川校ニ於テ、偶マ新誌ヲ見ルニ、各生徒ノ秀才、実ニ嘆服ニ堪ヘタリ。而シテ此新誌ニ載セハ、其名誉モ諸国ニ轟カントス」（1頁）のように、男女の区別なく「名誉」のために投稿を奨励するものもあり、立身出世主義のなかに漠然と男女同権思想が内包されているように見える。

明確な男女同権論も一八七七年（明治一〇）の時点で既に掲載されている。最も早い時期のものは、櫻川女学校・小林みつ（十年）「男女同権ノ論」（第一六号、一八七七年六月二三日）である。

人ノ此ノ世ニ生ル、男トナク女トナク同ク応分ノ権利ヲ有シ、決シテ女ハ男子ニ従順シテ身ヲ立ツルモノニ非ス。然ルニ、亜細亜洲ノ風習ニテ、男ノ女ヲ視ル常ニ奴僕ノ如ク、女モ亦怪マサリシナリ。近来我国漸ク文明ニ進ミ、上等ノ人ハ男女同等ノ権アルヘキヲ論スルモノ多シ。宜シク女子タル者今ヨリ益々学術ヲ勉メ、全ク男子ノ軽視ヲ受クルヿ無レ。（2－3頁）

男尊女卑は「亜細亜ノ風習」とされ、「学術」による男女同権の推進が「文明」化の文脈に位置付けられている。全文でも右の引用文のみの短い作文だが、「同胞姉妹に告ぐ」の「我邦《わがくに》は古昔《いにしへ》より種々《いろいろ》の悪《あし》き教育習慣風俗《をしへならはしふうぞく》のありて。文明自由《ぶんめいじいう》の国人《くにびと》に対《たい》しては甚《いた》く愧《は》ぢ入《い》る事《こと》のはべるなり。其《そ》の悪《あ》しき風俗《ふうぞく》の最《もつと》も大《おほい》なるものは男《をとこ》を尊《たふと》び女《をんな》を賤《いや》しむる風俗《ふうぞく》これなり。蓋《けだ》し此風《このふう》は東洋亜細亜《とうやうあじあ》の悪弊《あくへい》にして。甚《はなは》だ謂《いはれ》なく道理《ことはり》なきものにぞはべる」（其一、3－4頁）を想起させる表現である。

また、男女同権論を内包した女子教育論も一八七〇年代から掲載されている。学術技芸や徳義品行は女子も男子同様学ぶべきだとしつつ「賢婦トナリ慈母トナル」（1頁）道以外は「我儘」（同前）とする在大坂北濱五丁目三拾二番地・愛媛県讃岐国・日柳喬女（十二年十月）「提燈ト鐘ノ図説」（第一一号、一八七七年五月一九日）や、「能ク勉強シテ学問シ且ツ裁縫ヲ勉ムヘシ」（3頁）とする青森県下東奥義塾下等三級生・馬場千代女（年齢不詳）「女子裁縫ヲ学ブベキノ説」（第四五号、一八七八年一月一二日）など、多くは男女同権論に触れつつも女子特有の教育の必要性を論じたものとなっている。七〇年代末には、「英人法節度氏《フォーセット》」（2頁）の「英国当時ノ女子教育ヲ観察スルニ、専ラ音楽ニ偏シ、歌舞ニ倚シ、自余有益ノ諸学科ヲバ之ヲ教習スルヿ甚ダ稀ニシテ、世人之ヲ常事トシ、敢テ怪ミヲ容レス」（同前）という説を紹介しつつ、「淫猥ノ臭気ナキ音楽歌舞ヲバ之ヲ演習セシメ、之ヲシテ優柔閑雅ノ好徳ヲ付与」（同前）し、「専ラ有益ノ諸学科ヲバ之ヲ教習セシメ、之ヲシテ徳ヲ峻険ナラシメ、威儀ヲ厳重ナラシムル」（同前）ことで、「音楽歌舞」と「諸学科」が調和した「完全ノ女教」（1頁）が実現されるとする愛知県下三河国額田郡岡崎駅伝馬町・眞野ぬひ女（一三年一月）「女子教育論」（第一〇九号、一八七九年四月五日）のように、西洋の議論を取り入れた女子教育論も登場する。

このように男女同権論の作文は早い時期から掲載されていた。ただし、一八七〇年代のそれは年少者による短い作文であり、「維新後期、第一世代の啓蒙活動を直受する形で、それを咀嚼し内化してゆく過程の表出」（2頁）[18]に過ぎない。男女不平等な現状を問題化しつつ女子の「権利」について論じた投稿が掲載され、「思想の前駆や実験そして先導するものさえそこにある、新しき世代の思考の集積地」（同前）[19]となるのは、『穎才新誌』が政治へと接近する一八八一年（明治一四）以降である。桑原三郎[20]によれば、一八八〇年（明治一三）一〇月三〇日より編集兼出版人が羽毛田侍郎から森下勇三に代わり、翌年二月一九日〜三月五日の休刊を経て、再刊後は社長・駒崎林三、編集兼印刷人・森下勇三となる（さらに、五月には編集兼印刷人は田中四郎に代わり、一〇月には堀越修一郎が主幹となる）が、この交代に伴って「『穎才新誌』は次第に小学生の作文誌ではなくなり、青年の投稿誌に変身する」（25頁）。「変身」後の『穎才新誌』には、東京府構内第二中学校四級後期生・長倉純一郎（十五年六月）「與㆓国会論者某㆒書」（第一九七号、一八八一年三月五日）のような自由民権論に近接した投稿が盛んに掲載されるようになる。国内外の状況を概観しつつ「国家ノ一大利益ハ、則チ輿論ノ向フ所、速ニ国会開設ヲ請願スルニ在リ」（2頁）と主張するこの投稿には、「三五少年論国会使人一唱三嘆国会開設之期既熟可知也」（同前）という「社評」が付され、以後、憂国の念を抱く青年たちの悲憤慷慨の論説が多数掲載されるようになる。

さて、この投稿文と同じ号に掲載された栃木県下栃木港町柳園学舎生徒・谷田榮三郎（十三年）「世乱レテ英雄出ルノ論」（第一九七号、一八八一年三月五日）には、男女（不）同権論争へと繋がる要素の片鱗を見ることができる。この投稿は、「国家ノ衰頽ニ瀕スルヤ、天必ス英雄俊傑ヲ生シ、紀綱ノ弛廃ヲシテ、提撕セシムルアリ。今、之ヲ内外古今ノ史乗ニ徴スルニ、歴々トシテ其例ニ乏シカラズ」（6頁）として、楠正成《くすのきまさしげ》と「如安達克」（ジャンヌ・ダルク）をともに救国の英雄として挙げたものである。ジャンヌ・ダルクに関する記述は、「如安達克ト云ヘル一女子、民間ニ起リ、義兵ヲ挙テ、終ニ仏国ノ危急ヲ救フニ至レリ。爾来勤王ノ志士、踵ヲ接シテ続々勃興スルニ至リ、仏国ヲシテ復旺盛ニ至ラシメタリキ」（同前）という、師範学校編『万国史略　巻之二』（文部省、一八七四月）を元にしたかと思われる短いものであり、目新しい表現ではない。だが注意したいのは、女性と男性の英雄が並記されていることである。

烈女伝そのものは必ずしも男女同権思想を前提としているわけではないが、前掲・永原「男女不同権論」のように「身体ノ組織、力量ノ強壮」の男女差を根拠として「権」に差を付けるべきとする論者への反駁として、男女同権論においては歴史上の著明な女性の存在を女性が男性に劣っていないことの証左とするレトリックが用いられた。スペンサーの『女権真論』には、「婦人ガ精神ノ男子ニ劣ラザルコトヲ證明スベキ例」（9頁）として、「地球上古今強勇英敏ナル女王中、彼ノ紀元五十年代ニ於テ「アルミニヤ」王「ライミスチユス」ノ后「ゼノビヤ」アリ、女王「ケセリーン」アリ、又タ女王「マリヤ、セレザア」アリ、学術ヲ以テ名声ヲ得タル者ハ「ソーメルビール」アリ、経済学ニ著名ナル者ハ「ミツス、マルチノー」アリ、一般ノ理論ニ長シタル者ハ「マダム、ド、スタエル」アリ、専ラ政治学ヲ修メ世ニ高名ナル者ハ「マダム、ローランド」アリ（後略）」（9-10頁）と優れた女性が実在することを男女同権の根拠とする記述がある。この箇所は「同胞姉妹に告ぐ」にもほぼそのまま引き写されているが、やはりこれも「同胞姉妹に告ぐ」よりも約二年早く、『穎才新誌』の男女（不）同権論争の投稿の一つである東京神田区駿河台北甲賀町十番地・関川輝幸（十四年十月）「男女不同権論ヲ駁ス」（第二五三号、一八八二年四月八日）に既にこの箇所を踏まえた表現が見られる。関川は、「古来女子ハ習慣ノ為メニ男子ニ随従シ、困難辛苦ハ男子ノ負擔スル所」（2頁）となっていたため、女子の身体は自然に衰弱してしまったが、「艱難ニ当リ、辛苦ヲ受ケタル所ノ女子ヲ見ヨ。男子ニ勝ル万々ナルモノ在ルアルニ非スヤ」（同前）として、次のように例を挙げる。

内外ノ史ニ徴セバ巴板額ノ如キ、又彼ノ英王エリザベスノ如キ、仏ノジヤンダークノ如キ、皆夫レ然ラサルハナシ。何ゾ女子必ズシモ弱ナリト云フ可ケンヤ。又其智識ニ於テモ、彼ノ盲目ナル英国々会議員ホーセツト氏ノ婦人ノ如キ、夫ヲ助ケテ成功シタル事業顕著ナルニ非スヤ。路易十六世ノ皇后ノ如キカトリツクヲ助ケテ「プロテスタント」宗ヲ抑制シタルニ非スヤ。其ノ智ナリ其ノ力ナリ男子ノ及バザルモノ、幾何ゾ余輩之ガ枚挙ニ遑アラサルヲ苦ムナリ。（2頁）

女性の身体が「弱」でない例として「ジヤンダーク」が挙げられている他、岸田俊子がしばしば譬えられた「ホーセツト氏ノ婦人」が「智識」の劣らざる例として挙げられていることにも注意しておきたい。こうした文脈を踏まえると、楠正成とジャンヌ・ダルクを救国の英雄と並記した前掲「世乱レテ英雄出ルノ論」は、明示的ではないものの女権論の要素を内包していたと言えるのではないか。

ただし、右に挙げた関川「男女不同権論ヲ駁ス」では、「内」の例として挙げられているのは「巴板額」のみであり、同時代の女性像と男女同権思想の繋がりは示されていない。烈女伝と当代の女性像を結びつける言説は、これより少し後に、やはり男女（不）同権論争のなかで登場する。最も早いものは、東京芝濱松町神奈川県士族・横澤重顕（十六年四月）の「非男女不同権再論第一章第二節」（第二七六・二七七号、一八八二年九月一六・二三日）である。なお、この論説の投稿者は当初「横澤重顕」だが、第二八一号（一八八二年一〇月二一日）からは「潭鶴齋主人」の名で「非男女不同権再論第二章第一節」が始まり、第一章は自分の「立案ヲ親友横澤重安顕君ニ託シ」（第二八一号、5頁）た代筆であったと明かされる。そして、この「潭鶴斎主人」なる人物は、先に「同胞姉妹に告ぐ」と酷似した表現が多く見られる文章として取り上げた「非男女不同権論」の投稿者である石原東海男と同一人物であり、第二八五号（一八八二年一一月一八日）では「潭鶴齋湘煙」を名乗っている。

一連の投稿のなかで、横澤（石原）は、「子曰ハスヤ、女ハ銃ヲ肩ニシ、剣ヲ腰ニシ、敵ヲ攻メ、賊ヲ防クノ武勇アリヤ。又、智深ク、才高ク、国会議員タルノ資格アリヤト。（略）唯タ答ヘン、女子ノ戦ヲナス克ハサルハ、女子カ元来克ハサルニアラズ。現時ノ習慣カ、女子ヲシテ戦ヲセザラシメシノミ。国会議員ノ如キハ、余輩豪モ患フルニ足ラザルヲ信ス」（第二七六号、3頁）と述べる。前掲の水戸部「非男女不同権論ヲ読ム」や関川「男女不同権論ヲ駁ス」と同様の論旨だが、その根拠として同時代の女性像が参照されている点に注目したい。

顧ミヨ、立憲政党ニハマダーム、ローラント其人ナル岸田湘烟君其人アルニ非スヤ。自由党ニハ渋澤マツ女史アリ。岡山ニ女子懇親会ノ団結アリ。其他女子ノ政談壇上ニ出没スルモノ頻々コレアリ。余輩ハ国会議員ニ関スル子ノ心配ハ不要用ナル誤心配ナリト信スルナリ。（第二七七号、5頁）

女子に「国会議員タルノ資格アリヤ」と反語的に語る永原への反論の根拠として、ここでは岸田湘烟をはじめとする同時代の女性活動家や女性団体の存在が挙げられている。俊子が譬えられている「マダーム、ローラント」は、『女権真論』の「婦人ガ精神ノ男子ニ劣ラザルコトヲ證明スベキ例」の中でも「専ラ政治学ヲ修メ世ニ高名ナル者」（9-10頁）として挙げられていたフランス革命のジロンド派の指導者の一人である。後に大阪事件の報道に際して景山英子もまた「ローランド夫人」[21]に譬えられるが、英子は他にも「ジャン、デ、アーク」[22]や「魯西亜の烈女ソヒヤ、ペロースキ」[23]等、時代も思想も異なる様々な西洋の烈女に譬えられており、個々の女性像の差異は問題とされていないことが分かる。西洋の烈女像は、男女同権論の文脈においては女性の智力や身体能力の証左として、自由民権論の文脈においては抑圧に抗い自由を希求する人民の象徴として用いられており、俊子や英子といった当代の女性活動家たちの存在はそれら新時代の思想と読者の〈いま・ここ〉とを接続するパイプの役割を果たしていたのではないかと思われる。横澤（石原）の投稿は、烈女を列挙する男女同権論のレトリックと当代の日本の女性像とが結び付けられた早い時期のものと言えよう。

「志ゆん女」の名を招き寄せる要素が漸く出揃った。文例を模倣しただけの作文から、スペンサーらの影響下にある議論へ、そして男女同権の根拠である英雄的な女性像を同時代の女性活動家と接続するレトリックへと、『穎才新誌』における男女同権論はよりアクチュアリティを帯びた内容へと段階的に進んできたように見える。「志ゆん女」の名はこのような文脈において自然と招き寄せられたのであり、文体において演じられた女性性とあわせて、男女同権の主張をパフォーマティブに補完するレトリックの一部だったのではないだろうか。

おわりに

以上、「同胞姉妹に告ぐ」というテクストの背後に拡がる表現史の水脈を紐解いてきた。政治とジェンダーをめぐる問題系は『穎才新誌』投稿者の少年・青年たちに、そして少なくとも雑誌の黎明期においては少女たちにも広く共有されていたトピックであり、既に数多の言説が蓄積されていた。「同胞姉妹に告ぐ」はそれらの言説を集積し、「志ゆん女」の名のもとに再構成する性格を持っていたと思われる。

自由民権論と男女同権論、そして西洋の烈女伝と同時代の女性活動家の表象は、このあと政治小説においてより洗練された形で交錯していく。清水太吉（独善狂夫）『自由《じゆう》の犠牲《ぎせい》／女権《じょけん》の拡張《かくちょう》　景山英女之伝《かげやまえいじょのでん》』（成文堂、一八八七年）[24]では、ジャンヌ・ダルクの伝記を読んで「何卒して我国も婦人の力を以て大いなる功績を顕し、阿諛諂佞権貴に媚びて、己が英利に眩みたる卑屈男子の夢を攪破せん」（29‐31頁）と奮起する「英女」像が語られる。本稿で見てきた文脈を踏まえれば、このエピソードは単なる伝記的事実というでなく[25]、男女同権論の文脈において定型化されたレトリックを物語化したものと捉えることもできる。また、「ソヒヤ、ペロウスキー」ら女性革命家の伝を主軸とする宮崎夢柳《みやざきむりゅう》「鬼啾啾《きしゅうしゅう》」（『自由燈』一八八四年一二月一〇日～一八八五年四月二日）についても、たとえば白勢和一郎《しらせかずいちろう》『泰西列女伝《たいせいれつじょでん》』（山中市兵衛、一八七六年）や森仙吉編『女子作文《じょしさくぶん》　記事論説文範《きじろんせつぶんぱん》』（鶴聲社、一八八五年）といった烈女伝や文範の類との意外な距離の近さが見えてくるだろう（『泰西列女伝』・『女子作文　記事論説文範』については、本書の「文範百選・参」参照）。文例集や作文投稿雑誌から垣間見える表現史の水脈に目を向けることは、文学史の点と点を繋ぐのみならず、これまで自明と思われてきた区分を問い直す契機にもなるだろう。

注

1　引用は、高田知波校註「同胞姉妹に告ぐ」（『新日本古典文学大系明治編23　女性作家集』岩波書店、二〇〇二年）による。
2　『穎才新誌』の引用は、『穎才新誌　復刻版』全二〇巻（不二出版、一九九一年～一九九三年）による。
3　「同胞姉妹に告ぐ」（村松定孝・渡辺澄子編『現代女性文学辞典』東京堂出版、一九九〇年）
4　高田知波「解題」（『新日本古典文学大系明治編23　女性作家集』岩波書店、二〇〇二年）
5　関口すみ子『良妻賢母主義から外れた人々――湘煙・らいてう・漱石』（みすず書房、二〇一四年）
6　注4に同じ。
7　引用は、国立国会図書館所蔵『女権真論』（思誠堂、一八八一年）による。
8　引用は、国立国会図書館所蔵『政治談　下』（自由出版、一八八三年）による。
9　前田愛「明治立身出世主義の系譜――『西国立志編』から『帰省』まで」（『近代読者の成立』有精堂選書、一九七三年）。引用は、『近代読者の成立』（岩波現代文庫、二〇〇一年）による。
10　佐藤忠雄「論争の場としての少年雑誌――『穎才新誌』の担った役割」（『権利としての教育』筑摩書房、一九六八年）
11　齋藤希史「作文する少年たち――『穎才新誌』創刊のころ」（『漢文脈の近代』名古屋大学出版会、二〇〇五年）は、教場と投稿雑誌と作文書との間で今体文のスタイルが形成されていったことを指摘し、青柳宏「投書雑誌・『穎才新誌』の研究――明治一〇年代前半の青少年の書記文化」（『名古屋大学教育学部紀要』第三八号、一九九二年）は、とくに一八七八年（明治一一）半ばから一八八二年（明治一五）にかけての『穎才新誌』に「市民的公共性」（J・ハーバーマス）の萌芽を見出している。
12 槙林滉二「内発論の前景――『穎才新誌』前半」（『国語と国文学』第七八巻第一〇号、二〇〇一年）、「内発論の展開――『穎才新誌』後半」『尾道大学芸術文化学部紀要』第三号、二〇〇四年）、「明治中期文学の後景――『穎才新誌』における『詩』『小説』の意識」（『尾道大学芸術文化学部紀要』第四号、二〇〇五年）、「『穎才新誌』に見る明治中期文学の後景――その『文章』『文学』意識の側面」（『広島女子大国文』第二一号、二〇〇五年）
13 注12の「『穎才新誌』に見る明治中期文学の後景――その『文章』『文学』意識の側面」
14 今田絵里香「「少女」の誕生――少女雑誌以前」（『「少女」の社会史』勁草書房、二〇〇七年）
15 注13に同じ。
16 注5に同じ。
17 注14に同じ。
18 注12の「内発論の前景――『穎才新誌』前半」。
19 注18に同じ。
20 桑原三郎「『穎才新誌』の変貌――「学制」の開明から自由民権の閉塞まで」（『白百合児童文化』第六号、一九九五年）
21 「国事犯嫌疑者」（『東京日日新聞』一八八六年三月一二日）
22 清水太吉（独善狂夫）『自由の犠牲／女権の拡張　景山英女之伝』（成文堂、一八八七年）
23 宮崎夢柳『大阪事件志士列伝　中』（小塚義太郎、一八八七年）
24 引用は、国立国会図書館所蔵『景山英女之伝』（成文堂、一八八七年）による。
25 後に『妾の半生涯』（東京堂、一九〇四年）において、英子自身も同様のエピソードを記している。

【付記】　句読点のないものについては、読みやすさを考慮し、引用に際して適宜句読点を補った。

第3章

無口な英雄
——矢野龍渓『経国美談』と演説の時代

多田蔵人

一　口ごもる政治家

『経国《けいこく》美談《びだん》』（前篇明治16・3、後篇明治17・2刊）における作者矢野《やの》龍渓《りゅうけい》の最大の冒険は後篇第十四回、ギリシャ平和会議でスパルタ王アゼシラウスに最後通牒をつきつけられたテーベの委員エパミノンダスが、ほぼ同じ言い回しで叫びかえすくだりにあった。

紀元前371年1月20日に開かれたとされる列国会議の場面では、平和回復のための条約草案が承認されたのち各国の委員が条約に順次署名してゆく。しかし諸国の独立を確認すべく各国が別々に署名するはずのこの儀式で、強国スパルタは「同盟二十四邦」つまり属国を含めた連合国の代表として署名し、もう一方の強国であるアテネは自国のみの署名を行った。どうやら、覇権主義的軍事国であるスパルタと少々弱腰な平和主義国であるアテネのあいだには何らかの事前調整があったらしい。これでは各国間の均衡は崩れ、平和会議の目的は達せられないままだ。さきごろ独立を回復し、二国をしのぐほどの強国に成長したテーベ（「斉武」）はどうするだろうか？

と会衆が固唾をのんで見まもるなか、テーベの正使エパミノンダス（「威波能」）はボーチア（慕知）十二洲を代表して署名することを明言するのである。

発言をとがめられたエパミノンダスは代表として署名することをもう一度宣言し、演説を開始する。かつてスパルタがボーチアとテーベを「一身同体ノ地」として認めた例が二つある通り、テーベにはボーチアを代表する当然の権利がある――この代表権の主張はもちろん、スパルタへの対峙の表明でもあった。議長の役目も忘れたスパルタ王アゼシラウスが大音声を発し、エパミノンダスが即座に応じる場面は次のようだ。

> 威氏［エパミノンダス］ノ弁論ヲ聞クヨリヤ豪邁ニテ寡言ナル斯王亞世刺［アゼシラウス］モ怒火忽チ心頭ニ爆発シ其ノ外務委員皮辺爾ノ掛合ヒヲ手緩シトヤ思ヒケン議長ノ席ヨリ突立上テ大音ヲ発シ斉武ノ委員多言ヲ要セス、唯慕知十二邦ヲ代表スルヤ、セサルヤヲ一言セヨ（"Speak plainly---- will you, or will you not, leave to each of the Boeotian cities its separate autonomy?"）ト叫ヒシカハ居常大全トシテ喜怒色ニ顕ハレサル斉武ノ委員忽チ凛然タル容貌ヲ以テ突立上リ斯波多ニ問ハン斯波多ハ其ノ同盟二十四邦ヲ代表スヤ、セサルヤヲ明言セヨ（"Will you leave each of the Laconian towns autonomy?"具氏）［「第十四回 列国ノ英雄一堂ニ会ス　斉使大会ニ旧典ヲ争フ」人名の傍線、地名の二重傍線は本文通り、［］内は多田による注記］

アゼシラウスが満場を睨みつけ、こういう無礼な輩は会議に参加する資格がないから退場を求めると発言すると、エパミノンダスはちょうど出て行くところだから他人の指示など不要だと言いすて、ボーティアの委員たちとともに退場する。この平和会議の顛末はスパルタとテーベの全面戦争であるレウクトラの戦いを導くことになった。
森田思軒《もりたしけん》は本書後篇から本文上部についた漢文評で、「此の書腹稿《ふくこう》既に成《な》り、まさに筆を下さんとして、先《ま》づ本回［第十四回］より叙し起こし、一気掃転《いっきそうてん》、直《ただ》ちに隆具［レウクトラ］の役《えき》に至り、乃《すなわ》ち復《ま》た第一回に帰りて後《のち》、前後《ぜんご》を続き就ぐ。蓋《けだ》し、苟《いやしく》も精力稍《や》や老《お》ゆれば、則《すなわ》ち題《だい》と相《あ》ひ副《そ》はざるを恐《おそ》るる也《なり》［第十四回］」というコメントを残している。平和会議の場面は後篇中もっとも重要な場面なので万一にも「精力」を減じることのないよう、龍渓はこの第十四回から書きはじめたというのである。

『経国美談』という題に「相ひ副ふ」べく書かれた[1]右の場面で、『経国美談』がエパミノンダスのとった行動の意味を地の文の解説や注釈ではなく、エパミノンダスその人の言葉によって説明した点は注目に値する。エパミノンダスは平和会議における演説のほか、会議を退席しスパルタの都を出発する際にも、同盟国のうち憤りや怨みを示す委員を「唯何処迄モ己ノ信スル道義ヲ守リ苦楽利害ヲ顧ミサルコソ正人ノ本意ナレ」・「道ヲ履ミ命ニ安シ利害ノ為ニ渝ラヌコソ英雄志士ノ本意ナレ」と諭している。森田思軒はこのエパミノンダスの言葉について「王を叱《しっ》し盟《めい》を拒《こば》むの原由《げんゆ》、威巴能《エパミノンダス》の自《みずか》ら述《の》ぶるを用《もち》い、作者《さくしゃ》は一《いち》の賛辞《さんじ》を着《ちゃく》せず、太《はなは》だ好《よ》し、太《はなは》だ好《よ》し」と評していた。後に触れるように、思軒には――あるいは、「郵便報《ゆうびんほう》知《ち》新聞《しんぶん》」における思軒の上司であり『経国美談』後篇出版後のイギリス行をともにした龍渓には――、「小説」における重要な意味は地の文の作者ではなく登場人物が説明すべきものだという認識があったらしい。

それにもかかわらず、と言うべきか、エパミノンダスが「自ら述」べた右の訓示は彼がとった危うい政治行動というより、倫理規範のようなものの説明に終始しているかのように見える。本作に明記された典拠を参照してみても、このことは指摘しうる。

列国会議におけるエパミノンダスの演説は、龍渓が参照した歴史書の執筆者によって創り出されたエピソードだった。「具氏」すなわちG.Groteの *History of Greece*（1869）はこの場面に長い注釈を付し、エパミノンダスとアゼシラウスの応酬が『プルターク英雄伝』に見えること、この挿話は「非常に鮮明」だが「リアリティに合致しがたい形」であり、エパミノンダスが「その驚くべき主張を正当化し、聴く者に根拠を説かないことはありえない」ので、アゼシラウスとの応酬の前に別のテーベ人の演説をエパミノンダスの言葉とみなして配置した（ascribe）と述べている（Chap. LXXVII.）。同時に、エパミノンダスはボーチアにおけるテーベの権利がラコニアにおけるスパルタのように完全かつ絶対的な（complete and absolute in degree）ものだと主張したのではなく、ボーチアとテーベにはいかなるギリシャ会議の影響をも超えた（beyond the interference of any Hellenic convention）無効化しえない（indefeasible）関係があると述べたに過ぎないともことわっている（同）。

グロートが創作までした上で注釈に言葉をついやした事情を語るのは、龍渓が「引用書目」に挙げながら右の箇所で採用しなかったGilliesの *The history of ancient Greece*（1820, Chap.XXX）である。ギリースによれば、エパミノンダスのふるまいは19世紀における政治の通念（the received principles of modern policy）からすると糾弾すべき個人的衝動とさえ映りかねないものだった。たとえスパルタへの非難や対抗を目的とするにせよ、属国を代表して平和条約草案に署名する行為は連合国家の力の是認に通じ、かつボーチア各国の持ち伝えてきた法と統治を否認するものだ。エパミノンダスは自国が孤立無援になれば連合国家に抗しえないことを知らないはずはなかったが、参加国、とくに強国アテネがスパルタに敵対する国の危難を憐れむ傾きがあることを見てとり、「自国と敵国の状況を見さだめ、見かけ上不釣り合いな論戦［the seemingly unequal contest］に踏み込む機を得た」――これがギリースの案出した論理である。

これに対して『経国美談』はエパミノンダスの演説を作中に組みこみながらも、その一方で右の注釈が示すような行動論理を地の文にもエパミノンダス自身の説明にも採用しなかった。むしろこの箇所にはエパミノンダスの言葉を節減し、かれが胸に秘めているらしい計算の内実を覆いかくす志向さえある。前篇から各回末に評を寄せていた藤田《ふじた》鳴鶴《めいかく》は、第十四回における「満場衆員ノ最モ嘱目スル所ハ［略］希臘中部ノ一人傑斉武ノ全権正使威氏ノ身上ニ在ルナルベシ」という一句の効果を挙げ、会衆のまなざしによってエパミノンダスの存在感を際立たせた龍渓の手腕をたたえている。森田思軒も「衆目」の描写は「猶《な》ほ名優《めいゆう》のまさに場《ば》に登《のぼ》らむとし」て「先《ま》づ須《すべから》く観客《かんきやく》の同声《どうせい》に喝采《かつさい》する」ようなもので、エパミノンダスに「異様の精神、異様の光彩」を付与するものだと指摘した。エパミノンダスを凝視する会衆のまなざしに読者の眼を馴致することで、読者は彼のふるまいやみじかい言葉のはしばしに、意のあるところを想像すべく要請されるのである。

『経国美談』後篇はまぎれもない政治小説の物語空間――登場人物の朗々たる演説が飛びかったギリシャ時代[2]を選んだ小説でありながら、主人公が自らの政治行動の意味を明確に説明しない小説だった。多くの人材を「小説」へと誘った本作が、中心人物の沈黙を維持しようとしたことの意味は小さくはない。『経国美談』が明治前期の日本における「小説」の形を切りひらいた作品であるとすれば[3]、検討は政治小説における共通の言語行為――政治家たちの演説――の方から着手されなければならない。

二　演説の時代

『経国美談』の文体については、従来さまざまに議論が交わされてきた。たとえば前田愛《まえだあい》による本作前篇への注釈（『日本近代文学大系二　明治政治小説集』昭和49）と「明治歴史文学の原像――政治小説の場合」（昭和51・9「展望」）では前近代における戯作（とくに読本）の文体との関連が指摘され、齋藤希史《さいとうまれし》「小説の冒険――政治小説とその華訳をめぐって」（平成3「人文学報」）以降、清朝における章回体小説との関連が論じられた。「纂訳と文体」（平成25『主体と文体の歴史』）における亀井秀雄《かめいひでお》の論考は、本作におけるギリシャ史の翻訳行為の問題を具体的に論じている。

こうした研究史において、分析は主として本作の前篇に集中してきた。前篇におけるエパミノンダスはテーベ民政転覆の際の奸党批判演説（ただし始めてすぐに遮られる）により投獄されており、活躍するのはもう一人の「名士」ペロピダスである。わずかな数の仲間とともに隣国アテネに乗り込んでアテネ人の援護を取りつけ、スパルタの支配者たちを倒しテーベの独立を回復するに至るペロピダスの物語の躍動感を印象づけるのは、彼の闊達な演説ぶりだった。

> 熱心、国ヲ愛スルノ会民諸君ニ問ハン当国ノ英雄セミストクレスガ経営シタル此ノ阿善ノ堅固ナル堞壁及ヒ阿善［アテネ］ト比留トヲ連結セル長壁トヲ毀ツテ之ヲ修築スルコトヲ禁シタルハ何レノ国ナルヤ（会民叫ンテ曰ク斯波多［スパルタ］ナリ斯波多ナリ）又民政ヲ以テ列国ニ模範タル当国阿善ノ内政ニ干渉シ其ノ憲法ヲ自由ニ制定改正スルヲ禁セシハ何レノ国ナルヤ（会民叫ンテ曰斯波多ナリ斯波多ナリ）又地中海中ニ星羅ヤシ当国阿善ノ属地ヲ悉皆棄捨セシメシハ何レノ国ナリヤ（会民絶叫シテ斯波多斯波多ナリ此恨ミ忘ル可ラズト叫フ）（※ノ一節ハ遇氏志氏ノ希臘史）当国ニ向ツテ是等ノ侮辱ヲ加ヘシ者ハ斯波多ナリ然ラハ則チ斯波多ハ阿善ノ国讎ニアラスヤ」然ルニ阿善ノ国讎タル斯波多ハ今又呑噬ヲ逞フシテ弊邦斉武ノ内政ニ干渉シ奸党ヲ助ケテ我ガ自由ノ政体ヲ転覆シ彼カ曾テ当国阿善ニ加ヘタル無礼ヲ以テ今日又之ヲ我ガ斉武ニ加ヘタリ然ラハ則チ阿善旧来ノ国讎ハ今日又斉武ノ国讎ナリ諸君ハ我ト其ノ国讎ヲ同フスル者ニアラスヤ（此時会民ハ頻ニ然リ然リト叫フ［略］）

ペロピダスの演説はスパルタがアテネに加えた抑圧の記憶を喚起した上で、スパルタはアテネの「国讎」でありスパルタはテーベの「国讎」である、よってテーベとアテネの「国讎」は同じスパルタであるという論理でアテネ人に協力を訴える。演説前半における問いの反復（「～ハ何レノ国ナルヤ［ナリヤ］」）の効果は、聴衆の応答（「斯波多ナリ」）が「絶叫」へと高まるさまに確認できよう。奸党によるテーベ民政転覆の夜、亡命のため身をひそめたペロピダスは、すでにアテネで「心事ヲ訴ルノ演説ヲ為サヽルヘカラス」と「将来ノ心算」をかためていた。右の演説はこの「心算」にふさわしく、問いかけを三度かさねた上で三段論法を用いる緊密な構成をもつ。アテネの人々は「爽快ナル雄弁」のみならず「巧妙ナル論理ノ組立」によっても、ペロピダスの演説に敬服するのである。

「徹頭徹尾双行ノ法ヲ用フ」と森田思軒が再版以降の評で述べたイソクラテスの演説（前篇第十回、「阿善人民ハ必ス独立国ノ幸福ヲ知ラン阿善人民ハ必ス人民参政ノ幸福ヲ知ラン」のように対句を用いる）も含めて、『経国美談』前篇は当時の模範的な演説の形を正確に描いていた。演説の名手であることは明治10年代の政治小説におけるヒーロー／ヒロインの必要条件であり[4]、当時の文事一般における「演説」は、ある意味では「小説」より重要な言語行為である。桜田百華園『西洋血潮小暴風』（明治15）の一節を見よう。

［バルサモーが］瀧を欺《あざむ》く雄弁もて。赤腸《まこと》の限り吐露しけれバ［略］易水茲《えきすいこゝ》に寒からねど。荊軻《けいか》たらんと期するもあり。博浪沙上《はくらうさじやう》に遊バぬ人も。再《ふた》たび子房《しばう》に擬するもあり。負郭《ふくわく》の田畑も家蔵《いへくら》も。売代《うりしろ》なして費用を弁じ。張儀の跡を踏《ふむ》もあり。或ハ雑誌新聞紙。情史の類まで筆を入て。理を悟《さと》さんと願ふあれバ。或ハ俗曲童謡に。意を含ませんと祈《のぞ》むも有《あり》て。各《おのおの》其器の適宜に随《した》がひ。他日の実務《つとめ》と再会を。互ひに誓ひ約しつゝ［略］其指方《さすかた》へ如蜘子去《いでさり》し。［第六章］

聴衆のうちに現代の荊軻《けいか》や子房《しぼう》、張儀《ちょうぎ》たらんとする自覚をはぐくむのはバルサモー（今日、カリオストロの名で知られる）の「瀧を欺《あざむ》く雄弁」すなわち演説であり、「雑誌新聞紙」に載る「情史」つまり連載小説や「俗曲童謡」もまた演説から生まれる。ペロピダスの名演説を聞いたアテネ市民のうちにも、「其演説ノ筆記ヲ販ク者」がいた。柳田泉《やなぎだいずみ》が「民権主義的政治闘争のために発生し、この闘争を反映し、この闘争のための武器として利用された、特殊な文学作物」（『政治小説研究』昭和42）と定義した明治10年代政治小説において、中核となる「政治思想」をになったのが演説だった。

壇上に立った弁士が「諸君」と呼びかけ、修辞と論理を駆使しながら聴衆を説得し、聴衆が「ヒヤ〳〵」「ノーノー」などの表現で反応する――演説会が全国各地で開かれた明治前期における演説の文体は、しかし必ずしも一定していたわけではない。明治11年2月に発行されただちに発売禁止になった雑誌「演舌社談」（東京大学明治新聞雑誌文庫蔵）には、「吾曹口調の新聞社説や魯叟気取の民権論」といった難しい言葉では「売手は多が呑手が少い」ので「堂スリヤ一番捷径ダロウ」と考えたという「演舌会社結合之大意」が載る。同じ時期の「民間の喩演説集誌」にもです・ます調の演説が見え（明治11・6・20「外国交際の利害論」）、10年代初期の演説にはかなりラディカルな口語表現を用いる例があったらしい。しかしこうした日常談話に肉薄する演説は以後むしろ減少し、かわって安井乙熊編「有名諸家演説集誌」（明治14〜15）など、読者に演説の「文草」を送るよう求める雑誌がめだちはじめる。

演説の練習でも「演ベント欲スル所ヲ筆記シテ閑室等ノ壁ニ向ヒ独リ直立式或ハ直坐シテ筆記ヲ見テ順ニ演ベ立ツベシ」（三宅虎太校閲・木瀧清類編纂『日本演説討論方法』明治15）と書いた文を読むことが奨励されるにいたった背景には、まずは「政談家《せいだんか》や学者」の演説が「呂調《ろれつ》が悪《わる》くつて絶句《ぜつく》」したり「チヨコ〳〵と早言《はやこと》で弁《べん》じて見《み》たり同《おな》じことを二度も三度も云《い》つて趣意がらを分《わか》らなく仕《し》たりヱー、ムー、ソレカラ、アノソノ、などいふ間投詞《かんたうし》を乙《おつ》な所《ところ》で煩《うるさ》く言《いつ》たり夫《そり》から尤《もつと》も困《こま》るのは御自分《ごじぶん》たちの生国《せうこく》の田舎訛《いなかなま》り」（福地桜痴「速記通信の不平」『桜痴放言』明治25）で速記記者を苦しめるほど不出来だった事情がある。[5] しかしより直接には、「あまり俗語すぎて高貴の諸君に向ツては不敬に存じますから此の段は何卒御海容を願ひます」（渡辺鼎「半開化は衛生の害」『速記叢書　講談演説集』明治19）との文言が示す、演説は謹厳な調子で行うべきだという共通認識が挙げられる。そもそも「演説（舌）」は福澤諭吉《ふくざわゆきち》による創出が強調されるけれども元来は仏教語で、経典を演《の》べ説《と》くことを指す語である（『法華経』[6]）。口話表現よりもそれに先立つ文書や理念を重視するこちらの「演説」からすれば、文語で書かれた草稿を持ちこみ読みあげる「演説」——自由闊達な議論の創出をめざした福澤の「スピーチュ」からは度しがたく窮屈にみえただろう「演説」もまた、正しい方法なのだ。江戸後期における文書行政（『御触書天保集成』ほか）や曲亭馬琴《きょくていばきん》の読本《よみほん》でも、「演説（えんぜつ、えんぜい）」は多く〈文書の意を説ききかせる〉意で用いられる。

さる程《ほど》に景延紀平治《かげのぶきへいじ》は、只管路《ひたすらみち》を急《いそ》ぎ未《いま》だ幾日《いくか》もあらぬに帰《かへ》りのぼり、直《たゞ》に為義朝臣《ためよしあそん》に見《まみ》えまゐらせ、景延《かげのぶ》まづ為朝《ためとも》の書呈《しよかん》を獻《たてまつ》れば、紀平治《へいじ》は為朝《ためとも》の書《かき》もらし給へる所《ところ》を、審《つまびらか》に演説《ゑんぜつ》せり（馬琴『椿説弓張月《ちんせつゆみはりづき》』前編巻之二第五回）[7]

明治期日本の「演説」は、雄弁による説得（Oratory, Eloquence あるいは Speech の訳語）と文書ないし理念の通達（仏教語「演説」）という二つの意味をあわせ持つ。自由でパフォーマティヴな「演説」と草稿を朗読し理念を読み聞かせる「演説」とでは、その発想や効果は字句の上にあらわれた文体以上に異なりがあるのである。

なるほど演説は「学者の講釈や、浮屠［僧侶］の説法」とも「其目的が大に」違う（明治11・4・26「民間の喩演説集誌」）のだから「大道講釈の如く、頭顔目口より、手足を千体万化して、種々賤劣の形貌を致すなどは、演説者の最も忌む所」（同）であるだろう。しかし同じ文章が「演説を始むる時は、落語家や、軍談師の様に、まづ小声にて、説出すが宜いと申てあります」と指示してもいるように、舌耕文芸と演説の境界はどうも曖昧である。都市部では「人前で喋るという行為それ自体が、講談や僧侶による説教などを共示してしまう」（浅野正道[8]）。尾崎行雄《おざきゆきお》『公会演説法』（明治8）以来、演説の際の身ぶりを絵入りで解説する作法書が続出する通り、都市における演説という身体的行為にはつねに「俳優の技たるを逃れざる」（島田三郎「序」、A・ベル原著、富岡政矩訳・山本秀雄校閲『弁士必読演説学』明治15）危険がひそむのである。芸能と峻別しうる演説をなすためには念入りに準備した草稿を読むか、あるいは演説の「法」を学び論理を磨かなければならない。

演説ニ法アルコト猶ホ画家ニ象形、賦彩、経管、位置等ノ法アルガ如シ若シ画ニシテ是等ノ法無ケレバ拙劣観ルニ堪ヘズ猶ホ文章ニ照応、波瀾、頓挫、開闔、擒縦等ノ法アルガ如シ文章ニシテ是等ノ法ヲ欠カバ決シテ絶妙ニ届《イタ》ラザルナリ（松村操『演説金針』明治14）

『演説金針』には演説法として、修辞学を転化した「喚起」「自問自答」「譬喩」「叙例」「引証」「反覆」などが挙がる。ペロピダスやイソクラテスの演説は「喚起」「叙例」「引証」そして「反覆」を洗練した形で用いていた。

※　※

『経国美談』前篇は演説の言葉を独立させるべく、他の口語形式と演説の文体を区別してもいる。長い口話表現を描く箇所のうち、たとえば前篇第五回で老夫婦がペロピダスに語りかける場面の人称は「我々」と「君」であり語尾には「給フ」が、前篇第七回でペロピダスがアリアドネの物語を語る際には助動詞「ケリ」が多用される。これに対し、演説の言葉はかならず「我」が「諸君」に呼びかける形式で「ナリ」「タリ」を基調とする文体で書かれていた。

演説を際立たせる文辞は口話表現の差異だけではない。はつらつたる演説を繰りひろげる「名士」たちの物語は、あちこちに配された演劇や講談に通じる場面や言い回しによって隈どられている。たとえば前篇十八回で宿の主人が奸党に呼び出され、民党への忠誠を示すべく愛子を置いていく箇所はギリースの本による（ChapterXXIX）が、同じ挿話を載せたグロートの注には「この逸話は［略］省いてしまうにはあまりにも面白いし、クセノフォンの叙述とも全く矛盾しない。ただ、どうやら少々芝居味［somewhat of a theatrical air］があるけれども」とある。言いかえれば前篇における地の文の書き手は、名士たちの演説と政治行動の意味を説き聞かせる講談師のようにふるまっていた。テーベの名士11人が女装して奸党の宴に入り、ついに首領を討ち果たす前篇第十八回にあらわれる「傍ヘニ有リ合フ剣《ツルギ》ヲオツ取リ」・「スハ、狼藉者ゴザンナレト持タル剣ヲ抜キ離シテ」などの言い回しは、前田愛の注（前掲）が指摘するように読本に見える。ただし前篇を菊亭香水（佐藤蔵太郎［鶴谷］）に筆記させた龍渓が「扇子ヲ笏ニ執リテ宛モ講談師然タル体ニテ文言ヲ演べ」ていた（柳田泉「龍渓の経国美談、そのほか」昭和6・9「芸術殿」所引の『佐藤鶴谷伝』）ことを踏まえるなら、これを同時に講談の言葉づかいと見ることもできるはずである。尾崎行雄が演説の流行を予見した一文に「土州ノ如キ既ニ是カ先鞭ヲ付ケタリ」（『増訂公会演説法』明治12）と注したように、政治講談（通俗演説）は新聞「自由之燈」によって政治小説の震源地となった高知でさかんになり、明治10年代中葉には東京にも進出していた。

明治期の講談や芝居が政治小説を取りこみ「固有の形式にふさわしくプロットを複雑化して行く過程」を精緻に描き出した越智治雄《おちはるお》「政治小説と大衆」（昭和39・5「文学」）は、川上音二郎《かわかみおとじろう》による明治24年の上演台本『希臘歴史 経国美談』を紹介している。[9] この台本もまた「十二美人討入りの場」を大詰とする、前篇のみを対象にした芝居だった。前篇における龍渓は福澤門下にして「郵便報知新聞」を創刊した人物にふさわしく、芸能と政治小説の接点をあらかじめ把握しながら見せ場となる表現をつくりあげたのだと考えられる。[10]

これに対して『経国美談』の後篇は、物語の起伏・人物造型・修辞のいずれにおいても前篇よりダイナミズムに欠け、しかも民権運動の激化をいましめる文辞があるせいか、発表当時から今日まで評判が高くないようだ。しかしこの小説は本来、後篇におけるエパミノンダスの物語によってこそ成立するものだった。前篇では第四回で演説を遮られたあげく投獄され（しかも演説は直接話法ではなく「大略」として示される）、全二十回中第十三回まで獄中にいてピタゴラスの理学などを修め、脱獄後の活躍も書簡でペロピダスの軽挙を諫める（第十五回）程度で第十九回にようやく再登場する――後篇でも聴衆をアジテートする演説などほとんど行わないこの人物は、「希臘第一流ノ人物」（前篇第十三回）とされる『経国美談』の真の主人公だったはずなのである。

多くの英書を「纂訳」したこの本では、翻訳書と同じように「等閑ニ軽々ト意味ヲ読ミ過コスコト」は「深ク慎ムヘキ」（龍渓『訳書読法』明治16）なのかもしれない。[11] 翻訳者は「僅々一字二字ノ中ニモ深ク意ヲモチヒ心ヲ込」めているのだから「訳書（入組タル書籍）ヲ読ム人ハ何卒ソ支那ノ経書ヲ読ム心持ニテ一字一句ノ間ニモ極テ精密ニ注意セラレンコトヲ要ス」という龍渓のすすめにしたがって、以下、本作後篇を読み直してみることにしたい。「氏ノ如ク最モ雄弁ニシテ最モ沈黙ナル人ハ少シ」（前篇第四回）という矛盾を抱えこんだ人物を主人公にする『経国美談』後篇は、新しい〈言〉の形を日本にもたらした書物として立ちあがるだろう。

三　沈黙の文体

エパミノンダスはもともと、「居常大全トシテ喜怒色ニ顕ハレサル」、つまり無口で感情を表にあらわさない人物として描かれていた。彼はたとえば後篇第七回、スパルタ軍に追われ糧食不足によって非常な「心労」のうちにあるはずの局面でも、無駄口をきかず表情を一切変えていない。いったいこういう人の体のなかに心はあるのだろうかと疑うようなエパミノンダスの人物造型は、森田思軒が頭評で指摘するようにヴェルヌ著、川島忠之《かわしまちゅうの》助《すけ》訳『新説 八十日間世界一周』（明治13）の表現に由来する。

・其ノ挙止曾テ遽ルコトナク言語少キコト平時ノ如ク顔色容貌始終一般ニシテ閙忙ノ為ニ変スルコト無キハ人ヲシテ斯ノ如キ人ノ体中ニモ尚ホ憂喜ノ心ヲ包蔵シ居ル者ニヤト疑ヒ怪シマシムル計リナリ（『経国美談』後篇第七回）

・今回同行ノ侶トナリシフヲツグヲ視察セシハ唯其骨牌ヲ手ニシテ仝遊セシノ間ニ涯ルト雖モ早クモ其奇癖家タルヲ暁リ氏ノ如キ外貌冷然タル皮膚ノ裏ニモ能ク人心ノ包蔵セラレテ悸然タルアリヤ亦氏ノ魂ハ能ク造化ノ霊妙ニ感シ栄毀ノ志望ヲ蓄フヤト疑惑セルモ理ナリ（『新説 八十日間世界一周』）

龍渓は早くからヴェルヌの表現に注目していた[12]。この時期にはやはり無口でまったく動じない武将、ナポレオンも大流行している[13]。

此時ニ当テ拿破崙ノ危キコト比スルニ物ナク［略］然レトモ之ヲ望ムニ神色自若トシテ毫モ常ニ異ナルコトナシ〔『拿破崙第一世伝』明治12、巻一第五篇〕

何のたのむところがあってそんなに動じずにいるのかと麾下の者に聞かれたナポレオンの「汝畏ル丶コト勿レ唯汝ノ心ヲ動カサス汝ノ勇ヲ失ハス汝ノ自許ノ心ヲ保存シ汝カ勝利ヲ追思セヨ」という言葉は、どんな時も自分の正義さえ見失わずにいればよいのだというギリシャ会議におけるエパミノンダスの言葉に近い。

ペロピダスを〈動〉、エパミノンダスを〈静〉の人とした『経国美談』後篇の構成は意図的なものだった。この人物造型は平和会議終了後、レウクトラの戦い（後篇第十七回）に至る第十五回と第十六回、テーベ・スパルタ両国の戦争準備を描く文体とも密接に関わっている。森田思軒は第十五回と第十六回について、両二回の文は「甚だ閑に似たる」ものだけれども、これは碁の名手がはじめに四隅に石を下ろした後に着々と「常蛇」（常山の蛇勢、一分の隙もない状態）に至るようなものだと述べ、テーベとスパルタの軍況をかわるがわる描きながら両軍の優劣を明らかにしてゆく行文を「龍門」（司馬遷）の文に比している。

さらに第十五回のうち「左伝」「丘明」（『春秋左氏伝』、丘明は左伝の作者とされた）を思わせる文辞を逐一指摘した思軒は、たしかにこの「閑に似たる」文体の内なるニュアンスをよく見通していた。『経国美談』後篇は、人物の行動への評価や因果を表だって描くのではない。たとえばスパルタの将ステシクレスとポリシスが、テーベとの野戦は危険だからいったん塁を守るべきだと進言する箇所、「一夫死ヲ決スルモ其ノ勢ヒ当ルベカラズ況ンヤ一国ヲヤ」という一文は『春秋左氏伝』僖公十五年九月、「一夫狃《な》れしむべからず、況《いわ》んや国をや」を換骨奪胎した表現である。この進言をしりぞけたクレオンブリュタスが「詰朝将軍ト與ニ隆具ノ野ニ猟セム」という「戦書」を送り、エパミノンダスが「疲馬ニ駕シ幣甲ヲ収メ、王ニ隆具ノ野ニ従ハム」と返書を送った箇所にも、思軒による『好辞令、分明なり、左伝に学べり」という注がある。この指摘にしたがって読むなら、本作の地の文が事件を描く文字のえらび方によって書き手の評価を示す『春秋左氏伝』の筆法とおなじく、軽率な進撃をたしなめる二将の言葉の誠実さ、スパルタの戦書の傲慢な姿勢、辞を低くして開戦に同意するエパミノンダスの余裕を、婉曲的ながら明瞭（「分明」）に示すことが見えてくるだろう。[14]

前篇から各回末に評を附していた依田学海《よだがっかい》・藤田鳴鶴・成島柳北《なるしまりゅうほく》・栗本鋤雲《くりもとじょううん》の評とともに後篇から頭評の形で参加した森田思軒に期待されたのは、こうした隠れた意味や文脈を読者に説き明かす役割だったと考えられる。

思軒はテーベ軍が出発する前夜の様子を「全都ノ有様打チ湿リテ見ヘニケリ」とした箇所でも、「打湿」という「邦語」が数十語の漢字によっても表現できない「無数の情態、無量の意味」をはらんでいると絶賛する。『経国美談』の文体が「三種類以上のギリシャ史の章句《ピース》」と「各種文体の章句《ピース》」の混成物であるという亀井秀雄の指摘（「纂訳と文体」）は繰りかえし受けとめる必要があるので、その「混配」ぶりは後篇においてさらに大きな効果をあげていた。後篇の文体は前篇のような――あるいは、頼山陽《らいさんよう》『日本外史』における「外史子曰く」のような――名士への「賛辞」や戦闘をダイナミックに語る言葉をあえて地の文から削ぎ落としながら、語や章句の選択によって意味を暗示する文体を採用するのである。[15]

　典故や言葉のえらび方によってわずかな含意をあらわしているとはいえ、一見すれば正史の記述を羅列するだけに見える後篇の叙述において、読者のまなざしを次の展開へと方向づけるのは地の文ではなくエパミノンダスその人の言葉だった。テーベ軍が攻城戦を予期するスパルタ軍に対して野戦で迎え撃つことを決定した後（第十五回）、エパミノンダスは野戦には地形の選定が重要であること、都の西南にレウクトラという平原があってメーナリユス山脈とトロホリユス連山がこれを挟んで対峙していること、レウクトラにスパルタ軍を迎えトロホリユスに陣取るためには三月十五日より前に兵を集めて進軍すべきことを述べる。以下、地の文はむしろエパミノンダスが語った戦略を追いかけるようにして、日付を軸とした叙述で三月十五日までの緊迫した時間を描きだし、第十七回にいたってようやくレウクトラの地勢を再度描き直してみせていた。

　未来を読み必要な進路を呈示した上で計画通りに読者を導くエパミノンダスは、ある意味では作者以上に作者らしくふるまい、物語空間をリードしてゆく人物である。彼はやはりここでも『八十日間世界一周』のフォッグ氏や『海底二万里』のネモ船長、あるいはナポレオンなどに似かよっているようだ。しかしこれらの人物群をいくら合成してみても、『経国美談』におけるエパミノンダスの人間像にはたどりつけそうもないことは注意されていい。沈着の人ではあっても性急さは持ちあわせないエパミノンダスは、世界一周にかかる時間を一分一秒まで厳密に計算し、「例ノ歩」で歩数を惜しむように進んでゆくフォッグとも、いっさんに勝利をめがけて進撃するナポレオンとも異なる行動原理を持つ。平和会議から退出した事情を説明する言葉にある通り、彼の選択を規定するのは何よりも「人生ノコトハ極メテ入組ミテ変化極リナキモノ」だという世界認識であり、冷静沈着な外貌はこの認識の帰結でしかないのである。

「人生（人世）」は時々刻々と変化するものであり遠い未来を読むことなど結局はできないという言葉を、エパミノンダスは重要な局面で繰りかえし用いる。平和会議の開催前、コリントのアンタルキダスに会議のなりゆきを問われた際も、エパミノンダスは「苟モ弊邦ノ存亡ニ関スルアラハ仮令ヒ希臘全土ヲ敵トスルモ亦タ敢テ一歩ヲ枉ケサラン」と原則を語りつつ、「人世ノ事ハ変転極リナ」いので「予シメ之ヲ測ル」ことはできないからまずは平和会議の成功に尽力しようと言っていた。アゼシラウスとの応酬と退席という行動は、「変転極リナ」き状況のなかでいくらでも変わりうる方略の一つでしかない。人が行動するのは「人世ノ事ヲ案スルニ進マサル者ハ則チ退キ退カサル者ハ則進ム進マス退カス永ク其ノ中間ニ在ル者ハ決シテ之レアラサル」からであって、予測や計画に際しては常にこの現実の可変性が含みおかれなければならない。エパミノンダスは未来にむかって立てた計画と行動の無謬性を信じこんで突きすすむフォッグやナポレオンといった明治のヒーローたちとは、行為どころか計画以前の段階で袂をわかつ存在だった。

したがって彼の演説は聞き手を煽動したり説得したりする形式ではなく、現実の諸条件のなかでありうべき選択肢を呈示し、今のところ最良であると思われる選択肢を説く形式、おそらくは事前に入念に準備した演説の形式を取る。エパミノンダスは野戦の直前、急進してくるはずの敵の右翼、すなわち自軍にとっては左翼が勝敗を決するポイントになるので、自陣は左翼を前にして両軍が八の字を描くように陣形を整えれば勝機があると説いている（第十六回）[16]。エパミノンダスが将来の野戦に備えるかのようにテーベの「馬軍」を錬成していた（第八回）ことも含めて、戦況は彼の洞察の深さを示す形で進むのだが、この戦略説明の際にも彼は「戦陣ノ事ハ本ヨリ機変極リナキ者ナレハ別ニ始メヨリ敵ヲ破ルノ妙算アルニアラス」「戦機ハ素ヨリ変更シテ常ナキモノナリ」とくりかえすことを忘れない。

――いま言った戦略は敵が取るだろう陣地の位置から想像したものだが、もし明日敵が陣地を変えたらすぐ「臨機ノ令」を送るからそのつもりで、と述べるエパミノンダスの言葉は、彼の人物造型の根幹を語るものだ。この相対的な時間認識を貫く人間像を物語の中核に置いたことで、『経国美談』後篇は善悪をも「変化極リナキモノ」ととらえる価値意識を創出しえていた。エパミノンダスその人の失策を描き、スパルタ王アゼシラウスの豪邁な一面を描く『経国美談』後篇は、「民党」を善、「奸党」を悪とした前篇のような、悪は必ず亡び善は栄えるといった歴史観を持っていなかった。平和会議でのエパミノンダスの宣言とその弁明について、龍渓がギリシャ史書の行文を織りこみながら表現したのは、時々刻々と変わる条件のなかで最善の決断を選ぶ人物の姿だったと考えられる。

後篇の冒頭にアテネの空想社会主義政治家・ヘージアスが国を混乱に陥れる様を描いた龍渓の筆には、たしかに国内の民権運動の高まりを危惧したあとがある。しかしこのことは後篇における龍渓の政治姿勢の後退、あるいは何らかの主義への「漸進」といった解釈を導くものではない。国際政治の方に目を向けるなら、龍渓ははやく１８７８年（明治11）のベルリン会議のゆくたてを知るころ、公議輿論による政治のウラオモテを認識する機会をえていたはずである。[17] むしろ『演説文章組立法』（明治17・9刊）――演説の「解剖」は「去歳」、明治16年から始めたと明治17年3月の自序にいう――において、論説では「胸中ニ蓄ル事柄ヲ巧妙ニ組立ルノ一事」つまりコンポジションが最重要であり「揺手、発音、形容等」といった文飾などは「固トヨリ同日ノ論ニアラサルナリ」

と述べた龍渓は、演説というディスクールを再検討することで政治と言葉の関係を再考し、状況に対峙しうる言葉を鍛え直していたのだと考えられる。状況に応じて「愛国」の内実が「時々刻々」と変わりうる状況において、不断に態勢の変更を予期しつづけること――のちに社会主義に反応し『新社会』（明治35）を著した龍渓には、そうした史眼がすでにあった。『経国美談』後篇には、やがて龍渓が『浮城物語《うきしろものがたり》』（明治23）の立花に「余か謂ふ所の天下とは此の全地球を指す敢《あえ》て日本を言ふにあらす日本は天下の一部分のみ」と宣言させるにいたる、ナショナリズムの相対性についての洞察の萌芽を読むことができる。

四　文を読む声の系譜

龍渓は『経国美談』後篇の「自叙」において、まず「腹稿」を作り、それを口述筆記させたあとで何度も「添削」し「浄写第三稿」に至ったという後篇の成立事情を明かしている。この作業行程は、後に森田思軒が『金驢譚』（明治20・1・18〜2・2）を「郵便報知新聞」に掲載する際、龍渓が思軒に指示したものとおなじである。

第一　二遍モ通読アリタキコト／第二　長物語ヲ纏メルコト故ニ其取捨ニ大ナル工夫ヲ要スルコト／第三先ツ小生ガ兄ノ趣向ヲ承リ度候コト／第四　〔見せ消ち一字不明〕筆記セシムルコト／第五　浄ク削添スルニ大ナル労力ヲ要スルコト〔明治20・1・9（推定）矢野龍渓・森田思軒宛書簡より抜萃。以下の書簡はすべて笠岡市教育委員会管理〕

翻訳対象の本を二回読んで「取捨ニ大ナル工夫」をこらす第一、第二の作業は『経国美談』後篇自序にいう「腹稿」、第四は速記、第五が「添削」にあたる。のちに泉鏡花『高野聖』（明治33・2「新小説」）にも影響を与えたことで知られる『金驢譚』の翻訳は、第三の龍渓への「趣向」すなわち取捨選択案の報告を別として、ほぼ『経国美談』後篇と同じ方法で行われていた。

龍渓と思軒が「訳法」を共有する時期をもった事実は、明治期の翻訳を更新したとされる思軒の文体について、新しい視点をもたらすだろう。思軒は『金驢譚』の連載を終えた後、ヴェルヌ作『天外異譚』（明治20・5・25〜7・23「報知新聞」[18]）を連載する。地球に彗星が衝突し登場人物たちが彗星の方に乗りうつってしまうという筋立てのこの物語がはじまった際、龍渓はこのままでは何のことだか全くわからないので「天文学者」を早く出して説明させるべきだと強く求め（明治20・6・7書簡）、しかもその説明は詳細をきわめた形にせよと指示していた（明治20・6・8書簡）。

> 天文学者ノ説明ハ極テ詳明ナルヲ要ス　語句ハ簡ナルモ意味ハ沢山ニシテ且ツ事柄ニ因リ註解て必要ノ場合アルヘシト存シ候　已ニ天文学者ガ出テ説明始マル以上ハ長クテモカマイ不申候　右学者ノ説明カ匆々ニテハ不充分ニテ全篇ノ要ヲ失フヘシ　右等ノコトハ充分御承知ト存候得共尚ホ念ノ為メ誤解無キ様ト存シ申上置候〔明治20・6・8書簡より抜萃〕

事情の「説明」は天文学者によって行われるべきであり、しかもこちらは省略しないほうがよいとされるのは、空想科学小説における学者の役割や読者への即時的効果だけが理由ではあるまい。地の文で前後の事情を明かせといった要請ではなく登場人物による「説明」を重視する龍渓は、小説における「事実」は小説内の重要人物が説き聞かせるべきだと考えているのであり、その前提は「右等ノコトハ充分御承知ト存候」と念を押された思軒

――当然、全篇の「趣向」を事前に龍渓と打ち合わせ済みである――も認識していたはずだ。『経国美談』後篇の物語がクライマックスへとのぼりつめる過程において、森田思軒がしだいに作者のようにふるまいはじめるエパミノンダスの言葉に敏感に反応していたことと、彼がのちに「小説の自叙体記述体」（明治20・9「国民之友」）を著して一人称の効用を説いたことは偶然の暗合ではない。思軒のいう「自叙体」とは読者に「恍然神馳せて現に之を目睹する如き想あらしむる」（「小説の自叙体記述体」）ために主人公の言葉を優位に置く文体であって、その逆ではなかった。龍渓と思軒にとっての「自叙」は、おそらく小説全篇が一人称で書かれることを絶対条件にしていない。両者の小説や翻訳における一人称は自己の思想の伝播を主目的とするのではなく、読者が自己を定位できないほど広く異質な物語空間の要請から生まれる、読者のまなざしを導くための手段である。

たとえば前田太郎（香縁）と喜多川金吾（麻渓居士）が訳した『繍衣錦袍 戦場之花 上』（明治20、原著はJames Grant, *One of the six hundred*, 1875）は一人称で書かれた原著を翻訳するにあたり、「凡例」で「普通の小説は人物を三人性にして書すれども此書の如きは然らず「ニウトン、ノルクリフ」（即ち本書の主）は記者自からの如くに余は云々と書き起せり故に行文中余とあるは皆「ニウトン、ノルクリフ」なりと知る可し」とことわり、一人称を「余」と訳出しつつも「余」が三人称の人物であるかのように、会話文に「ニ「ハ、是《こ》れ兼《かね》て期《ご》したる処《ところ》」などと発話者の名を一つ一つ注している。もともと三人称で構成された物語空間を前提としつつ析出されてゆくこの一人称は、だから一度口述筆記した原稿を何度も添削しなおす書きかたもふくめて、アレキサンドル・ベルのいう「朗読法」によって読まれる文に似る。

演説者ハ其考案ヲ先キニシ其意ヲ述ブルニ語言ヲ発スルナレトモ朗読者ハ其文章ヨリシテ其主意ヲ顕ハスナ

レハ常ニ精細ニ文章ノ接続ト主意ノ反応等ニ注意ヲ下ササルヘカラズトス［アレキサンドル・ベル原著、富岡政矩訳、山本秀雄校閲『弁士必読演説学』明治15］

硯友社《けんゆうしゃ》のメンバーである前田香縁《まえだこうえん》と麻渓居士《まけいこじ》は同じ『戦場之花』の凡例で、「行文言語の間に「、、、、、」の如き符号を用たるは是れ書中の人物。語を発し暫く黙して又語を発せし時又は読者の想像力を刺戟する時に「――」乃符号と同一にして其の間多少の黙考妙味ありと知る可し」と注していた。声を強く意識し「、、、、、」や「――」を多用していった尾崎紅葉《おざきこうよう》たち硯友社の文体実験[19]もおそらく、こうした翻訳小説の一人称がもつ、「二遍モ通読」（龍渓）したかのような精錬された文体に端を発していた。

従来の文学の読者にとってなじみのない、あるいは全く未知である世界と価値観をもったこれらの小説の文は、演説会場に持ちこんだ草稿を読むように、「常ニ精細ニ文章ノ接続ト主意ノ反応等ニ注意ヲ下」しながら展開する。彼らの文体には、過剰なパフォーマンスで読者をあざむいたり、冷やかすような調子で物語と距離をとる傾向はあまりない。そのかわり、言葉の選択によってありうべき範列――ありえた物語の可能性を示しつつ、自分がなぜその語や章句を選んだのかを示すことで、読者に意味を方向づけてゆくのである。

三遊亭円朝《さんゆうていえんちょう》の落語が二葉亭四迷《ふたばていしめい》の『浮雲』（明治20〜23）などに影響を与えて生成したとされる「言文一致」の流れに対して、『経国美談』が演説のスタイルを洗練することで生み出していった文体を、明治初期におけるもうひとつの重要な〈言〉の流れとして位置づけることができるだろう。たとえば国木田独歩《くにきだどっぽ》のように、演説をはじめとする当時の文体を選んで組みあわせ、意味を操っていく文学者もあらわれる。[20] やがて森鷗外《もりおうかい》や永井荷風《ながいかふう》が、積極的に口語文における〈言葉の選びかた〉の可能性を探っていくことになる。[21]

『経国美談』の側から眺めてみるとき、明治の〈言〉を描いた文学は、静けさのうちに言外の意味をたたえる声を響かせはじめるだろう。見かけよりもかなり慎重な調子をもったこの声は、むしろ、ある時期までの近代文学の基層をなすものだったのかもしれない。そういえば、「速記」された円朝の言葉に、同じく静かな調子を読みとった読者もいた。

嘗て落語家円朝の『牡丹燈籠』の速記を読む、其従容として恠を語り行くの態、凄量、疾声、激語するに数倍するものあるを覚えき。［明治29・4・25「文庫」、愛鳥『旅の夜の記』への残星（滝沢秋暁）の評］

注

1 前篇の龍渓による跋文に、「此書ノ表題トセル経国ノ大業ト其ノ美談トハ多ク後篇に在ル者ナリ」とある。

2 「昔時希臘国人ガ幼ヨリ演説ノ法ヲ学ビ互ニ思想ヲ交換シテ剛毅ノ気象ヲ養成スルニ吸々シ熾ンニ国光ヲ輝カセシ偉績」（三宅虎太編纂『民権自由 日本演説軌範』（明治14・11）への自序）

3 この点に関して、「『経国美談』と『佳人之奇遇』という〈政治小説〉の傑作は、〈小説〉にかこつけて〈政治〉を語ったのではなく、むしろ〈政治〉にかこつけて〈小説〉を語ったのではないだろうか」（「〈小説〉の冒険――政治小説とその華訳をめぐって」平成3「人文学報」、『漢文脈の近代』収録時に削除）という齋藤希史の指摘が重要である。

4 ペロピダスの名演説ぶりは、「諸君我カ斉武ヲ救ヘヨ」と言ったきり真っ赤になって黙ってしまうメルローの演説との対比によって強調される。失敗する演説と対比して主人公の名演説を印象づける例は、末広鉄腸『雪中梅』（明治19）にも見える。

5 同様の証言が、若林玵蔵門下の速記記者・佃與次郎『速記の話』（昭和2）に見える。

6 『法華経』序品に「また、諸《もろもろ》の仏　聖主師子《しょうじゅしし》は／経典の　微妙《みみょう》第一なるを演説したもうに／その声は清浄《しょうじょう》にして　柔軟《にゅうなん》の音を出し」云々とある（書き下しは岩波文庫『法華経』による）。

7 『日本古典文学大系60 椿説弓張月 上』（昭和33）の後藤丹治による注は「くわしく説き述べること。馬琴はよくこの語を用いた」として「常世、頼豪、三国、八犬伝その他、用例は甚だ多い」と述べる。

8 浅野正道「静かにしなさい、さもないと……――明治一〇年代の都市民権派と演説会」（中山昭彦ほか編『文学の闇／近代の「沈黙」』平成15、「文学年報」Ⅰ）。「三田演説会」のメンバーによる演説の規則が外部との接触を通じて「演説」というディスクールの虚構性を明かしてしまうことになったという浅野氏の分析には多くを学んだ。

9 「二十四年七月二十二日警視庁一時検査済みの証がある」（越智論）という本資料は未見。土田牧子「川上演劇における音楽演出―明治二十年代の作品をめぐって」（令和5、井上泰至編『渾沌と革新の明治文化』）が紹介した、現在早稲田大学坪内博士記念演劇博物館所蔵の『経国美談』台本（明治24・8中村座台本）も同じく前篇の物語である。国文学研究資料館には「明治廿四年八月三日／警視庁／一時検査済」の印ある、「序幕ハルネス川の境」「二幕目裏口邂逅の場」の台本が残る（外題『中村座台本経国美談』内題『希臘歴史経国美談』）。

10 慶應義塾と講談の関係については、福澤諭吉が松林伯円を招き弁舌を学んだ挿話（宮武外骨『明治演説史』大正15）がよく引用される。先に引いた『増訂 公会演説法』の著者、尾崎行雄（咢堂）は慶應義塾出身、「郵便報知」における龍渓の部下。やや時代が下るが明治20年の『寓意小説 蜃気楼』に、高知県士族出身で慶應義塾に学び、政治講談に身を転じた「松林伯円《まつばやしはくえん》の門弟芸《もんていげい》名《めい》を松林伯令《まつばやしはくれい》」という人物が登場し、彼の話は「演説《えんぜつ》」とも呼ばれる。

11 『訳書読法』が挙げた「読ムヘキ書目」のうち、「雑書」の「小説類」の項目に『経国美談』が見える。

12 森田思軒は明治15年に初対面した際、龍渓が「時に新刊の「月世界旅行」を称して嘖々口に絶た」なかったことを回顧している（明治23『報知異聞 浮城物語』への序）。

13 龍渓『訳書読法』の推薦図書のうち「名士伝記」の箇所にナポレオン伝はないが、一語に対して複数の字を宛てる日本語訳の特性を説明するくだりには「ナポレオン」が例として挙がっている。

14 高津孝氏のご示教による。

15 もちろん後篇にもペロピダスと恋人レオナとの死別、ペロピダスが新たに妻を迎える顛末、ペロピダスが夢に聞くお告げ（第十六回）といった説話も挿入されてはいるのだが、これらの話と劇や講談との距離は、たとえば生け贄を捧げろという夢告に対して馬を人のかわりに殺すといった話の内容だけでなく、前篇において見たような講談風の言い回し――おそらく、ベストセラー『惨風悲雨 世路日記』の作者でもある菊亭香水の筆力にあずかるところがある――を欠いた文体そのものに由来している。後篇については龍渓が若林坩蔵の速記を用いたことが知られるが、若林の筆記稿を徹底的に「添削潤飾」し「時トシテハ初メヨリ之ヲ手自カラセサリシヲ憾ム」ほどだったという龍渓の言（「自序」）を信じるかぎりでも、「結構布置に多く多を費し、行文句法に軽く力を着く」（同）表現は龍渓自身の文体といってよいと考えられる。

16 依田学海はこの戦略が『史記』孫子・呉子列伝の孫臏の話、馬を走らせ的を射る賭け事で、上級・中級・下級の馬をそれぞれ相手の馬の級にたがえて闘わせるべきだと孫臏が献策した話に似ると指摘している。孫臏はこの結果、斉の威王の師となった。

17 森田思軒の評は、ギリシャ平和会議が「表面儀式ノ公会」と「私見ノ内会」の二つに分かれ、内会の決議事項が公会を左右する仕組みを、ベルリン会議における英独二相の「私覿」、すなわちディズレーリとビスマルクの会見が会議の行方を左右したエピソードに類比している。

18 原著は J・Verne, *Hector Servadac*, 1877. 近年、石橋正孝訳『エクトール・セルヴァダック』（令和5）が出版された。

19 拙稿「彼岸の声、現世の声――尾崎紅葉の文章運動と泉鏡花」（令和6・11「日本近代文学」）を参照。

20 拙稿「名文の影――国木田独歩と文例集の時代」（井上泰至編『渾沌と革新の明治文化』令和5）を参照。

21 鷗外と荷風の史伝小説における語彙選択について、拙稿「永井荷風と漢学――『下谷叢話』の表現」（山口直孝編『講座近代日本と漢学第6巻　漢学と近代文学』令和2）を参照。

第4章
写生文とは何か

都田康仁

一　写生文というジャンル

> 自然、人事にたいしての丹念刻明な観察、描写の写生を主眼とした散文で、その方向づけは正岡子規が明治三三年一月、新聞「日本」に掲げた『叙事文』に基づく。これをうけて高浜虚子を中心に雑誌「ホトトギス」を実践の場として推進された文章革新運動、ひいては文学運動の相貌を示した。（略）子規の文章にたいするこの写生説は彼の俳句革新の基となった写生精神の散文分野への適用といっていい。（略）この画論で写生の精神をみずからものにした子規は俳句、短歌を革新し、つづいて文章におよぼそうとしたのである。

右に掲げたのは福田清人《ふくだきよと》による「写生文」の解説である。[1] ここで説明されているとおり、正岡子規《まさおかしき》は、画論をもとにした「写生」を俳句に、続けて文章に適用し、旧来の文章を革新したとされる。だが、「写生」を「主眼」にする文章とはどのようなものなのか。また、俳句から短歌、文章へというジャンル移行は「写生精神」を「適用」することで達成されたものなのだろうか。

俳句における「写生」という方法は、そう簡単に文章へと適用できるものではなかった。渡部直己《わたなべなおみ》は、子規が「叙事文」（『日本附録週報』一九〇〇年一月二九日、二月五日、三月一二日）において示した文例を踏まえ、「この「写生文」が俳論の延長ではなく、逆にあらわな否定として形づくられてしまう」と指摘する。[2] 渡部によれば、子規の「写生」という方法は、文章という長さのなかでは機能不全に陥り、実際にはむしろ批判対象となっていた大町桂月《おおまちけいげつ》らの美文に近接してしまっている。鈴木章弘《すずきあきひろ》は、こうした「写生文」の非「写生」文としての実態をふまえ、「写生文」はある特性を持ったジャンルではなく、『ホトトギス』派による商標にすぎないのだとする。鈴木は、この視点を欠く写生文論を「本質主義」と指弾する。[3]

ただ、「写生文」という名の下にいくつかの作法書や文例集が編まれたことは事実である。それがたとえ事後的な「商標」であったにせよ、「写生文」と銘打たれた諸例文から何らかの特性を抽出することはできないのだろうか。写生文が「写生」による文章のみに留まらない多様性を有していたのであれば、その文章群はどのような性質の下に一括されたのか。

明治期に『ホトトギス』周辺で発行された文例集、あるいは写生文の名が冠された文集を左に掲げる。

1　『寸紅集《すんこうしゅう》』（ほとゝぎす発行所、一九〇〇年）
2　『寒玉集《かんぎょくしゅう》』第一篇（ほとゝぎす発行所、一九〇〇年）
3　『寒玉集』第二篇（ほとゝぎす発行所、一九〇一年）
4　『写生文集』（俳書堂、一九〇三年）
5　『写生文集　帆立貝』（俳書堂、一九〇六年）

6 『続写生文集』（俳書堂、一九〇七年）
7 『新写生文』（東亜堂、一九〇八年）
8 『俳文と写生文』（精華堂書店、未詳）

写生文という名のついた作法書としては、次の四書がある。

1 寒川《さむかわ》鼠骨《そこつ》『写生文作法及其文例』（内外出版社、一九〇三年）
2 福田《ふくだ》琴月《きんげつ》『写生文範』（『通俗作文全書 第七篇』、博文館、一九〇七年）
3 寒川鼠骨『写生文の作法』（『作法叢書 第一編』、修文館、一九〇七年）
4 寒川鼠骨『写生文作法』（『俳諧講義録』一号～二四号、一九一〇年四月一二日～一九一一年八月二〇日）

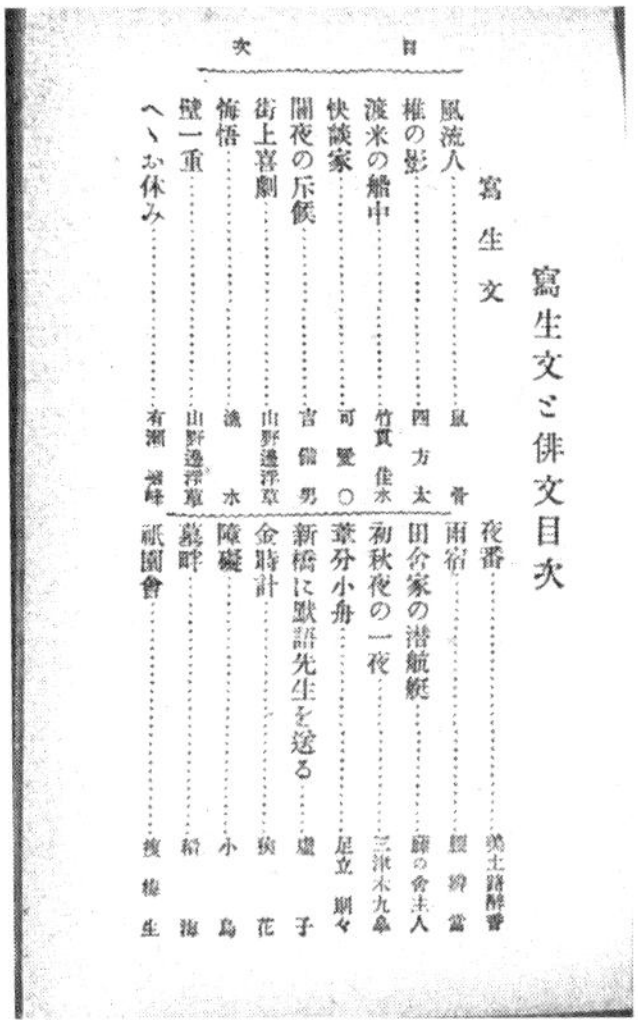
寫生文と俳文目次

目次

寫生文
風流人……鼠骨
椎の影……四方太
渡米の船中……竹貫佳水
快談家……可愛○
闇夜の斥候……吉備男
街上喜劇……山野邊浮草
悔悟……漁水
壁一重……山野邊浮草
へゝお休み……有瀬溪峰
夜番……美土路醉香
雨宿……櫻綺堂
田舍家の潜航艇……蘚の舎主人
初秋夜の一夜……三津木九皐
葦分小舟……足立顒々
新橋に默語先生を送る……環子
金時計……狹花
障礙……小鳥
墓畔……稻梅
祇園會……復梅生

『俳文と写生文』（天理大学附属天理図書館所蔵。内題は「写生文と俳文」となっている。）

まずはこれらの作法書・文例集が、写生文をいかに定義し、何を要件に数えているかを見てみよう。『寒玉集』第一篇には、子規の「叙事文」が序文の代わりとして掲げられている。「古文雅語などを用ゐて言葉のかざりを主としたる」文や「作者の理想などたくみに述べて趣向の珍しきを主としたる文」が斥けられ、ここでは「世の中に現れ来りたる事物（天然界にても人間界にても）を写して面白き文章を作る法」について述べることが目的であるとされる。「或る景色又は人事を見て面白しと思ひし時に、そを文章に直して読者をして己と同様に面白く感ぜしめんとするには、言葉を飾るべからず、誇張を加ふべからず只ありのまゝ見たるまゝに其事物を模写するを可とす」る方法、子規によれば「写実」あるいは「写生」である。注目すべきは、「美文即ち面白み」をもたらす文章という意味での広義の美文の範疇に、「写実」あるいは「写生」による叙事文を含ませている点である。

続いて寒川鼠骨『写生文作法及其文例』（以下、『写生文』とする）は、「近来写生文を書く事が非常に流行して来て、雑誌といふ雑誌に、殆んど此種の文字を見ない事は無い」という同時代の状況や「写実小説と標榜して妙な小説を書く人」について批判的に言及した上で、写生文の目的を「美文として自己以外の人を楽ましめる」点に置く。「古言や雅語などを美しく並べ立てゝ、言葉の飾りをのみ主としたものや、又は作者の理想を巧みにあやつりて其の趣向の面白いのを専一としたもの」との違いに言及する点は、子規「叙事文」と同様である。鼠骨によれば、「今日のやうな複雑な時代」のなかでは、「理想」よりも「感情」に訴える文章が好まれる。ゆえに「読者の理性に訴へるのでなくて全く感情に訴える」文章、すなわち「実地其の儘に写し出す叙事文」たる「写生文」の必要が生じるのである。

福田琴月『写生文範』は、写生文が『ホトトギス』の外部でどのように捉えられていたのかを示唆する。「古今の文壇」の「写生的文章」を集めたというこの文範は、『ホトトギス』以外に発表された文章も多く収める。少年文学の書き手として知られる琴月はここで、「今日の文壇において、嘖々たる評ある二三新作家の作物は、其文体はたしかに写生文である」と、写生文を文体の一種とみなしている。「美しい字句の上で美観を惹き起さうとする」狭義の美文とは異なるものとして写生文を切り離す琴月は、「理想式の小説」に対して起こった自然派や写実小説と重ね合わせ、写生文を叙事文や実用文という範疇に含める。ただし狭義の叙事文は「言葉を飾たり、理想を交へたり、趣向を凝らしたりすることを許さ」ず、狭義の実用文はあくまで「只達意を目的」とする。写生文はこれらとは違って、「読者に実感を起さしめて、読者を作者と同一の位置に置き、同一の愉快を分つ」ことを眼目とする、と琴月は述べる。琴月による美文の定義は子規や鼠骨とは異なるものの、作者の感じた「美観《ママ》」を読者に伝える叙事文として写生文を規定する点は共通しているといえよう。

　鼠骨『写生文の作法』では、散文と韻文という区別のうちの散文、そのなかでも「美感を人に与へるのを目的」とする「文学的叙事文」の範疇に写生文を含める。「写生文は写生に多く力を注いだ美文、換言すれば写生趣味の文章たるに過ぎずして、世人の想像せるが如く究屈な文章ではない、又特種《ママ》の文章でもない」。このように規定する鼠骨は、写生文の特殊性を否定し虚構性を許容することによって、小説の創作に進む『ホトトギス』の動向を、写生文の「応用」として肯定する。この点において事実に忠実であろうとする「写実小説」や「下手な写生文家の文章」との差が強調されている。

　鼠骨『写生文作法』は、概ね『写生文の作法』と同様の趣旨である。異なるのは、「俳諧講義録」の一部であるためか、写生文は必ずしも「俳諧趣味」に基づくわけではないと冒頭から述べている点、「写生文は小説をも包容してゐる」とまで言い切っている点である。

　以上のように、ジャンルの規定には時代や論者による揺れがあるものの、基本的には写生文とは写実的に叙事を行なう美文であることが共通認識となっている。当初、写生文は美文というジャンルのなかでの独自性が認められていたが、一九〇七年以降の作法解説のなかでは、基礎的な文体として捉えられるようになる。北川《きたがわ》扶《ふ》生《き》子《こ》は「美文という言葉の消長」について、日清戦争から日露戦争にかけての明治三十年代前後には「ジャンルとしての美文」という意味を有していたのが、その後は「美しい文章あるいは文体という意味」に拡散していったと指摘する[4]。写生文もまた、ひとつの文芸ジャンルという意味から写実的な文体という意味に拡散したように見える。

　では、作者の感じた「美感」を読者に「実感」として与えるという写生文の要件はいかにして達成されるのか。原子朗《はらしろう》は、写生文を「筋立てや物語性に、あるいはいわゆる思想なりに、他律されて叙述される文章」としての「近代散文」とは異なる、「美趣、詩味をそなえて自立する」文章と規定し、「「山」によってポエジーの集中化を図る」という方法にその所以を見ている。[5]では、具体的にはどのような作法が説かれ、文例にはどのような方法が用いられているのか。

二　文における写生の試み

　文体という広い意味へと拡散する以前の写生文、つまりジャンルとしての写生文はどのような方法によって「美」を達成しようとしていたのか。いずれの作法書でも、精細な描写を行なうことと、全体の構成を踏まえた取捨選択を行なうことの二点が挙げられている。子規は「叙事文」において、前者については「抽象的叙述」を避け「具象的叙述」を用いること、後者については「最も美なる処又は極めて感じたる処を中心として描」くことを説いていた。だが鼠骨『写生文』は、取捨選択の方法について「其時の場合と其人の伎倆とに頼むより外はなく、一々に説明し得ぬ事柄であるから、後段にあげる実例によつて、暁つてもらうより外に致方がない」と述べている。いずれの作法も方針を示すのみで、「美」を読者に体感させる文を作るための具体的方法は明示されない。鼠骨の言に従って実例を見てみよう。

　作法書で挙げられている実例としては、阪本《さかもと》四方太《しほうだ》の「穴守詣《あなもりもうで》」（『ホトトギス』四巻八号、一九〇一年→『写生文集』所収）が注目される。鼠骨『写生文』と琴月『写生文範』の双方において、この作品が要所要所で手本として引用されれているのである。

十一時半頃汽車が大森についた。降りるは〳〵、今日の群衆と言つたら実に夥しい。此の汽車は穴守詣での為めに特別に仕立てられたのかと思はれる程の混雑、それを僅か二ツの改札口を通して出さうといふので、巡査が声を限りに制してゐるにも拘はらず、群衆は我一に出やうとして、押掛け〳〵人波を打つてゐる。余も散々揉まれた揚句にやつと渦の中から抜け出したと思ふと、遠心力で以て知らぬ間に電鉄の乗場まで刎出されてゐた。ほツと溜息をついて切符を買ふ。

冒頭の叙述である。構文に注目すると、「余」自身の移動を主として場面に何らかの変化が起きる箇所では〈た〉止めの文が用いられており、その間を〈る〉〈てゐる〉〈てある〉〈である〉止めの文や会話文によって埋める形になっている。つまり、現在形を中心とした文によって描出される場面を、〈た〉止めの文によって区切る形になっているのである。

この構造は、両書巻末に文例として収録されている高浜虚子《たかはまきょし》「百八の鐘」（『ホトトギス』三巻四号、一九〇〇年→『寒玉集』第二篇所収）においても同様である。これらは、子規が「叙事文」において、「文章は絵画の如く空間的に精細なる能はざれども、多くの粗画（或は場合には多少の密画をなす）を幾枚となく時間的に連続せしむるは其長所なり」と述べたスタイル、あるいは鼠骨『写生文』が「言はゞ彼の活動写真のやうに、秒時々々の空間の出来事をば時間的に連続させたやうなもの」としたスタイルに適っているといえよう。[6]

ただし、このような「活動写真」的な方法は、写生文に独自のものであるとは言い難い。青柳悦子《あおやぎえつこ》は、二葉亭《ふたばてい》四迷《しめい》による「あひびき」改訳（『片恋』春陽堂、一八九六年）について、「タ型」による場面設定と動作・行為の記述、それに続く「ル型」での状況描写と事態の進行の記述という組み合わせが定型化し」た最初の作品であると指摘する。[7]青柳の指摘に従えば、文例として重視されている「穴守詣」と「百八の鐘」のスタイルは、「あひびき」の叙述と似た型をとっているといえよう。写生文が言文一致体の普及を推進したとすれば、作法書の貢献のひとつは、右のような叙述の型を提供したことにあった。

しかし鼠骨は『写生文の作法』では、写生文を「活動写真」に見立てる見方を退ける。鼠骨は「総ての事実に服従しやうと」すると「人をして活動写真に類するなど丶の評を成さしむるのである。活動写真まで行かば尚可なるも串さし団子的に並列されたのみでは仕方がない」と述べる。「活動写真」あるいは「串さし団子的に並列された」形式の文章の否定は、「穴守詣」や「百八の鐘」的なスタイルの否定であるように見える。両作は鼠骨『写生文の作法』では文例として挙げられていない。右のような典型的方法は冗長さと隣り合わせなのである。

鼠骨は自身が著した三つの作法書のいずれにおいても、「写実小説」を標榜する作が冗長さという弊に陥っていると指摘している。『写生文』では「今日既に写実小説と銘を打つてゐる人達」について、「惜むらくは写実の研究が足りないで、写す可き処を写さないで、却つて写す可き価値の無い所ばかりを無暗に写真のやうに書き立て丶ゐるのが多い」と批判している。

「写実小説」を標榜したのは、小杉天外《こすぎてんがい》である。『初すがた』（春陽堂、一九〇〇年）の序文では、天外は「芸術の美の人を感ぜしむるや、宜しく自然の現象の人の官能に触る丶が如くなるべし」と記し、「自然の現象」が「人の官能」に触れるのと同じように「芸術の美」を読み手に感じさせることを希求している。この点では、作法書が写生文の目的として説いたところと重なっているように見える。だが、「読者の官能が猶ほ実世間の事に感ずるが如く感ぜしむるを以てわが作の能事足れりとなさんのみ」という言葉、あるいは『はやり唄』（春陽堂、一九〇二年）の「叙」に見られる「読者の感動すると否とは詩人の関する所で無い」という言葉をふまえると、写生文が作者の感じた「美」の現前化を目的とするのとは異なり、天外の「写実小説」においては描写対象の現前化のみが希求されているといえよう。[8]

　鼠骨『写生文』は「写実小説」の弊を述べたのち、「写生によつて如何に活動させ得るか」を示すために、ユーゴー「探偵ユーベル」の一節を引用する。これにより海外文学にも「写生」が用いられているという普遍性を示そうとするのである。訳者の森田《もりた》思軒《しけん》は「読む者」を「恍然《こうぜん》神馳せて現に之を目睹《もくと》する如き想あらしむる」効果を持つ「自叙体」の必要性を説いており（「小説の自述体記述体」、『国民之友』一巻八号、一八八七年）、鼠骨が思軒による翻訳文を文例に選んだことからは、両者の志向の近さを窺うこともできよう。

　しかし、引用されているのは森田思軒の訳文そのままではなく、鼠骨はとくに断りなく書き換えを施している。思軒訳『ユーゴー小品』（民友社、一八九八年、一二六－一三〇頁）と鼠骨による引用文を比較すると、〈り〉を〈てゐる〉〈た〉という言文一致体に改め、語を平易なものに変えていること、「余」の視点を固定化していることが主な変更点として見えてくる。それにもまして興味深いのは、大幅な削除が施されている箇所が散見する点である。その箇所を取消線によって示す（省略は引用者）。

（略）煙筒の上のマントルピースには諸亡士が持て来た書類が何くれと張り出されてゐる、其の中にチャールスルローが其の裁縫場の事を説いてゐる書とホツトが赤帽子の製造所の事を勧めた書との間に、~~封糊に塗みれたる一通の書露はれをれり是れユーベルが名を署してゐる審問を請ひ且つ快直なる裁判を求めたる~~陳情の文が際立つて見えてゐる。テーブルの上には此処かしこにブランデーの杯や、麦酒の罎などが散らばつてゐる、室の周囲の壁を繞つてゐる釘の上には、ツヤ出しのキャツプ、麦藁帽、毛織帽などが様々に並びかけられてゐる。ユーベルの頭の上の壁の所には一ツの古い象碁盤の其白き格も幾んど黒き格と同じ色になれるが徒らに懸つてゐる。（略）

審理の手続は先づユーベルに審問するのから始まつた。（略）それで朗読者は已むなく其声を張りあげて、高声に読みあげてゐる。ラツチールが朗読してゐるのに、マテーはこれに一枚づゝ紙を渡してゐる、さうしてブーワイスは蝋燭を挙げてラッチールの傍に立つて居るが、其の蝋燭の蝋はボテ〳〵とテーブルの上に落ちてゐる。

注目すべきは、鼠骨がこの引用後に「蝋燭の蝋が、テーブルの上に落ちてゐるといふ一句がある為めに、此場所の全体の光景が俄かに引立つて来て、亡士のグワ〳〵と集まつてゐる様も、明らかに見るやうに成つて来る」と述べていることである。鼠骨によれば、光景の現前化に寄与しているのは、蝋燭について描写した最後の一文である。他方、鼠骨は、蝋燭のモティーフ以外の描写を削除する。この書き換えは、精細な描写を一点に絞ることで「実感」をもたらす方法論を示しているのである。

この方法は、阪本四方太が「写生文に就て」（『ホトトギス』九巻九号、一九〇六年）において「文章の山」と区別した「写生の山」に該当するだろう。[9] 冗長さを回避するために、この描写の集中点を作ることが一つの方法として見出されていたのである。この描写の集中点を作る方法が、子規を俳句へと開眼させたハーバード・スペンサーの「文体論」が説く「印象明瞭」を実現するための「取捨選択」の方法に基づいていることは見やすい。[10] たしかに子規が「minor image を以て全体を現はす」（「〇古池の吟」『筆まかせ　第一編』一八八九年）とまとめるこの方法論は、鼠骨が思軒の訳文に手を加えた「探偵ユーベル」が描写対象に限定を設けていることと通底している。

この観点から『写生文』で文例として挙げられている作品を見ていこう。四方太「下宿屋」（『ホトトギス』三巻四号、一九〇〇年→『寒玉集』第二篇所収）の結末部分では「しぐれ雲は名残なく晴れて、半輪の月が氷つたやうに帽子屋の屋根の上に冴えてゐる。刺すやうに寒い」という叙景がなされており、同じく四方太「動物園」（『ホトトギス』四巻六号、一九〇一年→『写生文集』所収）においても、「出口の森の椿の花は、日光を浴びて真赤に輝いてゐた」という一文で結ばれる。他にも「短時間の写生」の例としては、鼠骨自身の「多町」（『ホトトギス』五巻四号、一九〇二年）が挙げられている。「余」の乗る人力車が道の途中で立ち止まってしまい、その間師走の町の様子を観察するという内容であり、「百八の鐘」と似た構成を持つ。「オワイ屋」の車の強引な運転により渋滞が発生し、連鎖的にいくつかの事故が起こる部分が内容的な「山」となっているが、以下はその場面に続く末尾の叙述である。

余は不覚破顔するその目を気の毒で側にむけると、其処には男の児が七八人、一匹の犬の前足をつかまへて、立歩行をやらして騒いでゐるのに、其の傍らには二人の女の児が地に何か書いて遊んでゐるその一人の小さな美富登に夕日がいてり輝いてゐるのであつた。それも眺めあへず余の車は間を得て駆け出したのである。

渋滞によって生じた悲喜交々に関わりなく遊ぶ子供たちの姿が描かれ、女児の「美富登」に夕日が反射する光景が描かれる。内容的な中心とは関係のない描写が末尾に置かれているのである。子規は「叙事文」において「森の薄暗き恐ろしき様を稍々詳に叙して後に赤き椿を点出せば一言にして著き感動を読者に与へ得」ると述べ、あるいは「花見の雑閙を叙する」場合には「派出所に二人の迷子が泣いて居た」と最後に書き加えれば「全面が活動する」と説いていた。「多町」の結び方は後者の例に近いだろう。だが子規は、この方法について述べた直後に「然れども此の如き空論は効力少し」と否定してしまう。なぜか。子規が「明治二十九年の俳句界（三）」（『日本』一八九七年一月四日）において河東《かわひがし》碧梧桐《へきごとう》の句に見出した「印象明瞭」の方法とは次のようなものであった。

碧梧桐の特色とすべき処は極めて印象の明瞭なる句を作るに在り。印象明瞭とは其句を誦する者をして眼前に実物実景を観るが如く感ぜしむるを謂ふ。故に其人を感ぜしむる処恰も写生的絵画の小幅を見ると略々同じ。同じく十七八字の俳句なり而して特に其印象をして明瞭ならしめんとせば其詠ずる事物は純客観にして且つ客観中小景を撰ばざるべからず。

「印象明瞭」を実現した碧梧桐の句は「写生的絵画の小幅」に擬せられる。「眼前に実物実景を観るが如く感ぜしむる」ためには、「小景」を選ばなければならないのである。この「小景」としての絵画について、日本近代洋画における「風景画」の成立について論じた松本誠一《まつもとせいいち》の議論を参照しよう。松本によれば、明治美術会系の画家たちによる「遠望される大風景画」が中心となっていた状況から、一八九〇年代になると、旧派に属する浅井《あさい》忠《ちゅう》や白馬会系の画家たちによる「小風景画」へという転換が起きた。その後、一八九九年の第四回白馬会展を境に「風景」という作品名が出現するようになり、「人物を挿入しない風景画」が登場した。松本はここを「日本近代風景画の出発点」と見做す[11]。

子規が「印象明瞭」の語をもって「小景」としての俳句を称賛したことの背景には、こうした小景としての「風景画」が美術として発見される動向があった。とすれば、文を綴ったのちに精細な描写を点景として置く方法は、俳句において実現していた「小風景画」をむしろ「大風景画」へと引き伸ばすことになってしまうのではないか。「minor image」が想起させるはずの「全体」は既に描かれているからである。文という媒体において「美」を担保するためにはどうしたらよいのだろうか。

三　文における「美」

柄谷行人《からたにこうじん》の「風景の発見」が注目したように、この時期に風景を文によって綴った作家として、国木田独歩《くにきだどっぽ》の名を挙げることができる。[12] 柄谷は「忘れえぬ人々」（『国民之友』二二巻三六八号、一八九八年）を問題化するが、ここで注目したいのはむしろ「ありふれた風景が描かれている」という言及のみで済まされている「武蔵野」（『国民之友』二二巻三六五号、三六六号、一八九八年）の方である。

> 日光とか碓氷とか、天下の名所は兎も角、武蔵野の様な広い平原の林が隈なく染まつて、日の西に傾くと共に一面の火花を放つというのも特異の美観ではあるまいか。若し高きに登て一目に此大観を占めることが出来るなら此上もないこと、よし其れが出来難いにせよ、平原の景の単調なる丈けに、人をして其一部を見て全部の広ひ、殆ど限りない光景を想像さする者である。

武蔵野の風景について語る「自分」は、「天下の名所」とは対照的な平原の単調さを指摘する。その全体を視野に収めうる「大観」は、のちに「見下ろす様な眺望は決して出来ない。それは初めからあきらめたがいゝ」と不可能なものとして斥けられる。語り手は、武蔵野の姿を大風景画として描き出すことを断念し、小景を通して全体を想像することを選ぶ。こうしてそれぞれの描写は、全体へ引き伸ばされることなく、全体を想像させうる小景として機能するのである。これに加えて、右の引用で「特異の美観ではあるまいか」と語られるように、全体を通して語り手はいたる所で武蔵野の「美」に言及している。武蔵野の風景を綴るこの文は、それが美しいものであると語ることで、文における「美」を担保しようとしている。

それでは、写生文はどのように「美」を担保したのか。基本的には言文一致体が適当であると述べる鼠骨が『写生文』のなかで「普通の仮名交り文」でも成功した例として挙げるのは、森鷗外《もりおうがい》の「ふた夜」(『読売新聞』一八九〇年一月一日〜二月二六日→『水沫集《みなわしゅう》』春陽堂、一八九二年)である。鼠骨は次の部分を引いている。

高き椅子によりたる乙女が衣は物足らぬやうにて、嫋なる身をつゝみしは赤き上衣なりき。少女が足は毛の綣れたる大なる黒狗の背にうつもれたり。狗は乙女が顔を見上げて、かしこの旅人を襲ひて跳り上りてその咽を噛む可きかと問ふごとし。をとめもけしきを見て取りぬと見えて、早く片足にて擡げたる狗の頭を押し下げたるに、狗は目をねぶりて尾をふりぬ。

たしかに右の叙述では、「乙女」と「黒狗」の様子が精細に描写されている。だがなぜ「ふた夜」のこの部分が写生文であるといえるのか。思軒の訳文は描写の集中点を添削する必要があったのに、鷗外の文はなぜその必要がないのか(漢字や送り仮名などの多少の異同はある)。鼠骨の引用部以前の叙述を見てみよう。

この静けき駅舎は、今いかに面白き処となりし。又初め怒を帯びて見つめしこの一軒の草の屋は今奈何ぞや。宜なり、近く見らるゝ室の中のさまは譬むやうなく面白かりき。かく思ふは思ひ掛けず見ればにや。少女の美しく見ゆるは、真黒なる夜を縁として見る画なればにや。かく美しき少女を見るは今よひが始なりと士官は心のうちに思ひぬ。

鼠骨の引用はこれに続く部分である。「真黒なる夜を縁として見る画」として少女の「美」を描いた部分であったのである。「ふた夜」では他にも「豊かにもの積みたる机は、画図に似て錯落たる趣をなしたり」、「小さき窓よりさす孤燈の光に、家のいしづゑに纏はるえびかづらの葉は照らされて画図を見る心地す」、「斜に傾きたるアツダの岸は、この時いとも面白き一幅の戦図に対したり」、「此の一幅の画図は猶牛に引かせたる一群の車にて補足せらる」などと光景を「画」として集約する叙述がいくつも見られる。鼠骨がここで鷗外の「ふた夜」を好例として引いていることは、写生文において「美」を担保するために、描写を一枚の絵として集約する必要性を示しているように思われる。俳句においては可能であった小景としての絵画を、語りのなかで言及することによって作り出すのである。

遡れば、子規の「叙事文」において、須磨の景色を「活動」させ「読者の同感」を引き起こすために示されていた文例は次のように締めくくられていた。

> 少女は乳房のあたり迄を波に沈めて、ふわ〳〵と浮きながら手の先で水をかきまぜて居る。かきまぜられた水は小い波を起してチラ〳〵と月の光を受けて居る。如何にも余念なくそんな事をやつて居る様は丸で女神が水いたづらをして遊んで居るやうであつたので、我は惘然として絵の内に這入つて居る心持がした。
> ……………

渡部直己は、この文が最終的に「絵」という「比喩」に回収せざるを得なかった理由を「書く（読む）ことこそれ自体の性格にたいする、諾否両面を兼ね備えた（多分に直観的な）選択だった」とし、子規の「写生」が「短さを特権化する場において絶大な成功を示し、長さに委ねられた場で見事に失調する」ことの証明と見ている。[13]なるほど、比喩への回収は子規自身の理論を裏切っているかもしれない。だが絵としての集約は、文という長さの中に特権的な短さを創出するのである。ここで問われるべきは、鴎外の「ふた夜」と同様に、なぜ他でもなく絵画という比喩に言及する必要があるのか、という点である。

明治三十年代前半を「美学の時代」と呼ぶ中島国彦《なかじまくにひこ》は、子規の『病牀六尺《びょうしょうろくしゃく》』の「七十八」（『日本』一九〇二年七月二九日）の記述中の「実感仮感」という語に注目し、病床を見舞った何者かが美学の概念を子規に教えたであろうこと、そしてそれは高山林次郎《たかやまりんじろう》編述『近世美学』（博文館、一八九九年）に基づくことを推定している[14]。この書はハルトマンの『美の哲学』に基づく。言うまでもなく、ハルトマンの審美学は鴎外も依拠するところであった。その一節を引用しよう。

詩歌は音響の美に伴はるけれども、其の美の主脳は是音響の示めす意味によりて惹起せられたる吾人の空想的写象に存す、故に詩歌の美は、造形美術の美が感覚仮象 Wahrnehmnngsschein に存するに対して、空想仮象 Phantasueschein に存す。空想仮象は言語の有せる意義によりて、内より起りたるものなり、是言語の音響等の媒介によりて外より移されたるものに非ず。故に空想仮象の場合に於ては客観的実在物の中に、是の仮象に相当せる対象無きことあるべし。

右の引用部は、絵画を含む造形美術と詩歌とを「感覚仮象」と「空想仮象」に区別する。後者にあたる文学は本来的に「空想仮象」しかもたらさないが、作者の感じた「美」を読者にも同様にもたらそうとする写生文は、可能な限り文を「感覚仮象」に近づけようとするものだといえよう。だが、言葉の上でいくら精細に描写しようと「空想仮象」であることは脱し得ない。そこで絵画に言及することにより、文章の中で擬似的に造形美術を、すなわち「空想仮象」の「感覚仮象」を作り出すのである。こうして、文という媒体において「美」を実現しようとする写生文の試みは、審美学における理論の下、鷗外を経由して一つの方法に辿り着いたように思われる。それは、絵画のように描写を行なうのではなく、描写を絵画として提示するという方法である。

四　絵画という方法

作法書に戻ろう。事後的に写生文集と呼ばれた『寒玉集』、初めて写生文の名が冠せられた『写生文集』には、描写を絵画に結晶させる方法を用いた作品がいくつも見出される。虚子の「二里の山路」（『ホトトギス』四巻四号、一九〇一年→『写生文集』所収）においては「遠近の山々を見渡した時」の光景が描写され「其処から炊煙が糸の如く上つてゐるのも画の如く」と結集される。同じく山路の様子を描く子規「くだもの」（『ホトトギス』四巻六号、一九〇一年→『写生文集』所収）を見てみよう。

それから又同じ様な山路を二三町も行た頃であつたと思ふ、突然左り側の崖の上に木いちごの林を見つけ出したのである。あるもく四五間の間は透間もなきいちごの茂りで、しかも猿が馬場で見た様な瘠いちごではなかつた。嬉しさはいふ迄もないので、餓鬼の様に食ふた。（略）大急ぎに山を下り乍ら、遙かの木の間を見下すと、麓の村に夕日の残つてをるのが画の如く見えた。あそこ迄はまだ中〻遠い事であらうと思はれて心細かつた。

明治廿八年の五月の末から余は神戸病院に入院して居つた。虚子と碧梧桐が毎朝一日がはりにいちご畑へ行て取て来てくれるのであつた。余は病床で其を待ちながら二人が爪上りのいちご畑でいらごを摘んでゐる光景などを頻りに目前に描いてゐた。やがて一籠のいちごは余の病牀に置かれるのであつた。（傍線は引用者、以下同様。）

ここでも「画の如く」という比喩が持ち出されている。それに加えて続く段落でもう一つ別の「光景を目前に描いて」いることにも注目したい。「余」は山からの光景を絵画として一度結実した上で、別の場面においても別の光景を描き出すのである。子規は『俳諧大要』（ほとゝぎす発行所、一八九九年）の「第一　俳句の標準」のなかで「美は比較的なり、絶対的に非ず故に一首の詩一幅の画を以て美不美を言ふべからず若し之を言ふ時は胸裡に記憶したる幾多の詩画を取て暗々に比較して言ふのみ」と述べた。ここでは、「余」が胸裏に描き出した絵を比較する過程が記されるのである。

先に述べたように、福田琴月『写生文範』は古典とよばれる作品を含めた幅広い文学から文例を採っている。そのなかにも例えば「小《お》栗《ぐり》風《ふう》葉《よう》氏の文」（※引用者注：「恋《れん》慕《ぼ》流《なが》し」（『読売新聞』一八九八年九月五日〜一二月五日、未完→『恋慕流し』春陽堂、一九〇〇年））として引用されている文例には「水を隔てゝ向河岸の中州の一帯は、然ながら薄墨絵の間に有明の燈火が細々と眠つてゐる遠見も又無く哀で」と「薄墨絵」という比喩が、「森鷗外氏の文」（※「即興詩人」（『しがらみ草紙』三八号〜五九号、一八九二年〜九四年、『めさまし草』一四巻〜四九巻、一八九七年〜一九〇一年→『即興詩人』春陽堂、一九〇二年））には「画がく人に見せばやとぞ覚ゆる」という記述が読まれる。

鼠骨『写生文』が文例として挙げている作品の多くはこの方法に該当している。絵画の比喩までは持ち出してはいないが、上野の天王台で月見をする様子を描く四方太の「月待」（『ホトトギス』五巻一二号、一九〇二年→『写生文集』所収）では、「柵に凭れて見渡すと」から始まる景色の描写において「何通りか知らぬが、両側の軒燈が縦に並行して、遥か一点に集まるまで見えてゐる処もある」と、一点透視図法における消失点を用意するような言及がなされる。描写の終わりは「光景」の語でまとめられ、末尾ではその「光景」の中から月が昇ってくる。

子規の「熊手と提灯」（『ホトトギス』三巻三号、一八九九年↓『寒玉集』第二篇所収）でも、俥から見た光景の描写が「といふ景色だ」とまとめられており、帰宅すると「直ちに提灯の光景が目の前に現はれて来」て、「此の二三間しかない狭い庭で園遊会を開いたら面白いだらうといふ事を考へついた」という想像を生み出すところで終わる。これらの例では、「光景」としての認識が次の展開を生んでいる。これは、前半の場面で甲板の上の婦人が描いていた「油画」が末尾で競売にかけられることで結ばれる直木燕洋《なおきえんよう》「大西洋」（『ホトトギス』五巻六号、一九〇二年↓『写生文集』所収）とも共通するところである。

この方法の上でさらなる可能性を見せているのが、岡傘谷《おかさんこく》「蛇のから」（『ホトトギス』四巻 号、一九〇〇年↓『写生文集』所収）である。芦の湯の鶴鳴館を訪れた「自分」が、東京の学校から帰って来ていたそこの娘のおとよちやんと交流するさまを描いた作品である。

七日間の滞在のうち、二〜四日目は雨が降り続き、外に出ることができなかったため、おとよちやんやお政ちやん、女中たちとのやりとりが中心となる。「五日目の朝」にようやく雨が上がり散歩に出た場面では、基本的に〈た〉止めの文で綴られていく本作において、例外的に〈ている〉が連続して用いられる。「すぐ傍の一子山にかゝつてゐた霧が段々消えて行く、左の裾の方に朝日がきら〱と輝いてゐる」から始まる描写は、とよちゃんと政ちゃんを視野に収め、「自分は少し遠くで見てゐると、まるで絵のやうに思はれた」と結ばれる。作品末尾においても「自分」はとよちゃんを遠くから眺める。

「さようなら
口数もきかずしなやかに一礼して立つて行つた。自分は俄かに淋しく覚えて、二階から寸のびをして、本店の方を見ると、かごが来てゐて、大勢の人がとりまいてゐたが、皆んなが歩行き出したうちに、とよちやんのかごは建物のかげになつてしまつた。えいちやんと政ちやんががつかりしたやうな顔をして帰つて来た。二子山に霧がふかくおりてゐた。

作品の末尾では、「自分」がもう一度二階の座敷から外を眺める。雨が止んだ五日目の散歩の場面では、二子山の霧が晴れることでおとよちやんを含む光景が「絵のやうに」認識されていたが、末尾の場面では、おとよちゃんの退出と相即するように再び二子山に霧が降りている。絵画を構成していた人物と気象条件が失われたとき、作品は閉じられる。文が作り出す絵画は、「美」を保証するものとなるとともに、展開をもたらす要素としても機能しているのである。

おわりに

作法書の定義によれば、写生文は当初は美文としての意味が主となっていたが、一九〇七年以降には基礎的な文体と見做されるようになっていった。たしかに「百八の鐘」「穴守詣」の方向性を写生文の本質とみなせば、二葉亭四迷訳の「あひびき」がそうであるように、写実を可能にする言文一致体を広めたという評価に繋がる。写生文家の小説への移行もまた、写生文を文体として使用しつつも虚構性を許容していったというように、ジャンルを解体する方向で捉えることにもなろう。

作法書と文例集をもとに辿ってきたように、写生文は「美」を担保するための方法を模索し続けた。描写を絵画として結晶させるという方法に焦点を当てれば、写生文から生まれる小説の系譜を辿ることができる。岡傘谷

「蛇のから」における絵画的認識が内容上の展開とともに変容を見せていたように、写生文の磁場から生まれた小説はこの絵画への結晶をめぐって展開されている。「吾等二人は真に画中の人である」という記述を有する伊《い》藤左千夫《とうさちお》「野菊之墓」（『ホトトギス』九巻四号、一九〇六年）[15]、あるいは「余が胸中の画面」の「成就」によって閉じられる「草枕」（『新小説』一一年九巻、一九〇六年）をはじめとする夏目漱石《なつめそうせき》の初期小説[16]、光景を一枚の絵として認識する過程を語る虚子の『鶏頭《けいとう》』（春陽堂、一九〇八年）所収作などの作品群を、連続した方法的展開として捉えることができよう。

より視野を広げれば、絵画を観ることの心理を巡ってストーリーが展開される小杉天外『はやり唄』（春陽堂、一九〇二年）、光景の絵としての認識が頻出する田山花袋《たやまかたい》『田舎教師』（左久良書房、一九〇九年）[17]などの作品群をも、同時代に並行する試みとして位置付けうるかもしれない。絵画への結晶という、「美」を担保するための方法は、絵画へと結実するそのプロセス自体が問題化されることで、「美」それ自体を問うジャンルとしての小説を生んでゆくのである。

＊作品の引用はそれぞれの作法書・文例集に、正岡子規の評論は講談社版『子規全集』に拠る。引用にあたり、旧字は新字に改めた。執筆に際しては、JSPS 科研費 JP23KJ1554 の助成を受けた。

注

1　日本近代文学館編『日本近代文学大事典　第四巻』（講談社、一九七七年）
2　渡部直己「リアリズム批判序説――正岡子規における〈明視＝名詞〉の構造」（『リアリズムの構造』論創社、一九八八年）
3　鈴木章弘「商標としての『写生文』」（『漱石研究　第七巻』翰林書房、一九九六年）

4　北川扶生子「書く読者たち」(『漱石の文法』水声社、二〇一二年、第一章・五三 - 五四頁)

5　原子朗「写生・写生文の文学史的意義」(『修辞学の史的研究』早稲田大学出版部、一九九四年、第五章・一五八 - 一五九頁)

6　活動写真をモデルとする俳句と写生文の可能性については、坂口周「運動する写生――正岡子規と映画の論理」(『意志薄弱の文学史――日本現代文学の起源』慶應義塾大学出版会、二〇一六年、第一章)が論じている。

7　青柳悦子「日本近代小説の成立と語りの遠近術――「地の文」における「タ型」と「ル型」の交替システム」(『文藝言語研究　文藝篇』五五号、二〇〇九年)

8　生方智子「『はやり唄』描写の欲望」(『精神分析以前　無意識の日本近代文学』翰林書房、二〇〇九年、第一章)は、天外の志向する「写実」が高山樗牛の批判の対象となった状況を整理している。

9　相馬庸郎「写生文小考」(『日本自然主義論』八木書店、一九七〇年、二六〇 - 二六四頁)はこの「写生の山」の方に「子規一派の美文革新運動」の力点を置いている。

10　松井貴子「西洋受容の素地としてのスペンサー「文体論」の受容」(『写生の変容――フォンタネージから子規、そして直哉へ』明治書院、二〇〇二年、第二章・一四六 - 一四七頁)は、子規の俳句論における「印象明瞭」という語が、描写を縮約する方法を説くスペンサー「文体論」の受容によるものだと推定している。

11　松本誠一「風景画の成立――日本近代洋画の場合――」(『美学』四五巻二号、一九九四年)

12　柄谷行人『定本　日本近代文学の起源』(岩波書店、二〇〇八年、第一章)

13　渡部直己「リアリズム批判序説――正岡子規における〈明視＝名詞〉の構造」前掲。

14　中島国彦「実感・美感・ハルトマン」(『近代文学にみる感受性』筑摩書房、一九九四年、第一六章)

15　森本隆子「〈崇高〉の衰微――『野菊の墓』における〈性欲〉の観念化と〈文学〉の成立」(『〈崇高〉と〈帝国〉の明治――夏目漱石論の射程』ひつじ書房、二〇一三年、第三章)は、「ピクチャレスク」という観点から本作を含む明治文学を整理している。

16　神田祥子「夏目漱石作品における「断面的文学」の転換――「画面」から「奥行」へ」(『国語と国文学』二〇二四年九月号)は、「画」としての「断面」という方法を用いた初期作品から中期作品への展開について論じている。

17　藤森清「平面の精神史――花袋「平面描写」をめぐって」(『語りの近代』有精堂、一九九六年、第三章)は、花袋の「平面描写」論を中心に、明治三〇年代後半から四〇年代にかけて、パノラマ的な俯瞰する視覚から絵画的な視覚が優勢になっていったことを論じている。

第5章

大西巨人『精神の氷点』のスタイル

――実験小説による「世代の自己批判」

杉山雄大

一　『精神の氷点』と『暗い絵』

大西巨人《おおにしきょじん》の代表作『神聖喜劇《しんせいきげき》』（一九八〇・四）は、精密な叙述による論理的な文体を持つことで知られる。常に主語を明らかにし、引用表現や各種記号を駆使するその硬質なスタイルは、学術書に見紛うような様相を呈することもある。日本の近代小説史上において、『神聖喜劇』が最もユニークなスタイルを持つ小説の一つであることは間違いない。ただし、その独自性の本質はロマン主義的な賞玩の対象とは次元を異にする。

柄谷行人《からたにこうじん》との対談[1]で巨人は「誰それがこれを言ってるんで、自分でないということをはっきりさせるという意味で、引用したほうがいい」、「自分が言うよりも、先人がちゃんとしたことを言っているという場合は、それを引いたほうがはっきりしていい」と述べている。巨人の引用表現は学術書におけるそれと同じ心構えに基づいており、先行する諸言説との結びつきと公共性とが意識されているのである。それはまた、言葉と言葉、論理と論理の紐帯を創出する行為でもあり、革命の原理とも呼応する。

巨人も『神聖喜劇』のようなスタイルを初めから確立していたわけではない。それでも、先行言説との対話や論理性への志向は最初期の創作においてすでに認められる。例えば、小説第一作『精神《せいしん》の氷点《ひょうてん》』（一九四八・七）では、『神聖喜劇』に見られるような古今東西のテクストからの引用は行われない代わりに、同時代の小説や批評言説を踏まえた表現が見られる。本稿では、『精神の氷点』と第一次戦後派を中心とする同時代の書き手の文章を比較し、共有された語彙や表現について検討する。それは、同時代における『精神の氷点』の異質性をあぶり出すことにもなろう。

　復員後、巨人は福岡発の月刊綜合誌『文化展望』の編集に携わる傍ら、同誌の「文芸展望」や「小説展望」に批評を書き始める。批評家としての活動が先行したため、敗戦直後に創作の筆を一斉に執り始めた第一次戦後派の作家らに比べると、小説家としての出発に遅れが生じている。そのため、最初の小説である『精神の氷点』も後発の戦後派小説として評価されることになった。巨人は「世評は悪く、或ひは黙殺のやうであつた」[2]と述べている。事実として本作の同時代評は少なく、評価も芳しいとはいえない。特に目立つのは、本作を野間宏の小説のフォロワーと見なす評価である。

　十返肇《とがえりはじめ》は『精神の氷点』を野間宏《のまひろし》『崩解感覚《ほうかいかんかく》』（一九四八・三）の「エピゴーネン」と見なし、「水原《ママ》・宏紀と御丁寧に姓名全部を繰り返すのをはじめとして、文章すべて野間氏の亜流である」と述べた（一九四八・七）[3]。また、『書評』一九四八年十二月号の「一九四八年執筆者の動向」[4]には「野間の影響といへば、大西巨人「精神の氷点」（世界評論4・5《ママ》）は、その最もひどいサンプルとして記憶に残る」とある。これらの批評は具体性を欠くばかりか、前者が『崩解感覚』の「解」の字と『精神の氷点』の主人公の名字を間違え、後者が掲載誌の巻号を誤記していることからもうかがえるように、ぞんざいな読みに基づく誤解に過ぎない。この点については、すでに湯地朝雄《ゆちあさお》が第五回HOWS文学ゼミナールの討論（二〇〇一・二）[5]で「十返肇の批評も妙だね。『精神の氷点』が野間宏の文体の亜流だなんて。全然違う」と指摘している。ただし、「亜流」という評価は最終的に誤りであるとしても、一方で「全然違う」と言い切ることも難しいはずである。[6]

『精神の氷点』は『世界評論』誌上で『崩解感覚』[7]の次に連載された小説である。どちらも戦後に持ち越されたニヒリズムの問題をテーマにしており、内容の上でも結びつく点がある。そのため、引き合いに出されることもあるが、『精神の氷点』の文章はむしろ、野間の小説第一作『暗《くら》い絵《え》』（一九四六・十）に似ているといえる。

例えば、「暗い」という形容詞を物理的な意味ではなく、心情的ないし象徴的な意味で多用する点はわかりやすい例であろう。『暗い絵』には「暗い穴」（「一」）、「暗い少しの華やかささへないあらはに淫蕩な眼」（「一」）、「暗い不潔な醜い部分」（「一」）、「暗い快楽」（「一」）、「暗い爛れたやうな穴」（「一」）、「暗い感情」（「一」）、「暗い、嘆きのやうな痛み、呻き、疼いてゐる人々」（「一」）、「暗い表情」（「二」）、「暗い羞恥の感情」（「二」）、「暗いこの言葉」（「三」）、「暗い頭の中」（「三」）、「暗い重い疾走する流れ」（「三」）、「暗い痛みや呻きや嘆き」（「四」）、「暗い性器のやうな穴」（「四」）、「暗い不断の苦しみ」（「四」）、「暗い心」（「四」）、「暗い性慾」（「四」）、「暗い眼かくしのやうなものを施された彼の心」（「四」）、「熱い暗い抵抗」（「四」）、「暗い厭な形をした穴」（「五」）、「暗い不潔な穴の形をしたやうな魂」（「五」）、「暗い花ざかり」（「五」）、「暗いブリューゲルの穴のやうな魂」（「五」）などの用例が見られ[8]、『精神の氷点』には「暗い我執」（「1」）、「暗い人間不信」（「1」）、「暗い明暮の連続」（「1」）、「時代の暗い断層」（「1」）、「暗い抑圧」（「2」）、「暗い肉体」（「2」）、「暗い美しさ」（「2」）、「暗い自我」（「2」）、「暗い涙」（「3」）、「暗い暗い彷徨」（「3」）、「暗い時代の重圧」（「3」）、「暗い微光だにささぬ心」（「3」）、「暗い悲痛」（「4」）、「暗い精神」（「4」）、「暗い抑圧の諸力」（「4」）、「暗い過去」（「4」）などの用例が見られる[9]。

「と」、「や」、「か」、「も」などの並立助詞を用いて、主に二字熟語などを三つ以上並べる列挙型の構文も共通して見られる。『暗い絵』には「悩みと痛みと疼き」（「一」）、「無智と愚昧と冷酷」（「一」）、「排他的な口論と嘲笑と自己嫌悪と傲慢と」（「一」）、「侮蔑と嘲笑と嫌悪と心理的対抗と又逆に極度の恋情と哀慕と讃嘆を交へた深い絶望の心」（「三」）、「思惟と形象と生命の激しい流れ」（「三」）、「痛みや呻きや嘆き」（「四」）などの用例が見られ、『精神の氷点』には「不安と危惧と絶望と」（「1」）、「狡智と我慾と醜悪と」（「1」）、「抵抗と発熱と音響と」（「1」）、「希望か期待か予感か」（「2」）、「飢餓と貪婪と卑屈と」（「2」）、「緊張と接触と律動と露出と」（「2」）、「嫌悪と屈辱と不快と索漠とした精神の餓えと」（「2」）、「愛も感激も調和への明るい予感も」（「2」）、「人格とか個性とか理解とか」（「2」）、「還境《ママ》も各個の事情も戦争も社会も」（「2」）、「愛と理想と夢と情熱と」（「3」）、「虚無と厭世とエゴイズムと」（「3」）、「憎悪や憤怒や悲痛や敗北の自覚や」（「3」）、「不安と焦燥と孤独と」（「3」）、「自嘲と混乱と自虐と明日への決意」（「4」）、「憎悪も怨恨も目的も」（「4」）、「醜悪と汚辱とエゴイズムと」（「4」）などの用例が見られる。「過信と絶望、謙虚と傲慢、野心と敬虔」（『暗い絵』「一」）と「幸福と不幸と、悲嘆と歓喜と、醜悪と優美と、汚辱と貞潔と」（『精神の氷点』「4」）など、対義結合を列挙する構文も共通して見られる。

また、『暗い絵』の「此の写真版の絵画集が、油脂焼夷弾の飛び火を浴びて」（「一」）以下の文と、『精神の氷点』の「おびやかすようなサイレンの不安定な悲鳴が管制下の夜気を幾たびかきれぎれにつんざき」（「1」）以下の文は似ており、どちらも五百字以上の長さを持つ破格のセンテンスで空襲を描いている。「炎の明るみの中に次第に大きな大阪市の全景をくっきり表はして」（『暗い絵』）と「火炎で描く市街の輪郭をくっきりと浮き上らせながら」（『精神の氷点』）など、描写の内容が具体的に似ている部分もある。

ほかに、文中の細かい類似点として「エゴイスムに基く自己保存と我執」（『暗い絵』「四」）と「エゴイスティックな自己保存の本能的意志」（『精神の氷点』「3」）などがある。また、「自我、自我、自我」、「自分、自分、自分」（『暗い絵』「三」）と「顔、顔、顔」、「国、国、国」、「復讐、復讐、復讐」（『精神の氷点』「1」、「4」）など、同じ語を繰り返す強迫的な表現も共通して見られる。

このように、『暗い絵』と『精神の氷点』の文章表現はいくつかの点で類似性を持つといえる。空襲の描写などは内容と形のいずれにおいても似た印象を与えるため、『暗い絵』を参照したものと見なせるかもしれない。ただし、類似性から直ちに影響関係を想定するのは慎むべきことでもあろう。

二　共有された「暗い青春」の表象

列挙型の構文は巨人の文章に早くから認められる特徴でもある。『文化展望』一九四六年十月号の「文芸展望」（後の「籠れる冬は久しかりにし」）[11]には「懐疑も混乱も苦悩も」、「摩擦があり混乱があり苦悩があり」などの用例が見られる。また、『精神の氷点』の「醜悪と優美と、汚辱と貞潔と」という対義結合の一節は、『文化展望』一九四六年十一月号の「文芸展望」（後の「創造の場における作家」）[12]が初出であり、「ヒューマニズムの陥穽――「ネオ・ユマニスム」の旗手としての荒正人について」（一九四七・十二。以下、「ヒューマニズムの陥穽」と略記）[13]にも見られる。

列挙型の構文は後に、巨人の代表作である『神聖喜劇』で印象的な場面に登場することになる。東堂太郎の「思想の主要な一断面」を説明する場面には「偸安《とうあん》と怯懦《きょうだ》と卑屈と」（第一部　絶海の章）[14]という用例が見られ、末永二等兵に対する「模擬死刑」を見かねた東堂が「止めて下さい」と叫ぶ場面には「小心も臆病も恐怖も保身慾も分別らしさも、もはや私を抑制することはできなかった」（第八部　永劫の章）[15]という用例が見られる。初期批評や『精神の氷点』における列挙型の構文は、分析的でありつつも音楽的な緩急を備えた『神聖喜劇』の文体を予期させるものといえる。

「暗い」という形容詞を心情的、象徴的な意味で多用する例は敗戦直後の荒正人《あらまさひと》の批評にも見られる。「第二の青春」（一九四六・二）[16]には「暗い歳月」、「暗い深淵」、「暗いエゴイズム」[17]、「歴史の暗い谷間」[18]、「民衆とはたれか」（一九四六・四）[19]には「暗い絶望」、「晴れた時間」（一九四七・十一）[20]には「暗い青春」、「暗い昿野」、「戦後」（一九四八・二）[21]には「暗い三角形」などの用例が見られる。戦時下を意味する「暗い谷間」と戦後派のニヒリズム、ペシミズム、エゴイズムを意味する「暗い三角形」は、荒が敗戦直後の文壇に送り出した重要語でもある。

　このように並べると、「暗い」という形容詞を心情的、象徴的な意味で多用する型が第一次戦後派の書き手の間で広く共有されていたように見えるかもしれない。だが、おそらくそうではなく、「暗い」という形容詞を心情的な意味で用いたとしても、「暗い声」（椎名麟三《しいなりんぞう》『重《おも》き流《なが》れのなかに』、『深尾正治《ふかおまさはる》の手記《しゅき》』）、「暗い眼」（椎名麟三『深尾正治の手記』、『永遠《えいえん》なる序章《じょしょう》』、武田泰淳《たけだたいじゅん》『蝮《まむし》のすゑ』）、「暗い顔」（椎名麟三『深尾正治の手記』、『永遠なる序章』）、「暗い気持」（梅崎春生《うめざきはるお》『桜島《さくらじま》』、『日《ひ》の果《は》て』）、「暗い気分」（武田泰淳『審判《しんぱん》』）など、基本的には一般的な用例の範囲を出ないものが多い[22]。それに対して、当時の荒、野間、巨人の文章に見られる「暗い」は、戦時下という時代状況と、その時代を生きる左翼青年の内面を表す言葉に幅広く冠されており、むしろ、修飾する名詞のヴァリエーションが豊富であるという特徴を持つ。

　座談会「野間宏――その仕事と人間(上)」（一九五九・十）[23]で、本多秋五《ほんだしゅうご》は『精神の氷点』と小説第二作『白日《はくじつ》の序曲《じょきょく》』（一九四八・十二）に野間の影響が見られると述べ、その受容について尋ねる。巨人は「『近代文学』の皆さんが受け取られたのとあまりかわりはないだろう」と答え、本多が『近代文学』の「同人雑記」で『暗い絵』を「『近代文学』が求めていた文学の具体的な作品の一つ」と評したことに共感を覚えていたと述べている。その「同人雑記」は、おそらく『近代文学』一九四六年九月号のそれであり、野間の『暗い絵』と敗戦直後の荒の批評を結びつけて論じた文章である。それによれば、野間は「学生時代を語ること」で、荒は「自己の内的経験を告げること」で、それぞれ「自己の世代の独自性を主張」していたとされる[24]。

「世代の独自性」とは、荒が「第二の青春」で示した考え方の一つであり、戦前、戦中にマルクス主義思想の感化を受けながらも、すぐに弾圧と転向に直面せざるを得なかった「世代」、つまり、敗戦直後の「三十代」の「独自性」のことである。[25] 荒によれば、「三十代」は学生時代に「おなじ主義を信奉するといふだけで、見ず知らずの学生たちが初対面から親友以上にしたしくなり、金を貸借りし、飯を頒ちあひ、徹夜して運動についてかたる」といった「青春らしい青春」に接している。だが、一九三一年から三三年にかけて治安維持法による日本共産党員の検挙数が急増し、また、一九三三年六月には党幹部の佐野《さの》学《まなぶ》と鍋山貞親《なべやまさだちか》による「共同被告同志に告ぐる書」が公表され、三田村四郎《みたむらしろう》、高橋貞樹《たかはしさだき》、風間丈吉《かざまじょうきち》、田中清玄《たなかせいげん》らを筆頭として転向者が続出することになる。[26]「三十代」は学生時代に社会主義運動への弾圧のピークと転向に接して絶望と幻滅を味わい、さらに続く閉塞的な状況のなかで召集への恐怖と戦争に向き合うことで、「青春」の後半期をニヒリズムやペシミズムへの親近のなかで過ごさざるを得なかったとされる。振幅のある青年期を過ごすことで、「三十代」は複眼的な観察力を獲得し、自他の内面のヒューマニズムとエゴイズムを多重露光のように照らし出す「二重感覚」を備えるに至ったと荒は主張している。

平野謙《ひらのけん》の考証[27]によれば、野間の『暗い絵』の作中現在は一九三七年の十一月中旬頃と考えられる。『暗い絵』は七月の日中戦争の勃発と十二月の人民戦線事件との間で、辛うじて命脈を保っていた京都帝大の学生運動を背景とした小説である。主人公の深見進介の「青春」には、例えば、中野重治《なかのしげはる》[28]『むらぎも』(一九五四・七)に描かれた一九二〇年代の学生運動に交わっていく片口安吉の「青春」などには見られない「暗さ」がある。深見の「青春」の内実は、社会主義運動に関わることが身命を危険にさらすことに直結する特殊な状況のもとで、露わになる自他のエゴイズムに向き合うことであった。

深見は「科学的な操作による自己完成の追究の努力の堆積」(一四二)を目指している。その実質は近代的な個人の確立を目指す思想であろう。ただし、深見はその「堆積」に重点を置いている。深見は過程を重視し、「自己完成」を目指して努力し続ける生そのものを目標に掲げるのである。だが、その思想は、具体的には友人の永杉英作らが推し進める学生運動に携わることを避け、自身の身の安全を図る「エゴイスムに基く自己保存と我執の臭ひのする道」（四）を指し示さざるを得ない。『暗い絵』は葛藤する深見の周囲に、左翼思想を警戒して深見との恋にためらう北住由起や、永杉らの方針と対立したために「合法主義」（三）と揶揄される小泉清らを配し、運動への弾圧のもとで各自のエゴがせめぎ合う戦時下の学生の「暗い青春」（本多秋五）[29]を形象化した小説といえる。本作が「三十代」の「世代の独自性」を描いた作品として理解されたのも肯けよう。巨人は『近代文学』の第二次同人であり、一九四七年四月に加入した。[30]したがって、本多の「同人雑記」を目にした時はまだ同人ではない。しかし、巨人も第一次同人らと同じ世代であるため、世代的な共感をもって本多の『暗い絵』評に接したということであろう。[31]

巨人の『精神の氷点』もまた、一九三〇年代後半から一九四〇年代前半にかけての「痛ましい「青春」」（3）を描いた小説である。主人公の水村宏紀は「一時代前に青年たちの大群が青春の愛と理想と夢と情熱とを賭けて一途に動いたという日ももはや伝説のように遠い」（3）と考えており、一九二〇年代の学生運動との間に隔絶を感じていることがうかがえる。

荒は「晴れた時間」で「わたくしにはなかののやうな青春がなかつた。希望に燃えあがつたのもほんのひとときで、すぐファシズムと戦争のなかでたえず死の跫音に脅えてゐなければならぬやうな暗い青春しかなかつた」と述べている。「三十代」の「世代の独自性」は「四十代」の「青春」との対比により語られるものでもあった。それは、「四十代」に属する側からも同じように考えられていたようである。武田《たけだ》麟《りん》太郎《たろう》[32]「私の「大学生」（序にかへて）」（一九三六・九）[33]には東京帝大時代の先輩にあたる人物との会話が記されている。そのなかで武田は帝大新人会の思い出を回想して「生き甲斐があつた」、「青春の気持を託し得るものがあつた」と語り、「今の学生さんは気の毒」、「否定的で虚無的になつてゐる」と述べている。

『精神の氷点』の水村は学生時代に「社会問題研究会」や人民戦線運動に参加するが、当局の弾圧により挫折を強いられ、ニーチェ、ドストエフスキー、シェストフなどの思想に傾倒する。その結論は「この世には掟もなく道もなく、意味も価値も存在しない」(「3」)というニヒリズムの思想であり、水村はその実践として窃盗や強姦、殺人などを行う。本作は「実験小説」(島田昭男《しまだあきお》)[34]であり、悪質な犯罪など、虚構性の高い要素が含まれる。それでも、本作が戦時下の左翼青年の「暗い青春」を形象化した小説の一つであることに変わりはない。

『精神の氷点』では「青春」(「2」)という語が鉤括弧で括られているほか、召集は「死刑宣告」(「4」)、戦争への「消極的抵抗」者は「国内亡命者」(「4」)と表現される。これらは荒の「第二の青春」の用語でもある。「死刑宣告」は、ペトラシェフスキー事件に連座し、死刑宣告を受けたドストエフスキーの体験と引き比べ、戦時中を「不断の死刑宣告」として異化する表現である。「国内亡命者」は、非転向を貫くのでもなく、亡命するのでもなく、状況を傍観し続けるほかなかった者たち、なかでも特に「三十代」を指す言葉である。

『精神の氷点』には野間の『暗い絵』に似た表現や、荒の「第二の青春」を踏まえた語彙が見られる。しかし、これらの事実は、単に巨人が野間や荒の影響を受けていたということを示しているのではなかろう。

『白日の序曲』の主人公である税所篤巳もまた、水村と同じように運動を挫折させられ、ニヒリズムに陥った人物である。本作にも「長い暗黒政治と戦争との歳月に青春期を過した彼が、つひにその実態を知らぬままに空しく見送つたと考へてゐる「青春」」[35](「Ⅰ」)など、「第二の青春」を踏まえたと思しき表現が見られる。また、「暗い」という形容詞も多用され、「暗い不毛の荒野」(「Ⅰ」)、「地獄の暗い炎のやうな自己疑惑と不安と」(「Ⅰ」)、「暗い、ひそかな情慾」(「Ⅰ」)、「暗い不毛の情慾」(「Ⅱ」)、「暗い肉慾」(「Ⅱ」)、「暗い険しい時代」(「Ⅱ」)、「暗い時代の重圧」(「Ⅱ」)、「暗い荒涼とした嵐」(「Ⅱ」)、「暗い忘却の淵」(「Ⅱ」)、「嫌な、暗い気分」(「Ⅱ」)、「真暗い底知れぬ淵」(「Ⅱ」)

などの用例が見られる。ただし、これらの表現はすべて戦時下の「暗い青春」に関わるものである。そのため、敗戦直後の税所の心に「暖い明色の情念」(「I」)を灯す香坂瑞枝との交流を描く前半部は、「第二の青春」や『暗い絵』と特に語彙や表現を共有しているようには見えない。そもそも、野間の初期小説における「暗い」の心情的、象徴的な用法は、特に『暗い絵』に認められるものである。以上の点から、『精神の氷点』と『暗い絵』の表現の類似は、「三十代」の「暗い青春」を描くという主題の共通性に大きく関わっていると考えられる。

『暗い絵』と『精神の氷点』は、戦時下における左翼青年の「青春」を形象化する際に、「暗い」という形容詞を枕詞のように散りばめ、抽象度の高い熟語を青年知識人の教養の反映として多用する。また、『精神の氷点』は、「三十代」の「暗い青春」の「独自性」を語る荒の「第二の青春」の語彙を引用し、「二重感覚」の表現として大義結合の構文を用いる。だが、これらの事実は、単なる影響関係というより、体験の共有に基づく世代の共感と共鳴を示すものとして捉えるべきであろう。

三　世代の自己批判者として

巨人は同じ敗戦直後の「三十代」として、荒と野間に一定の共感を抱いていたと推察される。しかし、一方で、巨人は同じ時期に荒の批評を批判している。巨人はすでに『近代文学』同人となっていたが、世代論や仲間意識にもたれることなく鋭利な批判を行っている点は注目されてよい。

巨人は「ヒューマニズムの陥穽」(一九四七・十二)でも、「僕たちの世代は最もこの対立・闘争する諸要素(二つの契機)を一身にひしめかしてゐる」と述べており、やはり、「三十代」の「世代の独自性」という発想に共感していたことがうかがえる。だが、巨人は「第二の青春」からの引用を交えつつ、荒は「エゴイズムを、何らかの実践的契機によって「超克」することでなく、それを（観念的に）「拡充」することが新しいヒューマニズムへの道」であると考え、「「エゴイズムの使徒たる強慾な野心家」を「純粋なヒューマニズムの弟子」と呼ぶ錯乱」に陥ったと批判している。さらに、荒の「錯乱」の原因は「ヒューマニズム」あるいは「人間的」という言葉の「曖昧さ、多様性、融通性《フレキシビリティ》」にあると指摘する。

荒は二段階革命論を前提として、占領下における革命の「近距離目標」は「ブルジョア民主主義革命」であると主張する。[36] そのため、現在における革命の主体は労働者階級に限定されず、「小市民インテリゲンチャ、農民、中小資本家まで」を含む民主戦線であるとされる。このような条件のもとでは、知識人は「民衆のために」ではなく「自分のためにといふエゴイズムをとおして、民衆へ、ヒューマニズムへ」結びつくことができる。荒はこのような理論により、知識人を革命の主体に位置づけるとともに、革命を志向する「主体的パトス」たり得るという点で、エゴイズムをヒューマニズムに結びつけるのである。[37] そのエゴイズムは一般に見られる卑小な利己主義を同時に指しており、知識人のイデオロギーとしての個人主義と混同して用いられている。荒のヒューマニズムの用法に巨人が「錯乱」を感じたのも無理はなかろう。

巨人はこの批評で、「ヒューマニズム」、「人間的」という言葉の「融通性」が人の弱さや利己主義、あるいは戦争責任や転向を合理化するために逆用されることを危惧している。例えば当時、福田恆存《ふくだつねあり》[38]は「人間の名において」（一九四七・二）[39]という批評で、プロレタリア文学運動を「人間性に対する侮蔑」と評し、小林多喜二《こばやしたきじ》『党生《とうせい》活者《かつしゃ》』（一九三三・五）の登場人物はマルクス主義の理論に戒められて「人間的な誤謬を犯すことさへできない」と批判していた。「人間的な誤謬」という表現は、「誤謬」を擁護するために「人間的」という言葉を修飾に用いる通俗的な表現の一種であろう。

当時、平野謙は杉本良吉《すぎもとりょうきち》がソビエト連邦へ亡命する際に俳優の岡田嘉子《おかだよしこ》を連れたことを〝ハウスキーパー〟

のヴァリエーションと捉え、「目的のためには手段をえらばぬといふ点に政治の特徴がある」として戦前のマルクス主義運動を批判していた。[40]これに対して中野重治は「政治を人間的に考へる能力がない」、「人間的な政治を人間的に空想」していないと批判した。[41]岡田の杉本に対する関係を〝ハウスキーパー〟の延長線上に見出すのは根拠のない「空想」に過ぎない。その憶測が「非人間的」であるという中野の主張は理解できるが、一方で「人間的」という言葉の無限定的な多用にナイーヴな印象を受けることも事実であろう。

巨人は『文化展望』一九四六年十一月号に荒の「なかの・しげはる論」を掲載し、その「編輯後記」[42]で「中野重治氏が荒正人、平野謙両氏を論ぜられた『批評の人間性』によつて、民主主義文学の陣営は二分されたかに見える」としつつ、「しかし論争は徹底的に戦はれる」必要があると述べている。論争の発展と止揚に期待してはいるものの、「民主主義文学の陣営」の「二分」への憂慮がうかがえよう。巨人は敗戦直後の文壇における「ヒューマニズム」、「人間的」の用法の混乱を批判したが、そこには「人間性」という言葉をめぐって「政治と文学」論争が空転していたことへの警告を読み取ることもできるのである。

巨人は「二十世紀四十年代の自覚——新しき文学的人間像の問題」（以下、「二十世紀四十年代の自覚」と略記[43]）で、中野を「古代人のやうに健康」と揶揄し、「『五勺の酒』を飲んで愚痴まじりに云々しても、「あこがれの中心」はびくともしない」と述べている。『五勺の酒』（一九四七・一）は敗戦後に発表された最初の中野の小説であり、旧制中学校長の主人公が新憲法公布式典で配布された酒の残りの「五勺」に酔いながら、日本共産党員の友人に宛てて記した書簡という形式を取る。校長は昭和天皇が千葉県を訪れ、学校や農業会を視察するニュース映画を観る。それは一九四六年二月から行われた〝人間天皇〟の〝巡幸〟を撮影したものであろう。映画には天皇が紋切型の言動を機械的に繰り返す場面があり、「二十前後から三十までの男」が一斉に「ダルな笑ひ」を起こす。校長はその笑い方に「日本人の駄目さ」、「汚なさ」、「道徳的インポテンツ」を感じ、「へどを吐きさう」になったと述べる。[44] ニヒリスティックな若者らの態度に対する校長の一方的な否定を、巨人は「人間性」という言葉を大上段に構えた中野の姿勢に重ねていたようである。

巨人は人の否定的な側面を「ヒューマニズム」、「人間的」という言葉によって肯定しかねない文壇の状況を批判する一方、「人間性」という言葉をナイーヴに用いる中野からも距離を置いていたと考えられる。巨人は「ヒューマニズムの陥穽」で、荒批判を通じて「世代の自己批判」を行ったと述べている。それは、「三十代」による「世代の独自性」の「主張」とそれに対する中野の否定との、どちらにも属さない巨人のユニークな立場を標示していたのである。

四　ヒューマニズムの切断

『暗い絵』の永杉は日中戦争の勃発を「日本の支配階級の最後的な危機」(一四一) と判断し、具体的に何を行ったのかは定かでないが、「三二年テーゼ」に基づくアクションを「決意通り決行した」(一五一) とされる。逮捕された永杉は非転向を貫き、一年余りの獄中生活を経て、獄死する。続いて羽山純一と木山省吾も逮捕され、二人とも獄死する。

深見も逮捕されるが、転向して出獄し、生活のために軍需会社に勤める。深見の転向は「自己完成の追究」(一四一) のために「自分を守り、自分を維持」(一三一) することの実践であるとともに、「エゴイズムに基く自己保存と我執」(一四一) の働きによるものであろう。「自己完成の追究」の理念は「生命を粗末にする」(一三一) ことを批判し、人の生命の尊貴性を主張する点でもヒューマニズムの思想の一種と見なせる。それが「自己保存」という本能的な欲求と区別しがたい理由は、ヒューマニズムという概念の「曖昧さ、多様性、融通性」によるといえよう。

前掲の批評で、福田は官憲による共産党員への暴力の問題に触れ、「僕は肉体的苦痛を恐怖し、これを逃避せんとする僕自身の臆病を是認してはゞからぬ」と述べている。福田がそれを「是認してはゞからぬ」のは暴力に積極的に身をさらすという「人間性に対する侮蔑」を拒否するからである。これは転向を合理化する論理でもあるが、深見が永杉らに対して「自身が間違つてゐたとも考えなかつた」（「五」）背景には同じ論理が働いていたはずであろう。これは、吉本隆明《よしもとたかあき》が「戦後文学は何処へ行つたか」（一九五七・八）[45]で『暗い絵』を「戦後革命運動にたいして自己合理化をくわだてたような作品」と評したことにも結びつく問題である。

巨人が「ヒューマニズムの陥穽」で警戒したのは「主観的ヒューマニスト」である。巨人によれば、人の「自己保存の本能」は自身の「どんな意識と行動とからでも、必要に応じて直ちに「人間的な」要素の発見・抽出」を行い、「悪しき・過てる自己をそのまま肯定し、保護し、機に乗じては外部に向つて主張もする」場合があるという。このような「主観的ヒューマニスト」の真逆の人物として造形されたのが『精神の氷点』の水村である。戦時中、水村は新聞社の上司である加来外喜男の家に居候している。加来の家には同じ新聞社に勤める崎村修と妻の志保子、その娘の美佐子も住み、外喜男の姪にあたる静代という少女が「家事見習い」（「3」）として止宿している。

水村は「この世には掟もなく道もなく、意味も価値も存在しない」というニヒリズムの思想に基づいて静代を強姦し、性的な関係を結ぶ。ある日、水村は静代の部屋に向かう途中で「衛生器具の欠乏」に気づき、「危険は慎重に避けられねばならぬ」と考えて引き返す（「3」）。むろん、ここで水村に意識されている「危険」とは、静代への配慮に関わるものではない。語り手はそれを「エゴイスティックな自己保存の本能的意志」の表れと見なし、「すべてを否定し一切を虚無と見做そうとする彼が、彼自身のみは別扱いにしている」としてその矛盾を指摘する（「3」）。水村は妊娠の予防を実行することについて「相手に対する責任のように感じ」ることもあるが、ここでも語り手が指摘しているように「事実はエゴイズムにしか過ぎなかつた」はずであろう（〔3〕）。水村はさらに、崎村の妻である志保子にも取り入り、性的な関係を重ねる。水村が志保子を選んだ理由は「未婚の女とのそれのように肉体的変化に神経質に留意する」（〔3〕）必要がない点にあったとされる。語り手はここにも「自己自身についてだけは社会の枠内での安全を極力保とうとするエゴイスティックな自己矛盾」（〔3〕）を見出している。

『暗い絵』の「エゴイズムに基く自己保存と我執」に似た「エゴイスティックな自己保存の本能的意志」という表現は、あくまでも水村の自己保身的な心理を指摘する際に用いられる。それは、ニヒリズムとともに他者の尊貴性を踏みにじるものとして位置づけられ、一貫してヒューマニズムの反対物として表象される。ここに、ヒューマニズムとエゴイズムを結びつけ、転向を合理化する『暗い絵』に対する反措定を読むことが可能であり、表現の共有は「世代の自己批判」を遂行するための方法としても機能していたといえる。

召集令状を受け取った水村は、戦場において「集団的人殺し」を強制させられる前に「自己個人の意志」で殺人を行い、「社会への真の訣別」を行わなければならないと考える（〔4〕）。しかし、「恐怖と躊躇とに妨げられ」（〔4〕）、容易には実行できない。また、殺人以外の破倫を行う際にも水村の「「肉体」は屢々それらの前で恐れ、しりごみし、裏切つた」（〔3〕）とされる。水村はそれを「怯懦」と見なすが、語り手はその事実に「複雑な明暗の諸要素」を認め、「諸要素のなかの、恐らくは普遍的な人間性に根ざす向日性の要素を水村宏紀は頑固に認めようとはしなかつた」と述べる（〔4〕）。徹底した〝主観的ニヒリスト〟である水村は、自身の内部に「人間性に根ざす」要素があるとは考えない。しかし、他者の生命を奪うことへの「恐怖と躊躇」には、ヒューマニズムを基礎づけるべき人権感覚の萌芽が認められよう。

敗戦後、連合軍が駐留し始めてから間もなく、治安維持法が廃止され、獄中の日本共産党員が解放される。それは水村において「暗い抑圧の諸力」（〔4〕）が取り除かれたことと、「自分たちの手でその敵（天皇制政府と日本帝国主義――引用者）を倒し得なかつた」（『1』）ことを同時に意味する。そのため、水村は敗戦を手放しに喜ぶことができず、「異国の人々」と行き合うたびに「異様な感情の波立ち」を感じるのである（『1』）。

巨人の第一声である『文化展望』創刊号（一九四六・四）の「文化展望」（後の「独立喪失の屈辱」）[46]には、白水社の『キュリー夫人伝』より、ロシアとの一体化が進められるポーランド立憲王国において、ポーランド人マリー・キュリーが感じたであろう「屈辱」を記した一節[47]が引かれる。巨人はそれに続けて「国運と文化とを誤らしめた過去の時代に於ける、己れの無為と無責任とを各人は無下の屈辱として長く銘肝しなければならない」と述べる。湯地朝雄は『戦後文学の出発――野間宏「暗い絵」と大西巨人「精神の氷点」』（二〇〇二・十二）で、この文章を参照し、水村の「異様な感情の波立ち」の本質は占領に対するナショナルな抵抗感などではなく、「国を亡国にいたらしめた一国の知識人としてのおのれ自身の無為・無責任」、「その無為と無責任とについての強い恥辱の感情」であると指摘している[48]。その通りであり、さらに言えば、このような心の動きは、戦時中に絶息させられていた水村の「普遍的人間性と生命と存在との肯定への志向」（『4』）が敗戦により胎動し始めたことに連動している。これを水村のヒューマニズムと呼ぶなら、戦時中における自身の「無為と無責任」への「恥辱の感情」はその具体的な表れであり、転向や戦争責任を合理化する論理の反対物としてヒューマニズムが働いていることになる。このような心理は、吉本のいう「自己合理化」の対極にあるともいえよう。

水村が敗戦に戸惑う理由はもう一つあり、むしろ、こちらの方が基礎的である。水村のニヒリズムは自身の間近い死を前提としたものであったが、敗戦により生き延び、「暗い抑圧」が除去されたことで、「革命への歩み」と「人間の確立」という「昔彼が望んで得られなかつたものが、今可能」になりつつある（『4』）。状況はニヒリズムの前提を突き崩し、抑圧されていた水村のヒューマニズムも、敗戦による可能性に導かれて胎動し、戦時中の破倫を「罪」（『4』）として追及し始めている。そのため、水村の「人格は二分」（『2』）されつつあるのである。

水村におけるヒューマニズムは、戦時中のニヒリズムとエゴイズムに対して〝水と油〟であり、決して交じり合うことがない。それは、語り手を含む『精神の氷点』というテクストが表象する倫理でもあり、木作においてヒューマニズムは一貫して戦時中のニヒリズムとエゴイズムの反対物として措定され続けるのである。そうであるがゆえに、水村は「人格」が「二分」されるほどの事態に陥ったのである。ただし、水村に求められているのは人格の分裂や過去と現在の切断などではなく、〝水と油〟を綜合した新たな人格の創出である。そのためにはまず、低い地点における野合を避けて両者を徹底的に切断し、両者の対立を先鋭化することが求められているのである。

五　唯物論とヒューマニズム

最後の場面で、水村は戦時中の殺人について反省する。山口直孝《やまぐちただよし》は「単純な理念を持続すること――大西巨人素描」（二〇〇三・三）[49]で、『精神の氷点』を「徹底して成長や変化を拒絶する生を選ぶことを宣言した書」と評し、さらに水村の回心の場面に触れながら、「大西巨人文芸の主人公たちは、常に過去と対峙しながら生を営んでおり、そのような彼らにおいて転機は、あたかも啓示を受けるかのように、突然にしか訪れないのである」と論じている。重要な指摘であり、これを踏まえたうえ注目したいことは、巨人文芸における回心や転機が、しばしば主人公の意識の外部から訪れることである。

水村は過去の行いを「神」ではなく、「人間一般」、「普遍の人間性」、「到達されるべき或るもの」、「彼自身」の前に「恐れ」たとされ、それらは『旧約聖書』の神が殺人者カインに放った「呪詛と追放との声」のように水村を打つ（「4」）。〝主観的ニヒリスト〟である水村は「主観的ヒューマニスト」の対極であり、自身の「過去乃至現在のどんな意識と行動とから」も「「人間的な」要素の発見・抽出」を行わない。それは、彼におけるヒューマニズムが社会性に基礎を置くものであり、私的な用法や意味づけを拒否する「外在性＝物質性《マテリアリティ》」（柄谷行人）を帯びていることの表れでもある。そうであるからこそ、水村におけるヒューマニズムは、意志に反する「恐怖と躊躇」や、「何ものか」（「4」）による「呪詛と追放との声」のように、自己の外側からやってくるように感じられるのである。そしてまた、その「恐怖と躊躇」や「呪詛と追放との声」が客観的に意味するものは、水村のように個人の意志において主体的に殺人を行うことの一般的な苦痛であり、したがって、その反人間性であろう。

『精神の氷点』は左翼青年の戦時中における形態として〝主観的ニヒリスト〟という実験的な性格を設け、そのような人物の戦時中から敗戦に至るまでの心理と行動とを追跡することで、逆説的にヒューマニズムの客観的な基礎を示そうとした小説であるといえる。本作において、ヒューマニズムはニヒリズムとエゴイズムの〝反対物＝批判者〟としてネガティヴに示されるにとどまるが、荒の「第二の青春」や野間の『暗い絵』、福田の「人間の名において」などに認められるヒューマニズムとエゴイズムとの野合を相対化し、その切断を試みる点で意義を持つ。彼らと同じ敗戦直後の「三十代」として、共有する「世代」の経験に基づきつつも、本質的に鋭く対立する小説を書き、「世代の自己批判」を遂行した点に同時代の文壇における巨人の特異性が認められよう。

注

1　柄谷行人、大西巨人「虚無に向きあう精神」（『大西巨人文選1　新生』みすず書房、一九九六年八月）。

2　大西巨人「あとがき」（『精神の氷点』改造社、一九四九年四月）。

3　十返肇「文芸時評――最近の小説から」（『文芸首都』七月号、一九四八年七月）。

4　『書評』第三巻第一二号（一九四八年十二月）。

5　『戦後空間に対する二つの違和の型――椎名麟三「深尾正治の手記」と大西巨人「精神の氷点」とをめぐって』（HOWS文学ゼミナール、二〇〇二年八月）。

6 巨人は一九四九年四月刊行の単行本（改造社）に収録された『精神の氷点』に「字句修整加筆」を施し、二〇〇一年一月に「新版」（みすず書房）を刊行する。巨人はその「新版おくがき」で「新版と旧版とに、基本的な異同は、全然ない」としているが、表現においては大きな変更点も見られる。例えば、本稿で紹介している『暗い絵』の空襲の描写に似た箇所は「新版」で大きく改められ、もはや似ているとは言い難い。湯地は「旧版」と「新版」を両方とも所持し、比較も行っているが、この発言は「新版」の印象によるものかもしれない。

7 『世界評論』一月号（一九四八年一月）〜三月号（一九四八年三月）。

8 本稿における『暗い絵』からの引用はすべて『黄蜂』第一巻第一号（一九四六年四月）〜第一巻第三号（一九四六年十月）所収のものに拠る。

9 本稿における『精神の氷点』からの引用はすべて『世界評論』五月号（一九四八年五月）〜七月号（一九四八年七月）所収のものに拠る。

10 鶴見《つるみ》俊輔《しゅんすけ》は「戦後小説の形」（『綜合文化』十二月号、一九四八年十二月）で、『精神の氷点』を例に「戦争潜伏期のインテリ青年の言語」を分析し、二字熟語が多用されていることについては「戦中の軍隊用語の影響」などを指摘している。例えば、『軍隊内務書』（一二三館、一九三二年一月）の「綱領」は「兵営生活ノ要ハ起居ノ間軍人精神ヲ涵養シ軍紀ニ慣熟セシメ鞏固ナル団結ヲ完成スルニ在リ」といった調子である。しかし、岩波の「日本資本主義発達史講座」なども二字熟語を多用する硬質な文体の例といえる。「軍事武装の依拠する所の軍事機構の基礎の頑強なる統一性は、以下の二様の形態に依つて保証せられた」（山《やま》田《だ》盛《もり》太郎《たろう》『工場に於ける資本主義の端初的諸形態　マニュファクチュア・家内工業』岩波書店、一九三二年五月）。影響関係を論じるためにはさらなる検証が求められよう。

11 『文化展望』第一巻第五号（一九四六年十月）。

12 『文化展望』第一巻第六号（一九四六年十一月）。

13 『綜合文化』第一巻第六号（一九四七年十二月）。

14 大西巨人『神聖喜劇』第一巻（光文社文庫、二〇〇二年七月）三四頁。

15 大西巨人『神聖喜劇』第五巻（光文社文庫、二〇〇二年十一月）三〇四頁。

16 『近代文学』第一巻第二号（一九四六年二月）。

17　初出では単に「エゴイズム」とあるところが、『第二の青春』（八雲書店、一九四七年十一月）に収録されたヴァージョンでは「暗いエゴイズム」となっている。

18　「岩波講座哲学」の岡邦雄《おかくにお》『イデオロギーの発生（自然科学）』（岩波書店、一九三一年十一月）には「科学は中世と呼ばれる暗い谷間に只荒廃の儘に棄てて置かれた」という一節がある。荒の「暗い谷間」はこのような表現に由来するのかもしれない。

19　『近代文学』第一巻第三号（一九四六年四月）。

20　荒正人『第二の青春』（八雲書店、一九四七年十一月）所収。

21　『近代文学』第三巻第二号（一九四八年二月）。

22　比較対象は椎名麟三『深夜《しんや》の酒宴《しゅえん》』、『重き流れのなかに』、『深尾正治の手記』、『永遠なる序章』、埴谷雄高《はにやゆたか》『死霊《しれい》』第一巻、梅崎春生『桜島』、『日の果て』、武田泰淳『秘密《ひみつ》』、『審判』、『蝮のするゑ』など。

23　『近代文学』第一四巻第一〇号（一九五九年十月）。

24　『近代文学』第一巻第五号（一九四六年九月）。

25　このような世代論は『近代文学』同人の内部ですでに共有されており、本多秋五「芸術 歴史 人間」（『近代文学』第一巻第一号、一九四六年一月）では「三〇年代使命説」と呼ばれている。

26　日本共産党中央委員会『日本共産党の七十年』上（新日本出版社、一九九四年五月）九三～一〇六頁を参照。

27　平野謙「解説」（野間宏『暗い絵・崩解感覚』新潮文庫、一九五五年四月）。

28　中野重治は一九〇二年生まれ。当時の「四十代」。

29　本多秋五「解説」（『野間宏集』河出文庫、一九五三年八月）。

30　齋藤秀昭《さいとうひであき》「大西巨人詳細年譜」（大西巨人『日本人論争――大西巨人回想』左右社、二〇一四年七月）。

31　『近代文学』創刊同人の生年は、山室静《やまむろしずか》が一九〇六年、平野謙が一九〇七年、本多秋五が一九〇八年、埴谷雄高が一九〇九年、荒正人が一九一三年、佐々木基一《ささききいち》が一九一四年、小田切秀雄《おだぎりひでお》が一九一六年。第二次同人の野間宏は一九一五年生まれ、大西巨人は一九一六年生まれである。第二次同人も含め、ほぼ全員、当時の「三十代」に属する。

32　武田麟太郎は一九〇四年生まれ。当時の「四十代」に属するが、一九四六年に没した。

33　武田麟太郎『若い環境』（竹村書房、一九三六年九月）。

34 島田昭男「邂逅《めぐりあい》の記録《きろく》『精神の氷点』」(『日本文学』第一六巻第六号、一九六七年六月)。
35 本稿における『白日の序曲』からの引用はすべて『近代文学』十二月号(一九四八年十二月)所収のものに拠る。
36 座談会「平和革命とインテリゲンチャ」(『近代文学』第二巻第三号、一九四七年四月)。
37 荒正人「晴れた時間」(注20に同じ)。
38 福田恆存は一九一二年生まれ。
39 『新潮』第四四巻第二号(一九四七年二月)。
40 平野謙「ひとつの反措定――文芸時評」(『新生活』第二巻第四号、一九四六年五月)。
41 なかの・しげはる「批評の人間性――平野謙・荒正人について」(『新日本文学』第一巻第四号、一九四六年八月)。
42 注12に同じ。
43 『思潮』第六号(一九四八年一月)。
44 中野重治『五勺の酒』(『展望』一月号、一九四七年一月)。
45 『群像』第一二巻第八号(一九五七年八月)。
46 『文化展望』第一巻第一号(一九四六年四月)。
47 エーヴ・キュリー著、川口篤《かわぐちあつし》ほか共訳『キュリー夫人伝』(白水社、一九三八年十月)二五~二七頁。
48 湯地朝雄『戦後文学の出発――野間宏「暗い絵」と大西巨人「精神の氷点」』(スペース伽耶、二〇〇二年十二月)一六〇頁。
49 山口直孝『大西巨人論――マルクス主義と芸術至上主義』(幻戯書房、二〇二四年三月)所収。
50 柄谷行人「死語をめぐって」(一九九〇年一月初出、『終焉をめぐって』福武書店、一九九〇年五月所収)。巨人は『春秋の花』(光文社、一九九六年四月)で柄谷によるこの唯物論の定義を引用し、「間然《かんぜん》するところのない命題」と評している。

田山花袋《たやまかたい》『小説作法』（博文館、一九〇九（明治四二）年初版）

本書は通俗作文全書《つうぞくさくぶんぜんしょ》第二四編として博文館より刊行された。初版巻末収録の全書広告文には「記事論説」「紀行叙事」等の「雄篇大作」から「尺牘《せきとく》葉書」（書簡と葉書）の「日用文」に至るまで今日多様な文章があり、「百般《ひゃっぱん》の芸術」が進歩している中で、「作文の技のみ独り退歩の観」があるという見解が示され、人々に作文法を教える書籍として逐次出版したと記されている。

全書は文体・文法に関する総論及び作文の実修で構成され、鼇頭《ごうとう》（本文の上に設けた欄）に美文小品の作例を収めた大和田建樹《おおわだたけき》『文章組立法』（一九〇六）を第一編として、書簡文、美文、紀行文等の作法書、写生、祝賀弔祭《しゅくがちょうさい》等の文範、古今名家文選《ここんめいかもんぜん》、古今才《ここんさい》媛文集《えんぶんしゅう》等の文集というように、多領域の文例集・作法書から成る。

『小説作法』は最終巻である。鼇頭には花袋自身の雑文集が収録された。初学者に「観察と描写の方法」習得の重要性を説き、今昔の文芸を比較し、「明治名作解題」を収め、新文芸の「自然」の影響として「ローカル、カラー」（その地方の特色）の問題を取り上げるなど、その内容は多岐にわたる。

（髙野純子）

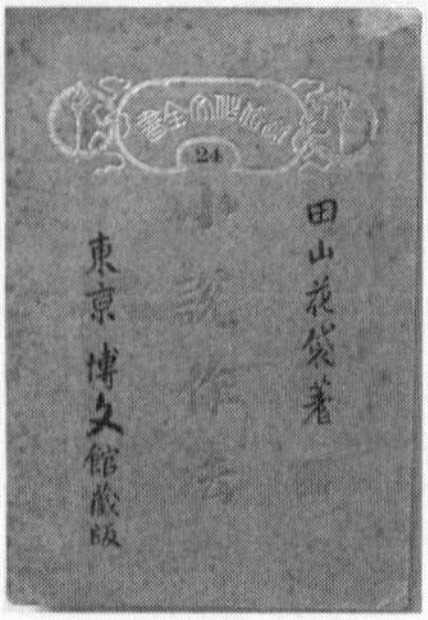

前田晁《まえだあきら》『東西文学　表現描写辞典』（金星堂、一九三三（昭和八）年初版）

五年前刊行された『類句文範《るいくぶんぱん》　新作文辞典《しんさくぶんじてん》』（金星堂、一九二八）は「類句の部」「文範の部」の二構成となっていた。「例言」に、「類句」は「新らしい時代の語句を集めようと努め」、「文範」は「明治以降の文章界の体様を展観する」ことができるように編集したと記されている。そして「類句の活用が将来に向つてゐる」との見方が示された。

本書はその「類句」のみを収録し、新たに「作家別総索引」を附して刊行された辞典である。「季節」「植物」「光線」「天象」「地象」「都会と田舎」「動物」「人間」の各章に日本の近代作家の作品、海外作品の邦訳《ほうやく》からの文例を示した『東西文学　表現描写辞典』刊行は「将来」への歩みを進めるものとなっている。前田晁が翻訳に携わったモーパッサンやケランだけでなく、モダニズム作家ポール・モーランの堀口大学《ほりぐちだいがく》訳からの用例が多く収録されていることは総索引から看取できる。

晁の友人土屋長村《つきやちょうそん》が材料の蒐集《しゅうしゅう》、初段階の編纂《へんさん》に協力した。一九三三年、土屋は中村白葉《なかむらはくよう》と共編でトルストイ『人間読本』を金星堂より刊行している。

（髙野純子）

海賀変哲《かいがへんてつ》『新式小説辞典《しんしきしょうせつじてん》』（博文館、一九〇九（明治四二）年初版）

小説専門の文例集で、著者は娯楽小説などを著していた海賀変哲（篤麿《あつまろ》）。長谷川二葉亭、尾崎紅葉、夏目漱石や田山花袋等々、五七名の小説から抜粋し、一〇部門に分けて並べている。巻頭に「引用書目録」があり、作家・作品名が記載されているのはありがたい。これだけでも当時の名作リストとして眺めることができる。部門は「容姿門《ようしもん》」「扮装門《ふんそうもん》」（服装）「動作門」「会話門」「叙情門」「叙景門」「構造門」（建築描写）「叙事門」「怪異門」「滑稽門」。前例にあたる任天居士《にんてんこじ》『小説文語錦繍《しょうせつぶんごきんしゅう》』（一八九二年）と一致するのは「滑稽門」のみで、この比較を通して福田清人《ふくだきよと》は『新式小説辞典』を「具象的な、近代的な小説執筆の明かな見識の上に立つた分類」と評価している（『現代の文学者』、一九四二年）。また、「怪異門」が設けられて泉鏡花が多く引かれている点では、自然主義的な小説指導と異なるカラーを打ち出しているとも言える。部門の終わりにはしばしば「小説作法」として簡単な助言が挿入されている。鼇頭《ごうとう》は「演劇用語」「花柳通語」「古文名句」「字音仮字遣ひ」「現代文士録」。

（山本歩）

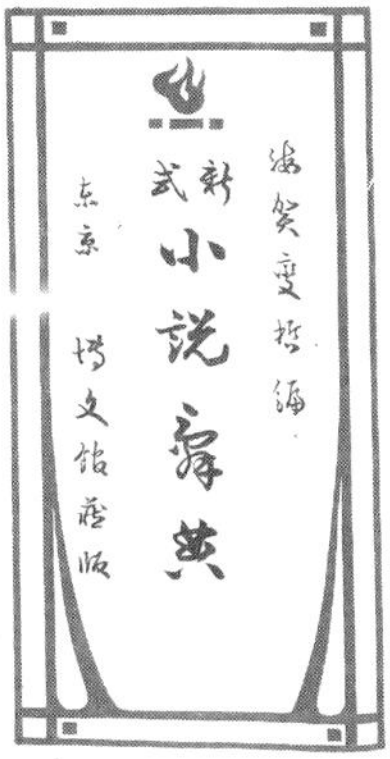

徳田秋声《とくだしゅうせい》『会話文範《かいわぶんぱん》（作文叢書第七編《さくぶんそうしょ》）』（一九一一（明治四四）年初版）

新潮社の「作文叢書」の一冊。著者は徳田秋声だが代作だと思われる。会話文の文例集という形をとった珍しい小説文例集で、同時代文学（一部、海外作家の翻訳もあり）から引かれた会話文が「恋する時」「情を抒ぶる時」「争ふ時」「説く時」など八編に大別して列挙されている。発刊趣旨は、会話文が「人物描写の中の最も重大な要素」で、「最も感覚的印象的且つ機能的の性質を持」った小説の構成要素だからである（「序」）。頭注にて会話の状況や表現の解説が施されているが、これが中々に踏込んでおり読み応えがある。要点を押さえ、美点や欠点を説明し、話者の心理を読み解きもする。会話文のみを精読する、という珍しい体験ができるアンソロジーでもある。特に勢いある罵倒を並べた「罵る時」が面白い。目次に文例の作者名が記載されているのも嬉しく、拾い読みで好きな作家の傾向を知るという読み方もとられたことだろう。「附録」の論説「会話の書き方」は簡単なものだが作家志望者のための「会話研究」の指針を示している。

（山本歩）

徳田《とくだ》秋声《しゅうせい》『人物描写法《じんぶつびょうしゃほう》（作文叢書《さくぶんそうしょ》第九編）』（一九一二（明治四五・大正元）年初版）

「近代の新しき小説は、殆ど人物の描写を以て其の全部とする」（「序」）と豪語し人物描写のみに特化した小説作法書。『会話文範』に同じく新潮社＝日本文章学院の「作文叢書」である。ただしこちらは「第一編　総論」「第二編　作法」と、三分の二を論説に割いた、いわば人物描写の研究書と言える。実在する人物をどのように観察すべきか、描写の際に意識すべきはどのような点かを説諭しており、自然主義的な観察〜描写の方法論に依っている。しかし人物の在り方を「言語」「動作」「行為」「事業」の四面から捉える、「性格」と「性質」を峻別する（性格は天性、性質は変化する）などの方法は、描写の要点として、現代でも通用するのではないか。「第三編　諸家の描ける人物」が具体的文例で、「外面」「内面」「動的」の三分類のもと、漱石・二葉亭・藤村らの当代作家、ツルゲーネフ・モーパッサンら海外作家の人物描写が引かれている。鼇頭には諸家の「男主人公《ヒーロー》と女主人公《ヒロイン》」及び「動物描写」が連ねられると共に、各々評釈が付されている。「信如と美登利」「三四郎」など、ちょっとした文学キャラクター選である。（山本歩）

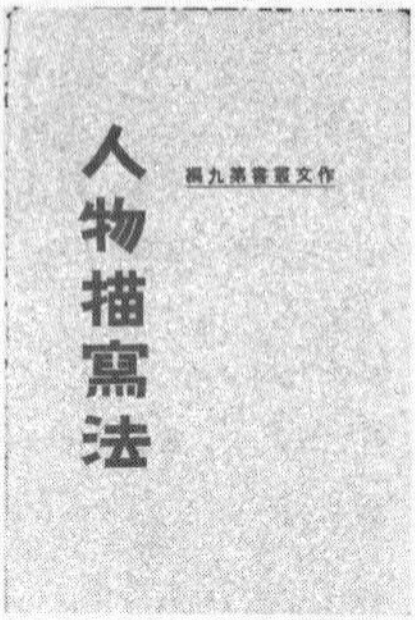

徳永直《とくながすなお》『小説勉強』（伊藤書店、一九四三（昭和一八）年十一月、初版）

徳永直による小説作法書。小説の構成や、テーマとモチーフとの関係、文のリズムなど、一通りの内容には触れているが、徳永の筆が冴えるのは、やはり労働者の言葉を解説した章である。「一人増しや水増し」（一つ何かが加われば、その分の何かがこぼれる）、「一匹はしれば皆はしる」（一人が逃げ出すと、その周りの人々も釣られて逃げ出す）、「おカラでケツを拭いたやうだ」（作業の仕上がりが悪い）など、工場労働者の用語を紹介し、「労働者独特のユーモアや、生活の陰影や、ひびきや匂ひ」が感じられることを指摘している（六九〜七〇頁）。

徳永によれば、労働者の言葉は「周囲の動きのくさび」であり、「現実生活に切れこんでゐる」とされる（七三頁）。例えば、労働の現場で発せられる「オーイ」、「オーライ、オーライ」、「馬鹿野郎ツ」などの掛け声は、その身振りや表情とともに端的な合図として了解される必要がある（七四頁）。コンベアシステムにより休みなく進行する工場の現場は、言葉と行為とのずれを許容しない空間でもある。徳永はそこで生まれる言葉に「素樸」（中野重治《なかのしげはる》「素樸といふこと」）な美と先鋭性とを見出そうとしていたのである。（杉山雄大）

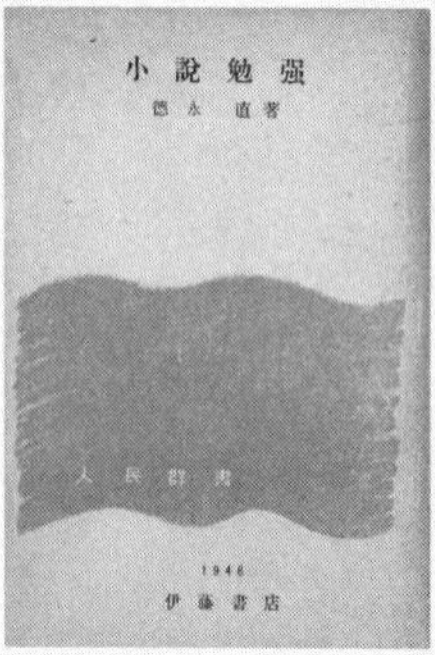

清《きよ》川《かわ》彰《あきら》『小説の作り方　附文壇出世の手引』（協文閣書店、一九三八（昭和一三）年二月、初版）

表題の通り、小説作法を説いた書であり、欧米と日本の小説を渉猟して得た豊富なサンプルを例に、近代小説の構成要素を手際よく説明しているが、その明晰さに驚かされる。例えば、小説の題材が、実際に小説の表現となるためのプロセスは、「(イ)ある現実的事件（例、倒れた売春婦）↓素材（作家的空想によって、作り上げられた、小説に書かうとするもの）↓小説的表現」と「(ロ)素材（作家が感興を起した一つの境地）↓ある事件（空想によって作り上げられ、倒れてゐる売春婦の）↓小説的表現」の二通りがあり、前者は「帰納的」または「リアリズム」、後者は「演繹的」または「ローマンチシズム」とされる（七六頁）。「事件」と「素材」を明確に区別している点も目を引く。

本書には「文壇立身法」と題された付録があり、あくまでも作家を「職業」として捉え、「交遊」や「自家広告」が欠かせないことを説いている。「程よく濁ることが肝要であります。それが処世の要訣であります」（二〇三頁）という言葉は俗でしかないが、もっぱら解析的に小説作法を説く本編の内容と突き合わせれば、ロマン主義的な芸術家崇拝からあえて距離を置いているようにも見られる。

（杉山雄大）

徳《とく》田《だ》秋声《しゅうせい》『小説の作り方』（新潮社、一九一八（大正七）年初版、一九二〇年第八版）

創作を志す人のための実践的な入門書である。方法を知れば優れた創作が生まれる訳ではなく要は「悟入《ごにゅう》」である（「序」および第一八章）としながらも、「客観的態度―描くといふ心持」「観照と実行―芸術的人格といふこと」「観察と描写―小主観を捨てよ」の各章で基本的方向性を示し、第一〇章以降で小説の結構《けっこう》、人称、短篇と長篇の概説を行い、人物の内面描写、外面描写、会話の書き方に関する方法論を展開している。

本書ではモーパッサン、フローベール、ゾラ、ツルゲーネフなどの諸作や創作に関する言説が取り上げられることが多いが、日本の近代作家の実践も事例として示されている。センチメンタリズムから自然主義的思想へと移る芸術的態度に関して田山花袋《たやまかたい》の変遷《へんせい》を挙げ、小杉天外《こすぎてんがい》、高浜虚子《たかはまきょし》らの経験談を紹介しているのは「具体的な経験談によつて暗示」する方がこれから小説を書こうとする読者には「効果」があるはずだという考え方に拠る。また「大なる意味」を含み、人生を表現した作品として、国木田独歩《くにきだどっぽ》「疲労」（『趣味』第二巻第六号、一九〇七）を解説している。国文研所蔵本は一九三〇年五一版。

（高野純子）

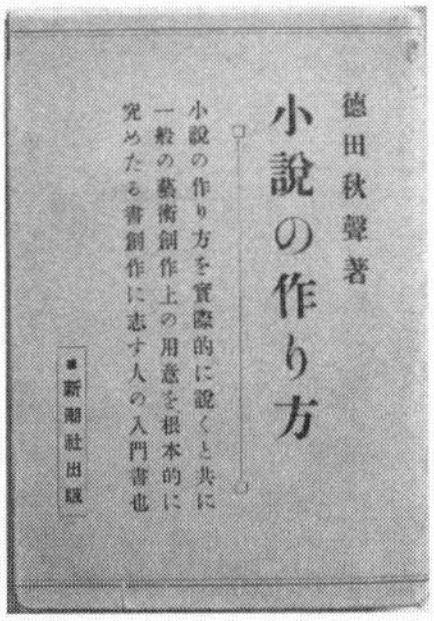

田山花袋《たやまかたい》『花袋文話《かたいぶんわ》』（博文館、一九一二（明治四五・大正元）年初版、国立国会図書館蔵）

文章の鑑賞や文章観のレクチャーなどを広い意味での文範に含めるとすれば、「文話」と呼ばれた言説・書籍も無視できない（と言うより、文範・文例集を文話のバリエーションと見なすこともできよう）。『花袋文話』は主に『文章世界』に掲載された文学論などをまとめたもので、『小説作法』『インキツボ』（共に一九〇九年）の延長と言える。所収の内、最も知られているのは印象描写などに言及した「描写論」であろう。しかし印象派からの影響を平易な形で展開し（やや散漫ではあるが）文章・小説指導に落とし込んだ「文章新語」も興味深い。「卓上語《たくじょうご》」も同様だが、各論を短く述べるこうした言説に、当時の「文話」というジャンルの趣を最も味わうことが出来る。「山水小論」「現代の紀行文」等の紀行文論、海外や古典に触れる文話も豊富だ。南朝の惨めな末路を思う「『太平記』と南朝の遺蹟」は、一見すると単なる紀行随想であるが、直前に南北朝正閏《せいじゅん》問題が政争を巻き起こしたことを思えば、複雑な反応として興味深い。全体に統一感はないが、読者各々の興味に応じて示唆を与える書物である。（山本歩）

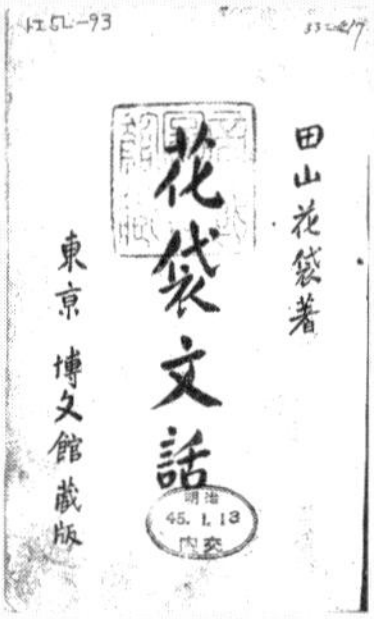

谷崎潤一郎《たにざきじゅんいちろう》『文章読本』（中央公論社、一九三四年初版、一九三六年一二〇版）

小説家・谷崎潤一郎による文章論。中央公論社は本書の販売に力を入れ、一二〇版を数える。当時の出版界には広告のため版数を実際より多く記述する慣習があったとはいえ、現在まで広く読みつがれる本書の売れゆきは好調だったと見てよいだろう。

本書は『源氏物語』口語訳を進め小説にも進境を見せていた谷崎の、個人的な文体意識を示すものとして取りあげられることが多い。しかしたとえば口語体を「講義体」「兵語体」「口上体」「会話体」に分類した「文体について」は、昭和初期における口語文の言語使用域を分析したものとして興味ぶかい。「此の読本は始めから終りまで、殆ど含蓄の一事を説いてゐるのだと申してもよいのであります」（「含蓄について」）と谷崎がいう文体観は、同じ中央公論社から出版された鈴木三重吉《すずきみえきち》『綴方読本《つづりかたどくほん》』がくりかえし強調する「陰影的な書き方」にも通じるものだ。志賀直哉『城崎にて』を達意の名文としつつ過去の自作を含む文学作品を「添削」する箇所には、谷崎一人の問題にとどまらない、大正から昭和にかけての文章観のはげしい変遷を見ることができる。（多田蔵人）

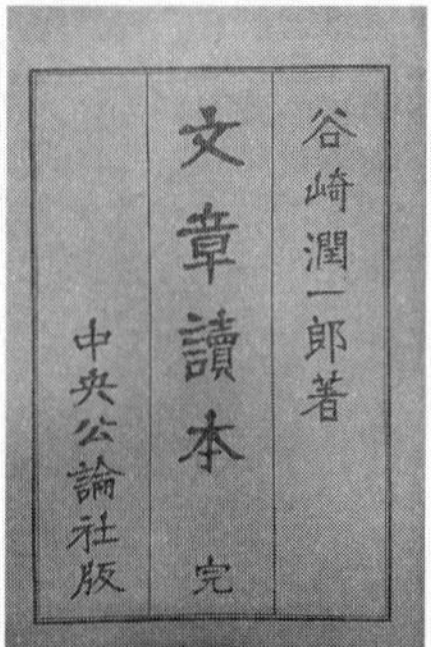

友納友次郎《とものうともじろう》校閲・二橋三郎《ふたはしさぶろう》著『綴方《つづりかた》教育《きょういく》／鑑賞から創作への指導』（東雲堂、一九二四（大正一三）年初版、文教大学付属図書館蔵）

鈴木三重吉《すずきみえきち》が「ありのまゝに書く」（『赤い鳥』第一巻第一号、一九一八）ことに価値を認め、「飾り」を排す（同第一巻第三号）文章表現を求めたことから転化し、綴方教育を行う教師たちが「自然主義」や「リアリズム」の理論をふまえて「現実」を「ありのままに」綴る教育を模索したことは、中内敏夫『綴ると解くの弁証法—教育目的論を考える—』（渓水社、改訂増補版二〇一三）においても考証されている。本書の第四章「作者の態度」の中で「主観的態度」「客観的態度」の説明が行われ、第五章「描写」に描写の意義や手法が詳述されるところには、やはり「自然主義」からの影響が看取される。

本書は大正期の読み方教授論・綴方教授論で知られる友納友次郎の二度にわたる校閲を経て刊行された。友納は序文を寄せ、二橋が鑑賞を重視し、また指導上懇切《こうせつ》な説明を行っていることが、児童の創意活動、個性の表現、生命の伸展であるべき綴り方教育に裨益《ひえき》すると評価している。著者二橋三郎は浜松師範学校第二附属小学校、浜松市追分尋常小学校の校長を務め、『浜松郷土読本』刊行にも携わった人物である。

（高野純子）

寺田俊雄《てらだとしお》編『現代文芸代表作品集Ⅰ』（黄蜂社、一九四九（昭和二四）年十一月初版）

野間宏《のまひろし》『暗い絵《くらえ》』を掲載した雑誌『黄蜂』の出版社より刊行された戦後小説のアンソロジー。本書は『黄蜂』終刊後に刊行された『戦後文芸代表作品集』という季刊誌の続編にあたるが、これ以降は続かなかったようである。前書きによれば、本書は「著名な文化人、有力新聞社並に出版社の五〇〇氏に対し」、「戦後発表された文芸作品中、現段階に於ける最大傑作品と目さるゝもの」を推薦させて編んだとされる。それが事実なら興味深いが、怪しくもあり、平野謙《ひらのけん》は解説で「選定の具体的ないきさつについては、私は知りません」（一一九頁）と断っている。

宮本百合子《みやもとゆりこ》『道標《どうひょう》』（抜粋）、井上友一郎《いのうえともいちろう》『絶壁《ぜっぺき》』、尾崎一雄《おざきかずお》『虫《むし》のいろいろ』、林芙美子《はやしふみこ》『骨《ほね》』、大西巨人《おおにしきょじん》『白日の序曲《はくじつのじょきょく》』、室《むろ》生犀星《うさいせい》『かくて人《ひと》は』、榛葉英治《しんばえいじ》『蔵王《ざおう》』の七編を収める。定番を外したラインアップとなっているのが面白い。平野は『道標』と『虫のいろいろ』を「明晰」、「透明」なスタイルと評し（一二一頁）、それに対して『白日の序曲』を「論理的思考癖」（一二二頁）によるスタイルと分析する。一風変わった組み合わせのなかで、巨人文芸の論理性がいち早く指摘されている。

（杉山雄大）

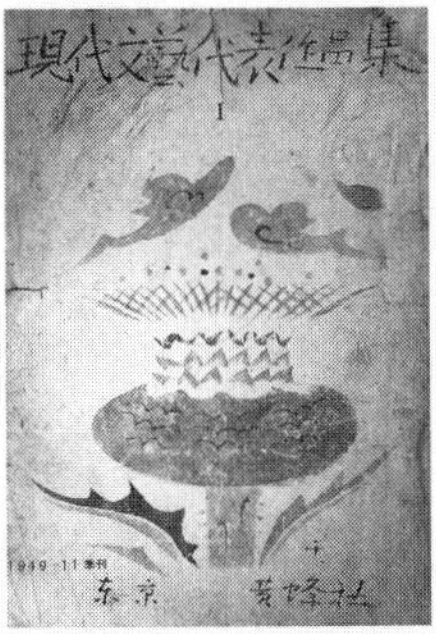

物集高見《もずめたかみ》『言文一致《げんぶんいっち》』（平尾鉐蔵、一八八六（明治一九）年初版）

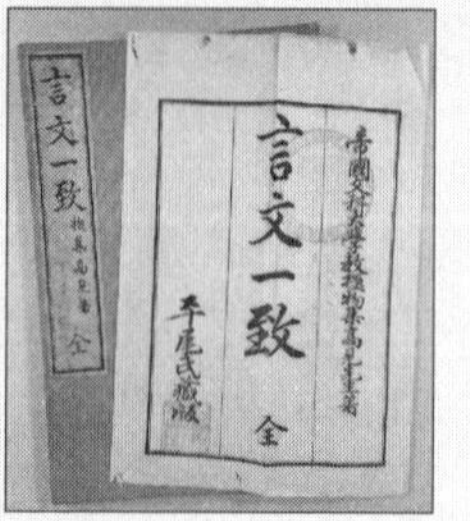

明治一〇年代後半、識者の間に言文一致の機運が高まるなか発表された小冊子。当時物集は、帝国文科大学教授であり、「かなのくわい」での演説を想定していたが刊行することにしたという。内容は「文章ハ、話しのやうに、書かねバならぬ、わけ。」「文章が、はなしと別れた、わけ。」「文脈といふ、わけ。」「文章ハ、はなしにはおとる、わけ。」「日本語には、敬語の多い、わけ。」「話し通りに書けバ、全国の語が一様になる、わけ。」「話しと、文章との、ちがひどころ。」の全七項からなる。書き言葉が和漢洋の古い文脈を混用しており、なおかつ人真似になるのが欠点だとし、真実に自身の腹から出る話し言葉を文章語として重視すべきだとした。言文一致を敬語の観点から敬体（対話体）と非敬体（常体）に分類し、物集自身、本書の前半で「である」体、後半で「であります」体を実践してみせている。文語と口語との違いは敬語・時・接続詞にあるとして、『伊勢物語』をはじめ21作の古文冒頭の口語訳を試み、文例として巻末に示す。本書は、山田美妙が言文一致運動に邁進するきっかけにもなった。しかし後年、物集は「言文一致の不可能」（『読売新聞』明治三五年一二月一七－一九日）において、日本語の文章は会話文と記録文とからなるので、口語と文語を一致させることは困難だとし自説を否定している。（馬場美佳）

堺《さかい》 枯川《こせん》著『言文一致普通文《ふつうぶん》』（内外出版協会・言文社、一九〇一（明治三四）年初版、同年第四版）

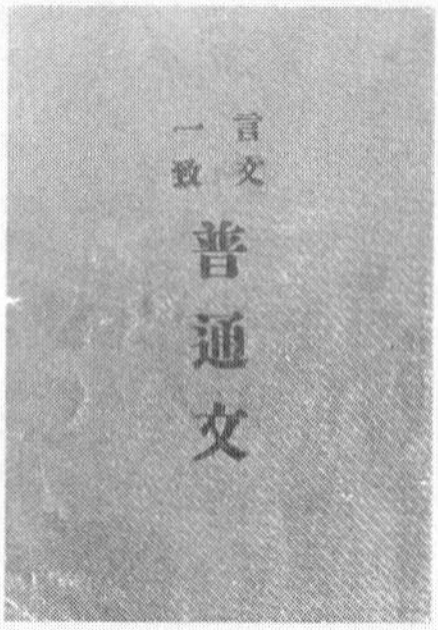

国語国字改良問題が盛んに議論された時期に、最も好評を得た言文一致の文範書である。堺は改良事業の根本に言文一致問題があるとし、それは「文を言に近づかしめ、言を文に近づかしめ、双方から歩みあはせて一致せしめる」べきもので、「平易明瞭」「整頓完備」された文章を読み上げれば、そのまま演説にもなるはずだと主張する。とくに、誰もが書かねばならない文章は手紙であり、それを普通文として優先すべきで、「憲法治下の人民でありながら、手紙の上には卑屈、萎縮、阿諛、追従等の奴隷的御気が充満してゐる、それでなければ、尊大、横柄、高慢等の専制貴族的語気が現はれてゐる」とし、「我々は何時までこんな馬鹿げた手紙を書いてゐるのか」と主張した。堺自身、長らく言文一致の手紙文を実践し、検証したところ、好結果を得たと説得的に語ってもいる。

文例には手紙のほか日記、記事論説、雑文があり、文範には坪内逍遥《つぼうちしょうよう》、福沢諭吉《ふくざわゆきち》、正岡子規《まさおかしき》、内村鑑三《うちむらかんぞう》、幸徳秋水《こうとくしゅうすい》、山田《やまだ》美妙《びみょう》らに加え、自身が『万朝報』の通信員として従軍した際の「戦死者の葬儀」を掲げる。本書掲載の文例は、後発の言文一致の文範書にも採録されていった。（馬場美佳）

山田美妙《やまだびみょう》著『言文一致文例《ぶんれい》』全4冊（内外出版協会、「壱」一九〇一（明治三四）年初版、同年第四版。「四」明治三五年初版）

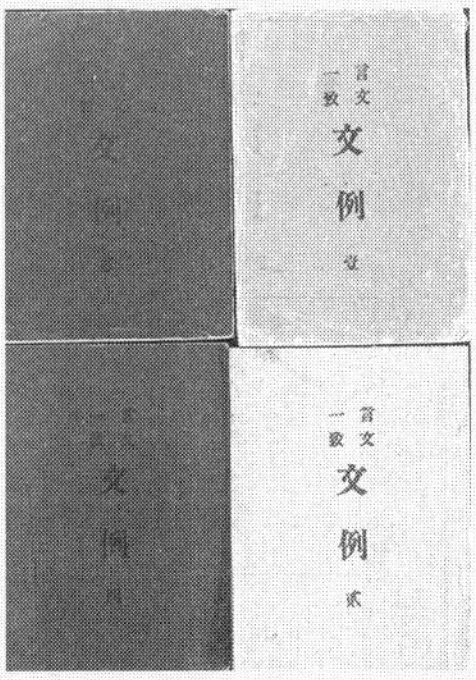

帝国教育会内に言文一致会が設立され、本格的に新文体創出の機運が起きた際に、それまで言文一致による文体改良を先導してきた山田美妙が刊行したシリーズ。言文一致会が提示した「悔やみの文」への批判文も収め、自らの義務として模範を示そうとしたとある通り、美妙の主張や過去の実践など盛り込まれた集大成ともいえる内容になっている。本書では言文一致の欠点とされる冗漫さや、意味の不通を解決する方法として、「句」を工夫しての解決案を示す。他にも、普通向きの文字を使用し、聞いただけで理解できる漢語を用い、文末を「です」「だ」「である」にすることがよいとした。「手紙の文」の文例を重視するが、公文書や翻訳文、敬語などにも及び、なかでもユニークなのは、婉曲的な表現や、間投詞の可能性への着目など、感情を豊かに表すための文例を意識していることだろう。ただ、学術的なものも含め様々なジャンルを網羅しており、堺の著書よりも形式的で固いという印象を与えたようだ。その後も美妙は、『日用書翰文・記事論説文 言文《げんぶん》一致《いっち》作例《さくれい》』（青木嵩山堂、明治35年）、『言文一致新《しん》文範《ぶんぱん》』（同、明治38年）を刊行した。

（馬場美佳）

山川臥龍《やまかわがりょう》、伊藤稲畔《いとうとうはん》共著『言文一致女子普通文《じょしふつうぶん》』（言文一致会、一九〇一（明治三四）年初版、国立国会図書館蔵）

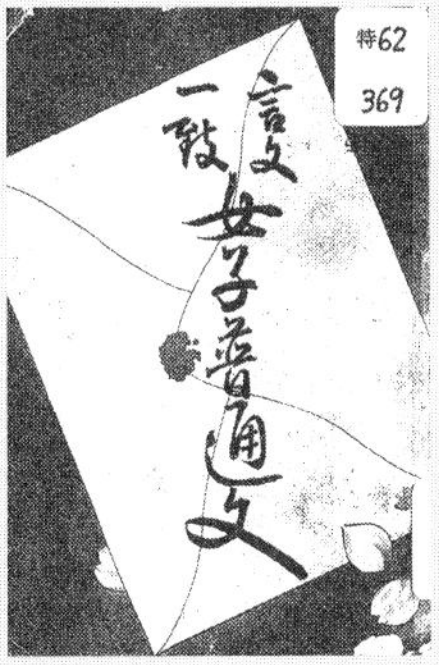

明治三四年頃から言文一致会や類似する名称の会が複数現れ、また多くの言文一致の文範が刊行された。本書はそのなかでも帝国教育会に近く、『新文《しんぶん》』主筆で実用文を重視した山川臥龍と、雑誌の文事補助員であった伊藤稲畔による共著。言文一致文範の女子向けとしては早い刊行となる。「女性の情性」が発揮できない原因は「手紙の文体がわるいからです」とし、佐々木信綱《ささきのぶつな》の『日本女子用文章《にほんじょしようぶんしょう》』（女学全書・第8編、博文館、明治二五年）が載せる文語の書簡を批判して、「その時代の言葉を活用せねば生きた意思、生きた感情になりませぬ」と強い調子で自説を述べる。女性こそ言文一致の実行者になるべきだというジェンダーと強く結びつけた議論を展開しているのが特徴。文例としては身内、夫婦、友人、恩師などに対して使用するものが示されている。古い慣習を破り、女性が言文一致で手紙を記すことによって「二十世紀の女子」として独立の人間になると主張している。女子向けとしては、これより少し前に刊行され、言文一致で使用可能な女性言葉を議論した下田歌子《しもだうたこ》著『女子普通文典《じょしふつうぶんてん》』（家庭文庫・第9編、博文館、明治三二年）も参照されたい。

（馬場美佳）

堀江秀雄《ほりえひでお》編『言文一致文範《げんぶんいっちぶんぱん》』（通俗作文全書・第一五編、博文館、一九〇七（明治四〇）年初版）

堀江は國學院出身の国学者。『学生必携作文資料《さくぶんしりょう》』（博文館、明治31年）、『国字改良論纂《こくじかいりょうろんさん》』（金港堂、明治35年）をはじめ、作文教育と国語国字改良問題に早くから関わっていた。本書では、日露戦後、言文一致による普通文が推進されているが、いまだ不完全で、文体の乱雑、文法の破格、文字の困難、漢語の増加が問題であると指摘する。内容は、言文一致の現状や問題点を含む議論や、作法と文範（書簡・記事・叙事・解釈・議論）、そして「言文一致の注意」から成る。

堀江は、明治33年の小学校令施行規則以来、少年・幼年の多くが言文一致による談話体の文章を書くことができていることを『少年世界』に投稿された作文で証明しつつ、その一方、壮年以上の人々がいまだそれができないでいることに対し、警鐘を鳴らす。言文一致を「全国普通」の言語とする認識が定着しており、文語、方言のみならず、外国語、科学上の述語、古語、新語を用いたり、作ったりしないことがよいとしている。文範には、堺枯川《さかいこせん》の『言文一致普通文《ふつうぶん》』や山田美妙《やまだびみょう》『言文一致文例《ぶんれい》』や尾崎紅葉《おざきこうよう》、夏目漱石《なつめそうせき》、徳富蘇峰《とくとみそほう》、大隈重信《おおくましげのぶ》らの文章を採録している。（馬場美佳）

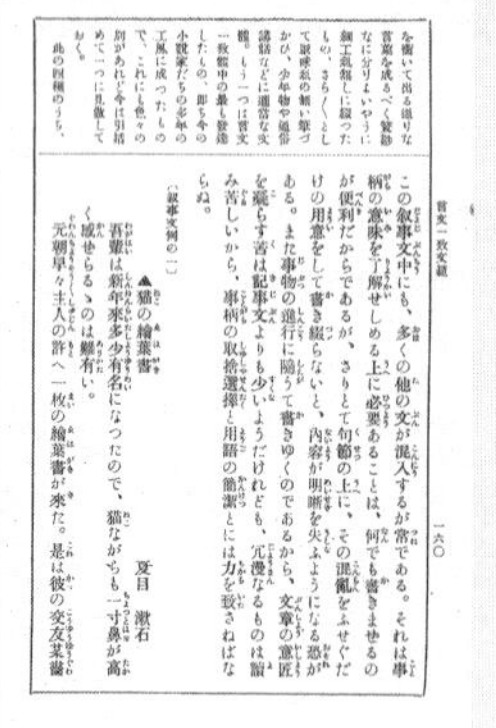
言文一致文範　一六〇

を働いて出る描写な言葉を成るべく贅飾なに分りよいやうに細工乱雑しに綴ったもの、さらくとして冗呼気の短い筆づかひ、少年物や通俗講話などに適當な文體。もう一つは言文一致體中の最も發達したもの、即ち今の小說家だちの老年の工風に成ったもので、これにも色々の別があれど今は引括めて一つに見做しておく。

此の四種のうち、

この叙事文中にも、多くの他の文が混入するが常である。それは事柄の意味を了解せしめる上に必要あることは、何でも書きませるのが便利だからであるが、さりとて句節の上に、その混亂をふせぐだけの用意をして書き綴らないと、内容が明晰を失ふようになる恐がある。また事物の進行に隨うて書きゆくのであるから、文章の意匠を凝らす害は記事文よりも少いようだけれども、冗漫なるものは讀み苦しいから、事柄の取捨選擇と用語の簡潔とには力を致さねばならぬ。

（叙事文例の二）

▲猫の繪葉書　夏目漱石

吾輩は新年來多少有名になつたので、猫ながらも一寸鼻が高く感ぜらるゝのは難有い。

元朝早々主人の許へ一枚の繪葉書が來た。是は彼の交友某畫

神谷泰治『改まつたものの言ひ方』（忠勇社、一九三六（昭和一一）年初版）

「人間生活《にんげんせいくわつ》には冠婚祭葬《くわんこんさいそう》を始《はじ》めとして、非常《ひじやう》の場合《ばあい》が沢山《たくさん》あります」ので「進退応答《しんたいおうたふ》の節度《せつど》を備《そな》へて頂《いただ》きたい」（「編者識」）。挨拶の文例と態度の解説が主であり、「新年の挨拶」にはじまり「季候見舞」「結婚」「出産」「誕生日」「節句」「入学」「入退営」などとつづく項目がほぼ手紙文例集と合致することからわかるように、手紙の文例をテーブル・スピーチや祝辞風に書きかえた文も多い。

妻　（主人《しゆじん》に対《むか》ひ極丁重《ごくていちよう》に）新年《しんねん》でお芽出度《めでた》うございます。と（答礼挨拶一礼《たふれいあいさついちれい》）

（挨拶一礼《あいさついちれい》）主人《しゆじん》　新年《しんねん》でお芽出度《めでた》うございます。

〔夫に対する妻の挨拶〕

なんだか窒息しそうな挨拶の例ばかりだが、モダニズムさえ全盛を過ぎつつあった時期にもこうした規範が日常生活レベルでは求められていた。挨拶の文末詞は「ございます」と「であります」が主調。巻末に「小説に於けるものゝ言ひ方」として岸田國士《きしだくにお》『愛翼千里《あいよくせんり》』山中峯太郎《やまなかみねたろう》『良人の悪友《おつとあくゆう》』菊池寛《きくちかん》『結婚の条件《けつこんじようけん》』の一節を挙げ、さらに「訪問答礼の心得と作法」などの訪客の心得を付す。神谷泰治は書肆大京堂の経営者で、井伏鱒二たちの同人誌「世紀」に出資した（井伏「神田先生の記」）。（多田蔵人）

岸上恢嶺《きしがみかいれい》『随意説教《ずいいせつきょう》』一〜八号（大村屋総兵衛、一八七六（明治九）年九〜一二月）

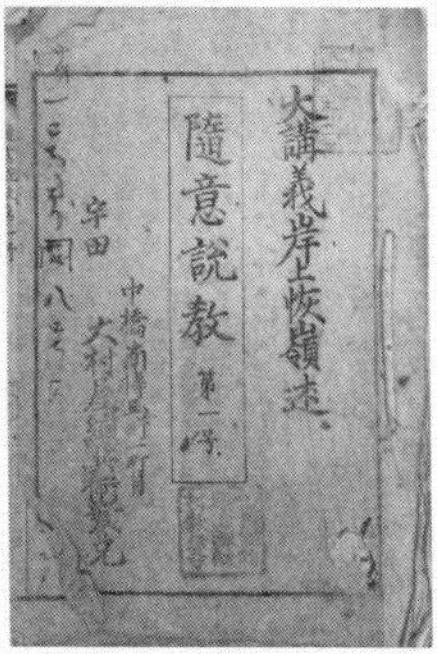

前近代にあって、「法話」「説教」などのパブリック・スピーチをもっともよく行ったのが僧侶である。本書は増上寺の僧であり大教院で「大講義」（教導職の一）を務めた岸上恢嶺の説教を、「陬邑《すうゆう》ノ教職雛僧《すうそう》」のために亀山宜礼（少講義）が筆記したもの。福澤諭吉『学問のすゝめ』などと同じく、こより綴じで分冊を刊行した一年後に合本が出る。

亀山の序文に「発端標挙顕示合結マテ周備シテ法譬因縁一席ノ顛末ヲ尽クセル文」という評価があり、これは内容だけでなく、浄土宗の説教を構成する法説（理念の提示）・譬説（たとえ話）・因縁説、そして「発端」以下の修辞を示す本でもあった。たとえば一号は「往生論註」を示し「扨テ何レモ早々ト能ク参詣ヲナサレマシタ」と「法説」をはじめ、母親を捨てようとした男が親の恩に感じて孝行をつくした譬説を置き、最後に「我々モ」称名を唱えつづけようという因縁説で終わる。法説・因縁説の部分が「ヂヤ」「ゴザル」を基調とするのに対し、譬説は口語のうちに「ケリ」「タリ」が混入していた。該書には信州諏訪郡上諏訪村教念寺の印あり、実際に利用すべく振り仮名を振ったあとがある。

（多田蔵人）

R・S・マクレー著、佐々木三郎訳『説教学 全』（美以美雑書会社、一八八八年刊）

キリスト教における説教の方法を説く本。自序によれば本書の構想は一八七八年に遡り、Daniel Parish Kidder の *A Treatise on Homiletics* (1864) を参照しつつ諸書と照らしあわせ、青山連合神学校で実際に教授しつつ整えた。マクレー（Robert Samuel Maclay）はメソヂスト教会の宣教師で、東京英和学校、つまり後の青山学院の初代総理。

Homiletics は伝道学の総称で、本書の主眼は「説教」（Sermon）のやりかた。同時期に流入した演説との違いは準備方法の差である。説教で伝えるべきは自分の思想などではなく「上帝ノ道、基督ノ教」であり、「聖書ノ題詞」を伝え「人ヲシテ感激セシムル」ことである。聖書から「題詞」を選んで蓄える必要はあるが、説教を暗記したり草稿を読むのではなく、「現在ノ物、眼前ノ事ヲ以テ」すなわち聴衆の反応によって方法を変えるスタイル（腹稿）、言葉は「談話体」が最良であるとされる。説教の一方策として「問答ノ体」や「無体無形ノ物及ヒ想像的ノ事物ニ向ヒ之ト対話セルガ如キ態度」を挙げ、その際「暫時顔面ヲ聴衆ニ向ケザルヲ善トス」という説明は、モノローグの発生を語って興味ぶかい。

（多田蔵人）

岸辺福雄『お伽噺仕方の理論と実際』（明治の家庭社、一九〇九（明治四二）年初版）

文学史ではお伽噺といえば巌谷小波、だけれども、明治末以降活躍した久留島武彦とともに、岸辺福雄の名前も逸することができない。本書はお伽噺の話しかたを非常に具体的に解説した本である。

「子供に話をするは、大人に演説するよりも六つかしい」。本書の特徴は「お伽噺」の会を成立させるための諸条件を、非常に具体的に説明した点にある。身ぶりを絵入りで解説し、服装を指定し、冒頭部分の作りかた、お話のなかに入れる歌までこまやかに解説してあり、魚屋や按摩、豆腐屋、うどんや、塩売りの呼び声が参考として楽譜つきで紹介されている。口演の際には前の演者の話を半分くらいは聞いておくべきであるという教えや、「句切り」が何より重要であり「仮声《こわいろ》」は使わなくともよいといった指示は、お伽口演の方法が書き文字の文学に及ぼした影響を考える上で示唆的である。

（多田蔵人）

久《く》留《る》島《しま》武彦《たけひこ》『通俗雄弁術《つうぞくゆうべんじゅつ》』（広文堂、一九一六（大正五）年初版）

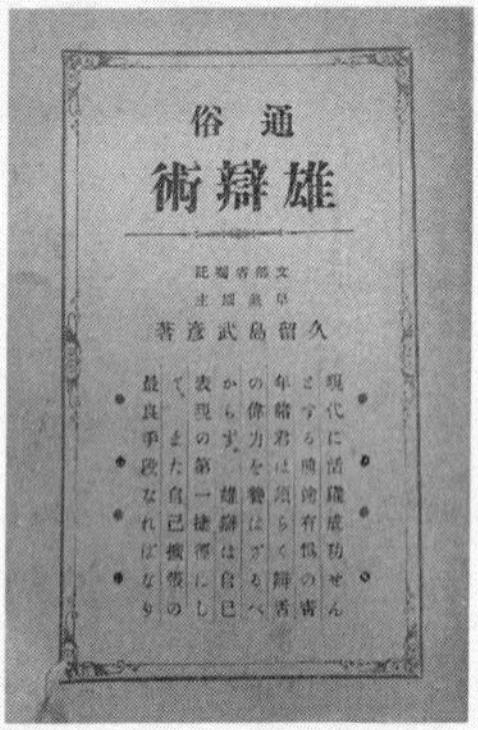

本書の「通俗」とは、今日でいえば子どもを含めた市民教育のこと。本書は主として子ども向けのパブリック・スピーチの方法を説明した書物である。

一九一一年五月、文部省に「通俗教育調査会」が設置された。小学校における読み物や幻灯（スライド）の内容を制定したこの委員会には、すでに童話作家として知られた巌谷《いわや》小波《さざなみ》をはじめとする、博文館少年部のメンバーが多い。小波が推進した「口演お伽噺《ときばなし》」（子どもたちの前で童話を語り聞かせ、幻灯の説明を行う）が国策レベルで展開するきっかけを獲たこの時期、実働部隊として活躍したのが久留島武彦だった。久留島が解説する声の出し方、服装、会場に入ったあとの準備（講堂のサイズや天井の高さを点検するのだという）、口演中の態度といった諸点は、すべて聴衆である子どもたちに口演を聞かせるための工夫である。「言葉の調子」を「自由自在に、自分の思ふ儘に、我が欲する儘に」せよという久留島の主張は、おなじく小波の門下生であり「文章に音楽的調子を持たせ」ようとした永井荷風の文章観（「文章の調子と色」）に通底するものがある。写真は一九二三年第一八版カバー。

（多田蔵人）

照井瀴三《てるいえいぞう》『詩《し》の朗読《ろうどく》 その由来《ゆらい》・理論《りろん》・実際《じっさい》』（一九三六（昭和十一）年六月八日初版）

昭和前期における「詩の朗読」といえば、大政翼賛会文化部《たいせいよくさんかいぶんかぶ》による詩歌朗読運動が知られる。しかし詩と朗読の関係は近代詩において複数回問題になっていて、本書はこのうち音楽と詩の関係に焦点を当てた本である。照井瀴三は歌手で、詩歌の朗読を推し進めた人。中原中也《なかはらちゅうや》の詩の朗読や戦後の朗読運動とも深く関わった（峰艶二郎氏ご示教）。この事実が示すように、照井のいう朗読は、西洋音楽による歌唱を前提としている。

詩歌を歌う試みは当時、歌唱のほか「朗吟《ろうぎん》」もあり、「明星《みょうじょう》朗吟会《ろうぎんかい》」が開催された（生田葵山《いくたきざん》「新体詩の朗吟」一九三七年三月六日「東京朝日新聞」）。これに対して照井が示す、中原中也『サーカス』の七五調を排した朗読法は、当時の詩歌とリズムの関係を新しく照らし出すものだ。本書は東京帝大仏文科教授だった鈴木信太郎《すずきしんたろう》の旧蔵書（鈴木信太郎記念館蔵）にも確認でき、当時詩論に関心ある人に読まれたものと考えられる。

（多田蔵人）

吉田正太郎『演説討論文章《えんぜつとうろんぶんしょう》 記事論説種本《きじろんせつたねほん》全 附滑稽小説種本《こっけいしょうせつたねほん》』（一八八五（明治一八）年）

言語を「演説」「討論」「文章」の三編に分け、それぞれの「種」となる文章を載せた本。参考にするもよし、そのまま読みあげれば（写せば）演説や文章ができあがる。各編に「政事」「学術」「記事」「景記」「滑稽」「小説」のように小節がある。編者の吉田正太郎は書肆・秩山堂を営んだ人物で、自由党と改進党双方の出版物を扱った。

文体について、「演説」は「諸君ヨ諸君」とはじまり聴衆の反応を記した演説調、「討論」も傍聴形式が多い。「演説」と「文章」について「其原《モ》トハ同一ノ思想ヨリ出ヅル者」で「唯ダ少シク語気ヲ異ニスルノミ」だと述べるが、「文章」編には「読者」を「諸君」に代えれば演説として成立する文が多く、本書の照準は話し言葉に合わされていた。

「十ノ八九」までは自分の新説で、「他人ノ論説ニシテ卓絶ナル者」もちょっとは載せてあるという。小節のうち「政談」「学術」「記事」「論説」はカタカナ、「滑稽」「小説」には平がなを用いる。「滑稽」と「小説」はだいたい同じようなものだが、「滑稽」は「奇説ニ属スル者」、「小説」は「珍史ニ属スル者」を小説としたという。

（多田蔵人）

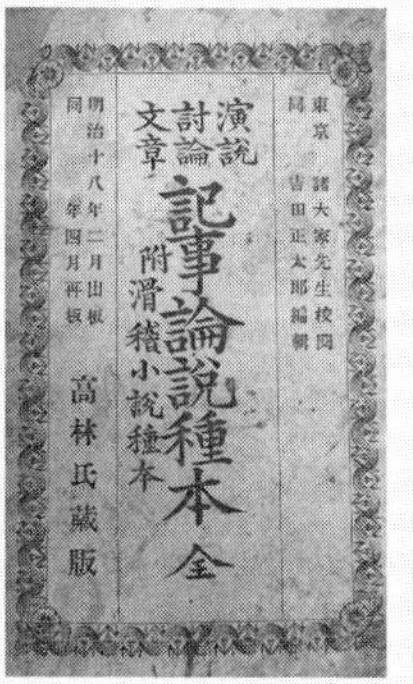

西村天外《にしむらてんがい》撰著『演説材料　各国大家格言集』（弘文館、一八九〇（明治二三）年）

演説に格言を引用できれば、なかなか格好いいだろう。本書は「論中古賢西哲の格言を引用」して「忽ち其議論の品位を進め」るべく編纂された、「一種新撰の各国大家格言集」である（自序）。格言は「○亜格里巴《アグリッパ》曰く何事も証明せずに置くを要す（略）」のように並び、第一章「哲理」から第九章「文学」まで四六〇語を収録。韓愈、蘇軾、頼山陽、佐藤一斎、「孟得斯咎《モンテスキュー》」「弗拉《プラ》的《トー》」「斯邁爾斯《スマイルス》」「彌爾《ミル》」といったいかにも明治初期らしい「大家」たちが並ぶなかに、外山正一や矢野龍渓や、「民友子」（民友社社員）や「旧曙新聞記者」などの「格言」がまぎれこむ。漢文はすべて漢字平がな交じり文に、欧米人の言葉は「撰者の規矩に従て」訳してある。

撰者の西村天外は一か月後に同じ版元から、本書の増補版といった趣をもつ『批評注釈 和漢欧米大家金言集大全』を出版した。こちらは漢文も欧文も「或ハ和文体アリ或ハ談話体アリ」という調子の日本人の言葉もすべて漢字カタカナ交じり文に統一しているが、「語句ノ脈絡」や「作者ノ精神」は変わらず、かえって「貫徹」するとのことである。（多田蔵人）

坂井末雄『五分間雄弁　我輩《わがはい》の演説《えんぜつ》』（名倉昭文館、一九一七（大正六）年初版）

なぜ「五分間」なのか本書には説明がないけれども、「五分演説」は簡潔かつ明快な演説（議事進行）のために設けられた時間制限で、明治なかばから日本に浸透していった（森鷗外は「外山正一氏の画論を駁す」に、明治23年（一八九〇）の地学協会で予定された「五分演説」の中止を書きとめている）。ただし本書に載るのはほとんどが祝辞やテーブル・スピーチの類であり、政治的・社会的主張を述べる演説は少ない。これは明治後期以降の演説本の特徴でもある。

「市場開設祝賀会の式辞」「売約組合協議会に於けるの辞」など、非常に具体的な場を想定した挨拶の文例が並ぶ。それぞれの挨拶文例の冒頭に「他を刺戟し、他を激励せんとするには、極めて沈痛の態度を以て、言々骨を刺し、肉を抉くる底の語調でなくてはなりません。其呼吸は本題を、篤と御玩味あらば、忽ち御了解になりませう」（印刷職工組合総集会席上に於て）と心得が細字で載り、文例の末尾に「好機《かうき》　よきをり　忌憚《きたん》　えんりよ」のように語句の解説を付す。写真は一九二一年第六版。（多田蔵人）

国木田独歩《くにきだどっぽ》『武蔵野《むさしの》』（民友社、一九〇一（明治三四）年初版）

国木田独歩の短篇を集めた本として知られる『武蔵野』は、徳富蘆花『自然と人生』と並んで長く「文範」として読まれたアンソロジーでもある。写真は一九二一年に版元を変えて出た「六二版」で、民友社版とは収録作が若干異なる。

ジャーナリストとして言葉が飛びかう現場に身をさらした独歩の文体は蘆花に比してもさらに多種多様で、とりわけ一つの文章のなかに複数の文体を混在させる技法に長けていた。たとえば表題作『武蔵野』でもツルゲーネフ『あひゞき』の二葉亭四迷訳や自分自身の「或る日の日記」などを引用し反復しつつ、これらの文章の範型を破砕するような書き方がなされている。『忘れえぬ人々』で自分の原稿について話す大津の語り口は演説の形式を使っているし、『鹿狩』では子どもの言葉が縦横に駆使されている。『遺言』に描かれた軍人の手紙は、本カタログにも紹介される軍事向け手紙文例集の存在を踏まえれば、単なる遺言というより軍人の遺言として読まれていたのだろう。

（多田蔵人）

香夢迷仙《こうむめいせん》編『〈花笑柳媚《かしょうりゅうび》〉美人千姿《びじんせんし》』（立川文明堂、一九〇七（明治四十）年）

江戸時代の読本《よみほん》、人情本《にんじょうぼん》から、東海散人《とうかいさんじん》『佳人之奇遇《かじんのきぐう》』などの政治小説、二葉亭四迷《ふたばていしめい》、山田美妙《やまだびみょう》、幸田露伴《こうだろはん》、巌谷小波《いわやさざなみ》、川上眉山《かわかみびざん》、広津柳浪《ひろつりゅうろう》に至る明治二十年代以降の小説、繁昌記もの（都市を描いた独自の漢文作品、寺門静軒《てらかどせいけん》『江戸繁昌記《えどはんじょうき》』に始まる）に至るまで、百を超える女性の姿態や風情を描く文章を集めたもの。編者が、見るに従って抄録したものを出版したと言う。犬塚信乃《いぬづかしの》を待つ浜路《はまぢ》の様子を描いた「二八《にはち》の春を迎へしかば、花燃へんとして、月の前に芳《かんば》しく、柳みどりをまして、霞《かすみ》の間に戦《そよ》ぐに似たり」（曲亭馬琴《きょくていばきん》の『南総里見八犬伝《なんそうさとみはっけんでん》』第三輯《しゅう》巻一）という条《くだ》りから、お雪の鮮烈な印象を描いた「しとやかに、玄関を上《のぼ》つて来た娘は、成程《なるほど》、母のほめた通り、まことに美くしい娘だ。背はすらりと高く、色はくッきりと白く、目はぱツちりと清《すがすが》しく、真当《ほんとう》の美人だ」（嵯峨《さが》の屋《や》おむろ「初恋」）という箇所まで、様々な美人の姿態の描出部分が集められている。本書からは、江戸・明治期の性質を異にする文藝が、修辞として再統合されてゆく様がうかがえる。巻尾には、「美人雑詩」の欄が設けられ、女性を詠った漢詩十七首とその解説とが収録されている。

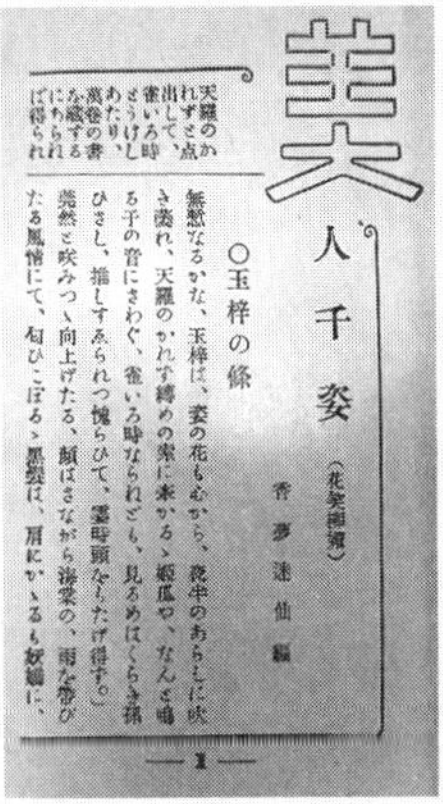

（合山林太郎）

第Ⅱ部 詩歌

第6章
「里川」考
――佐々木弘綱『詠歌自在』の歌語

堀下　翔

はじめに

明治二〇年代以降の旧派和歌を繙読してゆくと、ある見慣れない語が頻出することに気づく。「里川《さとがわ》」という語である。

　　水辺落梅
うめのはなちりて流るゝ里川の深き匂《(におい)》は汲みてこそしれ／江刺恒久《えさしつねひさ》　陸中
　　夕水鶏
ゆふ月のかけ《(げ)》さし渡るさと川の蘆間か《(が)》くれに水鶏啼《(なく)》なり／鍋島栄子《なべしまながこ》　東京

明治二〇年代を代表する類題集である佐々木弘綱《ささきひろつな》撰『千代田歌集《ちよだかしゅう》』（博文館、一八九〇（明治二三）年）から引いたが、他の歌書にも無数にみられる。

「里川」は、幕末より早い時期の用例が、和歌以外のジャンルを含めても皆無な語である。佐々木弘綱編『雅《が》言《げん》小解《しょうかい》』（加藤万作、一八七九（明治一二）年）、石川雅望《いしかわまさもち》編・中島広足《なかじまひろたり》補『増補《ぞうほ》雅言集覧《がげんしゅうらん》』（中島惟一、一八八七（明治二〇）年）、佐々木弘綱編・佐々木信綱《ささきのぶつな》補『詠歌辞典《えいかじてん》』（博文館、一九〇三（明治三六）年）といった雅語辞典にも立項がなく、加うるに、たとえば明治一〇年代の現存歌人のアンソロジーとしてはもっとも影響力のあった平井元満編『東京大家十四家集』（金花堂・中村佐助、一八八三（明治一六）年）にも作例は見出せない。

「里川」とはいったいどこから現れた語であろうか。本稿ではこの「里川」なる語の語誌を検討し、この語が急速に伝播する動態を描出してみたい。結論を先にいえば、そこには一冊の作法書が大きく影響している。「里川」に注目することで、明治期和歌における作法書のありようを浮び上がらせよう。

一 「里川」の語誌

まずは語誌を解き明かしておく。

稿者の調査の限り、この語は幕末期の歌人・井上文雄《いのうえふみお》の作に見られる用例より遡ることができず、文雄の造語と考えられる。「里川」の語は文雄の自撰家集『調鶴集《ちょうかくしゅう》 上』（江戸岡田屋嘉七、一八六七（慶応三）年）に三首見出せる。以下に掲げる。

春到氷解

A1 うなゐこが氷をわたるさと川の冬のちか道けさ絶《たえ》にけり

河苗代
A2里河のきしのかた洲に代かきてしめ引《ひき》はへて種おろしたり

河上秋風
A3落かゝる夕ひさ《び》ひしき里川の堤のほたて《で》あきかせ《ぜ》のふく

題からいって特定の季節と結びつく語としては用いられていないようである。文雄は田園詠の多い歌人として知られるが、[1]この語も田園を流れる川を捉える語として造ったものか。文雄の家集には、これに先んずる別本として薗田守英撰『調靏集《ちょうかくしゅう》』[2]（写本、一八六一（文久元）年）があり、『調靏集』はA2歌の初句を「山河の」としている。写本『調靏集』は、すでに「調鶴集」と名づけられていた文雄の自筆稿本（現存せず）から門弟・佐々木弘綱が書き抜いた一巻を、その後も弘綱が記録していた文雄の歌とともに、弘綱門の守英が、歌会の参考のために小冊となしたものである。表紙に「安政三辰年同四巳年」とあるから、弘綱が文雄の稿本から抜き出したのがその時期であったのだろう。[3]A2歌がその時点で稿本に入っていたのか、追補された分かは明らかにしえないが、遅くとも写本『調靏集』が成立した文久元年時点では「山河」であったこの歌が、慶応三年の版本『調鶴集』の時点では文雄本人によって「里河」に改められていることになる。自身の造語「里川」を積極的に用いた推敲の痕跡として理解されよう。なおA3歌は、写本『調靏集』では「河上暮秋」という題の〈里川のつゝみのほ蓼色あせて夕日さ《び》ひしく秋くれんとす〉の形で掲載されており、「里川」がすでにこの時期には生まれていた語であることがたしかめられる。

文雄以後、「里川」の語は門弟・佐々木弘綱を中心として同時代歌人たちに伝播してゆく。弘綱の家集『竹柏園歌集』（佐々木信綱編『続日本歌学全書　第一二編　明治名家家集　下巻』博文館、一九〇〇（明治三三）年）に三首あるのをはじめ、弘綱撰『千代田歌集』（博文館、一八九〇（明治二三）年）、その息子・佐々木信綱撰『明治歌集《めいじかしゅう》 第一編』（博文館、一八九四（明治二七）年）、同『竹柏園集 第一編』（博文館、一九〇一（明治三四）年）といった類題集・詞華集に蒐められた一般や門弟からの詠草にもこの語を詠み込むものが散見される。加えて明治三〇年代以降は、大和《おおわ》田建樹《だたけき》編『夕月夜《ゆうづくよ》』（三光堂、一九〇一（明治三四）年）や宮沢栞編『松楓集《しょうふうしゅう》 初輯』（宮沢栞、一九〇九（明治四二）年）等、文雄－弘綱－信綱の門派とは異なる別流の歌集からも、「里川」を含む歌をたやすく拾えるようになる[4]。

かように「里川」は明治期に至って急速に普及した語といえるのだが、では、それを促したのは一体何であっただろうか。弘綱撰『千代田歌集』に「里川」を詠み込む詠草を投じた一般歌人には陸中、信濃など地方在住者も多く含まれるが、「里川」歌の作者らはどこで「里川」という言葉を目にしていただろうか。むろん彼らの場合、版本『調鶴集』を直接に読む機会を得ていた可能性も多少は考慮されよう。しかしながら、明治三〇年代に入って現れる別流の作者らまでもがそうであるとは、その用例数からいって考えがたい。

そこで注目されるのが弘綱の存在である。文雄門下の弘綱は、明治前期においてもっともよく知られた歌人の一人である。当時の歌壇の主流であった桂園派《けいえんは》には属しておらず、また高崎正風《たかさきまさかぜ》、税所敦子《さいしょあつこ》らのように御歌所に出仕する立場にもなかったにもかかわらず認知されていった、この時期としては珍しい歌人である。

彼の名声を高からしめたものは何であっただろうか。ここでは小泉苳三《こいずみとうぞう》『近代短歌の性格』（万里閣、一九四〇（昭和一五）年）が明治二〇年代の歌壇の趨勢を論じて述べた「なほ御歌所派に対立せる歌人があつた。椎園《しひぞの》海上胤平《うながみたねひら》、竹柏園《なぎぞの》佐佐木弘綱等々である。佐佐木弘綱は博文館といふ出版資本との握手によつて、民間に相当な勢力を開拓していつた。その編著「千代田歌集」及び「詠歌自在《えいかじざい》」は、この期に於《お》て最も弘《ひろ》く読まれたといはれている」（「明治の和歌革新」）という見解が参考になる。有力出版社である博文館から著作を刊行したことが大きいというのである。

『千代田歌集』は先に触れた通り弘綱撰の類題集である。『詠歌自在』は作法書で、上下巻の版本（柳瀬喜兵衛、一八八五（明治一八）年）として上木された。これは節序の部である。のち、雑部を追加した四巻本が出され（環翠堂、一八八六（明治一九）～一八八八（明治二一）年）、さらに追って恋部が単独で作られた（東崖堂、一八九〇（明治二三）年）。節序の部は没後に活字の袖珍本（東雲堂、一八九三（明治二六）年）として再刊され、さらに信綱が例歌と新題を加えた『増補　詠歌自在』（博文館、一八九七（明治三〇）年）も刊行された。小泉が挙げているのは『増補　詠歌自在』であるが、東雲堂版の袖珍本も相当数流通した。

『詠歌自在』はいささか特殊な体裁であるので説明しておく。詠歌の手引きや禁忌が歌論的に示されるような内容ではなく、題ごとに例歌を示したのち、初句～結句ごとに五音ないし七音の詩句例が列挙され、これらを組み合わせることによって簡便に和歌を詠むことができるというものである。詩句を列挙する体裁の作法書自体は鈴木重胤《すずきしげたね》編『今古和歌初学《きんこわかういまなび》』、有賀長伯《ありがちょうはく》編『浜《はま》のまさこ《(ご)》』『和歌麓《わかふもと》の塵《ちり》』、城戸千楯《きどちたて》編『和歌《わか》ふるの山《やま》ふみ』等、近世から存在したが、必ずしも五音・七音の形では示されておらず、利用しようとすれば助詞・助動詞を補ったり活用語を変形させたりする必要があった。そのような手間をかけずそのまま詩句を当てはめればよいところに『詠歌自在』の特色がある。[5] そのまま当てはめられることがどれほど便利であったか、実際には先行する類書同様、語彙を拾って臨機応変に変形させて用いたのではないかとも想像されないでもないが、画期的な体裁として意識されていたらしく、明治二三から二四年にかけて刊行された弘綱・信綱共編『日本歌学全書《にほんかがくぜんしょ》』（全一二冊）の成功以来歌書の出版に積極的だった博文館から刊行された後続の類書である落合直文《おちあいなおぶみ》編『新撰歌典《しんせんかてん》』（一八九一（明治二四）年）や大和田建樹『歌《うた》まなび』（一九〇一（明治三四）年）でもこのスタイルが踏襲されている。ただし『新撰歌典』は五・七音の区別をせず列記し、また一部に五・七音から外れる詩句を挙げているし、『歌まなび』は五・七音の区別はしても初句～結句までの区別はしていない。実用性を顧慮したアレンジであるか、模倣と見なされるのを避ける意識があったのであろう。

なおこうした詩句例列挙型の作法書には定まった呼称がないようである。井上文雄は「詞《ことば》よせ」（詞寄）と呼んでいたが（『伊勢《いせ》の家《いえ》つ《(づ)》と』一八五九（安政六）年）、これは連歌・俳諧書における寄合《よりあい》・付合《つけあい》語集や季寄《きよせ》を指していう語を借用したものである。大和田建樹も『応用歌学《おうようかがく》』（博文館、一八九三（明治二六）年）でこの呼称を採用しているが、不正確あるいは一般的ではないと考えたのか、のちには「言葉の練習を為すに便利よき書は。世に行はるゝ和歌初学、布留の山路、浜の真砂、麓の塵、詠歌自在、さては拙著歌まなびなどの類あり」（『歌の手引』博文館、一九〇九（明治四二）年）という言いざまになっている。「世に行はるゝ～などの類」としか呼びようのない特殊な書物なのであった。ただし福井久蔵《ふくいきゅうぞう》も『大日本歌学史《だいにほんかがくし》』（不二書房、一九二六（大正一五）年）で「詞よせ」の語を採用しており、現在定まった呼称がないのは、単にこの種の書物がその後顧みられなくなった結果かもしれない。本稿でも「詞寄」と称することとする。[6]

さて、注目すべきことに、この『詠歌自在』に「里川」の語が多数含まれている。以下に挙げる。

■「若菜」（結句）↓「里川の水」
■「霞」（初句）↓「里川の」
■「苗代」（初句）↓「里河は」
■「杜若」（三句）↓「里川の」
■「山吹」（初句）↓「里川の」
■「夕立」（結句）↓「里川の水」
■「水鶏」（例歌）↓〈栗の花ちりて流るゝ里川の汀涼しくくひな鳴《(なく)》なり〉（大道寺繁禎《だいどうじしげよし》）

「若菜」結句に「里川の水」を挙げるのをはじめ、各句の詩句例に六例、例歌に一首ある。[7]文雄歌の表現と関係するのはA2で詠まれている「苗代」のみで、他は弘綱が応用を利かせたのであろう。[8]この語の尊重には、師恩に報いる意識があったであろうし、また、汎用性の高い五・七音の詩句を多く挙げる作業の中で、師の「里川」は他の題にもそぐう適当な詩句としてみなされたということもあったのではないか。なお、明治三〇年代後半から『詠歌自在』と交代するような形で流布した大和田建樹の『歌まなび』の詩句例にも「里川」が見られる。「里川」は文雄以後急速に用例が増加する新しい歌語であると同時に、明治一〇年代から四〇年代にかけて広く読まれた詞寄に多く挙げられている語といえるわけである。『歌まなび』の場合、「梨花」「郭公」「水鶏」「夏草花」「氷」「冬月」「枯野」に「里川の」、「雪」に「里川は」、「橋」「川」に「里川に」などがあるほか、「春氷」の例歌に文雄のA1歌が挙げられる。生涯にわたって多数の和歌作法書を執筆した建樹は、しばしば初学者の参考書として『詠歌自在』を挙げており、『詠歌自在』における「里川」の存在を認識していたと思われる。

かように詞寄には、師系に絡むイデオロギーや人間関係を反映した編集の末に新しい歌語を定着させる機能があった。なお『詠歌自在』の例歌に採られた繁禎は弘綱門の歌人であり、『調鶴集』に接する機会があっただろうが、あるいは歌会等の教えの場で、弘綱が師・文雄の造語について語る場面があったかもしれない。『詠歌自在』における「里川」の愛用を思えばあながち濫りな想像でもあるまい。

前述した『詠歌自在』の再刊や増補の展開からいって、明治二〇年代以降の「里川」歌の作者には、建樹の『歌まなび』同様、この語の典拠たる『調鶴集』ではなく、いずれかのバージョンの『詠歌自在』によってこの語を受容していた者がいた可能性がある。

二　弘綱の影響力と作法書間の対立

弘綱の影響力をさらに検討したい。小泉苳三は『千代田歌集』と『詠歌自在』について「この期に於て最も弘く読まれたといはれている」と伝聞風に述べるのみだが、このことは弘綱の謦咳に接した周囲の人物の回想からも裏付けられる。次に掲げるのは東京大学古典講習科で弘綱と同僚だった小杉榲邨《こすぎすぎむら》が、弘綱一七回忌の折にものした追悼文「しのぶぐさ」（弘綱選、信綱校『和歌よゝのあと』博文館、一九〇八（明治四一）年）である。

　維新の始は、すべて物ごと維新らしき方にのみ傾きて、斯道は、やむごとなきあたりにのみ行はれ、地下《じげ》に衰へ果て、はかなきものと思へるを、先生深く慨嘆、月ごとの歌会を開き、道に立入《たちいり》やすからしめ、人々を教へさそふ、其教へざまいと懇に注意せられしかば、漸く門下多くなるまゝに、恰も好し、詠歌自在の作あり、或は千代田集の撰みあり。是ら遍く行はれて、作歌の思想、風調の趣致など、上下の間、風流社会に熟《よ》くひろまるに到る。

弘綱は歌人としてよりも、民間に対する歌道の伝道者として回想されており、その方面の主著として『詠歌自在』と『千代田歌集』が挙げられている。

また、次に掲げる信綱の証言（「吾が父」『竹柏漫筆』実業之日本社、一九二八（昭和三）年）にも同様の観がある。

　父は生涯著述と教授を事としたので、著書が少くない。殊に国学及び歌道の普及に意を用ゐ、上述の竹取物語の外に、土佐日記、伊勢物語等の俚言解《りげんかい》、歌詞遠鏡《うたことばとおかがみ》、歌文要語解《かぶんようごかい》を刊行した。その最も世に行はれたのは、詠歌自在と千代田歌集で、後者は明治の新派和歌勃興以前に於いて、和歌流布に功のあつた書である。

「著述と教授を事とした」「和歌流布に功のあつた」と、息子からもやはり弘綱は伝道者として紹介され、『詠歌自在』と『千代田歌集』が主著とされている。

この二書は、その影響力の分、新派和歌の勢力が拡大した明治三〇年代には至って評判の悪い書物でもあった。西洋詩学の理論を取り入れた武島羽衣《たけしまはごろも》『新撰詠歌法《しんせんえいかほう》』（明治書院、一八九九（明治三二）年）は序文で「何々の法、何々自在といひながら毫も人をして詠歌に自在ならしめ、あるは詠歌の法則原理を説きたるものあることなし。全編殆んど五七七五の声調に都合よき歌語と古人の作例とを以て埋め、いさゝか之に和歌を読《（ママ）》む上につきての二三の用意を加へたるに過ぎず。真正の詩学とはいかんぞ此の如きものならむや」と、『詠歌自在』をはじめとする詞寄を痛罵している。森田義郎《もりたぎろう》『短歌小梯《たんかしょうてい》』（鳴皐書院、一九〇三（明治三六）年）や金子薫園《かねこくんえん》『和歌入門《わかにゅうもん》』（新潮社、一九〇六（明治三九）年）にもほぼ同趣旨の批判がみられる。あるいはこれは旧派の作法書であるが、林陸夫《はやしりくお》『こほ《（ぼ）》れまつは《（ぼ）》』（名古屋松風会、一九〇二（明治三五）年）も「ちかごろ世に行はるゝ詠歌自在、千世《（ママ）》田集の類をあつめ、古歌の句を類別したるものにすがり、又は作例として、先輩が吾か所感をいひあらはしたる、内容の意趣をかすめ、或はその句をきりとりて、之を剽窃し、一首の外形をまとめんとするがごとし」と弘綱の二書を名指しして初学者の態度を難じている。明治三〇年代に入ると、古歌を規範とし、五音と七音のパーツを組み立てて修練するという旧来の方法は「自在」さから遠いものと見なされ（羽衣）、詩句を「剽窃」して外形を整えることが戒められる（陸夫）ようになるのだ。

もっとも義郎の『短歌小梯』や薫園の『和歌入門』は同時に西洋詩学を祖述する羽衣の『新撰詠歌法』のスタイルも却下しており、明治三〇年代が、氾濫する作法書間で対立が起こった時代であった、ということでもある。

そして宮脇義臣『美文詠歌大成《びぶんえいかたいせい》』（松雲堂、一九一一（明治四四）年）が「予本書の稿を起すに方り、新派の歌風に再思を費さゞるにあらずと雖も、今日の新派と称するものは殆んど支離滅裂にして一定の準拠なく、その帰点甚だ疑ふべきものあるを如何にせん。是に於て標準を近世におき、一に穏健なる歌風を発揮し、初学者をして邯鄲の歩に窮せしめざらんことを努めたり」と述べるように、躍進した新派和歌は旧派陣営から見れば「一定の準拠」が不在であるために、作法書の例歌には加え得ないものであり、明治三〇年代に入って『詠歌自在』が批判されはじめるのはこうした歌壇の趨勢と表裏一体の現象であろう。一方この『美文詠歌大成』自体がそうであるように、詞寄型の作法書はその後も命脈を保ったのであり、『増補 詠歌自在』や『歌まなび』が世に出て版を重ねたのも明治三〇年代なのである。

三　「里川」の詠まれよう

「里川」という新語はどのように詠まれただろうか。

まずは語義を定めておきたい。「里」は多義語であり、主たる語義としては「人ノ住ム其地」と「ヰナカ。在郷。「-サト+ノ童」」（ともに大槻文彦《おおつきふみひこ》編『言海《げんかい》』大槻文彦、一八九一（明治二四）年）の二つがある。文雄歌における「里」の用例を検討してもこの二種類がともに用いられている。〈かしこにも里はありけりゆふ日さす竹より奥に犬の声する〉（題「暮村竹」）はこんなところにも人の住むところがあったとはなあ、夕日が差す竹藪の奥から犬の声がするということは、の歌意で、「人ノ住ム其地」の意で用いたもの。〈里の子がつひち《じ》のくつ《ず》れ踏《ふみ》あけて我庭にさへつむすみれかな〉（題「閑庭菫」）は崩れた築地から子どもが庭に入ってくるさまが田舎じみているという歌で、「ヰナカ」の意で用いる（ともに『調鶴集』。以下、文雄歌はすべて同集）。

そこで文雄ならびに弘綱『竹柏園歌集』の「里川」歌を見ると、〈うなゐこが氷をわたるさと川の冬のちか道けさ絶《たえ》にけり／文雄〉（題「春到氷解」）、〈里川に子らがながしゝさゝ舟のゆくへも見ゆる秋の夜の月／弘綱〉（題「河月」）と、「子」と共起する傾向がある。門流以外の「里川」の早い用例の一つである〈里川に鮒つる子らが帰りきてわれにくれたるねむのはつ花／猿渡容盛《さわたりひろもり》〉（『樅《もみ》の下枝《しずえ》』、佐々木信綱編『続日本歌学全書　第一一編　明治名家家集上巻』博文館、一八九九（明治三二）年）にもこの共起が見られる。「里の子」というコロケーションを取る場合、『言海』の用例が示唆するように、「里」は「ヰナカ」の意である。とすれば、「里川」は鄙じみた風景に流れる川と理解するのが妥当である。前節で取り急ぎ「田園を流れる川を捉える語」と語釈したゆえんである。

このように「里川」は「子」と共起傾向にあるという特徴があるが、用例を検討すると、他にも共起関係を持つ語があるようである。まずは「散る」との共起である。先に挙げた『詠歌自在』の繁禎歌〈栗の花ちりて流るゝ里川の汀涼しくくひな鳴なり〉（題「水鶏」）のように、花樹から散った花弁が川面を浮き流れてゆくさまに注目するような歌が散見される。

　　河上棟
B1 こともなくおもひながしゝ里川にあふち散りうくなつの曙／猿渡容盛『樅の下枝』
　　水辺落梅
B2 うめのはなちりて流るゝ里川の深き匂は汲みてこそしれ／江刺恒久　陸中『千代田歌集』
　　暮春川
B3 里川の岸の山吹花ちりて流るゝまでになれる春かな／小澤政胤『夕月夜』
　　水辺落梅

B4賤の女か《が》あらふ若菜もかをるらん梅の花ちる里川のみつ《ず》／松浦田女『松楓集　初輯』

いずれも類似した詠みぶりである。『詠歌自在』の繁禎歌を模倣したものと思われるが、模倣作を再模倣したものがあるかもしれない。「里川」が、名所川のような大景ではなく、その間近まで歩を進めて小景的に注視する小さな川としてイメージされていたことが窺える。

『詠歌自在』の繁禎歌は、『詠歌自在』の流布ゆえに、当時は相当の影響力を持っていたようである。というのも、「散る」の例だけでなく、「水鶏」の方との共起関係も生んでいるからである。

夕水鶏

C1ゆふ月のかけ《げ》さし渡るさと川の蘆間か《が》くれに水鶏啼《なく》なり／鍋島栄子　東京『千代田歌集』

C2水ぐるま間どほになりしさと川のふけゆく月に水鶏なくなり／金子薫園『片《かた》われ月《づき》』（新声社、一九〇一（明治三四）年）

〈里毎にたゝく水鶏の音すなりこゝろのとまる宿やなかるらん／藤原顕綱《ふじわらのあきつな》〉（詞書「権中納言俊忠卿の家の歌合に水鶏の心をよめる」、『金葉集』）等とあるように、元来「里」自体が「水鶏」と共起しやすい語であり、「里川」という新語を詠む際に、この古典的な取り合わせが援用されているわけだが、こと「里川」との関係にあっては、「散る」の例からいっても、繁禎歌の存在が注意されよう。

C1歌の作者・栄子は鍋島家に出稽古に来ていた中島歌子の教えを受けた旧派歌人、一方のC2歌の作者・薫園は落合直文門の新派歌人である。直文に師事する新派歌人にとり、旧派歌人との差異化は抜き差しならぬ問題としてあったはずだが、ここでの詠みぶりは旧派和歌に近似している。『片われ月』時点での薫園の歌風は他の新派歌人と比べると温雅で旧派に近く、当該歌もその一例といえようが、旧派に出自を持つ「里川」という語を詠もうとすれば、歌想さえもが旧派へと接近せざるを得ないという言葉の磁場もあったのかもしれない。

以上のように「里川」は、伝統的な歌語ではないにもかかわらず、造語者である文雄の作例や、広く読まれた『詠歌自在』の例歌として載る繁禎歌が急速に規範化した結果、「子」「散る」「水鶏」との共起という三点の特徴を持つ。特定の先行歌が範となって共起関係が規定され、後続歌はそれを踏襲するという、伝統的な和歌のありようがここに看取される。

と同時に、これらの特徴では説明しえない歌も多い。〈一筋の水を残して里川のきしはみなから小さくおひにけり／谷勤　東京〉（題「水辺若菜」、『明治歌集　第一編』）、〈見るまゝに心もとほくなか《（が）》れけりひとすぢしろき里がはのみづ／印東昌綱《いんどうまさつな》〉（『竹柏園集　第一編』）のような歌は、それ自体は平板で類想的な歌でこそあれ、特定の類想歌は見出せない。ひなびた田園を流れる、どこにでもある小川という、その平凡さ自体を含んでいるのが「里川」といえるのである。しかし、平凡ながらも既存の歌語では端的に言語化しえないその川を捉えた簡勁な歌語として、そして、一音の助詞をつければ五音、さらに「水」のような二音の名詞を加えれば七音となるという、作歌上の用いやすさを備えた歌語として、新語「里川」は急速に普及していったのである。

四　旧派和歌の圏外への伝播

看過すべからざる新語としてこの語に注目するゆえんはなおある。旧派和歌の圏域を飛び越えてゆく力を持った語でもあったことである。

もっとも古い時期の用例がみられるのが、古桐軒主人《ことうけんしゅじん》（田山花袋《たやまかたい》）の短編小説「瓜畑《うりばたけ》」（『千紫万紅《せんしばんこう》』第五号、一八九一（明治二四）・一〇）である。この年に尾崎紅葉に師事したばかりの花袋が、瓜を盗む田舎の悪童を描いたもので、作中で川が繰り返し「里川」と言挙げされている。「里川に曝せる身体はひか〱《ぴ》と光りて」「里河流るゝ板橋のあたり」「里川の流を幾度も振返りながら渡り」。花袋がこの語を認知していたのは彼が桂園派の松浦辰男《まつうらたつお》に師事して作歌の経験を持っていたからであろう。ここまで「里川」の用例が散見される歌集として触れてきた『松楓集』は辰男門下の集であり、花袋歌として〈みそはき《ぎ》の里川つ《づ》たひ咲《さく》見れは《ば》魂祭日《たままつるひ》もちかつ《づ》きにけり〉（詞書「川のほとりにみそはき《ぎ》咲《さき》たり」）も載る。[9]『松楓集』は所収歌の成立年を詳らかにしないが、「花袋歌稿」[10]には明治二五・六年頃の歌として〈さと川のなか《が》れの末の竹むらに月ほのめきて日はくれにけり〉（題「暮村竹」）もあり、辰男門にかぎっていえば、明治二〇年代からこの語を用いていたことがたしかめられる。

同じく辰男門である宮崎湖処子《みやざきこしょし》の新体詩にも「里川」が出る。

里の子どもが打《うち》つれて、
うろくづすくふ里川は、
我か《が》すくひたる時のごと、
今もさら〱なか《が》れけり。

（宮崎湖処子「里の小川」第一連、『家庭雑誌』第一〇号、一八九三（明治二六）・六）

第三行「我がすくひたる時のごと」とあるから、和歌では田園としてイメージされる「里川」の「里」は、ここでは『帰省《きせい》』（民友社、一八九〇（明治二三）年）等の作品でも湖処子が偏愛してきた「故郷」のイメージも重ねられている。第三行は『湖処子詩集《こしょししゅう》』（右文社、一八九三（明治二六）年）では「我《（が）》かわかゝりし時のごと」と推敲され、故郷のイメージが一層強調されている。

民友社詩人として擡頭した湖処子は、その後、合同詩集『抒情詩《じょじょうし》』（民友社、一八九七（明治三〇）年）を編むが、同集収録の新体詩にも「里川」が七例用いられている。

■松岡《まつおか》（柳田《やなぎた》）国男《くにお》「年へし故郷」第二連「をさなあそびの里河の／汀のいしにこしかけて」
■田山花袋「琴の音」第二連「月かげしろきさと川の／ながれを今ぞわたる時」
■太田玉茗《おおたぎょくめい》「宇之が舟」第一六連「秋の野ずゑも里川も、／さながら暮れて」
■宮崎湖処子「水声」第三連「わがさと川はいまもなほ、／声をさなくてながれけり。」
■宮崎湖処子「忘れ水」第一連「いづこの野べに里川と、／わかれて来たるわすれ水。」
■宮崎湖処子「忘れ水」第二連「はては二たび里川に、／あふべきものとおもへども」
■宮崎湖処子「牽牛花」第二連「すみてながるるさと川の／水のかがみに影みえて」

湖処子が「水声」で〈わがさと川はいまもなほ、／声をさなくてながれけり。〉と再び故郷のニュアンスで「里川」を用いているほか、松岡国男「年へし故郷」〈をさなあそびの里河の／汀のいしにこしかけて〉にも湖処子の影響が見られる。グループ内で独特のイメージが共有されている。『抒情詩』にはこのほか国木田独歩《くにきだどっぽ》、嵯峨《さが》の屋《や》おむろも参加しているが、「里川」を用いている四名には松浦辰男門の歌人であるという示唆的な共通点がある。

新派歌人・与謝野鉄幹《よさのてっかん》も自身の歌、すなわち新派和歌にてこの語を詠んでいる。「小生の詩（十六）折にふれたる短歌七首」（『読売新聞』一八九六（明治二九）・一一・二三、別刷、以下「折にふれたる短歌七首[11]」）という連作構成[12]の七首中の二首である。

D1酒ふけて、ともし火くらし。太刀の前に、友ものいはず、我ものいはず。
D2罵りて、わかれし友よ、をりく〵は、忍び泣きする、夜半もあるらむ。
D3里川の、ふたもと柳、かげ痩せて、霧にしめれる、有明の月。
D4さりともと、たのむは己が、迷ひにて、忘れむ方や、なさけなるらむ。
D5世になれぬ、人のたぐひか。ともすれば、雲にのがるゝ、三日月の影。
D6里川の、蓼さくなぎさ、霜みえて、かたぶく月に、鴨一つたつ。
景福宮《けいふくきゅう》の事を憶ひ出でゝ
D7よき人の、かばねを袖に、おほひけむ、その夜おぼゆる、月の影かな。

「太刀」の力を行使するか否かをめぐって緊張関係にある「友」と「我」（D1）が喧嘩別れの結末を迎える（D2）という導入ののち、「我」の暗然とした気分を反映するかのような「里川」の景（D3）が詠まれる。「友」との決裂を逡巡する「我」（D4）が雲隠れしがちな三日月を「世になれぬ人」と見る（D5）のは、自身を重ねてのことか。再び「里川」が、明け方ながらも峻厳なムードで目に入り、未練を断って相手を「忘れ」たおのれの姿は、飛び発つ一羽の鴨にも透かし見られる（D6）。そしてD7に至ってはじめて詞書が附され、歌の背景が明らかになる。

景福宮は朝鮮王朝の宮廷。日清戦後の一八九五（明治二八）年一〇月八日、日本軍の指揮下で京城に常駐する朝鮮の訓練隊の解除を反日派の閔妃《びんひ》（高宗《こうそう》の妃）がもとめたことにかこつけて、訓練隊は大院君《たいいんくん》（高宗の父）を奉じて宮城に侵入、閔妃を暗殺した。乙未《いつび》の変《へん》である。閔妃死亡の確定報と同時に、「下手人中には洋服を着《ちゃく》し日本刀を佩《お》び居たるものありたりとの説あり」（「王妃逝去の事愈発表せらる」『読売新聞』一八九五（明治二八）・一〇・一五）と、暗殺に「洋服」を着て「日本刀」を持った人物、すなわち日本人が関係しているのではないかという情報が出る。以後の報道では、公使・三浦梧楼をはじめとする大勢の日本人の関与が明らかとなるまで、「洋服」「日本刀」という記号が強調された。

「折にふれたる短歌七首」の読者は、D7によって、D1から断片的に思い描いていた「我」と「友」との遺恨の物語の発端が「太刀」であったことを想起し、両者の決裂の原因が事変に関係していることを想像することになる。鉄幹は事変当時朝鮮に在住しており、乙未の変の首謀者たちとも交流があった。そのことは前年に刊行された鉄幹の第一作品集『東西南北《とうざいなんぼく》』にも示されており、『東西南北』の読者であれば「折にふれたる短歌七首」をより確信的にそう読むことができた。

この連作における「里川」はもはや、同時期の旧派和歌で共有されていた、鄙びた景を流れる小さな川という牧歌的な印象の歌語から逸脱する部分がある。旧派和歌的な「里川」のイメージも含み、大志をめぐって友と決裂した暗い思い出を慰撫する気配がありながらも、しかしおのれの内面を反映するかのように暗然とした姿を見せる風景の中を、鬱々と流れてゆく「里川」。旧派和歌から生まれたがために、旧派和歌の圏域では、言葉の新しさとはうらはらに、伝統的な歌語と並置されても調和を乱さないこの詩句を、むしろ鉄幹は、早速に異化してゆく。

同じ直文門の新派歌人・金子薫園の〈水ぐるま間どほになりしさと川のふけゆく月に水鶏なくなり〉（C2）が旧派の作例と類似していることは前節で指摘したが、鉄幹歌の場合、旧派和歌における「里川」のイメージや共起関係をあえて回避している節がある。「折にふれたる短歌七首」には、一語に蓄積した先行作のイメージを脱臼させる詠みぶりが、他にも確認できるからである。たとえばD4の初句「さりともと」は、鉄幹が初学時代に学んだ加納諸平《かのうもろひら》編『鰒玉集《ふくぎょくしゅう》』[13]から拾うが、〈さりともとすき《(ぎ)》し日数のつれなさもたのみになしてまつゆふへ《(べ)》かな／建正〉（題「寄松待恋」）、〈さりともと待《(まち)》わたりこし年月のいつより人はわすれはてけん／常城〉（題「被忘恋」）のごとく、通常は恋題を受けて用いる語である。鉄幹はそれを「友」と「我」との関係に用いる。湖処子や国男の新体詩における「里川」が故郷を含意しているように、旧派和歌の圏外では、この語が本来持っていたニュアンスを変えて用いることができた。

鉄幹は橘曙覧《たちばなあけみ》と交流のあった与謝野礼厳《よさのれいごん》を父に持ち、自身は落合直文に師事した人物である。「里川」受容の経路はさだかではなく、『抒情詩』経由とも考えられるが、広く読まれた弘綱・信綱親子の著作に接していた可能性もある。なお信綱と鉄幹は一八九三（明治二六）年からすでに交流があり、[14]のち一八九七（明治三〇）年にはともに新詩会を結成する関係である。新詩会には湖処子も参加している。時系列としてはわずかにあとのこととはいえ、この時期、この周辺の創作者たちの言葉の好尚が窺われる。

明治三〇年代以降、「里川」は旧派和歌以外のジャンルにいっそう広汎に伝播してゆく。湖処子らの次世代の新体詩人・土井晩翠《どいばんすい》「岸辺の桜」（『天地有情《てんちうじょう》』博文館、一八九九（明治三二）年）にも〈春静かなる里川の／岸のへ匂ふ花桜／水面の影にあこがれて／涙灑げる幾たびか。〉という一連がある。新派和歌でも、鉄幹・薫園とともに直文門である服部躬治《はっとりもとはる》が、方言を取り入れる実験的試み「安房歌　安房の方言を入れて　明治三十三年八月作」（『迦具土《かぐつち》』白鳩社、一九〇一（明治三四）年）において、「ウナメは牝牛。コテノシは牡牛」と自注して〈夕月夜潮さしよどむ里川をウナメコテノシうち連れて渉る〉と詠むなど、用例多数である。花袋らと交流のあった川上眉《かわかみび》山《さん》の短編小説「眼前《がんぜん》の春光《しゅんこう》」（『太陽』第七巻第七号、一九〇一（明治三四）・六）は田園に取材したものだが、その冒頭と結末近くにそれぞれ「里川」の語が用いられてもいる。日本派俳人・河東碧梧桐《かわひがしへきごとう》の撰集『続春夏秋冬《ぞくしゅんかしゅうとう》』（俳諸堂、一九〇七（明治四〇）年）にも〈里川の蛭《ひる》のつきけり洗ひ衣／滴泉〉の句が採られている。このように「里川」

はジャンルに依存しない語彙として拡散していった。これらの「里川」は湖処子・国男・鉄幹とは異なり、旧派和歌や花袋・太田玉茗の新体詩のような本来的なイメージで用いられている。文壇全体が田園を想望し、憧憬を深め、自然主義へと接続してゆくこのとき、田園風景を描き取るに相応しい語彙として、「里川」は重宝されていったのである。これらの多くは、各作者の背景からいって『詠歌自在』等旧派和歌の文脈にあるテキストは介さず、『抒情詩』や新派和歌等の作例から受容したものと想像される。

おわりに

本稿では新語「里川」が誕生し、ジャンルに限定されない語として普及してゆくまでのプロセスを辿った。幕末歌人・井上文雄の造語が、明治期に入って門弟・佐々木弘綱の作った詞寄に掲載されることで門流以外の歌人に用いられるところとなり、そして和歌を知る者を介して他ジャンルへも伝播し、文壇の田園想望に取り込まれてゆくという、特異な語誌が描出できた。ここには、共起語を持ったり一定のニュアンスを帯びたりするという歌語の性質が、新語でさえも、そして明治二〇年代にあってさえも看取されるという、和歌表現の規範性がたしかめられる。そしてそのような語が、含意が払拭されもしながら他ジャンルへと越境する点には、明治二〇年代から三〇年代にかけての、文学表現の変質も見てとれる。

また本稿では旧派歌人の「里川」歌が『詠歌自在』の影響を受けていること、すなわち、歌人たちが詞寄形式の作法書を実際に活用していたことも明らかにした。このことの証明は案外に難しい。古典的な歌語の場合、詞寄の詩句例自体が古歌に依拠しており、その後の作例が詞寄を用いたものか、古歌を参考にしたものか、判別ができないからである。歌語という語彙体系が規範的なものである以上、詞寄に載る語の大多数が古歌と紐づいている。ゆえに『詠歌自在』の成立時期からさほど遡らない時期の造語である「里川」に注目してこそ、詞寄の使用の実態がたしかめられるのである。

注

1 文雄の歌風については佐佐木信綱『近世和歌史』（博文館、一九二三（大正一二）年）や鈴木亮「井上文雄の田園詠」（『成蹊国文』第三七号、二〇〇四（平成一六）年）に詳しい。

2 門下の参考に作られた稿本で、佐々木弘綱から長男・信綱に受け継がれ、現在は天理大学附属天理図書館蔵。蔵書印「弘綱蔵書」

3 鈴木亮「井上文雄著作目録」（『成蹊国文』第四八号、二〇一五（平成二七）年）が文雄の著作の書誌を整理しており、裨益されるところが多かった。

4 なお文雄の同時代歌人・猿渡容盛の家集『樅の下枝』（佐々木信綱編『続日本歌学全書　明治名家家集　上巻』博文館、一八九九（明治三二）年）にも二首ある。容盛は一八八四（明治一七）年に没しているが、『樅の下枝』が公刊されたのは一八八九（明治三二）年のため、他に対する容盛の影響は想定しがたい。容盛に対する文雄の影響であろう。

5 弘綱には先に、新題に特化した同種の『開化新題和歌梯《かいかしんだいわかかけはし》』（文言堂、一八八一（明治一四）年）がある。片桐顕智《かたぎりあきのり》『明治短歌史論』（人文書院、一九三九（昭和一四）年）「明治初期における詠歌論」はこれら二書を明治期歌論の嚆矢とする。『開化新題和歌梯』は松澤俊二《まつざわしゅんじ》『「よむ」ことの近代』（青弓社、二〇一四（平成二六）年）「第6章　「和歌革新」前後――題詠と賀歌の変容」が本意の形成の観点から触れている。

6 なお、佐々木信綱は『歌のしをり』（博文館、一八九二（明治二五）年）等にて、「類語集」と呼称する。これは本書第二部の湯本優希氏が触れている通り、明治期の美辞麗句集に対して用いられていた呼称である。

7 信綱補『増補　詠歌自在』では題の詠みようを指南する箇所を信綱が書き換えているが、うち「氷」に「里川の氷の上を子らのかよふ（…）などをもよむべし」とあり、文雄の〈うなゐこが氷をわたるさと川の冬のちか道けさ絶にけり〉の影響がみられる。『増補　詠歌自在』は増補分の詩句・例歌・解説にも「里川」の語が含まれており、「河蛙」に〈つみすてし菫ながるゝ里川の水のおちあひかはづ鳴く也〉なる、『調鶴集』には見出せない歌が文雄歌として載せられているのも注意される。『調鶴集』には〈水あせてなかは《（ば）》野となる沢みつ《（ず）》の菫か《（が）》中にかはつ《（ず）》なくなり〉（題「沢蛙」）があり、類想歌ないしは改作の関係にあると考えられる。

8　弘綱・信綱旧蔵本『調鶴集』を天理大学附属天理図書館が所蔵している。蔵書印「竹柏園文庫」「先男子手沢本　男信綱蔵」。「先男子手沢本」なので書き入れは弘綱である。A2歌の「かた洲」「代」「かきて」「引」に左傍線。A3歌の頭に批点。「ほたて」に左傍線。なお写本『調靏集』にはA1歌に批点。

9　のち『花袋歌集』（大正七・七、春陽堂）に収録。

10　丸山幸子「花袋と短歌――翻刻・和歌集（T22（2）31）」（『田山花袋記念館研究紀要』第八号、一九九六（平成八）年）。

11　「小生の詩」は鉄幹による新体詩・和歌の不定期連載で、『読売新聞』一八九六（明治二九）年六月一〇日から一二月八日まで全一六回、ただし複数作品が同時掲載になった回が二度あり、作品数では一九作。

12　『和歌大辞典』（明治書院、一九八六（昭和六一）年）の「連作」（執筆は田中裕）によると、この概念は一九〇二（明治三五）年前半に伊藤左千夫《いとうさちお》が正岡子規《まさおかしき》の作品に着想する形で提唱し、『アララギ』から歌壇全体に波及していたものだという。しかし「折にふれたる短歌七首」のように、連作とみなせる形態の歌群は、それより遡る鉄幹にもみられる。子規自身、橘曙覧の歌群に影響されてこの方式を用いており、「連作」として概念化される以前にもこの方式は存在していたとみるべきだろう。

13　引用は加納諸平編『類題和歌鰒玉集　下巻』（交盛館、一八九四（明治二七）年）

14　佐佐木信綱『ある老歌人の思ひ出　自伝と交友の面影』（朝日新聞社、一九五三（昭和二八）年）

・傍線と囲いは引用者による強調。「（…）」は引用者による中略。引用中、引用者が補ったルビには括弧を附した。
・文献の著者名は奥付に従う。よって刊年により佐々木信綱の表記が異なる。論述に際しては本稿で主に論じる明治二〇年代の表記である「佐々木」を用いた。

第7章

明治四十年代における連句をめぐる交流圏

――俳書堂の連句関連書籍を手掛かりとして

田部知季

一　近代連句史の空白

本稿で取り上げるのは、明治期において連句の〈作りかた〉を提供し、実践した、ある共同体のあり様である。既存の近代文学研究では看過されているが、『ホトトギス』が小説に傾き、河東碧梧桐《かわひがしへきごとう》らによる新傾向俳句が台頭していた明治四十年代、書肆俳書堂の周辺で連句に対する関心が高まりを見せていた。本稿では、俳書堂社主の籾山《もみやま》江戸庵《えどあん》（後、庭後《ていご》、梓月《しげつ》）が示した連句の〈作りかた〉を起点に、連句を介した交流圏の一端を浮き彫りにしたい。それは同時に、大正期の芭蕉ブームへ向かう俳句評価の潮流に、新たな視座を提供することにも繋がるだろう。

明治期の連句に関する先行論は総じて手薄だが、正岡子規の連句排斥と、高浜虚子の連句復興については多少の研究蓄積がある。子規の言説、「発句は文学なり、連俳は文学に非ず」（「芭蕉雑談」、『日本』、一八九三・一一・一二）という一節が後世の連句評価に与えた影響は大きい。ただし大畑健治によると、「子規の連句非文学論は一般大衆俳人たちの間に普及はしたが、子規やその周辺において、連句は楽しまれるようになっていた」という。[1]
「その周辺」に含まれるのが、一時期連句に注力した虚子や夏目漱石、坂本四方太《しほうだ》、松根東洋城《とうようじょう》などである。虚子は子規没後に長大な「連句論」（『ホトトギス』七巻一二号、一九〇四・九・一〇）を発表し、連句の再評価を企てた。[2] 特に同論末尾では、「連句の「中二句」を独立さして一詩体とする事」を提唱している。虚子によると、往古の短連歌は「地口の洒落れ」に過ぎないが、この「中二句」は「真面自《（ママ）》なる人事の描写」であり、「其間には非常なる径庭がある」という。その当否は措き、『ホトトギス』などの俳誌を舞台として、連句やその発展形としての「俳体詩」が一時的に流行する。東明雅はこの「中二句の連句」に言及したうえで、内藤鳴雪や東洋城、漱石、高田蝶衣、岡本松浜の名を挙げ、「明治末期ごろまで盛んにやっていた」と紹介する。[3] また松井幸子は、明治四十年代に「ホトトギス内部で急激に連句への関心が薄くなった」とし、「虚子自身が連句をはなれて写生文的小説で人間を描こうとした」ために「雑誌全体に連句への関心を薄めることになった」と指摘する。[4]

　こうした近代連句に関する先行論では、俳書堂周辺の動向にほとんど注意を払っていない。江戸庵によると、子規没後に彼と萩原蘿月が「連句のことを八ケ間敷《やかまし》く云ひ初め」、連句会が催されるようになった（俳書堂主人述『俳句のすゝめ』、籾山仁三郎、一九一五・九）。参加者は二人のほか、岡本癖三酔《へきさんすい》や東洋城、数藤五城《すどうごじょう》、籾山柑子《かんし》、田山耕村、中野三允《さんいん》など。虚子が「二句の連句の面白味について立論」したのに対し、江戸庵や蘿月は「一巻としての連句の面白味を一層重要に考へてゐた」という。この動きを背景に、俳書堂文庫として江戸庵『連句入門』（一九〇八・一）や『連句作例』（同・六）、田山耕村『連句名作』上・下（同・三、四）が刊行される。[5] さらに、三允が「主幹する雑誌「アラレ」の誌上で、此の運動に大なる援助を与へ」ることとなる。[6]

　件の連句会自体は日ならずして「いつも空しき雑談流行し、連句はただお座なりの言ひ捨てばかり」となってしまったが（籾山仁三郎『改訂増補連句入門』、「改訂増補連句入門跋」、俳書堂、一九一七・一）、一部の熱心家は引き続き連句の研究や実作を続けていた。本稿ではそうした俳書堂周辺の連句熱に光を当て、それを支える人的交流の一端を明らかにする。併せて萩原蘿月の位置づけを再考し、従来看過されてきた近代連句史の空白を補填する一助としたい。

二　籾山江戸庵の『連句入門』と『連句作例』

一九〇四（明治三七）年の虚子「連句論」を皮切りに、『ホトトギス』では連句に力を入れ始める。ただし、「二句独立」や俳体詩を推進したこともあり、歌仙や百韻など連句一巻の再興には至らなかった。さらに虚子自身が写生文や小説へと傾倒していき、『ホトトギス』誌上の連句も下火になっていく。そうした退潮後に連句復興を引き受けたのが、俳書堂に近しい人々だった。

まずは俳書堂の来歴を確認しておこう。同社はもともと虚子が一九〇一年に興した出版社で、ほととぎす発行所の業務から分離する形で成立した。早くは子規の『俳句問答』上・下（一九〇一・一二、一九〇二・二）や『獺祭書屋俳句帖抄 上巻』（一九〇二・四）といった俳句関連の書籍を出していたが、一九〇五年、経営難から事業を江戸庵へと譲渡する。江戸庵籾山仁三郎は、運送業を営む吉村甚兵衛の三男に生まれ（一八七八・一）、慶應義塾大学理財科を卒業すると（一九〇二・四）、二十五歳で籾山家に入籍する（一九〇三・三）。[7]築地二丁目の自宅に俳書堂の看板を掲げたのは、江戸庵二十七歳の夏だった。以後、彼のもとで虚子『俳諧馬の糞』（一九〇六・一）や碧梧桐『蚊帳釣草』（同・八）、鈴木三重吉『千代紙』（一九〇七・四）などを刊行することとなる。

この俳書堂の周辺で明治四十年代に連句が流行する。特に一九〇七（明治四〇）年十二月二十五日には俳書堂楼上で最初の連句会を開催し、江戸庵、蘿月、耕村、松浜の四名と飛び入りの三允が参加する。席上、「連句を盛らしめることに就て種々相談した」という（俳毒庵〔三允〕「俳神楽」、『アラレ』五巻五号、一九〇八・二・五）。その露払いとして上梓されたのが、江戸庵『連句入門』である。もともと会の参加者間で「互に連句上の研究を公にす可し」との約束があり、同書の刊行は「『俳書堂文庫』創刊の披露」も兼ねていた（俳書堂主人「連句談」、『アラレ』五巻五号、一九〇八・二・五）。以下、『連句入門』の内容を概観し、同書が提唱する連句の〈作りかた〉について確認する。

まず「第一章　総論」では、虚子以来の「中二句」独立論が俎上に載せられる。江戸庵によると、虚子は「中二句」を連句の範疇で独立させようと企てたのか、連句以外の新詩形として提起したのか不明確だった。ここでは後者の立場を採る論者として、鳴雪と蘿月が挙げられている。鳴雪は「連句の文学上の価値を認めぬが故に」、「中二句」を連句以外の詩形と規定する。一方の蘿月は、「連句の生命は変化である」との立場から、「連想」を本義とする「中二句」を連句とは別物として容認している。

これに対し江戸庵は、連句自体の文学的価値を前提としたうえで、「中二句」を連句の一種として価値づける。彼も「連句の生命」が「一巻の変化」、特に「一巻の首尾」にあることを認めるが、蘿月の軽視する「連想」も連句とは無関係でないと主張する。「一巻の首尾は連想の転換し行く緩急変化の状態に存する」というのだ。こうした立場から、『連句入門』では「独立したる「中二句」の連句」を「単連句」、歌仙や百韻といった形式を「複連句」と呼称する。この分類によると、「複連句は一定数の単連句の集合であ」り、「単連句は主として連想に俟つ詩、複連句は主として連想の変化し行く状態に俟つ詩」と定義される。もっとも、先に江戸庵が槍玉に上げた蘿月は、その「変化し行く状態」のみを連句の要件とみなしていたので、彼に対する反論としては些か当を失していよう。

ともあれ、江戸庵は複連句の復興にも意欲的だった。彼の見立てでは、佐々《さっさ》醒雪《せいせつ》『連俳小史』（大日本図書、一八九七・七）などの例外を除き、複連句は当時ほとんど顧みられていなかった。その一因は「畢竟古来の複連句に眼を曝さぬからであ」り、複連句を見ても二句の付合ばかりに執着して「一巻の首尾に就て観取する所がないから」だという。そして、こうした「古来の複連句」に対する関心の延長線上で、元禄俳諧が再評価される。江戸庵によると、「複連句は元禄の複連句最も優秀であ」り、その傑作に至ると「一巻の推移し行く緩急変化の有様」は「一種の幽趣を感じ得るものがある」という。一方、虚子以降まだ緒に就いたばかりの単連句については、今後の発展を期待するとともに、「連句修養」の入り口としてもその価値を認めている。

第二章では単連句について具体例を挙げながら解説する。単連句において、五七五の長句と七七の短句は「連想上の関係」で結びついている。たとえば「灯ともしに暮るれば登る峯の寺／ほとゝぎす皆鳴きしまひたり」の場合、「毎日〳〵日暮になると峯の御寺に燈明を上げに行く」という前句の「極めて閑寂な趣き」に対し、後句ではその「余韻を酌んで」、「ひとしきりは盛に啼いた郭公が、此頃は頓と啼かなくなつた、と附け」ている。前句の「寂寞たる感じ」と調和しつつ、その内容に適した「観念を添えて居る」というのだ。さらに他の一例を紹介したうえで、単連句における二句間の関係は、「解釈的に見らる可《べ》きものではな」く「連想に俟たねばならぬ」と繰り返す。

後段ではこの二句を取り持つ「連想」の実態を詳説する。単連句の付合は「意義のある連絡」ではなく「連想の連絡」であり、右の例で後句が一見唐突に見えるのも、「大なる意義の省略があるから」だという。「意味の省略」は「連想」の前提条件だが、その説明には古人も苦慮してきた。そこで江戸庵は、そうした「連想上の関係」を「拡充関係」と「対象関係」に大別する。「拡充関係」では、後句が「前句を補ひ、助け、云ひ拡ろげ、云ひ深め」、「余韻を直ちに句にする」。「市中はものゝ匂ひや夏の月／あつし〳〵と門々の声」がその一例で、「省略さるゝ意味の分量は比較的に少量である」。これに対し「対象関係」の場合、後句は「前句の景致情緒を対象として、更に別の景致情緒を描く」。たとえば「草庵に暫らく居ては打ち破り／命うれしき撰集の沙汰」のように、前句の景況と直接的に関係しない事象を付けるため、省略の度合いは大きい。支考の「七名八体」などに比べると大掴みな分類で、初学者に対して間口を広げる反面、多様な付け方が要求される複連句にとっては余り実践的な説明とは言えないだろう。

続く第三章では複連句を取り上げる。本書の定義によると、「複連句とは一定数の単連句を或る約束の下に連続せしむる事に依て成る詩の一体」とされる。ここでは形式や式目に関する一般的な解説が続き、発句や脇句の約束事を確認していく。先の術語で言うと、脇句と第三はそれぞれ、前句に対して「拡充関係」と「対象関係」で付くという。また、脇句の「韻字留め」（句末を体言で終える通例）は「発句を拡充すべき約束」から生じた一傾向に過ぎず、「何も斯く規則を律するの要を見ぬ」と斥ける。同様に第三の「留め字」（「て」や「らむ」といった助動詞で終える通例）も、あくまで「余意を残さしむる方便」と位置づけている。一連の記述からは従来的な約束事を簡素化する傾向が窺えよう。

さらに「去嫌」（同季や同字、類想を一定句数隔てる規則）についても季の制約を説くのみで、「一巻の首尾」さえ心得ていれば「如何に之を変ずるも妨げ」ないとされる。一方、月花の定座は概ね従来のしきたりに従っている。ただし項目末の「補論」では、七部集の連句がどの程度定座を遵守しているかを一覧で示し、その結果に鑑みて例外を広く許容する。また恋句を入れるという決まり事も尊重しつつ、句数の制約は斥ける。結局のところ、「一巻の緩急などの事は到底筆舌を以て説明し得ぬ所であ」り、「たゞ名作の多くを渉猟し、猶自己の工夫に俟つ可き」だという。

こうした連句の〈作りかた〉を概説する『連句入門』に対し、『連句作例』では脇句や第三などの句例を簡単な解説とともに提示する。まず同書の端書きでは、「元来連句の一巻は詩的情操の一貫」であり、「連句の二句間の関係は詩的情操の照応」だと主張する（「連句作例小引」）。後者はさらに「詩的情操の拡充的照応」と「詩的情操の相対的照応」に分けられる。『連句入門』と異なる術語を導入しているが、先の「拡充関係」と「対象関係」と概ね同義と見てよいだろう。本論冒頭の脇句の解説も『俳句入門』に準拠しており、「韻字留め」は「遵守するの必要なし」と一蹴している。以下、「八九間空で雨降る柳かな　芭蕉／春の鴉の畠ほる声　沾圃」を筆頭に、四季ごとの発句と脇句が三十四例示される。なかには「牡丹散つて打重《うちかさ》なりぬ二三片　蕪村／卯月二十日の有明

の影　几董」といった蕪村らの句も見えるが、他の章も含め例句の大半は蕉門から採録されており、そこにも範とする対象に偏りが認められる。

第三に関する解説も『連句入門』を踏襲しており、「出来得る限り余情を残したる叙法を尊ぶ」とされている。これは脇句から転じるとともに、「後来の変化を喚び起す可き句勢を示さ」なければならないためだという。ここでは第三までの用例が二十一組示される。その後、四句目と揚句、定座について一般的な解説と例句が続く。一連の各論を経た「（六）其他の作例」では、「説明的の附けざま」を戒めるなど実践的な留意点をいくつか補足し、二句から四句程度の付合を七十四例にわたって列挙する。

最後の「附録」でも『連句入門』同様、「一調子」な蕪村らの連句と対比しながら元禄俳諧の歌仙を称揚している。特に洒堂（珍碩）を以て「専ら連句に志深かりしが如し」と評しつつ、彼の選した『ひさご』（一六九〇序）と『深川集』（一六九三成立）を「一読を要するの書」と位置づける。また、『猿蓑《さるみの》』（去来・凡兆編、一六九一刊）を「古今を通じて最も優れたる集」とし、同書所収の「最初の二歌仙は今古独歩」だと歓賞する。「明治の作者は須らく此の二歌仙を百尺の竿頭として更に向上の一路を開く可き」だとも述べており、巻末にはこの歌仙二巻がそのまま収録される。ここでも連句に対する評価を通じ、芭蕉の力量が積極的に再評価されている。

三　連句をめぐる交流圏の広がり

ここまで、俳書堂文庫として刊行された江戸庵の『連句入門』と『連句作例』の内容を概観してきた。江戸庵は連句の〈作りかた〉を自己流に規定しつつ、その範となる実例を提示している。そこでは去嫌などの式目や付け方の種類を単純化することで、後続する新規の実作者たちに広く門戸を開こうとしている。本節で取り上げる俳書堂文庫の耕村『連句名作』も、そうした企ての一環と位置づけられる。加えて注目すべきは、三允らの俳誌『アラレ』である。同誌では俳書堂の連句会について報じており、第六巻への改巻（一九〇九・一・一）に伴い発行所を俳書堂へと移転している。独り江戸庵に止まらず、俳書堂周辺で連句の規範と〈作りかた〉が確認され、『ホトトギス』や新傾向派とは異なる交流圏を形成していた。ここからは、そうした明治四十年代の連句をめぐる諸相に目を向けてみたい。

　まずは耕村の『連句名作』から見ていこう。著者の耕村は俳書堂の連句会以前から「連句を頻りに研究し、江戸庵と歌仙をやつて居」た（アラレ小僧〔三允〕「俳神楽」、『アラレ』五巻二号、一九〇七・一一・五）。『連句名作』上巻は、そうした彼が「連句研究の傍ら抜萃して置いた処の二句の連句の草稿中より撰抜したもの」で、「編輯の方法は大略流派と年代とによつ」ている（「連句名作上巻（二句の連句）序」）。「他派との共吟や著書の出版年代等の関係上、必ずしも正確なものでない」ものの、「檀林以前と、元禄、及び天明との異なりたる連句趣味は大略認める事が出来る」という。特に蕪村らの句については、「一巻の連句として拙なるも二句の連句としては、面白きもの実に少なくない」と評している。こうした視点は、江戸庵が連句一巻の評価において蕉門を称揚したことの裏返しと言えよう。

　この上巻本編では宗鑑から一茶に至る「二句の連句」三六二組を掲載する。元禄や天明の比重は大きいものの、宗鑑編『犬筑波《いぬつくば》集』（一五三〇頃成立）や松意編『談林十百韻《とっぴゃくいん》』（一六七五跋）など、江戸庵『連句作例』に比べて割合広範な対象から採録している。ただしそれらについての解説や注釈などはなく、あくまでも付合の見本帖といった体裁である。そのため本書単体で耕山の連句観は計り難いが、元禄と天明に止まらない「連句趣味」の多様性を示している点は注目に値する。

　一方、下巻では芭蕉や蕪村らの歌仙二十八巻を収録している。耕村はその序文で天明の連句をこう評する（「連句名作下巻（歌仙）序」）。

高雅雄麗なる趣味は全巻に渉りて、引締つた調子、感じよき材料は人を魅する力を持て居るが、趣向余りに多く、附方も密に過ぎ、其変化は一句一句の間にのみあつて、元禄の連句の洋々たる大濤が岸に砕くるが如き一巻を通じての大変化は見られない、几董の連句は天明に於て最も巧みなるものであつたが、蕪村は前句に拘泥せず或は附き或は離れ其附方は頗ぶる放胆であつた。

ここでは「趣味」や「調子」、「材料」において蕪村らの連句を評価しつつも、一巻全体の「変化」の点で元禄に軍配を上げている。そのため、同書では「なるべく理想に近い者」を掲げるとともに、「元禄に於ける連句発達の跡」が分かるような選定を心掛けたという。ただ、年代や地方による俳風の差異が捨象されている点には耕村自身も断りを入れている。

下巻の本編も上巻同様実例を列挙するのみで、「狂句木からしの」歌仙（荷兮《かけい》編『冬の日』、一六八四刊）から「猿蓑に」歌仙（沾圃ら編『続猿蓑』、一六九八刊）に至る二十一巻が蕉門から選出されている。特に其角《きかく》の「年寒し」独吟歌仙（岩翁編『若葉合』、一六九六刊）を収めたのは、「五元集以上痛快に磊落奇嬌なる彼の面目が躍如として現はれて居る為」だという（「連句名作下巻（歌仙）序」）。一方、残る七巻が蕪村らの歌仙で、「欠くて」歌仙（几董編『其雪影』、一七七二序）や「牡丹散て」歌仙（蕪村・几董編『桃李』、一七八〇刊）が採られる。なお、この下巻裏表紙には俳書堂文庫の近刊書として、蘿月『連句評釈』や松浜『連句問答』、俳書堂主人『連句便覧』、無署名『連句の研究』の名が挙がっている。いずれも未刊行と思われるが、俳書堂周辺における一時的な連句熱の証左として注目される。

他方、こうした動きと相前後して『ホトトギス』でも再び連句が載るようになる。「連句論」以降の概況を辿ると、第八巻（一九〇四・一〇・一〇〜一九〇五・九・一〇）では毎号のように連句が掲載されていたが、第九巻第一号から第十一号（一九〇五・一〇・一〇～明三九・八・一）の間は早くも鳴りを潜めてしまう。第十二号（一九〇六・九・一）で「連句片々」として「中二句」六組と平句十一句が載るも、第十巻中（一九〇六・一〇・一～一九〇七・九・一）は連句について音沙汰はない。その後再び「連句片々」の題で、俳書堂の連句復興に近しい人々が単連句を寄せることとなる。

たとえば松浜の「又貸しに貸して分らぬ其角集／植木屋ばかり多き縁日」では、其角の俳書を詠む前句に対し、彼が暮らした日本橋茅場町《かやばちょう》、所謂「植木店《うえきだな》」の情景を付ける（「連句片々」、一一巻二号、一九〇七・一一・一）。そもそもこの「植木店」という俗称自体、同地薬師堂の縁日に植木屋の露店が多く出たことに由来する。あるいは、耕村の「鰯《オムラ》をば新島守にすゝめけり／黒木つみたる北窓の下」（「連句片々」、一一巻四号、一九〇八・一・一）。前句の「新島守」を隠岐の島に流された後鳥羽上皇とし、後句で同地の黒木御所を出す。また、「時雨るゝや黒木つむ屋の窓あかり　凡兆」（『猿蓑』巻之二）も想起されよう。少数の事例に過ぎないが、独吟の単連句では後句を前提とした前句を用意できるため、耕村が蕪村らの句に指摘したような「趣向余りに多く、附方も密に過ぎ」るという弊害を生じやすいようだ。

さらにこの時期、東洋城と漱石、霽月の単連句も載っている（「連句片々」、『ホトトギス』一一巻八号、一九〇八・五・一）。「嚢の中は割り瓢なり　東洋城／親類の娘を花に誘ひて　漱石」と「嚢中の瓢飯水の用　東洋城／鼻紙に書きしるしたる花百句　霽月」では、付句におけるあしらいの違いが見所と言えようか。そのほか、第十一巻第十号（一九〇八・七・一）の附録には太祇や嘯山による「平安二十歌仙」の翻刻を附しており、第十一巻第九号から第十三巻第六号（一九〇八・六・一～一九一〇・三・一）にかけて蘿月が「連句雑考」を連載している（全一二回）。

ただ先述のように、当時の連句復興を牽引したのは『ホトトギス』よりもむしろ、埼玉発の俳誌『アラレ』だった。三允は俳書堂の連句会に触れた前掲記事のなかで、連句を「アラレでも大に歓迎するから、盛に投稿して貰ひたい」と促している（「俳神楽」、前出）。実際、この第五巻第五号（一九〇八・二・五）は連句関連の記事が充実しており、件の会についても第四回までの記録が載る（「連句会記事」）。表三句は「戸樋渡る鼠のこぼす落葉かな　松浜／後ろを囲む冬の張り交ぜ　蘿月／玉人《タマスリ》が眼鏡のくもり拭きとりて　耕村」で、初日は初折表五句目までで終わっている。三日後の第二回には蘿月、耕村、江戸庵が参加し、七時間で初折裏七句目までの八句を付けたという。さらに年が明けた一九〇八年一月五日、十八日の会で七句ずつ、名残折裏九句目まで進んでいる。また同じ号には耕村、三允、月波による単連句（三允生「単連句」）や、江戸庵と耕村の歌仙（「両吟」）も掲載されており、熱の入れようが見て取れる。

以降の『アラレ』では俳書堂に近しい人々を中心に、連句関連の記事が誌面を飾るようになる。連句会の記録も引き続き掲載されており、最初の歌仙は二月十七日の第五回で満尾する（「連句会記事」、一九〇八・四・五、五巻七号）。さらに三月十四日の会には癖三酔、耕村、東洋城、山崎楽堂《がくどう》、柑子、松浜、江戸庵の七名が参加し、五巻の歌仙を同時並行で巻き始める。各巻はそれぞれの発句から「我が影の巻」、「木瓜の巻」、「三十三才《みそさざい》の巻」、「春雨の巻」、「留守の戸の巻」と称され、途中で五城も加わりながら、七月二日の会まで続いている（「連句会記事」、五巻八号、一九〇八・五・五）。

江戸庵も「連句談」を断続的に寄稿するなか、『アラレ』の発行所は俳書堂へと移転し、誌面の大幅な拡充が図られる。脇句付の募集といった連句関連の記事も増加するが、同誌における連句推進は必ずしも一枚岩ではなかった。特に連句の基本的な〈作りかた〉は江戸庵『連句入門』や『連句作例』などで確認されていたものの、「二句独立」については相変わらず意見の一致を見ていなかった。

たとえば『アラレ』第六巻第四号（一九〇九・四・一）の募集脇句（耕村選）では、課題の発句「山焼や月暖かに打くもり」に対し、「嫁の見合に宵からの客　巨洲」といった春季以外の句も採られていた。同じ号で三允も論及するように（俳毒庵「俳神楽」）、通常脇句は発句と同季の句が求められる。これについて耕村は、「発句脇とを一体の連句として取扱ひたひ」との立場から、敢て季の異なる脇句をも許容したのだと主張する（「脇句に付て鮒江君に答ふ」、「俳談」欄、六巻六号、一九〇九・六・一）。脇句も発句のように連句から独立させ、「後慮の憂ありし諸制限を撤して自由に俳想を駆る事」ができれば「便利な一の詩体」たり得るというのだ。それゆえ耕村の構想する脇句は発句と同季である必要はなく、「思想上の衝突混乱なく一貫した俳境であれば如何に復雑《ママ》な句や働き居る句も差支ない」とされる。この見解に対して江戸庵は、規定の不徹底による募集上の不都合を指摘しつつ、「脇句」という従来的な述語を用いることの是非を問うている（「蕪村君に寄せてアラレの募集脇句を論ず（外四件）」、「俳談」欄、六巻八号、一九〇九・八・一）。

こうした議論を含め、『アラレ』では継続して連句の振興に注力しており、主幹の三允も連句研究を推奨している（俳毒庵「俳神楽」、六巻九号、一九〇九・九・一）。彼の見立てでは、連句に関心を寄せる日本派俳人は少なく、「特に毎号勉強して募集するものは、アラレより外に余り見受け」ないという。そうした状況に鑑み、「天下の連句同好者は此アラレの微衷を諒として連句鼓吹の事業に一臂の力を添えられたい」と呼びかけている。また、江戸庵は連句軽視の風潮を追認しつつ、俳書堂の連句会が途絶えがちなことに不満を漏らす（「五空君の連句をアラレに紹介するに就て所感を述ぶ」、「俳談」欄、七巻五号、一九一〇・五・一）。ただし会としては低調だが、連衆の一部は寡作ながらも「相変らず連句に執心深く、相共に其の研究を継続し」ていた。結局単連句は連句の一種としては定着しなかったが、複連句への関心を喚起し、芭蕉ら元禄俳諧の見直しを促した点で評価し得るだろう。

四　萩原蘿月の連句観

ここまで明治四十年代における俳書堂周辺の連句熱を確認してきた。以下では、その主導者の一人である蘿月の活動に注目したい。既存の俳句史では影の薄い蘿月だが、この時期の連句復興においては党派を横断する特異な存在感を放っていた。当時の彼は俳書堂の交流圏に身を置きつつ、一方では『ホトトギス』で連句論を連載し、他方では沼波瓊音《ぬなみけいおん》の大日本俳諧講習会が発行する『俳諧講義録』に「連句作法」を寄稿していた。さらに、虚子や瓊音らが発起人として名を連ねる俳諧研究会で蕉門俳諧に関する講座を担当すると、後には自ら雑誌『冬木』（一九一三・一〇創刊）を主宰することとなる。そうした連句推進者としての彼の活動にしばし光を当ててみたい。

蘿月萩原芳之助は明治大学予科を経て東京帝大国文科選科に入学し、瓊音や三井甲之《こうし》、大須賀乙字《おつじ》らと相知った[8]。一九一〇年に卒業後は県立弘前高等女学校をはじめ、いくつかの中学校や女学校で教鞭を執った。蘿月自身の回想によると、一九〇三、四年頃に漱石の紹介で虚子や鳴雪の知遇を得たが、『ホトトギス』の句会では一向振るわず、「蘿月は句は下手であるといふ評判」が立つほどだったという（蘿月「序」、『雪線』、唐檜葉吟社、一九三三・五）。それでも句作に励み、一九〇九、一九一〇年頃は頻繁に『ホトトギス』に投稿、「連句雑考や俳体詩に努力し」た。正確を期すると、一九〇四年には『ホトトギス』の募集俳句欄にその名が見え始め、「金子十郎」（八巻一三号、一九〇五・九・一〇）ほか四篇の俳体詩を寄せるとともに、一九〇八年六月から「連句雑考」（前掲）を連載している。さらに後年は「感動主義」、「感動律」を唱え、荻原井泉水《おぎわらせいせんすい》や中塚一碧楼《いっぺきろう》とも異なる非定型の句風を推進する。

こうした動きの傍ら、蘿月は俳書堂の連句会にも継続的に参加している。江戸庵によると、「連句会の席上最も能く論ずる者は蘿月氏と東洋城氏」だという（俳書堂主人「連句談（三）」、前出）。実際、会が始まる前後から蘿月は連句について発言するようになる。たとえば蕪村の連句を論じて、「句々の妙に因つて全局の変化を忘れてしまつて居」り、一巻「全体に於て面白い変化の活動を見ない」と批評している（「蕪村の連句」、『ホトトギス』一一巻一号、一九〇七・一〇・一）。其角一派の連句は変化に富むが、その「豪放な格調」に通じる蕪村の連句には「投げ遣りの所が有」り、其角を真似ながら「粗笨な早卒な附方をして居る」という。それを踏まえ、「一巻を読返して其変化の跡を研究して行くやうな事はしなかつたに違ひない」と推測し、「蕪村は俳句的才能の人であつて連句的才能の人ではなかつた」と結論づける。先に見てきた江戸庵ら同様、連句一巻を再評価するなかで蕪村よりも芭蕉を重んじる風潮が形成されている。

また別の箇所では、江戸庵『連句入門』の二句独立論に対し、古人の連句論を根拠に反論する（蘿月「江戸庵君に答ふ」、『ホトトギス』一一巻七号、一九〇八・四・一）。まず同記事では、短連歌以降、百韻や歌仙が連句と呼ばれるようになった過程を簡潔に辿り直す。そのうえで、古人が「単一なる二句を連句と認め」ず「連続的詩体を連句と云つて居つた」のは、「連句の生命を一巻の変化にあると考へて居」たためだと説く。その意味で、連句の「生命たる変化」は「三句目に於て起る」という。つまり、「転句」こそが連句の最小単位であり、「二句だけでは連句と云へぬ」というのだ。それゆえ、江戸庵の提唱する単連句は、「一部の連句趣味を含んで居」るが「連句の妙味」はないと斥けられる。

他方、先に触れた『ホトトギス』誌上の「連句雑考」では、貞門俳諧に関する考証的な記述が散見する。また俳書の紹介にも熱心で、是誰『玉くしげ』（一六六二刊）や一雪『茶杓竹《ちゃしゃくだけ》』（一六六三刊）などを精力的に取り上げている。同時に、古俳書の散逸に伴う研究上の困難や、古俳諧研究の不備にも言及しており、実作のみに止まらない連句史全体への関心の高さが窺える（「連句雑考（十）」、一三巻三号、一九〇九・一二・一）。江戸庵が従来的な連句の〈作りかた〉を単純化して教授するのに対し、蘿月は同時代の実作者に見合った範を制定するよりも、連句自体の多様な実態を探求していると言えよう。

さらに一九一〇（明治四三）年時点で、それまでの連句観を軌道修正している（蘿月「連句の根本的事実」、『ホトトギス』一三巻八号、一九一〇・四・二五）。以前の蘿月は当時の俳人たち同様、「変化を連句の根本的事実と思惟して居た」。しかし「其誤解を悟」り、「連句には全体に渉りて変化せぬ統一ある感じが存在して居る」と思い至ったという。

この「気分の統一」こそが「連句の根本的事実」だというのだ。ここでは芭蕉を例に、作者の境涯が一定の「ムード」を醸成し、表現へと結実する過程を素描する。「気分」や「ムード」を尊重する蘿月の立場は、感情移入美学を受容した同時代の耽美的な文芸思潮と即応する側面がある。さらにここでは、蕉門俳人の言う「寂栞」を自己流に分析しながら、「蕉門の俳諧は寂びた人格に成つて居なくては作れるものではなく真に味へるものでもない」と述べ、創作と鑑賞における「人格」の重要性を強調するに至る。

加えてこうした評価の視点は同時代文壇への批判とも連関している。蘿月に言わせると、「近頃の作家は自己告白に依て創作して居る」が、それよりも「自己の問題が先決問題だ」という（「作家に就て」、『ホトトギス』一三巻一〇号、一九一〇・六・一）。既に退潮に向かっていた自然主義を見据えた発言だが、蘿月の見立てによると、「自己」や「個性」を表現するといっても「不健全な病的なもの」では「碌な文学は出来」ない。「文学の価値は作家の人格に在る」と言うように、ここでの蘿月は「健全」な「人格」に重きを置いている。また後段では、「ロシアあたりから嫌な文学の風が日本へ吹込で作家の心理状態に変調を来たし不健全な文学を生じるやうになつたのは遺憾だ」と嘆いている。当時俳壇を席巻した新傾向派の碧梧桐は、無中心論を提唱するにあたり、ゴーリキーの戯曲「どん底」からの影響を自負している。「健全」を理想視する蘿月の立場は、その点で俳壇の時流とも相容れないものだったと言える。

さらにこうした姿勢は大日本俳諧講習会の『俳諧講義録』に載る「連句作法」にも継承されている。同誌は講義録という体裁上、毎号複数の講義が分載されており、蘿月以外には内藤鳴雪「俳句評釈」や森無黄《むこう》「俳文評釈」、佐々醒雪「俳諧史」、角田竹冷「俳書解題」などが並ぶ。『ホトトギス』や新傾向派とは毛色の異なる人選で、既存の俳句史では見落とされがちな人脈が垣間見える。

蘿月によると、連句の実作や研究が依然低調なのは、「連句の面白味が未だ今日の俳人や文学者の頭によく判つて居ないからだ」という（「連句作法」、『俳諧講義録』一号、一九一〇・八・一五）。ここでは、子規の連句非文学論や「我執の強い濃厚な文学的思潮」の台頭もその要因とされている。翻って、蘿月の言う「連句の面白味は変化にある」。連句においては「一巻の変化」が重要だが、その「思想の変化」にも「自然と順序なり呼吸なりを考へなばならぬ」。同記事では続けて、芭蕉の説に即しながら折ごとの「序破急」について解説する。さらに付言して、「同じ気分で統一されて居ることの面白味」を説いてこう述べる。

芭蕉などの連句を読んで見ると、一体に何んだか淋しい感がする。しんみりした感じがする。その感じは句の意味が淋しいからでも句の形があつさりして居るからでもない。意味が淋しくない句でも、形が工んである句でも、何んだか底の方に一種の寂びを覚える。この寂びた感じは芭蕉の人格の感じであらうと思ふ。

蕉門の俳諧が面白いのはこの「さびた気分で統一されて居るから」で、「蕪村一派の連句は変化が足りなくて面白くない」ものの、「やさしい気分で統一されて居る」という。ここでは「気分」という視座を導入することで、蕪村の連句にも評価の可能性が与えられている。ただし、「人格」の点で相変わらず芭蕉が特別視されている点には留意しておきたい。以降、この講義録では連句史の変遷を実例とともに辿っていくこととなる。

このように、蘿月は連句において「変化」よりも「気分」を評価しており、その根底に「健全」な「人格」を要請する。そうした連句観を披瀝する彼がこの時期、超党派的な「俳諧研究会」でも講師を務めている（「俳諧研究会の設置」、『ホトトギス』一六巻二号、一九一二・一一・八）。会の発起人には鳴雪、四方太、虚子、瓊音、笹川臨風の五名が名を連ね、初回は蘿月による俳諧七部集の講義が予定されている。同記事では蘿月を「熱心なる芭蕉の崇拝家」、「真摯なる俳諧の研究家」と紹介しており、同時代俳壇における彼の特異な位置づけが窺える。もっとも、後年の蘿月の発言によると、この会は彼が虚子らの「後援」を受けて組織したものだったようだ（『雪線』「序」、前出）。その頃は「碧梧桐の新傾向の影響も大分あ」ったが、「俳句は感情生活が根柢であるといふことを自覚し」、自身の句境を確立させつつあったという。そして一九一三（大正二）年七月、『冬木』を創刊し、自らを中心とする新たな交流圏を構築していく。

五　創刊当初の『冬木』

見てきたように、俳書堂の連句会に積極的に参加していた蘿月は、『ホトトギス』にも「連句雑考」を連載し、大日本俳諧講習会の『俳諧講義録』で「連句作法」を講じていた。最後に今後の課題も兼ね、出発期の雑誌『冬木』について触れておきたい。「熱心なる芭蕉の崇拝家」と評された蘿月の動向は、大正期以降の芭蕉ブームに遠く接続し得るのではないだろうか。

『冬木』は当初、先述した俳諧研究会の機関誌として創刊された。ところが第三種郵便物の認可が下りず、創刊早々「営業上少からぬ差支を生じ」てしまう（蘿月「謹告」、一巻二号、一九一三・八・一）。そこで、「俳諧研究会を解散し之までの会員組織の規程及び毎日曜日の講筵を廃」することとなる。それに伴い、『冬木』も会員への頒布物ではなく、「広く江湖に向て発売する事を目的とする俳諧雑誌」へと改められる。こうした経緯もあり、同誌は研究会を後援した虚子たちとは異なる道を歩み始める。

そもそも、以前は『ホトトギス』と近しかった蘿月だが、三、四年前から虚子と「文芸上の意見を異に」するようになり、「今は殆んど契合すべき点を見出す事の出来なくなつ」ているという（「冬木の周囲と立脚地」、『冬木』一巻五号、一九一三・一一・一）。実際同記事では、「今日のホトトギスの俳句の如きは唾棄すべきものと思ふ」と難じ、同時に、「私は新傾向を謳歌すべきものでない」とも断っている。さらに、「冬木は俳味や木太刀の句とも全然調子を異にする」と述べ、瓊音や秋声会系の派閥とも差別化を図る。翻って、蘿月自身は「都会の軽薄な享楽的な趣味」を倦厭し、「都会よりも自然の、清い温い厳粛な空気を好む」としている。『冬木』も「自己の好愛する所」に立脚しており、「その調と共鳴する様な人を集める」のだという。そうした立場のもと、俳句は「自然の写し」や「生硬い印象の表白」ではなく、「自然の中にある醇化された自分を出す事」と位置づけられる。

ただし、「個性は変つて居て差支ひないが」、蘿月自身は「その健実である事を希望する」(「俳句と個性」、『冬木』一巻一号、一九一三・七・一)。彼の言う「健実」は「道徳的」であることを含意しており、暴露的、放蕩的であるのは「健実の個性の仕業とは考へられない」という。ここでの彼は「文学」と「実際」とを不可分のものとしており、「洒脱瓢逸」に淫する態度も「聊常識を逸して居る」と倦厭する。さらに「江戸趣味」や「下町趣味」の愛好者に対しても、「健全な個性や趣味を悦ばず、文化の糜爛した譚はゞ腐つた溜水の臭を嗅で特意に成つて居る」と手厳しい。また同記事では、「近頃の文士や俳人」が「気分」を重視していることに触れ、「内面にしつかりした信仰もなく、たゞ気分のまゝに行動する位危険な而も馬鹿〳〵しい事はない」と難じる。蘿月に言わせると、「権威のない自分」の刹那的な感情は他愛ないものであり、「自分と云ふものを鍛へる事が第一」だという。こうした厳格な人格主義は、後年の遊蕩文学撲滅論争を想起させる。

一時期『冬木』に拠った四方太の見立てでは、当時の俳句界は多極化が進んでおり、「蕪村を中心としてその趣味に追従する連中」以外にも、「碧梧桐氏の新傾向」や「虚子氏の平明調」が割拠しているという(「芭蕉主義」、『冬木』一巻七号、一九一四・一・一)。これらに加え、「芭蕉を中心として大に元禄の俳風を鼓吹するに力めて居る人」たちがいた。「熱心なる芭蕉の崇拝家」と評された蘿月は、俳壇で新たな存在感を示し始めていた。さらに後年、蘿月は「近頃漸く芭蕉研究といふ声が一般文学者の間に喧《やかま》しくなつて来た」とし、「桃青会」を結成する(蘿月「桃青会」に就て」、『読売新聞』朝刊、一九一九・五・二六)。同記事ではその抱負として、「芭蕉の精神を研究しそれに立脚した創作なり、評論なりを発表し、新しい意味の芭蕉精神の復活を計りたい」と綴っている。蘿月によると、この「芭蕉精神」を「一定の文芸の形式の上に表は」す必要はなく、「私共の生活の根柢となればよい」という。

鈴木貞美が指摘するように、大正期以降の文壇では芭蕉ブームが到来する。[9] 本稿で見てきた明治四十年代における俳書堂周辺の連句熱は、必ずしも連句自体の継続的な普及には結実しなかった。だが連句一巻への注意を促したことで、蕉門俳諧が多角的に再評価されることとなる。蘿月はそうした交流圏を一つの足掛かりとして、「桃青会」に繋がるような人格主義的な芭蕉評価を醸成させていったと考えられる。

注

1 大畑健治「近代連句史の流れ」(『国語と国文学』七一巻五号、一九九四・五)。
2 虚子は子規生前にも「聯句の趣味」(『ホトトギス』二巻八号、一八九九・五・一〇)で連句の復興を図ったが、大きな反響は呼ばなかった。同論を含む虚子の連句論については、拙稿「虚子における連句の位置――明治三十七年俳壇の一側面――」(『連歌俳諧研究』一三二号、二〇一七・三)を参照。
3 東明雅「近代連句略史」(東明雅・杉内徒司・大畑健治編『連句辞典』、一九八六・六、東京堂出版)。
4 松井幸子「虚子連句の世界」(『三重大学日本語学文学』五号、一九九四・五)。
5 俳書堂文庫にはほかに今村一声編『稿本虚子句集』(一九〇八・二)や籾山柑子編『柑子句集』(同・一二)などがある。
6 『アラレ』の概要は、拙稿「日本派地方俳誌『アラレ』の位置――個人への関心と俳書堂との繋がりを中心に――」(『日本文学』七三巻三号、二〇二四・二)を参照。
7 江戸庵の伝記的事項は、広瀬徹『籾山仁三郎〈梓月〉伝―実業と文芸―』(幻戯書房、二〇二三・四)を参照した。
8 蘿月の伝記的事項は、耕治人『詩人蘿月』(感動律俳句会、一九六四・一一)を参照した。なお、著作は『萩原蘿月集』上・下巻(大和書房、一九八一・一二)にまとめられている。
9 鈴木貞美『生命観の探究――重層する危機のなかで』(「第八章‐六、文壇の芭蕉ブーム」、作品社、二〇〇七・五)。

第8章
和文と唱歌教育の交差
——稲垣千穎『本朝文範』、『和文読本』と『小学唱歌集 初編』の関係を中心に

栗原悠

はじめに

島崎藤村「夜明け前」には、平田国学徒として明治の新政府がスローガンとしていた「復古」の思想に期待をかけ、その教育政策を見守っていた青山半蔵が、実際には自身の理想と遠くかけ離れた西洋的価値観の色濃いカリキュラムが採用されたことに失望していくさまが描かれている。

新時代の教育はこの半蔵の前に展けつゝあつた。（…）教師の心得べきことは何よりも先づ世界の知識を児童に与へることで、啓蒙といふことに重きを置き、その教則まで従来の寺小屋にはないものであつた。（…）試みに半蔵は新刊の小学読本を開いて見ると、世界人種のことから始めてある。そこに書かれてあることの多くはまだ不消化な新知識であつた。猶、和算と洋算とを学校に併せ用ひたいとの彼の意見にひきかへ、筑摩県の当局者は洋算一点張りの鼻息の荒さだ。いろ〳〵彼は面白くなく思ひ、長居は無用と知つて、そこ

くに松本を去ることにした。[1]

「夜明け前」に見えるこの教育への情熱とその挫折は、しかし半蔵という一個人の問題として片付けられるものではない。半蔵のモデルとなった藤村の父・島崎正樹に少し遅れて気吹舎《いぶきのや》（当時は平田篤胤《あつたね》の養子で後継者の平田鉄胤《かねたね》が主宰していた国学塾）の門を叩いた稲垣千穎《らかい》は、のちに東京師範学校の教員となり、新しく立ち上がりつつある教育の現場にありながら、『本朝文範』、『和文読本』といった著作を通じ、半蔵が求めたであろう和文教育の普及を目指した人物であった。無論、その後の国語教育の趨勢を見れば、その目論見が彼の思った通りに達成されたわけではないことを、我々は知っている。ただ、ここで興味深いのは、千穎がそうした仕事と並行して文部官僚・伊澤修二の主導する国楽創出という一大国家プロジェクトのなかで編まれた『小学唱歌集 初編』（以下、『初編』）に深く関わり、多くの唱歌の作詞を担っていたという事実であろう。

唱歌と言えば、賛否の別はあるにしても、形式性や音楽性といった点からこれまで多くの詩歌人たちに関心を持たれてきた。従来、文学テクストとして直接的に言及されることこそ多くはなかったものの、かような歴史的な文脈は軽視できない。また、それぞれの唱歌はさまざまな人々に歌われることを目的として作詞・作曲されたものであり、その意味では狭義の文学に回収しきれない論点をも多分に含んでいる。従って、本章では千穎の和文例集と作詞を担った唱歌の関係に目を向けつつ、そうした問題を考えていくための端緒を示してみたい。

一　稲垣千穎とは誰か

ところで、稲垣千穎という人物については近年になって少しずつ研究が進められているものの、そもそもこれまでほとんどその履歴や業績について知られてこなかった。たとえば、『日本近代文学大事典』にはその名前こそ立項されてはいるが、記述内容は前節にふれた情報とさして変わりがない。一応、「東京師範学校附属小学校生徒唱歌」の中の『かをれ』を含む一二曲の作詞」や「『小学唱歌集 初篇』の『蝶々』の二番歌詞、『見わたせば』の二番歌詞などおびただしい数になる」と仕事量の多さを強調しているにもかかわらず、経歴上には不明な点も多くあり、全体像も漠然としている。そこで、まず本節では具体的な千穎の仕事の中身を見ていく前に、近年の研究成果に拠りつつ、少しく彼のプロフィールについてふれておきたい。[2]

稲垣千穎は一八四七年、陸奥国・棚倉（現在の福島県東白川郡棚倉町）に棚倉藩の家臣の家に生まれた。幼少期から学業優秀だった千穎は、文久遣欧使節団に参加した藩主で、のちに幕府老中、外国事務取扱に登り詰める松平康英が川越藩に転封になったのに従って、長善館という藩校に勤めたのち、京都に遊学した。その後、明治に入ってから東京の気吹舎の門を叩いたとされる。平田延胤《のぶたね》は当時の塾長であった父・銕胤に「当地塾頭之事、先頃迄松丸殿を取立候、川越藩稲垣真二郎〔千穎の別名 ※以下ことわりのない限り、〔〕内は著者注〕事、西川之世話にて参りくれ申候 此人ハかなり力もあり、世話も行届、先ツ安心仕候、先般被仰下候島原人并中津人いづれも教授役ニハ不足之由矢野など申候、尤当人共も堅く辞退いたし候由ニ、御座候」と「塾頭ハ先便申上候通り、先ツ川越之稲垣真二郎ニ御座候」と述べているように、千穎は将来を嘱望される国学徒であったことがうかがえる。[3]

しかし、千穎はほどなくして気吹舎では禁じられていた遊郭通いを何者かにリークされたらしく、退塾処分となった。この顛末およびその後しばらくの消息は現時点でははっきりしないものの、一八七四年には東京師範学校（のちの東京高等師範学校）に職を得、教育に関する著作活動にも力を入れていく。[4] また、在勤中にはその学殖を見込んだ校長・伊澤修二に声をかけられ、伊澤が取り仕切る音楽取調掛《とりしらべがかり》の仕事にも従事し、『初編』に載録された唱歌の作詞にも取り組んだ。東京藝術大学音楽学部のルーツでもあるこの音楽取調掛は、師範学校における音楽教育を実践するための機関としてあると同時に、全国の学校教育における音楽の重要性を啓蒙していくことも目指しており、一連の『小学唱歌集』編纂などもそのカリキュラム化のなかで進められていた。そして見逃せないのは、この仕事とほぼ同じ時期に千穎が刊行したのが、『本朝文範』（松岡太愿との共編）であり、『和文読本』であったことだ。千穎が関わった著作のうち、これら和文教育の普及を目的とした二冊が『小学唱歌集』の作詞作業と前後する時期に編まれていたことはここで強調しておきたい。

さて、このような貢献もあってか学内で順調に昇進していった千穎だが、一八八四年には職を辞してしまう。しばしば同校の校友誌に寄稿することはあったものの、その後については居住していた下谷《したや》区の教育会長を務め、晩年には昌平銀行という銀行の監査役を務めていたことが分かる程度である。[5] これはおそらく同行の頭取の松角武忠という人物が下谷区の議員だったよしみから引き受けたのだろうが、晩年にはほとんど教育とは関係がない役職に就いていたことも千穎がさほど注目されてこなかった要因の一つとも考えられる。そして、一九一三年二月に数え六八で亡くなっている。

以上、大雑把にその履歴を見ただけでも分かるように、現場教育者としての千穎の実働期間はわずか一〇年と決して長くはない。しかし、東京師範学校在勤中には二〇冊以上の本に著者や編者として携わり、その後もペースは落ちるものの、一八九〇年代までは著述活動に関わっていたと見られる。また、そうしたなかでもとりわけ初中等教育の生徒を対象として和文や修身、国史を講ずる著作を多く残しているのは、著作者としてのユニークな点と言えよう。このような特徴を確認したところで、次節ではそうした点と深く関わってくる唱歌教育と「国楽」の問題について見ていきたい。

二　「国楽」と黎明期の唱歌教育

一八七二年七月に文部省が発布した学制には、およそ六歳から九歳の生徒の教育課程にあたる下等小学校において、唱歌の授業を設置すべきことが示されている。ただ、これは「当分之ヲ欠ク」とあり、今後急いで整備を進め、授業を始めるべきという状況にあった。諸外国の教育を視察したうえで、そうした教科が必要であることを分かっていたはいたのだが、すぐさま始められる段階にはなかったのである。

そこで文部省は、改めて海外に人材を派遣し、唱歌の教科化を推進すべく調査を行なった。その成果報告が一八七八年の「学校唱歌ニ用フベキ音楽取調掛ノ事業ニ着手スベキ、在米国目賀種太郎、伊澤修二ノ見込書」である。ここでは実地で唱歌教育を学んだ目賀種太郎、伊澤修二の連署名によってその効果が次のように主張されている。

音楽ハ学童ノ神気ヲ爽快ニシテ其勤学ノ労ヲ消シ、肺臓ヲ強クシテ其ノ健全ヲ助ケ、音声ヲ清クシ、発音ヲ正シ、聴力ヲ疾クシ、考思ヲ密ニシ又能ク心情ヲ楽マシメ其ノ善性ヲ感発セシム[6]

ゆえに二人は、音楽取調掛の設置を急務と結論づけた。今日から見れば、やや大袈裟にも思えるこうした訴えが聞き入れられた結果、翌一八七九年に文部省音楽取調掛が新設され、伊澤はその担当官に任じられた。

ところで奥中康人によれば、伊澤は唱歌を「科学によって裏づけられている（と考えられていた）七音音階で歌われていることが重要」と考えており、「日本のさまざまな声の文化を均質化、標準化して、それまでにまったく存在していなかった、全国民が同じメロディで声をあわせて歌うためのメソッド」[7]だと理解していたという。

すなわち、伊澤が求める唱歌とは欧米の楽曲をそのまま模倣するのではなく、そのような「科学」的な音階によって作られた曲に日本語の詞を載せた全く新しい形の音楽であった。山東功は、「この伊沢の要望に応じたのが後述する稲垣千頴、加部巌夫、里見義らである」と述べ、「彼らは教育者として主に国語教育に携わっていた。しかも結果から見れば彼らの属した流れは、欧化主義一辺倒の洋学派というよりも、和学に通じた国学派と言うべきもの」[8]だとその人選の特徴にふれている。こうした人材を確保し得たことで、理念先行の政策が次第に具体化されていった。

とは言え、作曲理論を持つ人材の不足の点は依然としてネックであり、それゆえに外来の原曲を利用しつつ、作詞も「翻訳と言っても純粋に「言語間のテキスト訳出」という意味合いではなく、中には原曲と全く違った歌詞内容の唱歌さえあ」り、「日本の文脈に合わせた翻案が多くの楽曲において認められる」[9]と本邦流のアレンジが基本になっていた。後節でふれる千頴の唱歌もこのような前提で書かれていたという点は留意しておきたい。

こうした唱歌を集めていった『初編』の「緒言」には、伊澤による次のような方針が掲げてある。

凡ソ教育ノ要ハ徳育智育体育ノ三者ニ在リ而シテ小学ニ在リテハ最モ宜ク徳性ヲ涵養スルヲ以テ要トスベシ今夫レ音楽ノ物タル性情ニ本ツキ人心ヲ正シ風化ヲ助クルノ妙用アリ故ニ古ヨリ明君賢相特ニ之ヲ振興シ之ヲ家国ニ播サント欲セシ者和漢欧米ノ史冊歴々徴スベシ[10]

先の目賀との連署名ともやや重なるが、ここでは特に音楽の教科化が徳育教育に繋がることが強調されている。こうした性格づけを抑えつつ、以下の二節では具体的な作詞の問題について考えていく。

三　千穎と『小学唱歌集 初編』の作詞（一）

最初に述べておくと、実は『初編』は基本的に文部省の作成物として、当初個々の唱歌の作詞者を明らかにすることは想定していなかった。先にふれた『日本近代文学大事典』のなかでの千穎の項目に業績への言及が極端に少なかったのもそうした事情があったとは推測される。しかし、断片的な報道や公刊物における記録はいくらかあったし、現在では一連の『小学唱歌集』編纂に関わる資料が東京藝術大学図書館のデジタルコレクションに収載された「音楽取調掛時代文書綴」および「音楽取調掛時代各種資料編」としてオンライン公開されているため、それらを見ていくことで誰がどの唱歌を作詞したのかほとんど特定可能な状況になっている。

それではこのうち、千穎はどのくらいの数の唱歌に関わっていたのだろうか。最終的に公開された『初編』では全部で三三の唱歌が掲載されているが、右の藝大のコレクションに含まれる伊澤修二「唱歌略説」という資料によれば、少なくとも二〇曲の唱歌が千穎の手によるもので、全体のおよそ三分の二にあたる。ただし、二〇曲全てを千穎一人で作詞したわけではない。たとえば後述する「見渡せば」は、一番を柴田清熙《きよてる》、二番を千穎が作詞するといった形で分担されていた。管見の限りでは、柴田が作詞に関わったのはこの一曲のみであるが、千穎が国学者として字句選びに関しては得意な一方、柴田は千穎がたびたび苦手だと吐露していた音楽に詳しかったゆえ、登用されたのだという。[11] また、これと同様に「ちょうちょう」も一番を野村秋足、二番を千穎が分担している。野村は鈴木朖《あきら》に学んだ国学者であり、愛知師範学校では伊澤の同僚であった。

ところで、千穎以外で複数の唱歌の作詞に関わった人物には、里見義《ただし》と加部厳夫がいた。彼らもまた国学の教養を持っており、伊澤の著書『楽石自伝教界周遊前記《らくせきじでんきょうかいしゅうゆうぜんき》』によれば、特に里見は多くの唱歌を手がけたことが讃えられている。ただし、これは『小学唱歌集』三編のプロジェクトを通じての話だと思われ、こと『初編』に関しては千穎がその中心であったことは疑いない。それは単純な作詞の数もそうだが、全体の意見取りまとめなどについても彼が担っていたからである。このような点を確認したうえで、以下では先の「音楽取調掛時代各種資料編」などから具体的な唱歌が完成に至るまでのプロセスを見つつ、千穎がその作詞にあたってどのようなことに心を砕いていたのかをいくつかの例にふれながら読み解いていく。

手始めに『初編』第一三歌に掲げられた「見渡せば」を取り上げたい。先述の「唱歌略説」の通り、この歌は千穎が分担作詞者であった。

> 第一歌ハ以前音楽取調掛ニ出勤セシ柴田清熙ノ作ニシテ古今集春ノ部ニ載タル素性法師ノ歌ニ「見渡せば柳桜をこきまぜて」トアル句ヲ足シ意ヲ取リテ楽譜に合セタルモノ也 第二歌ハ第一歌ニ擬シテ稲垣千穎ノ作レルモノニテ春秋二季ノ景色ヲ取合セタルナリ[12]

まずは実際に出版された『初編』の「見渡せば」の歌詞のうち、千穎が担当していた二番を見てみたい。なお、元の記述のままでは意味が汲みにくいところがあるため、ここでは下の括弧内に適宜漢字を加えたものを併せて示しておく（以下、唱歌の歌詞については同様に表記する）。

みわたせば やまべには（見渡せば 山辺には）
をのへにも ふもとにも（尾上にも ふもとにも）
うすきこき もみじばの（うすき濃き もみじ葉の）
あきのにしきをぞ（秋の錦をぞ）

たつたびめ おりかけて（竜田姫 おりかけて）
つゆしもに さらしける（つゆ霜に さらしける）

藝大には、右の出版＝最終版『初編』の前段階にあたる唱歌掛図（出版された『小学唱歌集』でもレイアウトは同様だが、掛図とは教室の前方に掲げて生徒に合唱させるために、歌詞と五線譜が掲載されたもの）の原稿が残されているが、こちらでは最終的なバージョンで採用された第九句の「おりかけて」の部分が「オリハヘテ」となっており、微妙な違いが見られる。[13] この箇所について、歌詞の作成過程を記した回議書類では、チェック役であった文部官の佐藤誠実《のぶざね》によって「おりはへてハをりはへてトスベシ」と、「お」を「を」に変更するべきではないかと指摘されている。[14] 佐藤は、「長く続く」という意味の「をりはふ（折り延ふ）」の語の連用形ならば「を」が適当だろうと考えているのである。これに対し、千穎は次のように応答している。

> 月清集さなへとる鳥羽田のおもにあめをちてをりはへきなくほとゝぎすかな 是ハ時節（ヲリ）ニテヲノ仮字ナリ 続拾遺集立田姫いまや梢のからにしきおりはへあきの色ぞしぐるゝ 続古今集久かたのかつらの里のさよごろもおりはへ月のいろにうつなり 此ニ首織（オリ）ト時節トヲ言ヒカケタルナリ サレドオヲノ仮字タガヘリ今ノ唱歌ノ如キハ全ク織ノ意ニテハヘハ延（ハヘ）の意即チ栲縄之千尋ノ縄打延ノ延ノ如クトリナセリ カクテハヲノ仮字ニテハ大ニ違ヘリ 故ニおりはへてト□［一字判読不可、以下同様に示す］ノ辞ヲ用ヰル（傍点・傍線は原文、以下ことわりのない限り同じ）[15]

ここで千穎は、『秋篠月清集』、『続拾遺和歌集』や『新古今和歌集』の和歌（それぞれ詠み手は藤原良経、藤原家良、藤原定家）の用例を引き合いに出しつつ、さらに『古事記』における「栲縄の千尋の縄、打延」の例などにも言及しながら自身が「を」ではなく、「お」を選択したことの妥当性を主張している。千穎の言い分によれば、「見渡せば」の歌詞では時節を意味する「折（り）」に布などを「織（り）」の字とのが意識されており、その意味でここは「お」が適当なのだという。この反論に対し、佐藤は負けじと次のように言い返している。

おりはへてハ新撰万葉集ニ折蝿トアレバをりはへてト書クベキヲ後ニおりはへてと誤レルニ因テ続拾遺集ノ歌ノ如キ織ニカケタル詞モ出来リシナリ因テをりはへてト改ムルカ外ニ好字面ヲ選ビテ用ヰタル方宜シカランと思フナリ[16]

「おりはへて」がそもそも「をりはへて」を誤って書いてしまったことに由来するもので、千穎が持論の根拠の一つとして例示した『続拾遺和歌集』もそのような流れの延長線にあるのだから、やはり本来の「を」を用いるべきというのがここでの佐藤の主張である。この議論は平行線を辿り、伊澤が引き取った結果、最終的には既述のように「おりかけて」の形に落ち着いた。一見すると、細かな問題に紙幅を割いたように思われるかも知れないが、ここに作詞行為における歴史的仮名遣いを強く意識し、また修辞的表現に拘泥する千穎の問題意識の一端が垣間見えるのではないか。ただし、これはやはり黒川春村に国学を学び、のちに『古事類苑』の編纂を担った佐藤が相手であったからこそ成立し得た生産的な議論であり、実態としては千穎一人の力ではなく、こうしたことばに関わる高度なやりとりを経たことで、各唱歌の歌詞が洗練されていったのだと見るべきであろう。[17] 節を改めて別の事例についても検討してみたい。

四　千穎と『小学唱歌集 初編』の作詞（二）

ここではまず『初編』第一六歌の「わが日の本」についてふれる。元の歌詞は誰の手によるのか分からないものの、やはり完成までの間に千穎と佐藤誠実によって議論が交わされた歌である。千穎作詞唱歌のなかでも争点らしい争点もないまま完成に至るものもあることを考えれば、千穎作詞とは断定できないにせよ、千穎の思考が垣間見える本歌を例に挙げることは見当違いとは言えないだろう。さて、そのような「わが日の本」は一番から四番まであるのだが、ここではさしあたり議論の焦点となっていた一番の歌詞を『初編』から掲出してみる。

ワガヒノモートノ アサボラケ　（我が日の本の 朝ぼらけ）
カスメルヒーカゲ アフギミテ　（かすめる日影 仰ぎみて）
モロコシビートモ コーマビートモ　（唐土人も 高麗人も）
ハルタツケフヲバ シリヌベシ　（春たつけふを知りぬべし）

さて、これについても掛図原稿の段階では、「カスメルヒーカゲ アフギミテ」の部分が「カスミソメタル ヒカゲヨリ」となっており、最終版とは異なる部分があった。この変更については、まさに佐藤から「カミ《（ママ）》スソメタル日影ヨリハ カスメル日影アフギテゾトスヘシ シリヌベシハシリヌベキトスヘシ」[18]と意見が付されており、千穎は次のように返答している。

かすめる日影あふぎてぞト改ルハ仰グノ詞オモシロキ様ナレド 第四句ニど|ノテニヲハヲ用ヰ第八句ニ至リ

テべきトきニテ結ブハ少シク唱歌スルニ当リテ穏ナラヌヤウナリ　はるたつけふをぞしりぬべきト第七八句ニテ係結ヲナスハ調□ナル心地スレド（…）かすめる日影ヨリかすみそめたるノ方優ナリト思惟スルハ第七句ニはるたつけふをぞトアル如ク立春ノ日ノ意ナル故ナリ[19]

全面的に反駁する姿勢を見せていた先の「見渡せば」の議論に比べればいくらか穏便なやりとりになっており、ここで千穎は佐藤の提案を「仰グの詞オモシロキ様」だと好意的に受け止めている。また、終わりの第七句から第八句の修辞についての佐藤の考えにも理解を見せていた。このような対立的ではなく、むしろ同調的な部分にも千穎の志向をうかがうことは出来よう。ただし、意味上の問題を優先するがために、やはり持説を曲げることはなく、結果として「わが日の本」は、千穎と佐藤の議論を折衷したような形、すなわち第三句から第四句にかけては佐藤の提案通りに修正、第七句から第八句にかけては当初の表現を維持する形にまとまった。論調は異なるとは言え、基本的な問題意識は「見渡せば」のそれと一貫している。

次に検討するのは、『初編』の冒頭に置かれた第一歌、千穎作詞の「かをれ」である。これもまた刊行された『初編』から一番の歌詞を引く。

カヲレ ニホヘ　（かをれ にほへ）
ソノフノ サクラ　（園生の さくら）

基本四小節だけで構成された非常に短い一曲である。その歌詞は掛図原稿の段階から出版されたものと同じになっている一方、もともとは「ヒラケ」と書いてあった部分に打ち消し線が入って「カヲレ」と直されていたようだ。[19] この歌の成立過程においても佐藤は千頴に意見していたわけだが、その内容は次の通りである。

花ニひらくると云フ□古人往〻用キタルハ世人ノ稔知スル所ニシテ証左ヲ臚列スルヲ俟タザル□ナレドモ其言ハ原来開ノ字ヨリ混シ来レル者ナレバ快カラザルノミナラズひらけト云テ命令ニスル□ハ通常ノ語法ニ協ハサレバ改メタク思ヒシナリ朱書ノ如クかをれトスルハ音調諧和シテ毫モ憾ナシトスルナリ[20]

判読しかねる部分がやや多いものの、主張はごくシンプルであり、要するに「花」という語には「ひらく」という表現が相応しくないということだ。本歌に対してはかなり本質的な批判と言えるが、千頴はこの指摘にも理路整然と反駁を試みている。少し長いながら、重要な論点を含んでいるので次に引用する。

ひらくるト下二段活用ニ用ル方正シキハ論ヲ俟タザレドモ今ハ暫ク童謡ニヒライタヒライタ等ノ詞アルニヨレリ

日本語法花ニハ必さくト云ヒテひらくト云ハズ云々ノ高論コレマタ論ナシ 然レドモ今編成スル所詞ハ悉ク延暦以前ヲ用ヒ人ハ神世ノイハユル青人草ヲ用ルニ非ズ偏セバ頗セス例ヲ中古ニ取ラバ十分ノ者ナルベシ是何トナレバ今ニ適スルヲ□□スレバフリ花ニひらくト言ヒタルハ（但シ下二段ニシテ今用キタル童謡ノ格トハナリ）風雅集見わたせばかすがの野べにかすみたちひらくる花はさくら花かも 続千載集はるのくるかたをてらして法の花ひらくる時を世にぞしらする 拾遺愚草あしがきはまぢかき冬の雪ながらひらけぬ梅にうぐひすぞなく 新後撰集世々をへてたへなる法の花ならばひらかん時のちぎりたがふな 此等皆花ニひらくト言ヘルヲ以テ強ヒテ誤トシ我国語必花ニハさくトノミイフベシトセバ大ニ抵触スル所ナラン□決シテ上世太古ノ語ノ□ヲ用

キテ明治ノ人民ヲ教育スルヲ目的トセズ請フ再省（…）[21]（傍線、栗原）

既に見てきた議論と同様に、ここでも千穎は和歌集の事例を根拠に自説の妥当性を論じているのだが、この反駁が興味深いのはそれに加えて、作詞における基本方針とも言うべき主張が見出せる点である。曰く、現代の唱歌は現代、すなわち明治の人々の教育を目的としており、「延暦以前」の「青人草」に向けて作られているものではない。従って、模範とするべきは「中古」で十分なのであって、そうした事例からすれば「花」は必ずしも「さく」である必要はなく、「ひらく」でも適当なのであるという。この応酬の結果は、周知の通り佐藤の修正案が採用され、歌詞は「カヲレ」に変更となり、それが唱歌自体の曲名にもなった。その意味では当初の反駁の意図は完成版において目に見える形では反映されなかったのだが、一連の議論のなかでは千穎が作詞にあたって拠って立つ言語観が透けて見えるのではないか。

紙幅の関係上、これ以上は取り扱わないが、ここまでに見てきた事例から次のような傾向を指摘しうるだろう。まず千穎は、まだ音楽理論に明るい人材が乏しく、唱歌の作曲にあたっては西洋の楽曲の旋律を借用するケースが非常に多くあったなか、それに合わせて日本語としても正しく意味の通る詞を作るために、修辞や歴史的仮名遣いに注意を払い、表現を工夫しなければならなかった。そうした問題意識は必然的に中古の和歌の参照を重視することとなった。無論、全体を見ればこれ以外に『万葉集』や本居宣長の文章など時代的にも幅広い言及が見られるものの、中古の和歌の参照度合いは群を抜いている。そのようなリテラシーに立脚しつつ、千穎は佐藤との議論のなかで『初編』の各歌を完成させていったのである。

それでは、如上の作詞とほぼ並行する形で編まれていた和文教育書の編纂方針はどのようなものだったのかを次節で見ていく。

五　『本朝文範』における編纂方針

『初編』とほとんど同じ時期にあたる一八八一年一一月に刊行された『本朝文範』の上巻には、緒言とは明言されていないものの、それに相当する文章が掲げられている。次の引用はその一部である。少し長いが、千頴における日本語文章の評価史を語りながら、同時に『本朝文範』編纂についての基本的な方針を明言してもいる重要な部分なので煩を厭わずに掲げておきたい。

文章の姿　およそに別ちいはんに　まず三の移り変わりあり。　其は上ツ世 中ツ世 近キ世 天応より前をば上ツ世とすべき（…）概ては心高く詞すなほにして 露ばかりも作りたるあとなく 皆自然のあやをそなへて強くうるわしきことといはん方なし（…）なほ神世の風をうしなはずして他国のさままじへず。まことに此間ぞ此ノ国のなりのまゝのすがたにて尊しともいと尊くめでたしともいとめでたくはあれど今の世の人のなべて習ひもてあそばんには 詞耳遠くて とみにはさとりがたきわざなれば（…）今此ノ書にも 此ノ間のをばあげず

延暦の時より 建保承久の頃までは 中ツ世風なり 此中に仁和よりかみはむねと漢文をのみ、もて遊ばれたりけんと見えて 仮字文の今のよに伝はれるはいとくすくなし 寛平延喜より 寛弘長和の間ぞ真盛に此道もて遊ばれたりける 此間には男も女も作者おほく（…）なべては皆上世風のなごりありて、裏に此国のおほらかなる心をすえ表に漢文の花やかなるかたちをうすくよそひて、実さへ花さへそなへたれば えもいはぬに

ほひありて 今も耳遠からず 後の世の文かき歌よむ人も 皆此すがたをぞねがふめれば、今此きはよりたちきりて此書にはしるしいでたり（…）建保承久の間を此風の末といふべし。此頃ぞ全く此句は失せはてける。承久よりこなたを近世風とす。（…）天の下おしなべておのづから武き事そのみ尊み慕ひて文学の方は 益なくかひなき（…）此間には見るべき文いふべき人もいと〳〵すくなくなんありける

かくて幾百年をへて 元禄の頃より、またとかくさだすること始りてつぎ〳〵賢しき人多く世にいで（…）詞の花は 再もとの古に咲きかへりきにければ おのがむき〳〵心のひかるまに 或は上世風 或は中世風とならひものしてかくまでとうちおどろかるばかりにはなりにたり。されど細かに見れば、しひてもてつけたあとおのづからあらはれて 詞は古なるも、なほ後の風のえおほふまじき所ある。これ今の世の風にて、これぞ三の沿革のおほよそなりける

千穎の見取り図を整理してみると、まず日本の文章の変革は上ツ世、中ツ世、近キ世の三段階を経てきたという。一つ目が上ツ世で、混りっ気のない日本語空間であった点で理想的なことばの空間だが、いかんせん人々が一聴して理解できるような代物でなく、参考にはならない。次が中ツ世で、これは始まってすぐには漢文を消化しきれずにいたものの、男女共に制作者が多く、模範的な文章がいくつも世に送り出された時代として位置付けられている。さらに次が承久以降の近キ世であり、武力の時代で見るべきもの・人は少ないと片付けられている。最後に今の世の風として、（かなり時を経て）元禄以降にかつての文化の復興を志向する動きが起こり、擬古文が登場した時代があり、これが直接的な模範なのだとされている。

延暦以前の「上ツ世」を「心高く詞すなほ」と評価しつつ、「今の世の人のなべて習ひもてあそばんには 詞耳

遠くてとみにはさとりがたき」と現代（明治）人にとって耳慣れないことばを用いても意味がないと説いている点は、前節の終わりに「かをれ」の歌の議論のなかで千頴が述べていた『初編』の方針と重なる。また、既述の通り『初編』の場合、参照されるのがほとんど和歌集であるため後代（＝承久以降）のものも含まれてはいるものの、基本的に千頴の定義するところの中ツ世（中古）を模範とした点も同じであった。なお、信木伸一はこうした方針で編まれた『本朝文範』を仔細に検討しつつ、この書がまず中古と近世の二系統の典拠を中心としつつ、文の種類によって分けられていることを明らかにしたうえ、「和文を基盤に、現時に通用する文体の範を示すというのが教材選定の基本方針」だと指摘している。[22]

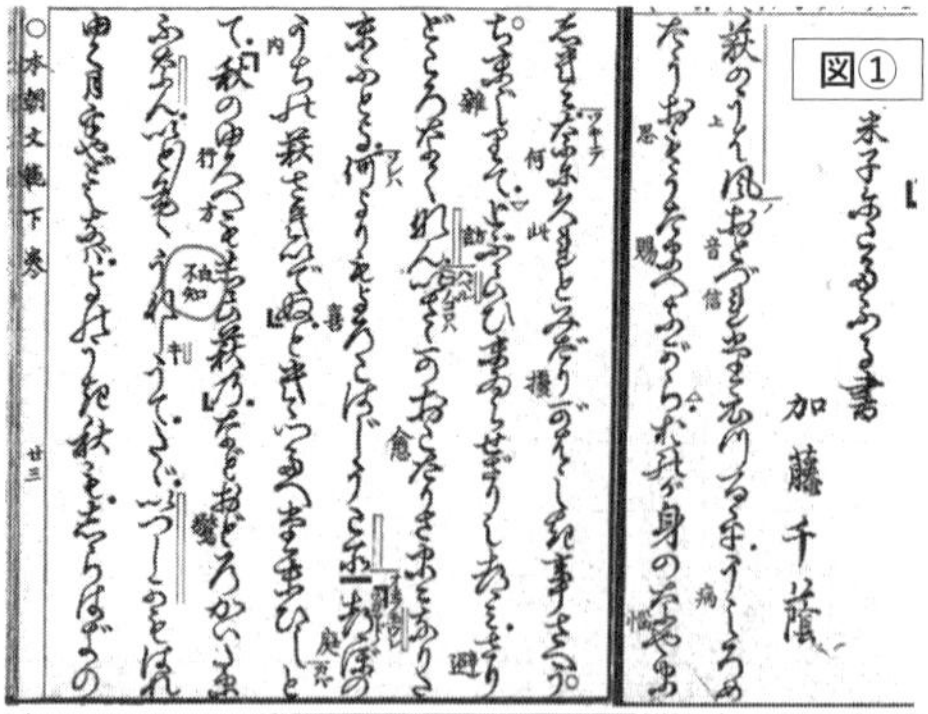

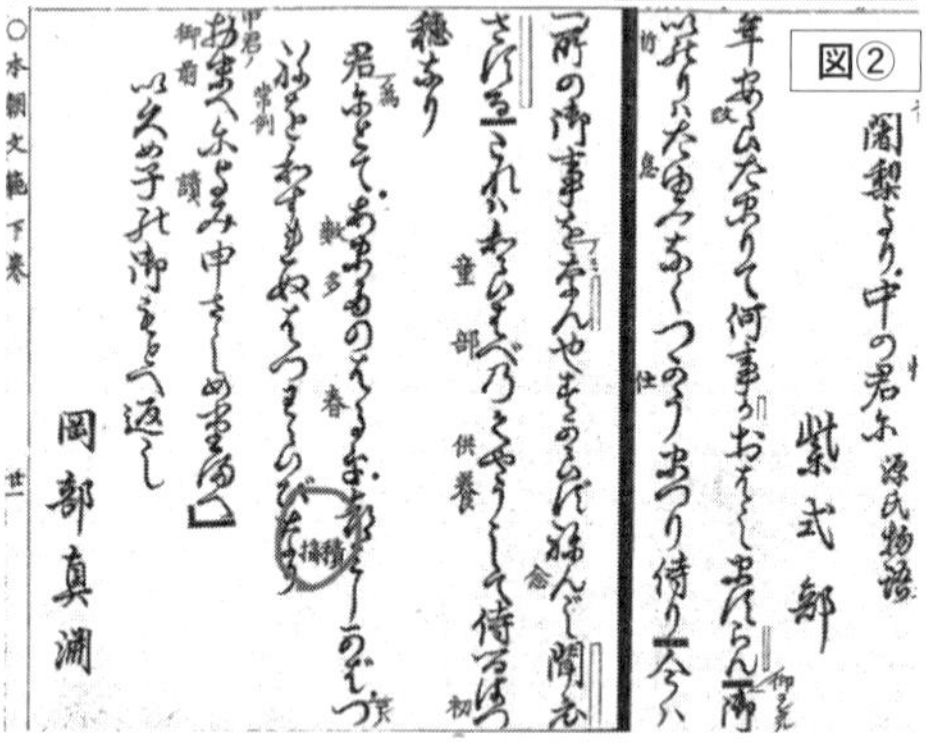

さて、『本朝文範』の具体的な内容にも少しふれておきたい。上に掲出する図は、それぞれ①が国学者の加藤千蔭が弟子に宛てて書いたもの、②が「源氏物語」は「橋姫」の阿闍梨《あざり》の件である。

選文集という性格上、載録されている文章の内容云々というよりは、どんな表現が採られ、それをどのように見せているのかに注意したい。たとえば図①では「秋のゆくへのしら萩の」の「白」＝「不知」、図②では「君にとてあまたのはるをつみしかば」の「摘」＝「積」といった掛詞や、同じく図②の「何事かおはしすらむ」の係り結びなど本文の修辞の右に記号や注釈を添えることでポイントを可視化し、その重要性に注意を払わせるといった工夫が見られる。こうした修辞に重きを置くところにも『初編』載録唱歌の作詞と同様の方向性を見出しうる。ただし、『本朝文範』は和文教育一般に対する目的意識から選ばれる例文なども『初編』が参照したものより幅広い点はあるだろう。そこでは近世の擬古文や、わずかに例外的な参考として和漢混淆文も含まれていた。[23]

ところで学習院などで教鞭を執った国文学者・福井久蔵には、『教育並に学術上より見たる日本文法史』という著作がある。福井はこの本のなかで「御茶の水なる師範学校にて、実地に和文を教授せしは稲垣千穎氏なり。（…）師範学校にて業を受けし人々の談話によれば、氏は読本につきて文章の結構・修辞等につきて説明せられ、作文は全く中古文体を用ひ」と学生たちによる千穎の授業の証言を紹介している。[24] この記述を事実と受け取るならば、上述の『本朝文範』の方針は教育現場での実践とも結びついていたと言える。あるいは『初編』の作詞の方針もこうした実践の場における試行錯誤のなかに構想されていった可能性も高い。また、想像を逞しくすれば、授業において「作文は全く中古文体」と完全に振り切った教材選択をしていたのは、対面ゆえにその場その場で細やかな指導・助言をし得たからではないだろうか。これまで見てきたように、細かな修辞やことば遣いを頻用する「中古」の文章表現はそれを学ぶ者たちにとって簡単ではなかったはずだ。そのことは次節で明らかとなるだろう。

六　『和文読本』における編纂方針

一方、『本朝文範』から一年ほどのちに刊行されたもう一冊の千穎の代表的な和文読本、タイトルもそのまま『和文読本』は前著とは全く別の方針で編まれることとなった。こちらも「緒言」を掲げてみよう。

されば此の書 今の世の極めて初学の誦読の為にとて物したるにて なかく〳〵にめでたくうるはしき雅文は容易くさとり難き方もあれば、或は軍記 或は俗物語などよりさへとりて多き中には 御国文のならぬも 又詞のあやしくさとびたるもあれど むげに後世のならねば さすがにおのづから雅びたる処ありて 其の方に罪ゆるさるゝこゝちせらるゝなり 25

ここでは、かなり妥協的に軍記や俗物語（=説話）といった、承久以降の和漢混淆文の文例を採用した旨が述べられている。『本朝文範』において「見るべき文いふべき人もいとく〳〵すくな」い時代のそれらの文章に対する千頴の評価はすこぶる低かったのではなかったか。この方針転換は、「めでたくうるはしき雅文は容易くさとり難き」と述べられている通り、工夫をしたとしても中古和文がやはり初学者にはハードルの高いものだったからだという理由なのだが、そうした方針は必然的に和歌や修辞的な表現の用例の多くが除かれる結果を招いた。その意味では『和文読本』は『本朝文範』とは異なり、『初編』との連続性から離れたところに成立したものだったと言える。最後にこの二つの和文教育書の差について少しくふれておきたい。

『本朝文範』はその冒頭に「近く萩原広道の源氏物語評釈」を不完全ながらも「初学の便となることおほければ おのが此書には それに倣ひて物しつ」として、江戸末期の国学者・萩原広道の仕事を下敷きにしていたことを明言している。前節にふれた信木伸一も『本朝文範』が近世の文範的な意識を継承した選文集であったことを指摘しており、載録された文章の近世の選文集との重複を調査・確認したうえで、千頴が『源氏物語評釈』以外にも複数の選文集を参考にしていた形跡を看取している。しかし『和文読本』は先の指摘の通り、そうした流れからかけ離れたところに成立した。菊野雅之はそのような方針転換が画期的であったとし、当時の文の規範がきわめて不定であり、言わば文体の併存混乱期ゆえの模索の結果だと評している[26]。

菊野のこの指摘は、それぞれの和文教育書の性格を読み比べつつの結果であり、非常に説得的なものであるが、もともと国学者として和文に通じその普及を志向していた千頴が従来の方針を改めざるを得なかった理由として、『初編』の作詞プロジェクトの動向も関係していたのではないだろうか。そもそも千頴とともにこのプロジェクトにリクルートされた里見義や加部厳夫が『初編』以降も引き続き『小学唱歌集』の作詞に従事していたのに対して、千頴は早々に音楽取調掛の仕事に見切りをつけてしまい、次第に教育自体からも遠ざかっていったのだった。千頴という人物についていち早く注目していた山住正巳は、こうした千頴の動向について、『小学唱歌集』が持っていた「徳育」への強い志向が次第に文部省側の過剰な介入を招き、「耳を第一とし心を第二とするという稲垣の音楽観」が後退させられていったためではないかと推察している[27]。『本朝文範』が『初編』とほぼ同じ方向のもとに編まれていたのだとすれば、こうした作詞上の挫折が『和文読本』での方針転換にも影響を与えた可能性は否定出来ない。

『初編』載録の唱歌は、「蛍」や「君が代」[28]をはじめその後も歌い継がれていき、それはやがて新体詩を生む一つの淵源ともなった[29]。そこからの日本近代詩の展開を追うことはもはや本章の目的を大きく逸するが、こうした事実一つを取っても『初編』が果たした意味は文学史上も決して小さくはない。ただ、その生成過程においては、ここで見てきたような作詞者・千頴のひそかな葛藤があり、それはまた和文教育のありようとも結びついていたのである。

注

1 島崎藤村『夜明け前 第二部』新潮社、一九三五年、四五三頁。

2　以下の千穎の履歴は、近年の千穎研究を推し進めてきた中西光雄による『「蛍の光」と稲垣千穎 国民的唱歌と作詞者の数奇な運命』（ぎょうせい、二〇一二年）の記述に多くを負っている。

3　（四六）平田延胤、平田銕胤宛・明治三年一〇月一四日付書簡（堀内敬三、井上武士［編］『国立歴史民俗博物館研究報告』第一二八集、二〇〇六年、四七三頁）および（四七）平田延胤、平田銕胤宛・明治三年一〇月一九日付書簡（同、四七五頁）。なお、書簡中に見える西川は西川吉輔、矢野は矢野玄道《はるみち》と考えられ、いずれも気吹舎に出入りしていた国学者である。

4　管見の限りでは校訂なども含め、千穎が何らかの形で関わった本の数は、五〇冊余ある。おそらく最初の著作は一八七五年の『国史名称読例』であり、これは東京師範学校で国史を講ずるにあたって執筆された。

5　一九一一年二月三日の『官報』第八二八三号附録の「商業登記」欄には、「明治四十四年一月二十二日（…）稲垣千穎ハ同日監査役ニ就任ス」とある。

6　「学校唱歌ニ用フベキ音楽取調掛ノ事業ニ着手スベキ、在米国目賀田種太郎、伊澤修二ノ見込書」（一八七八）（芸術研究振興財団、東京芸術大学百年史刊行委員会［編］『東京芸術大学百年史 東京音楽学校篇 1』音楽之友社、一九八七年、一四頁）。

7　奥中康人『国家と音楽 伊澤修二がめざした日本近代』春秋社、二〇〇八年、一七九頁。

8　山東功『唱歌と国語 明治近代化の装置』講談社、二〇〇八年、二〇-二一頁。

9　佐藤慶治『翻訳唱歌と国民形成 明治時代の小学校音楽教科書の研究』九州大学出版会、二〇一九年、三五頁。

10　伊澤修二「緒言」（『小学唱歌集 初編』文部省音楽取調掛［編］、文部省、一八八一年）。

11　東京藝術大学附属図書館デジタルコレクション「音楽取調掛時代文書綴 巻7回議書類 上」15865・11では、柴田の雇い入れにあたって、「左記之者兼テ音律之事項等精ク取調居候」と紹介されている。また、ここではもっぱら作詞に焦点を当てているため、旋律の問題は直接的に検討しないが、「見渡せば」のそれは現在「むすんでひらいて」として知られているものと全く同じである。なお、資料本体にあとから振られたと思しき頁数はおそらくは虫損や擦れなどによって不鮮明で見づらい部分が多いため、以下本注のように、資料の画像データ（PDF）の番号を示すことにする。

12　東京藝術大学附属図書館デジタルコレクション「音楽取調掛時代各種資料編 巻外 伊沢修二著「唱歌略説」16326-5。

13　東京藝術大学附属図書館デジタルコレクション「音楽取調掛時代文書綴 巻61 掛図原稿」明治一三年一二月二〇日提出歌詞、16142・17。

14　前掲注（11）、15866・12。

15　前掲注（11）、15865・64-65。

16　前掲注（11）、15865・55。

17　前掲注（2）において、中西も「蛍の光」（『初編』載録時の題は「蛍」）成立過程における歌詞の変遷を検討している。中西は、たとえば「いつしか年もすぎの戸を」の部分の言い掛けをめぐる千穎と佐藤の前後の表現についての議論などを検討しつつ、やはり千穎の修辞への強いこだわりや和歌のリテラシーに立脚した問題意識を指摘している。

18　前掲注（11）、15866・13。

19　前傾注（11）、15865・65。

20　前掲注（11）、15865・53。

21　前掲注（11）、15865・58。

22　信木伸一『明治初期和文教科書の生成『本朝文範』における「普通文」の試み』溪水社、二〇一七年、八五貞。

23　また『本朝文範』は、和文にありがちな文末表現の省略なども丁寧に書き起こして、初学者でも意味が取りやすいようにしたり、画像の枠外だが、本文の上段には例示した文章について千穎自身の評価などが書き添えられたりしている。そこでは、必ずしも良い意味で手本となるべき文章ばかりを挙げているわけではなく、時にあまり好ましくないものも挙げながら、どこが悪いのかを解説するといったこともなされている。

24　福井久蔵『教育並に学術上より見たる日本文法史』大日本図書、一九〇七年、一七三頁。

25　稲垣千穎「和文読本緒言」『和文読本 一』（一八八一年）。

26　菊野雅之「古典教科書のはじまり 稲垣千穎編『本朝文範』『和文読本』『読本』」（『国語科教育』六九、二〇一一年）。

27　山住正巳『唱歌教育成立過程の研究』東京大学出版会、一九六七年、九六頁。

28　厳密に言えば、「君が代」は現在とは別の曲である。ただし続く部分があるとは言え、既に現在の歌詞がそのまゝ用いられている。

29　たとえば大和田建樹《たけき》は、「維新後新学制の頒布せられてより。文部省音楽取調掛にては小学唱歌を作られ。式部寮雅樂所にては保育唱歌を起され。又宗教家にては讃美歌の翻訳成りなどしつゝ。或いは古歌曲を折衷し。或は新歌曲を試作し。或は西洋歌曲を模擬翻案して。以て新体詩の一門を最初に開けるものゝ如し」と『小学唱歌集』の試みを新体詩の前史に位置付けている（『新体詩学』博文館、一八九三年、三六頁）。

第9章 詩語・詩礎集は近代の漢詩に何をもたらしたのか

——『詩語砕金』『幼学詩韻』『幼学便覧』などを例に

合山林太郎

はじめに

江戸時代から明治時代にかけて、漢詩を制作するための初学者向けの手引の書が多数刊行されている。その内容は、詩作の規則を説明するものから、詩の鑑賞の基準を述べたものまで多種多様であるが、重宝されたのが、漢詩に使用する言葉について、詩の音韻規則や語義などの情報を複合的に盛り込んだ書籍群であった。

周知のことであるが、漢詩を作る場合、韻《いん》や平仄《ひょうそく》などの音韻規則に従う必要があり、江戸時代以降の日本においてはおおむね平水韻《へいすいいん》と呼ばれる、宋代に成立した決まりが用いられている。[1] たとえば、七言絶句の場合、偶数句末には、同じ韻のグループに属する字を用いる必要があり（踏み落としでない場合、起句も）、また、二字目、四字目、六字目などは、平仄の規則に従い、言葉を選ばなければならない。これは漢詩を作る際の最初の関門であり、韻・平仄を誤ると、たとえ、意味としては了解可能でも、詩としては重大な欠陥を持つことになる。

また、詩の言葉は、それなりの風格がなければならないとされる。雅味に富み、ロマンチックな唐詩と、平易で、より複雑な内容を持つ宋詩など、時代や学派によって、是とする言葉に齟齬はあるものの、詩において、適切な言葉を正しい意味で用いる必要があるのは異論のないところだろう。

韻・平仄について知るには、通常、韻書を紐解くことになる。また、言葉の意味を知るためには、字書を引き、語義を覚え、その出典を知る必要がある。しかし、江戸時代には、初学者が簡便に韻・平仄を調べるための書籍が編まれており、これが彼らの知識の習得に大きく貢献した。

具体的に述べるならば、部類ごとに、より整理された形で、詩に用いる言葉を収録した書籍が大量に出版された。これらの書は、多くの場合、詩の詠うテーマ、あるいは題の順に語彙を収載している。それらは、平仄の情報を付した二字または四字の語（七言絶句の場合、句の上四字に用いる、以下「詩語《しご》」と言う）、韻を含む三字の語（句の下三字に用い、末尾が韻字となっている、以下「詩礎《しそ》」と言う）が収録され、簡略な語義が記されている。さらに、作例として、題ごとに数例、先人の詩が掲げられている場合もある。

こうした資料群には様々な呼称があるが[2]、ここでは、慣例に従い、詩語・詩礎集と呼びたい。詩語・詩礎集の編纂・刊行状況の概況については、樋口敦士の説明が通史的な見取り図を提供しているが[3]、江戸時代の状況についてあらためて述べるならば、すでに前期から多くの詩語・詩礎集が編まれている。中期になると、詩語と詩礎とが分離される傾向が生じ、また、荻生徂徠《おぎゅうそらい》の一派や清新性霊派《せいしんせいれいは》など、それぞれの詩派が、自らの理想を投影した作法書を刊行している。

広く流布したという点でとくに注目すべきであるのは、詩語のみを収録した泉要『詩語砕金《しごさいきん》』（安永五年〈一七七六〉刊）、詩礎のみを収めた成徳隣・檜長裕『幼学詩韻《ようがくしいん》』（享和二年〈一八〇二〉刊）である。委細は鈴木俊幸の論考に詳しいが[4]、これらは、後に述べる部立の工夫によって大きな支持を得た。『詩語砕金』と『幼学詩韻』の二書は後に統合され、伊藤鳳山《いとうほうざん》『幼学便覧《ようがくべんらん》』（天保一三年〈一八四二〉序）として、さらに多くの人の手に取られた。この間、掌中本《しょうちゅうぼん》化（携行に便利な横本の形で出版すること）なども行われた。

明治期以降も、『詩語砕金』『幼学詩韻』『幼学便覧』などの語を書名に冠したおびただしい数の詩語・詩礎集が刊行されたが、収録された語彙は、新時代特有の事物を含め、よりバラエティーに富んだものとなった（後述）。

以上の詩語・詩礎集の実態は、これまで挙げてきたいくつかの論考によってその特徴が明らかにされてきたが、それが近世・近代の文学全体に何をもたらしたかについてはなお十分に論究されていない。本稿では、こうした詩語・詩礎集の詳細と、その社会的影響について考えてゆく。[5]

一　「熟字」「熟語」の文化圏―詩語・詩礎集の特徴―

詩語や詩礎を掲げた初学作法書は、どのようなものであったのだろうか。その一般的な性格については、樋口元巳が江戸時代のこの類の書籍を通覧した上で、「熟語（特に熟字韻礎）を中心に掲げた事」①、「分類方法に工夫のある事」②、「口語による語釈を施した事」③、「小冊子である事」④の四点を掲げている[6]（括弧及び番号は筆者によるもの）。これは詩作の際に用いる韻書と比較すると、よりその性格が明確になるように思われる。以下、具体的に説明してゆく。

韻書と呼ばれる書籍群の中では、浩瀚なものとして『佩文韻府《はいぶんいんぷ》』が最もよく知られ、また、『韻府群玉《いんぷぐんぎょく》』や『五車韻瑞《ごしゃいんずい》』なども人口に膾炙したが、より手軽なものになると、『詩韻含英《しいんがんえい》』や『韻府一隅《いんぷいちぐう》』が用いられている。わが国で編纂されたものとしては、虎関師錬《こかんしれん》の手になる『聚分韻略《しゅうぶんいんりゃく》』（『三重韻《さんじゅういん》』）などが知られる[7]。ただ、これらの韻書と、本稿で扱う初学者用の詩語集・詩礎集とでは、基本的な構造の点で異なっている。

まず、①及び②に関して、韻書は、文字から調べて、語句や詩句を検索できるようになっているが、詩学作法書は、韻ではなく、テーマごと、あるいは題ごとに、詩作する際に必要な語彙が一揃い掲げられるという体裁になっている。また、詩句の校正要素を細かく分解して、いくつかのバリエーションを提示し、その中から言葉を選択すれば、絶句などは容易に作ることができるように構成されている。

次に、③に関してであるが、韻書の掲出語彙には、多くの場合出典が付されている。詩語・詩礎集にも同様の説明が施される場合もあるが、むしろ主眼は、片仮名で言葉の大意が記されている点にある。

最後に、④は単に書型がそうであるだけではなく、情報量という点でも、韻書は膨大な語彙が示されるのに対して、詩語・詩礎集は、初学者が迷わない程度の適度な分量の言葉が示されている。

以上のように、詩語・詩礎集は、詠う内容と詩型を決めれば、語を選択して並べることで、詩の基本的な形を作ることが出来るように工夫されている。語義を調べるために、辞書などを引く必要もない。このため、初心者の詩作におけるハードルを大きく引き下げることとなったのである。

こうした詩語・詩礎集は、どのような目的を持ち、いかなる状況で活用されたのであろうか。まず重要な点として、詩語・詩礎集は、初学者の語彙知識形成が主要な目的であった。その収録語彙については、多くの場合、「熟字《じゅくじ》」と呼ばれ、それは「古人ノ詩ニツカヒキタリ、ヨク手ナレタル文字」（千葉芸閣《ちばうんかく》『詩学小成《しがくしょうせい》』、明和六年〈一八六九〉）であり、「但幼学ノ合点シヤスキモノバカリ集メトリ、故事ヲ含シ、ムヅカシキ熟字ハ省」（同）いたものと説明されている。つまり、教育目的で編まれた冊子であった。

また、題が設けられているのは、個人での詩作以外に、詩会での使用なども考えられてのことであっただろう。詩語・詩礎集の一つ永田観鵞《ながたかんが》『詩語砕錦《しごさいきん》』（明和五年〈一七六八刊〉）中の服部蘇門の序には、次のように記されている。

近歳坊刻詩材之書輩出実繁。蒙学之士、亦皆貯諸巾箱、而及其臨題構辞也、雖座間狼藉、獺祭不啻乎、茫罔措手、徒懐望洋向若之嘆耳。是無他、以嚮数者、其分類之泛、而不便於検閲也。
近歳、坊刻せる詩材の書、輩出すること実に繁たり。蒙学の士、亦た皆な諸《これ》を巾箱《きんさう》に貯へて、其の題に臨み辞を構ふるに及びてや、座間狼藉、獺祭（筆者注　書籍を取り散らかすこと）啻《たゞ》ならずと雖も、茫罔《ばうまう》として手を措《お》き、徒《いたづ》らに望洋向若《ばうやうかうじやく》の嘆（筆者注　茫漠として我を失うこと。『荘子』秋水篇に見える故事に基づく）を懐《おも》ふのみ。是《こ》れ他《た》無し、嚮《さき》に数ふる者、其の分類の泛《あまね》くして、検閲に便ならざるを以てなり。

多くの詩学書が刊行されているが、初学者がいざ詩作に臨むと書籍を取り散らかし、しかし一向に詩想は浮かばず、立ち往生することが多かった。ただ『詩語砕錦』のように検索に便利な書籍が編まれたからには、今後そのようなことはないだろうと記している。

詩語・詩礎集の源流については、なお不明な点が多い。古代・中世からの潮流を見るならば、初学者用の語彙を集めた書籍については、韻引き、イロハ引きなど様々な形態がある。とくに韻書の中で、詩語・詩礎集との類延性がうかがえるものとして、韻目の下位分類として事項ごとの分類を採用するものがある。たとえば、先述の虎関師錬の『聚分韻略』は、韻による分類の下位に、「乾坤門」「時候門」「気形門」などの区分を置いている。明代に編まれた『円機活法《えんきかっぽう》』は、類書的性格を帯びた『円機活法詩学全書』と、韻書的性格を帯びた『円機活法韻学全書』によって構成されている。『韻学全書』は韻目順であるが、『詩学全書』は、「天文門」「時令門」「節序門」などで構成されている。伊藤善隆は、こうした『円機活法詩学全書』の分類が近世初期の初学書に与えた影響について指摘している。[8]

別の例を挙げよう。安藤由越『詩法《しがく》掌《しょう》韻《いん》大成《たいせい》』（享保五年〈一七二〇〉刊）は、今日でも古書市場に出回り、詩語・詩礎集（ただし、詩学作法についての解説が占める割合がやや多い）のうち、比較的よく売れた書籍と思われる。この書は、語の出典を多く記しているが、『円機活法』と明・璩崑玉『新刊古今詩学類纂』が頻繁に挙げられており、部類などは一致しないものの、示唆を受けたことが予想される。

二　詩語・詩礎集における部立ての変遷

近世期の詩語・詩礎集の構成・内容とその変遷を通時的に考えた場合、大きな画期となったのは、四季の部立てが導入されて以降であった。以下、その様相を見てゆく。

江戸初期から中期にかけての詩語・詩礎集は、伝統的な中国の類書などの部立てに則って作られたものが多かったと考えられる。先述の『詩法掌韻大成』は、「天象」「地理」「時令（春夏秋冬）」「干支」「鳥虫」「花木」「品物」の部に分かれている。一方、すでに触れた『詩語砕錦』には、「節序」「贈答」「送行」「旅行」「遊覧」「宴集」「朝廷」「山林」「題画」「慶弔」「楽府」「通用」の部があり、物だけではなく、具体的な詩作の状況ごとに用いる語彙が掲出されている。ただ、季節ごとの区別などはない。

先掲の『詩学小成』も、四季に関わる題は、「春日見花」「夏日山中避暑」「秋日観楓」「仲秋賞月」「冬日対雪」「至日」「歳暮」の七つほどであり、残りの題はいずれも事物である。また、星野東里『詩学階梯』（安永三年〈一七七四〉刊）は、「春夜永代橋晩眺」「晩秋品川酒楼餞人之大坂（晩秋、品川の酒楼にて人の大坂に之《ゆ》くを餞《おく》る）」など、季の要素と江戸の地名を組み合わせた題が多い点で、後の『幼学詩韻』などと類似している。様々な試行錯誤がなされていたと考えられる。

一つの転機となったと考えられるのが『詩語砕金』（安永五年〈一七七六〉刊）であり、春部だけでも、「立春某亭集」「元日口号」「春日偶成」など、十八の題を含んでいる。この後に編まれた大窪詩仏《おおくぼしぶつ》・糸井榕斎《いといようさい》『詩学自在』（文化六年〈一八〇九〉刊）や『幼学詩韻』なども同様であり、春・夏・秋・冬の部が中心を占めるようになる。なお、四季の部には、「春日訪友人山荘（春日、友人を山荘に訪《と》ふ）」や「秋夜宿山寺（秋夜、山寺に宿す）」など、景物と人事を組み合わせたものが多く含まれている。作者が、詩を構成しやすいように、工夫したと考えられる。

四季の部立てとは別に注目すべきものとして、楽府《がふ》題の扱いがある。楽府は中国古代の民謡風の詩形であり、定まったテーマとそれに連動する内容を持つ。近世日本においては、とくに徂徠学派が漢魏・盛唐の文学を尊重する中で、楽府体の詩を盛んに制作している。彼らは、こうした楽府の形式を借りて、様々な人間の感情を詩に詠んだのである。実際に徂徠学派の影響の強い時期に成った『詩語砕錦』（「塞下曲《さいかのきょく》」「少年行《しょうねんこう》」「宮怨《きゅうえん》」「閨怨《けいえん》」「明妃曲《めいひのきょく》」「采蓮曲《さいれんのきょく》」など）や『詩学小成』（「青楼曲《せいろうのきょく》」「宮怨」「閨怨」「公子行」「従軍行《じゅうぐんこう》」など）には、いずれも楽府題が掲載されており、制作が推奨されていたことがうかがえる。

これに対して、『詩語砕金』では、「此書不載楽府、楽府以初学不易暁也。雖彼邦亦難之。況吾乎故姑舎諸不取（此の書は楽府を載せず。楽府は初学の暁《わか》り易《やす》からざるを以てなり。彼《か》の邦と雖《いへど》も亦《ま》た之《これ》を難《かた》しとす。況《いは》んや吾においてをや。故に姑く諸《これ》を舎《す》て、取らず）」（凡例）と記され、こうした題は除外されている。楽府のような古典的知識が必要な詩の形は初学者には不向きであると、編者は判断したのであった。

その後に刊行された詩語・詩礎集には、楽府題を省くものもある一方で、『詩学自在』や『幼学詩韻』など、楽府題の中でも、宮怨、閨怨詩については掲出しているものを確認できる。宮女の様々な愁いや、閨で夫を待つ女性というテーマは、和歌で言えば恋の歌に該当するものであり、必要と判断されたのであろう。

最後に重要な点として、明治期以降の部立ての変遷を挙げることができる。明治五年（一八七二）以降、太陽暦が導入され、新事物が登場するなか、収録語彙にも工夫が凝らされるようになる。

たとえば、春の部では、立春（太陽太陰暦では正月前後であったが、太陽暦では二月初旬となる）が正月よりも後に来ることが確定的となったことを踏まえ、それまで「立春　元日　人日」（伊藤鳳山『幼学便覧』）など一纏まりにすることが多かった題を、「元旦」と「立春」などに分け、正月の後に「立春」を置くといった措置がなされる。また、秋の部には、「天長節」や「新嘗祭」が加えられ、雑の部には、気球、人力車、蒸気船、蒸気機関車、電信、博覧会や「送人之西洋（人の西洋に之《ゆ》くを送る）」といった明治期特有の事象が選ばれるようになる。[9] 旧来の内容を踏襲するものもなお多いが、[10] このような時代に合わせた動きも確実に見られたのであった。

三　詩語・詩礎集を用いて詩作するとはどのようなことか―少年期の正岡子規を例に―

以上のような経緯を経て、江戸後期から明治期にかけて、詩語集・詩礎集を参照しながら、詩作することが流行したと考えられる。その具体的様相を、後に俳人・歌人として有名になる正岡子規の幼年時代の詩作から確かめてゆく。

子規は、祖父に漢学者大原観山を持ち、松山在住時の一〇歳代から近隣の友人とともに漢詩制作に励んでいる。その際に『幼学便覧』を参照していたことが、『筆まかせ』の次の記述からうかがえる。

> 土屋久明先生の処へ素読に行きしかば、終に此先生につきて詩を作るの法、即ち幼学便覧を携へ行きて平仄のならべかたを習ひしは明治十一年の夏にて（筆者注　十二歳）、それより五言絶句を毎日一ツづゝ作りて見てもらひたり。

詩を学ぶごく初期の一〇代前半の頃に、詩語・詩礎集を用いていたことが分かる。『幼学便覧』をはじめ、多

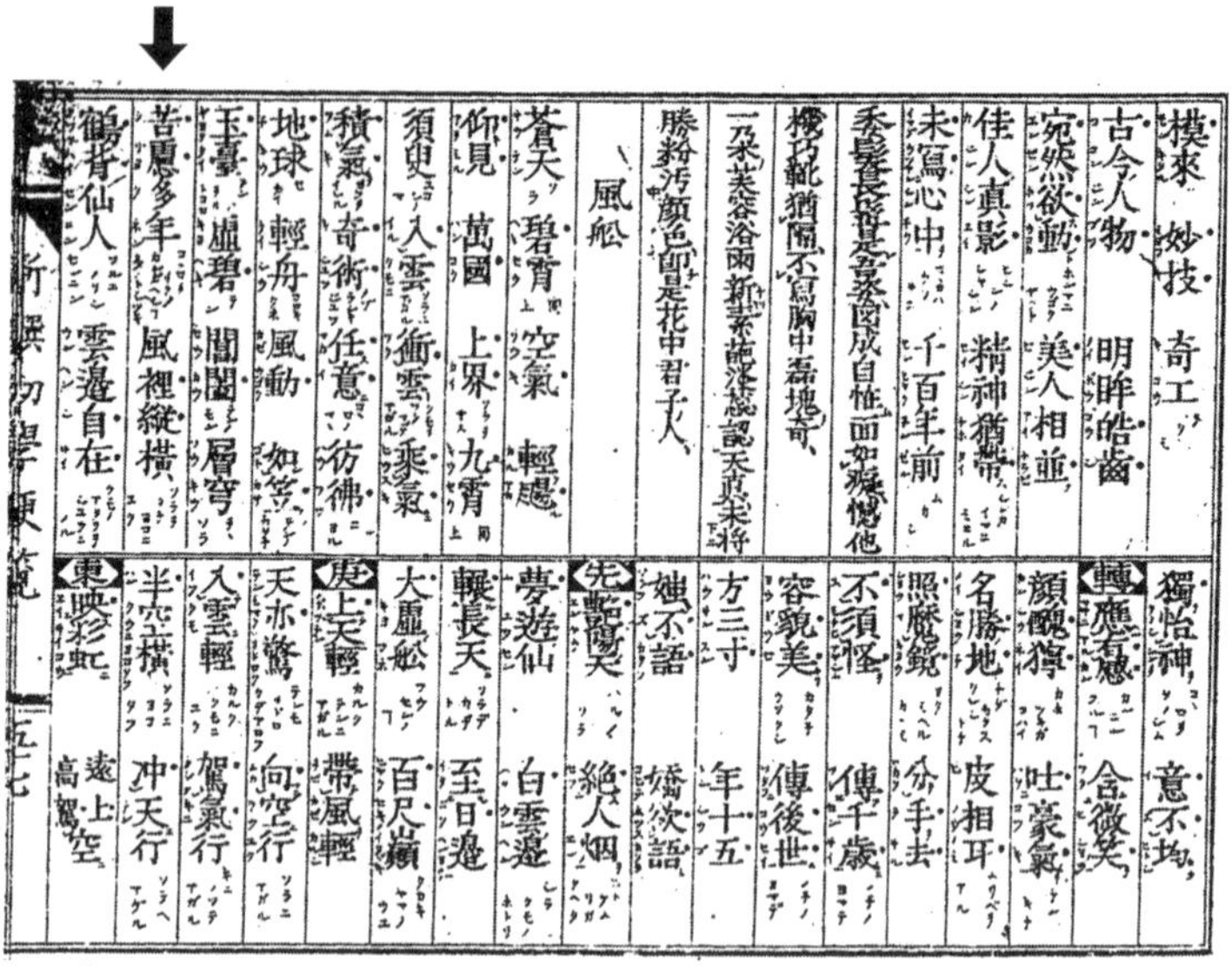

新撰幼學便覽　二五七

摸來　妙技　奇工
古今人物　明眸皓歯
宛然欲動　美人相並
佳人真影　精神猶帯
未寫心中　千百年前
垂髪長裙是美姿図成自惟而如癡愧他
機巧畝猶隔不寫胸中磊塊奇
一朶芙蓉浴雨新素蓮浴露認天真未将
勝粉汚顔色即是花中君子人
、風船
蒼天　碧宵　空氣　輕颺
仰見　萬國　上界　九霄
須臾入雲　銜雲　乗氣
積氣　奇術　任意　彷彿
地球　輕舟　風動　如笠
玉臺　虚碧　閶闔　層穹
苦慮多年　風裡縦横
鶴背仙人　雲邊自在

獨怡神　意不攻
轉　應有態　含微笑
顔醜獰　吐豪氣
名勝地　皮相耳
照魔鏡　分手去
不須怪　傳千歳
容貌美　傳後世
方三寸　年十五
只不語　婚欲語
先　籃縹天　絶人烟
夢遊仙　白雲邊
輾長天　至日邊
大風船　百尺巓
度　上天輕　帶風輕
天亦驚　向空行
入雲輕　駕氣行
半空横　冲天行
東　映彩虹　遠上高空

図　『新撰幼学便覧』（国立国会図書館蔵）「風船」の項

くのこの種の書籍には、詩作の規則についての解説や平仄図などが付されており、こうした点も役立っただろう。

子規が特殊であるのは、若年期の漢詩の習作が、稿本や友人たちと制作した回覧雑誌の形で大量に残っていることである。清水房雄氏は、これらの稿本に記された作品の中に、伊藤鳳山『幼学便覧』（天保一三年序）に掲出された題と詩語・詩礎を、そのまま取り入れたものがあることを指摘し、該書を子規が実際に使用していたことを明らかにした[11]。次の詩はその一例である。

日増暑色少人来、裸体曲肱興快哉。愛此孤亭江水畔、風吹窓戸晩涼催。

日は暑色を増し　人の来ること少なし、裸体　肱《ひじ》を曲《ま》ぐれば　興　快《こゝろよ》きかな。愛す　此《こ》の孤亭の江水の畔《はん》にありて、風《かぜ》は窓戸《さうこ》を吹き　晩涼を催《もよほ》せるを。

（「江亭避暑」（『同親会詩鈔』明治十三年、『全集』第九巻、四〇六頁））

詩は、夏の暑い最中、人気ない東屋で、夕風に吹かれくつろいでいる様を詠っている。「曲肱」は、『論語』述而篇の顔回の故事を意識しているのだろう。『幼学便覧』の「江亭避暑」の項には、「興快哉　ココロヨキヲモシロサ」、「江水畔　ホトリ」、「窓戸」、「晩涼催」（筆者注　この二語は語句のみ）などの語が収載されており、子規が、詩語・詩礎集から題を選び、言葉を拾いつつ、作詩していたことがうかがえるのである（傍線は詩語・詩礎集の語彙と完全に合致するもの、波傍線は一部異なるが関係性がうかがえるもの）。

清水が指摘する『幼学便覧』以外にも、子規は、明治期に刊行された詩語・詩礎集を使っていたと考えられる。このことは、十代の子規の次の詩から分かる。

風裡縦横上碧空、多年苦慮奪天工。已知是亦西人術、邱岳山川指点中。

風裡　縦横　碧空に上《のぼ》る、多年　苦慮して　天工を奪《うば》ふ。已《すで》に知る　是《こ》れ亦《ま》た西人の術、邱岳《きうがく》　山川《さんせん》　指点《してん》の中。

（「風船」『同親会温知社吟稿』明治一二年一〇月一八日）[12]

如今自恥異邦伝、万有奇珍集眼前。是此人知開化具、斯書斯画百千年。

如今《じよこん》　自《みづか》ら恥づ　異邦より伝《つた》はるを、万有の奇珍　眼前に集む。是《こ》れは此《こ》れ　人知《じんち》　開化《かいか》の具、斯《こ》の書　斯の画　百千年。

（「観博覧会（博覧会を観る）」『同親会温知社吟稿』明治一三年一一月一日）[13]

「風船」の詩であるが、これは気球を取り上げている。西洋の人々が長年の熟慮の末、空を飛べるようになったと述べ、山や川、丘や谷がすべて指し示すうちに見える、すなわち眼下に一望できると詠っている。

一方、博覧会の詩は、眼前に様々な美術品が並ぶが、永年伝えられてきたこれらの優れた書画は、人の知識を増進させ、社会を進歩させてきたのだと述べている。

先に言及した『幼学便覧』は、天保年間に編まれており、当然のことながら、気球や博覧会といった題はない。おそらく、これらは、内田尚長『新撰幼学便覧』（明治一二年〈一八八九〉刊）から得た語彙ではなかっただろうか。傍線の箇所は、同書の雑部「風船」に収録される「風裡縦横　ソラヲタテヨコニユク」「苦慮多年　ココロヲイタシテ、カンガヘシコト、オオイトシツキ」「欲奪天工　テンテイノタクミヲウバウマデ」「西人術　セイヨウジンノワザ」といった語彙、あるいは、同「観博覧会」に掲出される「異邦伝　エンポウカラクル」「万有奇珍　タクサンナ、メヅラシキタカラ」「集眼前　メノマヘニアツマル」「人智　ヒトノチエ」「千百年　フルキコト」などの言葉と一致している。子規は、『幼学便覧』だけではなく、『新撰幼学便覧』など、複数の詩語・詩礎集を複数参照しつつ、詩作の訓練に励んでいたと考えられる。

子規は、明治一四年以降、しだいに詩語・詩礎集から離れ、和漢の古典を直接参照するようになったと考えられるが、その少年期の活動から、題、詩語及び詩礎の様々なレベルで、複数の詩語・詩礎集を学んでいたことが理解されるのである。

四　詩語・詩礎集のもたらしたもの―明治期の文章から―

江戸時代以降、多くの読者を持った詩語・詩礎集については、とくに明治期の論説や随筆などで様々な言及がなされており、その性質や位置づけなどを知ることができる。

まず、こうした書籍群の読者層が主として十代前半の少年であった。たとえば、明治期に政治家、ジャーナリストとして活躍した沼間守一《ぬまもりかず》が、必ずしも十分に進んでいるとは言えない我が国の状況を形容して、「再ビ請願ノ権利ヲ論ズ」（小田徳三郎編『明治政要論』巻上、明治一五年〈一八八二〉刊、他掲載図書多数）において、次のように記している。

猶《ナホ》十二三の小児ガ漸《ヤウヤ》ク詩語砕金ニ依頼シテ七言絶句ヲ並ベルノ有様《アリサマ》ナラン。

正岡子規は先に見たように数え年、十四の頃、詩語・詩礎集を用いていたが、この文章は、十二、三歳の少年と述べており、同じような状況が、明治期の社会で一般的であったことを示唆している。

さらに、詩語・詩礎集を用いることによって、詩学の知識が十分なくとも、容易に詩作できるようになる。このため実力がないまま、あたかも文人であるかのように振る舞う人々が登場したことについても指摘がなされている。対湾野史《たいわんやし》『福運勧《ふくうんのすすめ》』（明治六年〈一八七三〉刊）においては、近年の若者の漢詩の知識のあやふやさが、次のように描写されている。

（前略）動《やゝ》もすれば詩文を作り、幼学詩韻や詩語砕金の詩作本を携へ、或は明月を賞し、或は梅花を観るなど、と、詩家文人の風を学ぶ。勿論《もちろん》詩語砕金の類にて字を並《なら》ぶる程なれば、一首の詩も容易に出来ずして、「梅見るや詩語砕金に花のちる」と誹人の嘲《あざけり》を得たり。（下略）

月見や梅見のような風流の場においても、詩語・詩礎集を手放すことができない、初学者たちの不風流ぶりについて指弾している。

ただ、その効用について論及したものもある。たとえば、詩語・詩礎集を使用することによって、正しい語彙を身につけ得ることが当時指摘されていた。明治初期、漢文戯作などで名を馳せた田島象二《たじましょうじ》は、『学校生徒通《がっこうせいとつう》』下（明治一四年〈一八八一〉刊）において、次のように述べている。

偖《サテ》詩作の初歩ハ、幼学詩韻、詩語砕金等ノ熟字ヲ取リ合セ作ルヲ以テ便トス。心ニ言ントスル事アリト雖ドモ、熟字ナキ儘ニ手製ノ語ヲ用ユルヲ杜撰《ズサン》ト云ヒ、語ヲ成サヾル者トス。仮令《タテヘ》バ世俗ニ「残暑」「餘寒」トイヘドモ「余暑」「残寒」ト云《イハ》ズ。家モ宅モ同物ナレドモ「出家」ノ事ヲ「出宅」トハ云マジ。

「余寒」「残暑」「出家」などの熟語を正しく覚えるのに、詩語・詩礎集の「熟字」の学習が役立つと述べているのである。これは、作文の指南書や古典の注解などでも同様の効果が期待されるように思われるが、作詩という実践を伴う詩語・詩礎集においては、より効果的とみなされたのであろうか。

さらに重要なこととして、詩語・詩礎集は、漢詩から離れて、人々の詩情の基礎を形成するという役割も担っていたと考えられる。次に見る高浜虚子《たかはまきょし》の「露月を女米木《めめき》に訪ふの記」（『ホトトギス』一三巻一二号、明治四三年〈一九一〇〉七月）からは、彼らの感性の基底に、こうした書籍を用いて詩作した際の記憶があったことがうかがえる。

あれが女米木山か、露月が蒼天《さうてん》〳〵などゝ嘯《うそぶ》くのはあの山の巓でかと余は少なからぬ興味を以て余り面白い形で無い其《その》山を見た。さうして露月の居は其山の向うの麓だと聞いた時、余はふと幼時、詩語粋金や幼学便覧などを便りに作った「訪聖《（ひじりをとふ）》」とか「訪仙不逢《（せんをとふてあはず）》」とかいつたやうな詩の句を思ひ出した。

かつての俳人仲間であり、後に郷里の秋田女米木に戻った石井露月を十余年ぶりに訪問した際の感懐について述べた文章である。秋田から雄物川《おものがわ》に沿って道を行き、近くの山を見た際に、虚子はふと詩語・詩礎集の、山間に僧侶や仙人を訪問する、といった題を思い出したと言う。

実際には、「訪聖」や「訪仙不逢」などといった題を載せる書は見当たらず、「秋日訪山僧」（大館正材『袖珍幼学便覧』明治一一年〈一八七八〉刊）や「訪隠者不遇」（『幼学詩韻』前掲）などが念頭に置かれていると思われるが、詩語・詩礎集の題は、これに限らず、多くの読者が共感を持つよう練られている。こうした題と語彙が創り出す情景が、人々の感受性に影響を与え、漢詩文以外の様々な領域へと波及していったことが予想されるのである。

おわりに

本稿では、江戸・明治期における詩語・詩礎集の概況と意義について、その概況を見た。伝統的な韻書などとは異なり、簡便で初学者にも扱いやすい詩語・詩礎集は、江戸・明治期を通じて親しまれたが、とくに四季の分類によって構成するものが人気を呼び、広く読まれた。主として一〇歳代前半など、漢詩制作の入門者が手に取ったと推測される。

これらの書籍は、詩作のための知識獲得に資し、さらには、読者の風景や事物に対する感覚に大きな影響を与えたと考えられる。ただ、同時に、掲出された題や語彙からの選択によって、詩を編むことができるため、修練や思考を伴わず、詩作する人々を生むこととなった。実際に、詩語・詩礎集を、未熟や幼稚などの否定的なニュアンスとともに用いた例は少なくない。

こうした詩語・詩礎集がいかに参照されたかの詳細な情報を与えてくれる人物として、重要なのが正岡子規である。若年期の子規については、これまで指摘されていた伊藤君山『幼学便覧』に加え、内田尚長『新撰幼学便覧』など、明治期に刊行されたこの種の書を用いて、漢詩の学習を行っていたと推定される。詩語・詩礎集が広く厚い文化的土壌を形成していたことが看取されよう。

附記 引用に際しては、漢字は通行の字体に改めた。また、筆者が、句読、ルビ、括弧などを付した箇所がある。

注

1 江戸時代には、明代に編纂された『洪武正韻』などが輸入され、『洪武聚分韻略』（元禄一四年〈一七〇一〉刊）が刊行されてもいるが、大体において、平水韻が用いられた。

2 近世期の用例としては、浅井龍草堂（河内屋吉兵衛）の『古詩筌』についての広告の中に「此書ハ今世ニ行ハル、近体ノ詩語詩礎トハ別格ニシテ（下略）」（『近世出版広告集成』第二巻、ゆまに書房、一九八三年、十頁）などがある。鈴木俊幸『近世読者とそのゆくえ――読書と書籍流通の近世・近代』（平凡社、二〇一七年）「詩作書の盛行（一）――『詩語砕金』と『幼学詩韻』」「詩作書の盛行（二）――『幼学便覧』」では、「詩礎」を「韻語」と呼んでいる。ただ、「韻語」は、韻文、すなわち漢詩そのものの意味で用いられる場合がある。このほか、近世期の文献では、「熟語（熟字）」と「韻礎」などの語で表すことも多い。

3 樋口敦士「漢詩創作指導の教材史――韻書と詩法書を中心に」（『日本文学』七三号、二〇二四年二月）。

4 鈴木俊幸『近世読者とそのゆくえ――読書と書籍流通の近世・近代』（前掲）。

5 近世期の初学作法書について概述するもので、本稿の注などで挙げ得なかったものとして、中野三敏「蔵書目その八 詩学書」（『文献探究』八号、一九八一年六月）、上野洋三『芭蕉論』（筑摩書房、一九八六年）「詩の流行と徘徊」、塚越義幸「芭蕉俳諧と漢詩作法入門書」（『東アジア比較文化研究』一九号、二〇二〇年七月）、劉欣佳「江戸初期の漢詩作法書と詩学をめぐって―『詩学草集』『童蒙詩式』を中心に―」（『早稲田大学大学院教育学研究科紀要』別冊三〇―二、二〇二三年三月）などがある。

6 樋口元巳「江戸時代の啓蒙的漢詩作法書」（『神戸商船大学紀要・第一類・文科論集』二九号、一九八〇年七月）。

7 韻書に関しては、木村晟『中世辞書の基礎的研究』（汲古書院、二〇〇二年）、住吉朋彦『中世日本漢学の基礎研究　韻類編』（汲古書院、二〇一二年）などを参照した。

8　伊藤善隆『初期林家林門の文学』（古典ライブラリー、二〇二〇年）「第十四章　近世前期における『円機活法』受容一斑―『詩苑綺繡』『詩林要玄』―」。

9　新事物を加えた詩語・詩礎集といっても、ごく数例を加えたものから積極的に採り入れるものまで様々であるが、ここでは目に入ったものを列挙する。三尾重定『近世詩文　幼学便覧』（明治一〇年〈一八七七〉）、関徳『〈新撰詩韻〉幼学便覧』（明治一一年〈一八七八〉）、竹岡友仙『新撰幼学便覧』（同）、大館正材『袖珍幼学便覧』（同）、高木熊三郎『新撰幼学詩韻』（同）、大館正材『〈幼学必携〉今世詩作新編』（同）、内田尚長『新撰幼学便覧』（明治一二年刊〈一八七九〉）、安田敬斎『作詩幼学便覧』（明治一三年〈一八八〇〉刊）、森川次郎『〈新撰〉詩文幼学便覧』（富田彦次郎、明治一五年〈一八八二〉刊）、福井淳『近世詩作幼学便覧』正・続（花井卯助、明治一六・一七年〈一八八三・四〉刊）。

10　四季の題中心の伝統的な構成をとるものには、石川鴻斎『〈詩学自在〉新撰幼学便覧』（明治一一年〈一八七八〉）、永田方正『作詩精選』（同）、津江左太郎『詩工新材』（同）、堤大介『〈一辞千金〉詩文幼学便覧』（明治一五年〈一八八二〉）、森口永太『〈詩韻粋金〉明治幼学便覧』（明治一六年〈一八八三〉刊）などがある。

11　清水房雄『子規漢詩の周辺』（明治書院、一九九六年）「漢詩文化圏における位置――初期漢詩を中心に」。とくに一二〇～一二一頁に、『幼学詩韻』を参照して制作したと思われる詩の一覧を載せる。

12　『子規全集』（講談社、一九七七年）第九巻、四一九頁。『五友詩文』『餘興新誌』などにも掲載され、後に『漢詩稿』に収録された。

13　『子規全集』第九巻、四二〇頁。

坂本《さかもと》四方太《しほうた》編『続写生文集』（俳書堂、一九〇七（明治四〇）年初版、大阪府立中央図書館蔵）

『ホトトギス』第五巻第五号（一九〇二年二月）から第九巻第十一号（一九〇六年八月）までの募集文章を収録する。募集文章の文集としては『寸紅集《すんこうしゅう》』（ほとゝぎす発行所、一九〇〇年）と『日記文』（内外出版協会、一九〇三年）の続篇にあたる。収録された文章は「記事」「紀行」「雑題」に分類されており、概ね発表順になっている。末尾には編者である四方太の「写生文雑話」が掲載されている。これは一九〇六年六月に「写生文に就て」、七月に「文章談」、一二月に「文話三則」として『ホトトギス』上で発表されたものを一部改変してまとめたものである。その中では、夏目漱石《なつめそうせき》が写生文について批判的に言及した「文章一口話」（『ホトトギス』一〇巻二号、一九〇六年）に対する反論や、「草枕」における「非人情」という語を用いた解説がなされている。四方太自身による「小引」では「写生文趣味を読書社会に伝へたい」、「写生文は写生文家と称する専門家の私すべきもので無」いという考えが述べられており、高浜虚子《たかはまきょし》が『写生文集』（俳書堂、一九〇三年）の「小引」において「小説家」への対抗意識を露にするのとは対照的である。（都田康仁）

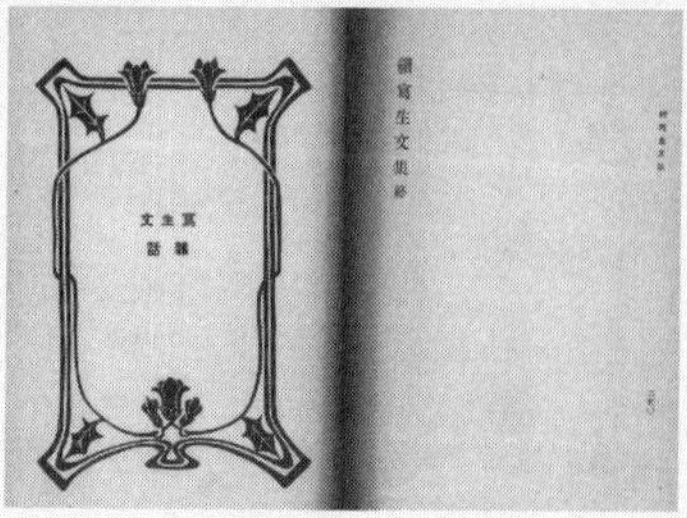

『俳文と写生文』（精華堂書店、発行年月未詳、天理大学附属天理図書館蔵）

教育参考書のほか多くの作法書や文集を発行した精華堂書店による一冊。堀切実《ほりきりみのる》によれば一九〇六年五月刊行（1）。外題は「俳文と写生文」であるが、内題は全て「写生文と俳文」となっている。写生文が二十七篇、俳文が四篇である。一九〇〇年から一九〇五年の間に『文庫』『ホトトギス』『新潮』『新声』『文芸倶楽部』で発表された文章が収録されており、『文庫』からのものが最も多い。ただし、初出時には「美文」「華文」「小説」として発表されたものも含まれており、写生文というジャンルの曖昧さがあらわれている。また、『写生文集』（俳書堂、一九〇三年）や『続写生文集』（俳書堂、一九〇七年）をはじめとして、「写生文」と名のつく作法書や文集とは収録作品が被っておらず、独自性が窺える。「編者識」では「写生」を「実境の文なり、見たるまゝの光景を飾りなく、最も真実に書きあらはすもの是れなり」と規定した上で、「小説に於ける写実」や「自然派といふが如き深長の工夫」は要さないものと見做しており、基礎文体として写生文が定義されている。

（1）堀切実『俳文史研究序説』（早稲田大学出版部、一九九〇年、九二－九三頁）

（都田康仁）

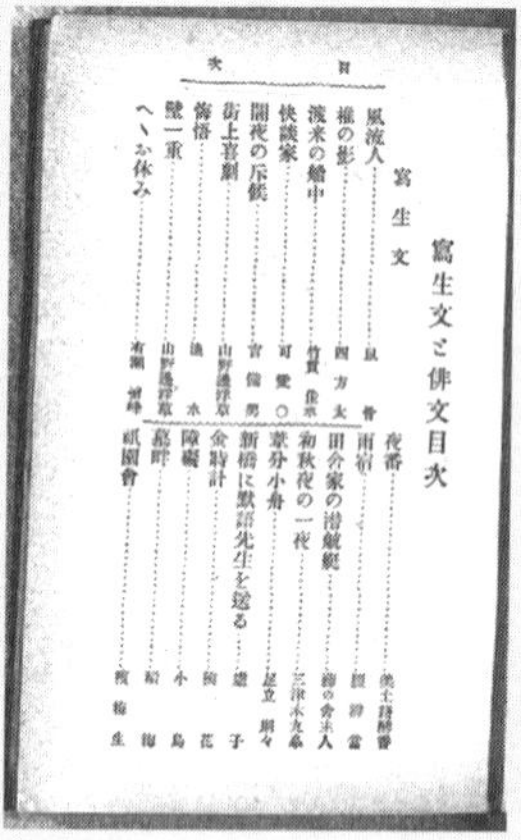

寫生文と俳文目次

寫生文

風流人
權の影……四方太
淺米の鰡中
快談家
開夜の斥候
街上喜劇
悔悟
壁一重
へゝぶ休み
夜番
雨宿
田舍家の滑賴範
和秋夜の一夜
葉分小舟
新橋に默語先生を送る
金時計
障礙
羇畔
祇園會

山下寂水《やましたじゃくすい》編、大町桂月《おおまちけいげつ》閲『作法作例新しき叙事文』（尚文館、一九一二（明治四五）年初版、大阪府立中央図書館蔵）

本書の「自叙」は、「オリンピツク」によって「痴愚の迷闇を照破」した「古代希臘」と「世界の学術、建築」の模範となった「埃及」から説き起こされる。現在では力を失っているそれらの国々の過去の栄光が伝わっているのは文の力に他ならない、そのため文章作法を学ぶ必要があるのだ、と編者は訴える。本書において、叙事文は「具象的」「抽象的」「主観的」の三つに分類される。文例は、大町桂月や徳富蘇峰《とくとみそほう》、高山樗牛《たかやまちょぎゅう》といった面々のほか、理学士の著作や官報、辞書、同窓会雑誌などから採られている。このように、本書が「新しき」点は、文例の多くが同時代の文章から採録されているところにある。「例言」で言及されるように、議論文や朗読文も叙事文の一種とする点が珍しい。「作法」の章では、観察の必要性を説くとともに、読書の重要性を強調している。なぜなら書物とは、「過去幾千年」の「幾多の人」による観察が記録されたものだからである。末尾には参考書として、文章作法の類や小説家の文集のほか、国文漢文の古書が示されている。序文は坪内逍遥《つぼうちしょうよう》、校閲は大町桂月による。

（都田康仁）

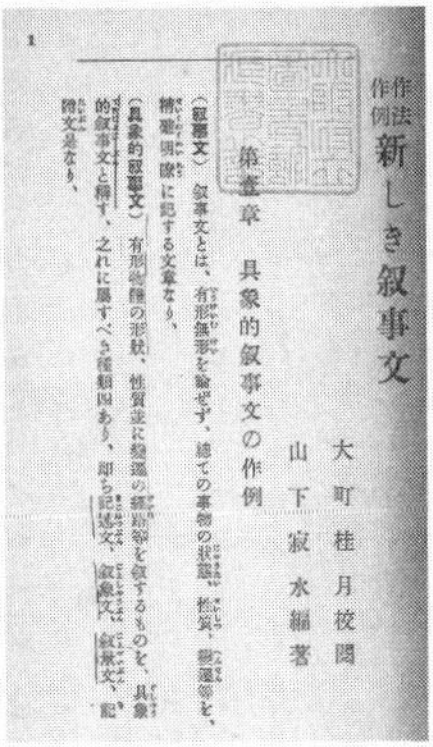
作法作例 新しき叙事文

大町桂月校閲
山下寂水編著

第壹章　具象的叙事文の作例

（叙事文）叙事文とは、有形無形を論ぜず、総ての事物の状態、性質、変遷等を、精確明瞭に記する文章なり、

（具象的叙事文）有形物種の形状、性質並に変遷の経路等を叙するものを、具象的叙事文と称す、之れに属すべき種類四あり、即ち記述文、叙景文、叙事文、記

1

久保天随《くぼてんずい》『叙事文作法』（実業之日本社、一九〇七（明治四〇）年初版、国立国会図書館蔵）

一九〇六年から翌年にかけて実業之日本社から発行された「作文叢書」全六巻のうちの第三巻にあたる。序文で「叙事文作法といふと雖も、実は事物を記述する記載文全体に就いて論究し」たと述べられるように、本書では文のカテゴリーの整理が行われる。「叙説」では、文章を「事物を叙記」する「記載文」と「道理を議論」する「理論文」に大別し、前者を「美術的記載文」と「科学的記載文」すなわち「説明文」に分ける。さらに前者を「静止せるものを描く」「記体文」と「運動せる事を写す」「叙事文」に分ける。以上の分類に基づいて、本書の構成は「(上) 記体文」「(中) 叙事文」「(下) 説明文」となっている。それぞれのパートでは、記体文は「科学的記体文」「美術的記体文」、叙事文は「伝記」「歴史」「小説」「紀行」というように、さらに分類が進んでゆくのが面白い。分類のなかでは高山樗牛《たかやまちょぎゅう》やレッシングにも言及しており、美学的観点から絵画や彫刻との比較を行なっている点が注目される。作法としては「周観法」「随時法」「概括法」「形容法」「譬諭法」「対照法」などと、多様な方法が例文とともに示されている。

（都田康仁）

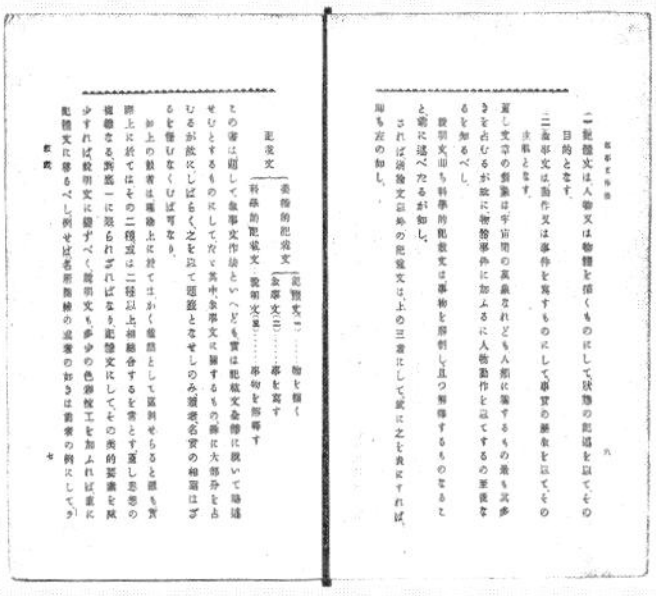

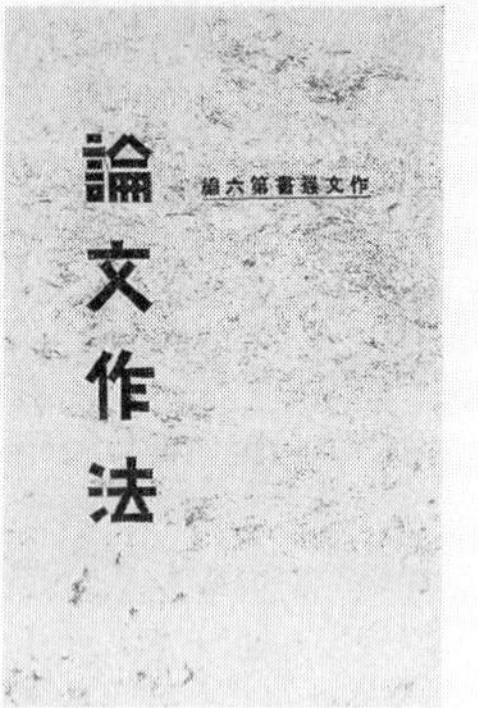

相馬御風《そうまぎょふう》『論文作法（作文叢書第六編《さくぶんそうしょ》）』（一九一一（明治四四）年初版）

新潮社＝日本文章学院が発行していた「作文叢書」の一冊である。同年に早稲田文学講師となった気鋭・相馬御風の手になる。久保天随《くぼてんずい》『論文作法』（実業之日本社、一九〇七年）や、日本文章学院の『文章講義録』（一九〇八年〜）掲載の栗原古城「論文作法」が、主に論理展開のバリエーションに紙幅を割いているのに対し、こちらは文章の基礎的指導や修辞法に重きを置いている。この点、むしろ横地正国『論文作法解』（大日本中等学生会、一九〇五年）との類似が見られよう。だが同様の修辞法指導は後に春陽堂の生田長江《いくたちょうこう》『論文作法』も取り入れており、それなりの必要性が認められたようだ。後半には「論文の解剖」として雪嶺《せつれい》三宅《みやけ》雄二郎《ゆうじろう》、三叉《さんさ》竹越与三郎《たけこしよさぶろう》、逍遥坪内雄蔵《しょうようつぼうちゆうぞう》の論文が解説されている。また「論文実習」とし、青年投書家の作を添削して見せてもいる。鼇頭は「百家短文集」と共に「諺言と格言」「新語解」が掲載されている。これらのフォーマットから、論文を専心学ぶ者よりも、文章修行の課程として論文も学ぶ、という青少年に向けた書物であることが窺える。（山本歩）

簡野道明《かんのどうめい》編『和漢名詩類選評釈《わかんめいしるいせんひょうしゃく》』（明治書院、一九一四（大正三）年、国立国会図書館蔵）

明治後期・大正期になると、中国人と邦人の詩を一つの詞華集にまとめ、さらに漢詩だけではなく、その訓読、解説、語釈などを載せた新しいタイプの詞華集が流行するようになる。和漢の詩を容易に、かつ効率的に一覧したいという読者の要望に、書肆や編者が応えたものと言えよう。本書は、こうしたタイプの漢詩集の中で、最もよく読まれたものであり、戦後に到るまで版を重ね、百刷以上を数えた。その選詩のあり方は、後続の多くの漢詩詞華集に影響を与えている。簡野道明は、漢文教科書や辞書の編纂などで当時強い影響力を持った漢学者。本書は、大正三年（一九一四）の夏、療養中に弟子に講義した内容に基づくとされる。全体の部立では、冒頭に「勧学」が置かれている点が注目される。青年の勤勉の精神の涵養に役立ちたいという編者の意図が看取される。解説には、近世期に流通した『唐詩《とうし》選《せん》』の注解書や、『唐宋詩醇《とうそうしじゅん》』など中国の詞華集の評が参照され、前代の漢詩文化との連続性もうかがえる。詳細は、拙稿「「和漢」型の漢詩詞華集の流行と近代日本における古典の教養」（荒木浩編『古典の未来学―Projecting Classicism』）を参照。（合山林太郎）

関徳《せきとく》『〈新撰《しんせん》詩韻《しいん》〉幼学便覧《ようがくびんらん》』（一八七七（明治十）年）

漢詩を作るための詩語・詩礎集は近世から存在したが、近代においても引き続き出版されている（本書第9章）。ただ、転変の激しい明治期においては、新たな事物への対応が迫られた。本書は、詩語・詩礎集がいかに時代と切り結んだかを示してくれる好例である。詩作のテーマ（題）には、「江上春興《こうじょうしゅんきょう》」などの伝統的なものに加え、新奇な語彙、作例が掲載されている。たとえば、「謝人恵珈琲《ひとのコーヒーをめぐまるるにしゃす》」というものがあるが、「覚睡　ネムリヲサマス」や「香気　カウキ」とともに、「詩神爽　シヲツクルココロガサワヤカナ」などの語が収録されている。他に「秋日遇友人皈自英国《しゅうじつゆうじんのえいこくよりかえるにあう》」というものもあるが、その作例には、成島柳北の「航西日乗」中の詩（「汽車煙接汽船煙《きしゃのけむりはきせんのけむりにせっす》…」）が掲載されている。明治初期の洋行の際の作詩が、初学書に流れ込んでいる。この他に、「春日観洋人競馬《しゅんじつようじんのけいばをみる》」「春日送人赴仏国博覧会《しゅんじつひとのふっこくはくらんかいにおもむくをおくる》」「夏日買蝙蝠傘《かじつこうもりがさをかう》」「夏日謝人恵西洋酒《かじつひとのせいようしゅをめぐまるるにしゃす》」「北窓読新聞紙《ほくそうにてしんぶんしをよむ》」「馬車詣墨江祠《ばしゃにてぼくこうのしにもうづ》」「秋日観招魂祭《しゅうじつしょうこんさいをみる》」「冬夜聴耶蘇説教《とうややそのせっきょうをきく》」といった新しいテーマが散見する。関徳（号・遂軒《すいけん》）は、兵庫の人。『十八史略字引大全』などの著がある。

（合山林太郎）

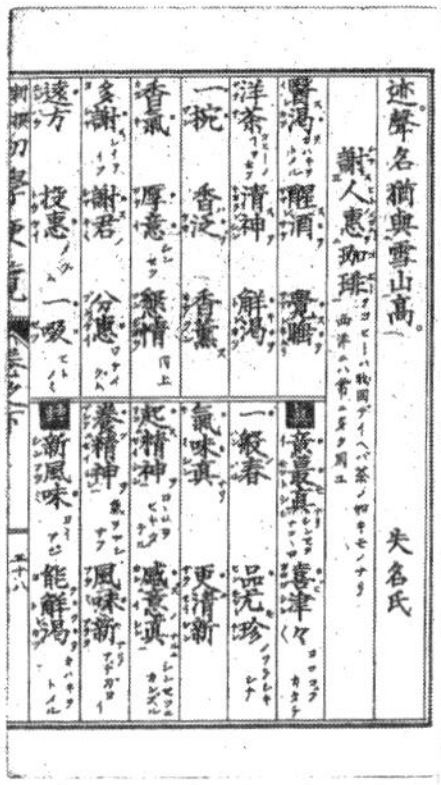
述懷名猶與雪山高。　失名氏
謝人恵珈琲

堀籠美善《ほりごめみよし》編『中学諷詠詳解』（集文館、一九一三（大正二）年七月）

旧制中学校の国語漢文教科書の詩歌を集めた学生向けのアンソロジー。漢詩、朗詠、和歌、狂歌、俳句、川柳、今様、新体詩を収める。収録された詩歌には平易な注釈と解説とが施されており、初学者にもわかりやすい。

大西巨人《おおにしきょじん》は「「古典千冊3回読め」と菊池寛《きくちかん》」（二〇〇一・二）で、「尋常小学一年か二年かの私が愛読した本は、――その表題をすら忘れたものの――和歌、俳句、川柳、日本現代詩、漢詩（日本および中国）の簡明な注釈入りアンソロジーである。その本から、私は、たいそう恩恵を受けた」と述べている。巨人の旧蔵書にも本書があり、特徴も合致することから、これがその「アンソロジー」ではないかと推測される。巨人に限らず、同時代の知識人の教養形成を調査する上でも参考となろう。

ちなみに『神聖喜劇《しんせいきげき》』の東堂太郎は、尋常小学校二年生の頃に森鷗外《もりおうがい》『うた日記《にっき》』を読み、詩篇「乃木将軍《のぎしょうぐん》」に接したとされる。その頃はまだ「「ベトン」が「コンクリート」のフランス語であることを、私は、知らなかった」（光文社文庫版第一巻、三七二頁）とあるが、本書には「ベトン　Beton　比頓。コンクリートの一種」（「新体詩」、三一二頁）という注解がある。

（杉山雄大）

落合直文《おちあいなおぶみ》編『新撰歌典《しんせんかてん》』（博文館、一八九一（明治二四）年初版、一八九九（明治三二）年九版）

詞寄。節序部の題は新暦に配する。恋題・雑題も収録。佐々木弘綱編『詠歌自在』とは異なり、詩句例は句ごとに分けられておらず、五音・七音になっていないものも含まれる。例歌は『万葉集』から新題歌まで広く、そして豊富に採っており、類題集としても読まれたか。ほか散文「歌の沿革」「歌の作法」を収め、巻末には枕詞の一覧が載る。

「緒言」に直文が述べる通り、実質的には小中村《こなかむら》［池辺《いけべ》］義象《よしかた》、萩野由之《はぎのよしゆき》、増田于信《ますだゆきのぶ》ら東京大学古典講習科第一期生による共著である。刊行背景については直文没後の追憶会（与謝野鉄幹《よさのてっかん》主催）にて由之が詳細に語っている（『萩《はぎ》の家主人追悼録《やしゅじんついとうろく》』）。これによると本書は仲間内で夏休みに旅行にゆく方便として直文が企画を博文館に持ち込み、旅費を得て修善寺の養気館（新井旅館）で執筆したものという。由之は執筆の分担も記憶しており、作例の選定は義象、詞寄の作成が直文、「歌の沿革」の執筆が于信、「歌の作法」の執筆が由之であったという。なお直文・義象・由之の三人は前年に翻刻叢書『日本文学全書』を刊行しているが、これも直文と義象が大橋《おおはし》佐平《さへい》に企画を持ち込んだものと証言されている。

（堀下翔）

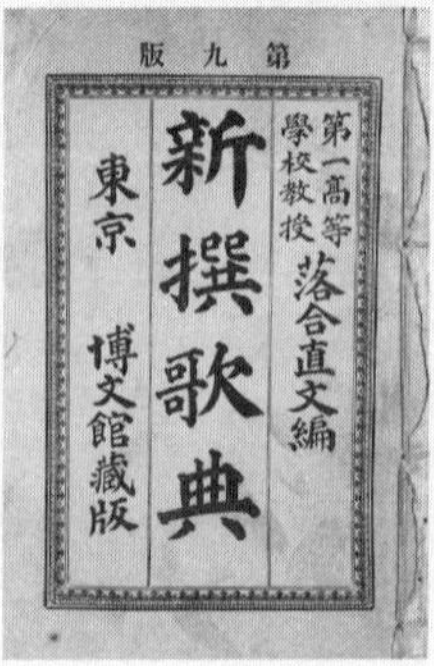

鈴木弘恭《すずきひろやす》『東京大家十四家集評論弁』（吉川半七、一八八五（明治一八）年初版）

明治の歌人たちは歌道を尊重する天皇と地続きの場所で作歌していた。そのことを歌人たちが否応なしに意識することになった出来事の一つとして、平井元満編『東京大家十四家集』（一八八三（明治一六））の刊行があるのではないか。宮内卿・徳大寺実則が現今の歌人一四名に提出させ、天覧に供した近作を収めるものという。いかなるゆえあってその歌が公刊されたか、事情はさだかではない。かかる成立の曖昧さも相俟って、同書は収録歌人、そして選に漏れた歌人たちにくさぐさの感情を惹起させたはずである。

翌年に海上胤平《うながみたねひら》が刊行した『東京大家十四家集評論』は、万葉調の立場から『東京大家十四家集』の全首を微に入り細を穿って難じる一書である。収録歌人と同数の自作三〇首を巻末に掲げる。

その翌年に鈴木弘恭の『東京大家十四歌集評論弁』が刊行される。『東京大家十四家集評論』に反論を与えたもので、明治期歌壇最初の論争として知られる。弘恭は収録歌人・黒川真頼《くろかわまより》の門弟で、総じて党派的な小競り合いの感は否めないが、収録作家の選定が権力性を帯びるのがアンソロジーというもの。いのち嬉しき撰集の沙汰、である。

（堀下翔）

与謝野晶子《よさのあきこ》『歌《うた》の作りやう』（金尾文淵堂、一九一五（大正四）年初版、一九二二（大正一〇）年一一版）

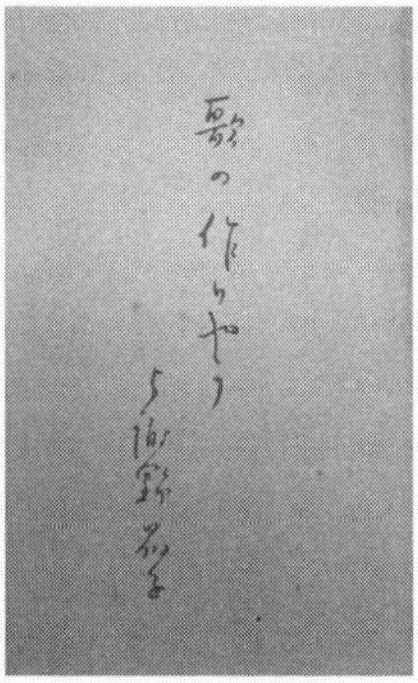

「序言」にて晶子はいう。「私自身も歌を作らない以前には、詩学、詠歌法、歌の秘訣などと云ふものが客観的にあつて、其れに従へば、若しくは其れを巧妙に運用すれば、歌を作ることが出来るのであらうと憶測して居ました。さうして今から思ふと、其れは「歌」の本質を知らない人の幻想であることが解りました。（…）なぜなら、其れは「歌」の本質が個別的なものだからです」。本書の執筆を書肆から需められた晶子はそう断り、自身の作歌態度や短歌観を記すに留めようとする。自作自注を主軸として解説する序盤の書きぶりは、現代にいたる短歌作法（入門）書の源流の一つであろう。

もっとも詩歌史を概説し、文学ジャンルの分類を図示するあたりは、詞寄を否定して出現した明治後期の作法書群の常套を踏襲したものである（これが初学者の実作に裨益すると考えられていたこと自体が興味深い）。とすれば、作法書を書く作法という問題設定ができるはずだ。末尾に読書案内があるのも同じことで、和歌に限らず諸ジャンルの作法書にみられるものだが、「読書案内」の成立史はいかなるものであっただろうか。

なお『鉄幹晶子全集15』に逸見久美《いつみくみ》の解題が載る。

（堀下翔）

海上胤平《うながみたねひら》『歌学会歌範評論《かがくかいかはんひょうろん》』（一本社、一八八三（明治一六）年初版）

萩野由之《はぎのよしゆき》「和歌改良論《わかかいりょうろん》」（『国学和歌改良論《こくがくわかかいりょうろん》』一八八七（明治二〇）年）によって勃発した和歌改良運動は、落合直文《おちあいなおぶみ》の参加によって活性化する。実作面における新派和歌の本格的な始動は与謝野鉄《よさのてつ》幹《かん》の上京を背景とする一八九三（明治二六）年の浅香社《あさかしゃ》結成以後だが、これに先んじてごく短い期間、直文を得た改良陣営が実作を試みたことがあった。雑誌『歌学《かがく》』である。一八九二（明治二五）年創刊、一四冊、久米幹文《くめもとふみ》・小中村《こなかむら》［池辺《いけべ》］義象《よしかた》、落合直文を監督とする。歌学研究の傍ら詠草を募り、また「歌範」として会員・大家・近世歌人の作を掲載していた。

歌壇で話題になった歌書を手あたり次第に難じる海上胤平が、この「歌範」掲載作も問題にして『歌学会歌範評論』を刊行している。いっとき「言文一致歌」を提唱していた林甕臣《はやしみかおみ》の「火桶いだき北窓とぢて籠りしはきのふなりけり鶯の声」を取り上げて「火桶だき北窓しめて居たりしはきのふであつたに鶯がなく」にしたらどうかと揶揄したり、「監督」「歌範」といった会のタームをことさら強調したりするなど、あてこすりの域を出ない評も多いが、国学派らしい見識も垣間見え、論客・胤平の存在感が偲ばれる。

（堀下翔）

『春夏秋冬』（ほととぎす発行所／俳書堂／文淵堂、一九〇一（明治三四）年五月～一九〇三年二月）

『春夏秋冬』は春之部、夏之部、秋之部、冬之部（附録として新年之部）の四冊に分けて、春はほとゝぎず発行所から、他は俳書堂から発行されたものである（夏之部は俳書堂と文淵堂が並記されている。後にはいずれも俳書堂から発行）。正岡子規《まさおかしき》『俳諧大要』を第一篇とする俳諧叢書の第七篇から第十篇にあたる。春之部は獺祭《だっさい》書屋《しょおく》主人編であり、夏之部以降は河東碧梧桐《かわひがしへきごとう》と高浜虚子《たかはまきょし》の共編である。夏之部の序文では、子規による切抜帳をもとにしているため「三人の共選とするを至当と為すべき歟」と述べられる。なお、虚子はその選句方法について、『ホトトギス』上にて三回に亙って説明している（一九〇二年一〇月～翌年二月）。各季「時候」「人事」「天文」「地理」「動物」「植物」という題目ごとに句が並べられており、子規の俳句分類の思想と通底している。子規は春之部の序文にて、『春夏秋冬』を『新俳句』（上原三川《うえはらさんせん》・直野碧玲瓏《なおのへきれいろう》編、正岡子規閲、民友社、一八九八年三月）に次ぐものと位置づける。子規によれば、『新俳句』は「明治に於ける俳句集の嚆矢」であるのに対して、『春夏秋冬』には太《たい》祇蕪村《ぎぶそん》召波《しょうは》几董《きとう》を学んだ結果の「新趣味」が加わっているという。

（都田康仁）

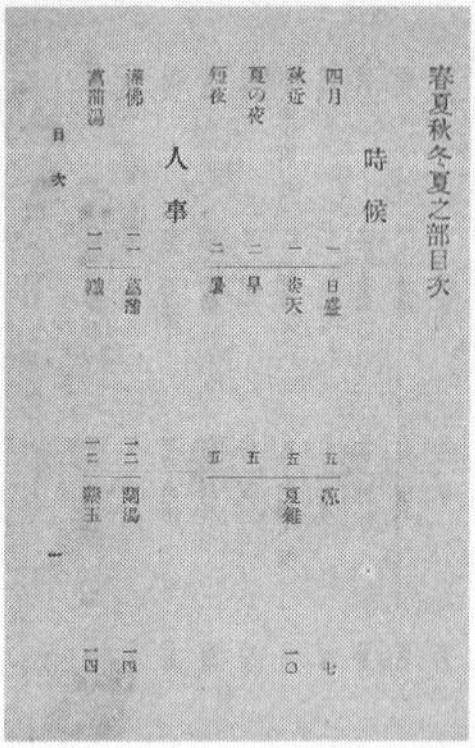

河東碧梧桐編『日本俳句鈔』第一集上・下、第二集（政教社、一九〇九（明治四二）年五月、一九一三年三月）

明治四十年代に俳壇を席巻した新傾向俳句の代表的な句集。各集とも四季題別。碧梧桐が選者を務める雑誌『日本及日本人』の俳句欄、「日本俳句」に載った句を中心に編まれた。碧梧桐による全国行脚（一九〇六・八～一九〇七・一二、一九〇九・四～一九一一・七）の影響もあり、地方の若手俳人からの入集が多い。

第一集の収録対象は一九〇七年二月から一九〇九年三月まで。上巻は春夏の部で、下巻は秋冬の部。本書では碧梧桐選『続春夏秋冬』（一九〇六・八～一九〇七・六）に見られた趣味の狭さが先鋭化し、「鮎活けて朝見んを又た灯ともしぬ　碧梧桐」などの曲折ある句が存在感を増している。第二集には一九〇九年四月から一九一一年一二月までのおよそ一九二〇句を収録。「実感を主とする」こと、「各人個々の自我の尊重」、「覚醒」を重要視し、従来的な「季題趣味」の刷新が図られる（碧梧桐「日本俳句鈔第二集の首に」）。「相撲乗せし便船のなど時化《しけ》となり　碧梧桐」や「魚城移るにや寒月の波さゞら　三汀《さんてい》」といった話題の句や、「強《し》いて渡る梅雨晴れや水嵩擦る燕　井泉水《せいせんすい》」のような詰屈な破調を含んでおり、新傾向俳句の到達点を示す。

（田部知季）

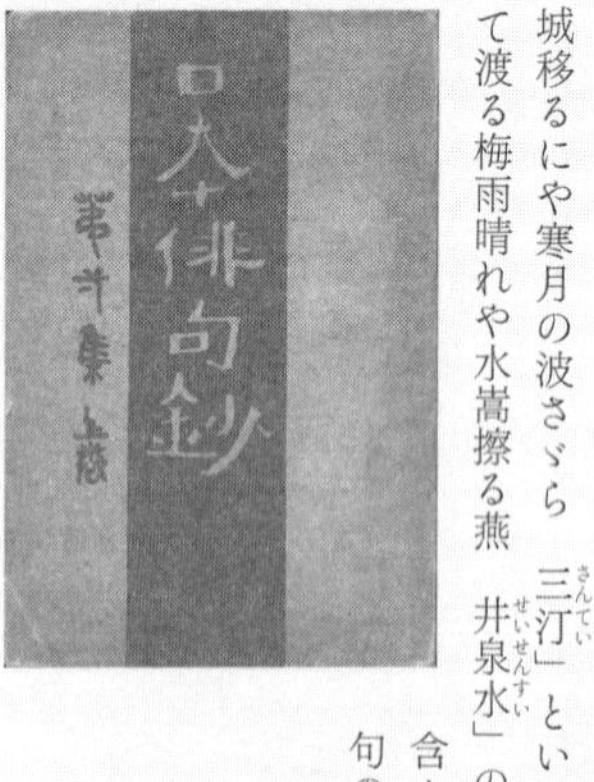

内藤《ないとう》鳴雪《めいせつ》・寒川《さむかわ》鼠骨《そこつ》共選『大家模範俳句集』（大学館、一九〇五（明治三八）年四月、一二月、国立国会図書館蔵）

大学館の「俳句入門叢書」第七編（春夏の巻）、第十編（秋冬の巻）として刊行された句集。古今を問わず「大家」の「模範」的な句を収録するという趣旨で編まれる。編者の鼠骨によると、初学者の参考となる句集は数多あるが、その反面各々の掲句は玉石混淆で、「初学者の手本とす可き完全な句集」はなかった（例言）。それを踏まえ、本書ではまず「普く古今の各句集から、諷踊《ママ》に価し又た手本とするに足る句」を鼠骨が一万句ほど選び出し、それを鳴雪が篩にかけて五千句余りに絞ったという。ただし、本集の句は掲載順を含めて鼠骨選『歳事記例句選』上・下（一九〇三・八、内外出版協会）と重複する部分がある。収録句は本書の方が多く、季題の実例から実作に資する範例へ、という編集意識の違いは認められる。部立は季題別で、「日の光り今朝や鰯の頭より　蕪村」と「初日さす朱雀通の静さよ　碧梧桐」のように、同じ季題に異なる時代の句が並ぶ。「俳句入門叢書」には種々の古句評釈のほか、『大家苦心俳句錬習談』（一九〇五・一〇）と『明治大家俳句評釈』（一九〇六・四）もあり、「大家」を規定する規範意識が窺える。

（田部知季）

今井《いまい》柏浦《はくほ》編『明治一万句』（博文館、一九〇五（明治三八）年六月初版、一九〇九（明治四二）年一〇版）

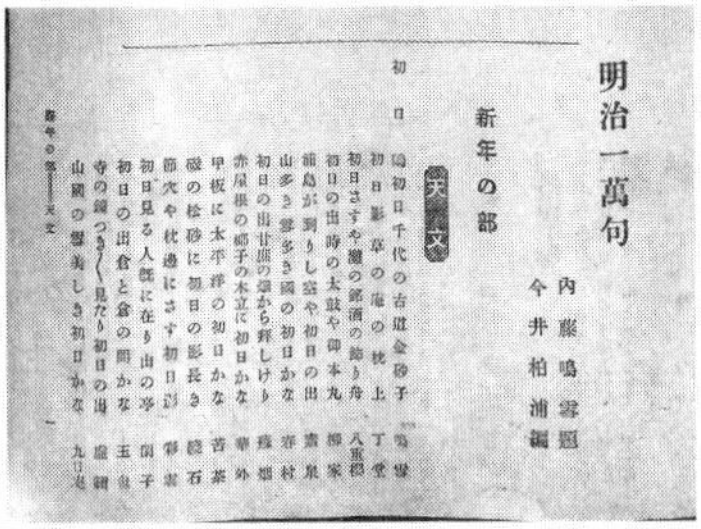
明治一萬句
内藤鳴雪閲
今井柏浦編
新年の部
天文
初日

収録句数の多さを以て鳴る句集。選句は日本派の長老、内藤鳴雪。一九〇一年三月から一九〇五年四月の期間、日本派俳人が多く投句する『日本』や『ホトトギス』、『太陽』などに載った約五万句から精選した約一万句を掲げる。季題別で、その種類は一三〇〇に及び、「明治の新題」も広く採用したという。「夏帽子人帰省すべきでたちかな　子規」や「八人の子供むつましクリスマス　同」などはその例。各季題の初めに子規や虚子、碧梧桐といった著名俳人の句を置く傾向にあり、多少の規範意識が垣間見える。碧梧桐編『続春夏秋冬』や松根《まつね》東洋城《とうようじょう》選『新春夏秋冬』などに比べると、選句対象自体の派閥色は希薄で、多種多様な句例を列挙する見本帳のような体裁と言える。柏浦は本書以後も、博文館から『新撰一万句』（一九〇七・八）、『最新二万句』（一九〇九・六）、『最近新二万句』（一九一一・一）、『大正一万句』（一九一五・八）、『大正新一万句』（一九一八・七）、『大正新俳句』（一九二二・一）を継続的に出している。『昭和一万句』（一九二七・九）は修省堂から、『最近新二万句集』（一九二七・七）は資文堂からの刊行。

（田部知季）

寒川鼠骨・富取芳河士編『明治選者句集』（大学館、一九一二（大正元）年八月、国立国会図書館蔵）

「初学俳句叢書」第二十編として刊行された選句集。明治の俳人中、「新聞又は雑誌等の俳句の選者として多少とも名声あり且つ世間から認められてゐる人々」から、鼠骨が「面白し」と思った句を採録する（「凡例」）。「現代の俳句大観」であると同時に、「初学者には応募の際の参考ともなり、門外の人にも座有の伴侶となる」という。部立は俳人別で、選者ごとの傾向対策に資する構成と言える。各人の句は概ね季題ごとで並ぶが、詠まれた時期は考慮していない。鳴雪を筆頭に碧梧桐、虚子、梅澤墨水、石井露月と続き、総計九十名の句が載る。最後の安田木母庵と子規のみ故人で、それ以外の掲載順に規則性は認めにくい。中川四明や中野三允、松瀬青々といった著名俳人はもちろん、籾山柑子や泉天郎など若手でも選者であれば選抜されている。広江八重桜や安斎桜磈子《おうかいし》ほか新傾向派が多いのも特徴。掲句の数はばらつきがあり、鳴雪など一部の俳人は百句を超えるが、少ない者では十五句程度に止まる。「初学俳句叢書」には句集のほか鳴雪『蕪村七部集俳句評釈』（第五、六編、一九〇六・七、一二）のような評釈もあるが、基本的には鼠骨の手に成る。

（田部知季）

安藤和風編『恋愛俳句集』（春陽堂、一九〇四（明治三七）年、国立国会図書館蔵）

広く恋愛にまつわる句のみを収めた選句集。編者の和風は『秋田魁新報《あきたさきがけしんぽう》』の主筆で、秋田に日本派や既存の旧派と異なる一勢力を築いた。序文を寄せるのは、同地と所縁ある青柳有《あおやぎゆう》美《び》、小杉天外《こすぎてんがい》、後藤宙外の三名。本書が対象とする「恋愛」は広範で、俳諧で恋句となる「妻妾、息娘、嫁聟、傾城白拍子、若衆念者、美男美女の名、及恋の詞、愛の心あるものは言ふに及ばず、翁媼、僧尼の非恋と雖も、反映的のもの、及擬人せる動植物をも網羅」する（和風「序」）。配列は季題別だが、題自体は恋愛にまつわるものではない。「春雨や蓑の下なる恋衣　几《き》董《とう》」や「春雨の衣桁に重し恋衣　虚子」など時代を問わない選句で、和風の句も「姉様に歌書かれたり羽子の裏」をはじめ多数含まれる。

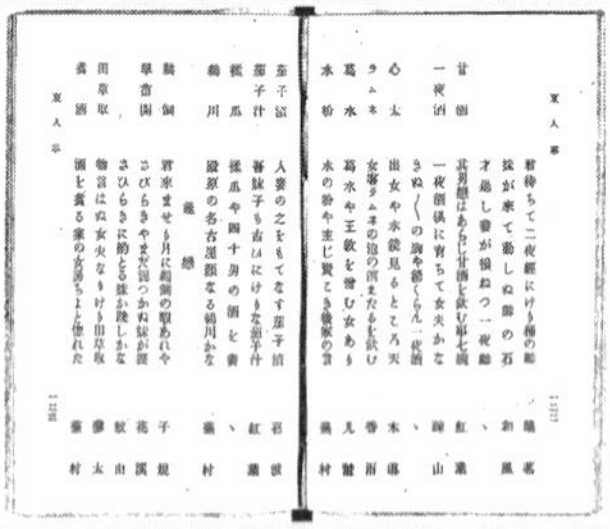

和風には『閨秀俳句選』（春陽堂、一九〇五・五）があり、その類書に佐藤滴泉《さとうてきせん》編『女俳家句集』（一九〇九・一、俳書堂）や今井柏浦編『古今女流俳句集』（博文館、一九〇九・一二）がある。また、本書のように題材を絞った選句集に、佐藤紅緑編『滑稽俳句集』（内外出版協会・言文社、一九〇一・八）や小池晩人編『医薬疾患句集』（俳書堂、一九〇八・六）がある。

（田部知季）

大和田建樹《おおわだたけき》『新体詩学《しんたいしがく》』（博文館、一八九三（明治二六）年二月初版、一九〇三（明治三七）年七版、一八〇頁）

本書は、「通俗文学全書」の第二編として刊行された。これは、大和田建樹個人によるさまざまな文章の書き方指南を中心としたシリーズ（全一二冊）であり、本書のほかに『書簡組立法』や『応用和文学』などがある。「一 開題」によれば、本書は『新体《しんたい》詩抄《ししょう》』刊行から一〇年余、いたずらに他人を真似ただけの新体詩が作られている現況を憂い、正しくそれを学ぶための書として位置付けられている。しかし本書の特色は、玉石混淆かつ公平無私には評価し難いとする現代＝明治の新体詩にほぼ直接言及せず、おおむね評価が定着しており、また利害関係も持たない「古歌の沿革と其作例とを研究し。既往《きおう》の盛衰得失《せいすいとくしつ》の跡を鑑《かんが》みて以て。将来の勧戒《かんかい》に備へ」ることで新体詩発展に貢献することを目指した点だろう。しかし古歌を重視するがゆえ、たとえば語彙の説明についても、通俗的であることが新体詩の趣意だとは言いながら、それは容易に卑俗に流れ、規律を破るものだとし、文語（従来文章に用いられてきた言葉）から簡潔で語調の優れたものを選ぶべきなど、その作歌の方針は保守的な性格が強い。

（栗原悠）

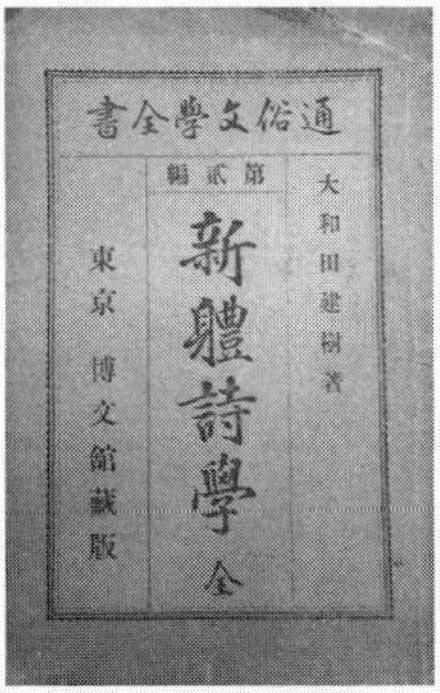

詩話会《しわかい》［編］『現代詩人選集《げんだいしじんせんしゅう》』（新潮社、一九二一（大正一〇）年二月初版、三四三頁）

詩話会は、川路柳虹《かわじりゅうこう》らの声かけによって発足した超党派的な詩人団体。函表紙にも「島崎藤村《しまざきとうそん》氏誕辰五十年祝賀記念」と掲げられているように、本書は「明治の詩壇に真個の抒情詩を創設した父」（「序」）としての藤村の五〇歳を記念して企画されたアンソロジーである。とは言え、収録されているのは川路や西條八十《さいじょうやそ》、日夏耿之介《ひなつこうのすけ》、福田正夫《ふくだまさお》ら編集委員を含む三三名一一二の詩であり、藤村本人のそれは含まれていない。多くは藤村より一回り以上年少の詩人たちだが、なかには与謝野鉄幹《よさのてっかん》や蒲原有明《かんばらありあけ》、野口米次郎《のぐちよねじろう》など藤村とはとんど同世代の詩も収められているように、年代的も幅が広く、収録作のなかには童謡（北原白秋《きたはらはくしゅう》「赤い鳥小鳥」）もあるなど方向性の面でもバラエティに富んでいた。しかし本書の刊行直後、詩話会は福田や百田宗治《ももたそうじ》、富田砕花《とみたさいか》といったいわゆる民衆詩派に対する不満から、日夏や三木露風《みきろふう》らが離反し、のちに新詩会を結成する形で分裂してしまう。その意味では、本書は超党派的詩壇が残した最後のカタログのような性格も有していたと言えよう。

（栗原悠）

■高橋《たかはし》玄一郎《げんいちろう》、藤田《ふじた》三郎《さぶろう》、竹中《たけなか》久七《きゅうしち》『近代詩話《きんだいしわ》』（リアン社、一九三八（昭和一三）年二月初版、一九頁）

三人の著者が同人となっていた『リアン』は、佐藤惣之助《さとうそうのすけ》『詩之家』に参加していた竹中、渡辺修三《わたなべしゅうぞう》、潮田武雄《うしおだたけお》、久保田彦《くぼたひこ》穂《ほ》（椋鳩十《むくはとじゅう》の本名）の四人の詩人によって一九二九年に創刊された詩誌である。高橋、藤田らはここにあとから合流した。『リアン』は当初フォルマリズム運動を唱導していたが、その論調は時代の趨勢に流され、次第にプロレタリア文学運動に接近していく。ただし、プロレタリア芸術家は芸術的に戦うべきだと述べ、共産党の公式的な芸術観とは一定の距離を保っていたのは、ユニークな点と言える。『近代詩話』が刊行されたのは、そのような雑誌創刊から一〇年ほど経った時期であった。背に印字ができないほど薄いこのパンフレットには、一般的な文例集のように読者を創作に誘う姿勢はない。むしろ同時代の詩をめぐる状況を批判し、その一方で自分たちの作る詩がそれらとは離れて「近代芸術として立派な政治的役割を演じ」ること、すなわち「文化といふ政治的役割」を果たすことに目を向け、詩を「利用すること」の重要性を説いている。

（栗原悠）

■福田《ふく だ》君夫《きみお》『近代童謡詩人選集《きんだいどうようしじんせんしゅう》 第一輯《だいいちしゅう》』（ポエム社、一九三九（昭和一四）年二月初版、五七頁）

著者の福田君夫は、一九一〇年に宮城県で生まれ、代用教員などを務めつつ、雑誌『詩歌少女』や『歌謡春秋』などを主宰し、詩や童謡を発表した。本書の目的は、「発刊の言葉」に「将来ある、中堅新進の童謡詩人の連盟を起し、こゝに昭和童謡詩人会の集成快著」を刊行することにあったとされている。実際、目次に名前の掲げられている一九人のうち、ほとんどが当時二〇代から三〇代の若い詩人たちであった。また、その多くは『詩歌少女』ないしは『歌謡春秋』に同人・準同人として参加していたことからも福田の個人的なネットワークによって繋がった人選であったことは明らかだが、他方で彼らは各地方に点在しており、地域的な限定性は低い。収録された童謡について見てみると、たとえば「とんぼの学校」（下采文男《したうねふみお》）や「迷子の風船」（關澤《せきざわ》新一《しんいち》）のように、対象の様子をそのまま擬人化したようなものもあれば、一方で「もぐらのトーチカ」（松井謹《まついすすむ》）のように時節柄、戦争のイメージを含み込んだものも散見されるなど、その表現はバラエティに富んでいる。

（栗原悠）

福田正夫、井上康文《いのうえやすぶみ》『童謡・民謡・詩のつくり方』（大同館、一九二一（大正一〇）年二月初版、一九二二（大正一一）年六版、二一九頁）

福田正夫、井上康文はともに詩誌『民衆』の中心を担ったいわゆる民衆詩派の詩人であり、一時期は超党派的な詩人団体である詩話会にも参加していた。本書は、そのような二人がそれぞれ詩（福田）に加え、童謡と民謡（井上）の作り方を説いたものである。構成としては後段にある詩に先にふれると、基本的に福田の議論は自由詩を前提としており、「自然の魂の声」たるそれは「自然の事物」への「深い理解」（二 自由詩のつくり方）が必要とされるなど、民衆詩派の思想が前景化している。もっとも、本書の刊行は詩話会分裂の直前の時期であり、具体的な作例には日夏耿之介や三木露風ら民衆詩に否定的な立場の詩人の作も多く紹介されている。次に童謡・民謡については、これを詩の一つの形態と位置付け、並べて論ずるべき価値があることを述べている点がユニークと言える。子どもに向けられたものとして平明さを主張するなか、ここでも白鳥省吾《しらとりせいご》ら民衆詩派の作例が目立つ一方、野口雨情《のぐちうじょう》や北原白秋らの童謡観の紹介やあるいは子どもたち自身の創作にも目が向けられている。

（栗原悠）

西條八十『現代童謡講話《げんだいどうようこうわ》』（新潮社、一九二四（大正一三）年七月初版、一九〇頁）

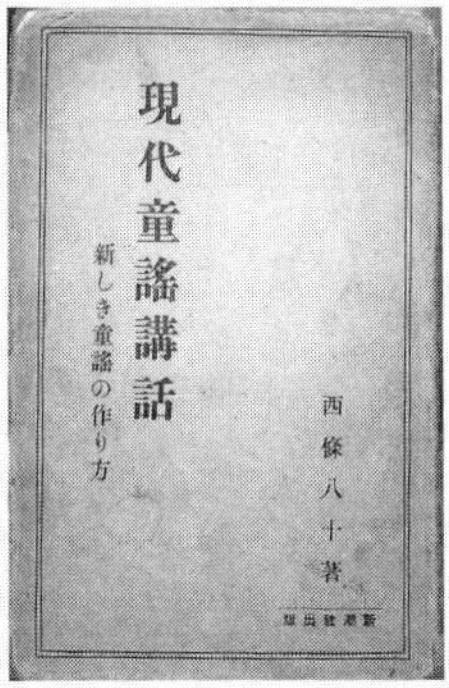

扉には、副題として「新しき童謡の作り方」とある。その説明の通り、本書は当時精力的に童謡の作詞をしていた西條八十による実践的な童謡の創作論と言える。一方、歴史的な文脈や共通点を持った表現形式（詩、綴方《つづりかた》）との比較などにも筆を割きながら童謡の価値が明らかにされているという意味では、一つの童謡論としての面も持っていた。本書の議論のなかで特に注目したいのは、西條にとっての童謡と唱歌の関係である。第8章の拙論でふれたように、唱歌もその時々でさまざまなオーディエンスを想定していたとは言え、そもそもは児童の音楽教育のために要請されたものであった。それに対して西條は、童謡を「新しい唱歌」と位置付け、近来の唱歌が露骨に功利主義的な目的を持つものに堕してしまった状況を批判する。そして、こうした唱歌に取って代わり、「芸術的唱歌」としての童謡を提唱するのだ。また、そのような議論のなかで西條は、「あしのうら」や「かなりや」といった自作を例示しつつ、童謡に必要な条件として作り手の芸術性と児童が理解しうる平明さの並立を説いた。

（栗原悠）

大町桂月《おおまちけいげつ》『関東《かんとう》の山水《さんすい》』（博文館、一九〇九（明治四二）年初版、一九一八（大正七）年六版）

本資料の特徴はなんといっても冒頭に写真が数多く挿入されていることではないだろうか。『美文韻文《びぶんいんぶん》　花紅葉《はなもみじ》』（博文館、一八九六（明治二十九）年）により美文家として喧伝された大町桂月による作品集でありながら、まず四十五枚もの名所の写真が並ぶのである。しかしこうした仕様は『文芸倶楽部』などの同時代の紀行文欄を扱っていた雑誌に見られることもあり、文章によって描かれた景色と写真によって切り取られた景色の効能はまったく別物であると考えられていたといえるのではないか。この資料は七章で構成されている。第一章は「総論」であり、日本の「山岳」や「原野」などそれらに対する解説が行われる。そして第二章以降は「総房の山水」「常陸の山水」など、日本各地の山水が並び、その地域の山水の解説ののちに情景が描かれ、絵が挿入される場合もある。なかには作者名が付され詩歌が紹介されることもある。関東の山水が解説され紀行文が掲載されており、読み物としても紀行文を執筆する際の手本としても機能しているのである。そして「関東八州及東京附近之図」があるように、旅そのもののガイドブックとしても利用できる。

（湯本優希）

大橋乙羽《おおはしおとわ》『千山万水《せんざんばんすい》』（博文館、一八九九（明治三二）年初版）

博文館の支配人だった大橋乙羽の、東北と関西、そして東京市内と府下、近郊を描いた紀行文集。乙羽はつづけて『続千山万水』と『増補千山万水』を出している。

乙羽は尾崎紅葉《おざきこうよう》や巌谷小波《いわやさざなみ》の文学結社・硯友社《けんゆうしゃ》の同人であると同時に幸田露伴《こうだろはん》や岡倉天心《おかくらてんしん》たち根岸党《ねぎしとう》、あるいは高山樗牛《たかやまちょぎゅう》の友人でもあり、しばしば彼らと連れだって旅している。説話や古歌、名句名文を引用しながら旧跡をめぐる乙羽たちのスタイルは、紀行文集に名所旧跡の文学的インデックスとしての機能をあたえている。

さらに本書は、出版界きっての写真通であり「太陽《たいよう》」や「文《ぶん》芸倶楽部《げいくらぶ》」の革新的なグラフィック・デザインを演出した乙羽にふさわしく、口絵がわりに多数の写真を掲げる。本文中にも「例《れい》の癖《くせ》にまた写真《しゃしん》する」（「義仲の旧里」）くだりが多く、文章も写真を眺めつつ書かれたのだろう。手鞠歌などの民謡や言い伝えも積極的に書きとめる本書は、大和田建樹《おおわだたけき》『記行文選《きこうぶんせん》』（一八九三）や幸田露伴『枕頭山水《ちんとうさんすい》』（同）などの類書に比しても圧倒的にヴィヴィッドな紀行文集だった。泉鏡花たち後進の文学者が生みだしていった旅の物語群にとって、本書は重要な参照先であったはずだ。

（多田蔵人）

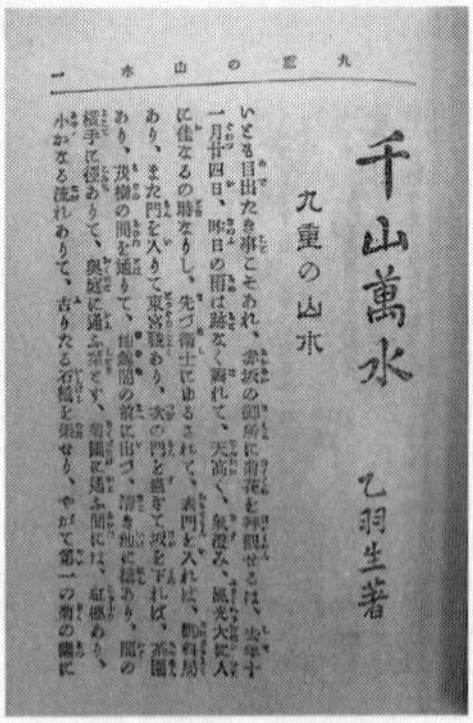
千山萬水

九重の山水

乙羽生著

宝塚《たからづか》少女《しょうじょ》歌劇団《かげきだん》『歌劇日記《かげきにっき》 昭和十年』（宝塚少女歌劇団、一九三四（昭和九）年）

宝塚少女歌劇団が発行した日記帳。雑誌「歌劇」広告によれば昭和十一年版も刊行されたようだが、管見に入ったのは当コレクション所蔵の昭和十年版のみ。冒頭に天津乙女・桂よし子・奈良美也子にはじまりトップスターの写真を多数掲載、「宝塚年中行事」、天津ほかの短歌や随筆も挿入される。「附録」には宝塚音楽歌劇学校宝塚劇場と宝塚少女歌劇団の現勢、年間の演目予定、できたばかりの東京宝塚劇場の座席表や解説などが載る。

特別な用途のためにつくられたこの日記帳は、宝塚ファンにとって貴重であるだけではない。当時の特色ある日記帳としては、博文館『当用日記』や太宰治も使った新潮社『新文芸日記』などが知られる。女性性を書き手にもとめる『歌劇日記』と文学者の情報を満載する『新文芸日記』では書き手の意識はもちろん、使う言葉のひろがりも異なるだろう。太宰治『女生徒』の典拠である有明淑の日記は伊東屋製大判ノートに書かれていたという。少女向け日記帳を通じて、有明をはじめとする「少女」たちの文体を照らし出すこともできるかもしれない。

（多田蔵人）

寒川鼠骨《かんがわそこつ》『日記文』（内外出版協会、一九〇三（明治三六）年初版）

国木田独歩《くにきだどっぽ》『酒中日記《しゅちゅうにっき》』は一九〇二年、永井荷風《ながいかふう》『帰朝者《きちょうしゃ》の日記《にっき》』が一九〇九年、志賀直哉《しがなおや》『クローディアスの日記』は一九一二年。書き手の内面を披露しつつ隠すべきところはしっかり空白にもできる日記形式は、次第に近代文学のなかで比重を高めていった。本書は文例に言文一致文を含む、かなり早い時期の日記文例集。理由は本書が正岡子規《まさおかしき》の提唱した「写生文」の系列に属しているからだ。

寒川鼠骨は本書のほかにも『言文一致手紙文』『写生文 作法及文例』といった言文一致に関わる文例集を出版し、「ホトトギス」の文体運動の普及に寄与した。本書は一九〇四年再版。「自己以外の総ての人に見せても面白く感ぜしめ得る日記文」であるという「緒論」の定義が示すように、ここで日記は他人に見せ、共有するための文体となる。文例はおそらく鼠骨自身のもので、精叙／略叙、一日／数日、一部／全部の組みあわせによって章立てし、対象への焦点の合わせ方の違いを示している。

（多田蔵人）

鶯亭金升《おうていきんしょう》編『情歌題林都《ど》々《ど》逸《いつ》独《ひとり》稽古《げいこ》』（博文館、一八九二（明治二五）年、初版）

『団団珍聞《まるまるちんぶん》』記者・金升による都々逸の作法書。博文館の「東洋文芸全書」の第一六編として刊行された。「東洋文芸全書」は和文、和歌、漢文、漢詩、戯文、俳文、発句、狂句・狂歌、狂詩、川柳、俗曲、雅曲、書簡といった諸ジャンルにわたるアンソロジー叢書。あらゆる文と歌が「東洋文芸」として再編されてゆく状況で金升は、「詩歌」に「雅辞俗語の分別はあれども情を重しとせざるは無し」（「緒言」）と語り起すことで「情歌」たる都々逸の「詩歌」的価値を示唆しつつ、このジャンルが狂句同様の点取り文芸に堕して「改良」が提起されることになった現況に触れ、「高尚」への急速な接近を危惧しもする。

凡例は「いゐ。をお・ちやうてふ。等混じて出す」「仮名違ひを慎めと言《(いい)》しに違ひて巻中仮名確《(たしか)》ならざるは臭きもの身しらずと知り玉へ」といった出鱈目な条文で占められる。しかもよく見ればこのページ、「凡例」ではなく「ちよいとゝゝゝ」と珍妙に題されている。本編は四季題ごとに詞寄と作例を配する歌書さながらの構成だが、題は季節ごとのいろは順という不可思議な配列。「東洋文芸」への茶化しに満ちた異色の一冊である。

（堀下翔）

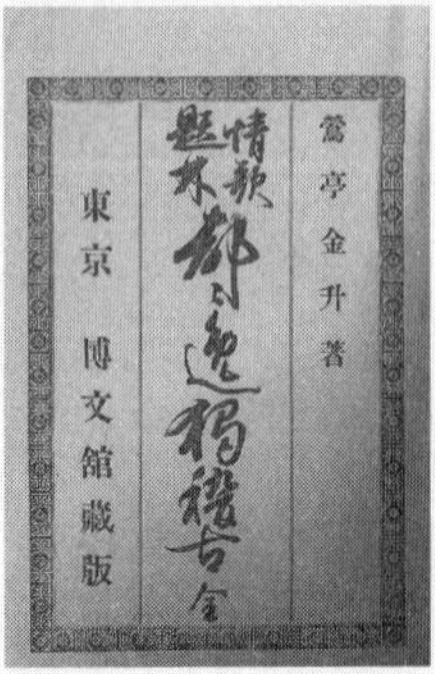

聖石道人《せいせきどうじん》『〈悲壮淋漓《ひそうりんり》〉剣舞《けんぶ》独習法《どくしゅうほう》図解《ずかい》　附《ふ》剣舞詩集《けんぶししゅう》』（一八九三（明治二十六）年）

明治二十年代には剣舞のための解説付き漢詩詞華集が多数編まれた（拙稿「「鞭声粛粛」の明治―頼山陽「題不識庵撃機山図」詩と詩吟・剣舞」〈『アナホリッシュ国文学』三号〉参照）。この時期の壮士文化と密接な関係を持つと考えられる。こうした詩集の多くは、単に訓点や添え仮名とともに詩が記されているのみであるが、本書のように剣舞の動きを図解・解説するものもある。本書には、頼山陽《らいさんよう》「題不識庵撃機山図《ふしきあんきざんをうつのずにだいす》」、安積五郎《あさかごろう》「剣舞歌《けんぶのうた》」、橋本左内《はしもとさない》「逸題《いつだい》」などの詩が、図入りで解説され、頼山陽「前兵児謡《ぜんへこのうた》」、同「日本楽府《にほんがふ》・蒙古来《もうこらい》」、同「下筑後河過菊池正観公戦処感而有作《ちくごがわをくだりきくちせいかんこうのたたかいしところをすぎかんじてさくあり》」、安積艮斎《あさかごんさい》「賤岳懐古《しずがだけかいこ》」、森田節斎《もりたせっさい》「偶成《ぐうせい》」、会沢正志斎《あいざわせいしさい》「擬守城《しゅじょうにぎす》」、梁川星巌《やながわせいがん》「古侠行《こきょうこう》」、不明氏《ふめいし》「古歌《こか》」、藤田東湖《ふじたとうこ》「八月望夜夢攻諳厄利亜《はちがつぼうよるにイギリスをせめるをゆめむ》」、王維《おうい》「送元二使安西《げんじのあんせいにつかいするをおくる》」、王翰《おうかん》「涼州詞《りょうしゅうのし》」、杜甫《とほ》「短歌行《たんかこう》、贈王郎司直《おうろうしちょくにおくる》」、岑参《しんじん》「胡笳歌《こかのうた》、送顔真卿使赴河隴《がんしんけいのつかいしてかろうにおもむくをおくる》」といった詩が掲出されている。編者は、表紙には聖石道人と記されるが、奥付には、大阪の書肆藤谷虎三《ふじたにとらぞう》とある。

（合山林太郎）

第Ⅲ部　書く読者たち

第10章 日清・日露戦争期における美文・写生文と文範
――異文化を描く文体

北川扶生子

一　書く読者たち

われわれは文章を書くとき、なにものからも自由に、内なる声に忠実に言葉を紡ぎ出すわけではない。必ず何らかの先行する書き物があり、それらが配置された具体的な場において、書く実践はおこなわれる。文学作品の読者の多くは、読むと同時に書いていた。書くことは、〈私〉の輪郭をつくる。彼ら読者は、みずから書くことによってどのように自己形成し、自分をめぐる物語を立ち上げていたのか。明治期に刊行された単行本のうち、作文書は二七一三点。もっとも多い近代小説に次ぐ多さだった[1]。作文をめぐる実践は、近代読者の読み書く営みを窺うための必須の領域であり、文学をめぐる諸制度は、読み書きという一体の営みのなかで把握する必要がある[2]。読者の書く営みがどのような場で行われているか、その場を形作る社会的な関係はどのようなものか、彼らの文章はその関係をどのように組みかえ、あるいは再生産したのか。本稿では日清・日露戦争期の美文と写生文について、規範の解体や創出のプロセスを検討する。

この時期の読み書く読者はどのような人々だったのか。紅野謙介氏は、日清・日露戦争の時期、中等教育を受けることのできる人の数は増加する一方であった半面、高等学校に進学できる人は限られていたと述べている。そして、数多くの投書雑誌が統廃合され創刊されていった状況について「知的エリートへの「立身」の夢を抱きつつ、流動的で階級未分化な、しかも徐々に確実にふくれあがりつつあるこの宙づりの世代/集団が雑誌市場の消費者として狙い撃ちされた」と指摘している。[3] また、竹内洋氏は「上京=苦学ルートに乗れない者、あるいはその予備軍が利用したのが、中学講義録などの独学媒体であった。」と、同じ頃から独学媒体が普及していくと指摘している。[4] 日清・日露戦争期においては、中等教育層とその周辺層を、書く読者として想定することができる。

作文書はどのようなしくみを持っていただろうか。版を重ね、広く普及した芳賀矢一・杉谷代水合編『作文講話及文範』(冨山房、一九一二年)を例に考える。本書は上巻が文章講話、下巻が文範になっており、たとえば下巻の「記事文」では次のような文章が「文範」として掲げられている。

「大学の卒業式」木下尚江/「天長節夜会の食堂」徳富蘆花/「富士の夕映」寒川鼠骨/「川蒸気」永井荷風/「夜の病院生活」尾崎紅葉/「ランプの影」正岡子規/「飯待つ間」正岡子規/「芝居の楽屋口」永井荷風/「歌御会始拝観記」尾上八郎/「英照皇太后陛下の御大葬を拝す」大和田建樹/「倫敦塔」夏目漱石/「熱病」正宗白鳥/「一党の行装」福本日南/「桜田門外の変」島田三郎/「ペリー記念彰誼会に於ける大隈伯爵の演説」時事新報/「広瀬中佐銅像建設報告」建設委員/「熊本守城概記」谷干城

本書に見られるように、戦前期の作文書は「書くためには名文を読め」という考えに基づき、充実した文範を備えているのが通例で、文範部分のみで刊行される場合も多かった。そこで本稿では、こうした書物を文範集と呼ぶ。小説の場面描写も演説の一部も、文章のお手本として、もとの文脈から引き抜かれて、しばしば新たなタイトルを付され、同じテーブルの上に併置される。つまり、文範というものは、そこに収録されるジャンルを問わず、文章の一部をもとの文脈から引き抜いて示す。その文章がどのような場で、誰に対して書かれ、それが発表された時に誰にどう受け止められたのか、という文章をめぐる社会的な関係というものを、文範集はそぎ落とす面がある。同時に、内容にも増して表現の巧みさに読者の注意を促す。さらに、その文章と書き手とを、見習うべき人物であり名文であると規範化する。文範集にはこのような、身に着けるべき教養の目録を学習者に提示する、という役割があった。様々な状況で書かれた多様な文章を、権威として立ち上げてゆく装置として、文範は機能した。では、日清・日露戦期において、書くことをめぐるこのような諸関係は、どのように配置されたのだろうか。

二　美文の主題と表現法

日清・日露戦期の作文について、高須芳次郎は次のように回想している。

私が『新潮』の前身『新声』の記者をしてゐた時分、文学上、二つの興味ある現象を見た。それは日清戦争前後から美文と称する一派が勃興した事、今一つは『ホトトギス』の創刊と共に写生文が流行した事である。今日美文や写生文の名称は全く忘れ去られたが、それらが流行した時分は誰れも彼れも美文または写生文に筆を着けるといふ勢で、すこし誇張していふと、文学青年を風靡したのである。[5]

高須は、美文と写生文が流行した時代をひとつづきのものと把握し、具体的には一八九六年頃からの数年間としている。

美文流行のきっかけとなったのが、六十数版を重ねた大町桂月・武島羽衣・塩井雨江合編『美文韻文 花紅葉』（一八九六年、博文館）である。ここに収録された美文と韻文には、その主題にゆるやかな共通性が認められる。それは、兄弟・父子・友人など男同士の絆の確認と、立志による出郷や懐郷の物語が描かれている点である。『花紅葉』のなかでも、このような主題がもっともよくあらわれている塩井雨江「笛の音」から、美文の主題と表現法を確認したい。

塩井雨江「笛の音」では、田舎から上京した青年が、秋の夕暮れにどこからともなく聞こえる笛の音によって、故郷の幼馴染みや母を思い出し懐かしむ。本作では、回想する都会の孤独な自分に秋が、回想される過去の故郷には春が、それぞれわりふられる。たとえば回想時の描写には「都も秋の色ふけて、はらはぬにこぼるゝ萩の上葉の露もろく、風なきにしをるゝ尾花の袖の影やせて、〔…〕何となくながめらるゝ夕暮れの宿、何処もおなじとはきけど」と秋の景物がちりばめられ、「寂しさに宿を立ち出でて眺むればいづこも同じ秋の夕暮れ」という良暹《りょうぜん》法師の和歌（『後拾遺和歌集』秋）も共示されている。このように本作は全編が和歌和文の修辞と発想から成り立っており、「紋切り型のカタログ」とでも言えるような大衆性を備えている。

『花紅葉』に収録された作品の多くにみられるのは、立志青年の自己確認の物語である。学業のために離れた故郷はあくまで美しく描かれ、その美しさやかけがえのなさへの高揚感は、作者と読者をも覆っている。しかも、美文で描かれることによって、作者と読者の間の、また読者相互の差異は隠蔽される。読者はここで、顔も知らない、しかし自分と同じような思いを抱えた者たちと共に歌い、涙することができる〈懐かしさの共同体〉を立ち上げている。故郷や母や友は、額縁に入れられた一枚の美しい絵に転化し、もはやそこには利害関係も心理的葛藤もない。だからこそ、この紋切り型の表現が多くの青年たちの大きな支持と共感を得ることができた。対象から自分を引き抜いて、現実的関係を隠蔽し、思うままその美と情緒に耽溺する。そうした装置として美文が流行したのである。

表現法もそれを助けた。美文では、誰もが知っているような和歌和文の景物や自然観が、立身出世を夢見て上京した青年たちの〈自分をめぐる物語〉の表現に、転用されている。美文において言葉は、詩のように用いられている。具体的事物を指示する機能よりも、言葉そのものの意味や、その言葉が他の言葉との間に持つ連想の網目に、読み手の注意が向けられる。だからこそ、個別性は問題にならず、すべての人物は分身でしかない。

美文集の多くは携帯しやすい袖珍版で刊行されており、上京や帰郷の汽車の中で読まれた可能性を示唆する。汽車による出郷は、自分が所属していた空間から自身を引き抜き、外側からその世界を眺めるまなざしを成立させた。移動手段の変化によって成立したこのような新しい感性を、美文は表現していたという側面もある。そして、実際の移動の有無に関わらず、自分の生まれ育った場所を絵として見るまなざしは、美文を読み、書くことを通して、広く浸透した。

同じ時期に数多く出版された、美文の書き方を指南する作法書では、美文を書く際に利用できるフレーズや語彙が、四季別にまとめられることが多かった。たとえば山田美妙『美文活法』（一八九九年七月、青木嵩山堂）は、語句集を「四季新年」「春」「夏」「秋」「冬」「山」「水」「天」「地」「人」などに分類している。美文作法書にみられる語句分類法は、勅撰和歌集の部立てに類似したものも少なくない。このような分類法は、この時期における美文と和歌和文の近接をよく示しているが、それはまた日清戦争後のナショナリズムの高揚および教材における漢文比率の低下とも軌を一にしている。

この時期の作文書や美文作法書、そして雑誌の作文投稿欄の基盤には、「文は人なり」という言葉にみられるような人格主義と、社会的な成功をめざす功利主義とがある。読者は、みずから主体的に「書く」ことを通じて、近代的な競争社会に、地縁や血縁から切り離された個人として参加してゆく自分を形づくったのである。

三 『ホトトギス』の「募集文章」

こうした美文流行を追いかけるように、『ホトトギス』で文章の募集が始まり、正岡子規が「叙事文」（『日本』附録週報、一九〇〇・一）を発表、のちに写生文と呼ばれるジャンルが生まれる。ここでは、写生文がジャンルとして認知され写生文範が刊行されるに至る前の『ホトトギス』募集文章について、その実践と文範化との関連を考えたい。一般に、文範集と雑誌投稿欄は連動しており、しばしば雑誌が先行しているためである。時期による募集法・題目・選者の変遷は以下のとおりである。

A　二巻二号～三巻（一八九八・十一～一九〇〇・九）：題による募集（雲、山、夢、燈、恋、蝶、星、祭、病、犬、画と神、海、鳥、食・狂、風、車）

B　四巻（一九〇〇・十～一九〇一・九）：募集週間日記（奇数号）＋募集一日記事（偶数号）：前半子規選、後半虚子選。

C　五巻（一九〇一・十～一九〇二・十）：募集文章（奇数号）：盂蘭盆（虚子選）・稲刈（碧梧桐選）・歳暮又新年台所記事（碧梧桐選）・初午（碧梧桐選）・魚釣（碧梧桐選）・田植（碧梧桐選））＋日記（偶数号）：募集週間日記＋募集一日記事（碧梧桐選）。

当初は「雲」や「山」など題を決めて募集されており、同時に掲載されていた子規の「俳句分類」とも連動していたが、四巻から題がなくなり、一週間の日記と一日の出来事の記事という二本立てになる。子規が選者を務められなくなるCの時期になると、題による募集が復活している。文範との関連を考える際にはAからBへの変化が重要と思われるので、その時期を検討する。

が、その前にそもそもこの時期の『ホトトギス』がどのような場であったのか確認しておきたい。『ホトトギス』巻末には「消息」欄が毎号掲載され、子規の病状はそこで詳しく、虚子によってたとえば次のように報告されていた。

> 子規君の健康は兎角勝れず〔…〕其痛《そのいたみ》全身に響き、其苦悶名状すべからざるに至る。〔…〕されど又其一方ならざる苦悶の中に在りて文学を談じ人を訓《おし》ふることを忘れず、病魔の火の如き苛責も其の氷の如く冷かに玉の如く静かなる精神を如何ともする能はざる〔…〕[6]

つまり、この時期の『ホトトギス』誌上における文章の募集と投稿は、死を前にした人を中心とするコミュニティにおける書く実践である。虚子による病状の報告は、投稿の読み手としての子規のイメージを形成する。『ホトトギス』に掲載される投稿文が数多くなるにつれ、子規は病気で書けなくなってゆく。しかし、数少ない言葉のなかで子規が示した方向を、同人や投稿者は深く汲み取っているように思われる。この時期の『ホトトギス』が与えたインパクトについては、寺田寅彦の回想がよくその雰囲気を伝えている。

> あの頃の『ホトトギス』の上記の画家のものはいかにも自分で楽しみながら描いたものだろうという気のするものばかりである。どうしてそんな気がするか分らない。一つにはこれらの画家が子規と特別な親交があっ

図1　裏絵課題「紙鳶」当選作（右頁）と選者案（左頁）（『ホトトギス』4巻6号、1901年3月）

図2　募集図案「長方形の内容法」当選作（『ホトトギス』4巻7号、1901年4月）

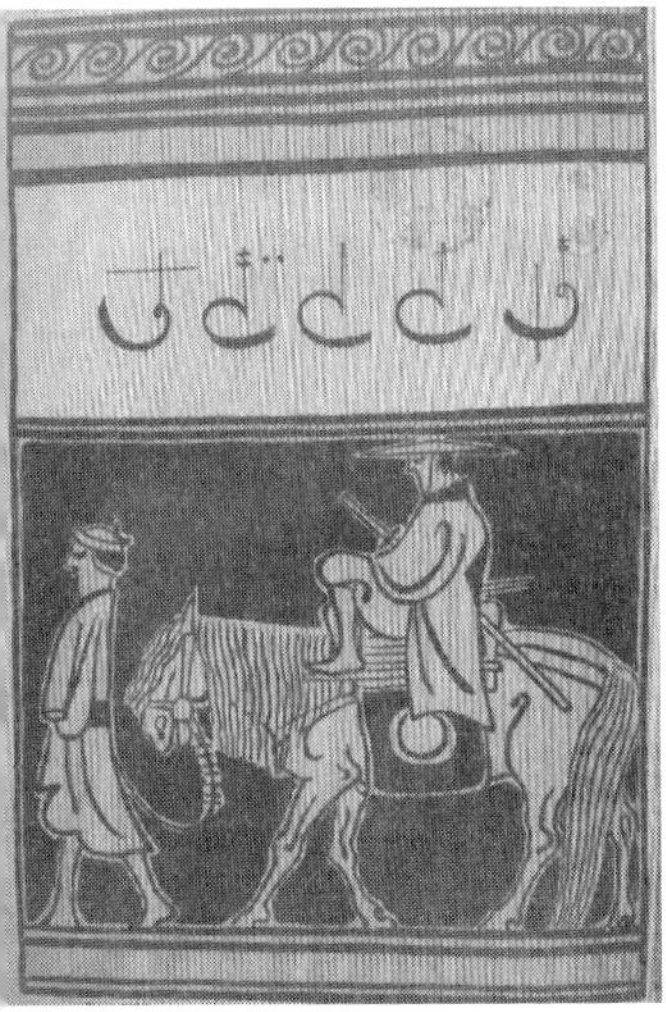

図3　浅井忠による『ホトトギス』五巻表紙。4巻12号（1901年9月）の「消息」に「埃及《エジプト》の古画」から思いつき文字は「ヒンドスタンの文字に擬して」つくったとの浅井の来信が紹介されている。

> て、そうしてこの病友を慰めてやりたいという友情が籠っていたであろうし、また一つには〔…〕純粋な芸術的な興味も多分に加わっていたために、おのずから実際に新鮮な活気が溢れていたのではないかとも思われる。こうした活気はすべてのものの勃興時代にのみ見らるるもの[7]〔…〕（傍線筆者）

この回想からは二つの重要なことがわかる。一つは、この時期の『ホトトギス』は勃興期の高揚感に満ちた一回きりの運動の媒体であり、そのような時間を創り出したのは子規の病いであったこと。もう一つはこの運動が、文章だけではなく挿絵や裏絵など、視覚芸術と一体のものとしてあったことである。『ホトトギス』では毎号、俳句、文章、裏絵、図案の四部門で投稿が募集される【図1・2】。また、表紙や挿絵では、浅井忠、中村不折らが活躍した【図3】。

さて、題を定めて文章が募集されたA期の例として「雲」[8]を検討したい。

○暮色到らんとして灰色の雲に金色の笹へりつけたるさへ美しきに、雲に穴ありて一條の金箭射るが如く漏れたる殊に貴く眺められしは、道後の霊泉に浴して帰る野路の春の夕。〔…〕忽ち晴忽ち陰、白雲漠々の裡に我ありて、白雲漠々の裡天地ものなく、笠の雫睫毛の露、五体冷かに神清きこと神の如くなるを覚えしは、和田岬に馬も傭はざりし雨の朝。〔…〕（虚子）

○日本語にていふ雲の名は白雲、黒雲、青雲、天雲、天つ雲、雨雲、風雲、日和雲、旱雲、八雲、八重雲、浮雲、あだ雲〔…〕（子規）

○雲は無心なり。故に唯飄然たり。故に能く変化す。〔…〕而して至静なり。石室老僧の趺坐を護す。而して至動なり。天門神龍の騰挙を追ふ。〔…〕（把栗）

○月夜、雲を見る。月の位置と雲の形状と相待つて奇を尽し変を極む。薄雲、月を過ぐ、白紗、玉を包むが如し。雲、嵯峨として、月、上に在り、朽根、玉を載するが如し。雲、長く斜にして、月、一端に在り、老龍玉を吐くが如し。〔…〕（子規）

○三体詩を読む。偶雲字を検す。『三晋雲山皆北向。二陵風雨自東来』『幾處吹笳明月夜。何人倚剣白雲天』〔…〕（露月）（傍線筆者）

ひとつめの虚子のものは、雲間から漏れる日光を「金箭射るが如く」と形容するなど、同じ時期の紀行文、たとえば流行した遅塚麗水《ちづかれいすい》の紀行文などを連想させるもので、[9] 古典的な語彙を駆使しながら、目の前の自然の観察結果の報告をめざす。次の子規のものは雲の名を列挙し、次の把栗《はりつ》は雲の性質を漢文脈の語彙と連想から記す。四つ目の子規のものは、月夜の雲を、漢文脈の語彙と修辞によって写実的に形容しようとしている。最後の露月は、『三体詩』から雲をめぐる部分を抜き出している。募集の際にはたとえば「山といふ者につきての観念、連想／

山といふ者につきての形容、記事」と呼びかけられた。「観念」と「連想」は言文一致体以前の文体を示唆し、「記事」は平易な表現による報告を含意している。文体が変化していく時期の試行錯誤が、課題の出し方からも窺われる。

ここで行われているのは、文学作品の核となる事柄・モチーフに関する発想と連想の体系、語彙や修辞や慣用表現の検索と脱文脈化である。雲を形容する言葉にはどのようなものがあり、雲というものをどんな角度から見るのか、この時点での日本語表現遺産の総点検がなされている。同時に、それらの語彙やフレーズや発想は、もとの文脈から切り取られて、同じテーブルの上に並べられることで、それらが元々持っていた社会的な関係が、後景に退く。漢文調の表現であれば士大夫の倫理がどこかに響き、和文調の表現には女性性や雅な雰囲気が含まれるが、ここではそれらはすべて、新しい表現の一部となるべき断片として、どのような文章にも適用できる無色透明な道具として眺められる。この点で、文範集と共通するまなざしがこの「募集文章」欄にはある。

題を課すかたちで募集された文章は、次第に長文化する。「病」という題に応じて子規が発表した文章から、その特色を探ってみたい。これは子規が日清戦争から神戸に帰還し、船から上陸できずに危篤状態に陥ったときのことを記したものである。

> 自分も上陸したくてたまらんので〔…〕検疫官はどうしても許さぬ。〔…〕如何にも不親切な、臨機の処置を知らぬ検疫官だと思ふて少しは恨んで見た。〔…〕けれどもつく〱《ママ》と考へて見るとまた思ひ乱れてくる。平生の志の百分の一も仕遂げる事が出来ずに空しく壇の浦のほとりに水葬せられて平家蟹の餌食となるのだと思ふと如何にも残念でたまらぬ。〔…〕やう〱釣台が来てそれに載せられて検疫所を出た。釣台には油単が掛つて居て何も見えぬけれども〔…〕土地の祭礼であるといふ事も分つた。上陸した嬉しさと歩行《ある》く事も出来ぬ悲しさとで今迄煩悶して居た頭脳は、祭礼の中を釣台で通るといふコントラストに逢ふて又一層煩

悶の度を高めた。〔…〕一等室といふので余り広くはないが白壁は奇麗で天井は二間程の高さもある。三尺許《ばか》りの高さほかない船室に寝て居た身はこゝへ来て非常の愉快を感じた。〔…〕寝台の上に寝た時は、丸で極楽へ来たやうな心持で、これなら死んでも善いと思ふた。〔…〕[10]（傍線筆者）

この文章の特徴として、まず「私」とは名乗らないが一人称視点であること、視点が移動していくこと、語られる過去が現在時制で述べられること、語る現在から語られる過去を意味づけないこと、などがある。一言でいえば、死に直面するという体験を回想したものとしては、異様なまでに感情が詳述されない文章である。検疫官への恨み、ここで死ぬかもしれないという苦悶、いずれもいくらでも長く書ける内容だ。

その一方で、祭りのなかを運ばれていく釣台という全体を俯瞰するまなざしや、病室にたどり着いた喜びといった、瞬間の感覚・感情に焦点があてられる。総体として、自分の死に対して極めて淡々と距離をとって冷静に記す語り手の精神というものが、読者の前にせりあがってくる。

「病」に限らず、この時期の『ホトトギス』に掲載された、のちに写生文と呼ばれることになる子規の文章は、死を意識しながら日常を見ることを読み手に促す。死が近いことを知りながら、目の前の具体的な事物を見つめ、見る自分をも見つめ、それを文章で伝えてみせる。そのような子規の文章は、『ホトトギス』の読者たちにひとつのスキルとして受容され、幅広い実践として実を結んだ。子規の目を借りることで、たとえば叶わぬ上京といった幻想を追うことから、地方の日常を観察しておもしろいものを発見することが可能になっている。「募集文章」から題が消えることで、読者の報告は、過去の美意識や倫理の体系から、より自由になってゆく。

四　地方の日常の発見

次に、題がなくなり、週間日記と一日記事が交互に掲載されてゆくB期を検討したい。日記も記事も、期間・日付が募集時に示され、その週・日に実際にあったことをだけを書くよう子規は求めている。『ホトトギス』四巻一号（一九〇〇・一）に掲載された週間日記は、計八編。書き手は、鋳物職人、養蚕農家、物理学を学ぶ学生、林業従事者、穀類・石油を扱う商家、小学校教員等である。ペンネームに添えられた居住地は、本所、美濃恵那郡、信州諏訪郡、若狭遠敷郡など。たとえば、「通勤日記」で報告される教師の一週間は、きわめて平凡なものだ。しかしそれは、様々な場所に住み異なる生活を送る他の人々の同時期の生活と、同じテーブルの上に併置される。共時的な一覧が可能になる編集方法によって、各地の多彩な生活がパノラマのように展開され、読者はそれらを覗き見るおもしろさを受け取るとともに、自分がそのなかに存在する世界像をつくることができる。これはまさに、市民社会の文学たる小説のおもしろさである。自分と似た、見知らぬ人たちの生活を覗き見て、自分もその一員であることを確認するのである。

「一日記事」はさらに興味深い。四巻二号には、一九〇〇年十月十五日という同じ一日を描いた六編の「記事」が、一括して掲載されている。内容は、氏神祭の様子、寺僧の一日などである。

十月十五日は我村で正月よりも盆よりも楽しい面白い日だ、夫《そ》れは村社八柱神社の祭日であるからだ［…］お三《さん》は此度《この》古着屋で四円五十銭といふのを四円二十五銭にまけさせた紺縮緬の紋付羽織を最も得意気にシヤンと着てゐる［…］我村は祭となると婆さんから小娘に至る迄羽織だ帯だと騒ぐ［…］其間を工女と若い者と三々五々手をつるみ合つたり追ひつ追はれつ狂つたり巫山戯《ふざけ》たりして、かんてらの油煙と砂烟とが立つて濛々たる中をきゃッ〳〵と叫び乍《なが》ら走り廻つてゐるここには、地方の平凡な毎日が、書くに値する、読むに値するおもしろいものだ、という発見がある。『ホトトギス』に掲載された読者の日記や記事は、みずからの生活を客観視しようとしている。それだけではなく、たとえば「お三」が古着屋で買った晴れ着の値段を書き手が律儀に報告してみせる部分は、「お三」の意気込みと、その姿を突き放して遠くから見る視線の両方を読者に感じさせ、それが笑いを生んでいる。自分と身近な人々の日々の営みにおもしろみを発見し、それを肯定するまなざしを、これらの投稿はつくりだしている。

柳田国男は『ホトトギス』のこの実践を高く評価している。

〔…〕明治の文章の何が最も前代に比類なく、人を主我の憂鬱から解放するに力があつたかといふと、それは斯《こ》ういふ何でも無い日常の言語を、無心に再現しようとした所謂写生文であつた。根岸派俳人等の大いなる功績は、蕪村の礼賛でも無く又万葉形式の模倣でも無く、心に最も近い人間の言葉ならば、何でも絵になり又尊い経験になるといふことを、事実で証拠立てた俳諧の活用であつた。[11]

地方社会の具体相への子規の尽きぬ好奇心が、地方の人々に、報告に値する価値を持ったものとして日常を発見させ、そしてそれを肯定させている。

五　〈植民地の日常〉をつくる

こうした地方へのまなざしは、外地にも及ぶ。この時期の『ホトトギス』の特色のひとつは、外地からの投稿の多さである[12]【図4・5】。そもそも『ホトトギス』は毎号、地方句会・句誌の報告をおこなっている。また、投稿には居住地が添えられる。この時期の投稿雑誌に共通することであるが、このような掲載法により、異なる地域で生活する人々は、雑誌を媒介として互いに結びついていた。対面経験の有無に関わらず、外地を含めた共同体を、『ホトトギス』もまた誌上に形成していたのである。

外地からの投稿はどのようなものだったのか。それは『ホトトギス』の誌上共同体でどのように受け入れられたのか。ここでは、検察官として台湾総督府に勤務していた、子規の門人・渡辺香墨《こうぼく》の「募集週間日記」（三月三日から九日）[13]の一節から考えてみたい。渡辺は一九〇四年に『相思樹』という台湾初の俳句雑誌を創刊し、主筆を務めた人物でもある。[14]日記の署名には「在台湾彰化　香墨」とある。

○七日　曇。／〔…〕九時頃、登庁。十一時頃より女賊蕭桂参外《ほか》三名の公判に立会し、〔…〕いくら台湾でも女の土匪《どひ》とは実に珍しきことだ。判官は死一等を減じて無期徒刑を宣告した。
○八日　快晴。／午前九時、登庁。相変らず土匪事件の公判に立会つた。死刑の宣告を受けし者二名。〔…〕

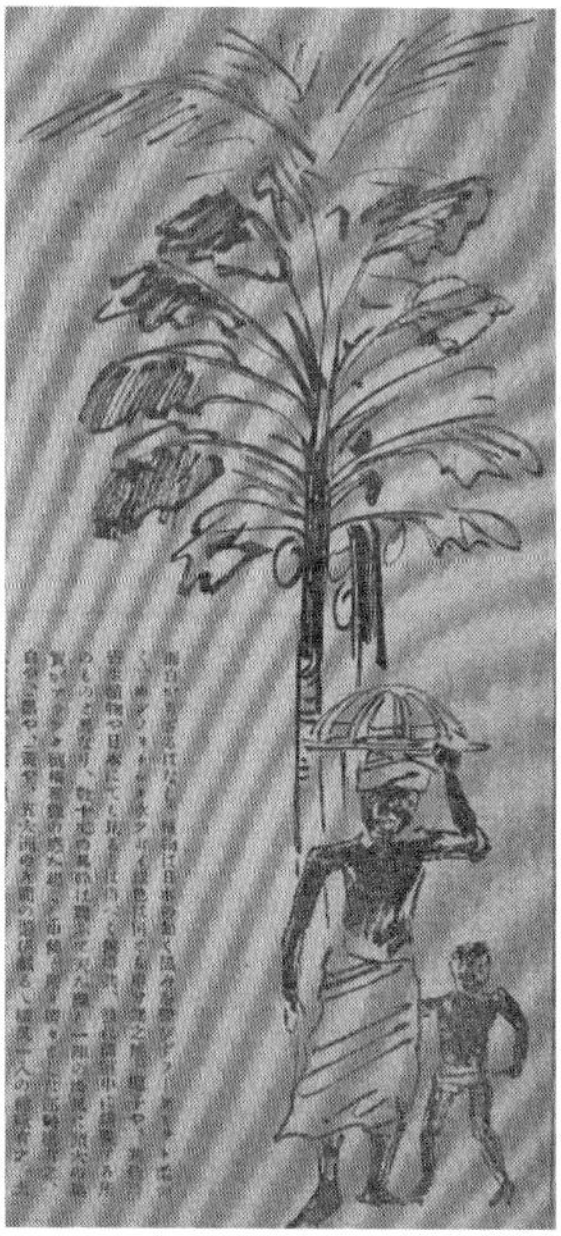

図 4　パリ留学のためシンガポールに立ち寄った中村不折から子規宛の書簡（『ホトトギス』4 巻 11 号、1901 年 8 月）。風に揺れる椰子の木や鮮やかな色の布を巻いた現地の人々の様子が報告されている。

図 5　中村不折「ポートサイド来信」（『ホトトギス』5 巻 1 号・1901 年 10 月）

○九日　午前曇。午後晴。／午前八時より死刑執行の立会として彰化の監獄署に行つた。受刑者は六名で、何れも匪徒《ひと》である。僕が渡台以来立会つて執行した者が大凡《おおよそ》百二三十名であるが、彰化に来りては今日が初めてゝ《ママ》ある。刑場は旧式で、七ツの段階ある梯子を上らしむる様になつて居るから、今までの実験によれば内地人ではとても満足に上ることは出来まいと思ふが、土人は実に死に臨んでは平気な者で、六人とも威勢よく此《この》剣の山を上つて彼《あ》の世に赴いた。既に執行を了りたる死体は、順次長さ六尺巾二尺もある竹製の籃の如き物に入れて、押丁《おうてい》が刑場外に持出すのである。いくら職務とは云ひながら余り心持はよくなからうと想像した。（傍線筆者。適宜、ルビと濁点を補った。）

日本は台湾で一八九八年に「匪徒刑罰令」を制定し、抗日運動を抑え込んだ。「暴行又は脅迫を以てその目的を達するため多衆結合するを匪徒の罪と為」すとするのがその第一条であるが、これについて山室信一は次のように述べている。

ここでの犯罪構成要件は、実際に何らかの破戒行為や暴行行為ではなく、未遂を含めてあくまでも「多衆結合する」こと自体を罪（guilt by association）に問うものであったが、それが死刑という極刑に処されたのである。罪と刑罰との著しい不均衡という点で、日本本国ではありえない刑事法令であった。[15]

文明国たる本国ではありえない法が通用する「異法域」とすることによって反対者を全滅させ、土地調査事業などを推進し、台湾を植民地として運営することが可能になったと山室は指摘している。

香墨は、こうした苛烈な植民地支配のまさに最前線に立っていた官僚である。そして、この投稿日記では、「土匪」

の処刑が、日常のひとこまとして描かれ、それが『ホトトギス』誌面に村の盆踊りの記事などと併置され、読まれたのである。このような事態はいかにして可能になっているのだろうか。そして、『ホトトギス』の読者はこうした編集によって、どのような場所に至るのだろうか。写生文というジャンルは、植民地支配といかなる関係を結んだのだろうか。

香墨のこの日記には空白があり、語られていないものがある。「いくら職務とはいえ余り心持はよくなからうと想像した」と香墨は書くが、そのように想像するのは香墨自身の「心持がよくな」いからでもあるだろう。台湾の人々が「匪徒」として、内地ではありえない法で処刑されてゆくこと。その法の執行者として彼らの死を目の前で見届けなくてはならないこと。こうした現実に直面している香墨の恐れと葛藤は、ここではほとんど語られない。その代わりに、写生文の手法を用いて、そのような現実が受け入れ可能なものに作り替えられている。

この文章は、自分が実際に見たものだけを現在時制で書くことを推奨した、子規「叙事文」の忠実な実践である。処刑にあたって被刑者は「七つの段階ある梯子」を上らねばならず、彼らの死体は「長さ六尺巾二尺」の竹製の籠に入れられる。立ち会った刑の詳細が恐るべき具体性で示され、現在の出来事として報告される。また、「内地人」と「土人」の違いが「実験」（筆者注―実体験）に基づいて指摘される。

一方で、「威勢よく」「此剣の山」「彼の世に赴く」といった言い回しによって、目の前の具体的な死に、説話的イメージや軽さが付与され、書き手や読者と、書かれる対象との間に、距離が設けられる。このような操作によって、理不尽な死への恐怖と葛藤とが、受け入れ可能なものにつくりかえられる。香墨は自身を正当化することができ、彼の日記は『ホトトギス』の外地通信のひとつとして、珍しい台湾の「風俗」を読者に伝える「読み物」として誌面の空間で成立する。この操作のために、処刑される人々が「何れも匪徒」であるという線引きが必須であることは言うまでもない。

この操作をさらに推進しているのが編者の高浜虚子である。この時期『ホトトギス』の編集を担当していた虚子は、同号末尾の「募集週間日記を読む」欄で、香墨の日記に応えて次のような句を詠んでいる。

鶯や土の牢屋の女土匪

「土匪」が「土の牢屋」に入っていると想像することで、いま現在進行している台湾の苛烈な現実は、時間を隔てた説話的な世界の出来事に近づけられる。書き手や読者と、描かれる対象との間の距離は、さらに広がる。加えて、その「土匪」が「珍し」くも女であることに句の焦点が据えられ、香墨の日記にはなかった「鶯や」という季語が入ることで、台湾における植民地政策は、「春の景物」という「趣」のレベルで受容される。言い換えれば、政治的な出来事が、審美的なレベルで受容される。そして、台湾植民地支配をめぐる内地人の空白――現地における暴虐と抵抗、台湾の人々を自分と同じ存在として想像したときに起こる葛藤――は、事態がこのように審美的なレベルで消費されることによって、ひとつの絵画・物語で充填される。そのことで台湾における植民地政策は正当化される。それゆえに、『ホトトギス』の読者はこの文章を、他の投稿と同じく穏やかな気持ちで味わうことができる。

香墨の文章には大きな力がある。たとえば同時期の新聞『日本』では、台湾情勢は次のように伝えられている。

［…］台湾には原来土匪（強盗）なるもの多く、何時土匪の襲来するやも知れず、殊に土匪等の凶暴猖獗なる固より土蔵も弗箱も其の要を為すものに非ず［…］故に彼等は何れも財産は銀貨となし以て之を土中に埋め置くなり16

『ホトトギス』と並んで子規の活躍の場であった『日本』には、この時期、中国、朝鮮半島、欧米の滞在報告が数多く掲載され続けている。しかしそれらの報告は、異国の特色の概括的観察・報告であって、香墨の日記が持つ直接性、具体性、目前に見るような再現性には、はるかに及ばない。『ホトトギス』の募集文章は、子規の提唱にならって、一人称で語られた。読者は書き手と同じ場所に立つことで、植民地支配をわがこととして体験することができるのだ。

そして重要なのは、こうしたプロセスが、『ホトトギス』の読者共同体において、公に進行していることだ。読者は、自分と似た他の読者たちとともに、世界像のパノラマのなかに香墨の世界を位置付け受け入れるのであり、みなが受け入れていることを相互に確認しあうのである。ここでは、植民地を支配する帝国の国民としての〈私〉と〈私たち〉が立ち上げられている。

六　異文化を描く文体

『ホトトギス』募集文章では、地方と外地の生活が、いずれも読者と子規にとっての好奇心の対象として併置されている。しかしながら、書く人と書かれる対象と読者との社会的関係は、大きく異なる。たとえば、香墨日記の次号に掲載された夏目漱石の「倫敦消息」では、距離と余裕をもって異文化を見ようとする試みはひび割れている。

今度は向ふから妙な顔色をした一寸法師が来たなと思ふと、是即ち乃公《だいこう》自身の影が姿見に写つたのである。

〔…〕我々黄色人――黄色人とは甘《うま》くつけたものだ。全く黄色い。日本に居る時は余り白い方ではないが先ず一通りの人間色といふ色に近いと心得て居たが、此国では遂に人‐間‐を‐去‐る‐三‐舎‐色と言はざるを得ないと悟つた――その黄色人がポク〳〵人込の中を歩行いたり芝居や興行物抔《など》を見に行かれるのである。[17]

そして、異文化体験を写生文スタイルで書くという選択を、漱石は九年後に再び行う。

船が飯田河岸の様な石垣へ横にぴたりと着くんだから海とは思へない。河岸の上には人が沢山並んでゐる。けれども其《その》大部分は支那《しな》の苦力《クーリー》で、一人見ても汚ならしいが、二人寄ると猶見苦しい。斯《こ》う沢山塊ると更に不体裁である。余は甲板の上に立つて、遠くから此群集を見下しながら、腹の中で、へえー、此奴《こいつ》は妙な所へ着いたねと思つた。[18]

「満韓ところどころ」では一貫して、中国の人々は集団で、また理解できない存在として描かれる。おそらくは満州・朝鮮訪問時の、意味づけを拒む深い驚きの体験が、漱石にこのスタイルを選択させている。そして、意味づけることなく対象を描く写生文の方法は、「道草」[19]「明暗」[20]で全面的に採用される迂言法に受け継がれてゆく。写生文から笑いや余裕を可能にする上位概念―たとえば「坊っちやん」[21]では「天」―を取り除いたところに、迂言法で描かれる、グロテスクな現実の感触が出現する。[22]

滞在国と日本の関係や、滞在者の社会的位置などは様々だが、異文化を写生文で描くのは、広い範囲でおこなわれた実践の一環であったということも、この時期の『ホトトギス』の活動のひとつの結実として確認しておきたい。そしてその実践はおおむね、異なる文化を前にした価値観の解体を防衛する効果を発揮したのである。注12に示したように、この時期多くの外地体験報告が掲載されたが、いずれも異文化との遭遇による価値観の解体や自己の変容を述べるより、異なる習慣・風物や戸惑う自身の姿を、余裕と笑いをもって報告している。

写生文は反・美文運動として把握することができる。しかし、日清・日露戦争期における美文・写生文の流行は総体として、近代以前の日本語がはらんでいた様々な含意——社会階層、場、特定の文学ジャンルの記憶との結びつき——を脱色していくプロセスの一環と把握できる。美文は、古典的修辞を出郷青年の自己物語に転用することで、最大公約数的な故郷像を浸透させ、立身出世主義を内側から支えた。写生文は、美文が駆使した古典的修辞の影響圏から離陸し、立身出世主義を相対化するとともに、周縁と位置づけられた地域の日常を発見することで世界像の膨張を可能にし、帝国の国民たる〈私たち〉を立ち上げた。そして、いずれの場合も、男性同士のつながりを基盤としつつ、文範化・スキル化することで、より幅広い読者を書くことに誘い入れるとともに、社会関係をさらに後景へと押しやった。

「いかに書くか」をめぐってどのような場がつくられ、その場でいかなる力関係が作用したか。日本語の文章が近代以前の文化の影響圏から脱してゆく時期と、近代日本が帝国主義に舵を切る時期は、ちょうど重なっている。文学作品に用いられた語彙・修辞・文体をめぐる調査・分析は実証的な文学研究のなかで蓄積されてきたが、それらの表現が歴史状況のなかでどう機能したのか、詳細に見極めることの重要性はより高まっている。

注

1 国立国会図書館整理部編『国立国会図書館蔵 明治期刊行図書目録 第四巻 語学・文学の部』（国立国会図書館、一九七四年）。

2 拙著『漱石の文法』（水声社、二〇一二年）で作文をめぐる諸制度と、美文および紀行文ジャンルとの関係について述べた。一部本稿と重なる部分がある。

3　紅野謙介『投機としての文学 活字・懸賞・メディア』（新曜社、二〇〇三年）

4　竹内洋『立身出世主義 近代日本のロマンと欲望』（NHKライブラリー、一九九七年）

5　高須芳次郎「美文及写生文流行時代」（『早稲田文学』一九二六年四月）

6　高浜虚子「消息」（『ホトトギス』四巻四号、一九〇一年一月）

7　寺田寅彦「明治卅二年頃」（『俳句研究』一巻七号、一九三四年九月）。引用は『寺田寅彦全集　第一巻』（岩波書店、一九九六年十二月）による。

8　『ホトトギス』二巻二号、一八九八年十一月

9　遅塚麗水の紀行文「不二の高根」（『国民之友』第一九九号、一八九三年）は名文として文範集に頻繁に収録されたが、日の出の場面に「忽ち大槌の一下に逢ふが如く百千道の金箭直ちに天を射り［…］太陽乃ち躍如として升る」とある。遅塚麗水の紀行文について、注2拙著で詳しく述べた。

10　子規「病」（『ホトトギス』三巻三号、一八九九年十二月）

11　柳田国男「世間話の研究」（『綜合ヂヤーナリズム講座』第十一巻、内外社、一九三一年）。引用は『定本柳田國男集　第七巻』（筑摩書房、一九六二年）による。

12　『ホトトギス』四・五巻における外地からの投稿は以下の通り（巻号・タイトル・署名の順に記し号数は①で示した）。＊四巻①「巴里消息」浅井黙語③「京城日記」晩霞④「桑港雑信」相島虚吼⑤「日記」台湾於某法院・空鳥／「日記」清国天津・鴎盟⑧「倫敦消息」漱石／「壺中記」桑港・虚吼、「銀行日記」台北・百笑⑨「倫敦消息」漱石⑪「新嘉坡来信」（挿絵）中村不折⑫「鼠日記」台湾・百笑　＊五巻：①「巴里消息」不折、「ポートサイド来信」不折④「愚劣日記」在巴里・外面・黙語⑤「欧州より来状」：「巴里より」不折、「倫敦より」漱石⑥「大西洋」燕洋、「乳飲児」在紐育・虚吼、「巴里より来状」在巴里・不折、「艦内日記」在清国厦門・軍艦龍田乗組・天歩⑦「我室」在米国ニューヘーヴン・円月生、「銭湯」在伯林・直木燕洋⑧「支那飯屋」在シカゴ・中村颯々⑨「氷滑り」在伯林・直木燕洋、「巴里より」在巴里・中村不折⑩「日本飯」在伯林・直木燕洋⑪「黙語先生断片」碧梧桐（帰朝した浅井忠の談話を碧梧桐が記録したもの）

13　渡辺香墨「一週記事」（『ホトトギス』四巻七号、一九〇一年四月）

14 沈美雪「『相思樹』小考―台湾最初の俳誌をめぐって―」（『日本台湾学会報』第十一号、二〇〇九年）

15 山室信一「国民帝国日本における異法域の統合と格差」（『人文学報』百一号、二〇一一年）

16 信天翁「台湾土人の財産」、『日本』一九〇一年一月二十五日）

17 夏目漱石「倫敦消息」（『ホトトギス』四巻九号、一九〇一年六月）

18 夏目漱石「満韓ところどころ」（『朝日新聞』一九〇九年十月十二日～十二月三十日）

19 『東京朝日新聞』『大阪朝日新聞』一九一五年六月三日～九月一四日。

20 『東京朝日新聞』一九一六年五月二六日～十二月一四日、『大阪朝日新聞』同年五月二五日～一二月二六日。

21 『ホトトギス』九巻七号、一九〇六年四月

22 「道草」「明暗」における迂言法の効果について拙著『漱石文体見本帳』（勉誠出版、二〇二〇年）で述べた。

第11章 美辞麗句集の時代
——明治期における作文書の実態

湯本優希

一 はじめに——美辞麗句集研究の手法と目的

『国立国会図書館所蔵明治期刊行図書目録』第四巻（国立国会図書館、昭和四十九年）の「収録タイトル数一覧」では、「語学の部」に属している「作文」は二千七百十三点であり、「文学の部」に属している「近代小説」の三千七十一点に次いで二位の刊行数である。

このことについて北川《きたがわ》扶生子《ふきこ》『漱石の文法』（水声社、二〇一二（平成二十四）年）では「作文への関心の高さは出版点数によくあらわれている」と述べられている。三位の、同じく「文学の部」に属す「読物・実録」が千八百十二点であることに鑑みれば、明治期の特徴のひとつとして、この「作文」に関係する書物が大量に刊行されたことが挙げられよう。

しかしながら、この中で「作文」とされた出版点数は数多いものの、その形態や内容、編纂の目的は多岐にわたっている。この膨大な数の多種多様な刊行物は、同時代のさまざまな需要に供すべくそれぞれの想定のもと編まれているのである。そのため、単に「作文」として混然と一括りにしてしまっては、明治期におけるこうした作文書の精確な全体像や、作文という現象について把握することは難しいのではないだろうか。こうした作文に関する刊行物の全体像にはこれまであまり注目されてこなかったといえる。

　これらの書くという営為に向けられた資料として本稿で着目したいのは美辞麗句集である。滑川道夫《なめかわみちお》は、明治初期における作文教授について「書簡形式、類別ごとの用字・用語集、美辞麗句集、注解、書写手本が一巻にまとめられるものが多かった」[1]と述べている。美辞麗句集とは、文章を書くための例句が表現する題材ごとに配列され、紹介されているものを指す。

　たとえば、一九〇二（明治三十五）年に金昌堂から刊行された古川喜九郎《ふるかわきくろう》編『国語綴方辞典《こくごつづりかたじてん》　附録《ふろく》・美辞麗句集《びじれいくしゅう》』では、書名にある通り「美辞麗句集」が付されている。ここでは目次として「四季之部」と題材が示される。そしてその中に「新年」などの下位分類があり、それらの中に「〇」で区切られた美辞麗句が列挙される。

　　春＝梅唇已に開けども、柳眉猶顰《ひそ》む〇花は籬《まがき》に笑ひ、鳥は梢に歌ふ〇後略

　この場合、「〇」で区切られた表現同士には、物語性や関係性はない。こうした一文ないしは一文に満たない長さの表現を「美辞麗句」と称しており、それらが集められた素材集を美辞麗句集としていることが看取できる。一九一四（大正三）年に刊行された鷲尾義直《わしおよしなお》編『現代文章大鑑《げんだいぶんしょうたいかん》』の中にも依然として「美辞麗句集」の項目があり、大正期に至ってもいまだ「美辞麗句集」に対し需要があったことがうかがえよう。

　こうした資料はほとんど読む行為は想定されておらず、あくまで書き手のための構成をとっており、利用法としては目次などから自身が書きたい題材を選び、そしてその項目に列挙された表現から選ぶという手段をとるこ

ととなる。こうした美辞麗句集は明治期の作文書の大きな特徴のひとつであるといってよい。

藤井淑禎《ふじいひでただ》「美辞麗句研究序説――森田思軒《もりたしけん》と啓蒙《けいもう》メディア――」（『文学』第七巻第二号、岩波書店、二〇〇六（平成十八）年）では、「普通文の三要素として、語＝難熟語、句＝美辞麗句、文＝漢文訓読調」が挙げられるとし、美辞麗句が連ねられた美辞麗句集を取り上げ、美辞麗句と文体史の関連性について著わされている。さらにこれらについて、まず文、その次に語、最後に句が、「弱体化ないしは消滅していった」としている。そして「「語」の順番はむずかしいが、少なくとも最後まで生き残ったのが美辞麗句であったことだけはまちがいない」と述べられており、ここに、「普通文＝漢文訓読体」の後退が、美辞麗句には語と文に比べ最も遅く起きたということも指摘されている。

また、進藤咲子《しんどうさきこ》「明治の美文」（『研究資料日本文法』第十巻、明治書院、一九八五（昭和六十）年）では、明治期において「美文に用いる語句を集めた美文辞典類」が存在していたと紹介し、複数の資料について言及している。

さらに前掲書もある北川扶生子『漱石の文法』では、明治期における作文の流行において実用的に用いられていた作文書の機能について説かれており、その中で美辞麗句集の形態をとったものを「美文辞書」「語句集」と呼び、紹介している。

渡邊直政《わたなべなおまさ》編『美文資料《びぶんしりょう》美辞麗句《びじれいく》』再版（大学館、一九〇一（明治三十四）年）のように、明治二十九年に刊行された塩井雨江《しおいうこう》・武島羽衣《たけしまはごろも》・大町桂月《おおまちけいげつ》による合著『美文韻文花紅葉《びぶんいんぶんはなもみじ》』に端を発した美文流行現象により、「美文」を角書に冠した作文書は数多く刊行されており、美文を書くための資料と明示された資料は少なくない。

こうした作文書は、先に掲げた『美文資料美辞麗句』に「青年文士」に向けて「美辞麗句」を編んだ資料だとあるなど、いわばプロ作家向けの資料ではなく、アマチュアの人びとに向けた資料だったのである。これまでこうした資料は言文一致運動や自然主義の台頭といった現象から逆照射され、克服された表現として位置づけられてきたとえる。しかしながら、文壇の周縁であり裾野ともいえる場に流通していた多数の資料を視座とすることで、裾野をも含めた言語文化史の全体像を見ることができるのではないだろうか。

本稿では、美辞麗句集の書き手のための素材集という側面を重視し、まずこれまで混然と述べられてきた作文書を大きく分類し、体裁や内容などからさらに分類し、その系譜を追究し、美辞麗句表現の変遷と消長史を考察していきたい。これにより明治という時代が文章表現に何を求めていたか、近代における文章表現はどのように展開されてきたか、どのように変容していったかを考察することを目的としたい。

二　作文書概観

本稿の目的である美辞麗句集および美辞麗句について、作文書を概観しながら検討していこう。先に示した『国立国会図書館所蔵明治期刊行図書目録』第四巻の「収録タイトル数一覧」において、「作文」と分類された二千七百十三点の資料のうち、「作文」、「儀式文」、「書簡文」、「女子文（女子書簡文を含む）」、「小学文（小学書簡文を含む）」という下位分類から、作文を目的とした資料として「作文」「女子文（女子書簡文を含む）」を調査対象とした。

この下位分類の中でもとりわけ数の多い「作文」に属す資料は千六十四点、「女子文（女子書簡文を含む）」は三百六十六点であり、あわせて千四百三十点と、「作文」全体の約半数以上である。

これらの作文書全体をその体裁や紹介されている内容に従ってさらに分類を施すと、主に四種の形態が見られた。その分類と全体を見ていこう。

ひとつには、文章の書き方が説かれたものが挙げられる。本稿ではこれを作法書《さくほうしょ》とする。さらに、和漢の古典作品から同時代の作家の作品まで、文章の手本として典拠が明示された抄録または全文が収載されているものがある。本稿ではこれを文範書とする。そして、典拠の記載がないさまざまな場面で用いられる短い文例が集められたものがある。本稿ではこれを模範文例集とする。最後に、このように作法や文範や文例といった読む行為をともなう作法書、文範書、模範文例集とは異なり、文章を書く際に使用することができる表現を書き手の探しやすい形態で編むという主に書く行為を想定した辞書のような素材集、本稿ではこれを類語集とする。同時代の多くの資料の中で美辞麗句が「類語」と称されていたことに基づき、本稿では美辞麗句の利用を主目的とした資料を便宜上「類語集」と呼ぶ。

作文書には、このような四種の基礎形態が見られた。もちろん、こうした形態はあくまで基礎的なものであり、相互乗り入れが多く見られることを断っておく。

明治期の作文書は、複数の段構成になっていることが一般的である。こうした複数の段組を持つ構成の作文書では、上段と下段が関連している場合もあれば、それぞれ独立した内容が掲載されている場合もある。関連している場合は、たいてい下段に掲載されている作法《さくほう》、文範、文例に対し、上段に実践的な素材が提示される。その素材は熟語のみであったり美辞麗句を含んでいたりとさまざまである。そのため本調査ではその資料の主目的によって分類を行った。

まず、各形態について詳述していこう。はじめの形態は作法書《さくほうしょ》である。まず、その書名に作法《さくほう》と銘打たれた作法書は、『通俗作文全書《つうぞくさくほうぜんしょ》』の第二編として刊行された田山花袋《たやまかたい》『美文作法《びぶんさくほう》』（博文館、一九〇六（明治三十九）年）や、同じく『通俗作文全書』に第六編としておさめられた西村真次《にしむらしんじ》『紀行文作法《きこうぶんさくほう》』（博文館、一九〇七（明治四十）年）など[2]、叢書の形態として編まれている例が数多く見られるという特徴が指摘でき、こうした例は枚挙にいとまがない。

架蔵の博文館の『通俗作文全書』の作法書では、田山花袋『美文作法』が一九〇六（明治三十九）年十一月に刊行され、一九〇九年七月には五版まで版を重ねている。西村真次『紀行文作法』も架蔵資料では一九〇七（明治四十）年二月に刊行され、その五ヶ月後には再版されている。『通俗作文全書』のこれらの資料は広く受け入れられていたといってよい。

この『通俗作文全書』の広告文では「作文法《さくぶんほう》を教《おし》ふる完全なる書籍」[3]がないことも作文の退歩の一因であると意識されていることから、この叢書は作文という流行現象の陰りが見え始めたという状況に対する新たな改善手段のひとつの例と言えるかもしれない。

久保天随《くぼてんずい》・長連恒《ちょうつらつね》共編『明治作文大鑑《めいじさくぶんたいかん》』（博文館、一九〇九（明治四十二）年）は「総説」「用字及び用語」「故事熟語」「雅言」「格言」「麗句美辞」「模範文」といったあらゆる要素を内包した九百四頁にも及ぶ大著であり、明治期の作文書にみられるおおよその項目を網羅している。その中の作法書部分である「総説」では、さらに「文章とは何ぞや」「文章の種類」「作法」等と項目が立てられる。

「文章の種類」では、まず「文章」が「記載文」「理論文」に分かれるなど「文章」を体系化し、整理したのち、それぞれの文章について記される。そして、「作法」において、「説明文」「叙事文」「記体文」「議論文」についての文章の書き方が詳説される[4]という仕組みになっている。このように作法書は文体や用語を細かく分類し、それぞれの文章ごとに書き方を説明している形態がとりわけ多く見られる。

叢書としてより体系化される以前の、時間をすこしさかのぼった作法書には、次のようなものがある。高田耕《たかだこう》馬《ま》『文海航針《ぶんかいこうしん》』（成美堂、一八八九（明治二十二）年）では、目次には「篇法《へんほう》」「章法《しょうほう》」「句法」「字法」などが並ぶ。「章法」では、段落の必要性など細かに記されており、時代を経るごとに、作法書がより整理され書き手の需要にピンポイントで届くよう編纂されていったといえよう。

続いて、作文の手本となる文章の抄録が掲載された文範書である。これに対し、典拠の表記がない文章を「文例」ないしは「作例」と称し、こうした文章を掲載している資料を模範文例集とした。ただしここで注意しておきたいのは、その「文例」や「作例」に典拠がないという意味ではないことである。典拠が明示されずに掲載されている文章であってもたどれば典拠があることは珍しいことではない。しかしながら、当時の意識の中では典拠表示の有無はさほど重要視されていないことがうかがえる。そのため本稿では実際の典拠の有無ではなく、当時の作文書における例示方法に基づき、分類していくこととする。

明治の作文書には、栗原万寿《くりはらますす》『美辞文範《びじぶんぱん》』（東京文学会、一八九六（明治二十九）年）や新潮社から刊行された『作文叢書』の第五編である生田長江《いくたちょうこう》（弘治《こうじ》）編『新叙景文範《しんじょけいぶんぱん》』（新潮社、一九一一（明治四十四）年）などのように、書名の末尾に文範という形態を示している資料が多数存在している。これに加え「軌範」なども見られる。

ここで「文範」を書名に冠している作文書を概観すると、明治十年代の文範書は、大条三治《おおえださんじ》編『小学紀事文範《しょうがくきじぶんぱん》』（山中市兵衛、一八七八（明治十一）年）や後述する『幼女文範《ようじょうぶんぱん》』、『今体記事文範』、進藤政斎《しんどうせいさい》・中村鼎五《なかむらていご》校『初等小学文範』（金港堂、一八八三（明治十六）年）などのように、学習のための手本という意味合いが強く見受けられるという特徴が見られ、徐々に学習対象者や学習内容を示す書名から離れた資料へと移っていく様子が見られた。

しかし、たとえば一八七九（明治一二）年伊藤九六郎編『幼女文範』（文錦堂）では、二段構成のうち、上段にはいろは順に熟語が列挙され、下段の文章とは関わり合っていない。そして下段には、「新年を賀《が》する文」「野遊ひに誘ふ文」など、書翰文の模範文例が収録されている。下段は毛筆による文字であり、書写の手本としても用いることができるようになっているのだろう。

また、同一八七九年刊行の秦成圭編『今体記事文範』（上、花井知久）では、書名は「文範」となっているが、内容は典拠が明示されておらず、目次において「記遊門」が大項目として立てられ、その項目を引くと主に美辞麗句が示されている。そして典拠のない模範文例が付されるため、この資料の主目的に基づく分類は模範文例集となる。このように、このときの書名などに見られる「文範」ということばは必ずしも手本となる典拠のある文章を指すものとして用いられるわけではないため、その分類はさまざまである。

文範書は学習のための資料という意味づけがうかがえるが、徐々にその内容の種類は増加していく。それまでの漢文を学習させる文範から、一八八九（明治二十二）年に刊行された青木文造《あおきぶんぞう》・平田啓之介《ひらたけいのすけ》編、森孫一郎《もりまごいちろう》閲『和《わ》漢文範《かんぶんぱん》』（文海堂）では、書名から「和漢」とあるように、さまざまな文章を会得するように変化しているといえるだろう。

さらに五十嵐越郎《いがらしえつろう》『新撰女子文範《しんせんじょしぶんぱん》』（内外出版協会、一九〇五（明治三十八）年）などは、採録した文範に評を付しており、文章の鑑賞の仕方まで示されているといってよい。

また、この文範書に分類される明治十三年刊行久保田《くぼた》梁山《りょうざん》編『記事論説集成《きじろんせつしゅうせい》』（巣枝堂）では、「仏閣」など題材がまず示され、「原漢文」であり日光山について書かれているものだと添えられ、「安積艮斎《あさかごんさい》」と示される。一段構成で平均すると十行前後の文範が並ぶ。

こうした文範書とは性質を異にするが、学生らやアマチュアの人びとが寄稿した文章をまとめた「文集」という資料も作文書に分類されている。若干数の例を見るばかりではあるが、ここに記しておく。

そして、作法でも文範でもなく、文例や作例として文章の書き方が例示されている模範文例集である。明治初期には、日用文として届出や証文などが含まれている例が散見される。ただし、先にも述べたように、ここで「文例」としているものは、あくまで典拠の明示がない資料を指している。

明治初期には文範書と同様に印字された字体と毛筆による字体が同時に掲載されているものが散見される。三谷演《みたにえん》編、青木輔清《あおきすけきよ》校、青木東園《あおきとうえん》書『大全普通文章　漢語註解《かんごちゅうかい》』（増訂二版上、万巻楼、一八七八（明治十一）年）

においては、冒頭から「歳端之文《さいたんのぶん》」が掲げられる。この題名の下には、「文中《ブンチュウ》挿語《ハサミコトバ》ハ往復《ワウフク》トモ往書《ヤルフミ》ノ次《ツギ》ニ記《シル》ス看官《ミルヒト》宜《ヨロ》シク選抜《センバツ》《よりぬき》スベシ」とある。ここでは、「歳端之文」の文例のあとで、この文例と入れ換えられる句、たとえば、「玉暦《キョクレキ》正《タダ》レ朔《サクヲ》《アラタマル》《トシハジメ》」といった美辞麗句が「○」で区切られ列挙され、これを文中の語に対し「選抜」するようにとの指示がある。その文例はかな交じりではあるが訓点が施されている文例となっている。そして「同復《おなじくかく》《ヘンシヨ》」と返事が記される。模範文例集は、こうした形態が明治初期より長く続いていることが確認できた。

このように、まず冒頭では「時令」や「四季」といった、時節に対する文がある。そして美辞麗句が掲げられている場合に、その時候の挨拶の箇所に入れ換えることのできる美辞麗句が列挙されているという構成が多く見られた。しかしなかには、小林鶯里《こばやしおうり》編『作文資料《さくぶんしりょう》 女子美文精選《じょしびぶんせいせん》』（文陽堂、一九〇八（明治四十一）年）のように、冒頭から「新年」と題材が示されたあと、美辞麗句が並び、そのあとで「新年の詞（作例）」として書簡文例とは異なる文章が並ぶ資料もある。

次に、美辞麗句に特化した実践的な素材集である。これは前述の通り「類語集」とする。これは作文の書き方を説明する作法や具体例としての文範や文例ではなく、美辞麗句を中心に据えた資料である。本稿で着目している美辞麗句集が、そのまま単行本として刊行されている状態を指している。

たとえば中村巷《なかむらこう》『美文之資料《びぶんのしりょう》』は、矢島誠進堂から一八九八（明治三十一）年九月に刊行された美辞麗句集である。この『美文之資料』は二段構成となっており、上段には「熟語粋金《じゅくごすいきん》」と題された熟語の紹介欄がある。熟語はテーマごとの分類はなくいろは順で列挙される。

下段は「山水象景《さんすいしょうけい》」「春光《しゅんこう》」「夏景《かけい》」「秋色《しゅうしょく》」「冬景《とうけい》」といった利用者が書きたい題材を探すようその項目が立てられている。そして例えば「山水象景」には次のような美辞麗句が列挙される。

山《やま》は渓流《けいりゅう》の源頭《げんとう》にあり、一山皆石《いっさんみないし》、挺秀嶄立《ていしゅうざんりつ》、緑樹《りょくじゅ》之《こ》れに被《こうむ》り、蒼樹将《そうじゅまさ》に滴《した》らんとす。

『美文之資料』では、最後に付録のように「作文要訣《さくぶんようけつ》」という文章作法のような短い項目があるが、ほぼ一冊が美辞麗句によって占められた類語集である。

　類語集のように多くの作文書において美辞麗句はそれ自体が資料の主目的となっている例はあまり多くはない。二段構成、三段構成の中で、大抵は下段の紙幅の広いスペースではなく、上段において紹介されているのである。しかしながら、中には主たる部分に美辞麗句がテーマごとに列挙されているという資料がある。これらの資料は実用的な作文書の中においても、とりわけ実践的な特性を持つ。もちろんテーマを表現する美辞麗句が列挙された辞書のため、読むための資料ではないといえよう。

　これらに加え紹介しておきたいのは、熟語が収載された作文書である。これは、単に読むだけでなく書くための資料としても用いることができる作文書であるが、美辞麗句集のように「句」という形式の表現を列挙しておらず、熟語（単語）の列挙のための欄を有している資料を指している。

例えば、小谷野鉱太郎《こやのこうたろう》編『開化用文章《かいかようぶんしょう》（漢語字類《かんごじるい》）』（真盛堂、一八八七（明治二十）年）のように漢語を指南するための作文書にはこうした漢熟語の掲載が多く見られる。ここでは下段には「年賀の文」などの文例が掲載され、上段には下段とは関連がない語がいろは順に並ぶ。

一方で、鎗田政治郎《やりたまさじろう》『記事論説文例《きじろんせつぶんれい》（袖珍作文《しゅうちんさくぶん》）』（開文堂、一八八八（明治二十一）年）では三段構成となっており、『開化用文章』のような構成とは異なり、中段の「通用熟語」という熟語紹介欄と下段の文例欄には関連性が見られるが、上段は逸話の紹介など中段、下段とは関連していない。

これらを踏まえ、作文書の中の美辞麗句集について見ていこう。

三　美辞麗句集の状況

次に、本稿の目的である、書くための素材として美辞麗句や熟語を収載した作文書に関する分類に移りたい。先述の通り、「作文」に属す資料は千六十四点、「女子文（女子書簡文を含む）」に属す資料は三百六十六点、あわせて千四百三十点であった。この千四百三十点の資料一冊一冊に目を通し、資料中に美辞麗句の紹介欄を含むものを本調査では抽出した。まずは、本調査によって得られた、美辞麗句集について見ていこう。

図1は、本調査によって抽出された美辞麗句集の、明治期における刊行数の推移状況を示した「美辞麗句集刊行状況」である。グラフでは、五年ごとの刊行数を表記している。さらに刊行年が不明のものが「作文」「女子文」にそれぞれ一点ずつ確認されている。

本調査で対象とした作文書、千四百三十点のうち、美辞麗句集は五百八十五点であった。また、美辞麗句の紹介はないが熟語の紹介がなされているものは百八十三点あった。このように、読み物としてのみではなく、実践に用いることもできる素材集として利用されることを想定した資料は全部で七百六十八点であった。約半数以上の作文書が実践的な利用を意識していたことがうかがえる。そして、何より明治期に刊行された作文書は、作法書や文範書、模範文例集といったさまざまな形態をとりながらも、その中に美辞麗句の紹介欄を設けていたのである。

この美辞麗句欄は、先ほどから繰り返し述べているように、「句」という長さの表現がほとんどである。数行にわたる例文でもなければ、熟語でもない、「美辞麗句」という形式の表現が、明治期のおよそ三分の一以上の作文書において取り上げられていた。このことから、明治期においていかに「句」が重用されていたかわかるだ

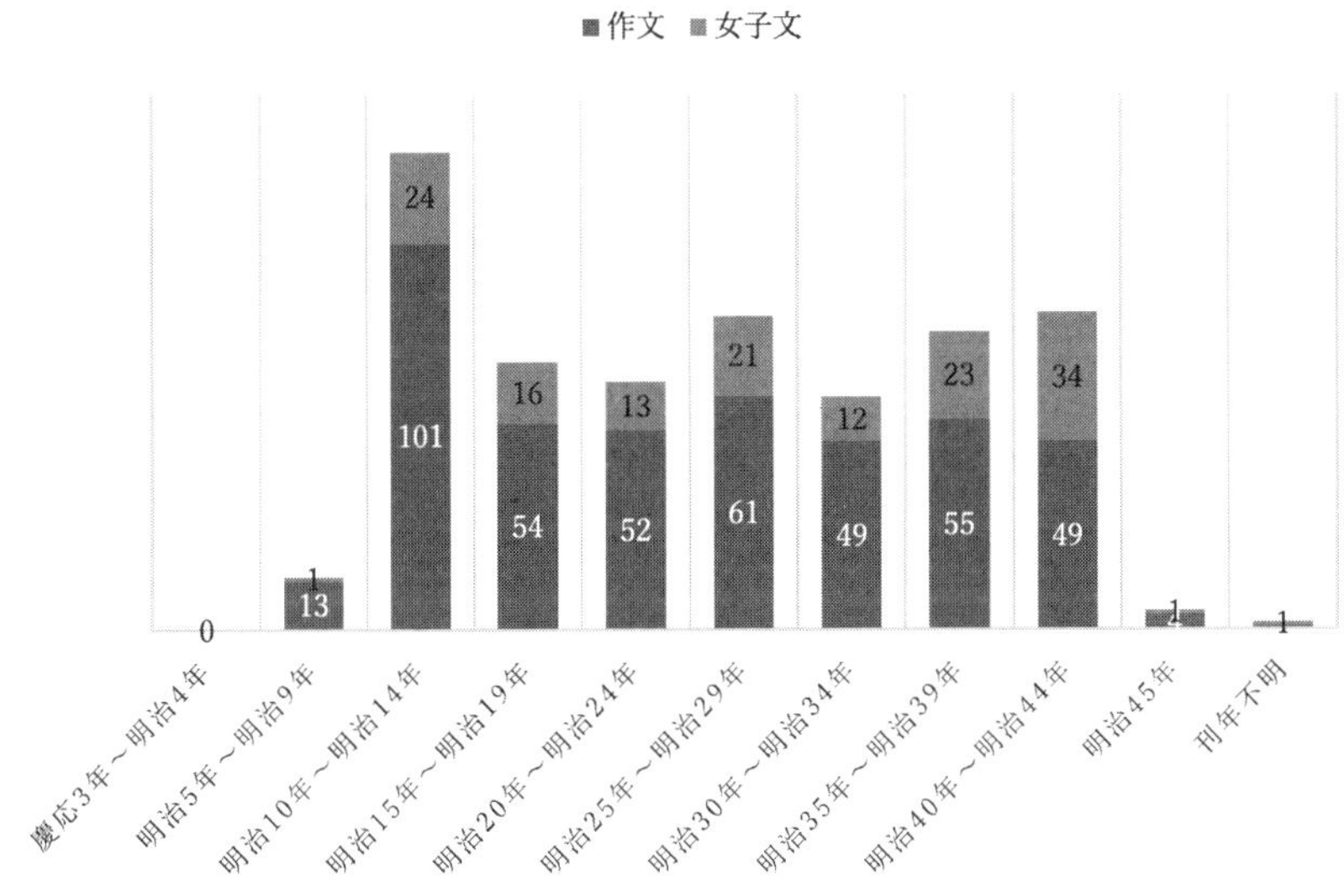

図１　美辞麗句集刊行状況

ろう。

　刊行数の推移を見ると、明治十年から明治十四年の百二十五点がとりわけ多く、次に明治二十五年から明治二十九年に七十点があるが、全体の推移は増加と減少を繰り返しているに過ぎず、突出した数値はないといえよう。いわば、明治期を通して美辞麗句集は恒常的に刊行され続けていたといえる。

　また、「作文」と「女子文」をそれぞれ見ると、明治四十年以降から全体のうち「女子文」の割合が増加したが、それ以前は明治十年以降から明治二十五年に至るまでは大体二十％前後である。しかしながら、明治五年から明治十九年までの十五年間で、美辞麗句集全体における「女子文」の割合が三倍近くになったことは注目してよいだろう。そして、それがさらに明治四十年代に入り、四十％にまで増加している。明治期全体を見渡すと、増減はあるものの、「女子文」の割合が増加していったことが指摘できよう。

　また、こうした作文の資料としての美辞麗句集がこれまで主として美文流行現象とともに語られてきたことはすでに指摘した。しかしながら、この調査結果から、美文が流行した明治三十年代において、特にその影響が強いはずの明治三十年代前半において、他の時期に比べ刊行数は落ち込んでいることがわかった。しかしながら、美辞麗句集全体の刊行数だけで考えれば美文と美辞麗句集はその関係が希薄に見えるが、次の「美辞麗句集の形態」では、この刊行数とは異なる影響関係が見られるのである。

次に、これらの美辞麗句集における出版元をめぐる状況を見ていこう。

美辞麗句集は全部で五百八十五点あったが、このうち、最も多い刊行数となっているのは、東京および官公庁出版物である。三百六十五点もの資料が東京（および官公庁）から刊行されていることになる。これに続き、大阪において百五十三点が刊行されている。しかし、これに続く京都は十八点であり、さらにその次は名古屋十五点、福岡九点と三位以降と大きな差異が見られた。美辞麗句集は東京（および官公庁）がまず主たる出版地としてあり、それに続き大阪があったといえる。

さらに、出版社ごとに見ていくと、この中で最も多く美辞麗句集を刊行しているのは、博文館で二十点が見られる。次は東崖堂で十四点、次に、大阪の積善館で十一点、松林堂が九点でこれに続き、修学堂が八点である。六位以降は、木村文三郎刊が七点、同じく求光閣、松栄堂、大阪の浜本明昇堂、水野書店がいずれも七点で、以上が美辞麗句集を刊行している出版社の上位十社であった。やはりこうした上位の出版社は主に東京（および官公庁）であり、大阪がその中に入っているという分布となっていた。

しかしながら、五百八十五点の美辞麗句集は、一位の博文館が二十点、以降徐々にその点数が減少していくという順位からは、数社のみが数多く刊行していたような偏った刊行状況ではなく、明治期における数々の出版社が、各の美辞麗句集を数点刊行していたといえるだろう。さらに、一位が博文館であるという状況も踏まえると、美辞麗句集はある一部のみが刊行し一部のみに流通していたという局所的なものではなく、大きく普及していたといってよい。それは、こうした美辞麗句集という資料が同時代において多くの人びとに意識され、馴染みのあるものであったことでもあろう。

さらに、こうした美辞麗句集の編纂者であるが、個人の出版物か、責任表示は著者か編纂者かなど、非常に複雑であった。

たとえば大畑裕《おおはたひろし》は、著者として十三点、編纂者として二点の美辞麗句集を刊行していた。この十五点の美辞麗句集において大畑裕は、作法書、文範書、模範文例集、類語集といった形態もバランス良くさまざまな美辞麗句集を刊行している。明治三十五年以降から美辞麗句集に携わっている様子であるが、明治末期までの十年間、いくつかの出版社から定期的に美辞麗句集を刊行している。久保田梁山《くぼたりょうざん》も、個人の出版物としての美辞麗句集は十五点が確認できている。このうち七点が編纂者として表記されている。また、例えば大阪の出版社から美辞麗句集を刊行していた福井淳《ふくいじゅん》は十四点の刊行物があるが、うち一点は自身で刊行している。こうした著者、編纂者といった美辞麗句集に携わった人物に関しても、出版社と同様のことが指摘できる。つまり、ぬきんでて刊行数の多い編纂者が存在していたわけではなく、数多くの編纂者が、それぞれ美辞麗句集を刊行していたということである。これらの結果からも先述の通り美辞麗句集が広く普及していたことがうかがえよう。

続いては、図2として示した「美辞麗句集の形態」のグラフについて見ていこう。

図2では、本調査において抽出した明治期における美辞麗句集の主目的によった各形態について数値化している。先述の通り、「類語集」「作法書」、「文範書」、「模範文例集」、「熟語」とした。

「熟語」は美辞麗句の紹介はないが、熟語（語彙）の紹介欄を設けている資料を指している。この場合、熟語の紹介を含む作文書の基礎形態が「作法書」であるか「文範書」であるか「模範文例集」であるかについても確認している。性格づけの特徴から、「類語集」は他の形態の資料と重なることはないが、「作法書」「文範書」「模範

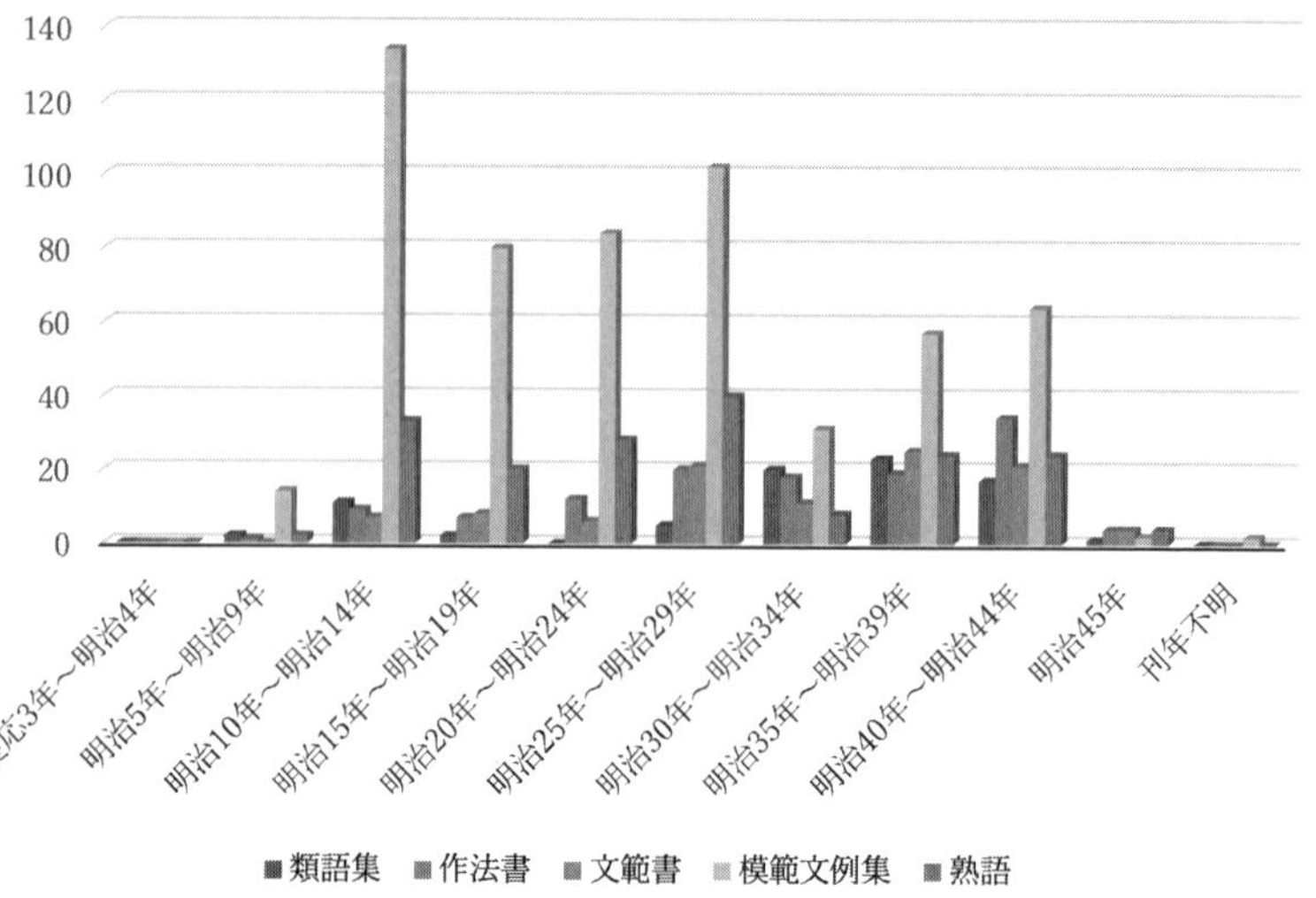

図2　美辞麗句集の形態

文例集」は同じ作文書の中でも複数取り扱っている場合があるため、重複していることとする。さらに、基礎的な形態の網羅、分布の整理を目的としているため、数頁などのごくわずかな付録としての形態などは除いている。

まず慶応三年から明治四年にかけては美辞麗句集自体の刊行がない。そして明治五年から明治九年では「類語集」が二点、「作法書」が一点、「文範書」は見られず、「模範文例集」が十四点、「熟語」は二点である。

続く明治十年から明治十四年では「類語集」は十一点、「作法書」は九点、「文範書」は七点、「模範文例集」は百三十四点、「熟語」は三十三点である。

明治十五年から明治十九年では、「類語集」は二点、「作法書」は七点、「文範書」は八点、「模範文例集」は八十点、「熟語」は二十点が見られる。

さらに明治二十年から明治二十四年では、「類語集」は見られず、「作法書」は十二点、「文範書」は六点、「模範文例集」は八十四点、「熟語」は二十八点であった。

明治二十五年から明治二十九年では、「類語集」が五点、「作法書」が二十点、「文範書」が二十一点、「模範文例集」が百二点、「熟語」が四十点となっている。明治三十年から三十四年では、「類語集」が二十点、「作法書」が十八点、「文範書」が十一点、「模範文例集」が三十一点、「熟語」が八点であった。明治三十五年から明治三十九年は、「類語集」が二十三点、「作法書」が十九点、「文範書」が一十五点、「模範文例集」が五十七点、「熟語」が二十四点見られた。明治四十年から明治四十四年では「類語集」が十七点、「作法書」が三十四点、「文範書」が二十一点、「模範文例集」が六十四点、「熟語」が二十四点である。明治四十五年は「類語集」が一点、「作法書」が四点、「文範書」も四点、「模範文例集」は二点、「熟語」は四点であった。

さらに、刊行年不明のものは、「類語集」「作法書」「文範書」がいずれも見られず、「模範文例集」に二点が見られる結果となった。この刊行年不明のものはどちらも美辞麗句集であった。

図2に表れているように、こうした美辞麗句集は、模範文例集の形態をとっている資料がぬきんでて多い結果であった。とりわけ明治十年から明治十四年にかけての期間は、百三十四点見られ、二番目に多い「熟語」が三十三点であるため、約四倍以上の値である。

このように美辞麗句集の基礎的な形態を詳察すると、明治三十年代以降、一度この美辞麗句集の形態の刊行数の割合が突如均一化に向かっていたことがうかがえる。

特筆すべきは、やはり「類語集」であろう。図2から明瞭な通り、明治三十年から明治三十四年の期間で、急激に刊行数が増加している。明治二十五年から明治二十九年が五点であるのに対し、明治三十年から明治三十四年では二十点となり、以降それ以前に比べ他の形態に迫っている。

先の図1「美辞麗句集の刊行状況」において、明治三十年以降は、美文の流行現象があったにもかかわらず、美辞麗句集そのものの刊行数は減少していたことをすでに指摘した。しかしながら、図2を見れば、美文流行の影響が、「類語集」という形態としてあらわれていたことがわかるだろう。

そしてそれは、作法や文範、模範文例集を読み、学習するというスタイルではなく、簡易的に用いることができる美辞麗句表現の素材集というものに需要が集まることになったことに相違ない。つまりこのとき、作文をするという行為に対し、簡便さや手軽さが求められはじめたといってよい。それは、明治期のひとつの現象として語られてきた作文が、さまざまな需要の変化をはらんでいたことにほかならないのである。

四　美辞麗句集の系譜

これまで、明治期における膨大な数の作文書を、美辞麗句を視座に大きく概観し分類した。さらにこの美辞麗句集に焦点化し、その特質を見ていこう。

先に整理してきたように、作文書のうち最も刊行数の多い形態は、模範文例集であった。構成は二段構成が特に多く、複数段の構成の中でさまざまな欄を設けている資料が一般的である。その上段において、美辞麗句の項や熟語の項がそれぞれ確保されているという例が多い。それらは下段に紹介された文例と関連した語句が入れ換えられるよう配置されている場合が多い。

こうした美辞麗句の収載は、明治年間を通して確認することができた。

下村孝光《しもむらたかみつ》編『開化日要文章《かいかにちようぶんしょう》』は一八七八（明治十一）年一月に金盛堂から刊行された。その際は、「賀《がする》二新年《しんねん》ヲ之文」（引用者注――一点なし）といった文例の紹介に返事の文が携えられており、漢文体に訓点を施した状態の題と、漢字かな交じり文による題が混在している。この『開化日要文章』は一段構成となっており、この文例だけが続いていたが、興味深いのは、この一年後の一八七九年一月に同じく下村孝光が編著をつとめ、東崖堂から刊行された同書の改訂版『開化日要文章（改正増補）』では、文例に変化はないが、二段構成となり、その上段に、美辞麗句が列挙されているという点である。

この改正増補から、美辞麗句の需要を見ることができるだろう。しかしながら、さらに一八七九（明治十二）年に次は明十堂から同書が刊行されるが、これは改正増補版ではなく、初版を種本にしたのか、美辞麗句はなく、段組も一段構成のままであった。

さらに、鈴木貞次郎《すずきていじろう》『中等作文独修《ちゅうとうさくぶんどくしゅう》（新式《しんしき》）』は榊原文盛堂から一九〇六（明治三十九）年に五巻が一度に刊行されている美辞麗句集を含む模範文例集だが、同出版社から同年十月にも同じ鈴木貞次郎『中等作文模範《ちゅうとうさくぶんもはん》』が刊行されており、内容は似通っている。

長谷川正《はせがわただし》、名和菱江《なわひしえ》書『商益用文《しょうえきようぶん》（万民普通《ばんみんふつう》）』（長尾文成館、一八九一（明治二十四）年）は三段構成である。上段には「記事論説文例」と明記され文範が並び、中段には題材ごとに美辞麗句が並び、その後マナーなどが記載されている。そして下段には書簡文の模範文例や証文、単語が列挙される。本編に入ると、二段組に変わり、上段には類語、下段には文例が漢文体で記されているという構成である。

これに類似した資料として中川文弥《なかがわふみや》、玉木愛石《たまきあいせき》書『信益用文《しんえきようぶん》（帝国無双《ていこくむそう》）』（田中青柳堂、一八九二（明治二十六）年）がある。双方はいずれも大阪の出版社であるが、著者名、書家名、題名、出版者名と、一見まったく異なる資料であるが、よく似ている。先に挙げた例では、同じ著者が同じ出版社から酷似した資料を刊行しているが、このふたつの資料はその繋がりが特に見当たらない。にもかかわらずこのように類似していることから、同時代の美辞麗句集が、このようにもととなった美辞麗句集にそのまま似せて刊行することがあったという事例にほかならないだろう。

次に、美辞麗句集の構成の系統について見ていこう。

齋藤希史《さいとうまれし》『漢文脈の近代――清末＝明治の文学圏』（名古屋大学出版会、二〇〇五（平成十七）年）では、明治期の「記事論説文例」と呼ばれる作文書の系譜について述べられている。

記事論説文例は、主として三段構成であり、上・中段において、熟語や「類語」として美辞麗句が並び、下段に文例が列挙される。三段ともに連動していることが多く、それぞれを入れ換え、独自の文章を作成することができるようになっている簡便な手本書である。しかし、同書において「記事論説作法明弁」などもあると触れているように、「記事論説」とついた書名はさまざまである。『国立国会図書館明治期刊行図書目録』の中だけでも、「記事論説」とつく書名は、八十九冊ある。また、ここで記事論説文例の象徴的な著者として挙げられている安田敬《やすだけい》斎《さい》の著作、田中義廉《たなかよしかど》閲『記事論説文例』（前川書店、一八七九（明治十二）年）は三段構成で中段に「類語」を掲載しているという典型的な形態となっている。

この記事論説を冠した作文書は、国立国会図書館の目録を見れば明治十年代が刊行のピークであるが三十年代になっても刊行は続いている。

この記事論説系の作文書を美辞麗句集として見た際のひとつの特徴として、明治三十年代前後になると、美辞麗句に特化した類語集が多く刊行されているという点がある。たとえば的場鉎之助《まとばせいのすけ》（麗水《れいすい》）『記事論説日本作《きじろんせつにほんさく》文資料《ぶんしりょう》』（文陽堂、一八九六（明治二十九）年）や錦耕堂編輯所《きんこうどうへんしゅうじょ》編、河原恒男《かわはらつねお》閲『記事論説新定作文一万題《きじろんせつしんていさくぶんいちまんだい》』（錦耕堂、一九〇二（明治三十五）年）、これに類似した錦耕堂編輯所編、河原恒男閲『記事論説新定作文五千題《ごせんだい》』（錦耕堂、一九〇三（明治三十六）年）などである。これらは作例や作法を含みつつも、作文の資料としてのおもむきを強く見せている。

こうした記事論説文例の系譜にあたる資料は、主に漢文体や漢文訓読体の文体が主となっている。

本調査において、明治十年までに刊行された美辞麗句集は、わずか十四冊である。そして、この十四冊はほとんど漢語学習のための編纂形態となっているといってよいだろう。

こうした動きからか、西野古海《にしのこかい》編『作文捷径《さくぶんしょうけい》（和漢日用《わかんにちよう》）』（木村文三郎・水野慶次郎、一八七六・明治九年）では書名の時点ですでに文体が意識されている。さらに一八七八（明治十一）年には、平木保景《ひらきやすかげ》編『日用作文大成《にちようさくぶんたいせい》（雅俗《がぞく》必読《ひつどく》）』（細川清助等）久保田梁山編『作文解環《さくぶんかいかん》（和漢雅俗三体《わかんがぞくさんたい》）』（木村文三郎）や村田徽典《むらたきてん》『今体用文《きんたいようぶん》（漢和対照《かんわたいしょう》）』（温故堂）など、書名からわかるように、明治十年前後にはすでに単に和漢の別だけでなく雅俗という意識もある。

一方、明治期の作文書の大きな柱のもうひとつの構成は、この漢詩文系に位置する記事論説文例とは異なるものである。

明治期美辞麗句集の大きな傾向として下段は模範文例集となっていて、上段に入れ換え可能な美辞麗句が掲載されているという二段もしくは三段構成が主たる形態であったことはすでに述べた。こうした構成は、記事論説文例とも類似していくが、もう一方で、この形態が深く根ざしているものがある。消息文例である。

それは、美辞麗句集の目次の立て方に見られる。つまり、美辞麗句集における「春」「梅」といった主題の採録や列挙の仕方が、消息文例におけるそれに類似しているのである。美辞麗句集の消長を追っていくと、漢詩文系統の学習からくる入れ換えの意識と、手紙の文例を自分なりにアレンジしていくという利用法があわさっていき、美辞麗句集の形態が生まれたのではないかと考えられる。

五　おわりに――美辞麗句集の転換点

　こうした記事論説文例の形態と消息文例の形態は、明治十年代にははっきりとそれぞれの特質を有しているものの、明治三十年代にさしかかった頃には、それらがむしろ和文体、漢文体をいずれも内包する資料として立ちあらわれてくる。これは明治期において文体がさまざまに「選択」されるものだという先述の意識が立ちあがっていく過程だといえるだろう。

　明治三十年代に入ると美辞麗句集の多くは「美」ということばを冠するようになる。「美辞」「美文」のように、美しい文章のための作文書へと変化を遂げるのである。文体は依然として選択するものという内実ではあるが、そこへ挙げられる美辞麗句や熟語は、学習のためではなく、審美的な文化の材料となっている。

　しかし、美辞麗句集そのものの形態や表記、さらに編纂の仕方などが変化していっても、明治期を通して、美辞麗句集に編まれた美辞麗句そのものには、大きな変化は見られない。巨視的に見れば変化が起こっていたとしても、それはあくまで形式の変化が主であり、たとえば美辞麗句がはらんでいる「春」に対して浮かび上がる語句やそのイメージはあまり変わっていないのである。

　このように美辞麗句集は外側を時代の流れに順応させることで常に多くの人びとに受容され続けていったといえる。そして、こうした美辞麗句集の普及によって裾野へと広がっていった、踏襲されてきた美辞麗句を選択していくことで、自分なりの文章表現ができるという認識こそが、人びとを文章を書くという営為に夢中にさせたといえるのではないだろうか。

注

1 滑川道夫『日本作文綴方教育史1』明治篇、国土社、明治五十二年

2 博文館より刊行された『通俗作文全書』は作法や文範などを含む二十四編あり、作文に関する教典として広範囲を網羅しようとしている様子がうかがえる。

3 『通俗作文全書』の広告文の引用は『通俗作文全書』第二十一編、久保天随『美辞類語集』に拠った。ほかにも第二十四編田山花袋『小説作法《しょうせつさくほう》』などにも掲載されているが、ほぼ句読点の異同があるのみであった。しかしながら、『美辞類語集』に見られた広告文の「作文法」を教える書がない、という箇所が『小説作法』での広告文では「文法」を教える書がない、となっている。

4 「誘説文」については記載されていない。

付記

本稿は、二〇一五年度立教大学学術推進特別重点資金（立教ＳＦＲ）およびJSPS科研費JP16J00418の助成を受けたものである。

第12章 雑誌『文章世界』と文例集の思想
――「文に志す諸君」の机辺に『評釈　新古文範』を

高野純子

一　はじめに

雑誌『文章世界』は一九〇六年三月に文章の修練を目指す雑誌として創刊された。坪谷《つぼや》善四郎《ぜんしろう》編『博文館五十年史』（博文館、一九三七年）には、

三月十五日に「文章世界」を創刊した。是は従来「中学世界」に集り来る寄書が甚だ多く、悉く掲載の余地なく、多く没書とするを惜み、其等の寄書を集め載せ、兼ねて青年に作文の要訣を説き示し、普ねく作文の師友たることを期して発行したのである。菊判二百四十頁、定価金二十銭、毎月一回発行。田山花袋主任、前田晁氏（木城）が之を補助した。本誌は当初作文の練習を目的として創刊したるも、後には漸く性質を改め、文学雑誌として一旗幟を樹て、他の「帝国文学」「早稲田文学」「三田文学」等と対塁して、文壇に重きを為すに至つたのは、主として田山、前田両氏の努力であつた。

と記されており、「作文の練習を目的として創刊」された『文章世界』がやがて「性質を改め、文学雑誌」へと変化していったことが指摘されている。

『文章世界』は「論説」「月旦」「文範」「評釈」「作文法」「資料」「評伝」「文話」「逸話奇聞」「雑録」などの各欄、そして読者の投稿欄である「文叢」で構成されていたが、紅野敏郎「『文章世界』の特質と意義」[1]に

「文章世界」の最大の特色は、やはり投稿とその投稿に対しての懇切な批評、また投稿者同志の通信といった点にある。しかもその投稿者のなかから、やがてのちに作家・詩人・批評家・編集者・翻訳家・研究者として名をあげた人を輩出しているし、たとえ名をあげることが出来なくとも、地方の青年文士として、ある一時期は文章を書くということに熱中した多くの庶民がうしろにいたという事実は重い。

とあるように、特に「文叢欄」が「最大の特色」あるものとして注目されてきた[2]。

確かに、後年各界で知られるようになった投稿者には中村武羅夫《なかむらむらお》、加藤武雄《かとうたけお》、室生犀星《むろうさいせい》、久保田万太郎《くぼたまんたろう》、中村《なかむら》白葉《はくよう》、木村毅《きむらき》、小林多喜二《こばやしたきじ》、吉屋信子《よしやのぶこ》らが存在する。また、当時熱心に投稿を重ね、「読者通信」や「読者論壇」にも投書した若き人々は「誌友」[3]の繋がりを形成して行った。中村武羅夫が会の記録を担った「六月会」があったことは広く知られているが、後述するように「六月会」[4]解散後も、京都の「白星会」、金沢の「九月会」、東京において米川正夫《よねかわまさお》・中村白葉らが「六月会」再興を企図して作った「狼会」など、「誌友」の会が各地で開催されたことが「読者通信」欄から確認できる。そして『文章世界』の後継『新文学』も廃刊となった後の[5]一九五二年、「文章世界の会」[6]による同人雑誌『Isola Bella』（イソラベラ社刊行）が創刊されている[7]。津端修《つばたおさむ》は『Isola Bella』

第一号（一九五二年）の「後記」に

> 文章世界の会には、いろ〳〵な人が集まつている。歌人もいるが詩人、俳人もいる。小説家もいる。脚本家もいる。医学博士もいる。大学教授もいる。実業家もいる。外交官、神職其他等々実に多彩だ。
> （中略）
> 伝え聞いて今後参加する人々のためにも、ささやかな目標となるもの、パンフレツトでもいいからほしいとの声に答えて、玆に有志相謀り、同人雑誌「イソラ　ベラ」を刊行した。文章世界の会の人々によつて多く書かれるであろうが、そうした人々のものと狭くは限定したくない。会の縁故のある人にも書いて頂いて、若い世代の声をも聞いて行きたい。創刊号に見える清原道子さん、細井魚袋さんのお知合で東北大学出身の国文学専攻の才媛であり、春秋に富んだ方である。およみ下さると判ることだが「序詞と枕詞」は本格的で立派なものである。

と綴っている。この『Isola Bella』は一九五七年の第一七号[8]まで刊行され、年に一回程度であったが会合も開かれた。一九五三年五月の会合には『文章世界』で花袋《かたい》と共に編集にあたった前田晁《まえだあきら》、寄稿者であった佐々木信綱《ささきのぶつな》、尾上《おのえ》柴舟《さいしゅう》ら、投書家としては米川正夫、秋田雨雀《あきたうじゃく》、中村白葉らが集ったという[9]。

このように歳月を経ても「誌友」の繋がりを求める人々が存在し、同人雑誌を刊行し、更には文学に携わる若い世代の人をも迎え入れる程の影響力を雑誌『文章世界』は有していたのである。

本稿ではそうした影響力の由来を『文章世界』「文叢」欄だけではなく「文範」欄にも見いだし、考察を進めていきたい。「文範」欄は「投書」と同様、現在、山梨県立文学館に収蔵されている田山花袋筆「『文章世界』創刊号立案」に記載されている欄である。「文範」は「今人古人を問はず、専ら秀逸なるもの」を選ぶこと、「解釈がなければ不足分」であって「文範と評釈とを併せて」掲載しようとする意図が「『文章世界』創刊号立案」には示されている（図1　一段目から二段目に「文範と評釈」の項の記載）。

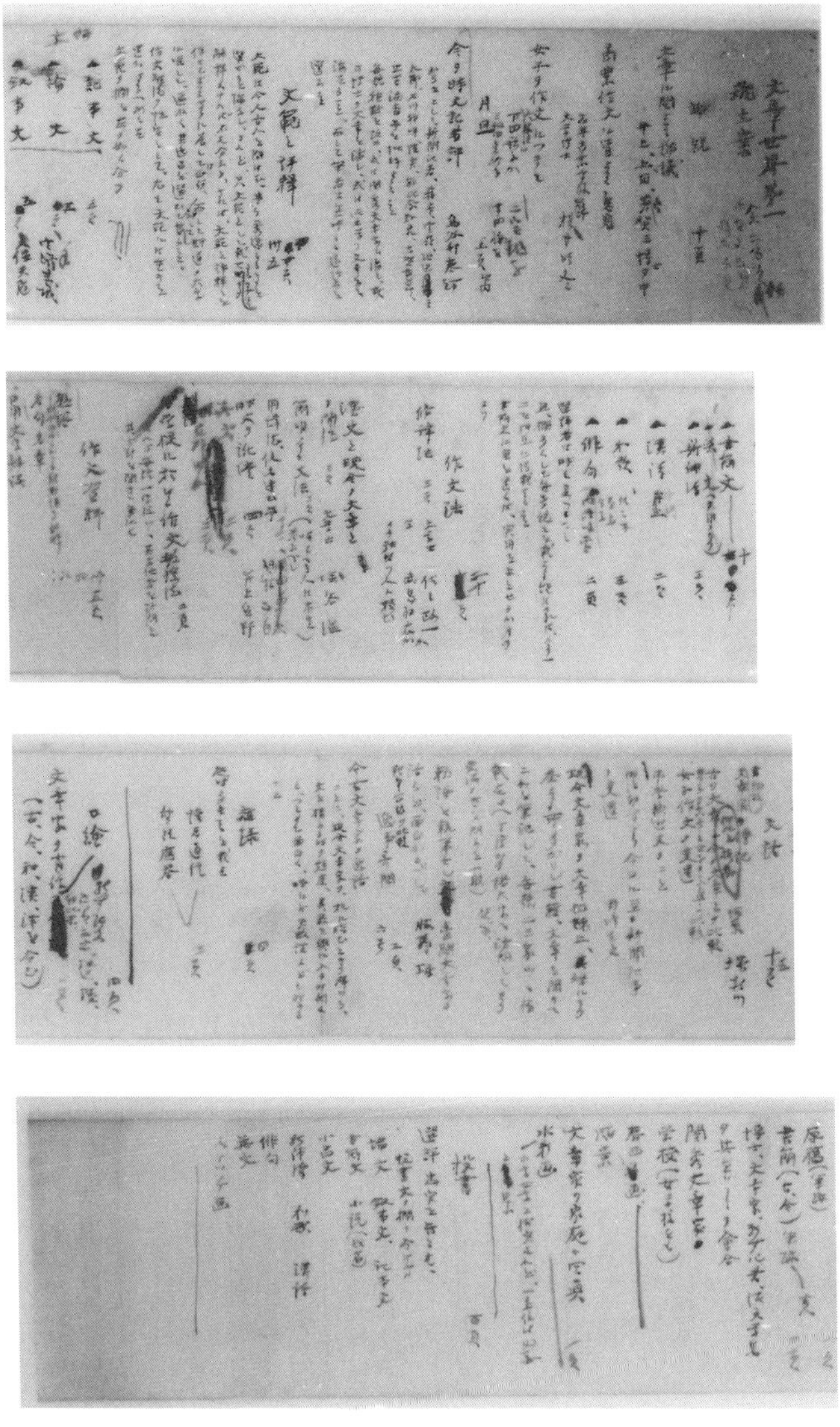

図1　田山花袋筆『文章世界』創刊号立案（山梨県立文学館蔵）

雑誌『文章世界』「文範」欄、そして後の「新文範」欄に掲載された文章と評釈は、やがて『評釈《ひょうしゃく》 新古文範《しんこぶんぱん》』（博文館、一九〇九年）、『評釈《ひょうしゃく》新文範《しんぶんぱん》』（島村書房、一九一四年）に編纂され、更に『類句文範《るいくぶんぱん》 新作文辞典《しんさくぶんじてん》』（金星堂、一九二八年）の「第二編　文範の部」に収録された。『評釈 新古文範』は田山花袋、前田晁共編、『評釈新文範』と『類句文範 新作文辞典』は前田晁編による文例集である。『評釈 新古文範』刊行の翌年一月、「文叢」欄の前に設けられた「新刊紹介」欄の『評釈　新古文範』の項には「文に志す諸君の机辺に備へられゝば　編者の望み　は足りる。」と記されている。「文に志す諸君」に向けて、何を「文範」欄は伝えようとしていたのか。そのことをまず次節で考察したい。

二　『文章世界』「文範」欄から『評釈　新古文範』へ

創刊号『文章世界』の「文範」欄には樋口一葉《ひぐちいちよう》や竹越三叉《たけこしさんさ》の書簡、森鷗外《もりおうがい》の翻訳文など明治期の文も採録されたが『源平盛衰記《げんぺいじょうすいき》』の「礪波山《となみやま》合戦」が冒頭に置かれ、松尾桃青《まつおとうせい》（芭蕉《ばしょう》）、新井白石《あらいはくせき》の書簡文が続くというように近世以前の文からの用例が多く採録されている。

同号『文章世界』の「発刊の辞」には

敢《あへ》て論説《ろんせつ》と言《い》はす、美文《びぶん》と言はす、書簡文《しょかんぶん》と言はす、浮華《ふくわ》を排《はい》し、形式《けいしき》を排《はい》し、朦朧《まうろう》を排《はい》するは今《いま》の文《ぶん》を学《まな》ぶもの丶最《もつと》も必要《ひつえう》とする所《ところ》なるべし。浮華《ふくわ》に流《なが》るれば文味弛廃《ぶんみちはい》し、形式《けいしき》に執《しふ》すれば文気萎靡《ぶんきゐび》し、朦朧《まうろう》に陥《おちい》れば文意沮喪《ぶんいそさう》す。これを昔《むかし》の文章家《ぶんしやうか》に見《み》る、皆《み》な多《おほ》く意《い》を此間《このかん》に用《もち》ゐざるなし。吾人微力《ごじんびりょく》なりと雖《いへど》も、亦《また》この方針《はうしん》の下《もと》に、期《き》する所《ところ》に向《むか》つて邁往《まいわう》せんとす。

とある。「文」から排すべきものは、うわべだけが華やかで実質の乏しい「浮華」であり、型にとらわれた「形式」であり、「朦朧」とした曖昧さだとされた。これらを排することは「昔の文章家」も顧慮してきたことだとしている。創刊号「文範」欄に「源平盛衰記」を筆頭とする古典作品が選ばれたのも「昔の文章家」に学ぶことに意義が認められていたからだと推察される。

但し、その文に添えられた評釈は古典作品を「今」の観点から読み直し、これからの「文」に活かす道を示そうとしている。

礪波山合戦（源平盛衰記）

木曽《きそ》は礪並山黒坂《となみやまくろさか》の北《きた》の麓《ふもと》埴生社《はにふのやしろ》八幡林《まんばやし》より松永柳原《まつながやなぎはら》を後《うしろ》にして黒坂口《くろさかぐち》に南《みなみ》に向《むかつ》て陣《ぢん》を取《と》る平家《へいけ》は倶利伽羅《くりから》か峠猿《たふげさる》の馬場塔《ばゝたふ》の橋《はし》より始《はじ》めて是《これ》も黒坂口《くろさかぐち》に進《すゝ》み下《くだ》りて北《きた》に向《むか》ふて陣《ぢん》を取《と》り両陣《りやうぢん》相隔《あひへだ》たる事《こと》五六段《だん》には過《す》ぎず互《たかひ》に楯《たて》を突向《つきむか》へたり

の文についての評釈は

源平《げんぺい》両軍《りやうぐん》相戦《あひたゝか》はんとして未《いま》だ発《けつ》せざる光景《くわうけい》、宛《えん》として睹《み》るが如《ごと》し。木曽《きそ》は南《みなみ》に向《むか》つて陣《ぢん》を

文範

礪波山合戦（源平盛衰記）

木曾は礪並山黒坂の北の麓埴生社八幡林より松永柳原を後にして黒坂口に南に向て陣を取る平家は倶理伽羅か峠猿の馬場塔の橋より始めて是も黒坂口に進み下りて北に向ふて陣を取り両陣相隔たる事五六段には過ぎず互に楯を突向へたり

源平両軍相戦はんとして未だ發せざる光景、宛として睹るが如し。木曾は南に向つて陣を取り、平家は北に向ふて陣を取るといへる、此一語にて其陣形略々想像するに足る。而して両陣相隔たること五六段に過ぎずと續けたる、何等の妙。五六段、この段の一字にて両軍の位置、高低、勢力の強弱自から先づ讀者の胸底に印せらる。互に楯を突き向へりの一句、簡にして形容の妙を盡す。

木曾は勢を待得ても合戦をば急がず平家の方よりも源氏の様を守て進み戦ふ事なし鬨三箇度向せて後は両陣静り返つてぞありける

二句戦前の狀態を盡して、餘蘊なし。鬨三度合せて後は両軍静り返りて云々、見るべし戦の神は既に死の黒き影を両軍の上に蔽ひ始めたるを。

—（21）—

図2 『文章世界』創刊号（神奈川近代文学館蔵）「文範」欄より

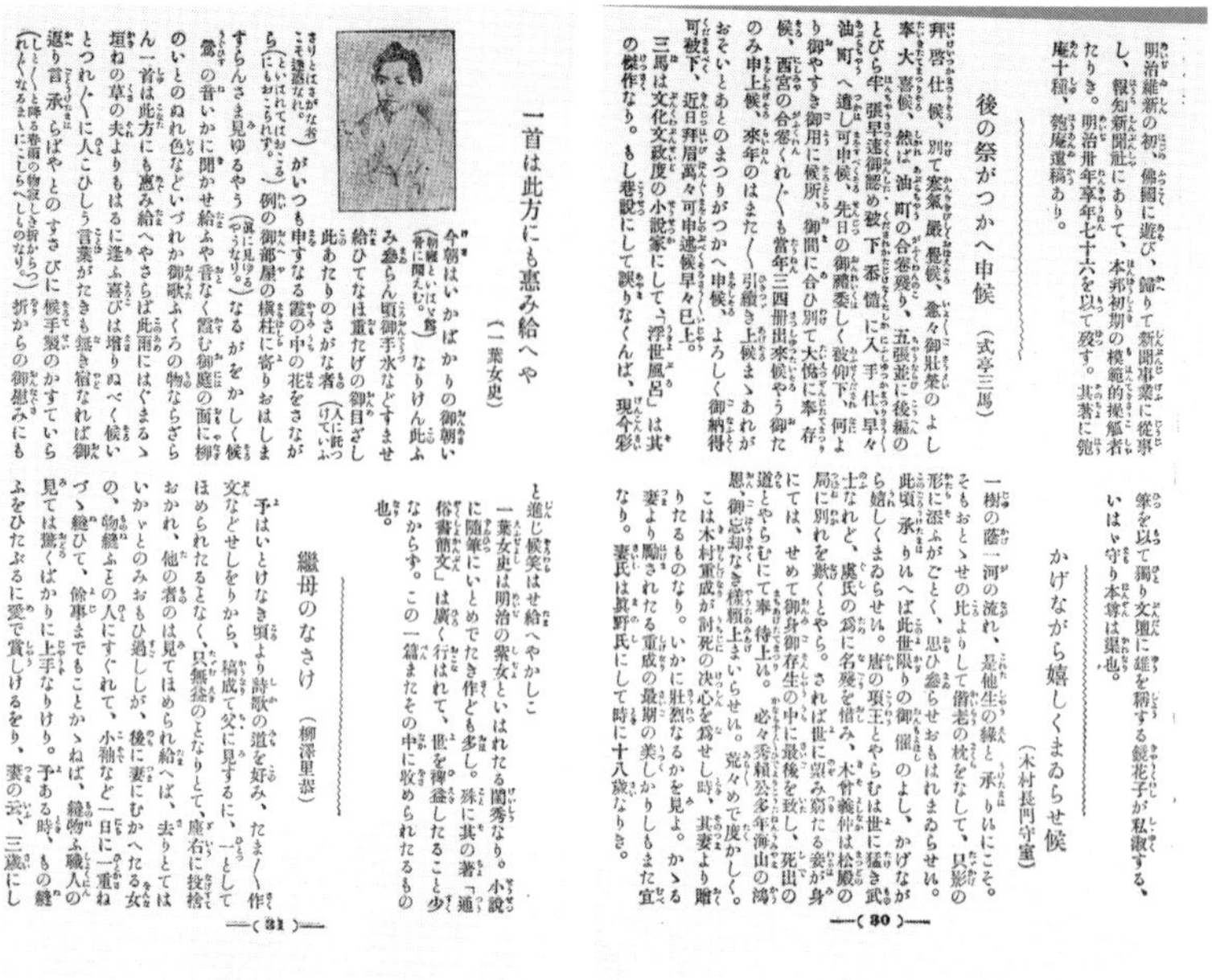

図３　『文章世界』創刊号（神奈川近代文学館蔵）「文範」欄より

取《と》り、平家《へいけ》は北《きた》に向《むか》ふて陣《ぢん》を取《と》るといへる、此一語《このいちご》にて其陣形《そのぢんけい》略々《ほゞ》想像《そうぞう》するに足《た》る。而《しか》して両陣相隔《りやうぢんあひへだ》たること五六段《だん》に過《す》ぎずと続《つゞ》けたる、何等《なんら》の妙《めう》。五六段《だん》、この段《だん》の一字《じ》にて両《りやう》軍《ぐん》の位置《ゐち》、高低《かうてい》、勢力《せいりよく》の強弱《きやうじやく》自《おのづ》から先《ま》づ読《どく》者《しや》の胸底《きやうてい》に印《いん》せらる。互《たがひ》に楯《たて》を突《つ》き向《むか》へりの一句《く》、簡《かん》にして形容《けいよう》の妙《めう》を尽《つく》す。

というように「光景」の描き方を説くものとなっている。陣形を「此一語」で示したり、「この段の一字」で「両軍の位置、高低、勢力の強弱自から先づ読者の胸底に印せらる。」というように、端的な表現で読者に効果的に情景を伝える文の書き方を指南しているのである。

また「関原敗後の浮田秀家（関原聞書）」は「実《じつ》に一篇《ぺん》の小説《せうせつ》とも言《い》ふべく、数駒《すうく》の劇《げき》とも言《い》ふべし。」と評され「この聞書《きゝがき》のごとき敢《あへ》て名文《めいぶん》と称《しよう》すべきにあらざれど、事実《じじつ》を忠実《ちうじつ》に記《しる》したるを以《もつ》て、抑揚《よくやう》あり、頓挫《とんざ》あり、照応《せうおう》あり、人《ひと》をしてよく其光景《そのくわうけい》を想像《さうぞう》せしむ。自然《しぜん》（事実《じじつ》）は文《ぶん》なりとは蓋《ふだ》し至言《しげん》なり」とも記されている。古典作品から「小説」や「劇」に活かすことのできる表現があることを読者に教えているのである。

同じく創刊号「文範」欄の木村長門守室《きむらながとのかみのしつ》「かげながら嬉しくまゐらせ候」と樋口一葉「一首は此方にも恵み給へや」は二つの書簡を並べて、異なる趣きを読み比べることができるようにしたものと考えられる。討ち死にを覚悟した武将木村重成《きむらしげなり》に妻が送った書簡文を「壮烈《さうれつ》」なるものと評した後、樋口一葉に関しては小説、随筆に優れたものがあるという知識を与えつつ、割注を附し、書簡文の表現をより詳細に追っている。ここでも「真に見ゆる／やうなり。」という描き方が評価の対象となっている。

> 一首は此方にも恵み給へや（一葉女史）
> 今朝《けさ》はいかばかりの御朝《おんあさ》い（朝寝といはゞ露／骨に聞えむ。）なりけん此《この》ふみ参《まゐ》らん頃御手水《ころおんてうづ》などすませ給《たま》ひてなほ重《おも》たげの御目《おんめ》ざし此《この》あたりのさがな者《もの》（人に託つ／けていふ／さりとはさがな者／こそ迷惑なれ。）がいつも申《まを》すなる霞《かすみ》の中《うち》の花《はな》をさながら（といはれてはおこる／にもおこられず。）例《れい》の御部屋《おんへや》の槙柱《まきばしら》に寄《よ》りおはしますらんさま見ゆるやう（真に見ゆる／やうなり。）なるがをかしく候《そろ》（後略）

【別表】に示した通り、「文範」欄は一九〇六年三月一五日の第一巻一号（創刊号）より始まり、一九〇九年五月一日の第四巻第六号より「新文範」欄へ名称が変更になる。それと共に選ばれる文例も明治期のものとなって行った。その後、一九一〇年九月一五日の第五巻第一二号で「秋六景」、翌年三月一日の第六巻第四号以降は再び「文範」欄となる。一九一一年七月一五日の第六巻第一〇号では清少納言《せいしょうなごん》や紫式部《むらさきしきぶ》、兼好法師《けんこうほうし》などの作品と幸田露伴《こうだろはん》、正岡子規《まさおかしき》、二葉亭四迷《ふたばていしめい》などの近代作家の作品からの文例が採録されるが、用例の多くは明治以降の作品から採られたものとなった。

三　『評釈　新古文範』編纂

田山花袋・前田木城《まえだぼくじょう》共編『評釈　新古文範』（博文館、一九〇九年）は「新文範」に改称以前の「文範」欄に掲載された文章を「史伝」「叙事」などに再分類して収録したものである。

『評釈　新古文範』が刊行された翌年一九一〇年一月一五日刊行の『文章世界』第五巻第一号に、その広告が掲載されている。

図４『評釈　新古文範』（一九〇九年初版）個人蔵

田山花袋君／前田木城君 共著
評釈　新古文範　全一冊洋製四六判／上製紙数五百卅頁（ママ）／正価金七拾銭／郵税拾銭

文章上達の秘訣は、多く読み、多く作り、多く推敲するの外にないとは、古来の定説である。中に就いて、多く作り、多く推敲するは、各人自身の実行に属すればこれは姑く措く、今日の如く、古今東西の書籍が殆ど無限を算せんとするの時に当つては、先づ何を読むべきかといふこと、これが既に問題となるであらうと思ふ。本書はかゝる疑惑を抱ける人々に対して編述されたものといへり。収むる所、凡そ百五十二篇。史伝、叙事、翻訳、感想、詩歌、論議、書簡、日記、叙景の各体に渉つて、古今の名文を選抜し、これに最も新意に富める評釈を下してあるから、人一度びこれを読まば、以上各種の文体に通ずると同時に、また一般文学の真味を味ふことが出来るであらう。

東京本町　博文館　振替口座／東京／二四〇番

前月、「読売新聞」一九〇九年一二月二七日（月）朝刊一面に広告文が掲載されている。この「読売新聞」広告では「文章上達の秘訣は」から「本書はかゝる疑惑を抱ける人々に対して編述されたものといへり。」までの部分は省略されている。[10]紙面の中で掲載量が限られるがゆえの差異であるとはいえ、『文章世界』の広告文は「文章上達の秘訣」を読者に伝えるものとなり得ている。

また、一九一〇年一月一五日『文章世界』の「新刊紹介」（二七四～二七八頁）の中で『評釈　新古文範』が紹介されている。この「新刊紹介」の記事は、先に挙げた広告文を内容的に重なる部分が多いが、最後に「文に志す諸君の机辺に備へられゝば　編者の望み　は足りる。」という『文章世界』読者に向けたメッセージが記されている。

○田山花袋、前田木城共編　収むる所すべて百五十二篇。史伝、叙事、翻訳、感想、詩歌、論議、書簡、日記、叙景の各体に渉つて、古今の名文を選抜してこれに評釈を下したものである。以前本誌に連載したものゝ中から更に選択してこれを各種目の下に按排したものだ。文に志す諸君の机辺に備へられゝば　編者の望み

編輯便り

▲本誌發刊の趣意は、卷頭發刊の辭に述べたるが如く、浮華に流れ、形式に執し、朦朧に陥る等、現今靑年男女の、動もすれば、靡せんとする弊を矯正し、華實兩全の文章を鼓吹奬勵せんとするに外ならず候。

▲されば其の自然の結果として、一面諸大家諸名士の文章に關する議論を掲載すると共に、他面に於て、讀者諸君が筆戰の擅場となし、以て完全なる文章を學ぶの好伴侶たらしむべく候。

▲即ち一面に於ては堂々たる天下の文章雜誌にして、文章界唯一のオーソリチーたらんとの大抱負を抱き、他面に於ては、讀者諸君が作文の練磨場たり。而して前者の大抱負を全たからしめ、後者の大責任を完たからしむるは、一に讀者諸君と、吾人記者との協同經營に俟たざるべからず。されば本誌をして文章界に濶歩せしむるも、せしめざるも、其の一半の責任は常に繫りて諸君の兩肩に在り。吾人は讀者諸君が諸君各自の雜誌として、吾人の企圖を完うせしむるやう力を添へられんことを希望致候。

▲此かる大抱負を以て生れし本誌の本號が甚だ不體裁を極め、未整頓の廉頗る多きは、發刊匆卒の際のこととて萬止むを得ざるに出づ、偏に諸君の宥恕を祈り候。

▲次號以下、凡そ文章を中心として、あらゆる方面に渉りての質疑に應答すべければ、諸君は御遠慮なく御質疑なさるべく候。

▲又、來號より讀者通信欄を設くべく候へば、諸君は諸君の學校、諸君の地方、諸君の朋友間に於ける文章錬磨の奇聞珍話を始め、各學校作文教授法の實況、本誌改善に關する注意、其の他諸君が趣味あり實益ありと思惟する事柄をば、可成的簡潔に明瞭に認めて、御投稿被下度候。

▲殊に文章詩歌其他の投稿は最も歡迎する所に有之候へば、諸君は別項投稿規則に依りて盛んに御投稿可被成候。

新刊紹介

○文章講話　五十嵐力著

本書は著者が早稻田大學文學部に於て、文章を講ずること多年、其の間に於ける攻究の結果を披瀝せるものなり。文章上の諸現象を心理的に說明し、統一したる點に於て、日本文章の特色を研究したる點に於て、其の創見を見るべし。殊に八種の詞態展成の說は文章の修辭を心理的に說明したるものにて、全く著者の創案にかゝり、獨創の卓見を見るべし。吾人は次號以下に於て、古來の文章學者修辭學者につき、比較研究をなさんとの企圖あるを以て、殊に本書の内容についての妄評は暫く避けむ。但だ本誌發刊の當初に於て、文章を學ぶ者の爲めに、最も興味多かるべき本書を紹介するの喜ばしきに堪へず。吾人は本書が文を學ぶ者のために座右不可缺の良書なりといふに躊躇せざるものなり。（定價金壹圓、早稻田大學出版部發行）

—（150）—

文叢

論文

（甲賞）

やぶにらみ　福岡市荒戸町三ノ東　金生楚翠

一

肉類腐敗して、其生活に適するに至れば蠕蛆生じ、地球冷却して其生活に適當なるに至りて人類生ず、萬物の靈長などと、威張つて居れど、造物主の眼より見れば、人間と蠕蛆と相去る五十歩のみ、百歩のみ。

二

吉原に通ふの通人は電車の往復切符を買ふ也、女の前に男を利かして金錢を撒きちらすの人にして得て此の行爲あり、世に所謂高利貸と政治屋と槪ね此類也、

三

巧に詐る者は世に時めく、少く詐る者は少しく成功し大に詐る者は大に成功す、而して正直は馬鹿なり、畢竟するに、處世術は詐僞術也、世に阿る也、上長官に諂ふ也、さればお上手者が世に成功する所以なり。大に世に成功せんとする輩よ。高位顯官を得んとする輩よ、公等に告げむ、巧に詐りの秘術を盡くし、盛に利祿を覓めよ。富貴顯勢を贏ち得ん事、屁の如く易かるべし。

四

—（151）—

図５　『文章世界』創刊号（神奈川近代文学館蔵）「編集便り」

は足りる。四六判五二〇頁。総クロース装釘。博文館発行。

『評釈　新古文範』の「新刊紹介」記事は一七六頁に掲載された。一八二頁より「文叢」欄が始まる。「文に志す諸君」は『文章世界』「文叢」欄の投書家たちを指すものと推定できる。

文章の修練に関して、『文章世界』の編者・評者は「読者」を導くのみならず、読者を巻き込み、各学校の作文教授の情報を誌面で共有し、意見を募り『文章世界』自体の改善をも図っていく双方向性を期待した。そのことは、創刊号「編輯便り」（図５）に早くも示されている。

▲又、来号より読者通信欄を設くべく候へば、諸君は諸君の学校、諸君の地方、諸君の朋友間に於ける文意錬磨の奇聞珍話を始め、各学校作文教授法の実況、本

誌改善に関する注意、其の他諸君が趣味あり実益ありと思惟する事柄をば、可成的簡潔に明瞭に認めて、御投稿被下度候。

『文章世界』の投書家たちは、やがて誌友会を開催するようになる。これに関して、紅野謙介「『中学世界』から『文章世界』へ——博文館・投書雑誌における言説編制」（『投機としての文学　活字・懸賞・メディア』新曜社、二〇〇三）において、

呼応するように一九〇七年（明治四〇）年六月、北海道から上京した投書家・中村泣花（武羅夫）の発案で、『文章世界』の常連投書家が集まって誌友会「六月会」が開かれた。『中学世界』のそれが博文館からの呼びかけだったのに比べて、この自主的な会の内容は毎月、泣花自身による例会記が『文章世界』翌月号に掲載されるという増幅回路をたどった。

という投書家たちの集いにおける『中学世界』と『文章世界』の差異が指摘されている。『評釈　新古文範』刊行と同時期の『文章世界』（一九〇九年一二月一五日、第四巻第一六号）の「読者通信」欄からは、「六月会」解散以降も、積極的な「誌友」の活動があった様子を伺い知ることができる。

▲京都に白星会があり、金沢に九月会があることを知りました。そして僕等在京読者間には、彼の六月会立ち消え以来、何等此種の会合をみないやうですが—今度僕等が組織した（今は小部分に過ぎぬが）会合をゆく〱は以前の六月会再興といふ風な所迄発展さしたい、（ママ）積りですから、都下幾十の同志に本欄を借りて披

露します。会名は狼会といふので目下の所会場を麹町区下二番町二三米川方に定めてあります。（中村天涯、田島胡茄、高橋蛙水、園田一忠、広島素香、米川正夫、成見非文、前川四郎）

筆頭に書かれている「中村天涯」は後にロシア文学者として知られるようになる中村白葉である。東京外語露西亜語科で同級であった米川正夫宅が会場となっていた。

但し、『評釈　新古文範』の構成は、「文叢」欄が「論文」「叙事文」「抒情文」「書簡文」「はがき文」「小品文」「短歌」「俳句」「詩」などのジャンル別[11]に投書を募ったのとは異なり、分類は「史伝」「叙事」「翻訳」「感想」「詩歌」「論議」「書簡」「日記」「叙景」で編纂されている。『評釈　新古文範』の評釈は「小説」や他のジャンルの文章を書く投書家たちへの助言ともなっていたはずである。例えば「光景を想像」できるような「文」を「史伝」の文章から探ることも、『評釈　新古文範』を読むことで可能になったと考えられるのである。

この書の「凡例」には文章を学ぶ人に向け、次のような修学の心得が示されている。

一　初めて文章を学ぶ人の為めに、参考にもなれよと思つて、編者の貧しい学問の中から、古人今人の文章を選んで、これに短評を加へたのが此書である。

一　解釈を主とせずに、批評と解題とを詳しくしたのは、読者をして、字句文法の解説よりも、成べく文学上文章上に就いての広い智識を得させたいと心懸けたのである。読者はこれを鍵にして、更に其文章の全部を遍ねく読まれんことを望む。

一　文章を書くに文法文格を細かく研究するよりも、大体の智識を養ふ方が利益が多いと編者は常に思つてゐる。これが此書の在来の文章解釈の書と形式を異にした所以である。

明治四十二年十二月三日　　　編者識

「批評と解題」を詳述することにより「文学上文章上に就いての広い智識を得させたい」という編纂の意図がここには示されている。

四　『評釈　新古文範』から『評釈新文範』、そして『類句文範 新作文辞典』へ

先述した通り、花袋との共編により『評釈　新古文範』を刊行した前田晁はその後、数多くの文例集を世に送っている。その中で『評釈新文範』と『類句文範 新作文辞典』は【別表】に示した通り、雑誌『文章世界』の「新文範」欄（一部、「文範」欄）の文例と評釈を収めた書となっている。

ここで最初に取り上げるのは一九一四年刊行の前田晁著『評釈新文範』である。この文例集は博文館からではなく、島村書房より刊行された。[12]『評釈　新古文範』が刊行時に雑誌『文章世界』の「新刊紹介」欄で取り上げられ、「文に志す諸君」に宛てたメッセージが記されたことを先述したが、『評釈新文範』に関しては「新刊紹介」欄に掲載されることはなかった。

だが、新聞紙面には「独創」を目指す「文章家」にとって良き手本という広告文、そして「当代文壇の各家」の文章が、あるいは文章の習得を志す者の参考となることを記した新刊批評が掲載されており、「文章家」「文章を修得せんとするもの」にとっての好書とされている。例えば一九一四年一一月一六日「朝日新聞」朝刊一面の広告では

図6 『評釈新文範』（日本近代文学館蔵）

前田晁先生著　定価四十五銭送料六銭
（最新刊）
評釈新文範
本書収むる処／四十八大家の／名文六十四篇
内容　叙事、抒情、書簡、日記、論議、翻訳、叙景
文章家に取って最も貴いものは独創である。けれどもこの独創が自由にやるやうになるには、まづ初めから作り習はなければならぬ。それには手本がいる。この書はさういふ手本を求める人々の為に作られたのである。
文章修業者の新宝典
小石川／水道端　島村書房　振替東京／二八七九二

と、「文章家」が「独創」に至る過程の「手本」という見方が示された。また一九一四年一二月一四日「読売新聞」朝刊一面の「新刊批評」では

評釈新文範（前田晁編）
当代文壇の各家の作中よりその一節二節を抽き、叙事、抒情、書簡、日記、論議、翻訳及び叙景の各種に分ちて、その妙所特点を表明したるもの。文章を修得せんとするもの丶好参考なり。（菊判総紙数三百四十二

頁四十五銭小石川区水道端一の六九島村書房

というように「文章を修得せんとするもの」の良き参考書という評価がなされている。「独創」は「評釈新文範」の例言に示された内容であった。

例言

一、文章家に取つて最も貴いものは独創である。けれども、この独創が自由に出せるやうになるまでには、誰しも一度は文章道の修業者となつて、初めから作り習つて見なければならぬ。それにはお手本がいる。この書はさういふお手本を求める人々の為めに作られたものである。

一、一々の文章に対しては、寧ろ批評といふ方に重きを置いて、読者に自己の表現の道を発見する暗示を与へようとした。意義を解釈することは、真に文章を味ひ、文章のこつを会得する上に大して必要ではないと思つたからである。

一、選ぶべき文章は各体に渉り、作者は出来るだけ多くの名家を網羅するつもりであつたが、ペエジ数の都合や何かで其の意に任せなかつた。けれども大体に於いて、明治以降の文章界の体様はほゞこの書の中に展開されてゐると私かに信じてゐる。

大正三年十月二十二日

著者識

『評釈新文範』の構成は「叙事」「抒情」「書翰」「日記」「論議」「翻訳」「叙景」から成る。「叙事」に収められた「猫の最後（夏目漱石）」は「口語体として形式の最も新しいもの」として取り上げられた。

　其時苦《そのときくる》しいながら、かう考《かんが》へた。こんな呵責《かしやく》に逢《あ》ふのはつまり甕《かめ》から上《うへ》へあがりたい許《ばか》りの願《ねがひ》である。あがりたいのは山々《やま〳〵》であるが上《あ》がれないのは知《し》れ切つてゐる。（中略）無理《むり》を通《とほ》さうとするから苦《くる》しいのだ。つまらない。自《みづか》ら求《もと》めて苦《くる》しんで、自《みづか》ら好《この》んで拷問《かうもん》に罹《かか》つてゐるのは馬鹿気《ばがげ》てゐる。
（中略）

という『吾輩は猫である』の一節に対しては、次のような評釈が示されている。

　漱石氏の文章は、口語体として形式の最も新しいもので、淡々と叙し去る中に無限の情趣が含まれてゐる。ちよツと見ると、極めて冗漫なやうで、よく見ると、一字一句も駄文字はない。いかにもすつきりして、きち〳〵と迫つた文章である。「其時苦しいながら、かう考へた」以下の一節は、氏の人生観とも見るべきもので、悟つた人でなければ言はれぬことである。

　その後刊行された前田晁編『類句文範　新作文辞典』（金星堂、一九二八）の「第二編　文範の部」にも「評釈新文範」に収録された文例が収められている。[13] その「序」において強調されているのは「自己表現の要求」「独創」であり、そのための「文章道」の「修行」のあり方だった。

序

文章は自己表現の要求からはじまつたものであるから、その極致として貴ぶべきものが独創であることは改めていふまでもない。けれども、この独創が自由に出せるやうになるまでには一通りならぬ精励刻苦を要する。一面に於て人間としての修養が大事であると同時に、他面に於て自己表現の上にも精進努力を重ねなければならない。

人間としての修養努力はしばらく措く、文章道の修行者となつて初めて文章を書き習はうとする人々のためには、既に世間にいろいろの方法が提供されてゐる。先人の美辞麗句に依つて後生の貧しい文藻を補はしめようとしたのも、その一つであるし、先人の文章を模範として、作文のこつを会得させようとしたのもその一つである。この書もまたその種のもの丶一つであつて、いはゆる屋下に屋を架したに過ぎない。けれども、その編纂に当つては、出来るだけ新意を出して陳套に堕すのを避けた。新時代に適するものにしようと思つてである。まつたく文章道の階梯に過ぎない書ではあるが、よく読み、よく味はつて、よくおぼえて活用することが出来るやうになれば、そこから自己表現の道も容易について来るであらう。

なほ、本書の第一編、『類句の部』の編纂に就いては友人士屋長村君の労を非常に煩はした。こ丶に記して感謝の意を表する。

昭和二年十二月廿一日

編者

14

また「例言」には「出来るだけ多く新らしい時代の語句を集めよう」とした「類句」と「明治以降の文章界を展観することの出来るやうに」配慮した「文範」との相違が説明されている。『類句文範　新作文辞典』は、文語体の漢文書訳体や擬古文体や雅俗折衷体が混じっている「文範」と口語体のみの「類句」との差異を対照的に示す文例集として編纂されているのである。

一、本書は第一編に類句を集め、第二編に文範を掲げ、その鼇頭《ごうとう》には、古い故事熟語の中で今もなほ使はれてゐるもの〻平易な解釈と、文章添削実例とを載せ、更に附録として同訓異義の漢字の解釈を収めた。
一、類句を集めた書物はこれまでにも沢山あつたが、その多くは、抜萃した句があまりに片言隻句に過ぎて読んで興味が薄く、数ばかりむやみに多くて却つて活用の便に乏しかつた。編者は久しくそれを遺憾としてゐたので、本書にはなるべく意味の一貫した一節を取つて、読んだだけでも服筲を豊かにすることが出来るやうにした。
一、類句は出来るだけ多く新らしい時代の語句を集めようと努めた代りに、文範は、むしろ明治以降の文章界を展観することの出来るやうにと、各体に渉つて、諸家の文章を網羅するに務めた。従つて、これには文語体の漢文書訳体や擬古文体や雅俗折衷体もまじつてゐて、類句の全く口語体に限つてゐるのと明かな対象を見せてゐる。（後略）

この『類句文範 新作文辞典』に収録された「附録 同訓異義」には「近頃の文章」における漢字を「軽視」する傾向に警鐘を鳴らす記述がある。

漢字には同訓異義の字が沢山ある。これを使ふ時にはよく〲気をつけて、その義にかなつた文字を選ばなければならない。ところが、近頃の文章を見ると、彼是混同して顧みないものが少からずある。漢字を軽視するのが近時の流行だからかも知れないが、すでに使ふ以上は正しきにしたがひたい。そこで、今は初学者のために、就中平常最も多く使用されてゐる漢字に就いて簡易な説明を加へ、且つ其の文字に関する類語の二三を収めて参考に供する。

前田晁はその後『類句文範　新作文辞典』から「類句の部」のみを収録し、「作家別総索引」を附した『東西文学 表現描写辞典』（金星堂、一九三三年）を刊行するに至っている。文例集の編集者としての彼の仕事は「文範」変遷の軌跡を示すものとなっているのである。

五　結び

本稿では、雑誌『文章世界』の「文範」欄・「新文範」欄に掲載された文章・評釈が『評釈 新古文範』（博文館、一九〇九年）、『評釈新文範』（島村書房、一九一四年）に編纂され、更に『類句文範 新作文辞典』（金星堂、一九二八年）の「第二編　文範の部」に収録されたことに着目し、その編纂における分類方法の違い、収録された「文例」の文体上の変遷などを辿ってきた。

『評釈 新古文範』は「文章を学ぶ人」を読者層として想定した。『評釈新文範』『類句文範　新表現辞典』も文章表現の習得を意識して編纂されているが、「独創」「自己表現」の実現を目標に掲げている。『類句文範　表現辞典』の「第二編　文範の部」は「明治以降の文章界を展観」するものとされた。雑誌編集者、翻訳者であった前田晁が培ってきた知見が文例集編纂に生かされていると考えられる。

田山花袋が「『文章世界』創刊号立案」に「文範」と「評釈」を併せて記載する構想を示したのは一九〇六年

のことであった。『評釈新古文範』が「文に志す諸君」の机辺に置かれることを編者として願っているというメッセージは「投書」を通じて、あるいは直接の面談を通して知り得た、若い投書家たちに向けられたものだったのである。

【別表】『文章世界』「文範」欄・「新文範」欄と単行本対照表

西暦	年	月	日	巻	号	標題	出典または著者	単行本	分類	単行本	分類
						文範					
1906	明39	3	15	1	1	礪波山合戦	源平盛衰記	新古文範	史伝		
						傘無之候間不参候	松尾桃青	新古文範	書簡		
						人とては住まぬ所に候	新井白石	新古文範	書簡		
						樺太穴居記	栗本鋤雲	新古文範	叙景		
						後の祭がつかへ申候	式亭三馬				
						かげながら嬉しくまゐらせ候	木村長門守室	新古文範	書簡		
						一首は此方にも恵み給へや	一葉女史	新古文範	書簡		
						継母のなさけ	柳沢里恭	新古文範	感想		
						貞女の名隠れなく候	細井平洲	新古文範	書簡		
						亦我党の風流ならん	竹越三叉	新古文範	書簡		
						大に懐襟を披申候	徳富淇水	新古文範	書簡		
						関原敗後の浮田秀家	関原聞書	新古文範	史伝		
						辛辣は薑の性也	林鶴梁	新古文範	書簡		
						盲不畏蛇御憫咲可被下候	頼山陽	新古文範	書簡		
						牛蒡種四五粒懇望	稲生魚彦	新古文範	書簡		
						最後の日記	中島湘烟	新古文範	日記		
						わが最初の境界	森鷗外訳	新古文範	翻訳		

＊単行本名は『新古文範』『新文範』『類句文範』と略記した。

＊目次では「嬉しく思ひまゐらせ候」

						白き髯もたざるに依る	斎藤緑雨	新古文範	感想		
						矢張国事に関係候	松平春嶽	新古文範	書簡		
						那須野の馬	松尾芭蕉	新古文範	叙景		
						拙者京学罷出候	高山彦九郎	新古文範	書簡		
						対面の心地なんし侍りける	篠部清風	新古文範	書簡		
						浜寺の感	中江兆民	新古文範	感想		
1906	明39	4	15	1	2	父にておはせし人	新井白石	新古文範	感想		
						ラムプの影	正岡子規	新古文範	叙事		
						油のやうな酒五升	日蓮	新古文範	書簡		
						ほころびが切れてはむづかし	一葉女史	新古文範	感想		
						学問は飛耳長目の道	荻生徂徠	新古文範	書簡		
						幽霊を出る〳〵といふは	横井也有	新古文範	感想		
						二人の感想	若松賤子訳	新古文範	翻訳		
						大学生の日記	作者未詳	新古文範	日記		
						拓北論	江藤新平	新古文範	論議		
						妻をむかへ候事は	屋代弘賢	新古文範	書簡		
						伊勢物語中の歌		新古文範	詩歌		
						勇気増々破竹の如く	佐野竹之助	新古文範	書簡		
						義貞北国落	太平記	新古文範	史伝		
1906	明39	5	15	1	3	田原阪の戦	福地桜痴	新古文範	史伝		
						宇津の山道	岸田吟香	新古文範	叙景		
						獅威羌の怨霊	坪内逍遥訳	新古文範	翻訳		
						姉妹	尾崎紅葉	新古文範	叙事		
						樺の林	二葉亭四迷訳	新古文範	翻訳		
						富士山の朝暾	遅塚麗水	新古文範	叙景		
						鎚の音	幸田露伴	新古文範	叙事		
						郷里の井	森田思軒				
						明日	徳富蘇峰	新古文範	論議		
						南無阿弥陀仏妙法蓮華経	斎藤緑雨	新古文範	感想		
						ピレネー山南の王国	福本日南	新古文範	叙景		

↑第1巻第3号の「論説」欄
言文一致につきて
理想的言語を作れ　幸田露伴
言文一致の二大欠点　文学博士　白鳥庫吉
漢文の覊絆を脱せよ　文学博士　芳賀矢一
読者の部類を考へよ　文学博士　三宅雄二郎
言文一致は果たして冗長か　文学博士　上田万年
余が言文一致の由来　二葉亭四迷
先づ言語を改良せよ　徳富蘇峰
談何ぞ容易ならむや　文学博士　大槻文彦
如何にせば完全となるか　下田歌子
理想的言文一致　内田魯庵
言文一致の二流派　島崎藤村

西暦	年	月	日	巻	号	標題	出典または著者	単行本	分類	単行本	分類
1906	明39	5	15	1	3	学者の誤解	高山樗牛	新古文範	論議		
1906	明39	6	15	1	4	長江の旅泊	橘南谿	新古文範	叙景		
						平泉懐古	松尾芭蕉	新古文範	叙景		
1906	明39	7	15	1	5	竹生島	貝原益軒	新古文範	叙景		
						苗場山登山	鈴木牧之	新古文範	叙景		
						甲州御嶽と金峰山	栗本鋤雲	新古文範	叙景		
						清国の風景	内藤湖南	新古文範	叙景		
						三浦半島	川上眉山	新古文範	叙景		
						十国峠	高山樗牛	新古文範	叙景		
						日本三景の評	幸田露伴	新古文範	叙景		
1906	明39	8	15	1	6	大井川わたり	浅井了意	新古文範	叙景		
						父親	尾崎紅葉	新古文範	叙事		
						銀座の夜市	成島柳北	新古文範	叙景		
						月の夜	樋口一葉	新古文範	感想		
						猫の最後	夏目漱石	新文範	叙事	類句文範	叙事文
						霧島山	橘南谿	新古文範	叙景		
						同上漢訳	安積民斎	新古文範	叙景		
1906	明39	9	15	1	7	黄楊の水櫛	井原西鶴	新古文範	叙事		
						長者経	近松門左衛門	新古文範	叙事		
						湖畔	森鷗外	新古文範	叙事		
						大日山の怪	作者不詳	新古文範	叙事		
						牧児歌	真山民	新古文範	詩歌		
						桃太郎の後日	喜三二	新古文範	叙事		
						古今集の恋歌		新古文範	詩歌		
						其命を寸陰も延べ得んや	馬太伝	新古文範	感想		
						源義朝	北畠親房	新古文範	論議		
						春詞	王建	新古文範	詩歌		
						金州の戦	タイムス評論	新古文範	翻訳		
1906	明39	10	15	1	8	柴の庵	鴨長明	新古文範	感想		
						四季の変遷	兼好法師	新古文範	感想		
						詠勝鹿真間娘子歌	万葉集巻九				
						人さま〳〵	井原西鶴	新古文範	叙事		
						望夫石	王建				
						日記の一節	滝沢馬琴				
						悲歌	高青邱	新古文範	詩歌		

＊目次では「全　漢訳」

＊目次では「人さまぐ」

						俗謡一曲		新古文範	詩歌		
						金銭	福沢諭吉	新古文範	論議		
						山科の農夫	雨森芳州				
						松波遊山の歌					
						断腸の文		新古文範	書簡		
1906	明39	11	15	1	9	後醍醐帝隠岐遷幸	太平記	新古文範	史伝		
						淀川の乗合船	井原西鶴	新古文範	叙事		
						駿河大納言の狂暴と自殺	新井白石	新古文範	史伝		
						見河内大橋独去娘子歌	万葉集巻九	新古文範	詩歌		
						仁和寺の僧	兼好法師				
						富士山	太田南畝	新古文範	叙景		
						塩原	尾崎紅葉	新古文範	叙景		
1906	明39	12	15	1	10	落日	大町桂月	新古文範	叙景		
						町はづれ	国木田独歩	新古文範	叙景		
						京の円山	菱屋平七	新古文範	叙景		
						山中の寒月	江見水蔭	新古文範	叙景		
						維新の原因	福本日南	新古文範	論議		
						風雪	橘南谿				
						歳晩の煤払	井原西鶴	新古文範	叙事		
						書置の文	中江藤樹	新古文範	書簡		
1907	明40	1	15	2	1	皇居	太平記	新古文範	史伝		
						正月十日	清少納言	新古文範	感想		
						病床の新年	正岡子規	新古文範	叙事		
						松の内の夜	尾崎紅葉	新古文範	叙事		
						鑷工	依田百川	新古文範	叙事		
1907	明40	2	15	2	2	月瀬の梅花	斎藤拙堂	新古文範	叙景		
						洒落た世の中	山東京伝	新古文範	叙事		
						生物	大西操山	新古文範	論議		
						旅宿の女	浅井了意	新古文範	叙景		
						関原の古戦場	飯田武卿	新古文範	叙景		
1907	明40	3	15	2	3	芭蕉翁の最後	晋其角	新古文範	感想		
						死と永生	高山樗牛	新古文範	論議		
						蘇東坡小品	蘇東坡	新古文範	感想		
						香川景樹の恋歌		新古文範	詩歌		

＊「題鳳翔東院王画壁」「書天慶観壁」「起承天夜遊」「題雲安下品」「書臨皐亭」

西暦	年	月	日	巻	号	標題	出典または著者	単行本	分類	単行本	分類
1907	明40	3	15	2	3	旅の空	松尾芭蕉	新古文範	叙景		
						寝覚の床	貝原益軒	新古文範	叙景		
1907	明40	4	15	2	5	吉野の花	宗良親王	新古文範	感想		
						武蔵野の路	国木田独歩	新古文範	叙景		
						西遊記	山田一郎	新古文範	叙景		
						感慨多端	東海散士	新古文範	感想		
						山中集飲記	廖柴舟	新古文範	叙事		
						春の暮れつかた	兼好法師				
						露の世	俳諧寺一茶				
1907	明40	5	15	2	6	花候	太田南畝	新古文範	感想		
						平家雑感	高山樗牛	新古文範	論議		
						遷都	鴨長明	新古文範	感想		
						中野逍遥を弔ふ	笹川臨風	新古文範	感想		
						鉄腸居士	志賀矧川	新古文範	感想		
						英雄の最期	池辺吉太郎	新古文範	感想		
						風俗の変遷	太宰春台	新古文範	感想		
						風流三昧の奥龕	綱島梁川	新古文範	論議		
1907	明40	6	15	2	7	トルストイ翁	徳富蘆花	新古文範	叙事		
						五人娘	井原西鶴	新古文範	叙事		
						蘇東坡小品		新古文範	感想		
						富岳の詩神	北村透谷	新古文範	論議		
						篤実	橘南谿				
1907	明40	7	15	2	8	瀬戸つたひ	成島柳北	新古文範	叙景		
						象潟の雨	松尾芭蕉	新古文範	叙景		
						島根半島	大町桂月	新古文範	叙景		
						岩手山登山	幸田露伴	新古文範	叙景		
						中禅寺湖	正岡子規	新古文範	叙景		
						男鹿半島	遅塚麗水	新古文範	叙景		
1907	明40	8	15	2	9	くらべ馬	吉田兼好	新古文範	感想		
						百年前の京都	二鐘亭半山	新古文範	感想		
						我幼き頃	新井白石	新古文範	感想		
						嵯峨野の月	平家物語	新古文範	感想		
1907	明40	9	15	2	10	昼寝	紫式部	新古文範	感想		
						草花	清少納言	新古文範	感想		
						明の十三陵	徳富蘇峰				

※明40・4・1（第2巻第4号）第一臨時増刊　文と詩「文範」欄は無

＊博文館創業廿週年紀念

＊「自評文」「書贈孫叔静」

						山中の温泉宿	滋野貞融				
						扇屋の恋風様	井原西鶴	新古文範	叙事		
						立秋	紫式部				
						武蔵野の秋	国木田独歩				
						トルストイ翁の書斎	徳富蘆花	新古文範	叙事		
1907	明40	10	15	2	12	秋窓雑記	北村透谷	新古文範	感想		
						閑居記	横井也有	新古文範	感想		
						潮来出島	徳富蘆花	新古文範	叙景		
						田園雑興	大町桂月	新古文範	叙景		
1907	明40	11	15	2	13	妹に贈る	吉田松蔭	新古文範	書簡		
						神島	柳田国男	新古文範	叙景		
						流行を排す	幸徳秋水	新古文範	論議		
						猿橋	物徂徠	新古文範	叙事		
						古歌評	物徂徠				
						印度の名区	三宅雪嶺	新古文範	叙景		
1907	明40	12	15	2	14	師走坊主	井原西鶴	新古文範	叙事		
1908	明41	1	15	3	1	酒	吉田兼好	新古文範	感想		
						農夫	橘南谿	新古文範	叙景		
1908	明41	2	15	3	3	鵯越	源平盛衰記	新古文範	史伝		
							新文範				
1909	明42	5	1	4	6	懸物	夏目漱石				
						湯槽	島崎藤村				
						鳥の声	高浜虚子				
						婆あさん	森林太郎				
						渚	寒川鼠骨	新文範	叙事	類句文範	叙事文
						狗児	二葉亭主人	新文範	叙事	類句文範	叙事文
1909	明42	6	15	4	8	二葉亭主人	池辺吉太郎	新文範	抒情	類句文範	抒情文
						不定不安の生	島村抱月				
1909	明42	7	15	4	9	楊弓店	森林太郎	新文範	叙事	類句文範	叙事文
						子守唄	田山花袋	新文範	叙事		
						場合を見よ	徳富蘇峰				
						梅雨晴	永井荷風				
						立聞	島崎藤村				
1909	明42	8	15	4	11	禁煙	二葉亭主人	新文範	書翰	類句文範	書翰文

※明40・10・1（第2巻第11号）第二増刊　文話詩話「文範」欄は無

※明41・2・1（第3巻第2号）第四増刊　新詩文「文範」欄け無

↑「文範」欄から「新文範」欄へ

＊増刊　新緑号

※明42・5・15（第4巻第7号）「新文範」欄は無

※明42・8・1（第4巻第10号）増刊　盛夏号「新文範」欄は無

西暦	年	月	日	巻	号	標題	出典または著者	単行本	分類	単行本	分類
1909	明42	8	15	4	11	禁煙	正宗白鳥	新文範	叙事		
						昼寝	高浜虚子				
						二宮尊徳の教訓	山路愛山	新文範	論議	類句文範	論説文
						行潦	水野葉舟	新文範	叙景	類句文範	叙景文
1909	明42	9	15	4	12	酒	幸田露伴	新文範	論議		
						魔	泉鏡花	新文範	叙事	類句文範	叙事文
						武甲山	大町桂月	新文範	叙景	類句文範	叙景文
						風	吉江孤雁				
						十五日間	尾崎紅葉	新文範	日記	類句文範	日記文
1909	明42	10	15	4	13	木賃宿	小栗風葉	新文範	叙事		
						虚無主義者	相馬御風	新文範	翻訳		
						東洋の花園	竹越三叉	新文範	論議	類句文範	論説文
						質屋	徳田秋声	新文範	叙事	類句文範	叙事文
						夜行軍	渋川玄耳	新文範	叙事	類句文範	叙事文
1909	明42	11	15	4	15	詩人と宗教家	岩野泡鳴	新文範	論議	類句文範	論説文
						振袖姿	夏目漱石				
						画会	内田魯庵				
						甘き哀感	国木田独歩	新文範	日記	類句文範	日記文
						庭	高浜虚子	新文範	叙景	類句文範	叙景文
1909	明42	12	15	4	16	臥床	二葉亭主人	新文範	翻訳	類句文範	翻訳文
						安価なる理想	長谷川天渓	新文範	論議		
						南洋の島懐しく	斎藤野の人	新文範	書翰	類句文範	書翰文
						芝居	永井荷風	新文範	叙事	類句文範	叙事文
1910	明43	2	15	5	3	切諌	坪内逍遥	新文範	翻訳	類句文範	翻訳文
						日本の道学先生	内田魯庵	新文範	論議	類句文範	論説文
						秋晴	田山花袋			類句文範	叙事文
1910	明43	3	15	5	4	実世間の真相	斎藤緑雨	新文範	論議	類句文範	論説文
						余所ながらの暇乞	広津柳浪	新文範	叙事		
						志す所文章に非ず	竹越三叉				
						つるし大根	島崎藤村	新文範	叙事	類句文範	叙事文
						女子の三種類	堺利彦	新文範	論議	類句文範	論説文
1910	明43	5	15	5	7	舞妓	高浜虚子	新文範	叙事	類句文範	叙事文
						空拳か実拳か	徳富蘇峰	新文範	論議	類句文範	論説文
						「西郷」	中村星湖	新文範	叙事	類句文範	叙事文

※明42・11・1（第4巻第14号）増刊　秋風号「新文範」欄は無

※明43・1・15（第5巻第1号）
※明43・2・1（第5巻第2号）増刊　梅花号
右記2件「新文範」欄は無

↑『類句文範』所収の題は「利根川の土手」。評釈部分に加筆。

※明43・4・15（第5巻第5号）
※明43・5・1（第5巻第6号）増刊　菖蒲号
右記2件「新文範」欄は無

						汽車の中より	大町桂月	新文範	書翰	類句文範	書翰文
						春	永井荷風	新文範	叙景	類句文範	叙景文
1910	明43	6	15	5	8	我が家の四季	徳富蘆花	新文範	書翰		
						適不適論	国木田独歩	新文範	書翰		
						スンダ湾	竹越三叉	新文範	叙景		
1910	明43	7	15	5	9	為事場	森鷗外				
						心と心	島崎藤村				
						笊の伊藤公	黒頭巾	新文範	論議	類句文範	論説文
						秋六景（＊文範）					
1910	明43	9	15	5	12	銀杏の葉	水野葉舟	新文範	抒情	類句文範	抒情文
						海の上	徳富蘆花	新文範	叙景	類句文範	叙景文
						雁がね	樋口一葉	新文範	抒情	類句文範	抒情文
						山国の秋	吉江孤雁				
						峡流	遅塚麗水				
						虫の音	永井荷風	新文範	抒情	類句文範	抒情文
						文範					
1911	明44	3	1	6	4	万金も青春を買ふ能はず	竹越三叉	新文範	書翰	類句文範	書翰文
						創作	上田敏	新文範	論議	類句文範	論説文
						身体の戦慄	島崎藤村				
1911	明44	4	1	6	5	水郷の水路	大町桂月				
						看護	与謝野晶子	新文範	日記	類句文範	日記文
						片意地	窪田空穂	新文範	叙事	類句文範	叙事文
1911	明44	5	1	6	7	長江の落日	徳富蘇峰	新文範	叙景	類句文範	叙景文
						賀茂川の岸	泉鏡花				
						伊藤公の読書癖	古谷久綱				
						ヨルダン河	徳富蘆花	新文範	抒情	類句文範	抒情文
						落椿	薄田泣菫	新文範	抒情	類句文範	抒情文
1911	明44	6	1	6	8	嫉妬	坪内逍遥訳				
						静思と活動	三宅雪嶺	新文範	論議	類句文範	論説文
						世の中は沙漠に等しい	高山樗牛	新文範	書翰	類句文範	書翰文
1911	明44	7	1	6	9	湯槽の中	夏目漱石	新文範	抒情	類句文範	抒情文
						鐘声	落合直文	新文範	抒情	類句文範	抒情文

※明43・8・1（第5巻第10号）増刊 石竹号
「新文範」欄は無

※明43・8・15（第5巻第11号）
「新文範」欄は無

↑再び「文範」欄へ

※明43・10・15（第5巻第13号）

※明43・11・1（第5巻第14号）増刊 和漢文学の研究 菊花号

※明43・11・15（第5巻第15号）

※明43・12・15（第5巻第16号）

※明44・1・1（第6巻第1号）

※明44・1・15（第6巻第2号）増刊 青年の文藻 黄鳥号

※明44・2・1（第6巻第3号）
右記7冊「文範」欄は無

※明44・4・15（第6巻第6号）増刊 文章の研究と作法 杜鵑号 「文範」欄は無

西暦	年	月	日	巻	号	標題	出典または著者	単行本	分類	単行本	分類
1911	明44	7	1	6	9	溝渠の水	北原白秋	新文範	抒情	類句文範	抒情文
						上野と浅草との比較	斎藤緑雨				
						夏なき里	田岡嶺雲	新文範	叙事	類句文範	叙事文
						＊文範					
1911	明44	7	15	6	10	四季の趣	清少納言				
						四季の変遷	兼好法師				
						四時の景色	貝原益軒				
						百鳥譜	支考				
						百花譜	許六				
						花のいろ〳〵	幸田露伴				
						雨	白河楽翁				
						初春	紫式部				
						春雨の夕	武島羽衣				
						三月三日	清少納言				
						暮春	正岡子規				
						夕山の百合	徳富蘆花				
						山路の夏	清少納言				
						月の入江	国木田独歩				
						暑き日	紫式部				
						納涼	藤井高尚				
						樺の林	二葉亭四迷				
						秋窓雑記	北村透谷				
						月の夜	樋口一葉				
						水国の秋	徳富蘆花				
						故郷の秋	正宗白鳥				
						箱根の秋	小島烏水				
						深草の秋	高山樗牛				
						野分のあした	師岡正風				
						良夜	徳富蘆花				
						古寺月	藤井高尚				
						二十日の月	中務内侍				
						月の雲	白河楽翁				
						石浜の雨	加藤千蔭				
						萩の露	清少納言				

↑増刊　新しき文と詩　青鷺号では鼇頭に記載

						秋の夕	大弐三位				
						秋の暮	紫式部				
						上州の山	徳富蘆花				
						ゆく秋	島崎藤村				
1911	明44	8	1	6	11	妙義道	森田思軒	新文範	叙景	類句文範	叙景文
						噴火口の石壁	吉江孤雁	新文範	叙景	類句文範	叙景文
						月見草	大町桂月	新文範	叙事	類句文範	叙事文
						昇仙峡	遅塚麗水	新文範	叙景	類句文範	叙景文
1911	明44	9	1	6	12	臥遊	徳富蘇峰				
						夕暮	幸田露伴	新文範	叙景	類句文範	叙景文
						雨の青木ケ原	河合酔茗	新文範	叙景	類句文範	叙景文
						天下の英雄は使君と僕	大町桂月				
						日本風景の残賊	志賀矧川				
1911	明44	12	1	6	16	女装	谷崎潤一郎				
						伊東より箱根へ	河東碧梧桐				
						海	木下杢太郎				

↑「文範」欄

※明44・10・1（第6巻第13号）

※明44・10・15（第6巻第14号）増刊 現世文章の解剖 鴻雁号

※明44・11・1（第6巻第15号）

右記3件「文範」欄無

『類句文範』

・「叙事文」北国の浄罪界（谷崎潤一郎）

・「論説文」真面目な生活（相馬御風）

については「文範」欄・「新文範」欄に掲載されていない。

注

1 『文章世界総目次・執筆者索引』（日本近代文学館、一九八六年）「解説」

2 先行研究においては、紅野謙介「『中学世界』から『文章世界』へ―博文館・投書雑誌における言説編制」（『投機としての文学 活字・懸賞・メディア』新曜社、二〇〇三年）、永井聖剛「「文章＝世界」を生きる中学生たち―『中学世界』から『文章世界』への移行―」（『自然と人生とのあいだ 自然主義文学の生態学』春風社、二〇二二）など、一八九八年九月に創刊された博文館の雑誌『中学世界』との比較分析が行われている。

3 『文章世界』では口絵に「誌友のおもかげ」と題し、投稿者たちの写真を掲載することがあった。同様の口絵は『中学世界』にも認められるが、『中学世界』の場合には学校の部活動などの団体写真の掲載が多く行われていた。

4 小林一郎『田山花袋研究 博文館時代（二）』（桜風社、一九七七年）に示された「『六月会』の会合状態」によれば、第一回開催は一九〇七（明治四〇）年六月二二日であったとされる。第十一回は一九〇八（明四一）年四月二五日に開催されたが、花袋も前田晁も欠席であった。中村武羅夫が第十一回の「例会之記」原稿の中に席上話題となった「中年の恋」批判を記していたことに対して花袋が怒り、やがて「六月会」は解散に至った。前掲『田山花袋研究 博文館時代（二）』には「実際は明治四十一年の五月までつづき、六月十三回をやる頃自然解散になってしまったと見るべきである」とある。

5 『文章世界』は一九〇六年三月創刊され、一九二〇年一二月一日発行の第一五巻第一二号まで二〇四冊を刊行。翌一九二一年一月一日第一六巻第一号～一二月一日第一六巻第一二号まで『新文学』と改題し一二冊が刊行された。

6 戦後結成された会。佐佐木信綱に私淑し、短歌や俳句を『時事新聞』『文章世界』などに投稿し、また和歌研究も進めた津端修が運営の中心的役割を担った。

7 創刊号編集委員は津端修、山下正次、高橋城司、立岩茂、高田浪吉。

8 一九五二年から一九五七年にかけて、一七冊が刊行された。一七号に終刊の記述はないが、津端修が病気に罹患した旨を記した小杉放庵らの短文が掲載されている。

9 一九五三年の会合については「老大家、青年に返る 往年の『文章世界』の集い」（『朝日新聞』朝刊七面、一九五三年五月一二日）および『Isola Bella』第三号に記載がある。

10 「読売新聞」一九〇九年一二月二七日（月）朝刊一面に掲載された広告文は

「田山花袋／前田木城 共著
『評釈　新古文範』
四六版上製／五百三十頁　七十銭　郵税／十銭
本書収むる所、史伝、叙事、翻訳、感想、詩歌、論議、書簡、日記、叙景の各体に渉つて古今の名文を選抜して之に評釈を下したるもの、人一度読まば以上各種の文体に通ずると同時にまた一般文学の真趣を味ふ事を得ん。
東京本町博文館」
というものであった。

11　こうした投書募集においてジャンルの見直しが図られたことは「〈文叢〉欄の変遷」（前掲『文章世界総目次・執筆者索引』）に詳しい。

12　『評釈新文範』発行者は、劇作家、演劇研究家である島村民蔵（一八八八～一九七〇）である。翌年、編纂兼発行者 島村瀧太郎により刊行された『早稲田文学社 文学普及会 講話叢書第十一編』（文学普及会、一九一五）には、前田晁述「欧州近代小説家研究」、島村民蔵述「近代演劇講話」が収録されている。

13　『類句文範 新作文辞典』収録時には評釈部分に「【評】」を付加し、字下げを行っている。また評釈部分にもルビを附している。

14　土屋長村（別名　高木郁夫　生没年不詳）には、デユーマ著、土屋長村訳『世界名著物語文庫　巌窟王』（青葉書房、一九五〇）、『最新手紙辞典』（金園社、一九五七）などの訳書・編著がある。

付記

本稿は第五回文範研究会（二〇二三年三月一七日　オンライン開催）の研究発表に基づくものです。また『文章世界』の誌友の会や同人雑誌『Isola Bella』に関しては、第六四回花袋研究学会定期大会（二〇二四年六月一五日　和洋女子大学九段キャンパス九段フォーラム講座教室にて開催）における研究発表の一部を含んでいます。

山梨県立文学館、田山花袋記念文学館、日本近代文学館、神奈川近代文学館の所蔵資料閲覧、調査にあたり、館関係者の皆様に大変お世話になりました。厚く御礼申し上げます。

また研究会において、貴重なご教示を下さった先生方に深謝いたします。

第13章　すべてが文範になる？
——日本文章学院＝新潮社の戦略

山本歩

はじめに

文範書や文例集は、狭義では文章の材や模範に採られることを主目的に作られた書物を言う。だが、文範になり得るのはそれらばかりではない。本稿では文範書・文例集以外の書物が文範化されて読者を作り出した事例として、新潮社の事業を示す。その上で、明治末から大正期の新潮社の文芸書マーケティングが「描写」を鍵語に新たな展開を見せたことを確認したい。

新潮社がその勃興期に力を入れた事業として、文章専門の通信教育機関「大日本文章学会《だいにほんぶんしょうがっかい》」及び「日本文章《にほんぶんしょう》学院《がくいん》」がある。特に日本文章学院は講義録の発行や通信添削などに力を入れ、文学指導を売りにしていた。概要は宮崎（一九九七、一九九九）を参照されたい。その推移を簡単に確認しておこう。

・一八九八（明治三一）年、前身・新聲社の文章専門通信教育事業として大日本文章学会が始動、翌一月より

『大日本文章学会講義録』を発行。

・一九〇二（明治三五）年一〇月に日本文章学院に改称、講義録も『文章講義』となり、「小説作法」を目玉にするなど、文学青年をターゲットにする方針が強まった。新聲社売却・新潮社立ち上げ後も継続。

・一九〇八（明治四一）年に「根本的大刷新」（『新潮』第九巻第四号、同年一〇月）を図り、講義録は『文章講義録』に改称、科目も一新された。[1] 一一月には講義録の付録として投書誌『新文壇《しんぶんだん》』が同封されるようになった。第一巻は菊二倍版、第二巻（一九〇九年九月）からは菊版となり、ページ数も増加。

・一九一三（大正二）年から卒業生（院友）向けに追加の通信講義『近代文学講義録』を発行、文学史や思想史など高度な内容を講義した。

・一九一五（大正四）年四月、講義録は『最新文章講義録』に改称、ただし講義科目や内容の大筋は同じ（一部加筆があったと思われる）。

・日本文学院自体は、一九二三（大正一二）年九月まで継続したとされる（新潮社：一九九六）。

「講師」としてはまず社主・佐藤義亮《さとうぎりょう》（橘香《きっこう》、浩堂《こうどう》）、大町桂月《おおまちけいげつ》や久保天随《くぼてんずい》、小説家では徳田秋声《しくだしゅうせい》、小栗風葉《おぐりふうよう》らが名を連ねたが、実質的な院長格として最も尽力したのは金子薫園《かねこくんえん》である。新潮社で著作を発表していた水野葉《みずのよう》舟《しゅう》や真山青果《まやませいか》らも講師として扱われていたし、大正期の尽力者としては、佐藤の代筆も行ったとされる（安西：一九七九）加藤武雄＝小林愛川《こばやしあいせん》の存在も無視できない。この事業の特徴として、宮崎は「添削」という実践的な指導により疑似的な師弟関係を強めていったこと（宮崎：一九九九）や、投書家を文学青年として育成していったこと（宮崎：一九九七）を指摘している。生徒には月に二度、講義を分載した講義録が郵送された。添削券が付録されており、通信添削を受けることができた。講義録は全二四巻、一年の課程を終えて試験に合格することで卒業とされた。機関誌『新文壇』は大日本国民中学会の『新国民《しんこくみん》』に倣ったものだと思われる。毎号、諸家の文章（『新潮』からの再掲を含む）が数編収録され、『文章講義』までは講義録上に掲載されていた生徒投書も以後こちらに掲げられた[2]。同誌は一九一六（大正五）年三月まで継続、同年五月創刊『文章倶楽部』の前身となった。日本文章学院の受講生は、創立一〇周年の時点で計「四万人」とされる（『新文壇』第五巻第四号、一九一一（明治四四）年八月）。以後の総数は不明だが、編集所を「日本文章学院」とする「作文叢書」等の関連出版物も含めれば、文章修行者や文学青年たちへの影響力は小さくなかったはずだ。

日本文章学院は新潮社を出版部と称し、『新潮』を「科外雑誌」に、また『新文壇』をその『新潮』の姉妹誌に位置付けた。そうした事業の中、講義録や『新文壇』誌上で、新潮社の文芸出版物が「文範」として宣伝されることになる。『新文壇』創刊期は、新文章への意識から従来の文範主義が疑問視されており、博文館《はくぶんかん》投書雑誌『文章世界《ぶんしょうせかい》』でも一時的に「文範」欄が廃止されていた（西尾：一九五一、山本：二〇二三）。新たな文範の需要と、新興出版社の意欲が結びついたとき、本稿で取り上げるような戦略が生まれたと言える。

以下、本稿で取り上げる書物や記事の著者は署名通りに記載し、代作如何の検証は省いた。出版物について、特に出版者名の記載がない書物は新潮社刊行物である。引用に際してはルビを適宜省略し、旧字を新字に改めている。また、傍線は引用者によるものである。

一　『新文壇』の発行と広告戦略

宮崎が指摘するように、『新潮』及び『新文壇』はそれ自体で採算の取れるものではなく「新潮社は、日本文章学院という母体にあらかじめ読者を確保した上で、作法書の出版に臨んでいた」し、「講義録の読者からすれば、これらの書物は講義録のサブテキストのように映っただろう」(宮崎：一九九七)。『小説作法《しょうせつさくほう》』(一九〇六年)や『文章新辞典』(一九〇八年)、あるいは一九〇九年から発行される「作文叢書《さくぶんそうしょ》」等、日本文章学院を「編集所」とする出版物は、基本的に作法書や文範書である。だが、新潮社刊行物を副読本や参考書として販売する戦略は、作法書だけに留まらなかった。『新文壇』創刊後は様々な文芸書を「文範」として販売していくのである。固より今日ほど書物のジャンルが意識されていたわけではないが、書物の利用目的・利用法が顕著に「文範」に偏っていたのが日本文章学院というコミュニティなのである。以後、出版物を様々な形で「文範」として扱う戦略を、仮に文範マーケティングと呼ぶことにしよう。

既に『文章講義』(一九〇二年～)上で「書籍問答」というコーナーを設け刊行物の紹介を行なっていた日本文章学院が、より意識的、積極的に文範マーケティングを採用していくのは新潮社立ち上げ後である。その事例として田口掬汀《たぐちきくてい》『幻影』(一九〇四年)及び『極楽村』(一九〇五年)がある。『新潮』の最初の広告主であり、佐藤を顧問格としていた大日本国民中学会は、出版部・成功堂《せいこうどう》で新潮社出版物の取次を行っており、同会の機関誌『新国民』第一巻第一号(一九〇五年四月)で『幻影』は「新時代文範」「文章研究者の必ず座右に備ふべき一大宝典」と喧伝されている。その後、『小説作法』巻末広告に『幻影』『極楽村』両者が共に「文章を学ぶ者」の「絶好の師友」として紹介されている。これはあるいは大日本国民中学会に倣ったものかも知れない。少なくとも『新国民』を参考に創刊されたと思しき『新文壇』において、本格的な文範マーケティングが始まる。

『新文壇』第一号(一九〇八年一一月)における「本誌内に広告せる出版物はすべて日本文章学院内にて発売す本院生徒に限り特に定価の一割引きとす」(一〇頁)という「特典」の告知は、その戦略を如実に物語る。同号にはまず『青果集《せいかしゅう》』(前年一二月)の再版広告が掲げられた。真山青果の「南小泉村《みなみこいずみむら》」等を収めたこの小説集は「最も力あり最も熱ある文章の模範を得んとする人は本書を見よ」と喧伝された。青果を「講師」の一人に位置づける

『新文壇』誌上では有効に機能し得る広告だが、これ自体は既出のものだった（『病牀録《びょうしょうろく》』等にも同一の広告が見える）。同号には小栗風葉『風葉集』（同年六月）の再版広告も見られ、「女性の描写に於いて現代一」であることがアピールされ、続く第二号（一二月）「叙事叙景及び女性描写の絶好模範」と広告、同号に「伊藤大蔵」による投書「風葉集を読む」が採用されている。順当に読む読者は、まず次のような『風葉集』讃を目にした上で、広告に出会うことになる。

時代は一新した、新しき文章を作らうとするには、新しき文範を求めねばならぬ。吾人は之を求めて『風葉集』を得た。げに『風葉集』は我等文に志あるものにとつては王侯の位にも代へることの出来ぬ宝典である。（五頁）

伊藤の投書には「新しい生命」を感じた箇所が引用されてもいる。こうした投書が事実送られてきたものか、あるいは編集者が捏造したものなのかはわからないが、いずれにせよこうした文章を選び掲載するところに意図的な編集があると言える。

『新文壇』が初めて取り上げた新刊書は葉舟の小品集『響《ひびき》』（一九〇八年一二月）である。同書流通とほぼ同時に発行された第二号には「諸文士の『響』観」という、相馬御風《そうまぎょふう》・生田長江《いくたちょうこう》・青果・薫園の寸評が掲載された。「本院講師金子薫園氏曰く、『響』は近来の好著だ。文章に志ある初学の人は是非一読して貰ひたい。大いに得る所があるだらうと思ふ」（一頁）なる文句は、やはり「講師」の名を用いて『響』を「参考書」化するものであった。続く第三号（同年一月）においては、「新文体の模範として本院生徒のすべてに薦む」という広告、さらに「倶楽部《くらぶ》」欄（読者通信欄）には「秋月」による『響』評が掲載された。

『響』を読んで、私は目のさめた心地がした。従来の文章の到底言ひ現は《ママ》ない感情の閃が強く烈しく出てゐる。僕は『響』を見るに従つて、今迄僕等の書いて来た文章の馬鹿々々しさを感じた。全く新しい、これを読まなければ、新しい文章家とはならないことを感じた。（一二頁）

なお同様の投書は第五号（四月）の同欄でも採られる。「孤舟」は「私は『響』を読んで、吾等が今迄書いた文章が奈何に拙なかつたかを、さとりました」（一六頁）と述べるが、これは前掲の秋月の投書を模倣している。従来の文章を反省する、という反応を強化・共有するものだが、秋月の『響』讃それ自体が孤舟の文範になったと見ることもできよう。第四号（三月）には御風が「新文芸の一新体——葉舟氏の『響』を読みて——」を寄せている。

自然主義はあらゆる型を破壊すると称して居る。が、小説と云ふ型、詩と云ふ型、又は論文と云ふ型は依然として存して居る。（略）僕は何でも好いグワチヤ〳〵なものが欲しい。（略）こんな所から僕は小品文と云ふやうな曖昧な名をつけられるやうな文芸の出るやうになつたのが嬉しくてならぬのである。（一頁）

散文集が文範として選ばれる状況を代弁し、新しさの基準としても形式破壊という具体性を与えていよう。真山青果、水野葉舟、小栗風葉はいずれも「講師」と位置付けられていた。講師の文章を副読本とするのはなるほど不自然ではない。『新文壇』上の書籍販売戦略はまずこのような導線を持つものであった。そして、『響』の事例に見られるような広告・記事・投書の連携は、既に講義録上で文例とされていた『二十八人集』においてより顕著となる。

二　『二十八人集』の文範化

一九〇八年四月、病臥に伏した国木田独歩《くにきだどっぽ》を慰撫《いぶ》すべく『二十八人集』が刊行された。小説で構成された前編には長谷川二葉亭《はせがわふたばてい》「むかしの人」、島崎藤村《しまざきとうそん》「並木」、徳田秋声「背負揚《しょいあげ》」、真山青果「敵」、水野葉舟「悪夢」、小栗風葉「涼炎《りょうえん》」、田山花袋《たやまかたい》「一兵卒」など一八編、随筆・評論による後編は徳冨健次郎《とくとみけんじろう》（蘆花《ろか》）「国木田哲夫兄《てつおけい》に与へて僕の近状を報ずる書」を始め、柳田國男《やなぎたくにお》「遊海島記」、長谷川天渓《はせがわてんけい》「現実暴露の悲哀」など一〇編が並んだ。滝田樗陰《たきたちょいん》は『中央公論』誌上（樗蔭生「注目すべき近刊小説六種」、中央公論社、同年五月）で「友人廿八人の最も自信ある作物一篇づヽを集めたもの」という内容的充実や「西園寺侯の題辞、徳富蘇峯氏の序文があり、製本も甚だ美麗で、実に立派なる本」という装幀の豪華さを賞賛すると共に、「殊に発行の主旨が最も美なので、一種の感動なしに此本を取ることは出来ぬ」と独歩慰安という発刊趣旨に感動して見せた。他方、収録された内容、特に小説については、特に積極的に評価されることはなかった。もちろん諸家の代表作を集めたラインナップは文壇の潮流を一望できるものとして喜ばれたが、そもそも収録作は「旧作多し」と言え、新たに注意を払うほどではなかった。唯一書き下ろされた徳冨健次郎＝蘆花の随筆だけが注目され、『読売新聞』時評（XYZ「二十八人集を読む」、読売新聞社、五月三日）では「却て後編に注目すべき作あるが如し」と述べられている。

独歩逝去直後の七月、新潮社『病牀録』『国木田独歩』を刊行し、『二十八人集』も順調に版を重ねる。『病牀録』附録の「国木田独歩氏の病状を報ずる書」で青果は繰り返し『二十八人集』に触れ、巻末広告でも「二十八人集の真価を世評に問へ！」と販売促進はむしろ強化されている。

講義録一新や『新文壇』創刊はこの時期に重なり、日本文章学院において『二十八人集』は「諸君の良参考書」

（浩堂「創作百話」八七頁）として重用された。実際、日本文章学院の歴史を通して最も重要な文範であったと言える。第一巻第二号の「倶楽部」欄には「中村春之助」なる投書家が『二十八人集』の「文範」振りを称えている。

私は新しい文範を欲しいものだと思つてゐましたが、大抵記事論説文例などゝ云ふ古いくものばかりで私共新しい文章を作らうとするものゝ参考になるものが殆ど見当らず困つてゐましたが、文章講義録で、『二十八人集』の有益なることを知り一部買求めました所、名の如く現代二十八大家の傑作中の傑作を集めましたもので、真の名文揃だから一読したゞけで大に得る所がありました。文章に志ある諸君は一日も早く御覧にならんことを希望します。（一二頁）

出版背景の美挙には一切触れず、「新しい文章」の「参考になる」点のみで煽る投書の採用が、学院の態度を如実に表している。『病牀録』巻末広告にて「新文壇を代表すべき傑作のみ也」「最も価値ある蘆花氏の新作」「製本極めて華麗にして価至廉也」等に並んで「新時代の一大文範」であることがアピールされていたが、標準的な広告では「文範」的性格は強調されておらず、右のような受容は異例だった。

さて、図1は『新文壇』第二巻第一号（一九〇九年一〇月）に見開きで掲載された第七版広告である。同時期に『新潮』等に掲げられたものとは異なり「一大文範」であることがアピールされている。生徒への割引もあり、本来は一円三〇銭の同書を「五百部限り　定価郵税共　金壱円五銭」で購入できた。このような割引や郵税無料は以後の広告でも見られ、マーケティングの一環であった。日本文章学院における『二十八人集』広告は、以後版を重ねてもこのフォーマットが使用されている。

広告に「殊に『小説作法』の如き本書を座右に置く時は」とあるように『文章講義録』中の小栗風葉「小説作法」

図1 『二十八人集』第七版広告（『新文壇』第二巻第一号＝（株）新潮社資料室所蔵）

では、秋声「背負揚」、藤村「並木」、花袋「一兵卒」、青果「敵」、葉舟「悪夢」、柳川春葉《やながわしゅんよう》「出勤前」、三島霜川《みしまそうせん》「解剖室」、正宗《まさむね》白鳥《はくちょう》「六号記事」、小山内薫《おさないかおる》「色の褪《さ》めたる女」、窪田空穂《くぼたうつぼ》「母」、川上眉山《かわかみびざん》「ゆふだすき」、生田葵山《いくたきざん》「地方人」と、『二十八人集』から一二編もの小説が取り上げられている。「説明体」の叙述や会話文例としての取り扱いもあるが、多くの場合は「自然派」文学の具体例や描写の文例として言及されている。

ここでは「背負揚」への言及を見ておこう。「背負揚」は初出（『趣味』、趣味社、一九〇八年一月）当時、「唯軽い興味しか引かない」（無署名、『趣味』、同年二月）、「わるい作と思ふ」（樗蔭生、『中央公論』、前掲）など、芳しい評価は得られていない。しかし講義「小説作法」においては「心理状態」描写の好例として扱われている。「背負揚」本文の引用は割愛するが、例えば次のような調子である。

即ち之は時間にすれば極く僅かの間のことであらうが、秋声氏は、その時の感じを如実に現さうとして、あらゆる方面から、その描写を試みて居る。而も読者は此くだりを読んで、更に煩はしさを感ずる事なく、寧ろ此処に費されたる一言一句にそれ〴〵意味を認めて、何時の間にか、小説中の主人公と一処になつて、その目を見、その頬を見、そしてその私語を聞くが如き気持になる。而して此の如き細写の決して失敗のものでない事を認める。

「失敗のものでない」とあるように同作の世間的評価が低いことは承知されているが、その上で「感じ」を表現しようとした試みとして価値づけられている。「背負揚」を指標とすると共に、同作を契機に描写の意味や効果が説明されるのだ。初出時は芳しい評価を得られなかった「背負揚」は、「文範」となることで客観描写の理想例として蘇ったのである。

「創作百話」では叙景の例として「敵」、及び二葉亭「むかしの人」、また情緒を描いた例として「一兵卒」が挙げられている。その他「題の附け方」の例として「背負揚」、「並木」、風葉「涼炎」、蘆花『国木田哲夫兄に与へて～」、沼波瓊音「月給十五円」、柳田「遊海島記」に触れている。生田長江「明治文章史」では「自然主義諸家の作として「一兵卒」、「涼炎」、「敵」、「むかしの人」が、それぞれ文例とされている。内海月杖《うつみげつじょう》／佐藤浩堂の「美辞学講義」でも「敵」、「一兵卒」、「六号記事」、「色の褪めたる女」、「国木田哲夫兄に与へて～」、戸川秋骨《とがわしゅうこつ》「郊外生活」が文例とされた。「文章講義雑録」[3]（毎号巻末に掲載される雑録欄）として掲載された「文題に就いて―海の研究―」「印象の明かな描写」では叙景文例として「敵」に加え徳田秋江「人影」が取り上げられた。

右記全てで触れられているのは青果の「敵」である。その文範としての扱いを一部見ておこう。例えば葉水生「印象の明かな描写」（「文章講義雑録」）は次の部分を引用して技巧を説明している。

海は殆ど明放れて、吸込まれたやうにガスが水面に沈んで了つた。真黒に洗ひ出された島の根方に波がドブリ〳〵と真白に砕けて、羽の白い水鳥がスウと環を描いて飛んで居る。流し網の小船が一艘居た。船を流れるまゝに任せて腰蓑の漁士が二人網綱を森閑と手繰り寄せて居た。一人は五十ばかりの老爺、一人は白手拭を被つた年若い娘である。二人とも口も利かず、広い海にただ二人と云つたやうに、雫の垂る綱を手繰つては船の中へ蜷局を巻かせてゐる。（『二十八人集』二三三～二三四頁）

曰く、普通は「『霧はいつかあがつて、海は殆ど明放れた』位で、誤魔化して了ふ所だ」が、傍線部の表現により「如何にも静かな、重々しい」「朝晴の海景色」が活きている。直喩ではない点に趣があることも指摘されており、生徒たちの拙い文と比較して、注意深く観察・表現された叙景とされている。やはり「雑録」の浩堂生「文題に就いて―海の研究―」は、同じ部分を取り上げて、

先輩の作を翫味し、其書き方を研究すると共に、それからヒントを得て更に新しいものを書くやうにするがよい。筆を執つて紙に莅んでも容易にうまい文句の出ない時に、かういふ佳作を二遍も三遍も繰返して読んで見と自然に其文勢が自分の文章の上に移り筆の運びが早くなるものだ。

と指導する。つまりテクストの空白となっている「老爺」と「娘」の境遇を想像・連想すれば「書く可き材料が溢れてくる。それを巧みに按排して一篇を草すれば（略）『敵』とは何の関係もない独立したものが出来上がる」と教えるのだ。『二十八人集』の文範利用は殆どの場合、技巧を具体的に評釈するものであったが、ここでは創作の契機を喚ぶ示唆ないしファシリテーションとして用いられている。講義「創作百話」は「講義は唯諸君の途を照らす提灯に過ぎない」と、「自分の努力」「一人立ち」（一頁）をさせることにおいて意識的でもあったため、こうした利用もなされたのであろう。

小説だけでも多数の収録がある『二十八人集』は文範集として利用しやすいものであった。「創作百話」で「敵」

と「むかしの人」の叙景を比較している例（八七～八八頁）などもアンソロジーの利点を活かしていると言えよう。作家や作品が巷間とは異なる存在感を発揮しているのも興味深い。世間的評価からの乖離や、文例選択の有限性は指導の方向性を良くも悪くも規定していったと思われる。

三　長編文範『破戒』と感覚芸術『誓言』

以後の文芸出版にあたっても、日本文章学院は投書家をターゲットとした販路開拓を担っていく。一九一二（明治四五）年一月の徳田秋声『黴《かび》』の製本について、安井海洋は経済的な余裕を欠く青年読者層＝作家志望者たちを購買層として拡大していく「新潮社の出版戦略を集約する結節点」だと述べている（安井：二〇二四）。また、小川未明《おがわみめい》は『新文壇』上でポスト自然主義の好例と見做され、『闇』（一九一〇年）、『少年の笛』（一九一二年）、『廃墟』（一九一三年）等の発売に乗じて本人の寄稿や推薦記事、読後投書が掲載された（山本：二〇二二）。以上は既に言及のあるところなので、本節では顕著な事例である『破戒《はかい》』と『誓言《せいげん》』を扱おう。

図２『破戒』広告（『新文壇』第九巻第一号＝（株）新潮社資料室所蔵）

一九一三年、新潮社は島崎藤村から——彼の洋行費捻出のために売りに出された——「緑蔭叢書《りょくいんそうしょ》」の権利を買い取っている。『新文壇』においては、叢書第一巻『破戒』がとりわけ「文範」としての扱いを受けた。第九巻第一号（同年四月）の広告（図２）は「此一篇の文章は、必ずや諸子の文境の深切な先導者となるであらうと思ふ。本書の如きは諸子が作文の伴侶として、常に机上に置かねばならぬもの」と、座右の指南書であることを強調したもので、同月の『新潮』掲載広告（成立背景や内容に触れたもの）とはアピールポイントを異にしていた。

同号には「名文評釈」（一講師）として「『破戒』の文章」が掲載された。五頁にわたって『破戒』を「評釈」することの記事も、「内容を説明しようとするのではなく、其形式即ち文章を諸君に紹介しようとする」（九頁）ものだった。ただ、叙事・叙景・会話文などの文例を採る過程で、登場人物とその身の上、舞台のローカルカラー、結末の一節すら紹介して見せ、本編の内容が窺える構成となっている。記事は同作を必ずしも完成された文章とは見做さない。既に『春』『家』を著した藤村の文章としては「未だ詩の影響から脱せぬ処がある、うたふやうな心持で書いた処が多い」。だがそれ故に情緒的で描写が細かく、未整理ではあるがそれ故に作中の様相は複雑性を有し「初学者の手本とするには前期の文章即ち此『破戒』の文章が適当だ」（九頁）という。ただし、具体的な引用にあたっては「これ以上一字を減ずる事も出来ず一句を増す事も出来ぬ」整然とした叙述、ローカルカラーとそれを観察する「作者のゆつたりと落着いた態度」、「自分の感情を自然に被せて観る」叙景、「整ひ過ぎて、無駄が無さすぎる」といったように、充分に熟練された文章と見做している。

長編小説である『破戒』を「叙事、叙景、人物描写、会話、心理描写、抒情、其他あらゆる文例を一つに集めた一大文範」（一三頁）と見る――乱暴とも言えるこの理屈に依拠すれば、あらゆる書物を文範として売ることができるだろう。良くも悪くもこうした大胆な飛躍を行い得たのが新潮社の強みだったのだとも言える。同年六月に刊行された日本文章学院編『通俗　新文章問答』においても、「日本の小説で、最もよくローカル、カラーを出してゐるのは、矢張藤村の『破戒』」（七六頁）、「日本の芸術に於て始めて感覚描写らしいものを見たのは、島崎藤村の『破戒』に於てであつた」（八二頁）、「『家』の文章もよいが初心のものには、『破戒』の文章が面白くもあり、手本としても一層よかろう」（一〇四頁）など、後述の「感覚描写」という評価軸を含め、複数の観点から賞賛されている。

『破戒』に次いで五月に出版されたのが田村俊子《たむらとしこ》の短編集『誓言』で、そのマーケティングにおいて顕著なのは「感覚芸術」という鍵語の使用である。『新文壇』第九巻第三号（六月）の広告（図3）では「感覚芸術に於いて文壇最高の地位を占むべき書」「感覚芸術は、女流作家に与へられた賜物である」とその言葉が強調されている。広告文自体は『新潮』等掲載のものと変わらないが、『新文壇』では連携して各種掲載が展開された。同号の記事、MB生「最も新しい文章――田村俊子女史の「誓言」――」は「誓言」「離魂」「女作者」から文を引き「細かい鋭い感じを出す事に於て、俊子は或は葉舟以上」、「女性の文章の特長を遺憾なく具体した文章」、「色の感覚、皮膚の感覚などの官能を、情緒と交錯せしめた処に、象徴的な匂が豊か」（七～八頁）と評す。俊子を樋口一葉《ひぐちいちよう》と並び称し、新芸術の担い手と絶賛している。

▼感覺藝術に於いて文壇最高の地位を占むべき書
小說集
誓言
田村俊子著
新刊出來
袖珍特製 天金美本
定價六拾錢 郵稅六錢
感覺藝術は、女流作家に與へられた賜賚である。著者は現文壇に於ける女流作家の雄て、感覺藝術家として最高の地位を占む可き人である。其驚く可き巧緻の技を以て、飽迄纖細な感覺と情緒とを美しい綾に織つた其筆は、明かに天品である。青磁の瓶に薄紅の夢を溶かしたやうな、白銀の線を仄紫の朧ろに鳴らすやうな、華かで且つすつきりした、果敢な氣な中にも張りのある著者の作風は、わが藝術界の一異彩であらう。收むる所、『誓言』以下、數多き作中から其尤なるものを選んで總て十一篇、本邦女流文學の頂點を示すものとして、苟くも藝術を語るの徒は、必讀すべきものなることを信ずる。
図3 『誓言』広告（『新文壇』第九巻第三号＝（株）新潮社資料室所蔵）

晩近の芸術に於ては、感覚といふものが重んぜられて来た。で、一般に女は、男に比して感覚的である。此意味から、芸術はだん〳〵女性化して来たと云へる。（略）感覚芸術に於て、俊子は現下文壇の最高位を占めてゐる。（六頁）

こうした評価は同時代の男性作家によるものの典型であるが、ここでは広告と足並みを揃える記述と、「感覚芸術」としての扱いに注目しておきたい。

第四号（七月）では、小林愛川「内容を養ふこと」が「女作者」

の一節を「感じを鋭くし自然や人間の中から新しい生命を汲み出し」た例として挙げている。さらに浩堂生「感覚描写に就いて」が掲載された。この記事において「感覚描写」は「視覚とか聴覚以上、触覚とか嗅覚とかの第二感覚のはたらきによって内容を豊かにした描写といふ意味である」。「藤村氏の『破戒』」が日本における感覚描写のはしりとし、葉舟、未明、及び北原白秋をその使い手として挙げた上で、俊子を「最も感覚描写にすぐれた人である」と述べる（八頁）。『誓言』は終始この「描写を一層内容的ならしめる」感覚描写に満ちているとされる。なお、「感覚描写に就いて」は『通俗　新文章問答』の一節「感覚描写とは何ぞ」に類似しており、連携が企図されている。第五号（八月）の「名文評釈」（無署名）は「田村俊子の『誓言』が出てから、俄かに感覚描写と云ふ声が高まつてきた」ために「感覚描写のすぐれたもの」としてモーパッサンとシュニッツラーを評釈した。[4] また第六号（九月）の亀村生「女流作家初対面録」は俊子の訪問記を写真付きで掲載、「デリケートで、細胞から既に洗練しつくされているやうな肉体」「一言一行のすべてが表情的」など、「女史そのものが一個の芸術」（九頁）であるかのように描き出した。

こうした記事群に触発された投書が第五号投書欄に「佳作」として掲載された（小池冬華「『誓言』を読む」）。「自分は、此一篇によつて、最も新しい文章の模範を得た。感覚描写の粋を集めたものとして、一字一句皆学ぶに足らぬものは無い」（二六頁）と啓発されたことを述べている。さらに第六号の佳作・大石啓「感じたまゝ」は小池の投書の「補記といふ格」で書かれたものである。投書家たちがこうした「参考書」を当たり前に読んでいることが顕在化し、それを介したコミュニケーションすら発生している。大石の読後感は、一葉との比較と感覚描写への言及という点で、MB生の紹介を踏襲している。第七号（一〇月）「倶楽部」欄の「小野田鶴平」の投書も、『誓言』の「どの一行、どの一節をとつても我々の文章の好模範とするに差支ないもの」「殊に其感覚描写の筆はたやすく他の追随を許さぬ」（六二頁）などと、学院側の紹介を忠実になぞっている。換言すれば学院側は、忠実になぞる投書を掲載している。

俊子の文章、とりわけ「誓言」「女作者」は、講義録[5]や『通俗　新文章問答』や『新描写辞典』等でも扱われ続ける「感覚描写」の好文範、好材料となった。以上のように、『誓言』は「感覚芸術」「感覚描写」を鍵語に、一貫したコンセプトのもとでプロモートされている。それ故に広告や推薦記事は『二十八人集』や『破戒』以上に生徒たちの読み方を方向付けたのである。

佐藤義亮「出版おもいで話」（『新潮社四〇年』所収、一九三六（昭和一一）年）によれば、緑蔭叢書の広告文は加藤武雄＝小林愛川の手になるものであり、『誓言』の広告にも加藤が関わっていると考えられる。如上の戦略の完成は加藤の功績として数えられよう。ちなみに、一九一三年前後には小説以外の文芸出版物についても文範として広告された例がある。漢文体・箇条書きの横山健堂《よこやまけんどう》『趣味の人』（一九一一年）も、山路愛山《やまじあいざん》による評伝『為朝《ためとも》論《ろん》』（一九一三年）も、等しく文章道の模範として扱われ、購われている。およそこの時期が、『青果集』～『二十八人集』で培った文範マーケティングの好調期だったと言える。

四　結実としての描写論

これまで触れてきた事例を単なる広告戦略として見做すのは容易い。しかし新潮社の特質は、眼前の状況——時には自身で作り出した状況にすら機敏に応じて、次なる戦略を選び取る点にある。同社の見せる一種のダイナミズムに迫るために、さしあたり本稿では『誓言』のプロモート等において用いられた「感覚描写」の一語に注目し、こうした用語が文章指導を商品化すると共に、文章指導の内容をリードしていったことを主張しておきたい。

そもそも『二十八人集』の収録作も、本文が引かれるのは多く描写の範例としてであった。リアリズム小説を範に取ることと自体を目的化するとき——時代や媒体を考慮すれば——事物の描写の鑑賞や、その背景を成す観察を推察することになるのは必然と言えるが、その必然に日本文章学院は手際よく則った。「描写」こそが、日本文章学院における販売戦略を円滑化したマジックワードである。また逆に言えば新潮社が文範マーケティングの中で辿り着いた最適解こそが描写文範であった。

第九巻第一号から第一〇巻第六号（一九一三年四月〜一九一四年三月）は真山青果が「新描写法」「描写の実際」を連載するなど、毎号「描写」に関わる記事が掲載されていた。『破戒』『誓言』の広告も、先述の「感覚描写に就いて」も、そもそもこのような流れの中に位置していたのである。青果「新描写法（一）」（第九巻第一号）は「観察と描写とを離して見る事が出来なくなつた。見方即ち観察が深ければ必らず好い者が書ける筈と断定したいほど両方を密接さして考へたい」（三頁）と主張した。これらの記事は描写指導ではあるが「或ひは文章大体の事に亘る場合がないとも限らない」。なぜなら「描写は描写、技巧は技巧、想は想などと最う分けて居られない時が来て居る」（四頁）からである。青果の主張は、この前後、新潮社が「描写即文章」の商品化に乗り出した事実と連動している。徳田秋声『人物描写法《じんぶつびょうしゃほう》』（一九一二（大正元）年九月）「序」の主張「近代の新しき小説は、殆ど人物の描写を以て其の全部とする」、相馬御風編『新描写辞典《しんびょうしゃじてん》』（一九一五年一二月）の出版、及び同書を増補した『新文章辞典』（一九一七（大正六）年一一月）「序」の「新しい文章は描写を以て終始する」、そして本間久雄『新文章入門（上）最新描写法講話《さいしんびょうしゃほうこうわ》』『新文章入門（下）最新描写法実例《じつれい》』（共に一九一五年五月）の「序」や広告（図４）に見える「描写則文章」「文章則描写」——これらの出版・発言が、描写の商品化戦略を示している。

「感覚描写」及び「神経描写」という名称は、既に一九〇九年、未明『少年の笛』の広告において用いられていた（山本：二〇二二）。この時点で「客観的態度、平面描写」という「束縛」（浩堂生「小川未明氏の文章」（『新文壇』第七巻第

図4 『新文章入門（上）最新描写法講話』広告（『新文壇』第一一巻第五号（一九一四年八月）＝（株）新潮社資料室所蔵）

四号（同年七月））のオルタナティブとして言及されているが、これは鋭敏な感覚を活かした描写、という程度の意味であった。やがて『人物描写法』や、啓成社から刊行された薫園の『歌文新話』（一九一二年一一月）は、「感覚描写」に触れ、「情緒」に先立つ「感覚」や「神経」への注意を促した。日本文章学院の関係者がこの語を積極的に用いたのは確かだが、この時点でも印象描写とほぼ同義だったようだ。一九一三年四月に『破戒』、五月に『誓言』を出し、六月の『通俗新文章問答』と一〇月の生田長江編『文学新語小辞典』で「感覚描写」＝視覚・聴覚以外の「味覚、嗅覚、触覚等を重要なものとしてとり入れた描写」（『文学新語小辞典』二九頁）とされたところを見ると、「感覚描写」にあらためて輪郭を与えたのは『破戒』『誓言』の広告戦略だったと言えよう。

以後、新潮社の文範類は度々「感覚描写」や類義語を取り上げている。『通俗 新文章問答』では四項目にわたって「感覚描写」を扱い、藤村・俊子らを名手に挙げた。またその過程で「神経描写」にも触れ、未明を名手とした。『文学新語小辞典』も「感覚的描写（感覚描写）」や類義語「官能（機能）」を立項したし、文例集『新描写辞典』でも「気分描写」「感覚描写」の項目が設けられた。『近代文学講義録』をまとめた『新文学百科精講《しんぶんがくひゃっかせいこう》』（一九一四年四月）でも「新文章の要素」として「感覚的」「神経的」「象徴的」という階梯を設けている（下巻、小林愛雄「新文章の研究」）。『最新描写法講話』の中核も「印象描写」「感覚描写」「神経描写」「象徴描写」の四分類である。各々の差異は曖昧なものながら、例えば感覚描写は五感および「気分」が出たものとされる（「感覚描写といふ事」）。また感覚描写の一環として、「暖い色」のように二つ以上の感覚や「暗いおもひ」のように感覚と情緒を融和させる「官能の交錯」を説き、そのより複雑な形として俊子の「誓言」「女作者」が引かれている。「感覚描写」「神経描写」「気分描写」――いずれも内面描写、もしくは個性的な内面を前提とする事物の描写である。描写の客観性や、平面描写論から距離を取った、ポスト自然主義の「新文章の要素」である。だがそれは勿論、反自然主義と言えるほど単純ではない。むしろ「描写」というジャンルの中に自然主義文学と新進作家を共に陳列するための分類項である。和田勤吾は『新描写辞典』の描写分類を「自然主義描写論の展開として」、すなわち「描写の時代」の一環として理解しようとした（和田：一九七五）。なるほど、これらは自然主義文学の業績を踏まえたものであるが、同時に自然主義の理念を透明化して技法を消費しようとした結果であるとも言っておきたい。消極的な意味ではない。それもまた文学の一つの受容なのである。

生徒たちの投書にも影響は見られる。大正期の『新文壇』の投書佳作欄を眺めてみると、やはり描写、とりわけ「感覚」を意識したものが目立つ。試みに第一三巻六号（一九一五年九月）の佳作上位三作を通覧してみよう。谷内正道「山の道」は「私は着物を寛げて、なるべく肌全体がこの風に触れる様にしながら歩いた。落ち積つた葉にはまだ微かな湿があつた。辺りからは物の腐つた臭が発散してゐた」のように触覚や聴覚への注意が払われている。井上南歌「夜の漁村」の「夢の中に浸つてゐる様な軟い心持ち」「重い足取りで沈んだ暗い路を帰つた」という表現や、竹村ちづ子「夜半を寝ざめて」の「なまめかしい三味の音や、くづれるやうな女の笑ひ声に浮々した情調が流れて居た」には、触覚や聴覚と情緒の交錯が見られる。

だが、「描写則文章」をスローガンとした当然の帰結として、小説を文範化する中で再発見された描写法は、小説以外の文章にも応用可能なものとして扱われていく。正確に言えば、新潮社は一九一五年前後から、初学者向けの文章教育と、より高度な文学教育との距離を再編していく。実のところ『最新描写法講話』や同『実例』には、「小説」という語が数えられる程度にしか登場しない。小説の落とし子であった「描写」は、ここではあらゆる文章ジャンルの基礎として主役を張っている。

「描写則文章」「文章則描写」の波及は、一部の作文教育にも見受けられる。綴方《つづりかた》における描写の重要性を説いた田上新吉《たのうえしんきち》『生命の綴方教室』（目黒書店、一九二一年）は描写論の変遷に触れ、「印象描写」「感覚描写」「気分描写」「神経描写」「心理描写」「象徴描写」といった描写分類を挙げた。それに倣い綴方指導者たちはしばしば如上のような描写分類を用いていたようだ。田上の分類が新潮社系の描写論に依拠していることは明らかであり、「感覚描写」等の語彙は一定の広がりを持っていたと思われる。

おわりに

このように新潮社＝日本文章学院は広告と記事、さらに生徒の投書を利用しつつ、出版物を「文範」として販売していった。それは登録制の通信教育という場が顧客を囲い込む状況を鋭く見抜いたマーケティングであると共に、作品を「文章」として再定義していくことであり、生徒たちが文壇や精読者たちとは異なるコンテクストと態度で書物を受容する状況を生むものでもあった。『二十八人集』は発行の経緯ではなく、様々に利用可能なアンソロジーとして。『破戒』は初心者の手本として。俊子らの作は「感覚描写」の模範として。それぞれ、精読者《リズール》たちとは異なる受容が行われた。さらに新潮社は小説と文範を橋渡しするマジックワード「描写」を、今度はそれ自体文章の要素と見做し、描写文範を商品化していく。藤村や俊子の「感覚描写」的傾向はその中で再利用されていくのだ。「感覚描写」は「新浪漫主義」（『通俗　新文章問答』等）や「感覚主義」（長江『新文学辞典』、一九一八年三月）と結びつけられることはあったが、未明・藤村・俊子の文範化によって方向付けられていた事実を見逃してはならない。恐らく新潮社こそ「文範」や「作法」をビジネスとして最も大々的に活用・組織し、発展させた集団である。その営為を捉えることが、明治末〜大正期における文範・文例集の位置付けを再確認することに繋がるだろう。

最後に、文範マーケティングの行方について簡単に触れておこう。一九一四（大正三）年以降、新潮社は「世《せ》界大著物語叢書《かいたいちょものがたりそうしょ》」や「新潮文庫」による翻訳出版に力を注ぎ、日本文章学院周辺においても、新刊小説が文範として宣伝される事例は減少する。ただし講義録上では以後も「小説作法」等が掲載されており、『二十八人集』等が文範として機能し続けた。一九一六年の『文章倶楽部』創刊後も誌上には、日本文章学院の生徒募集と共に、小説を文範として扱う広告はなお確認できる。だが学院の活動が下火になる一九一九（大正八）年頃から、小説の広告には「作者の特色」や「思想」、あるいは「現代生活」や社会の取材を強調するものが目立ち始める。対象となる読者層＝ターゲティングが変化し、異なる戦略が選ばれるのである。

注

1 『文章講義録』の創刊を、宮崎論文は「十一月六日内務省許可」の奥付を以て一一月としているが、「日本文章学院規則」によれば学期の始まりは四月と一〇月であるから、実際には同年一〇月には最初の『文章講義録』が届けられていたと思われる。

2 同時期に『新潮』から投書欄が消えた事情とも連動している（宮崎：一九九七）。

3 「文章講義雑録」は時期によって収録内容が異なっているようだ。今回は論者所有の一九一一年版を参照。

4 ただし、これは『新潮』第一六巻第四号（一九一二年四月）の「感覚描写五題」の抜粋流用と言える。

5 論者所有の一九一三年、一九一八年版の『最新文章講義録』の「美辞学講義」（八号掲載分、六一頁等）に文範が見える。同講義は一九〇九年の『文章講義録』刷新期から存在するが、俊子の引用については後から加筆されたと思われる。

参考文献

西尾光雄『近代文章論研究』（刀江書院、一九五一年）

和田勤吾『描写の時代――ひとつの自然主義文学論』（北海道大学図書刊行会、一九七五年）
安西愈『郷愁の人　評伝・加藤武雄』（昭和書院、一九七九年）
紀田順一郎監修『新潮社一〇〇年図書総目録』（新潮社、一九九六年）
宮崎睦之「講義する雑誌、講義する書物――新潮社・明治四十年代、投書雑誌の黄昏にて」（『立教大学日本文学』第八十二巻、一九九七年）
宮崎睦之「〈独習〉と〈添削〉と――佐藤義亮の講義録」（『日本近代文学』第六〇集、一九九九年）
山本歩「『新文壇』上の小川未明――日本文章学院の研究として」（『尚絅大学紀要　人文・社会学編』第五四号、二〇二二年）
山本歩「『文章世界』の指導における「頭の修練」――〈小説作法〉は何を伝えるか」（『近代文学論集』第四八号、二〇二三年）
安井海洋「書物の自然主義――新潮社刊徳田秋声『黴』の判型と本文レイアウト」（『文学・語学』第二三九号、二〇二三年）

付記

本研究はJSPS科研費（20K12940）の助成を受けたものです。また本研究は株式会社新潮社資料室、昭和女子大学図書館、日本近代文学館の所蔵物に依るものです。記して謝意に代えさせていただきます。

第14章 青年文学者たちの環境、そして文範という営み

谷川恵一

一 「面白くない小説」の文学史——正宗白鳥の視界

正宗白鳥がみずからが読売新聞に在社した時期を振り返った「新聞小説の回顧」（読売新聞、一九五二年六月二三日）は、一九〇八年四月から七月にかけて載った田山花袋の「生」を筆頭に、なみいる読売新聞の連載小説が「次の日を読者に待たれるような執筆態度」をいちように拒否し、「小説は面白くってはいけない」という「多分世界の文学史にも例を求め難い事」をみんなで目指していった奇妙な事態について手短に指摘した文章である。小栗風葉の「青春」の掲載を「生」の後にしたり、島崎藤村の「家」より前に徳田秋声の「足迹」が来たり、事実の記録としてみれば救いがたい錯誤を含んではいるが、白鳥の回顧的に俯瞰するまなざしがとらえようと狙っているのは、たんなる事実ではない。次のような一節が、白鳥の文章の終り近くにある。

その次に私の作品が出た。「おれも他人にばかり書かせないで、自分も一度新聞小説を書こう」と思立って、

主筆に向って自己推薦をして書いた。無論読者の思惑など考えず、自分が面白くない日を送っているのだから、面白くないものを、偽装的面白がりをしないで書こうとした。毎日自分で書いては自分で編集した。しかし、社の人々は私に何の文句もつけないで、しまいまで書かせた。／それから面白くない小説が幾つか出たが、最後に、島崎藤村に執筆依頼をした。私は柳橋の色町のほとりにしょんぼり住んでいたこの作家を訪問して、二人で不景気な話をぼそぼそしながら、新聞小説寄稿の件が纏ったのだが、これが例の「家」なのだ。この作家も面白いものを書こうと企てゝはいず、私の方からも「面白いものを書いて下さい」なんて、不量見な事は一言もいわなかった。ところで「家」が読者受けなんかしないまゝめんめん続いているうちに、老社長が逝去して、嗣子本野一郎が新聞を主宰するようになってから社の面目が一新され「家」も前編だけで中止され私も追放された。

ここで白鳥は、一九〇九年秋から翌年夏にかけての新聞社内での経験に重ねて、硯友社らの既成の文学の否定からさらに文学の自己否定にまでつきすすもうとした日本の自然主義文学の動向を「面白いもの」と「面白くない小説」の対立を軸に語っている。二人の話に出てこなかった「面白い」ということばをあえて用いているのは、「面白く思つて筆を執るといふことは、時とすると、言ひ現はさうとすることを妨げる」という藤村の当時の言明（「面白く思ふこと」、『新片町より』一九〇九年九月）を一方で想起しつつ、横光利一の「純粋小説論」をきっかけに一九三〇年代半ばに繰り広げられた論議のことが念頭にあったからだろう。「純文学の読者が減つて来たのは、純文学が面白くなくなつたからだ。簡単明瞭な理由である。一般読者は（…）さつさと大衆文学に走つた」と小林秀雄はいう（「現代小説の諸問題」、『現代小説の諸問題』一九三七年二月。初出は前年五月の中央公論で、同じ号には白鳥の文芸時評も載る）。「小説の面白さは、他人の生活を生きてみたいといふ実に、通俗な人情に、その源を置いてゐる」

とする小林は、「最近の純文学は、かういふ物語といふ根本にある通俗性を、いろいろの事情から急速に失つて行つた」と続ける。小林のこの議論は「愚かな嘘」であり、小説には「卑俗な作品のおもしろさ」とは別に、「プロレタリア文学」によってもたらされた「美しいもの、正しいものへ苦労して現実的にたどりつこうという気持を肉感的におこさせる」「おもしろさ」があると中野重治は反駁するが、「ひとりよがりの「純粋な」小説が大衆に見はなされた」という状況認識は小林と変わらない（「小説のおもしろさ―通俗性―」、『楽しき雑談』第二、一九四八年二月。初出は一九三六年七月）。これらを含めた一連のやりとりがほぼ終息したところで、伊藤整は、次のようにまとめてみせた。

面白い小説といふ言葉が、数年前に、文壇人の多くの口にのぼつた。面白いといふ言葉は、それを口にする人の気持によつて、どういふ意味にも変りうるものであるのは困つたことだが、文壇の作家たちの小説に何かを加へることによつて面白い小説が出来るやうに思つたのは、間違ひであつて、それは、近頃多くの長篇小説が出るやうになつてから、証明されて来たやうに思ふ。（「新聞の小説」、『文学と生活』一九四一年二月。末尾に「十四年十一月」と記す）

「身辺写生的な」「文人型の受身の思索」ではなく、「社会人としてはつきりした生活意識を体系づけ」た「積極的な思索」をもてば「多数の読者との接触」はできるはずだというのが伊藤の結論なのだが、「読者は手軽な読物を求めてゐる」はずだと見当をつけて「新聞小説を書いた純文学作家の多くが失敗してゐる」と指摘するのを含め、具体的な作家や作品の名をいっさいあげないでも議論は成り立つし、読者に伝わると思い込んでいる点では、小林や中野の姿勢と変わらない。自分と同じ「文壇の作家たち」への遠慮からこんなことになったのだろうが、これまでの「文壇の作家たち」の姿勢を批判するのに、仲間どおしでしか通用しない楽屋落ちという文壇愛用のやり方を採用したのではさまにならない。

白鳥がこれらに対置するのは、そもそも「純文学」は「一般読者」が求めるものとは逆の「面白くな」い小説を書こうとしたものであり、「大衆」から自己を分離したひとにぎりの作家たちがそれを担ってきたという経験であり、それを花袋の『生』や藤村の『家』をめぐるエピソードとともに回想してみせる。日本の近代における「純文学」は、白鳥にとって「大衆」にただよう浮草のようにはかない存在でしかない。

現代の周囲の事情を見て、日本に純文学が生長し発達しようとは思はれない。環境は純文学を育てるのに適してはゐない。幕末から明治の初期にかけては、卑俗な読物しか現れなかつたが、今日の世相もあの頃に似てゐて、従つて純粋の芸術の発生を促す機運とは思はれない。大衆文学ぐらゐが世相に適してゐるのである。「文学は男子一生の事業とするに足らず」といふ歎声は、卑俗な読物しか迎へられず、婦女子の安価な涙をさそふ物のみが盛んに流布してゐる現代では痛切に感ぜられる。（「文学難」、『予か一日，題』一九三八年一二月）

「文学難」をもたらした「環境」の主要なファクターとして同じ文章の中で白鳥があげるのは「営利事業」としての「出版業者」の「興隆繁栄」である。「明治時代には、幼稚ながらも、作者は自分の好きなことを書いてゐられたが、今日は雑誌編輯者の註文によつて束縛され、彼等の頤使に甘んじて筆を執らねばならなくなつた」。白鳥はまた「この頃の文壇は戯作者時代となつたやうである」ともいっていて、ふたたび訪れたこの「戯作者時代」から「自分の好きなことを書いてゐられた」時代を振り返ったときに浮びあがってくるのが、藤村や花袋の姿なのであった。

一九〇八年六月、ロシアへ赴く二葉亭四迷の送別会が上野の精養軒で開かれた。それから半世紀後、自分も出席したその会の写真を見せられ「数十人の参会者の氏名を訊問」された白鳥は、「二、三不明の者もあつたが、大体は私には識別された」という（「不遇文士の一例」、『懐疑と信仰』一九五七年三月）。この会に出たのは三十七名（「長谷川二葉亭送別会出席者」、『二葉亭案内』一九五四年六月）。藤村や漱石は出席していないものの「当時の知名の文人」たちの過半が一同に会した写真を見た白鳥は、かれらの「服装も風采もみすぼらし」いことに呆れつつ「文壇は貧しかつた。微々たる存在であつた」という感慨をもらす。この互に顔見知りの「微々たる存在」の「文壇」が以降の文学をリードしていき力尽きるというのが白鳥の提示する構図である。

白鳥のスケッチは、当事者たちの素朴な回想とその上に築かれてきた文学史を相対化する強い力を発揮する。たとえば、『生』は「新聞小説の型《タイプ》を破るという意気」にもえて書いたものであり、「新聞の要求の為めに、自己の芸術を支配されることを私達は峻拒した」と花袋はいうが（「『生』を書いた時分」、『東京の三十年』一九一七年六月）、具体的には、掲載に際して新聞社サイドが付した挿画がまずくて「私の文の意がその挿画によつて、完全に読者の頭に入つて行かない」というだけであるのに対し、「新聞小説の回顧」と同じく自然主義時代の新聞小説を回顧した「新聞小説今昔」（正宗白鳥全集第一九巻、一九八五年九月。初出は一九四八年三月）で白鳥は、「私の在職中の読売が、どの作者にも思ふ存分に書かせて、何の苦情も云はなかつた」と断言し花袋のいう「新聞の要求」を否定する。白鳥の回想には裏づけがある。一時期を除き白鳥在社時代の読売新聞の主筆であった足立北鷗は、「文学新聞」である読売新聞の責務を「文学で世間の事を知らす」ことに置き、白鳥担当の「日曜附録」が自然主義の旗振り役となっていることを問題視する向きもあるが、「世の中が非常な勢で進歩しつゝある」ときに「若い人達と一緒になつて居る」ことはいいことだとして、「紅葉の居た時代は、その時代として好かつたので、今日は矢張り今日の時代に応じなければよからぬ」といいきって、白鳥らの行き方に干渉するそぶりをみせない（「新聞

と文学」、『早稲田文学』一九〇九年五月）。

花袋は、あるいはたんに「新聞小説の型《タイプ》を破る」と同じ意味で「新聞の要求」を拒否するといっているだけなのかも知れないが、「自己の芸術」とメディアとの対立を前景化させたこの立言は「新聞小説」として世に出たことの意味を極限にまで軽くしてしまうように作用する。『生』を論じる吉田精一は「彼の新聞小説としての最初の長篇」というかたちで言及する以外には、この作品と新聞との関係に触れない（『自然主義の研究』下巻第五部「自然主義文学の確立と発展（一）」、一九五八年一月）。こうして「新聞小説」であることを無視することは、ただちに、「一般読者」の存在を視野に入れないことにつながる。

『生』はしかし反響はかなりにあつた。無論褒貶区々であつたけれども、『まア、兎に角、あれだけのものならば――』といふ風に文壇から認められた。（「『生』を書いた時分」）

作者は間もなく新興文学の代表的作家の中でも押しも押されもしない一人となつた。『生』が傑作として文壇に認められたのである。（前田晁「解題」、岩波文庫『生』一九三五年七月）

作品は「文壇」の中に閉じ込められて「純文学」となる。『生』の「成功と好評」を記す吉田精一がその論拠とするのは、生方敏郎・相馬御風・服部嘉香・夏目漱石ら「文壇」のプレーヤーたちの評論である。花袋らのまなざしが「文壇」という圏域の外へ向かわないのとは逆に、白鳥はまず「一般の読者」の方から作家とその作品を眺める。

最初の新聞小説「生」は読売新聞に連載された。自分を取巻いた身内の事を書いたのであつた。「生」と前後して、藤村も、最初の新聞小説「春」を朝日に寄稿したのであつたが、藤村も、自分の生涯を小説の形で現はすといふ作風の第一歩を踏みだしたのであつた。（…）どちらも新聞の読者には受けなかつたにちがひない。若い小説家の身の上話なんか一般の読者に面白い筈はない。興味をもつて読んだのは文学青年くらゐであつた。（白鳥『自然主義盛衰史』二、一九四八年一一月）

ここで段落をきってから、白鳥はようやく「我々」＝「文壇」へと足を踏みいれる。

どちらが面白いかといふ事が、我々の間によく噂された。夏目漱石は「生」を評して、「満谷国四郎君の油絵のやうだ」と云つたさうだ。薄汚いといふ意味なのか。花袋のものには、スツキリしたところも、高雅なところもない。私は小山内に向つて、「どちらが面白いか」と訊いたが、彼は「それは春だ」と答へた。「春」だつて面白くはない筈だが、詩人藤村に対する多年の尊敬心から、この作家のものなら何でも愛読するやうなくせがついてゐたのであらう。（同）

「藤村の憂鬱な作品が、青年読者にも愛読され尊重されたのは、初期の抒情詩に於て強く読者の心を捉へてゐたゝめであつた」（『自然主義盛衰史』五）ともいっているから、白鳥にとって小山内薫は「文壇」のメンバーであると同時に「青年読者」＝「文学青年」の代表でもあるような周縁的な存在だったのだろう。『生』や『春』を面白がるのは、「文壇」の内部にいる一部の者とこの「文学青年」ぐらいのもので、「一般の読者」が興味を覚えるようなものではない、というのが白鳥の見立てである。白鳥自身は、いずれの作品にも惹かれなかった。『自然主義盛衰史』で述べたエピソードをもう一度語りなおした白鳥は、「生」と「春」がほぼ同時に新聞に連載されたと述べてから、そっけなくつけ加える。

私はどちらにも感心しなかった。身を入れて読みもしなかった。夏目漱石は、「生」を評して、満谷国四郎の油絵のようだと云ったそうだ。薄汚いという意味であろう。花袋には終始好意を寄せていた私も、漱石の批評を不当とは思わなかった。歌人であり詩人であり、自然の風物を楽しんでいた花袋も、小説を書くと、その筆は冴えていなかった。（「続文壇五十年」二「藤村の『春』、花袋の『蒲団』」、『文壇五十年』一九五四年一一月）

「一般の読者」にはこの小説の面白さはわからない、といった訳知り顔を白鳥はけっして見せない。「大作家論」と名づけられた小林秀雄との対談で、「僕は明治いらい藤村が第一なんだと思ふ」という一方で「藤村は小説はヘタ。それから人間も僕はあまり好まない」と白鳥は断ずる（『光』一九四八年一〇月）。だれが読んでも面白くないような「ヘタ」さを「コツ〳〵」押し通しているところを白鳥は評価する。これでは、「生」や「春」は、「小説家の身の上話」であって小説ではないといっているのと同じである。

こうした小説らしくない小説への感心を白鳥が明言したのは、ずいぶん以前にさかのぼる。「自分の好む小説」（『趣味』一九〇七年一〇月）で白鳥は、年齢を重ねるとともに「小説に対して非常の興味を有することが出来ぬやうになつた」と前置きしたあと、「小説の為に小説を拵へ」ない「素人臭い」国木田独歩の小説に一番惹きつけられると語った後で、「新聞小説」である小栗風葉の「天才」の「老練な筆致」を「愛読」しているとつけ加えていて、どうやら、「老練な筆致」で書かれた小説らしい小説と独歩らのそうでない小説との差異を意識しているらしい。ふたつの開きは、一九〇九年六月の『中央公論』に載った風葉の「姉の妹」について論じた際には決定的なものとなる。

風葉氏の「姉の妹」は氏の作中の佳篇で巧みな描写があると思ふが、底が浅い。読者を面白がらすやうな、そしてその為に全体が浮薄に感ぜられる点が多く、結構脚色がキチンとして、あまりに都合がよく出来過ぎてゐる。（白鳥「机上雑感」、読売新聞一九〇九年六月二〇日）

長く新聞社に勤めている白鳥は、新聞に載る小説にどんな期待がかけられているかはじゅうぶん承知したうえで、あえて「新聞小説」に背を向けた小説の掲載にふみきったのである。

「日露戦争後非常の発展を遂げ」つつある新聞とそこに掲載される小説の関係について、白鳥はつぎのように見通している。

これから先、新聞はますます商品的になり際物《きわもの》的になるのだから、骨を折つた創作を掲げるのは勿体なくもなるし、又純粋の文学的作物は、新聞の方で歓迎しなくなる。今日長編小説に傑作の出ないのは長編は殆んど凡て新聞に掲げられる為に作られるからだ。これから先はますます新聞小説は文壇と遠ざかるに定《きま》つてゐる。「春」や「生」の如き新聞向《しんぶんむき》と云ふ条件を顧みぬ作が新聞に出たのを見て、新聞と文壇との接近を思ふのは大間違ひだ。こんな現象は長く続くものではない。少数の文学好きの読者を以つて満足してゐる間こそ、高い意味の小説を載せてゐられようが、新聞は発展する程卑近なる読者を網羅せねば成《なら》ぬやうになる。読者の方でも日々の新聞で六ケ敷《しい》小説を味はうの余裕がなくなるだらう。僕は「読売」の日曜附録を編輯してゐて、成《なる》べく当今第一流の文芸雑誌に劣らぬやうに原稿を集めてゐるが、この調子で長つづきする者でないと確信してゐる。無言の非難が僕の左右にある気がしてならぬ。（「新聞と文学」、『文章世界』一九〇八年八月一日）

「純粋の文学」に従事する「文壇」は「高い意味の小説」が載る「一流の文芸雑誌」とその「少数の文学好きの読者」をもつことになるが、他方、「文壇」と切り離された「新聞小説」は「卑近なる読者」をより多く獲得するためますます「際物的」になってゆくと白鳥は予測する。

二　「文壇」という空間と青年文学者たち

二葉亭の送別会は発起人たちが思いたってからわずか四日で開かれたものだが、その準備にあたった前田晁が「二葉亭主人の送別会」(『文章世界』一九一二年一〇月)という記録を残していて、これによると、会の概要と誰に出席を求めるかを決めたのは二日前のことだったという。

で今度は案内状を出すべき人々である。誰と誰とに出すべきか? 田山さんと長谷川君と三人で、文士録の中から、決して不公平のないやうにと、あらゆる方面に渉つて六十名ほど選び出した。

田山と前田が編集していた『文章世界』はこの頃毎年一回文学者のリストを載せていたが、案内状を送るに際し前田たちが用いたのは、一九〇八年二月の『文章世界』に掲載された「改訂現代文学者小伝」であろう。これ以外には「文士録」と呼びうるようなものが当時公刊されていないからである。田山ら三人はいずれも竜土会のメンバーだが、一九〇七年三月の時点でその「会員は二十三、四名」だから(和田謹吾「竜土会の足跡」、『自然主義文学』一九六六年一月)、ここから絞りこんだのではない。この「改訂現代文学者小伝」には二五〇名余りの「文学者」

が簡単な経歴とともにその名を列ねていた。『文章世界』・『太陽』・『文芸倶楽部』など博文館の文芸誌の執筆者リストではないかと思われるが、後に文芸家協会から出される『文芸年鑑』に載る「文士録」と違うのは、主要な新聞や雑誌の記者、および文学以外を専門とする大学教授や宗教家などが含まれていることである。年齢からいうと、上は依田学海や池辺義象から、下はまだ大学生だった若山牧水や鈴木三重吉まで、ジャンルでは、漢詩人の森槐南や「社会主義者」の幸徳秋水などにまじって「冒険小説」の押川春浪や撥鬢小説の村上浪六がいたりと、硬軟とりまぜそれなりに幅広い「文学者」たちが揃っている。ここから「日本の文壇」が二葉亭を送りだすのにふさわしく「あらゆる方面に渉」るよう配慮して選ばれた「六十名ほど」の内訳を残念ながら前田は書きとめていない。二葉亭を「未見の人の方が多かつた」というから、送られる人とのつながりではなく、あくまで「文壇」を可視化させるための人選だった。

　前田たちから突然案内状をもらった人たちのうち出席したのは二葉亭を含めて「三十九名」で、会を始める前に集まった人々の集合写真が撮られて、その写真が九日後の六月十五日に発行された『文章世界』に口絵として掲げられた。写っているのが三十六名なのは、遅れて間に合わなかった人がいたのかもしれない。（三十九名の出席者のリストは「二葉亭送別会」（『東西南北』一九〇八年七月）にある。）『文章世界』掲載の写真に添えられた出席者名は以下の通り。

小杉天外、内田魯庵、＊二葉亭四迷、坪内逍遙、広津柳浪、後藤宙外、＊長谷川天溪、＊正宗白鳥、中島孤島、＊小山内薫、＊岩野泡鳴、＊蒲原有明、＊田山花袋、万朝報記者本橋靖、中外商業新報記者佐藤北萍、＊小栗風葉、＊徳田秋江、＊柳川春葉、＊吉江孤雁、昇曙夢、登張竹風、樋口龍峡、松原二十三階堂、＊西本翠蔭、東京朝日新聞記者蛯原詠二、＊徳田秋声、西村央華、＊三島霜川、中村星湖、＊川上眉山、＊中沢臨川、宮阪風葦、

＊前田木城、相馬御風、伊尾準

「交遊団体で送るといふ送別会ではなしに、日本の文壇が日本の文豪を送るという意味での送別会」という前田晁のことば（「二葉亭主人の事」、『明治大正の文学人』一九四二年四月）を思い起こしながら、「二葉亭四迷氏の露国に行くを送る」というタイトルが付されたこの写真を眺めていると、短い時間でよくこれだけの人を集めたものだと思うものの、呼ばれなかったか、それとも出席を断ったか、やはり顔を見せていない面々のことが気にかかってくる。

また、前田は少しも触れていないが、この送別会の少し前に、湘南に病を養っていた国木田独歩のために「知友」たちがその文を寄せた『二十八人集』（田山花袋・小栗風葉編、一九〇八年四月）が刊行されているが、その寄稿者の過半は二葉亭送別会出席者と重なっていて（先にあげた出席者名に〈＊〉を付した人が『二十八人集』に寄稿している。寄稿者のうちで送別会に出ていないのは、島崎藤村・生田葵山・窪田空穂・太田玉茗・水野葉舟・徳富健次郎・沼波瓊音・齋藤弔花・柳田国男の九名）、あるいは、この時点で、「新文学」の到来を呼号する声とともに動きだした文壇における排除と包摂の相剋はすでにかなり進行していて、選ばれし文学者「六十名ほど」の顔ぶれは、発起人たちを含めた送別会参加者たちの頭の中ではおぼろげに共有されていた可能性がある。「現今文壇の傾向を知らんとするにも便利なり」という指摘が白鳥の書評にある（「二十八人集を読む」、読売新聞、一九〇八年五月三日）。二葉亭送別会の一年後に出た中村武羅夫の『現代文士二十八人』（一九〇九年七月）は、全部で三十六名の文学者をとりあげていて、うち若手では新たに小川未明・生田長江・片上天弦・真山青果・岡本霊華・秋田雨雀の六名が加わっている。三百名余を並べる「現代文士録」を載せた一九一二年二月の『文章世界』には、「文士録編成余録」という編集部が内幕を曝した記事があり、「少く見積つても三四百名はあらうと思はれる文壇に、一つの名簿らしいものもないといふのは頗る遺憾に堪へない」ので作成したという前置きの後、編集部からの問い合わせに対して、「無職」と答えた近松秋江や「高等遊民」と答えた木下杢太郎など混じって、「浪人」（伊藤銀月・木村鷹太郎）・「戯作家」（江見水蔭）と名告ってみせたり、「著作の重なるもの」として「婦人及男子の参考書」という返答をした村井弦斎らのふるまいが、「まじめのやうなまじめでないやうで、何だか気味が悪かつた」といった違和とともに報告されていた。

たとえば、いずれの集りにも顔を出していた正宗白鳥の目に、この時期の文壇はどのように映っていたのか。まだ少年だったころに『国民之友』で読んだ内田魯庵の「今日の小説及び小説家」（一九五号、一八九三年七月）の印象がよほど頭にこびりついているのか、白鳥は、のちに、魯庵の名を出しながら黒岩涙香と村上浪六の作品など「純文学」からみれば「低級な文学」にすぎない（「大衆文学論（二）」、『我最近の文学評論』一九三四年六月）と攻撃してやまず、「遊戯文字」であって「審美上の価値」はないという魯庵のことばをさらにエスカレートさせて「浅薄非道」で「文学の外道」であるとまでいいきることになる（「文芸時評（春夫、天外、潤一郎）」、正宗白鳥全集第二三巻、一九八四年二月。初出は『中央公論』一九三〇年一月）。その「嚼氷冷語」（『文芸小品』一八九九年九月）の中で魯庵は、「作者も読者も娯楽を小説の唯一目的であると考へてゐるやう」な「非文芸の時代」には、「戯作者上りの新聞小説家にまで文学者の名を与へ」、「商売的操觚者」にすぎない「弦斎或は浪六亜流」が幅をきかせるようになるといって、「凡庸なる作家と無学な読者」で構成された「文壇」の現状を嘆いてみせるが、「嚼氷冷語」のこうした認識を経由することで、白鳥の浪六らへの批判のことばはより深刻なものとなったのだろう。

「改訂現代文学者小伝」にあって送別会に出ていない文学者には、黒岩涙香、村上浪六、村井弦斎に加え、浪六門の稲岡奴之助がいる他、「外道」とまでは呼ばれないが魯庵から「遊戯文字」に従事する「凡庸なる作家」扱いされかねない者がかなり含まれる。田口掬汀、遅塚麗水、渡辺霞亭、武田仰天子、塚原渋柿、江見水蔭、三宅青軒、半井桃水、押川春浪、菊地幽芳、須藤南翠、宮崎三昧などがそれであり、こうしたメンバーには最初から声がかからなかったのかもしれない。人選にあたって「あらゆる方面」に気をまわしたと前田がいうのは、あるいは、「文士録」の内部がみえない仕切りで区切られていることへの配慮だったのではなかろうか。そうした目であらためて「改訂現代文学者小伝」を眺めると、この人にも案内状が行かなかっただろうと思われる人たちが他にもまだいる。巌本善治、池辺義象、石河幹明、依田学海、萩野由之、芳賀矢一、新渡戸稲造、竹越三叉、内藤湖南、内藤鳴雪、津田梅子、内田銀蔵、内村鑑三、井上哲次郎、井上通泰、大和田建樹、大槻文彦、桑木厳翼、矢野龍溪、朝比奈知泉、桜井鷗村、佐々木信綱、三宅雄次郎、三宅花圃、志賀矧川、下田歌子、森槐南、関根正直、末松謙澄などは、畑違いであったり、第一線を退いた文学者だったりするだろう。さらに、来会者にもいたが、新聞や雑誌の主幹ということで「改訂現代文学者小伝」に載っているものがまだいるから、狭義の「日本の文壇」はさらに縮んでいくのだが、このとき問題になるのは、先にもあげたまだ学生である者たちの扱いである。原田譲二（『文庫』記者）、若山牧水、松原至文（『新潮』記者）、北原白秋、三木露風、人見東明はいずれも早稲田に在学中であり、平野万里と鈴木三重吉は東京帝大をまだ出ていない。「改訂現代文学者小伝」に記された生年月日から彼らの年齢をもとめると、原田・若山・北原・平野がそれぞれ数え年で二十四歳、松原・人見・鈴木と順にひとつづつ年齢を加えていく。かれらが来会者に含まれないことについては、学生だからということで線引きされて案内状から除外されたとも考えられるが、だとすると、参加者だった中村星湖が二十五歳、相馬御風が二十六歳、小山内薫が二十八歳で吉江孤雁がその一つ上であるように、学生ではないが学生より若い者が参加していることになって線引きの合理性に疑問符がつくだろう。前田晁と正宗白鳥が三十歳で吉江孤雁がそのひとつ下ということを考えあわせると、年齢を考慮して参加者を選ぶということが不可能であることは明白である。「改訂現代文学者小伝」には、送別会にこそ顔を見せていないが、二十七歳の生田長江の下に、秋田雨雀・水野葉舟の二十六歳、片上天絃・白柳秀湖の二十五歳が載っていて、この時期になると若い文学者たちがいっせいに登場してきているのがよくわかる。ちなみに、この時点で田山花袋は数え年三十八歳、島崎藤村はそのひとつ下で、送られる二葉亭は四十五歳である。

二葉亭の送別会に並んでいるのは、「日本の文壇」から「凡庸な作家」を除いた有為の文学者たちであり、その背後にはさらに多くの青年たちが控えている——二葉亭を囲んで撮られた写真はこのように見るのがよさそうである。

これから四半世紀が過ぎた時点での文壇のようすを青野季吉はつぎのように眺めている。

こんにちのブルジョアジーの文学の内部に、読者本位の、多数者の、常識的文学と、作者本位の、少数者（文学的インテリ）の、専門家的文学とが存在し、対立してゐることは争はれない事実である。つまり純文学とさうでない文学とは、分岐線は個々の場合それほど明確ではないが、立派に区画されてゐるのである。（「純文学は滅亡するか」、『文芸と社会』一九三六年四月）

この「分岐線」が最初に可視化されたのが二葉亭の送別会の集合写真なのだが、この写真は同時に、「立派に区画され」がたいまま文壇と一部で重なりあう青年たちの領域がその外にひろがっていることも告げているのである。

投書雑誌だった『文庫』を永く編集していた河井酔茗は、そこに集っていた詩人たちを連れて『文庫』を離れ、新たに詩草社という結社をむすんで雑誌『詩人』を創刊する（「詩人とその時代」、『酔茗詩話』一九三七年一〇月）。一九〇七年六月に行われたその発会式には「知名の人では蒲原有明、岩野泡鳴、上田敏、児玉花外、山本露葉等」

を含め全部で「六七十人集まつた」というが、その際に撮られた集合写真が『酔茗詩話』に載っている。比較的若い人たちが多い中に、せいぜい十代半ばにしか見えない三人の少年たちがこれも三人いる若い女性のすぐ側にいるのが目に入るのだが、残念なことに写真に付した解説には、本文で触れた参加者に加えて、吉川秀雄、水野葉舟、平井晩村を挙げるのみで、その『口語詩小史——日本自由詩前史』(一九六三年一二月)に同じ写真を掲げた服部嘉香も、これに横瀬夜雨、西村真次、小牧建夫の三名を加えただけである。ただ、短命に終わった詩草社の「社友名簿」が、『詩人』の附録として残っており(第八号、一九〇八年一月)、そこには全部で二百七十人ほどの氏名と居所が、国内外の地域および「女子部」に分けて載っていて、発会式の写真にその姿を残した人びとを思い浮べるよすがとなる。「社友名簿」からは、大手拓次・服部嘉香・有本芳水・増田篤夫・溝口駒造・川路柳紅・折口信夫・小島久太・伊良子暉造・西崎花世などの名を拾うのが精一杯で、残りがどんな人たちなのかは分らないままだが、「東京府師範学校」「第三高等学校寄宿舎」「安房中学寄宿舎」「金光中学寄宿舎」「長崎医学専門学校寄宿舎」「神戸女学院」「徳島市高等女学校寄宿舎」などとあるのはそこの生徒や学生だろうし、「東洋館」「白光館」などは学生の下宿に違いないと見当がつくだけである。このうち伊良子清白・小島烏水・溝口白羊の三名だけが「改訂現代文学者小伝」にもその名が載り、大手・有本・折口・川路・西崎などは、発会式の時点でいずれも数え年で二十歳そこそこ、増田篤夫に至ってはまだ十七歳であった。すなわち、この写真は、蒲原有明や上田敏ら「知名の人」の周りを囲んでいる、「改訂現代文学者小伝」のさらに下の年代の「新進」青年文学者たちを撮ったものであり、二葉亭送別会の写真とセットにして眺めることでようやく当時の文壇のひろがり——「文学を愛好する士女諸君の清読を待つ」(『小説藤村集』新刊広告、『文章世界』一九〇九年一二月)と呼びかけられた「士女諸君」——を実感することができる。

「この頃の日本の作品は、(…)概して言つて面白くない」、「それに依つて共鳴を感ずるやうなものは殆んどない、それによつて自己を見出だすやうなものは殆んどない」とぼやいた前田晁は、「作品の根柢」にある「浅俗な国民性」が「文壇の不振」を招いていると前置きして、「今の文壇の本流を大まかに先づ五つの時代に分つ」作業にとりかかる（「国民性の改造」、『早稲田文学』一九一一年一月）。読んでいくと何のことはない、たんに年齢で分けているだけで、「第一」から「第三」までがそれぞれ、「年齢でいふと五十前後」の「所謂老大家」、「四十前後」の「第一流の大家」、「前時代に慊ら」ず「将に一世の支配者とならんとしてゐる」「所謂第二流第三流を以て目されてゐる青壮年の群」の「三十前後」と、ここまでの見立ては老・中・青で誰でも思いつくものだが、興味深いのはつぎの「第四」からである。

第四の時代は、年齢から言つたら二十三四にも当るだらうか。何か胸に新しい思想を懐き前に新しい生活の展けてゐるのを見てはゐるが、それがまだ完全に形を成して来ない。（…）自分の仕事を、まだ効果を収めない前から非常に大きく見てゐて、前の時代が顧みもしないのを何か悪意でもあるかの如く解していよく憤つたりする。最も元気のいゝ時代である。／第五の時代は、一面読者であつて、一面雷同者模倣者である群を包括してゐる。口先の自覚をしたり、筆先で文章を綴つたりしてゐる時代である。しかも此の時代は、物質上から言ふと、文壇の支持者であり保護者であるやうな関係になつてゐる。而して此の群の中の幾百分の一、幾千分の一かゞ未来の文壇を形成することになるのである。

『文章世界』は同じ博文館が出していた『中学世界』の投書セクションを拡大・充実させることから出発したのだが、その編集の経験から前田が得た知見に支えられた文章である。たとえば一九一一年四月の『文章世界』はその目次で通例のごとく本文部分を「本欄」と「文叢」とに大きく区分しているが、「本論」には内藤鳴雪・

島村抱月・田山花袋・小山内薫・中村星湖・富田砕花など前田のいう「第一」から「第四」までの著者たちの文章が並んでいるのに対し、「文叢」には論文・散文・書翰・長詩・短文・短歌・俳句・小説に分けられた投書が収められていて、これが前田の「第五」にあたる。またこの雑誌はしばしば投書家たちの肖像写真を口絵に載せて読者を惹きつける手段としているが、一月前の『文章世界』「青年の文藻」号の口絵は、「新たに撮影した文壇の諸家」と題して吉江孤雁・秋田雨雀・水野葉舟・小川未明ら「第三」世代の写真を載せ、「誌友のおもかげ」と題して投書家たちの写真をその後に配しているが、そこには学帽をかぶった「細田民樹君」と「番匠谷黒羽君」ら「第五」世代の面影がとどめられている。

「国民性の改造」という前田の文章は、「文壇の大勢が第二の時代から第三の時代に移らうとして居る」から、これから「第三の時代」が「実人生と相交渉する」文芸へと転換させることで「浅俗な国民性」の改造を促すしかないといって「第三時代に在る文壇の覚悟」を求めるという拍子抜けの結びで終るのだが、この文章の意義は、どこかで聞いたことのあるような「国民性」談義よりも、小説の面白くないことにずっとこだわっていた近松秋江から「今日の小説を面白くないものにして了つた」張本人は前田と花袋だという切りかえしを引き出したこと（「文学短評（二）」、国民新聞、一九一一年二月九日）、なによりも「第四」にくわえ、その「幾千分の一」以外ははかなく姿を没するしかない「第五」までも平気で「今の文壇の本流」の中に呼び込んでみせたことにある。時代とともに厚味を増してきた「第五」を裾野として、その上に青年文学者から老大家まで狭義の文壇が階層をなして乗っているというイメージである。それはかれが求める「実人生と相交渉する」文芸という理念を、文学史の空間に投射して出来上ったものである。のちに生田長江は『新文学小辞典』（一九一三年一〇月）の「文壇」の項で、「文壇」と「文学界」の違いについて、「文壇」は「形を有《も》つた場所」で、「文学界」は「無形の文学の世界」であると指摘したが、前田のはこの「文壇」であるのに対し、二葉亭送別会の「文壇」はむしろこの「文学界」であって、「無形の文学」を担い体現している作者たちの世界である。

前田の階層型の文壇モデルが生れる背景には、文壇全体をひとつの空間として意識することが自明であるとみなされるようになっている必要があるが、こうした意識を形成するのに大きく寄与したのが、一九〇七年秋から読売新聞に八回にわたって掲げられた岩野泡鳴の「文界私議」と近松秋江の「文壇無駄話」である。いずれも時々の話題を取り上げて自由に感想を述べるものだが、このうち「文壇無駄話」が最初に読売新聞に出たのは一九〇八年一月のことで、二年後の三月まですべて「文壇無駄話」のタイトルでそこに載った。正宗白鳥が同年七月に退社してからは読売新聞を離れて『新潮』に場所を移し、一九一一年八月に締めくくるまで全部で七十四篇の「文壇無駄話」が続いた。さまざまな方角から飛び込んでくる文壇トピックを拾い、それへの反応を重ねていくことで、文壇の定点観測となったのである。

この「文壇無駄話」で秋江は文壇を相撲の世界に喩えたことがある（読売新聞、一九〇八年五月三一日）。「これから小説なり何なり書くとして、果して何処まで出世するであらう？　十両取りになれるであらうか、入幕出来るであらうか」などと我身を心配してから、「新進力士はドン〳〵入幕して来る」中で、「一時は三役まで勤めた者が、段々幕尻に追ひ下げられて行く」角界のありさまに、「此の頃は文壇の中心を逸した」「硯友社の部将」たちの姿を重ねている。

> 豈に独り硯友社の部将のみならんや、将に幕尻に追ひ下げられんとする文士――小説家――は幾許も私の眼に着く。「あの人も、あの人も」と、私の腹の中だけでは歴々と分つてゐる気がする。

「廃業」すれすれのところにいる「あの人」たちが、続々と押しよせる「新進」と入れ代わっている場所こそ、

「幕尻」近くで秋江が見た文壇という境域の果である。

『早稲田文学』(一九〇九年二月)に出た「明治四十一年文芸史料」一月の項には、「文壇無駄話」の掲載が始まったこととともに、雑誌や新聞に昨年の「文芸界の趨勢」をまとめたものが多く現れたとして、片上伸「文壇最近の趨勢」(『ホトトギス』一九〇八年一月)・「明治四十年文芸史」(『詩人』一九〇八年一月)・白鳥「昨年の文芸界」(読売新聞、一九〇八年一月二日)の三篇をあげていて、秋江がこれから見てまわる文壇の動静にようやく感心が向けられようとしていることがわかる。これらのうち、「自然主義の新興とともに、文壇は真面目になつた。文壇は自覚した」ということばを最初にもってくる片上の眼界がとらえた「自覚」した「文壇」とは、自然主義と漱石らの「俳諧派といふか写生文派」の「どちらの列がまん中をあるいたか」といういいまわしに示されるように、その「まん中」がハイライトされたものであり、「小説では自然主義が議論の中心になり」「小説では藤村氏の「並木」と花袋氏の「蒲団」とが昨年の作物中新しき傾向を代表してゐる」という白鳥のそれも、やはり「中心」と「代表」に焦点をあて、底辺や周縁には目が向かない。これに対して「明治四十年文芸史」は、「詩壇」「短歌」「俳句」「演劇」「小説」「思潮」「宗教」「美術」「地方文壇」に分けてそれぞれの一年の動向を展望したものだが、その「詩壇」においては「青年の躍動」を特記したりするのが目につくものの、横並びに各項目を並べてみせただけなのが惜しまれる。

どちらかというと底辺の方から文壇を見上げながら獲物を物色していた秋江に対し、上空からそのリアルな全貌を一挙につかまえようと試みたのがＸＹＺ「現文壇の鳥瞰図」(『文章世界』一九〇九年一一月)で、「今の文壇には支配者がない」ということばに始まる、二段組み四十八頁に及ぶ力作である。取り上げているのは、前田のモデルでいえば「第四」まで、『文章世界』でいうと「本欄」に出る人びとであり、小説家・自然文学者・詩人・歌人・俳人・作劇家・翻訳家・批評家たちである。このうち小説家はさらに自然派・硯友社以来の作家・歴史小説家・冒険小説(家)・お伽文学(家)・新聞小説家・江戸文学(家)・女流作家に分けられていて、小説と自然文学の間に写生文派が置かれている。中心にピントをあわせてその周辺はカットしたりぼかしたりしていたそれまでの文壇の影像からは意図的に決別していて、辛辣な口調でゴシップがらみに話を展開しつつ意欲的に文壇の領域を踏査しようとしていて読み応えがある。この「現文壇の鳥瞰図」については「文壇に一波動を与ふ」と『早稲田文学』（一九一〇年二月）の「明治四十二年文芸界一覧」がわざわざ付記したほど評判だったようで、無名氏「文壇色々の気」（『趣味』一九一〇年一月）がすぐに出ている。この文章の筆者は太田水穂だと噂され、「色々」とあるように「鳥瞰図」をなぞるようにして多彩な作家を網羅した二十頁に及ぶ論文となっているが、「鳥瞰図」がそのタイトルに反してどちらかというと文壇内部の楽屋落ちめいた細部に目を向けがちなのに対し、こちらは「僕の如き門外漢から見ると当然早稲田大学の如き自由の地に立たすべき二三の智識が現に文壇にあると思ふ」など、あくまで「門外漢」としての距離から「文壇」を眺める視座を打ち出している点に秋江と通うものがある。

こうして文壇をとらえるためのさまざまな試みが重ねられてきた中で、ひとにぎりの「少数者（文学インテリ）」のはるか対極に、無数の読者たちの多様な顔がうかびあがって来た。

前田と同じ階層モデルだが、世代を基軸とする前田とちがって、「第二流、第三流の文芸」と「一流」との峻別を公言する（「文界私議（八）」、『新自然主義』一九〇八年一〇月）岩野泡鳴が、文学の種別と価値によって階層化を試みた「思索力の欠乏せる現文壇」（『秀才文壇』第九巻一一号、一九〇九年五月）は、「文界といへば、広い意味から見ると、その局にあたる創作家、評論家ばかりではなく、これらの読者まで含んでゐるものと見なければならない」と最初に断ってから、島村抱月が「近代文芸の特色一二」（『文章世界』一九〇八年三月）で示した「現今小説の読者」の五分類をふまえて、その「読者の部類」を三つにわけてみせる。「第一部類」は、「料理屋のおかみ、旦那を初めとして、女中、芸者、旦那取り、官吏、会社員、番頭、職人、職工、お三どん」などからなり、「講談物、教訓物、滑稽物、さては卑俗な都新聞的小説か、毒にも薬にもならない家庭小説」を読んでいる。一段上の「第二部類」は、「学問」をかじって「都会的空気を呼吸する」ようになった男女の「学生」を筆頭に、「第一部類の作物」ではあきたらなくなった「会社員や官吏」、「道楽気のある教育家、学者」、「多少見識ある文学好きな商人」、「あちらの社会で小説ばなしを聴かされて帰つた、語学者、哲学生、外交官」などで、かれらが手にするのは「多少新しい教訓小説、抽象的で肉付きの薄い理想小説然らざれば、写実小説や伝奇小説や余裕小説」、具体的には「紅葉、露伴の作を初め、宙外氏や柳浪氏程度の小説の為めの小説、皮相写実の天外物、用語と事件ばかりが奇怪な鏡花物、余裕と茶化しとを同一視した漱石物など」である。その上の「第三部類」は、「評論家、創作家並に評論や創作を心がけてゐる文芸志望者連を初め、それらの友人、親戚、家族、男女のハイカラ学生、文芸に一隻眼を備へた新式学者、新聞記者、官吏、実業家」で、「心細いほど数が少い」。これらの読者に歓迎されるのは「自然主義者またはその傾向ある人々の作で、白鳥、花袋、藤村諸氏の小説」であり、「この種の読者には、生田葵山氏は出来そこないだし、風葉氏は文章がうまいが中核《なかみ》がなし、秋声氏は中核があつても文章がとゝのひ過ぎて却つて引き立たない様に思はれてゐる」。くわしく紹介したのは、泡鳴の「耽溺」（『新小説』一九〇九年二月）の読者ならピンと来るはずだが、ここに提示された文壇の見取り図は、「料理屋のおかみ、女中、芸者」らと「創作家」を登場人物とする泡鳴の小説の世界そのままであるからだ。この時期、小説家を主人公とする小説がつぎつぎと書かれはじめるようになるが、それらの中には私小説ではなくいわば文壇小説とでも呼んだ方がいい作品があることを、泡鳴の例が示唆している。

泡鳴のこのモデルでも、「第二部類」に棲息している「学生」たちのふるまいは問題ぶくみで、かれらは「第一部類」のものでも蘆花の『不如帰』ぐらいなら手を出すし、また、秋声や風葉の作品は「第二部類の読者から第三部類の読者を橋渡し」する役割を果して、「学生」たちを「第三部類」に連れていくだろう。

たとえば、独歩の「肱の侮辱」（『独歩集第二』一九〇八年七月）という作品が、「東京市より汽車で何哩《まいる》ほど往」った「某中学校」で開かれた講演会で、「矢島といふ文学者」が中学生たちに向かって語りかけたことばよりなること、さらには、藤村の『千曲川のスケッチ』（一九一二年一二月）が初めに『中学世界』に連載され、単行本に添えられた「序」ではわざわざ「斯の書の全部を（…）山の上に住んだ時の私からまだ中学の制服を着けて居た頃の君へ」あてて書いたと断っていることを、前田晁や岩野泡鳴の文壇モデルを横目で見ながら、もういちど文学史の中で考え直してみる必要がある。

三　読む・写す・作る・編む――少年たちの言語活動

『幼少時代』（一九五七年三月）の中で谷崎潤一郎は、文学に志すようになったころを回想して、つぎのように述べている。

> 昔の作者が詞章を修飾することに多くの力を費したのを、無駄な努力であつたやうに云ふ人もあるかも知れないが、私の幼少時代までは、文学の門に這入るにはそこを通つて行つたので、私はそれを益のない骨折であつたとは思つてゐない。（…）私は文辞を研く手段として、古人のさま〴〵な著作から秀句を抜粋して書き取つたり、それらを用ひて新たな文章を作つたりした時期があつたが、「二日物語」の「此一日」はその後半を半紙に浄写して暗記した。（「文学熱」）

「詞章を修飾する」とか「文辞を研く手段」とか、もってまわった所はあるが、作家のこの種の回想として、よく実際を伝えているもののひとつである。言及されている「此一日」とは一八九八年二月の『文芸倶楽部』に出た幸田露伴の小説で、のち「二日物語　彼一日」（『文芸倶楽部』一九〇一年一月）と合わせて「二日物語」としたものであり、したがって、「此一日」を筆写したのは、日本橋の高等小学校に通って、担任であった「新進気鋭」の稲葉清吉先生から文学への豊かな情熱を浴びていた十三歳ごろのことである。子供だったころから写しものをしていたという山田美妙は、十代半ばの頃に、珍らしいものを写しては競争するようにして尾崎紅葉と見せ合っていたというが、「潜心苦慮して写し取ることを楽しみとせしは殆ど今より言はば予想外ともいふべきもの」（「はしがき」、『美人詞林衣香扇影』一八九九年八月）というだけで、谷崎とは違ってひたすら写すことに終始していたようである。これらに対し、『文学入門』（一九〇七年一一月）の生田長江は、もうすこし先のところに踏み込んでいる。

読書に際して、もう一つ心掛くべきは書抜きをすることである。何か別に帳面のやうな物を作つて、面白いと思ふところを、長し短しに係はらず、書き抜いて置く。かうして置けば、後で暇なとき取り出して読むで見る丈けでも面白いし、また、直接作文の資料ともなる。尚ほ余裕があつたらば、それ等の書抜きした文句を、春夏秋冬の季節に区分し、叙事叙情に配当したりして、字書や索引の体裁を具へさして置くのも、結構な思付きであらうと思ふ。（第八章「読書の材料及び方法」）

他人の文章は写すという営みが、自分で文章を作るという営みにつながり、また、作文用の辞典としての文範を編んでいくという一連の流れを思い描くことができるのだが、こうした、読む・写す・作る・編むという営みが無葛藤のままで一つに結びついていたとは思えない。

谷崎は「抜萃」した「秀句」を使って「新たな文章」を作っていたという。だが、手本を見て作られたものが、すんなりと「新たな文章」になってくれるかは疑問である。

写すと作るという二つの営みをつなぐ経路を具体的に示してみせたのは、『文学入門』の第十章「創作の稽古」である。文学者になるために必要なものは、「先天的な素質」と、「読書」をしながら「観察」と「経験」をつむこと、そして最後の三つめが「創作の実習稽古」すなわち「筆ならし」であると前置きしてから、生田長江の「模倣」論がはじまる。

> 芸術は自然の模倣なりと云ふ議論は、古くから行はれて居るが、其議論の当否は暫く置き、人が文章の稽古をする場合に、先づ免れがたきものは模倣である。／芸術の本領から云へば、作家自身の独創《オリジナリチイ》を出し、個人性を発揮するところに中心の生命を存することは勿論である、それは寧ろ修養の出来上つた曉に於てはじめて期すべきことで、（…）初学入門の人は、どうしても模倣よりして進まざるを得ぬ。

「模倣」には手を染めないなどと「初学の人」がいうのは、その「不勉強を弁護」しているだけだとまでいう長江は、具体的な「模倣の方法」について議論を進める。

> 自分はまづ、其方法の一として、成るべく立派なものを選むで模倣することを数《（ママ）》へる。作家に就いて云へば、第一流の詩人文学者、殊に其人の価値が十分に決定された歴史上の天才を模倣しなければならぬ。蓋し現存の作家だと云ふと、非常に名声の高い人が案外に平凡な人であつて、模倣して得るところ寧ろ少く、たゞ妙な癖が附いたりなんかして、面白くないばかりでなく第一また、いかに初学の人とは云へ、同時代の作家を真似ると云ふのは、多少其人の自尊心を傷くるやうなもので、それも過去に立派な手本のない場合はともかく、さうでない限りは、なるべく歴史上の天才を模倣する方が得策であらうと考へるのである。

長江の筆は「同時代の作家」が出てきた途端に迷走しはじめる。「非常に名声の高い」作家がじつは「平凡」だったり、「現存の作家」を手本にしてマネたりするとマネした方の「自尊心」が傷つくなどというのは、知り合いである「現存の作家」たちの顔を思い浮かべた長江の遁辞である。露伴をマネしたと白状した谷崎の方がはるかに素直であって、一度道をそれた長江はひたすら「模倣」の具体から遠ざかる。「模倣すべき作品」は「文壇に定評ある」「不朽の傑作」に限り、「局部の技巧」よりも、「作物、作家の全体を模倣する」、すなわち「形式的な」「模倣」より「精神的な」「模倣」をこころがけるべきである。「精神的な」「模倣」とは「他の作家から刺激や暗示を受ける」のと同じだといって、「模倣」の意味を「刺激や暗示」にすり替えてしまう。これは「唯の模倣」とは違って、作家の「独創」を損なわない。「大詩人大文豪」は「過去のあらゆる作家作物の精神」を受容する一方で、「同時代文士のあらゆる作風技巧を利用する」ものだ、と長江の迷走は止まらない。

こうして「模倣」をまったく別のことばにしてから、その対象として長江が推奨するのはまずシェークスピアである。そして「現代の作家」に移り、「伊太利の小説家ダンヌンチオ」と「露西亜の作家ツルゲネフ」の二人を紹介して、やっと「我が日本今日の作家」のところにやってくる。長江が薦めるのは「小説界」の小栗風葉と「韻文界」の与謝野鉄幹である。鉄幹は薄田泣菫・蒲原有明・上田敏などから「直接間接少からざる刺激と暗示」を受けているが、「しかし、与謝野氏は模倣の詩人ではない」、上田敏たちの「述作に潜める生命を吸収して、だんくと大きくなつた人である」と述べて、再び「模倣」を「暗示」から切り離してしまう。「模倣」はまた「精神」や「生命」とは無縁なところに戻る。風葉の扱い方もこれと同じである。「非常に鋭敏な感受性」を有する小栗風葉は、そのために「他の作家作品から――尤も是は主として外国の作家作品から――暗示を与へられ、刺激をうけ」ている作家である。「日本の作家にして外国の作家作品から暗示、刺激を受ける場合には、余程注意しなければ、つひ単なる模倣に了り易いものなので、現に小栗氏の従来の小説には、殆んど模倣的作品とも云ふべきものがないではない」が、「模倣の域を超えた傑作も少くはない」ので、「不消化なる踏襲模倣に堕ちた過を責むるよりも、寧ろその我が文壇にあつては、異彩とも見るべき、鋭敏なる感受性をまづ認めたい」と、たぶんツルゲーネフの『ルージン』との関係が話題となった『青春』（一九〇五年一〇月―一九〇六年一一月）を念頭に置いて、「模倣の域を超えた傑作」から「模倣的作品」を見下ろすというスタンスでこの「日本の作家」を論じている。このとき長江は、「不消化なる踏襲模倣」であることを明らかに示している「模倣的作品」の存在をしぶしぶ認めはするが、「傑作」の前ではそれも取るに足りない存在でしかないといって、せっかく提起していた「方法」としての「模倣」を自らまったく放棄している。「筆ならし」として他人の作品を意識してマネすることを推奨していたのが、その「筆ならし」の対象としてはどんなものが良いかというところへ進んだはずの議論が、文壇の中の「日本の作家」が出てくるや否や、突然、「模倣」ではなくより高次であいまいな「精神的」「暗示」などへと急展開してそのまま結ばれてしまう。風葉が「日本の作家」の作品を「模倣」したことはあるのかという肝心の点は置きざりにされてしまい、長江の「模倣」論のまとめは、しどろもどろとなっている。

之を要するに、模倣と云ふことは強ち斥くべからざるもので、其方法さへ宜しきを得れば、寧ろ利益のあることで、また一方に於て全体の修養が完全してくるにつれ、単に感化影響を受ける丈けのものとなり、刺激暗示を受ける丈けのものとなつて、模倣もつひに模倣でなくなるものと、かう云ふのである。

「模倣もつひに模倣でなくなる」とは、語るに落ちたというべきでろう。やっかいな「模倣」は消され、代りに「感化影響」という便利なフレーズが登場する。

長江は『文学新語小辞典』（一九一三年一〇月）で、「模倣」を次のように説く。

独創の反対である。他をまねる事である。すべて創作には、模倣は禁物である。

こうやって「模倣」と「初学の人」をいっしょに文学から長江は追放してしまったが、読むことと書くことが連続した環境にいる谷崎のような少年たちは、相変わらずせっせと「模倣の方法」として「筆ならし」を実践し、「新たな文章」を作って言語運用の力を伸ばしていたはずだし、こうした「初学の人」向きの本には相変わらず「模倣」が顔を出す。

『通俗新文章問答』（一九一三年六月）は、通りいっぺんの記述で済まして事足れりとするこの手の本とは違って、具体的な指針を初学者に与えてくれる問答体の本だが、そこに掲げられた「文例に対する注意を問ふ」という問いに対する解答は、以下のとおりである。

文章でも又広く芸術でも、独創に価値があるので模倣は駄目だ。模倣はポンプの迎へ水のやうなもので、只独創力を導き出す方便としてのみ価値がある、独創の為の模倣なのだ。どうしても最初の中は模倣だ。模倣が必要であるとすると、文範及び文例も必要だ。読書が作文に利益のあるのは、文例を与ふるといふ点に於て利益があるのである。文範として適切な一節丈を、多くの書から抜き出して、夫を一巻に蒐めた「文章新辞典」とか、「小品文範」とか、「新叙景文範」「会話文範」「新叙情文範」などの類は、一冊を読めば、文範を得る点に於て他の数十百冊を読んだのに劣らぬ効果がある、初学の座右を離してはならぬ書だ。（…）が、かういふ書について学ぶ際に注意せねばならぬ事は、夫等の文範や文例に囚はれてはならぬことだ。

長江が切り離してみせた「模倣」と「独創」を連結することによって、「模倣」につきまとうマイナスが「独創」のプラスで打ち消され、片隅で抑圧されていた「模倣」が解放されて、当然の営みのように推奨されるのだ。文章に取り組む第一歩は「模倣」であり、「効果」的に「模倣」するには「文範及び文例」が有用で、それらは「初学の座右を離してはならぬ」。こういった後でぬけぬけと自社の刊行物である文範をならべて売り込んでいることもあって、言われた通りほんとうに「模倣」に励んでいいのだろうかと思わせたりもするが、「独創の為の模倣」を唱えて長江の「模倣」論を乗り越え、「模倣」に光をあてた手柄は大きい。

長江の『文学入門』の少し前に出た大町桂月の『桂月文集 雑木林』(一九〇七年六月)に、「文士となる覚悟」という文章が収められている。「文士」として身を立てるにはどうすればいいかを三十二の項目にわけて初心者に説いたものだが、「十三四歳」の頃に自分から楽しんで文章を書くことを始めることで「文士たるの基礎」ができると述べることから始めて、いわば発達順に指針を並べていくのだが、その二つめの項目で、「叙事文」「抒情文」「議論文」の順に作っていくのがよいといった後に、とにかく「手本」を写せという。

はじめのうちは、模擬を事として可也。書でも画でも、一通り運筆に慣るゝまでは、唯お手本の真似せざるべからず。文は、書画とは、少し異なれども、やはり、はじめのうちは、お手本とするものをこしらへて、一篇の趣向思想は、之に拠りて、文字の運用に熟せざるべからず。

ここで「文字」は書かれたことばの意で、習いごとはすべて「お手本の真似」から始まるもので、素読をするように、「趣向思想」はわからなくてもいいので、とにかくまる写ししてことばの使い方に習熟しろといっているのである。ただ、「お手本の真似」だけではだめで、本を読んで中味を理解する力を身につける必要がある。

作文は読書と相伴はざるべからず。文を作りてのみ居りても、発達するものに非ず。一方には、読書をつとめざるべからず。少年の頃には、議論はわからざるべし、伝記、紀行などの類を多く読むべし。名家の文は真似し難し。少年の雑誌や、青年雑誌にあらはるゝ少年青年の文が学び易ければ、注意して読むべし、読みて、自から試作すべし。

読むことと書くことを連結させるように、「少年の雑誌や、青年雑誌にあらはるゝ少年青年の文」の中の「伝記、紀行」を選び、それを読んで「自から試作」することを桂月は推奨する。「少年青年の文」が載る雑誌だから、桂月がいうのは投書雑誌である。『秀才文壇』でいえば「秀才文壇」欄に載った文章から選んでそれを「真似」しろという。「自から試作す」るとは、だから、もとの文章に手を加えてそれと似た文章を自分で作ってみることだ。ここで桂月がアプリオリに「名家の文」が真似るのが難しく、「少年青年の文」が真似し易いといっているのは、両者のヒエラルキーを前提としているだけで、投書雑誌に載る「名家の文」が読者である「少年青年」に向けて書かれている限り、それを「手本」にして一向にかまわないはずである。ひとつ飛んだ五つ目の項目で桂月は、投書雑誌を取り上げる。

世には、少年青年の文を募集する雑誌多し。文を好むものはどしどし投書して可也。年齢を云へば、十四五歳より、二十歳ぐらゐまでを限りとすべし、二十歳を過ぎなば文壇に雄飛せむと心掛くべし。(…)区々、懸賞文などに、うき身をやつすべからず。

要するに、文を学ぶもっとも初期の段階から投書雑誌に載った文章を真似することを始め、書いたものを「十四五歳より」どんどん雑誌に投書することを桂月は勧めている。読むことと書くことが重なり合った「少年青年の文」の世界では、読んだものは、少し手を入れられて書いたものになり、それが雑誌に載って再びだれかの読んだものとなり、さらに手を加えられて書いたものとなる、というサイクルが出来上っていて、このようにして、互に少しづつ異なった無数の文章によって世界は満たされてしまう。同時代の文学者の文章を集めた初学者向けの文範とは、こうした世界のミニチュアであり、文を学ぶ＝「模倣」するための装置である。

四　共有される文化資源としての文範

馬琴や京伝といった江戸の戯作者たちの作品を集めた『小説文範』（一八八八年一一月）のような古人の文章が中心だった文範が変貌し、こぞって同時代の作家中心のものとなってゆくのは一九一〇年代からだが、そのさきがけになったのは、大学館が出した『韻文 花天月地』であろう。手もとにある一九一三年刊行の八版の奥付を見ると初版は一八九九年七月に刊行されている。新体詩を集めたもので、「二十七八年頃より三十年迄」のものを載せたと「例言」で断っている。「春の日」「夏の夕」「秋の夜」「冬の朝」「恋」「離別」「雑」の七部に、藤村・鉄幹・羽衣・松男（柳田国男）・桂月・湖処子・酔茗・花袋・独歩・孤蝶などの作品を『文学界』などの雑誌から集める。「追つては前后相次ぎ新古を加へ以て完全なる新詩の経過を残す可し」と「例言」にあるように、追っての増補によって網羅することを目指すというからには、いま手にしているのは「完全」な集成の一部という位置づけなのだ。それがどれほど本気かはともかく、そうした姿勢を打ちだすことが、新しい文範の特徴となって承け継がれていくことになる。

そもそも新体詩には古いものは少ないから、集めれば自然に現代の作家ばかりとなるわけだが、『韻文花天月地』は意図して新しいものに絞っている。あるいは、一年前に出た『新俳句』(一八九八年三月)のやり方にヒントを得たのかも知れない。「明治二十五年以後」盛時を迎えた「明治の新俳句」を集めたもので、「第二第三の『新俳句』」が「続々世に現はれんことを希望」すると『新俳句』に序を寄せた正岡子規が述べている。

小説を対象にした現代作家の文範は、秋浦編『明治小説文粋』(一九〇三年三月)が最初だろう。『小説神髄』が出てから十八年間に及ぶ小説からその一部を抜いて「天地の巻」と「人の巻」に分けて並べたもので、「文壇に志ある士」の「虎の巻」だといって購読を呼びかけている(徳田秋声『地中の美人』巻尾広告、一九〇四年九月)。紅葉・浪六・露伴から風葉・鏡花・蘆花まで全部で二十八名の著作から文例を取っているが、その長さは、一〇〇字ほどのものから四〇〇字をこえるものまでである。この『明治小説文粋』の六年後に、海賀変哲の『新式小説辞典』(一九〇九年五月)が出る。「容姿」「扮装」「動作」「会話」といった十の項目にわけて雑誌などから採録した小説の一部を収めているが、特徴はそれぞれの文章が短くても一〇〇字程度はあることと、その末尾に作家と作品名を付記していることである。作品集成の趣きがあり、読む辞典である。一八九九年から翌年にかけて八冊が刊行され版を重ねた大学館の名家文庫のような「現今の名家の文」を「獲るに従ひ」集めた(『美文散文 紅葉青山』「例言」、一八九九年一〇月)アンソロジーを美文の文範にならって部門別に再編集し、さらにそれぞれの文章を短くしたものをイメージすれば、それがこの『新式小説辞典』のスタイルである。引用書目で多いのが広津柳浪、泉鏡花であることが示すように、収めているものは硯友社系統の作家のものが中心で、自然主義全盛の時代に出たことが災いしたのか、その影響は薄い。新しさをうたったタイトルなのに内容はすでに一時代前なのであって、より新しいものにその席を奪われていくことになる。

この『新式小説辞典』の後に出たもので画期的なのは西村真次の『新美辞宝典』（一九一五年一月）である。「美辞」という題名と春夏秋冬から始まる「天象」「地文」「動物」「植物」「景観」という古めかしい部門立てをみると、桂月の『黄菊白菊』などがもてはやされた時代の美文を集めた本かと想像されるが、中味は『新式小説辞典』より後の自然主義以降の小説類が中心で短歌近代詩の詞章を交える。それぞれの部門をさらに項目に分け、「各項に就いて出来る丈多くの詞藻を集めてある」と凡例で示すように、収めた文章は『新式小説辞典』より短い。各文章には末尾に著者名が添えてあるが、作品名はない。まれに何も付さないものがあるのは、著者である西村が自分で書いたものと思われる。なにより、収録作家が、鈴木三重吉・小川未明・正宗白鳥・真山青果・田村俊子・野上弥生子・長田幹彦・谷崎潤一郎など近年文壇に加わった者を含め網羅的なものになっているのが特徴である。これら新しい作家たちを取り上げた文範としては、樋口竜峡の『新体美文資料』（一九一四年二月）が先だが、作文に用いる語彙を掲げた「類句」を含むため、文例の数は多くない。著者の西村は一九一〇年に冨山房が創刊した投書雑誌『学生』の編集主任で、この『新美辞宝典』も冨山房から出ている。西村は浪華青年文学会の一員として、高須梅渓・中村吉蔵などと共に一八九八年に創刊された『よしあし草』に携わった経歴をもち（河井酔茗「明治年間の大阪文学」、『随筆南窓』一九三五年一二月）、一九〇八年の『文章世界』の「改訂現代文学者小伝」では、「早稲田大学文学士」で朝日新聞記者、『青い花』などの著書があると紹介されている。西村の著したものにはすでに「美文韻文」を作る「青年」を対象にした『作文良材 美辞宝典』（一九〇二年五月）と『作文良材 続美辞宝典』（一九〇五年三月）があるから、『新美辞宝典』は十年後のその続編に当るわけだ。『新美辞宝典』の凡例に「本書編輯を助力せられたる森銑三君の労を多とする」とあるように、西村とともにこの本を作ったのは森銑三である。柳田守『森銑三―書を読む〝野武士〟―』（一九九四年一〇月）によれば、後に古典学者として知られる森銑三は『学生』の愛読者で、その文章が最初に活字になったのも『学生』への投書であったという。読者として西村と手紙のやりとりをしていた無職の森が西村と東京で会ったのは、数え年で二十歳の一九一四年で、まさに『新美辞宝典』が編集されていた時期にあたる。十六歳のころに学業そっちのけで明治の文学を読んでいたという森だから、あるいは西村ではなく森が作っていた抜き書きがベースになっているとも考えられるが、証拠となるものは何も残されていない。いずれにせよ、投書雑誌で知り合った「青年文士」と「青年文士」あがりの人間とが協同して作りあげた文範であることに変りはない。文壇の外にいる者と文壇人が、投書雑誌を縁として作った文範として、一九〇〇年このかたの文学をめぐる営みの集大成であったのである。

『新美辞宝典』が出た時、数え年の十七歳で茨木中学の三年生だった川端康成は、その年の元日に「生徒日誌の元日を面白く書かうと思つて」いろいろ本を引っぱりだしているが、その中に「美辞宝典」の名が見える（「大正四年　当用日記」、『川端康成全集』補巻一、一九九九年一〇月）。『新美辞宝典』の奥付に記す刊行日は「一月五日」であり、川端が参照したのは先行する二著のいずれかであるとするのが無難であるが、書店の店頭に年末に並んだ可能性がないではない。「逍遙、鷗外、蘆花、藤村、漱石、白鳥、花袋、未明、小剣、俊子、秋声、鏡花」を「現今十二文豪」として奉じ（「大正四年　当用日記」一月一二日）、『中央公論』と『文章世界』を講読し、将来は「早稲田の文科」に行って「大学の雑誌に活動」して「文壇にのり出す」ことを夢見ることになる（「大正四年　ノート　二」、全集補巻一）中学生は、この頃「ほんの僅か投書をしてみた」とだけ後に控え目に語るが（「文学的自叙伝」、『純粋の声』一九三六年九月）、読書欲は旺盛で、村上浪六と鈴木三重吉の本を交互に学校へ持っていったり（「大正四年　当用日記」一月一六日）、涙香の『巌窟王』と藤村の『春』を一緒に買い求めたり（同、三月二七日）と、手にする文学書の幅は広い。読むだけではない。『中学世界』で見た和歌を書きとめている（同、一月二五日）他、鈴木三重吉の『朝顔』（一九一四年一〇月）に収められた「母」という短篇から、亡くなった母の写真をめぐる一節と、その母の記憶を二つ語った一節、合わせて一六〇〇字ほどを写している（同、一月二〇日）。さらにこの中学生は、自分で「美辞宝典」

を作ろうと思い立ちノート三冊を買いそろえたものの（同、三月四日、八日）、この試みは挫折したようで、表紙に「美辞宝典」と記したこのノートは、翌年その用途を変えて、日々の感想などを記すのに用いられている（「解題」のうち「大正五年　ノート　一」、全集補巻一）。ただし、このノートの中には、当時愛読していた長田幹彦の作品を読むと「あまりに美しくて片端から美辞宝典」とここまで書きかけて、「美辞宝典」を消し「抜すい帳に写さねばならん」と続けた感想が記された箇所があって（「大正五年　ノート　一」、全集補巻一）、組織だった「美辞宝典」は諦めても、随時書き足していく「抜すい帳」は作っていたのかも知れない。読むことと書くことがむすびついている環境に文範が投入された際に、どのような反応が連鎖するか、その拡がりをこの川端の例は示している。

『新美辞宝典』の「凡例」で、これから時間が許せば四季とか風景ではなく今度は「人事に関するもの」を集めた「姉妹篇」を作りたいと西村は述べていたが、実現はしなかった。しかし、別の「姉妹篇」が登場し、おそらく版を重ねることのなかったらしい『新美辞宝典』をよそに、皮肉なことに沢山の新しい読者を獲得していった。相馬御風の『新描写辞典』（一九一五年一二月）である。

この『新描写辞典』の「秋、冬の花——穀物」の項に「コスモス」という下位項目があって、鈴木三重吉と徳富蘆花の文章の後に、田村俊子のものが出ている。

森の梢の赤い葉、黄色い葉が凋落の一瞬前を引きちゞまつてじつと動かずにでもゐるやうに僅かな風のをのゝきも見せずに居る。静寂な、際限のない、銀色に塗りこめた広い平野のところ〴〵に、薄赤いコスモスの花がひよろ高くもつれて中間に疋田絞《ひつだしぼり》を散らしてゐる。（俊子）

これは一九一二年二月の『早稲田文学』に初めて出て翌年五月の小説集『誓言』に収められた「魔」と題する

田村の作品の中の一節であり、上欄には「【凋落の一瞬前を引きちゞまつて】といふのは誠に面白い」という編者による簡単なコメントがある。

田村のこの一節は、『新美辞宝典』第三篇「秋季」の「秋野」の項から孫引きされたものである。

森の梢の赤い葉、黄色い葉が凋落の一瞬前を引きちゞまつてぢつと動かずにでもゐるやうに僅かな風のおのゝきも見せずに居る。静寂な、際限のない、銀色に塗りこめた広い平野のところ〳〵に、薄赤いコスモスの花がひよろ高くもつれて中間に匹田絞《ひきたしぼり》を散らしてゐる（俊子）

ここでは省いたが『新美辞宝典』の文章は総ルビであるのに対し、『新描写辞典』はパラルビとしている。（初出・単行本ともルビはごく少ない。また、同じく「匹田絞」にルビは施されていない。）「じつと」と「ぢつと」、「をのゝき」と「おのゝき」といった差異が両者の間に見られるが、問題は「僅かな風のをのゝきも見せずに居る」（『新描写辞典』）・「おのゝきも見せずに居る」（『新美辞宝典』）という部分が、初出と単行本に異同がない「僅かな風のおのゝきさへも見せずにゐる」といずれも異なっていることにある。（ちなみに初出・単行本ともに「ぢつと」である。）これから導かれるのは、『新美辞宝典』が田村の作品の初出または単行本からその一節を写し、その際「さへ」を見落として「ゐる」に漢字をあてて「秋野」の項目に入れ、さらにその『新美辞宝典』を写した『新描写辞典』が、「おのゝきも見せずに居る」を「をのゝきも見せずに居る」と誤ったという経緯である。なぜ「秋野」の項目であることにこだわるかというと、じつは『新美辞宝典』は田村の「魔」の同じ箇所を、「秋野」の他に「コスモス」の項目でも用いていて、そこでは「広い平野の」以下の部分が出て来るからである。なお、『新美辞宝典』の「コスモス」の項では「匹田絞《ひきたしぼ》り」であって、『新描写辞典』のルビ「ひつだしぼり」はその訂正である。

このように三つあるコスモスの項の文のうち、もうひとつ蘆花の『みゝずのたはこと』（一九一三年三月）からのものが同じであるように、『新美辞宝典』と『新描写辞典』は多くの引用において一致していて、それは後者が前者を敷き写したことでもたらされたものである。『新描写辞典』は先行する『新美辞宝典』を最大限活用し、全体の構成に手を加えた上でそこに新規のものを加えて作られていると考えられる。相馬御風が書き抜いたものか、だれかの書き抜きを利用したのか、詳細は一切不明で、二次利用の対象が自分と同種の著作であるが、やはりこれも読んだものは写していくという一連のモードの産物には違いない。『新描写辞典』は、その本文の冒頭にあえて「注意四則」を掲げて、読者を訓戒している。「剽窃」に触れたその最初の事項を以下に掲げる。

辞典の文句をさながらに自家の文中に挿入せば剽窃の譏を免れざる可し。先づ、十分に之を消化して後、はじめて資料となす可き也。消化とは、これを自家の実際の観察に照らして仔細に吟味するを云ふ。

今日の感覚からいうと、『新描写辞典』が『新美辞宝典』に対して行った行為を承知の上でよくもこんなことがいえたものだとなるが、御風は案外、平気だったかもしれない。二次利用であろうと、三次利用であろうと、もとのテキストとの関係でいえば五十歩百歩であり、文の配列など『新美辞宝典』をそのままなぞったわけではない、それを「消化」しただけだからである。御風のこの訓戒は、読んだものを写していく営みがひろくあたりまえに行われている環境の存在を前提に、まる写ししたものを自分の文章の中にそのまま取り込んで、それを他人に見せたり、投書したりしてはいけない、ということを述べているわけで、文範を文範のまま写して摸倣することは「剽窃」ではない。

だから、自分を写したものが出現するというのは、むしろ『新描写辞典』がなかば予想していた事態であり、はたしてそれは加藤朝鳥と村瀬蕉雨による『近代描写一万句』（一九一九年一〇月）によって現実のものとなった。

> 森の梢の赤い葉、黄色い葉が凋落の一瞬前を引きちゞまつてじつと動かずにでもゐるやうに僅かな風のをのゝきも見せずに居る。静寂な、際限のない、銀色に塗りこめた広い平野のところ〴〵に薄赤いコスモスの花がひよろ高くもつれて中間に匹田絞《ひつだしぼり》を散らしてゐる。（田村俊子）

この一節は『新描写辞典』のものと完全に一致している。『近代描写一万句』は、それまでのふたつの文範と異なり、採録した文章に見出しを付けた上で、その見出しのあいうえお順に並べていくという、フラットな配列を採用していて、この田村の文章には「コスモス」という見出しが付されている。田村の直前には、徳富蘆花と鈴木三重吉の文があって、その順番まで『新描写辞典』と同じであった。

文範とは、「独創の為の模倣」を実践していた文化の基盤にある「写しもの」が共有され、流通していく過程で印刷されて出現してきたものであり、運動としての「模倣」と「写し」によってもたらされた、共有の文化資源である。次々と人びとの手にわたっていく中で、それはどんどん形を変え、成長あるいは縮減を繰り返していくだろう。『新描写辞典』も版を重ね、二十八版が一九二四年に出ていることが確認される。多くの文学青年たちがこの本に触れたことだろう。

> いまではわれわれには文章のディテールを喜ぶ習慣がほとんどなくなりました。私のところに古い文章辞典といふ、大正の中葉に出された字引があります。これは文学青年と文学愛読者のために作られた字引でありますが、ここにはさまざまな人物の描写と風景描写のうまい比喩の例文がたくさん出されて、その上にいち

いち注釈がついてゐて、「なんたる巧みな表現であらうか」とか、編纂者が讃嘆をもらしてゐます。（三島由紀夫『文章読本』第二章「文章のさまざま」、一九五九年六月）

「文章辞典」という名称をもつ本を「大正の中葉」にみつけることができないということ以外なんの根拠も持ち合せていないが、「その上にいちいち注釈がついてゐ」る、「文学青年と文学愛読者のために作られた」「人物の描写と風景描写」をもっぱら扱う「大正の中葉に出された字引」ということだけで、私はひそかにこれを『新描写辞典』に比定している。たとえば、「変に濁り淀んだ空の色は、いかにも私が、かういふ寂れた村に何の理解もなく剥げたやうに住まつてゐるのを味気なく思はせた」という鈴木三重吉の「黒血」の一節を引いた『新描写辞典』は、「剥げたやうに住まつてゐる」といういいまわしについて「妙な言葉の使ひ方だがしかも是以上に、そのわびしさを適切に表現する言葉は無い」と上欄でコメントし、「巧妙なる比喩」の例としているが（「二、花と草と木と」の「紅葉落葉」の項）、これなど三島が言及する「字引」そのままである。（なお、一九二八年に出た前田晁『類句文範新作文辞典』の「紅葉・落葉」の項は、三重吉を含め『新描写辞典』の用例を踏襲し、それに谷崎潤一郎らの文を加えたものである。）

五　文章の革命と素人たちの文学

『文章読本』で三島が言及する「古い文章辞典」が『新描写辞典』ではないかという推測を先に述べた。もしこの推測が当たっているとすると、三島がこの『新描写辞典』の文例に「文章の美」を見出したことには小説言語をめぐる彼の強い志向がはたらいていたのは間違いない。自然主義前後で一変した小説の文章を念頭において、小林秀雄は次のように述べる。

文学上のリアリズムといふものが、文学から美辞麗句をすつかり追払つて了つた事は、考へてみると大変な革命であつた。今日では文学者といふものは、一般人の読めない様な輝かしい言語を知つてゐる人でもなく、素人には真似の出来ない様な美文を作る専門家でもなくなつた。文学者たる事の困難には依然として何も変りはないが、文学志望者たる困難は全く無くなつたといつていい。(「小説と言語」『現代小説の諸問題』)

文語文で書かれた自然主義小説というものを日本の近代文学に発見することができないように、自然主義が文壇を圧倒したとされる一九〇七年ごろを境として、小説の文体の口語文化は後戻りのできない一線を越え、小説から「美辞麗句」が消える。文語文で著された桂月の『美文韻文 黄菊白菊』(一八九八年一二月。一九一三年一一月に四十版刊行)を中学生の川端康成は「分つても分らなくつてもかまはぬ(…)知らん字も意味の分らん字も飛ばして」読み(「大正三年当用日記」四月一六日、全集補巻一)、また「よい声でふしをつけて読むと全く頭痛も何も忘れた」ともいっている(同上、四月一五日)。つまりここで「美文」とは、そこで何がいわれているかということよりも、どんなに巧みにことばが組み立てられているかにかかっている。これに対し、二葉亭の『平凡』(一九〇八年三月)から、後にポチと名付ける犬が家に迷い込んできた夜のことを主人公が回想した一節を引いた『新描写辞典』は、「明治文学中有数の名文」とそれを絶讃するが、「名文」であるのはその文章のゆえではなく、動物を「われ〳〵人間と同じく自然の生命を賦与された一個の生物《いきもの》」として扱い、「たゞ外面の形態を模するのみ」に止らず「その内部生活までを突込んで描く」「動物描写」にすぐれるからであって、いわばその内容によって「名文」となっているのである。内容はたとえ空疎であっても文章は一流であるというかつての文語文のスタイルが、文章はともかく内容において卓越すればいいという口語文のスタイルに切り替わる。文章本位の文語文から内容本位の口語文への転換という「革命」により、「素人」の「文学志望者」の大群が文学に押しよせ、その領域に侵入してきた。もはや「美文」の時代へ戻ることができないと悟ったとき、それら「素人」たちから、選ばれた「少数者（文学インテリ）」である自らの領地を守るために採用したのが、「美辞麗句」に代わる比喩などの「文章のディテール」に依拠した「文章美学」である。

『新描写辞典』に先立って二葉亭のポチをおそらく文範の中ではじめて文例に掲げた『新美辞宝典』は、「大正三年九月」の日付をもつその「凡例」で「目今余に行はるゝ文学書の中から、自然に関する美くしい叙述――主として言文一致体のものを抜萃し」たとさらっと述べていたが、相反する二つの極を無理に結んだ「言文一致体の」「美くしい叙述」なるものを読者がすんなり了解できたかは疑問である。『女子文壇』（一九〇九年二月―九月）に断続的に載せた「美文の作方《つくりかた》」で、西村真次は、「修辞学は文章を美しく書くことを教へ」るもので「雅言を用ゐたもの丈が美文などゝ思つたら、それは大した間違」だと断ってから、先ず「詞藻」（「フィギュアス、オブスピーチ」）を説き、次に「提喩」「直喩」「隠喩」など九つの比喩を簡潔に説明し、最後に「漸層と畳句」「対句と警句」に触れて結んでいる。もちろん、修辞学の詳しい教科書である五十嵐力の『新文章講話』（一九〇八年一〇月）に比べれば西村のものは小文にすぎず、その内容も自著『新撰作文問答』（一九〇四年九月）の「譬喩」と同じく『紀行文作法』（一九〇九年二月）の第六章「用語と文体」を合わせて焼き直したものだが、西村が「権言」によらない「美文」を書くために「修辞学」を説いたのは、前年の第四巻から「美文」欄を設けていた『女子文壇』が、西村の「美文の作方」の掲載開始とほぼ同時に「新美文」というタイトルの臨時増刊を刊行していることと関係していると推定される。『女子文壇』の発行元である女子文壇社は女子文学全書の第一編として小森松風『美文作法』（一九〇六年七月）を、同じく第二編として同『言文一致文範』（一九〇六年一〇月）を、それぞれ刊行しているが、これらが説くところによると、「美文」とは「美的思想の表現」であり、また「散文詩」であって、「必ず辞句の修飾を要する」(『美文作法』)のに対し、「わづかに二十年足らずの星霜」しか経ていない言文一致文などはしょせん「実用的の文章」にすぎず、「千有余年」の歴史をもつ「従来の雅文とか、美文とか云ふ種類の文章に比べ」「雅致とか、華麗とか、風韻とか云ふものに乏し」く、総じて「卑俗」で「幼稚」なものにとどまる(『言文一致文範』)。こうした『女子文壇』の雅俗秩序は、臨時増刊「新美文」に至ってまったく過去のものとなる。「現代の随筆とも称すべき美文に至りては千変万化、諸君の思想の自由なるが如く作ることも自由なり」(『女子文壇』掲載広告、一九〇八年一一月)ということばとともに募ったところ「八九百篇」の応募があり、そこから選ばれた六十六篇が『女子文壇』臨時増刊「新美文」(一九〇九年二月)に掲載されているのだが、一等から秀逸まですべてが口語文であった。募集に際して文体の指定はなされておらず、応募作品の中には古いタイプの「美文」も含まれていたはずだが——『女子文壇』が最初に「美文」欄を設けた号(一九〇八年一月)では、掲載された十四篇のうち一つが文語文だったが、「文字の美に眩惑されて」いるとの評者による厳しいコメントが添えられていた——たぶん意図的に排除されたと思われる。「新美文」とは、口語文で「美文」を作るというそれまで考えられなかった破天荒の試みであり、西村の文はそのための理論的根拠の提供と位置づけられる。

『女子文壇』「新美文」号に載った「美文」のうち、西村の「修辞学」的な「美文」に該当するのは、「筆の機を織る人と糸の機を織る人」といった比喩に夫と引き裂かれた妻の思いを托す松田まさ子の「白い鏡」と、「影の様な人を呑んで、影の様に人を吐く」などの表現をもち、評者から「散文詩」と呼ばれた伏見八千代子の「扉外七篇」ぐらいだが、『女子美文 筆の花』(小宮水心編、一九〇五年九月)など、四季の景物にほぼ限定されていた文語文の無人称の美文にくらべ、全体として、友情、別離、妊娠、生活苦といった人事にまで拡張されたテーマを綴った口語文の一人称は新鮮で、そこには、「欄近く垂れた若葉の吐息は頬に匂ひかゝります」(木内きくえ「晩春の伊香保」）・「遠き野をこえ、森をこえて吹く風のやうな音をたてゝ時雨がふる」（水野ゆみ子「現実の影」）・「なつかしい夕べの色は跫音をぬすんで、窓に迫つてまゐりました」（河野槙「わが霊の顫ふ夕」）・「美より醜に移る一瞬の象徴」（糸井はつ「疲れたる黄昏の色」）といった文彩をもつものもあって、総じて、口語文の美文という無理な注文をよくこなしているといえるだろう。

こうして表舞台に出てきた「新美文」だったが、この年いっぱいで『女子文壇』から「美文」は姿を消し、翌一九一〇年からは「散文」にとって代わられることになる。

『明治時代文範』（一九〇七年一二月）の「美文」の章で生田長江は、「自然主義の為に其根拠を覆され」て「旧式の「美文」は「口語文の勃興と共に（…）滅亡に近《ちか》づきつゝある」という認識を披露し、「美文」に代わって「美文的要素を有する写生文」が幅を利かしていて、やがて「美文」は「日本の純文学種別から除き去られる」と予測していたが、この予測が現実となるのに多くの時間は必要なかった。一九一三年の『新文章問答』の見出しには「写生文」「抒情文」「紀行文」などが顔を出すが「美文」はなく、「文章の種類を問ふ」という項目で、「散文」を大別して「実用」のための「普通文」と「文学的文章」である「美文」とに分けると説かれるだけだった。

一九一〇年をまたぐ数年間に行われた文語文の「美文」から口語文の「文学的文章」への転換は、読み書きなど文章をめぐるハビトゥスの断絶・更新をともなっており、古い「美文」が退場したからといって新たな「文学的文章」がすぐにその穴を埋めた訳ではなく、見透しのきかない状況がかなりの期間にわたって続いたと思われる。美しい口語文が形容矛盾でなくなるには相当な時間を要した。

たとえば、小島烏水が口語文による山岳紀行をはじめて世に問うたのは『雲表』（一九〇七年七月）であるが、この『雲表』を読んだ「凡ての批評家」が口を揃えて烏水の文章に「科学的趣味」があると述べたことに対し、烏水は、あくまで「文芸上の土台に立脚して判断して欲しい」、なぜなら『雲表』は「戯曲、小説、詩歌」と同じく「文学」に属し、「自然に与へられた美感を描いた」「純然たる創作」なのだから、と昂然といいきってみせた（「紀行文論」、『山水美論』一九〇八年九月）。ただ、こうした烏水の「文学」意識をもっぱら支えているのは、「高嶺峻嶽巍々として雲表に聳ゆ」（『作文資料美文断錦』一九一一年二月、二十七版）といった美文のきまり文句からタイトルを採っているように、美文を美文たらしめていた漢語である。烏水の「紀行文論」は『文庫』に載った哀鳥という人の『雲表』評に対する反論として書かれたものだが、「もとく多大の漢文素を以て編まれた著者の文章」が「口語体となり、全く面目を変へた」といいつつも、「修飾多き技巧が自然の真を蔽う」結果「全体に詩趣の欠け」た文章になっているという哀鳥の批判は、烏水の急所を適確についていた。（哀鳥の文は、一九〇七年一一月の『山岳』第三号の巻尾に載った『雲表』の広告に添えられている。）烏水と同じく口語文の紀行への転換を試みた久保天随が「浩々たる天風の下に凝然亭立した」といった過去の美文のしっぽをふんだんに残存させているように（「霊山城」、『紀行文集山水写生』一九〇六年三月）、口語文そのものから「詩趣」を感受することは容易ではないのである。『新描写辞典』が烏水の『雲表』から美文らしい漢語がでてこない文例を選んで拾うのは、『雲表』が出てから八年後のことだった。

「二十歳頃より詠んだ歌の中から一千首を抜」いたと「自序」にいう『別離』（一九一〇年四月）が出たとき、「明治十八年」生れで「早稲田大学英文科」を出た若山牧水（「現代文士録」、『文章世界』一九一〇年一月）は数えで二十六歳で、「わが明治歌壇に自然主義的革命をなしたる著者」の「青年の悲しみの結晶」であるという惹句が啄木の『一握の砂』（一九一〇年一二月）巻尾に付された『別離』の広告に見えている。この「自然主義的革命」が小林秀雄のいう「文学者」の用いる「言語」の「革命」、すなわち「美辞麗句」なき文学言語の模索を含みこんでいたことは、「日常生活裡に於ける一些事」を「極く凡俗な日常使ひ慣らされた言葉を以て歌つて」いるところに啄木や土岐哀果の歌の特長を指摘した牧水の言に照らしても明らかだ（「『佇みて』の歌」、『和歌講話』一九一九年一月）。「この手紙赤き切手をはるにさへこころときめく哀しきゆふべ」（『別離』）。

『女子文壇』「新美文」号には「美文」だけでなく他の投稿も載っているが、本所に住む江原田鶴子という人の「自然主義に就て」という文章がある。「あなた小説お書きなさるんですつてね、自然主義つて如何いふんですの？」と「お友達」から「侮蔑」ぎみに訊かれても、はっきり答えられないのが口惜しいと前置きしてから、それでも「軽跳」な「昔の小説」と違って「自然派の作品」は「しつくりと、私等の胸に触れ」、「しみぐ〳〵と人生を思ひ浮べさせられる」とその読書体験を語ってみせる。そして「あらゆる桎梏を離れて、囚れから放れて、さうして伝習にもこだはらず、人間の真、即ち自然に還る」ことを目指すのが「自然主義」だと、どこかで読んだ事柄を語り直してから、「自然主義」時代の文章について、次のように述べる。

だから作を書くにしても、文章を文章として、あらゆるごたく〳〵したお飾り（即ち技巧）を施して、そして一種の骨董品みたいに、文章、ひいては作品を、見扱ひ、鑑賞するのぢやないと思ひました。／だから私が昔、紅葉の『金色夜叉』を、非常な大芸術だと思つたのを考えて、愧しさに堪へぬのです。／あゝ時代は推移せり、つくぐ〳〵私はこの言葉を思はざるを得ないのです。

この投書はさながら「自然主義の縮図」であると評者はいう。『女子文壇』の主筆だった河井酔茗は、当初は投稿してくる文章の「十中八九」は「女の名」で男が書いたものだったので、どしどしそれらを落していくと、「四五年目からは殆ど女性本位の文学雑誌になつた」と回想していて（「『女子文壇』の思ひ出」、『南窓』一九三五年一二月）、五年目に出た「新美文」の投書によけいな穿鑿を加える必要はないのだが、完結してからわずか六年たらずのうちに、素人の一女性読者の書いた口語文によって『金色夜叉』が無価値な「骨董品」として片づけられてしまうのである。「田山花袋の『蒲団』現れて、文壇の趨勢は急転直下し自然主義の声は天下に轟いた」(『新体詩作法』第一章六「現在の詩壇」、一九〇八年六月)と河井酔茗はいうが、「自然主義の声」は口語文なのである。「新美文」とは「美文」の自己否定であり、ここから、その『文章読本』の冒頭で嫌悪とともに三島が回想する「中学時代に受けた作文教育」を貫く文章観とはほんの一またぎの距離しかないように見える。

「ある小学校の四年生が書いた一文」を引用してから、「自分を表現する」ことを前田晁はこう説く。

人の文章を模倣したり、書物の中から言葉を拾ひ集めたりして、こしらへ上げた見た目の美しい文章よりも、いくら文章の真髄に触れてゐるか知れない。何物にも囚はれずに、自由に自分の思つてゐることを書いたのがいかにも快いではないか。(「上手な模倣よりも下手な独創」、『文章に入る道』一九二六年四月)

こうした通念は、「蒲団」を中心とした自然主義をめぐる文学史の言説を、「文章道」に投射することによって形成されたものである。「嘗て清新を誇つて起つた硯友社の技巧が爛熟して頽廃すると、自然派の無技巧が崛起してそれに代つた」(「新しい時代の表現」、同)。硯友社が文壇を支配していたころのように、まること「模倣」したり、一部を借用したりして「こしらへ上げ」るようなことをせずとも、花袋が「蒲団」においてしたように、自然主義以降は、「自分の思つてゐること」をそのまま書けばそれで立派な作品ができる自由な時代が訪れた、という訳だ。自然主義による文壇制覇、個人の内面に由来する言語活動(としての口語文)という二つの神話が、ここにはないまぜになって潜んでいる。

ここで「自然主義に就て」が『女子文壇』に出た時点に戻れば、「時代は推移せり」という紋切り型の詠嘆を額面通りに受取る必要はないはずだ。女子文壇社の『美文作法』が、明治の「美文」の起源であり、「男女青年間」に愛読されたという文語文の美文集『美文韻文 花紅葉』（塩井雨江・武島羽衣・大町桂月の共著。初版は一八九六年刊）は、一九〇八年の一月に二十六版を出した後、六月に二十七版、九月に二十八版と盛んに刊行されており、一九〇九年八月に第一巻を刊行した尾崎紅葉の著作を集めた『紅葉集』も、一月で早くも四版に到達していた（読売新聞掲載広告、一九〇九年九月五日。また、『金色夜叉』を収めた第四巻は、一九一〇年に初刊の後、一九二〇年には六十八版に達している）。これに対し、「自然主義系統の小説は、一般の読者には面白くないので、概して売れ行きは悪」く、藤村を別にして「単行本としては、再版三版を重ねることは殆んどなかつた」と白鳥はいい、『何処へ』（一九〇八年一〇月）などの自身のものも「いづれも八百乃至一千部の出版であつた」と証言している（『自然主義盛衰史』十）。ただし、『何処へ』初版の奥付の前には同じ白鳥の『紅塵』三版の広告が載っており、また、一九〇八年十一月に初版が出た花袋の『生』の三版が二年後の三月に出ていたりするから、「殆んどなかつた」というのは言い過ぎなのだが、「概して売れ行きは悪」かったというのは事実だろう。

つまり、「自然派の作品」や「新美文」、あるいは「文学的文章」の口語文は「昔の小説」や旧「美文」に依然として完全に圧倒され包囲されているのであって、「時代は推移せり」という観点を強調するのはその圧力をやりすごすための一種の方便である。

また、小説を書き始めてしばらくしたころのことを白鳥は次のように振り返っている。

私の筆が稍々自由に動きだしたのは、「微光」なんかを書いてゐた時分からで、その頃までは筆が重くつていつも難渋してゐた。頭の中で何か考へてゐても、それを思ふやうには表現されないのでいつも苛立たしかつたが、頭の中の考へだつて大したものではなかつた。（「文壇的自叙伝」四、『文壇的自叙伝』一九三八年一二月）

読売新聞を退いた白鳥が『中央公論』に「微光」を載せたのは一九一〇年の十月のことで、花袋の「蒲団」が雑誌に発表されてから三年が過ぎていて、それまでに『紅塵』『何処へ』の他に、『白鳥集』『二家族』『落日』の三冊の小説を白鳥は刊行していた。「蒲団」が「エポツクメイキングだとか、自然主義の主張の血と肉だとか何とか言はれて、文壇の問題となつた」（花袋「私のアンナ・マール」、『東京の三十年』）ことは確かだとしても、それがただちに、自然主義の小説家たちの筆を軽くしたのではなかった。「何物にも囚はれずに、自由に自分の思つてゐることを書」くというのは、白鳥のように自分の筆だけで生活していく者にとってもけっして容易ではなかった。

白鳥の「落日」は、水野葉舟の「微温」の後をうけ、一九〇九年の秋に読売新聞に連載された白鳥の最初の新聞小説で、この後、小山内薫がチェーホフを訳した「決闘」を経て、翌年の元旦から藤村の「家」の連載が開始されることになる。

単行本となったときの広告に「落日の紅、蘇命路の山を映すは天女蜆裳羽衣の曲を舞ふの時、これや抑々何物をかうつせる」というくだりがあり（井上雅二『巨人荒尾精』巻末広告、一九一〇年九月）、謡曲「羽衣」を引き、天女が舞うと夕日に映える富士が須弥山と化したように、この作品でどんな素晴らしい世界を見せてくれるのだろうかと述べていたが、もちろんこれは反語である。和漢とも名高いテクストと結びつき、豊かな含意を染みこませてきた「落日」をタイトルに据えながら、本文では一度もこのことばを用いない。というより、そもそも『紅塵』にまで遡っても白鳥の本から「落日」ということばを見つけることができない。『自然と人生』（一九〇〇年八月）に収められた「相模灘の落日」で徳富蘆花は、「日更に傾くや、富士を初め相豆の連山紫《むらさき》の肌に金煙《きんえん》を帯ぶ」という光景に入り込み、そこで「落日を見るの身は、恰も大聖の臨終に侍するの感あり」と記し、国木田独歩は「富士の中腹に群がる雲は黄金色に染」んでいく「落日の美観」を説いていた（「武蔵野」五、『武蔵野』一九〇一年三月）。『自然と人生』や『武蔵野』における「落日」の用例がほぼ文語文に限られていたことからすると、白鳥のテクストにおいて「落日」という漢語のタイトルと本文の口語文との間には大きな隔たりがあったはずで、意図的にその隔たりを際立たせることで習俗と化した既存の文学言語からの自己隔離を白鳥は宣言したのである。「連日の晴れで埃に染んだ大学前の大通りも、夕暮に包まれて床しい色をしてゐる」（『落日』三、一九〇九年一二月）、あるいは「空漠たる何にもならぬ考を崩しては積上げてゐる間《うち》に、夕暮の薄明《うすあかり》も消えて部屋は暗くなつた」（十三）など、東京の街中の散文的な夕暮は「永遠《イタルニテー》」（「相模灘の落日」）を喚起していた「落日の美観」から遠い。「小説はあらゆる文芸中、最も非芸術的なるものと心得べし」ということばを残して芥川龍之介は死んだが（「小説作法十則」、『芥川龍之介全集』第六巻、一九三五年一月）、白鳥は逆に「非芸術的なるもの」からの出発を自己に課したのである。

「落日」の主人公の吉富は、瀬戸内の故郷から上京して大学を出た三十歳の男で、本郷近辺の下宿で独身生活を送っている。一年前に定職を放れて、同郷の「代議士藤崎氏の著書の口述筆記」（『落日』三、一九〇九年一二月）をしたり、ときどき書いた小説を「或雑誌社の知人に買つて貰つて」（二十七）生活しているが、同郷の知人から「何か売れさうな者が書けるだらう」と水を向けられても「書けんこともないさ、しかし成べく筆は執りたくないね」（二十一）と素っ気なく答えるだけである。従弟の美山という「青年画家」を「売れん絵を幾つも書くのは感心だ」と褒めたり、「趣味を解しない学者や新聞雑誌記者の粗漫な美術論」を罵って「今の日本の風潮では純粋の美術家は発育すりやしないさ」（十四）と気勢をあげる美山の聞き役を引き受けたりしている、「歌人の孫」なのに「歌一つ作れぬほど詩趣と情緒に乏しい」（七）青年文学者だが、ふだんは「一室に閉籠つて気紛れに書物を読む。興もないことを寄集めた文章を書く。倦んで眠り覚めては散歩する」（二十一）といった生活を送っている。「蒲団」に始まる「原稿生活者の雑多紛々の日常生活を描く」小説（白鳥「批評について」、『文芸評論』一九二七年一月）の一つであり、特にその「原稿生活者」の言語活動に着目し、自己に生起し自己と接触するさまざまな言説との違和を生きる主人公を描いている。友人の美山と芸術論をしても吉富は「相手を悦しがらせるやうな口を利かうと思ひながらも、それが口に出」ないし（十四）、「ユーゴーとかヂスレリーとか、政治家にして文学を兼ねた人の作を愛読している藤崎代議士の「今の日本の文学者は」「仲間内の狭い範囲に引込んで」「あまりにツリビアルな事件ばかり取扱つてる」という非難に対し、吉富は「さうですかね、何処の国でも文学と政治とは関係が深かつたんですね」と「我ながら平凡な答へ」を返すだけだし、その藤崎が「明快なる口調で修辞に富んだ談話」を訪問記者に筆記させるのに同席しても、まったく上の空である（九）。また、藤崎の所へ持参した「著書の口述筆記」の「百枚ばかりの原稿」を読んだ吉富は「何時ものやうにその文章の拙劣無味なのが気になつた」が、すぐにそんなことは「どうでもいゝ」と紛らしてしまうし（十）、久しぶりに上京した大学時代の友人から結婚したという話を聞いて、吉富は「筆を執つて、夜更けまで、書き通し」て小説を書き上げてから（二十六）、「旧友」と題したそれを知り合いの雑誌社に売ったが、「何だか不正な事をして金を取るやうな気がした」と旧友を小説のモデルとしたことを悔いつつも、「ウカ〳〵してる間に、何時かこんなことを書いて、それを売物にする人の仲間に入つてる」自分を見出して、「東京に生きる限りは厭でもこの職業を離れられぬやうに」思うと同時に、「皮肉な所が面白いとか、警句があるとか」という「雑誌社」の「知人」の「批評」を耳にして「微かな自信の光が閃めいた」ことを自覚する（二十七）。この後、吉富がその家へ行ってその「作物に於ける経験」を倦まず聞いた（同）という西原は、「お互ひに面白いことはなくつても、生きとれるだけは生きるんでさあ」とミルクホールで吉富に語りかけるところ（二十一）など、あからさまに藤村を連想させるように登場してきたりもして、どこか竹越三叉を思わせる藤崎を含め、総じて、「楽屋落ちの興味によつて辛うじて存在を保つてゐるやうな瑣末な身辺雑記小説」（「志賀直哉と葛西善蔵」、『現代文芸評論』一九二九年七月）と後に述べる、花袋から流れ出た小説スタイルをいち早く批判・模倣してみせたメタテクストであり、面白い文章で書かれた「面白い小説」に背を向け、それらの小説に対する反発をバネにしてひたすら「面白くない小説」を目指した白鳥の試みそのものがここに描かれているのである。それはまた、他者との環境の中で動揺しつづける言説をとらえることによって、個人の内面に焦点化・固定化されようとする言説を相対化しようとする試みである。「私など、天性小説作家としての才能を有してゐなかつたためでもあるが、書きはじめの時から、読者受けを考へた事もなければ、面白いものを書きたいと思つた事もなかつた。むしろ面白くないものを書かうと心掛けてゐたくらゐだ」（「都会の孤独」、正宗白鳥全集第二十五巻、一九八四年六月。初出は一九五〇年三月）という白鳥が繰り返す回想は、たとえば「森田草平『東京朝日』に処女作『煤煙』を発表し頗る好評あり」と早稲田文学の「明治四十二年文芸界一覧」（一九一〇年二月）が振り返る「煤煙」の存在をあえて一切無視しつづける白鳥の緊張感を呼びおこして読む必要がある。

白鳥のこうした「面白くない小説」に描かれた、自分の書いたものですらどこかよそよそしいものでしかないような言語活動のありようを、「水平文壇」と名付けたのは坂本四方太である。

昨今の創作界は殆んど全く水平に帰した。先づ文章の形式に就いて考へて見ても、押《おし》なべて自然な形式が行はれるやうになつた。誰の文章を見ても殆んど同じである。作者の名を匿して出したら一寸判別に苦《くるし》む位に一致して来た。取りも直さず文章の癖といふものが無くなつたのである。これは最近一両年の最も注目すべき新現象で、確《たしか》に文壇の進歩の一に数へて好かからう。（文泉子「水平に帰す」、国民新聞、一九〇九年一二月一八日）

「誰の文章を見ても殆んど同じであ」るのなら、自分の文章なるものからは最初から疎外されてしまっているのだ。文章だけでなく作品そのものについて見ても、「偉人的の作も無ければ狂人的の作も無い。つまり凡人本位の作ばかり」となっていると坂本は続けるのだが、こうした「現象」は、現代作家の文章を一列に並べてみせる『新描写辞典』などの文範がはからずも露出させてしまうものでもある。コスモスの項がそうであったように、『新描写辞典』は同じテーマに必ず複数の文章を並べる。そこでは、配列される個々の作家たちの文章は複数性に汚染されてしまい、範列のひとつとなって、青年文学者たちの書く無数のよく似た文章へと伸びていくのである。「自然派」といっても「紅葉流の文体を中心にしてゐた時代が二葉亭流の文体を主系にする時代になつたに過ぎない」という近松秋江は、「矯飾を棄て丶白文」に近づいていくプロセスから「自然派」の文体をスケッチしようとしたことがあるが（「文学短評」、国民新聞、一九一一年二月八日）、文彩の程度がゼロにまで近づくこの「白文」こそ、「自然派」の文範において範列の始発に位置づけられるものだろう。

自然主義の影響は平凡な中学生にも創作をなしうるというほど文学を生活に近づけ、かつ容易にした。文学はここで不当に甘やかされたのである。（…）真の文学精神は卑近な生活に近づけられるとき飛離れざるを得ない筈である。（「近代文学と生活の問題」、『近代日本文学の展開』一九三九年六月）

「『蒲団』の影響」を論じた唐木順三のことばである。「素人」の参入によりおおきく拡張された文壇の中で、自然主義にたどりついた文学は狭い範囲に自らを封鎖しようとして、いっきに「水平」に飽和してしまったのかもしれない。

藤原懋『軍隊教程 改正日本軍人文範』（図書出版、一八九三（明治二六）年初版）

これ一冊で兵士になれる軍人マニュアル。冒頭に「軍人勅諭」「徴兵告諭」「陸軍師団編成表」が置かれ、軍服・襟章・飾帯・勲章等の見分け方、兵営における寝台・装備品の整理法、村田銃の扱い方が図で説明される。その上で、本編では、兵士として書く方法が具体例とともに示されている。明治初年から刊行されてきた「歩兵須知」等のうち、書くことに焦点を絞ったもの。全体は手紙と記事文に分かれ、手紙では「入営を父母に報ず」「友人の逃亡を其父母に報ず」といった文例が、記事文では「将仁ならざれば士節に死せず」「勇将の下に弱卒なし」といった文例が並ぶ。日清戦争にあたり軍人文範の類が発行されるが、以後第二次世界大戦時まで、軍人として見る、行動する、書く方法を詳細に記した書物が陸続と刊行された。指導されるべき社会集団として兵士が括りだされ、文例は実用に供されるとともに模範的な兵士とはどのようなものかを示す役割も担っていたと考えられる。【参考文献】河井源蔵編『兵役者須知』（有則軒、一八九〇年）

（北川扶生子）

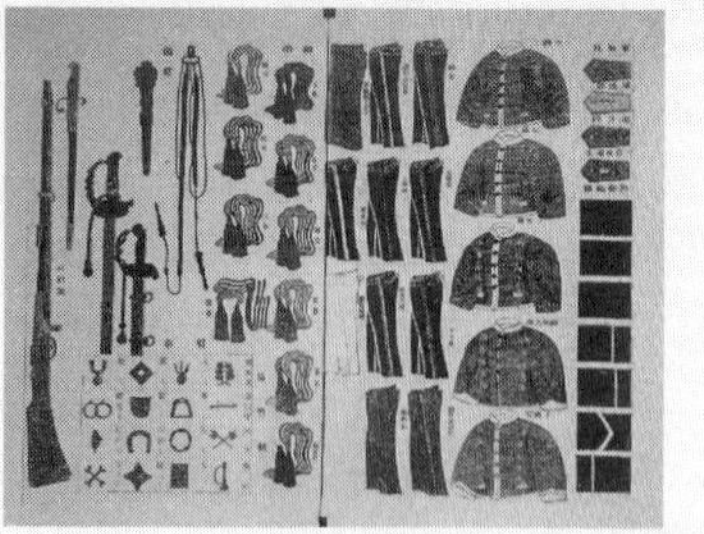

進藤進『出征将士と銃後 軍人手紙文範』（春江堂、一九三八（昭和一三）年、一九四一年八版）

出征、戦勝、傷病、慰問、戦没といった状況別に、すぐに使えるフレーズを集めた「類語」と手紙文例を示したもの。「附録」として「戦時電報文例」「軍事郵便案内」を付す。手紙を書く状況や内容は「出征を両親に報ず」など、明治以来の軍人文範をおおむね踏襲している。ただし慰問をめぐる応答は、この時期さかんにおこなわれた慰問袋送付に伴って新たに軍人文範類に付け加えられている。慰問状を差し出す主体には、在郷軍人会、青年団、町（村）会の代表のほか、皇族、朝鮮の児童など多様な社会階層が想定されており、当時の状況を反映するとともに挙国一致の演出がなされている。また、「御慰問状頂き有難く 陸軍大将 寺内寿一」などと、実際にやりとりされた手紙が肩書と名前を付すかたちで再録され、ならうべき規範に実例が付加されているが、「敵兵十三名突殺した 一等水兵 川島親」「愛機もろとも火達磨に」など、生々しい文例が目立つ。【参考文献】一ノ瀬俊哉編『近代日本軍隊教育・生活マニュアル資料集成』（柏書房、二〇〇九－一〇年）

（北川扶生子）

森《もり》田《た》草《そう》平《へい》『書簡文範《しょかんぶんぱん》』（博文館、一九〇七（明治四〇）年七月初版、一九二六（大正一五）年一七版）

博文館の「通俗作文全書」（一九〇六〜一九〇九）は、当時の「新しい」文章である美文、言文一致、写生文といった文体の作法書を多く含むシリーズである。本書は「第九篇」、夏目漱石の弟子であり小説家として知られる森田草平が、手紙文の書き方を解説した本。一九〇八年に大和田建樹《おおわだたてき》『書簡文作法』が同じシリーズの「第二篇」として出版されていたことを考えあわせても、本叢書は発刊後のはやい段階で、若い書き手を起用し新しいスタイルを提示していく方針へと転換をはかったものと考えられる。

ただし本書の手紙文についての説明は、この時点ではさほど急進的ではなかった。手紙には候文と「かな交り文」（候を使わない文語体）そして言文一致文があるという説明は、一九二〇年に六版の出た山口裳川《やまぐちしょうせん》『美文的三体新書翰《びぶんてきさんたいしんしょかん》』などに同じ。たとえば漱石小説における手紙文体を探ろうとする者にとって、本書はごく平均的なガイドブックである。しかしこうした草平の文体観は、本書が出版された年の六月に出会う平塚雷鳥との関係によって根底から揺るがされることになった。その変化は、草平の『煤《ばい》煙《えん》』（一九〇九）における個性にみちた手紙に見てとることができる。（多田蔵人）

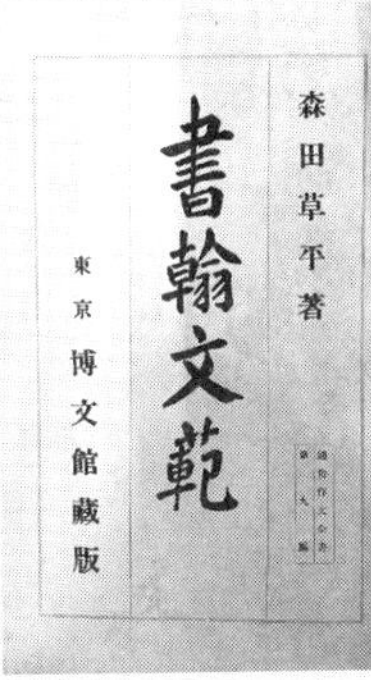

巌谷小波等編『明治少女節用』（博文館、一九一〇（明治四三）年初版）

明治の少女百科。『明治少年節用』の姉妹編として企画され、女学校設置により誕生した少女期・少女文化の浸透を伺わせる。結婚・出産に備えることのみを求めるわけではなく、極めて広く記述。冒頭に女性皇族・女子教育家肖像、国旗と勲章、教育勅語、女子の服装の変遷、皇室・皇族一覧等を掲げ、天皇制のもとでの女子教育が強調されている。

内容は本科と別科に分かれ、本科では少女心得、歴史地理、文学、動植鉱物、算術、物理、化学、音楽、地文、天門、礼法、体操遊戯、裁縫、編物、刺繍、造花、料理法、衛生、家政、茶の湯、活花などが、別科では年中行事、化粧品、衣服、読書、遊学、旅行などがとりあげられる。女子の立志談が数多く掲載され、全国の女学校の案内も備える。「作文法」では「女子は「堅くるしい文章を書くよりも、やさしい言文一致の方が」よい、「女子は、出来るだけなだらかな、やさしい、美しい文章を作るやうに、心がけねばなりません」とされる。【参考文献】少年世界編輯部編『明治少年節用』（一九〇三・十一、博文館）（北川扶生子）

生田花世『戦時女性文範』（愛読社、一九四三（昭和一八）年初版、国立国会図書館蔵）

戦時中の手紙の文例を「慰問」「激励」「祝い」「くやみ」「誘い」「問い合わせ」「知らせ」の七部に分けて掲載。それぞれの内容は、たとえば「ソ満国警備の勇士へ（タイピストより）」「大東亜建設の喜びを（女子留学生より）」「前線の看護婦へ（中年未亡人より）」などと、差し出し側には銃後のあらゆる社会階層を、受け取り側には各地の戦場にいる各層を網羅し、銃後を動員するとともに挙国一致を演出している。詳細な細部を備えた文例は、そのまま戦時の生活の具体相を髣髴とさせつつ、模範的な言辞がどのようなものかを詳細に提示し、小説の一場面の様相をも呈している。たとえば伯父から「焼夷弾の実験見学に誘われて」の姪の返事例には「私ども若き女性も、救護に、防火に、活動するつもりです。」「伯父様の颯爽たる国民服姿がほほゑましいです」など。この時期、各種団体で慰問袋送付が盛んにおこなわれ、同封する慰問文の書き方を指南する文範が数多く発行された。本書もそのひとつである。巻末には「手紙と大東亜戦争」と題した文章が置かれ、「手紙は武器である」「今度の支那事変―大東亜戦争では［…］全国民の慰問文が、実に強烈な力で働いてゐる」「大東亜戦争の完遂にとつて絶対に欠くべからざるものは、いい手紙の増産である」「手紙で戦へ」といった言葉が、結語として添えられている。著者は『青鞜』等で活躍し、戦中は『隣組と家庭生活』（文部省教化局 1943）なども刊行した。【参考文献】若桑みどり『戦争がつくる女性像』（ちくま学芸文庫、二〇一六年）

（北川扶生子）

森《もり》仙《せん》吉《きち》編『女子作文 記事論説文範』（鶴聲社、一八八五（明治一八）年初版、国立国会図書館蔵）

「自序」に、「従来、世間ニ文範ノ書多クシテ、汗牛充棟啻ナラズト雖トモ、悉皆男子ノ為メニ編纂シタルモノニシテ、其間女子ノ為メニ編纂シタル者、一モアルナシ。是レ豈ニ日本社会ノ一大欠典ニ非ラズヤ」とある。「前編 記事」「後編 論説」から成り、前編には「景記」と烈女伝（「日本女史」「支那女史」「欧米女史」）が、後編には「修身」や「文学」等の他、「理論」が収められている。文体はすべてカタカナ交じりの漢文訓読体である。とくに特色が見られるのは「欧米女史」および「理論」である。「欧米女史」の多くは白勢和一郎『泰西列女伝』（一八七六年）に依るが、新たに「彌爾《ミル》氏ノ妻君、夫ノ著述ヲ助ク」や「法西《フォーセット》的夫人ノ明論」など思想家・活動家の伝記が加えられている。前者では、「彌爾氏ノ妻君」が時に翼賛し時に駁議して夫の著述に貢献したことが語られ、後者では、自らも諸学に精通する「法西的夫人」の女性参政権論が紹介されている。「理論」に収録されている「男女同権ニシテ夫婦同権ニ非ラズ」は、男女同権論を紹介しつつ、夫婦が同権であるとすれば「一国ニ二王アル」が如き状態となり、「一家ノ滅亡」さえも招く恐れがあるとして「斯邊鎖《スペンサー》氏」らに反論するものであり、同時代の男女同権をめぐる論争を踏まえた内容となっている。

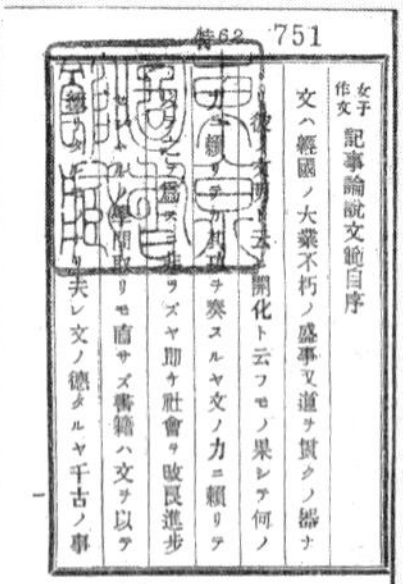
特62 751

女子作文 記事論説文範自序

文ハ經國ノ大業不朽ノ盛事又道ヲ貫クノ器ナ
開化ト云フモノ果レテ何ノ
ヲ奏スルヤ文ノ力ニ頼リテ
ラズヤ加ケ社會ヲ改良進歩
リモ直サズ書籍ハ文ヲ以テ
リ夫レ文ノ徳タルヤ千古ノ事

（倉田容子）

白勢《しらせ》和一郎《かずいちろう》抄訳『泰西列女伝《たいせいれつじょでん》』（山中市兵衛、一八七六（明治九）年初版、国立国会図書館蔵）

上下巻本。平尾哥子《ひらおうたこ》による和文の序と、坪内墨泉《つぼうちぼくせん》による漢文の序が付されている。緒言には、「米国出版グードリツチ氏の英国史仏国史万国史その他二三の言行篇等より名妃節婦烈女忠婢の言行を抄訳」し、「先輩に聴くところ」を加えたものであり、その目的は「専ら婦女子の志気《こころざし》を奮興せしむるにあり」と記されている。

コロンブスに経済的援助を行ったスペインの女王「エサベラ」の伝に始まり、アメリカ独立戦争の際に援兵を求める伝令役を自ら志願して務めた少女「エミリー、ギーゲル」の伝、フランス革命の際に夫とともに「シロンデスト党」の主導的役割を果たした「マダム、ローランド」の伝など、様々な時代、様々な地域の一九人の烈女の伝が収められている。貞女や賢婦のみならず、知性と才覚を持ち、自らの意思や思想によって活動した女性が多く取り上げられているという点で、「婦人ガ精神ノ男子ニ劣ラザルコトヲ證明スベキ例」として歴史上の著名な女性を列挙したスペンサー『女権真論』（井上勤訳、思誠堂、一八八一年、原著一八五一年）や、その影響下に展開された志ゆん女「同胞姉妹に告ぐ」（『自由燈』一八八四年）等の男女同権論に接続する要素を持つ。（倉田容子）

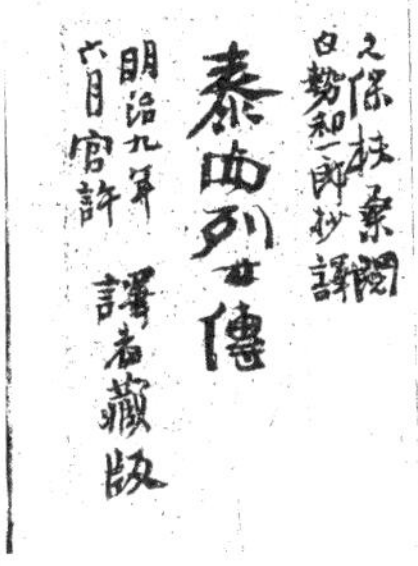

与謝野《よさの》晶子《あきこ》『女子のふみ』（弘学館、一九一〇（明治四三）年初版、一九一八（大正七）年一四版、国立国会図書館蔵）

女性向けの手紙の書き方の指南書。「はしがき」に、「手紙を書き慣れぬ人人」のための「手引草」として編んだと記されている。本文に作例が掲載され、頭書には「手紙を書く諸種の心得」と本文に挙げ切れなかった作例、また「小さ仮名遣辞書」が掲載されている。

頭書の「手紙の心得」の項目には、「人のする物事の是非はすべて其の人柄より出づ」、「人と生れて男も女も第一に心掛くべきは此の人柄を高く美《うるは》しくする事なり」とある。ただし、実際には「人柄」さえ高く美しくすればよいというわけではなく、「手紙の文体」では、文体にはまず候文と言文一致の二種類があり、さらにこれらと「中古の国文」を混ぜた雅俗折衷体があるとして、手紙の内容に応じて三種類の文体を使い分けることが推奨されている。慶弔の手紙や目上の人への手紙などは候文または雅俗折衷体で書くべきであるとする。一方、言文一致については、「飾気なくして素直なれば人情を表すことの切実なるを特色とすれども、概ね気高き品格を欠きて軽佻野卑に流れ易く、且つ又動《やゝ》もすればくどくどと長くなる嫌ひあり」とやや否定的なコメントが付されており、文例もほとんど載せられていない。（倉田容子）

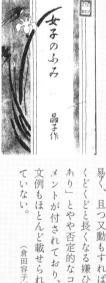

蘆川《あしかわ》忠雄《ただお》『愛子《あいし》教養《きょうよう》父《ちち》の書簡《しょかん》』（至誠堂、一九一〇（明治四三）年初版）

チェスタフィールド卿の愛息宛書簡集（『わが息子よ、君はどう生きるか』の邦題で竹内均の訳あり）を、会津若松の名士「小林泰三郎」が愛息「秀雄」に与える手紙として翻案した書簡集。小林父子は、蘆川忠雄が作りだした架空の人物である。

渋澤榮一《しぶさわえいいち》と新（に）渡（と）戸（べ）稲（いな）造（ぞう）の序は、最近の教育による「智育」偏重が弱めた、かつての師弟関係における「撫育」、つまり「精神修養」が重要だと説く。本文中にも「学術的智識の修養」ばかりではダメで「品性」と「人格」を養えと繰りかえし説く本書は、書簡集の形式をかりて出版された修養書だった。したがって、たとえば『ロミオとジュリエット』のロミオはその怠慢をあげつらわれ、『リア王』のコルデリヤ姫の孝心が称揚される。ただしここでの修養主義はどこまでも「実用」一点張りのもので、たとえば手紙の書き方も字を丁寧に用件だけを述べればよいと言われる。

写真は一九一五年の増訂縮刷版。すべての書簡を「父より」と締め括る本書と、「パパ」とも自称する有（あり）島（しま）武（たけ）郎（お）『小（ちい）さき者（もの）へ』（一九一八）のコントラストに、明治と大正のコントラストを見ることができるだろう。（多田蔵人）

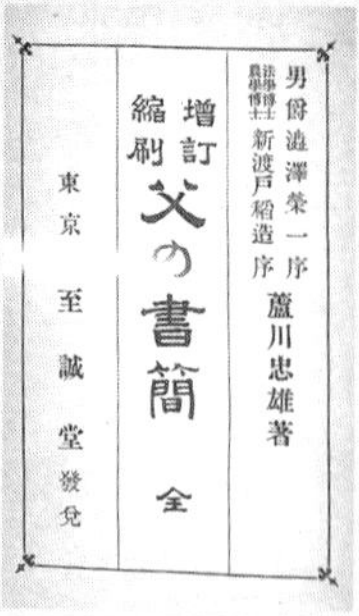

窪川《くぼかわ》稲子《いねこ》『女性の言葉』（高山書院、一九四〇（昭和一五）年初版）

窪川（佐多）稲子が女性の問題に関して書いた随筆を集めた文集。「恋愛と結婚」「若い人たちに」「妻と母と子」の三部構成。本書の続編として『続・女性の言葉』があり、この二冊の随筆集について、長谷川啓は「「妻の位置」と格闘しながらがむしゃらに作家としての伸展、すなわち自己実現を押し進めていくうちに、はからずも戦争に協力する結果になってしまった」昭和一〇年代の窪川のありようが見られることを指摘している（「戦時下の抵抗と屈折」、『女性の言葉／続・女性の言葉――〈戦時下〉の女性文学5』ゆまに書房、二〇〇二年）。

美や恋愛についても、文学についても、生活に根ざしつつ、純真さや素直さを理想として追求する点に特色がある。恋愛については、「生活の要求の中に、恋愛の真の姿も含めて求められねばならない」とした上で、「人々は、自分の恋愛を、どこまでも純真に、ごまかしのない、妥協のないところから発展させるべき」であると述べる。文学については、「小学校も満足に卒業してゐない」窪川自身の存在が文学を志す勤労少女たちを勇気づけているのではないかと述べた上で、「強い素直さ、さういふもので、自分の生活を感じ取り、生活してゆく時、やがて文学の生まれてくるものがあるのではなからうか」と述べている。（倉田容子）

タカクラ・テル『ニッポンの女』（理論社、一九五一（昭和二六）年初版）

タカクラ・テルが女性に関する問題について書いた文章を集めた文集。国語国字改革を目指す立場から、表音式仮名遣いを採用している。

全六章のうち、言語、階級、ジェンダーの結び付きについてのタカクラの思想がとくに明確に示されているのは「ニッポンの女」「女のことば」「処女わ純潔でわない」の三章である。「ニッポンの女」では、「わたしわコーチ県の西南のはずれに近い所に生まれたが、そこで、多くのふしあわせな女たちお見た」という自伝的な語りから始まり、やがて村に金が入り、金のために女工や女郎になった娘たちが肺病や性病に罹って死んでいったこと、敗戦後は未亡人や未婚女性といった「かくれた失業者」が町に放り出され、「パンパン」となっていることが語られる。

他の章もこの歴史認識を前提としており、「女のことば」では、家父長制や身分制といった「やばんな社会」が女言葉や敬語を生み出したという見方が、「処女わ純潔でわない」では、処女性を尊ぶという「奇妙な習わし」は「古代のトーテム社会に生まれた、おろかな迷信」が「封建的な家族制度のなかで、事実上、女おどれいとして取りあつかった習わし」の中に残存したものだという見方が示されている。（倉田容子）

小泉鐵《こいずみまがね》『天才の手紙』（目黒分店、一九二二（大正十一）年初版）

大正時代の「天才」には独特のニュアンスがある。ロンブローゾの天才論が読まれたこともあって、単に優秀な才能を与えられた人というよりは狂気とすれすれのところで大きな仕事を成し遂げた人物が、多く天才と呼ばれていた。

小泉鐵は雑誌「白樺」同人。本書に手紙が収録された「天才」はトルストイ、ドストエフスキー、ゴッホ、ミレー、エマソン、ホイットマン、ブレイク、ヘッベル、ユゴー、ベートーベン、デューラーで、雑誌「白樺」に載る芸術家たちである。ブレイクは柳宗悦《やなぎむねよし》、ベートーベンは尾崎喜八《おざききはち》など、これらの芸術家の言葉が日本語で広まってゆく際に「文範」となった人が訳している。

ゴッホの手紙の翻訳は児島喜久雄《こじまきくお》。たとえば小林秀雄《こばやしひでお》『ゴッホの手紙』が本書に訳し出されたような「天才」の姿をどう読みかえ、ズラしていったか比較してみることで、両大戦を挟んだ芸術概念の変遷を窺うことができるだろう。（多田蔵人）

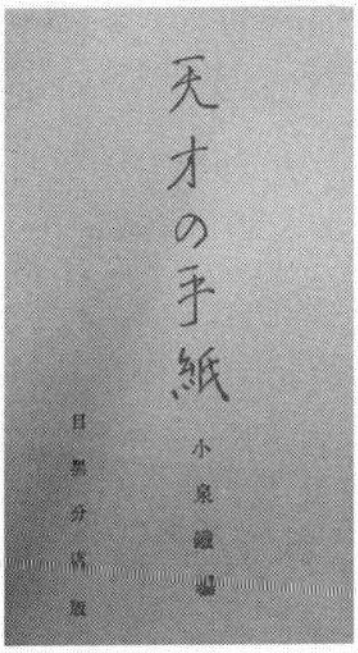

小尾芾雄編『戦ふ女学生』（国民教育社、一九四三（昭和一八）年初版、国立国会図書館蔵）

「北海道、台湾、満州」を含む「全国」の女学校から募った「創作・作文」「詩」「短歌」「俳句」一万六千編以上から一七〇編余りを選び収めたもの。佐々木信綱・与田準一（北原白秋の代理）および葛飾女学校教諭を務めていた編者らが審査員を務めた。応募規定には「大東亜戦争下の女学生の銃後生活が如実に表現せられたるものにして、歴史的戦勝の聖代に於ける日本女性の至情を永久に伝ふべき作品たること」とあり、掲載作は「「人間教育としての作文」と呼ばれた従来の自由主義的雰囲気を一掃し」「新しい作文教育の進むべき道を指示するもの」とされている。女学生の精神的な動員が、彼女らの書く行為をめぐって大規模になされていたことを示すとともに、「創作・作文」の入選作では、障害を持つために兵士になれない少年を見つめる少女の揺れる心情や、中国人の少女と友人になろうとする少女の戸惑いなど、多彩な世界が達者な表現で描かれ、聖戦遂行の題目におさまらない内容と情緒を読み取ることができる。入選作はすべて、在学する高等女学校の名称と応募者の氏名とを明示して掲載されている。内地の各地方の女学校が網羅されるとともに、「朝鮮釜山港公立女学校」「満洲国哈爾濱高等女学校」「台湾台北州立台北第二高等女学校」など、外地の女学校からの応募作も内地との区分を設けないかたちで掲出する編集がなされており、帝国日本の植民地が内地と一体の日本語圏として把握され、演出されている。【参考文献】佐々木陽子『戦時下女学生の軍事教練　女子通信手と「身体の兵士化」』（青弓社、二〇二二年）　（北川扶生子）

わだつみ会編『日本の息子たち』（三笠書房、一九五二（昭和二七）年九月）

主に一九五〇年代初頭の学生運動の記録を集めたもの。東北大学学生によるイールズ声明反対闘争、早稲田大学学生によるレッド・パージ反対闘争、東京都知事選に立候補した出隆《いでたかし》の応援演説中、不当に逮捕された東京大学学生による裁判闘争、九州大学学生による講和・安保両条約反対闘争などの記録を収める。記録として、事件の日付や時刻が詳細に記され、声明文などが資料として引用されるが、「矢田は激しい靴音と喚声を聞いた。そして、列の側面に滲透してきた警官の棍棒が、脇の下を突きあげてスクラムをときほぐそうとした」（「真実のあかしのために」、四二頁）など、小説のような語りが挿入される部分もある。

わだつみ会は『日本戦歿学生の手記　きけ　わだつみのこえ』（一九四九・十）を刊行した日本戦没学生記念会の略称である。本書も小田切秀雄《おだぎりひでお》が解説を書き、「文学作品としての評価に堪える」（二一九頁）としている。大西巨人《おおにしきょじん》は本書にも収録された「嵐に抗して」に基づき、『たたかいの犠牲《ぎせい》』（一九五三・四）を執筆している。五〇年代初頭の学生運動の記録は、感激的な調子など、未熟さを抱えつつも、当時の文学者の関心を引くものであったことは間違いない。　（杉山雄大）

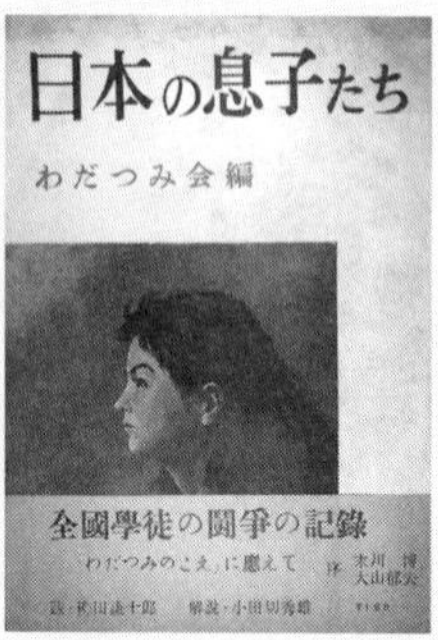

前田晁《まえだあきら》『類句文範《るいくぶんぱん》　書翰文辞典《しょかんぶんじてん》』（金星堂、一九三三（昭和八）年初版）

本書は総頁数七八一頁にわたる書簡文辞典である。「例言」に示されている通り、「今日一般に用ゐられてゐるのは口語文《こうごぶん》であるが、書簡文は「ある場合には口語文の方が都合がいいし、また候文《そうろうぶん》の方が都合のいいこともある」という状況に鑑み、「類句及作例」において「候文と口語文を半分位づゝ」用例に取り入れたことが要因となっている。

内容は「書翰用便覧」と「類句及作例」の二構成で、附録「書翰文の礼式」も備えている。「書翰用便覧」は、前文《ぜんぶん》、末文《まつぶん》の挨拶文例、自他称の用例、日付、署名、宛名、脇付《わきづけ》などの作法を纏《まと》めたものである。「類句及作例」は、季節ごとの便り、祝賀、見舞い、報知など状況別の書簡文の用例集である。第二四章は電信文の作例を「新年を賀す」「病気見舞」「出立を報ず」などの用途別に挙げており、一九三〇年代、電報により伝達されていた用件を示す資料ともなっている。附録では用紙、封筒、筆、墨、巻き方、封じ方、葉書というように巻紙、封書、葉書それぞれの場合の作法が記されており、漢字、仮名文字の崩し方、更には履歴書の書き方も示されている。

（高野純子）

中村巷《なかむらこう》『美文之資料《びぶんのしりょう》』（矢島誠進堂、一八九八（明治三一）年初版、同年四版）／中村巷『続美文之資料《ぞくびぶんのしりょう》』（矢島誠進堂、一八九九（明治三二）年初版）

本資料『美文之資料』正続はいずれも二段構成となっており、上段には、正編では「熟語粋金」、続編では「類字解」と銘打たれた語句の紹介欄があり、下段は「山水象景《さんすいしょうけい》」「春光《しゅんこう》」「夏《か》景《けい》」「秋色《しゅうしょく》」「冬景《とうけい》」のようにテーマごとに分類され、たとえば「山水象景」には「山は渓流の源頭《げんとう》にあり、一山皆石《いっさんみないし》、挺秀嶄立《こいしゅうざんりつ》、緑樹《りょくじゅ》之れに被《こうむ》り、蒼潤《そうじゅん》将《まさ》に滴《したた》らんとす。」といった美辞麗句が列挙され、上段の語句と入れ換えながら文章を作成できるようになっている。架蔵の『美文之資料』は一八九八（明治三十一）年九月に初版が刊行され翌月十月一日には早くも再版、十月二十五日には三版、十一月には四版と、わずか二ヶ月の間に四版まで刊行されるほどの売れゆきを見せ、翌年の明治三十二年五月には『続美文之資料』が世に出ている。序文には、

余昨冬書肆矢島誠進堂主人ノ依嘱ニ因リ、美文之資料ヲ編纂シ、初学修文ノ階梯ト為セリ、頃日主人又タ来リ乞フテ曰ク、美文ノ資料ハ幸ニ江湖諸士ノ非常ナル賞讃ヲ得テ已ニ発売数万部ニ上レリ、然ルニ近来各地方愛顧諸士ヨリ、続編ノ出版ヲ促ガシ来ルモノ頻々（後略）

との反響の大きさが綴られている。

（湯本優希）

久保天随《くぼてんずい》『美辞類語集《びじるいごしゅう》』（博文館、一九〇九（明治四二）年初版）

本資料『美辞類語集』は、「通俗作文全書」の「第弐拾壹編」にあたる。この「通俗作文全書」は大和田建樹《おおわだたけき》『文章組立法《ぶんしょうくみたてほう》』『書簡文作法《しょかんぶんさくほう》』、田山花袋『美文作法《びぶんさくほう》』や、福田琴月《ふくだきんげつ》『写生文範《しゃせいぶんはん》』などといったさまざまな分類の作文書によって構成されている。

ではこの『美辞類語集』はどういった内容かというと、タイトルの通り、テーマごとに美辞麗句が採録されているが、他の美辞麗句集に比べ、ひとつのまとまりがやや長い傾向にある。二段構成で、上段は「必読書解題」がある。目次は「春」「夏」「秋」「冬」「梅」「桜」など、同時期の資料に散見される目次立てと大差ない。

「春」を例にとると、まず俳句が八句並ぶ。この俳句では「蕪村」や「芭蕉」などの作者名が明示されており、こうした典拠が示されることは美辞麗句集としては珍しく、特徴的である。しかしその後は美辞麗句が列挙されており、これは他の美辞麗句集と同じく「◉」のマークで区切られる。「春は曙、やう〱白くなりゆく、山ぎはすこしあかりて、紫だちたる雲の細くたなびきたる」から始まるが、出典は明記されず、さまざまな「春」にまつわる文章が並ぶのみである。

（湯本優希）

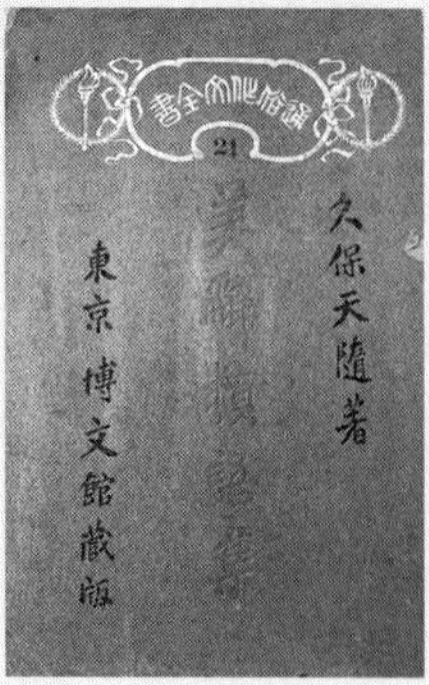

梅泉堂《ばいせんどう》『美文資料《びぶんしりょう》紀行作例《きこうさくれい》』（尚栄堂、一九〇一（明治三四）年初版）

本資料は、紀行文を書く際の資料として編まれたものであるが、角書には「美文資料」とある。ここから同時代の「美文」という定義がいわゆるひとつの文章ジャンルだけでなく、紀行文にも架橋している文章の要素として認識されていたことが看取できるだろう。この資料は、冒頭に景色の写真が挿入されて始まる。

一段構成であり、その目次は同時代の「美文資料」を冠した他の美辞麗句集とは一線を画し、全国各地の地名が並んでいる。まずは「畿内（山城）」から始まり、その分類の中に「京都の名勝」として「東山」「清水」などが並ぶ。そしてその次に「嵐山の桜花《おうか》」「高尾の紅葉」が続き、最後に「東山諸勝の記《ひがしやましょしょうのき》（大槻盤渓）」「洛西諸勝の記（仝上）」といった実際の紀行文が紹介されている。

この「京都の名勝」の中に「春」「夏」「秋」「冬」「雑」と小分類が施され、これを描くための美辞麗句が採録されている。とくに明記されていないが、和文的な美辞麗句と漢文的な美辞麗句に分類されていると推測でき、それらが「〇」で区切られ、長短さまざまなその景色を彩ることばが列挙され、土地ごとの描き方が示唆されているのである。

（湯本優希）

鶯渓散史《おうけいさんし》編『美文断錦《びぶんだんきん》』（求光閣書店、一九〇二（明治三五）年初版、一九〇八（明治四十一）年二十二版）

本資料は例言に「属文の資料に供する為め古今諸大家の名文中より華句麗辞を摘蒐し之れを分類して捜索に便にせり」とあるように、作者名や作品名から切り離された美辞麗句を利用者のために編んだものである。一段構成で美辞麗句同士を「○」で区切り羅列するという体裁や、「春」「夏」「秋」「冬」といった目次、さらにその下位分類として「景色　梅、桜、桃」などがあるというごく一般的なものである。特徴的なのは「和文体」と「漢文体」を分けて示しているという点であろう。例言では「××××」で分けていると説明される（実際にはさまざまなマークになっている）。しかし「和文体」にも漢字は用いられており、「漢文体」はすべて漢字だけで構成されているわけではない。テーマによっては「和文体」「漢文体」を区切る記号がないものもある。美辞麗句が列挙されたのち短い作例が掲載されるが作者名がないものがほとんどである。

ちなみに架蔵のものにはかつての所有者の氏名や「陸軍歩兵一等卒」、小口には氏名に「持用」と毛筆で書き込まれており、この資料が袖珍本として携帯されていたであろうことが看取できる。

（湯本優希）

東草水『翻訳《ほんやく》の仕方《しかた》と名家翻訳振《めいかほんやくぶり》』（実業之日本社、一九一六（大正五）年初版）

詩人であり『英語熟達ノート』（一九一二）の著者でもある東草水による翻訳方法論。原文の微妙な呼吸は翻訳では伝わらないという夏目漱石『文学論』の前提にたって、当時小宮豊隆が唱えた「大日本語化」、すなわち原文を日本語に変成しすぎず新しい言葉を用いる訳出法に賛意を示す（「小日本語化」の例は内田魯庵の訳）。一方、原文の構文までを忠実に訳すような直訳的な文はだめで、原文を「くだく」あるいは「やわらげる」ことも必要だと述べ、ドストエフスキイ著、片上伸訳『死人の家』（一九一三）やツルゲーネフ著、野上臼川訳『あひびき』の訳を絶賛している。

今日の翻訳研究《トランスレーション・スタディーズ》における論点の多くは、本書に出そろっている。日本語には「同じ文章体でも漢文体とか国文体とか雅俗折衷体とか、候文とかいろいろある」ので作品ごとに文体を駆使すべきだという指摘も興味ぶかい（森鷗外の訳文はどの国の作品でも同じ文体だとも述べる）。誤訳についてはストリンドベルヒ作、木村荘太訳『痴人の懺悔』（一九一五）やシエークスピア作、久米正雄訳『ハムレット』（一九一五）が批判されている。

（多田蔵人）

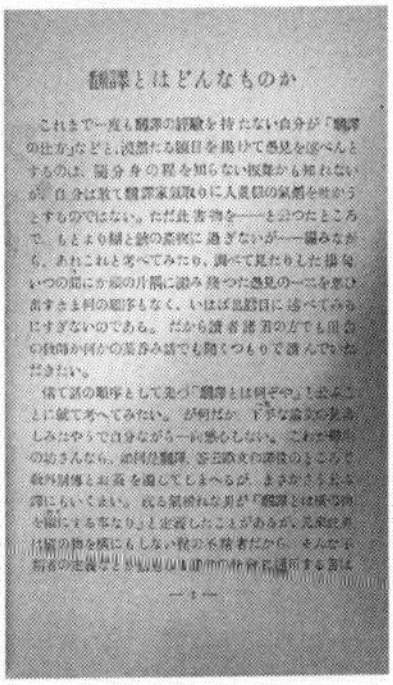
翻譯とはどんなものか

Charles J.Barnes *New national readers: Number 4*（戸田直秀、一八八七（明治二〇）年初版）

近代日本語の文体は英語教科書によっても作られた。Charles J.Barnes はシカゴで教科書会社を営んだ人物で、New national readers はアメリカをはじめ広く英語教科書として用いられ、日本でも明治二〇年代まで主要な教科書の一つだった。冒頭には教師への注意があり、言葉やイディオムは抽象的な意味の説明ではなく文章の形で実践的に学ぶべきことや、音読の際の発声によく注意すべきことを記す。したがって収録文のほとんどは対話や歌を多く含む小話で、今読んでもなかなか楽しい話が多い。各節に Directions for Reading（音読と内容理解）と Language Lessons（書き取り）を付す。

二葉亭四迷《ふたばていしめい》『浮雲《うきぐも》』の才子・本田昇《ほんだのぼる》は、ヒロインのお勢《せい》がこの教科書を学んでいると聞いて「フウ「ナショナル」の「フオース」「ナショナル」の「フオース」と言《い》へばなか〳〵難敷書物《むつかしいしよもつ》だ男子《だんし》でも読《よめ》ない者《もの》は幾程《いくら》も有《あ》る」とおだてあげる。お勢の英語は「I will ask to you と云《い》つて今日《けふ》教師《けうし》に叱《しか》られた」程度のようだが、彼女がこうした演習を重視する教科書で学んでいたことは、彼女の言葉の「活発」さを考える際に示唆を与えてくれる。

（多田蔵人）

里見義《さとみただし》『和文軌範《わぶんきはん》』（四巻、一八八三（明治一六）年二月初版）

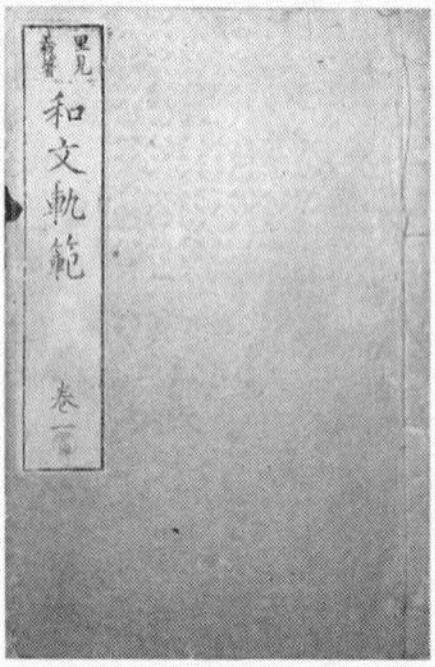

筆者の里見義は稲垣千穎《いながきちかい》らとともに音楽取調掛《とりしらべがかり》において『小学唱歌集 初編』の作詞を担った一人で、本書も在職中に刊行された。「序」は依田百川《よだひゃくせん》（学海《がっかい》）が寄せている。本書編集上の特徴は、「凡例」に掲げられている通り、まず中古から近世までの九三（全四巻）の文例をジャンルの区別を取り払い、幅広く採録している点にある。この点は『本朝文範《ほんちょうぶんぱん》』で千穎が文章のジャンルを分けて教授することが適当だと考えたのと対照的な方針であると言えよう。特に採用例が多いのは、『扶桑拾葉集《ふそうしゅうようしゅう》』（主に中世の作品）や『方丈記』、『源平盛衰記』などである。また、初学者のために掲載された文章の修辞などを傍点や標注を用いて細かく説明しているのに加え、『和文軌範』が重視しているのが文法であった。やはり「凡例」には、「古文といへども、文法の如何と思ハるるハ、標注に論ず」とあり、たとえば巻一の冒頭、北畠親房《きたばたけちかふさ》の『神皇正統記《じんのうしょうとうき》』の用例では「三種の神器世に伝ふ事」の部分について「世に伝ふる事とあるへき」と訂正し、伝写による誤りを指摘するなど文法の正確性を教えることに心が砕かれていた。

（栗原悠）

土屋栄編『近世名家小品文鈔《きんせいめいいかしょうひんぶんしょう》』（一八七七〈明治十〉年）

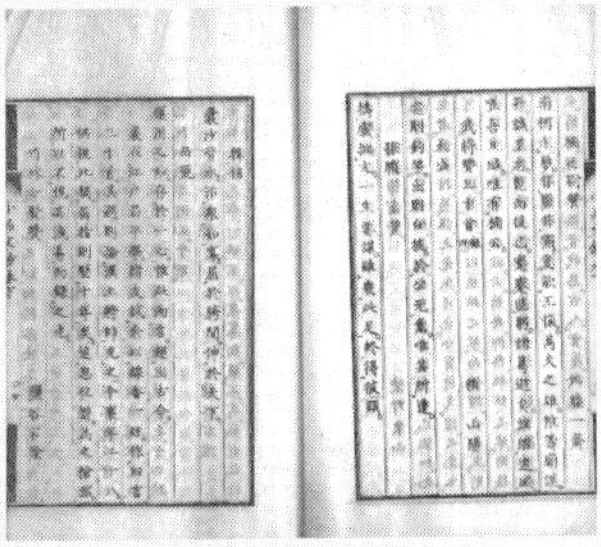

近世後期以降の日本人によって作られた漢文小品を集めたアンソロジー。一〇七篇の漢文が、序《じょ》・論著《ろんちょ》（論などの歴史人物についての議論）・説《せつ》・記《き》・書牘《しょとく》・伝《でん》・題跋《だいばつ》・賛銘《さんめい》・碑《ひ》・墓表《ぼひょう》・雑著《ざっちょ》（喩《ゆ》など）に分類され、収録されている。「凡例」には、本書が、編者の漢文を抄録して成ったノートに基づいていること、また、「小品」と題に記しているが、長大な作品も収録したことが説明されている。本書は、『今世名家文鈔《きんせいめいいかぶんしょう》』（嘉永二年〈一八四九〉刊）などとともに、邦人の漢文作品の選集として、広く知られたもの。『古《こ》文真宝後集《ぶんしんぽうこうしゅう》』や『唐宋八大家文読本《とうそうはちたいかぶんとくほん》』などに収録された中国の名文とともに、近代日本における漢文のカノンを形成し、旧制中学の漢文教科書の編成などにも影響を与えている。五十川左《いそかわさ》武郎《ぶろう》他『近世名家小品文鈔講義《きんせいめいいかしょうひんぶんしょうこうぎ》』（明治十九年〈一八八六〉）、伊良子晴洲編『近世名家小品文鈔字解《きんせいめいいかしょうひんぶんしょうじかい》』（同）など、本書に基づき、文章の解説や語義の説明を記した書籍が複数出版され、小宮《こみや》水心《すいしん》編『〈中等教育《ちゅうとうきょういく》〉小品文選《しょうひんぶんせん》』（明治三十八年〈一九〇五〉）のような、本書収録作品の訓読文を集めたものもある。編者の土屋には、『和漢史略字引《わかんしりゃくじいん》』（明治八年〈一八七五〉）や『清百家絶句《しんひゃっかぜっく》』（明治十五年〈一八八二〉）などの著がある。

（合山林太郎）

五十嵐力《いがらしちから》『新文章講話』（早稲田大学出版部、一九〇九〈明治四二〉年初版）

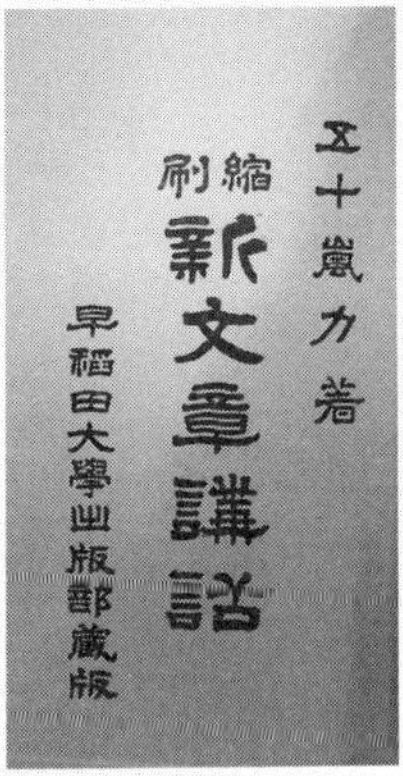

五十嵐力は東京専門学校（後の早稲田大学）講師。本書は五十嵐の『文章講話』（一九〇五）を増補する形で出版された。

冒頭には、「典拠的、技巧的」な「旧式文章」から「現実的、自然的」な「新式文章」への転換をうたう「緒論」がある。はじめに挙がる実例は二葉亭四迷《ふたばていしめい》『其面影《そのおもかげ》』と田山花袋《たやまかたい》『一兵卒《いっぺいそつ》』。以下、藤村、独歩、白鳥…と作例が並ぶ本書は、だれが読んでも自然主義の影響を受けた、島村抱月《しまむらほうげつ》『新美辞学《しんびじがく》』（一九〇二）の系譜に属す本であるようにみえる。

しかし五十嵐が増補にあたって掲げたこの「緒論」や本書のあちこちに差し込んだ「付言」は、西洋の修辞学にベイン以来の心理学用語を飾りつけ、漢文の文章作法とつきまぜて説明していた『文章講話』由来の各章とのあいだに、いちじるしい齟齬を惹き起こしている。もとの『文章講話』に引かれたのはほとんどが古典の文章であり、肯定的に引用される近代の作は森《もり》鷗外《おうがい》『舞姫《まいひめ》』や尾崎紅葉《おざきこうよう》『金色夜叉《こんじきやしゃ》』、せいぜい綱島梁川《つなしまりょうせん》『病閒録』や抱月の随筆などだった。自然主義の文体美学が旧来の文章観を破壊したさまを、身をもって示した一書と言っていい。

（多田蔵人）

小山内薫『戯曲作法』（春陽堂刊、一九一八〔大正七〕年初版、一九二五年五版）

劇作家・小説家の小山内薫が、「キリアム・アアチヤアの「戯曲作法」」すなわち *William Archer, Play-Making: A Manual of Craftsmanship*, 1912 の内容を解説した本。ただし日本向けに多くの改訂が施されており、小山内は日本でよく知られた引用例だけを採り、「間々日本の劇にも言ひ及ん」でいる。一九一六年から翌年にかけて「三田文学」に連載された。

小山内は、自由劇場から築地小劇場にいたる演劇運動を牽引した。演劇を作るのに最も必要なのは舞台に行くことだと前置きをした上で、本書がはじめに「主題の選定」を重視し、ドラマツルギーは必ずしも必要ではないと説いていた点（「戯曲的と非戯曲的」）は、同時代における「新思潮」同人たちのいわゆる「テエマ小説」を考える上で興味深い。「序幕」以後の解説は、緊張《テンション》と停滞《サスペンション》、反転《ペリペティア》、暗合、漸層と漸墜、転換《コンバージョン》など、戯曲のレトリックを学ぶことができるよう配置されている。

本書は発行よりやや後、映画脚本（シナリオ文学）の叢出時代にも参考にされたようだ。飯島正『映画』（一九二五）には、脚本の作りかたとしてアーチャーの本を挙げ、「小山内薫氏がそれから抄訳したものに日本の例をつけ加えた同名の冊子が出版されているが、この本だけでも結構まにあう」という一節がある。

（多田蔵人）

山内房吉『プロレタリア文学の理論と実際』（紅玉堂書店、一九三〇〔昭和五〕年初版）

明治後期から大量に出版された文学愛好者向け文例集は、大正後期から昭和初期になるとプロレタリア文学の方法論と近代詩作法書の割合が増える。山内房吉が一九二四年から一九二八年までに書いた文章をあつめた本書はこの時期の典型的な理論書であり、雑誌「文芸戦線」の同人からナップに加盟した文学者の軌跡を示すものである。

各章に文例ではなく作品名を挙げ、マルクス主義文学運動の発生と展開の歴史を説く。無産者の階級意識を大前提とし、個人的な創作ではなく「生活の創造」を基盤とした集団的な文学の前史には石川啄木《いしかわたくぼく》や木下尚江《きのしたなおえ》の名前が挙がる。とりわけ、著者がしばしば武者小路実篤《むしゃのこうじさねあつ》の人道主義文学を挙げている点は注目される（「文学における社会意識の発展」）。「現実に対する科学的認識は、もはやばく然たる「人類」や「人間性」やをゆるさない」（同）という山内の言葉は、革命の芸術を志す文学運動が武者小路を中心とする「人類」のための運動と格闘し訣別していった事情を示すものであると言えよう。

（多田蔵人）

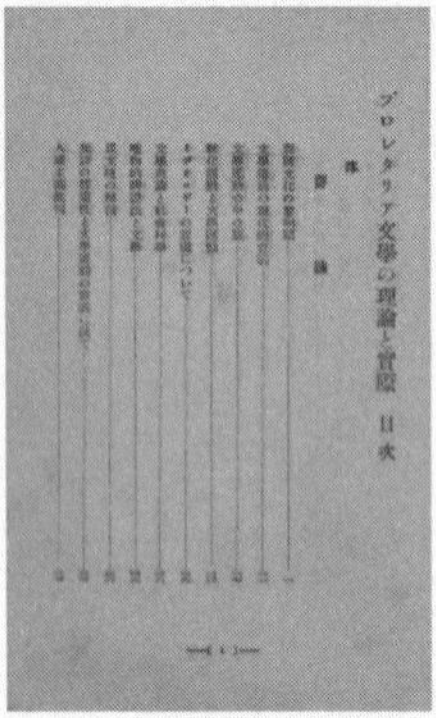

相馬御風『新描写辞典』（新潮社刊、一九一五（大正四）年一二月。菊半截判、一冊。本文四〇六頁。自序三頁と目次八頁を付す）

自然主義というインパクトが文学にもたらしたダイナミズムを「新文学」ととらえる相馬御風は、「観照」を説く抱月の自然主義言説を「主観の構想力とそれを支える自我の覚醒を基礎に」する「描写論」へと転回させ（谷沢永一「相馬御風」、『大正期の文芸評論』一九六二年一月）、やがて文学作品とその「描写」は「刹那々々に起伏した実感の表白である」（「石川啄木の歌」、『第一歩』一九一四年一月）というシンプルで強固な「自我」の表現モデルへと回帰した。『新描写辞典』はそうした相馬御風の営為の中に成立している。

「季節」「花と草と木と」「光と影と」「天象のさまぐ〵」「地象のさまぐ〵」「海洋」「田園と都市」「動物描写」「人物描写（1）」「人物描写（2）」「心理描写其他」の十一の大項目を立て、ほぼ一九一〇年以降に発表された小説を中心に、文例を集めている。全体は、冒頭から「田園と都市」までの「自然描写」と、後半の「人物描写」の二つに大きく区分され、その「人物描写」に本書の特徴がある。「人物描写（1）」は「外面描写」を扱い、「人物描写（2）」と「心理描写其他」は「内面描写」にあてられている。

その小説の一節が採られている作家は以下の通り。（数字はその文例数。全体の文例数は一三六六。）

鈴木三重吉（145）・水野葉舟（109）・田山花袋（99）・吉江孤雁（74）・田村俊子（72）・夏目漱石（68）・モーパッサン（67）・永井荷風（60）・長田幹彦（51）・谷崎潤一郎（48）・ダンヌンツィオ（46）・ツルゲーネフ（43）・小川未明（40）・小島烏水（40）・クープリン（38）・近松秋江（30）・森田草平（24）・小山内薫（23）・真山青果（23）・ドーデー（22）・長塚節（21）・小栗風葉（20）・上司小剣（20）・島崎藤村（18）・徳田秋声（18）・徳富蘆花（17）・森鷗外（17）・木下杢太郎（12）・アルツイバーシェフ（11）・国木田独歩（10）・泉鏡花（9）・ゴーリキー（8）・シュニッツラー（7）・アンドレーエフ（6）・二葉亭四迷（6）・中村星湖（6）・高浜虚子（5）・窪田空穂（5）・正宗白鳥（3）・薄田泣菫（3）・野上弥生子（3）・島村抱月（2）・野上豊一郎（2）・沼波瓊音（2）・フロベール（2）・ソログーブ（2）・白柳秀湖（1）・小杉天外（1）・蒲原有明（1）・坂本四方太（1）・寒川鼠骨（1）・大塚楠緒子（1）・キーランド（1）・ガルシン（1）・チェーホフ（1）

ただし、以上はあくまで『新描写辞典』に付記された作者名に基いたもので、厳密には、各典拠に遡って確認する必要がある。たとえばここに小杉天外として挙げた一例は、じつは森鷗外の誤りである。

自然主義以降に出て来た作家を中心としているとはいえ、尾崎紅葉がまったく採られていないのは、小説主体の文範として極めて異例であろう。独歩・二葉亭・大塚楠緒子を除き、すべて本書刊行の時点で日本の現役の小説家・文筆家である。モーパッサン・ドーデー・ツルゲーネフ・キーランド・フロベール・ガルシンなどの欧米の作

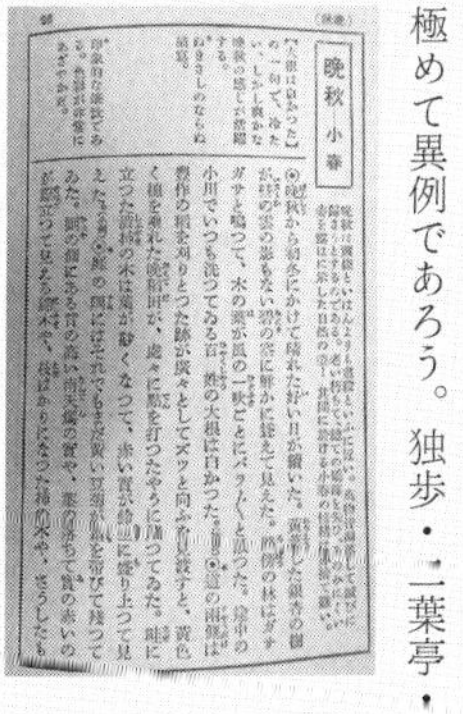
晩秋　小春

家はすでに亡くなっているが、モーパッサンには広津和郎の『女の一生』（一九一三年一〇月）や中村星湖の『死の如く強し』（一九一四年一月）から採つた文例がかなり含まれていると思われ、また、ドーデーは武林無想庵の『サフオ』（一九一三年二月）から採られていたりと、訳者はみな若かったのであり、したがって、本書は新「描写辞典」ではなく、若い表現者たちの「新描写」の集成に力を入れた辞典である。

『新描写辞典』は先行する『新美辞宝典』（一九一五年一月）を利用して作られている。さらに調査する必要があるが、たとえば、冒頭の「季節」という大項目には全部で一〇〇の文例が収められていて、うち二十三例が『新美辞宝典』のそれと一致している。『新描写辞典』が新たに加えたのは、鈴木三重吉・水野葉舟・田村俊子・真山青果・小川未明などの文例である。いずれの著者もすでに『新美辞宝典』に文例を確認できるが、たとえば葉舟については『新美辞宝典』全体で七例にとどまるなど、小川未明を除き『新描写辞典』ほどの量には至っていない。（ただし、『新美辞宝典』には著者名を付記しない文例も多く、数量の単純な比較は危険である。）

参照し、取り込んだ対象は『新美辞宝典』だけでなく、さらに海賀変哲『新式小説辞典』（一九〇九年五月）から来ている例も確認できる。藤村の『破戒』（一九〇六年三月）第十八章で、職員室での議論において丑松が「死を決して戦場に上つて居る」と猪子を評した際の一節を、『新描写辞典』は「人物描写（2）」の「怒りの表情」という小項目に引いているが、それは『新式小説辞典』の「容姿門」の「男子」部「雑」からの孫引きである。

丑松《うしまつ》は上歯《うはば》を顕《あら》はして、大《おほ》きな口《くち》を開《あ》いて、身《み》を慄《ふる》はせ乍《なが》ら欷咽《すゝりな》くやうに笑《わら》つた。欝勃《うつぼつ》とした精神《せいしん》は體躯《からだ》の外部《そと》へ満《み》ち溢《あふ》れて、額《ひたひ》は光《ひか》り、頬《ほゝ》の肉《にく》は震《ふる》へ、憤怒《ふんぬ》と苦痛《くつう》とで紅《あか》く成《な》つた時《とき》は、其《そ》の粗野《そや》な沈欝《ちんうつ》な容貌《ようぼう》が平素《へいそ》よりも一層《そう》男性《をとこ》らしく見《み》える。（『新式小説辞典』）

『破戒』初出本文も総ルビで、「平素」と「一層」のルビを「いつも」と「もつと」とする以外『新式小説辞典』とのふりがなの違いはないが、文例をすべてパラルビとする『新式描写辞典』では、「平素より一層男性らしく見える」となっている。また、『新式小説辞典』の「大きな」と「體躯《からだ》」は、それぞれ「大きく」と「躰躯《からだ》」の改変であり、『新描写辞典』も同じ差異を初出本文との間にもつが、「精神は體躯の外部へ」とここでもすべて字音語となってしまう。ただ、『新描写辞典』は無批判に先行する文範を写しているわけではない。「丑松」を「彼」とし、「欷咽《すゝりな》く」を「歔欷《すゝりな》く」とするのは、引用した文学テクストの固有性を薄め、文例の汎用性を高めるための措置であろう。『新描写辞典』の文例が全般に固有名を有していないのは、もともとそれらのない本文を引いただけでなく、もとの固有名を消して、あえて翻訳小説の一節のような文例となりすましているからである。「としは何《な》んにも知《し》らないで、さうした抱擁《はうよう》にまぶしさうに抱《いだ》かれて私《わたし》を恋《こ》ひる」（鈴木三重吉「蛇苺」四、『桑の実』一九一四年一月）は、「女は何《なん》にも知らないで、さうした抱擁《はうよう》にまぶしさうに抱かれて私を恋ふる」（『新描写辞典』「人物描写（2）」「恋の表情」）となるのである。

先行テクストに対する『新描写辞典』のこうした向き合い方は、もっと大胆な本文の改編をもたらすことがある。

全部で十一の短篇を収める田村俊子の『誓言』（一九一三年五月）には、「です体」の地の文をもつ「誓言」と「悪寒」という二つの作品がある。

「兎に角お前の態度が気に食はない。嫌ひだ。実にいやな女だ。』
かうつけ〳〵と云ひ放つた時のあの人の顔の表情――その眼尻に刻まれた残忍な皺、結んでる口許《くちもと》の周囲を色づけてゐる冷笑の暗い蔭――、その頬骨は槌で打ち砕かうとも易々とは壊れさうにも見えぬほど高く鋭く尖つてゐるのでした。（「誓言」）

ここから、『新描写辞典』は、次のような文例を作成する。

その眼尻《めじり》に刻まれた残忍な皺、結んでる口許の周囲を色づけてゐる冷笑の暗い蔭――、その頬骨《ほゝぼね》は槌で打砕かうとも易々《やすく》とは壊れさうにも見えぬほど高《たか》く鋭く尖つてゐた。（「人物描写（2）」「怒りの表情」）

上欄のコメントで「怒つた男の顔その怒りを悪む女の心持、二つながらよく描けてゐる」と補っていることで何とかもとの文脈を推し量ることができるものの、「である体」になって「あの人」に対する「女の心持」の当事者性は失われる。

『新描写辞典』は、小説を中心とした二〇世紀初頭の文学作品のアンソロジーの一種でもあるが、もとの作品の一回性＝固有性から離脱して普遍性へと向うことによって文範となっているのである。

『新描写辞典』において、「誓言」のこの文例は先に引いた藤村の『破戒』のそれと並んでいるのだが、高木翠雨・油川冷明『創作資料文範及描写新選』（一九二七年八月）は、これらの文例をその順番通り写している。版を重ねた『新描写辞典』が後続する文範類に引き継がれている例は、これ以外にも、早く加藤朝鳥・村瀬蕉雨『近代描写一万句』（一九一九年一〇月）や高須梅渓『文章大辞典』（一九二〇年一月）など多く確認される。

近代文学の領域に寄生し、重なり合いつつもそれを対象化し、その全体像を編集・呈示しようとする文範という言説編成を考えていく上で、『新描写辞典』をめぐるさらなる調査・検討が必要となろう。

（谷川恵一）

桑田春風編『現代美文選集』（岡村書店、一九一八（大正七）年八月、八版。奥付によると初版は一九一六年一月刊。菊半截判、一冊。本文五一三頁。自序三頁・凡例一頁・目次八頁・正誤二頁を付す。編者は『手紙雑誌』の編集主幹）

「紅葉露伴時代以降、最近の文壇に亙りて代表的作家の代表的作品を集む。何れも不朽の名篇のみ也」とのフレーズとともに新潮社が代表的名作選集の刊行を開始したのは一九一四年一月のことだが（読売新聞掲載広告、一九一四年一月二一日）、これに先行して、高野弦月『代表的傑作名家名文』（小川尚栄堂、一九一三年一〇月）というアンソロジーが出されている。「選集」ということばをおそらく最初に用いた新潮社の企画は、五十七名の「現代の名家が文壇を騒がし」た（『帝国市町村便覧』巻末広告、一九一五年二月）「代表的傑作」を一冊本に縮約してみせた先行企画を逆手にとって、縮められた「代表的傑作」を再び元に戻してシリーズとしたものだろう。

「名作」たちはそのキャリアの最後を、文範またはアンソロジー（選集）という曖昧な領域で迎える。曖昧なというのは、主にそのサイズについてであり、短いものでは一つの文章にまで縮み、長いものでは全文そのままがそこに収められ、それらの中間形態としてパラグラフ単位での自在な抜き書きがあるという具合である。文範／アンソロジーという融通無碍な圏域を、「名作」たちは自由に移動している。

『代表的傑作名家名文』はその冒頭に島崎藤村の「千曲川のスケッチ」というタイトルの文章を置いているが、それは『千曲川のスケッチ』(一九一二年一二月)「其二」に収められた「麦畠」の全文である。同じ『千曲川のスケッチ』からは「其七」の「小春の岡辺」が西村真次『新美辞宝典』第四篇「冬季」の部の「小春」という項目に採られているが、それは冒頭の一文をさらに削ったものだった。

新潮社が始めた企画に便乗し、久保天随『明治百家文選』(一九〇六年九月)以来の名文アンソロジーの系譜を踏襲して、いち早くコンパクトな形で「代表的作家の代表的作品を集」めてみせたのが本書であり、もとの作品からの縮約の度合いは『代表的傑作名家名文』より高い。明治の中葉から大正にかけての「小説美文」の「代表的傑作」について、その「佳処要処を抄出」したもので、「現代文芸」の全貌を偲ぶよすがとするとともに、「現代の美文に志す初学のために好個の指鍼たら」んとしたとその序でことわっている。『代表的傑作名家名文』をまねながら「佳処要処」に絞った、文範をかねた名作の総花的なアンソロジーである。奥付に記された定価は七十銭で、同じ一九一八年四月に出た代表的名作選集第十一編『何処へ』(十二版)が定価三十八銭だったから、「犠牲的の低廉」をうたった名作選集のわずか二冊分に満たない金額で、「現代文芸」の精華を手に入れることができるというわけだ。ただし、『現代美文選集』に載る正宗白鳥の作品は『白鳥集』(一九〇九年五月)に収めた「悪縁」の一節で、「何処へ」ではない。

登場する作家は、代表的名作選集の四十二名に対し、四十八名。両者を通して顔を出すのは、白鳥の他、国木田独歩・夏目漱石・田山花袋・島崎藤村・高山樗牛・徳田秋声・二葉亭四迷・泉鏡花・広津柳浪・近松秋江・長田幹彦・高浜虚子・川上眉山・森鷗外・上司小剣・田村俊子・樋口一葉・小栗風葉の十九名である。代表的名作選集にのみ出て来るのは、岩野泡鳴・小杉天外・谷崎潤一郎・森田草平・正岡子規・武者小路実篤・小川未明・真山青果・中村星湖・島村抱月・志賀直哉・久保田万太郎・里見弴・菊地寛・芥川龍之介・有島武郎・有島生馬・葛西善蔵・北原白秋・佐藤春夫・宇野浩二といった自然主義以降の大正期に活躍している作家である。これに対し、『現代美文選集』だけに登場するのは、尾崎紅葉・永井荷風・柳川春葉・大和田建樹・徳富蘆花・笹川臨風・斎藤緑雨・徳富蘇峰・大町桂月・堀内新泉・遅塚麗水・幸田露伴・小山内薫・鈴木三重吉・伊藤左千夫・長塚節・水野葉舟・坪内逍遙・菊地幽芳・吉江孤雁・相馬御風・北村透谷・薄田泣菫・佐々木信綱・窪田空穂・野上弥生子・芳賀矢一など、どちらかというと明治の作家が占める比重が高い。(ただし『現代美文選集』が韻文を収めないため、名作選集収録の詩人・歌人は除外した。)

本書は、収録に際して各作品の一節にそれぞれ新たにタイトルを付し、末尾にその作者と作品名を添えた上で、横一線にそれらを並べていくという名文アンソロジーの体裁で作られている。冒頭には三篇の紅葉の文章が配されていて、それぞれ「松の内の一夜」「歌留多もどり」「祝盃」と題されているが、いずれも『金色夜叉』の著名な一節である。『金色夜叉』からはさらに「熱海の月夜」「夢の白百合」「塩原」の三篇が採られている他、紅葉の『煙霞療養』および『草もみぢ』からも三篇が引かれている。本書がこれだけ紅葉を厚遇するのは、依然として高いその人気に応えるためであるが、また、紅葉をラインアップに欠く代表的名作選集の向うを張る出版戦略でもあろう。(ちなみに、『明治百家文選』に収められた尾崎紅葉の「塩原」は、『続続金色夜叉』

（一九〇三年六月）の「（壹）の二」と、続く「（貳）」のそれぞれ冒頭からの一節を合わせたもので、『代表的傑作名家名文』の「初夏の塩原」は、同じく「（壹）の二」から「（貳）」の第二段落までを省略せずに採っている。これに対し、『現代美文選集』の「塩原」は、「（壹）の二」の途中を省略して「（貳）」の冒頭の一節に続けていて、三者三様となっている。）

多く作家の本を手元にそろえるほどの余裕はないが、たとえその一部でもいいから著名な作品を自分のものにしたいという読者の欲求に応えるのが、読む文範＝アンソロジーとしての本書の役割であり、だから、それぞれの文例のボリュームも比較的豊かである。

たとえば、泉鏡花の「魔」として本書に収めるのは、「高野聖」の十八章の途中から十九章末尾まで、「山の高さも谷の深さも底の知れない一軒家」にたどりついた旅の僧が、家から降りていった谷川で「婦人《をんな》」の手で体を洗ってもらった後、厩から出された一頭の馬が馬子によって信州の馬市へ連れていかれるまでを描いた場面の後半、「馬に面して彳んだ月下の美女の姿」のくだりである。全体が旅の僧の語りであるので、鏡花は各章の冒頭と末尾を「　」でくくり、その中の会話は（　）で区切るという処置を施しているのだが、『現代美文選集』ではもとの「　」を省いて、（　）を『　』に戻している。このことを除けば、頻繁に行われる改行や、振られたルビなど、『鏡花集』第二巻（一九一〇年五月）の「高野聖」本文の該当箇所五頁余りと比べてみてもほぼ異同がない。『現代美文選集』は「高野聖」から切り取った一節をそのまま載せているだけで、全体のストーリーの解説などはまったく付していないから、半裸の女とのからみだけが目当てだったとはいえ、読者がコンテクストを再建するのはとても難しい。（『代表的傑作名家名文』でも「高野聖」を採るが、七章の末尾「世の譬にも天生峠は蒼空に雨が降るといふ」に始まる一節から十章の冒頭までと、十二章の末尾の一文から十四章の冒頭までを引いていて、水浴のシーンの直前で止めている。）

したがって、編者が「佳処要処」の見定めを誤ったとき、「名文」はもとの顔とはまったく別の顔付きで読者の前にあらわれることもある。

『現代美文選集』は「誕生日」という題を付して正宗白鳥の「悪縁」の八章の冒頭からの一節を引いている。誕生日を迎えた主人公が世話になっている同郷の先輩の家を訪ねて、主人の妻とその姪と夕食をともにするくだりである。細君が葡萄酒を勧めたりするところなど、いかにも山の手の裕福な家庭の一シーンのように見えるが、自堕落で身持のわるい主人公は、女学生くずれの女のところに通いながら待合で芸者を呼んだりもしていて、『現代美文選集』が引いたシーンに続けて、先輩が間に立って進めていた縁談を主人公が断る場面となる。「彼れはその〔誕生日の――引用者〕一夜を遊廓で送つた」ということばで八章が結ばれているように、主人公の救いようのない投げやりな生活を描いているのが「悪縁」なのに、『現代美文選集』の「誕生日」だけを読むとまったく正反対のハッピーな印象を受けることになる。

（谷川恵一）

金子薫園編『文章資料小品一千題』（一九二二年三月、新潮社刊（十一版）。奥付によると初版は一九一八年三月刊。菊半截判、一冊。本文は二段組みで、四一七頁。凡例一頁と目次五頁を付す。冒頭に、「文章座右銘」と「小品文作法」、および「名家小品文例」を置く）

一

明治以降開始された教育制度の整備と出版事業の拡大は、大量に流通する印刷物を消費し、みずからの欲望を文章に託そうとする人びとを、それまでになかった規模で出現させることになる。小品文がひとつのジャンルとして出現し成長した動力は、大半は素人によって担われるこうした言説領域の拡大である。土屋栄『近世名家小品文鈔』（一八七七年八月）など、もともと漢文における序跋などの総称であった小品文が、sketch の訳語――「短文、小品文」（イーストレーキ『英和新辞彙』一九〇一年九月）――を経由して、「ちょっとした事柄を書きたる文章。みじかき文章」（『辞林』改訂二六版、一九一一年四月）におさまっていくのだが、その過程でエポックとなったのが、伊藤銀月による「百字文」である。万朝報の記者だった伊藤が内容も文体も自由な短文＝「百字文」を懸賞募集したところ大きな反響を呼び、新聞紙上に掲げられた入選作がさらに『百字文選』という単行本として一九〇四年五月に刊行されるに至った。同じ月に創刊された『新潮』はただちにこの波に乗って読者の投稿による「百字文」の掲載を創刊号から開始し、翌年六月の第二巻七号まで継続した。「百字文」が新聞から投書雑誌にまで拡張していったのである。そして一九〇五年七月の第三巻一号から『新潮』は前号で廃止した「百字文」欄に代えて「小品文」欄を設置してその投稿を募集していく。（ただし、「小品文」欄が置かれたのは翌年九月の第五巻三号まで。）『新潮』の転換には、万朝報に対抗して読売新聞が一九〇四年夏に大々的に「小品文」を募集し（ただし、読売新聞の「小品文」募集そのものは、前年の正月とこの年の正月にも行われている）、当選作を次々と載せていった件がからんでいるはずだ。読売新聞の「小品文」は翌年七月に『小品文集帰省』として刊行されていて、その序によると全部で六三〇〇余りの応募作があったという。「近時の文界に最も異彩を放つて居るのは銀月である。（…）現時は彼の開拓した百字文国の王様として其子等に崇拝されて居る」（秋掬「独語禅」、『小詩人』一九〇四年一二月）など、銀月とあまりに密着しすぎたその名称を避けて「小品文」が採用されたと推測されるが、この「小品文」という新興ジャンルには銀月のような「王様」がいなかった。一九〇六年三月に創刊された『文章世界』は、投稿セクションである「文叢」の中に「叙事文」「抒情文」などと並んで「小品文」を『中学世界』から引き続いて置いていたが、「新体詩」「和歌」「俳句」「小説」の選者がそれぞれ蒲原有明・窪田空穂・内藤鳴雪・田山花袋であるのに、「叙事文」や「小品文」などのそれは明記されておらず、『文章世界』記者の前田晁が「小品文」の選者だと示されるのは一九〇八年一二月になってからであり、一時田山花袋に代わったこともあったが、一九〇九年三月から『中学世界』の記者西村渚山に落ち着く。やや遅れて「小品文」の募集と掲載を始めた『秀才文壇』で、一九〇九年を通して「小品文」の選考にあたったのは東京朝日新聞記者の西村真次であった。

『新小説』『中央公論』『太陽』などの雑誌が「小品文」を掲載することはなく、「小品文」はこの時点まではあくまで投書雑誌あるいは青年雑誌のジャンルであって、投書家と投書雑誌に関係の深い文学者たちによって作られ自足的に完結した青年たちの世界だった。この「小品文」の世界が外部からの強い衝撃にさらされ、変容していくのは、やっと「小品文」が投書雑誌のなかで安定した地歩を占めるようになったばかりの一九〇九年のことである。元旦から二月中旬にかけて東京朝日新聞は夏目漱石の「永日小品」を十九回にわたって掲載し、一月に刊行した『花袋小品』を第一編として、隆文館は十冊の小品叢書を翌年夏にかけて隔月に出していく。その顔ぶれは、花袋を筆頭に風葉・泣菫・弔花・鏡花・虚子・秀湖・玄耳・葉舟・御風であり、続く青果と秋声は予告だけで刊行されなかったが、知名の小説家・文筆家が並んでいる。「現代大家の風格、こゝに此の一叢書に聚り」（『桂月文集』巻末に掲載された「小品叢書」の広告、一九一二年六月）などというのは誇大だとしても、投書家たちからすれば、「現代大家」が「小品文」になぐりこみをかけてきたほどの衝撃だったのではないかと思われる。一九〇九年一月の『秀才文壇』に載る隆文館の広告には、「青年文壇の精華」とうたう『新声』新年号と、「戦巷観察誌あり、渓山の静思録あり、郊外の黙想記あり。大珠小珠収められて此巻成る」との惹句とともに「小品叢書／花袋小品」が出ている。二百三十頁の本文をもつ『花袋小品』には二十篇の文章が収められているが、このうちの「東京雑感」はさらにわずか六行の「本郷区」などの九つの小さな文章からなっていて、同じく七行の「上野の鐘」など、確かに「小品文」と呼ぶにふさわしい短文があるとはいえ、冒頭には六十頁に及ぶ「わが小暦」が載っていて、どう見ても『花袋小品』というタイトルはその内容にそぐわない。

　銀月の「百字文」はいうまでもなく、「小品文」もまたボリュームの制限の中でいかに文章を巧みに作るかを競うものだった。読売新聞が募集した「小品文」は「一行十九字詰六十行以下」（「社告」、一九〇四年七月一〇日）すなわち一一四〇字以内とややゆったりしていたが、『秀才文壇』では「二十四字詰」「十二行以内」（「改正投書規定」、第九巻一号、一九〇九年一月）すなわち二八八字以内、花袋が選者であった『文章世界』ではさらに短く「二十四字詰」「十行以内」（「懸賞募集規則」・「投稿規則」、第四巻一号、一九〇九年一月）であって、『花袋小品』のうち『文章世界』の規定をクリアできるのは「東京雑感」に収められたわずか三篇だけとなる。隆文館と花袋はあきらかに横紙破りを行っているのである。

　「現代文章之研究」というタイトルを付して出された『文章世界』（第六巻十四号、一九一一年一〇月）に載った無署名の「小品の研究」という論説は、じつは前田晁の手になるものだが（一九二六年に出た前田晁『現代文評釈』に一部手を入れて収める）、投書雑誌が育ててきた「小品文」というジャンルを横領して僭主となった「大家」たちのために、歴史を修正しようとする試みである。

> 数年前から、漠然と小品と呼ばれてゐた或る一種の芸術的作品が、何時といふことなしに、文界の一大分野を領有するやうになつて来た。そして最早今日では単に小品とさへ云へば、或は小説と云ひ、或は戯曲といふと同様に、殆んど何人にも直ちにそれが如何なるものを指してゐるかが頷かれる。

「小品文」ではなく「小品」といい、「漠然と」とか「何時といふことなしに」などととぼけているのは、「大家」たちが「数年前」には「小品文」はもとより「小品」すら書いていないことを誤魔化すためだろう。花袋の「小品」が世に出たのは、『花袋小品』のわずか二月前の『文章世界』に載った「代々木野」が初めてなのである。この『文章世界』第三巻一三号は本欄に初めて「小品」コーナーを設け、そこに一四〇〇字ほどの「代々木野」を載せている。

詳細は省くが、一九〇八年暮から翌年にかけての『文章世界』を見ていると、本欄への「小品」掲載を継続しようと勉めていているようだが、はっきりとわかる形で「小品」が載ったのは薄田泣菫の「小品三題」くらいのものだった。おそらく事情は、「愁人小品」を収めた白柳秀湖『離愁』（一九〇七年九月）の好評に気をよくした隆文館が花袋のところに「小品叢書」の企画を持ち込み、花袋が大慌てで「代々木野」を書くとともに『文章世界』を使って「小品」の宣伝にこれ努めたといったところではなかろうか。新潮社がこの時期に「小品文集」として水野葉舟の『響』（一九〇八年一二月）を刊行していることも、こうした一連の動きと関連するだろう。『花袋小品』に入れた「東京の近郊」は、最初『中学世界』（第二巻一二号、一八九九年一〇月）の「史伝地理」欄に載ったものが、羽田寒山『紀行文作法』（一九〇〇年七月）に引かれ、次に『新国民』（第一巻二号、一九〇五年五月）の「雑録」欄にもういちど顔を見せた後で、福田琴月『写生文範』（一九〇七年四月）の文例としても使われたという経歴で、もちろん「小品」などではなかった。また、同じく「我が見たる営口」も、『日露戦争実記』（第二十八編、一九〇四年九月）に掲載された「大石橋観戦記」の一部だったのである。前田が「小品の研究」において、先に引いた箇所につづけて、「けれども、然らば小品とは如何なるものぞ？　と、もし其の定義を明確に掲げ来れと問はれたならば、恐らくはまた何人と雖も容易によくこれに答へ得るものは無いであらう」などと初心な読者を煙に巻いているのは、「小品」のこうした出自をあいまいにするためであった。

「小品」をめぐる花袋らの思惑がもっとも露骨にあらわれているのは、『文章世界』（第四巻四号、一九〇九年三月）が突然行った「小品募集」の呼びかけである。一九〇六年秋を最後に「小品文」の募集を止めていた『新潮』が、突然、水野葉舟・金子薫園・三島霜川・近松秋江・木下杢太郎・岡本霊華・真山青果の「小品文」を掲載したのは、『文章世界』が「小品募集」に打ってでる一月前のことだった。隆文館と花袋らに対抗して『新潮』がうごき、さらにその『新潮』に負けまいとして大慌てで企画されたのがこの「小品募集」であったと思われる。

新たに募集する「小品」は、「二十四字詰二十行にて六枚以上十枚以下」とすると最初に断ってから、「小品募集」は次のような「注意」を与えている。

> 茲に小品と称するは、月次募集の小品文の謂にあらず。即ち十行以内の規定の下に毎月募集せられつゝある小品文にあらずして、かの叙事抒情叙景文等以外に、近く一種の形式を取つて現はれたる所謂小品の謂である。其の内容は殆ど短篇のごとくにして、しかも作者の事象を取扱ふ態度に於いて異なるものあり、又、殆ど散文詩のごとくにしてしかも全く何等の節調に累はされざる点に於いて異なるものあり、単なるスケツチにもあらず、さりとて又所謂写生文にもあらず。つまり小品と一般に呼ばれてゐる一種の文章である。

「近く」「現はれた」ものなのに、すでに「小品文」との違いが認識されて「小品と一般に呼ばれてゐる」というのは、矛盾している。この文が応募しようとする者に伝えているのは、幸田露伴『小品十種』（一九〇八年六月）・『愛山小品文』（第一集、一九〇七年九月）・石井稲三『当代名家小品文』（一九〇五年九月）・緒方流水『佳作千題時文小品集』（一九〇六年四月）などこれまでの雑多な「小品」には目をくれず、もっぱら「殆ど散文詩」である水野葉舟の『響』を手本にしろということだった。自分の思ったことを自由に表そうとして「小説」のような、また「美文」のような「短い散文」を書いているうちに、ふと「散文詩」のことを思い浮かべて、「たゞ閃く感情を、詩を書く様な高い調子で、文章も簡単に、出来る限りコンデンスして書いて見」ようとして作ったのが「小品」だが、その後、小説を書きたいと思い立ったのが「小品」にも影響して、「小品」と「短篇」の中間にあるようなものが多くできるようになった、と『響』の序文で水野葉舟は述べていた。小品叢書と『文章世界』を舞台に、葉舟を巻き込むかたちで「小品文」の中の真の「小品文」の旗を上げて、「小品文」の覇権を握ろうとしたのである。「好個の散文詩を読むの感」ありとの評を『早稲田文学』（「新刊書一覧」、一九〇九年三月）が『花袋小品』について与えているのもこうした文壇／出版戦略の一環であろう。『早稲田文学』が「小品」を掲載するのは、同年八月の高浜虚子「浴泉雑記」と小島烏水「峡谷」が初めてであり（ただし目次のみ）、十月の島村抱月「一面」まで、三月にわたって「小品」を掲載する。また、同様に初めての「散文詩」の掲載も同年四月の河井酔茗「散文詩五章」であり、以降、五月・六月と生方敏郎の「散文詩」を載せていた。『女子文壇』が「散文詩」欄を新設するのも同じ一九〇九年一月からであり、九月には『中学文壇』が続くことになる。易風社の『趣味』は一九〇九年八月の第四巻八号の冒頭に、「水」という総題を掲げて、吉江孤雁・小島烏水・武林無想庵・小川未明・河井酔茗・岡本松濱・窪田空穂・水野葉舟・薄田泣菫のそれぞれ四から七頁程度の文章を載せていたが、孤雁の「二瀑布」がのちに「吉江孤雁小品選集」との副題をもつ『緑の国』（一九一五年六月）に収められているように、この企画は「小品」の特集だった。

隆文館、『文章世界』、新潮社などが仕掛けた文壇戦略に、他のメディアがいっせいに追随していくという構図が透けてみえるのだが、この構図の前提には、横領する気を起こさせるほどの領土がかれらの目前に出現しつつあったこと、すなわち、「小品文」を読み書きする多くの青年男女が出現していることがあるだろう。一九〇六年に金尾文淵堂が出した山内重蔵『粛条集』という本は、早稲田中学校を卒業してすぐに十九歳で亡くなった青年の遺稿集だが、「美文」「俳句」「小品文」「紀行」「書翰」「日記抄」と分けられているその「小品文」の内訳は、折にふれて「思ふまゝ、感ずるまゝ」を書きつけた雑記帳の一節、最近読んだ本について友人と出していた回覧雑誌に載せた文章、授業で出された課題を書いた作文、それに日記の一節などであり、なかでも「雪中登校記」「地理学の趣味」などの課題作文が大半を占めていた。「小品文」と分類した遺稿集の編者の意識としては、課題作文が字数制限を伴っているから「小品文」としただけなのかも知れないが、「小品文」と呼ばれる青年たちの営みが、今日のわれわれの想像を超える広がりをもっていたことは確かだろう。幼い頃に亡くした従妹を偲んだ「胡蝶」と題する一文を中学校の学友会が刊行していた雑誌に載せた以外に、この中学生に活字になった文章はなかったようだが、教室での作文以外にも、折にふれ進んで筆をとる経験を重ねていたのであり、投書雑誌の入選者の周囲には、こうしたいわば無名の表現者とでも呼びうるさらに多くの青年たちがいたのである。

二

「百字文は、美文である、実用文である、評論文である、叙事文である、想像文である、写生文である」（「百字文の内容」『百字文選』）と伊藤銀月がいいはなっていたように、「百字文」とは、旧来の文章形式をならして打破しようとする運動であり、「小品文」もその動向の中に登場するのであって、視野を広くとれば、それは、自然主義を筆頭とする「新文学」が目指していた「自由な表白法」と重なりあっていた。「無自覚な筆の先の仕事であつた文学が、始めて人間そのもの、自覚的活動となつた」のが「新文学」であるとのちに述べる相馬御風（『新文学初歩』「緒言」、一九一三年二月）は、水野葉舟を念頭に置いた上で、「小品文」を「詩と小説との混血児《あひのこ》」であるといい、こうした「雑種的文類」が生じたのは、詩や小説という「既成の形式以外に、何等か自由な表白法を求めた」からだと積極的に評価していた（「感想の自由なる表白」、松原至文『小品文範』一九〇九年一二月）。御風の文学中心主義が見えなくしているが、「小品文」の「雑種的」なひろがりは、「既成の形式」を越えて広大であった。

『文章世界』が募集した「小品」は、一九〇九年五月に出た増刊「新緑号」に、高橋愁雨「金糸雀」、加藤冬海「強い眼鏡」などの十二篇が掲載されたが、いつもは付される選考について記した選者の文章が見当たらず、次の号の編集後記である「記者通信」に、「「応募小品」に集まるものすべて百八十四篇の多きに達し候ひしが、一々これを閲読するに及んで記者は甚だしく失望いたし候」とそっけなく触れただけだった。よくその入選作を『文章世界』で見かける常連投稿家たちのものを中心に選ばれた「小品」は、花袋や前田晁の評価するところとはならなかった。さらにその次の号の「読者論壇」に寄せられた読者の批評が追い打ちをかけた。「期待したりし小品の案外つまらないには呆れ候。皆、どんぐりの背競べに候。失礼乍ら諸家の方も、五十歩、百歩感心できかね候」（梅本翠果「食卓談余」、『文章世界』第四巻八号、一九〇九年六月）。ここで「諸家の方」というのは、募集した「小品」を始めて載せるに際して、「新緑号」をまるごと「小品」特集とするために併せて載せた大町桂月・窪田空穂・柴田流星・岩野泡鳴・吉江孤雁・三島霜川・薄田泣菫・田山花袋の「小品」を指している。合わせると二十篇もの「小品」が一挙に掲載されていたわけだが、花袋らの目論見はあっけなく頓挫した。「小品と一般に呼ばれてゐる一種の文章」なるものが、いまだことばの上だけの存在に止まり、「小品」への具体的な「期待」は共有されていなかったのである。『文章世界』は、失敗に終わったこの試みの後も、一九〇九年一一月・一九一〇年五月・同年一一月・一九一一年一月と、増刊号を中心にほぼ同様の募集をかけて十篇ほどの「小品」の当選作を紙上に掲載していったが（一九一〇年五月の「菖蒲号」には谷崎精二の「春によくある日の一日」が掲載されている）、機運が盛り上がることはなく、一九一一年四月の「杜鵑号」を最後に「小品」募集を中止する。

「小品」への期待はしぼみ、生田長江『文学新語小辞典』（一九一三年一〇月）の「小品」の項は、ぱっとしない説明で済ましている。

> 小品には特別に定つた処の形式があるのでは無い。たゞ短い作品といふ位の限られたる意味がある丈である。どういふものに仕上げようかと云ふやうな纏つた考もなく、唯、漫然と自分の心に触れた、自然とか事物とか感想とかを書く。夫が小品である。

だが、事情はむしろ、「どういふものに」以下をしぶしぶ書き加え、こうした事柄が「小品」についての共通了解になっていることを示しているところにこの辞典の手柄があるだろう。なぜなら、葉舟の『響』が四版に届いた時点で出た真山青果の

『夢』（一九〇九年五月）をうけて、こうした「小品」文集のセールスのために同じ新潮社が出した松原至文の『小品文範』（一九〇九年一二月）に入っている、「自由なる形式と主観の流露」というタイトルの蒲原有明の小文の趣旨が、そのままここで語られているからである。漱石が『近什四篇』（一九一〇年五月）に収めた「文鳥」「夢十夜」「永日小品」をはじめ、志賀直哉の「小品五つ」などがスムースに流通するための「小品と一般に呼ばれてゐる一種の文章」というコンテクストがようやく築かれようとしていたと推定される。一九一八年に刊行された後藤末雄の『小品文作法及文範』は、その「文範」を志賀直哉の「小品五つ」の一つ「蜻蛉」から始め、以下、北原白秋・芥川龍之介・有島武郎・谷崎精二など大正文学の豊富な「小品」の実例が載せられているのだが、肝心の「小品」については、「なほ、文範の方に挙げた文章について、実際、どういふものを小品文といふかを知つて欲しい」という弁解とともに、銀月の百字文と同じレベルの説明で済ましていた。

　小品とは、すべて、小さい作品といふ意味で、文章にのみで無く、彫刻にも用ゐる。小品文といへば、小さな文章即ち短い文章といふ事である。小品文即ち短文と思へばよい。（場合によると、普通の文章と小説との間に位する様な文章を、小品と呼ぶこともある。）

『小品文作法及文範』が「普通の文章と小説との間に位する様な文章」と言い淀んでいるところを、「漫然と自分の心に触れた、自然とか事物とか感想とかを書く」のが「小品」だと『文学新語小辞典』は踏み込んでみせたのである。

　たとえば『文章世界』が創刊されて一年たった一九〇七年の『中学世界』（第一〇巻五号、一九〇七年四月）の投書欄「青年文壇」は、論文・叙事文・抒情文・書簡文・小品文・新体詩・短歌・俳句・漢詩からなっていたが、その「小品文」を覗いてみると、「天に星、地に菫、白銀の小枝に、珠の花の咲く国、緑の野に、白羊の群れ居る処」といった美文調（市川憲次「はゝの国」）、「空は蒼々と澄んで、真綿を引き延ばしたような雲は、ゆる〳〵と東に漂ふて居る」といった叙景（古松堂主人「初春の朝」）、「人といふ字はもたれあつてゐるとは、成程、よく言ふた」という金言めいたもの（池長孟「人」）、「此の世で一番功能のある興奮剤はと云へば、それは『何糞』である」に始まる放言（杉山英雄「何糞」）、「身長は正に五尺三寸五分体量は十四貫三百四十、しかし僕の心はどの位の重さか、どのくらいの長さか、いまだにわからない」といったコント（木内旭洋「僕の心」）など、よくいえば自由な、悪くいうと何でもありのやんちゃな文章であふれていたが、こうした百字文から続く乱雑さが、『文章世界』などの強引な介入と『響』に始まる水野葉舟の一連の著作の浸透などによって短時間のうちに整序され、やがてそこに藤村の「千曲川のスケッチ」――「静寂な情趣を描いた小品集である」（『三田文学』「新刊批評」、一九一三年二月）――が登場するというプロセスを想定してみてもいいだろう。ただし、依然としてまとまりのない領域でありつづけている「小品文」という言説編成の中に、「小品文」の中の「小品文」を目指す動きが出現し、すこしづつその地歩を固めていくという流れのうちにではあるが。新潮社から出た相馬御風の『新文学初歩』（一九一三年二月）の巻末には、「小品文集」と一括して、水野葉舟の『響』十二版、同じく『森』二版、青果の『夢』五版に加え、「独歩氏が最も得意の壇場とせる小品散文詩の類一切」を集めたという『独歩小品』三版のそれぞれ広告が載せられていたが、五年後に、自然と人生叢書の一冊として春陽堂から出た相馬御風の『樹かげ』（一九一八年八月）の巻末には、同じく「小品文集」として、『藤村文集』、尾崎紅葉『煙霞療養』、相馬御風『田園春秋』、小山内薫『北欧旅日記』、山路愛山『思ふがまゝに』、横山健堂『鉛筆だより』が掲げられていたが、ここで「小品文集」とはもはや雑多な短文集を一括する際の呼称でしかない。

『千曲川のスケツチ』が出たのは一九一二年一二月だが、その翌年には田山花袋『椿』・正宗白鳥『青蛙』・前田晁『途上』・吉江孤雁『砂丘』・窪田空穂『旅人』・島村抱月『雫』からなる現代小品叢書が忠誠堂から刊行され、また、岡村盛花堂も児玉花外『行路』・小川未明『北国の鴉より』・水野葉舟『郊外』・岩野泡鳴『炭屋の船』といった「小品集」（山田たづ子「郊外を読む」、『女子文壇』一九一四年一月）を集中して刊行していて、名の知れた著作家たちの「小品文集」刊行が最後のピークを迎える。「小品文」の内部に形成された「小品文」の純化を目指すうごきが加速し、「小品文」が投書雑誌の外へと飛び出てしまったのである。これらの「小品文集」に収められた文章は、いずれも、投書雑誌の字数制限などはまったく意に介していない。

一九二〇年になると、「投書雑誌に、十行二十字詰の小品文を投稿すること」は「兵隊ごつこ」のような遊びであって、真剣に「文芸に与はる」ことではないと菊地寛が「投書雑誌」の「小品文」と絶縁宣言する（「文芸時評（三）」、『文芸往来』一九二〇年六月）。同じ年に広津和郎は、自分のところに「十枚ほどの原稿用紙の綴ぢたの」を持参した「十七八の」「えたいの知れない文学青年」に滞在先の奈良で会ったことを書いている（「感情衰弱者」、『朝の影』一九二〇年五月）。そこには「五つ六つの小品文」が書かれてあったのだが、「大変幼稚で非常に拙づかつた」中に、これはと思わせるものがあったので訊いてみると、「有島武郎先生の小説を、そのまま抜書きした」ことを、「生真面目」に「にこりともしないで」「告白」するので、「私は呆気に取られてしま」う。「関東辺にはあまり見られないタイプ」の「えたいの知れない文学青年」がどうも関西にはいるらしいという感想に至るのだが、これなどさしずめ方言周圏説の文学青年版であって、読んだものを「抜書き」して「小品文」を作っていた一昔前の文学青年のタイプと自己との距離を関西と関東の隔たりに重ねているのである。このあたりが、ちょうど文壇文学が「投書雑誌」の「小品文」を切り離した時期とみていいだろう。

「新文芸勃興」とともに、それまでの「美文」に代わって登場したのが「小品」で、「極くざつとした意味で、小さいものといふやうな心持を表した名称」であるのに対し、「小品文」は「語数の少い、短かい文章」で、文章を書く練習として多少役立つかもしれないが、「実際に於てはただ遊戯に近いやうなもの」で、これを唱えた者は「極くくだらない人」だ、と水野葉舟は両者の違いをことさら強弁する（『小品作法』一九一八年九月）。もちろん自分が書いてきたのは「小品」だというのだが、水野が消し去ろうとしているのは、かれがいう「小品」と「小品文」との親密な関係であり、無名の青年たちと文学者とをつなぐ装置であった「小品文」の記憶である。

三

一九一二年一一月に、『秀才文壇』の発行元である文光堂は、一九一〇年からの三年間に『秀才文壇』に投稿された小品文の中から選んで『小品百篇』という菊半截判の冊子を刊行した。その「序」には、次のようにその意義が説かれている。

小品文といふ一文体が我が文壇に新らしく生まれてより常

に簡素にして、味ひある傑れたる作品を文壇に寄与した事実は何人も認むる所である。本小品百篇の如きは蓋し現代青年作家の最も新らしき思想と感情とを表白したる小品文の代表作とはいはれないまでも、これによつて現代の青年作家が如何なる方途に向つて自己の芸術を営みつゝあるかを知るに便宜であらうとおもふ。

ここでいわれている「文壇」や「作家」のイメージから「青年作家」とその「小品文」を排除したところに、水野や菊地たちの言説は出現する。「文壇」とは「文学者の社会」（『辞林』改訂二六版、一九一一年四月）全体をひと括りにすることばだったのが、「文士や文学者の関係する活動範囲全体」（服部嘉香・植原路郎『新らしい言葉の字引』、七版、一九一八年一二月）となり、最後に「小説家、戯曲家、詩人などの文学者と新聞雑誌の集団とで、自ら出来上つた雰囲気」（現代編集局『現代新語辞典』一九三一年一月）、すなわち文学を職業とする者たちへと絞り込まれていくことになるが、こうしたプロセスの起点に『小品百篇』は位置する。「小品文」から身をひきはがして「小品」となるように、「文壇」は素人たちを置き去りにしていくのである。

『小品百篇』に収められている銀河白虹という人の「躑躅」という小品文は「赤城つゝじが咲いた。漂泊に疲れきつたやうな淋しい色だ」という文章で始まっているが、これはおそらく「都会には、多くの漂泊者が居」て、その「漂泊者の悲しみと、淋しさとを悉く表はして」咲く花があると述べる水野葉舟「赤城つゝぢ」（『響』）の焼き直しである。葉舟の詩文集『あらゝぎ』（一九〇六年七月）に収められた文章について、「何処となく幼稚なところも見えるが、しかし何となく新らしい筆つきがあ」ると『早稲田文学』の「新刊書一覧」は評していたが（一九〇六年八月）、この「幼稚な」「新しい筆つき」が、投稿者たちに強くアピールしたのかもしれない。

短かいもので200字ほど、長いものでも400字足らずの字数の「小品文」を集めている『小品百篇』には、「強い人の心持ちで、奮闘的生活を送らうと私は常々考へて居る」といった自分の思いをストレートに述べたものや（北村冬村「信仰」）、「私は今日、疲れた心を慰さめに、両国のほとりから浜町河岸の方へぶら〳〵と歩いて行きました」といった写生文（田尻ゆめ雄「河岸」）、「『いゝ月夜だな。』『あゝ……。』父の沁々言つた言葉に私は軽く答へて夜着に額を埋めた」といった小説の断片（渡辺春鳥「河鹿」）、「さらさらと流れゆく野の水、畦に蹲《かゞ》んで芹摘む女の白い手拭に日が当つて、青い目籠が匂つてゐる」といった叙景文（周東夕浜「郊外」）など、さまざまなタイプの「小品文」があるが、中でも目につくのは、「小品文」としか呼べないような文章の存在である。

名残の夕映《ゆふばえ》が冷かな停車場《ていしやば》の屋根に薄々と射した、咽《む》せる様な煤煙の香《か》が空気に交つてふら〳〵と漂つて来る、明るい灰色の空を劃して構内の広告塔がキリ〳〵と廻るのが侘しい。

男は只茫然として居た、線路の柵に力なく靠《もた》れた若い男
──露《うるほ》ひに乏しい顔──。

共同便所の横には毒々しく鬼薊《おにあざみ》が咲いてる。

これが大野照村「男」の全文である。固有名をまったく持たない、ひどく現実離れした停車場の情景。「停車場」ということばによって喚起され、同じ時代の一定の青年たちに共有される「心象風景」──蒲原有明の象徴詩を論じた小田切秀雄が、「四〇年代以後の自然主義時代の一部のひとびとの心象風景と

ただちにつらなつて行く新しさ」があると指摘した「心象風景」(「新体詩」の史的批判」、『日本近代文学研究』一九五〇年四月)。

独り、道を歩きながら、考へるともなく寂しい景色が目の前に浮んで来て胸に痛みを覚えるのが常である。秋の夕暮の杜《もり》の景色や、冬枯野辺の景色や、なんでも沈鬱な景色が幻のやうに見えるかと思ふと遽《たちま》ち消えてしまう。

小川未明の「面影」(『愁人』一九〇七年六月)はこう始まっていて、「秋の夕暮の杜《もり》の景色」といっただけで、具体的ななコンテクストの支持がなくても読者が思い浮かべる一定の「景色」があることを示している。もう少しことばを足してそれを書いたものが、ちょうど「小品文」の「心象風景」となるのではないかと思われる。

こうした「小品文」が登場して来る背景には、題を与えて生徒に「現代文」の文章を作らせる方式で行われた中学校などにおける作文教育があるだろう。大町桂月の『新体文範』(一九〇七年二月)は、「桂月の文の悪癖を真似する学生多くて困る」と「中学教員」がこぼしていたと人づてに聞いた桂月が、それならいっそ「初学者の手本」にしてもよい自分の文章を集めた本を作ろうと思い立ったもので(「序」)、叙事・抒情・議論に分け、「新に題を設けて作りたるもの」も交えて文章を揃えている。その「叙事文」には、「春の靖国神社」に始まる全部で六十八篇が収められているが、その中には、「春の村家」「暑中休暇」「尾花」「夕の川」「浜辺の曙」など、固有名を一切交えない文章がかなり含まれている。「春の村家」のように百字に満たないような短文も多く、また、「一時間の席題には、これくらいの処にて可なるべし」といった説明を添えた「暑中休暇」のように、中学校の作文授業を念頭に置いたことを明示するものも含まれている。

桃花数株、茅屋をかこみて、鶏声午なり。桔槔動かずして、一犬井辺に眠る。屋内よりは、やさしき歌の声、機杼の声と共に洩れ来る。

『新体文範』の文例はすべて文語文だが、この「春の村家」は中でも漢文脈が濃い。桂月がこれに加えた「説明」は次のとおり。

眠犬、啼鶏、桃花、桔槔《はねつるべ》、嬌歌、機杼の音を仮りて、村家の春を形容せむとしたるが、知らず、読者は、『なる程、よくある景致なり』と思ふや、否や。

漢詩文で頻用する語句を並べてお馴染みの景色を描いた文を作ってみたというわけだが、日本文章学院編『文章新辞典』(一九〇八年二月)の「桃花」の項にも「桃花深き処人見えず、鶏犬の声只幽に前村の中に聞ゆ」などという句が見えていて、桂月が作文の授業にあわせて意図的に月並みな文章を作っていることがよくわかる。だからこそ「なる程、よくある景致なり」ということになる。

中学生たちは、与えられたテーマについて、ありきたりのことを書く訓練——具体的な地名と結びつかない、テクストの中の「よくある景致」一般を書く訓練を、週一時間ずつ五年間も受け続けることになる。こうして身につけさせられた作文のモードを、自然主義以降の同時代の文学テクストに応用したときに出現するのが、『小品百篇』の「小品文」ではなかったか。

毒々しい躑躅《つゝじ》の咲いた鉄工場の裏には、赤錆びのボイラーが乱雑に投げ出されてある。石炭の煙に真黒に煤げて壊れかつ(ママ)た白壁は、松原のかなたに沈む夕陽《せきやう》に、今赤黒く爛《たゞ》らされた。(玉村蓼歌「鉄工場の夕」)

何物もなかつた視野の裡に黒い一線を感じた。その刹那の後、朝顔の垣にとまつたおはぐろの蜻蛉《とんぼ》をみた。呼吸《いき》の切れさうな緑葉《みどりは》。戯れてゐる昼の日光。色々に笑つてゐる花。眼前の物象がしだいに明瞭に意識にのぼつてゐる。（福田義正「蜻蛉と未練者」）

東京の私立中学で作文の授業を受け持った際の経験を語った中村古峡は、題を与えて文章を作らせると「一時間に十行位」の「意味の解らない」ものしか書けず、宿題にすると「今度は他人の文章を竊《ぬす》んで持つて来」るのがほとんどだが、それでも一クラスに「四五人」は「作文狂といふやうな連中」がいるという。

これは又中学生らしからぬ大家中毒的な文章ばかり作ります。だら〱の会話を入れたり、ハイカラな文句を十分に意味も呑み込めないで使つてゐます。仮りに小品文でも作らせて見ますと、悉く蘆花の中毒と言つて好い位です。（「中学生の作文力」、『文章倶楽部』一九一七年三月）

こうした「作文狂」たちによって支えられているのが数多くの投書雑誌であり、つねに「ハイカラ」＝「新しき流行」（『辞林』）の表現を追い求める彼等が「蘆花の中毒」だった時期はそれほど長くは続かなかっただろう。『小品百篇』と時期を同じくして、『青年傑作文集』（一九一一年六月）・『自然と人生現代傑作美文』（一九一二年二月）・『花情月思美文の花』（同年七月）・『美文の花』（同年一〇月。文章の配列を変えて『花情月思美文の花』をリメイクしたもの）・『美文の友』（同年同月）・『大正新美文』（一九一二年一〇月）など、同じく投書雑誌の「ハイカラな」文章を集成したと思われる本がいくつか作られているが、このうちの『美文の花』の「自叙」は、「新しい時代は新しい文章を要する、／新しい思想は新しい文章を要する、／若き血漲る青春の士女は新しい文章を要する」という、作文教師たちの苦言を無視した前のめりの宣言で始まっていた。

悪魔の鋭い権威を独り逞しうする光、――炎々として燃ゆるやうな赤日の笑ひ漂ふ中に、あらゆる宇宙の万象は荒漠とした寂寥に深息を吐いてゐる（「我が叫」『青年傑作文集』）

大きな煙突からは絶間《たえま》なく黒い〱煙が吐き出されてゐる。／彼の下には幾千の職工が労働と戦闘《たいかつ》てパンを得つゝあるのだ。ハンマーの響……ボイラーの音……が混《ごつ》たになつて喧《やかま》しい度を過ぎてゐる。（笹山信太郎「煙」『大正新美文』）

「新しい文章は絶えず生れて行かなければならない」という花袋の立言（「文章より見たる現代の小説」七「所謂新しい文章」、『花袋文話』一九一一年一二月）に煽られるように、多くの「作文狂」たちは競って「新しい文章」を追い求めていった。

一九一六年五月に新潮社が創刊した『文章倶楽部』には「青年文壇」という投書欄が設けられていたが、浩堂とともに当初からこの欄を担当していた金子薫園は、「投書家諸君に示す三箇条」（『文章倶楽部』一九一八年八月）で、投書家たちの「通弊」として、何とか掲載して貰うために、「選者の嗜好に投じやうとすること」、「前月の佳作を模倣すること」、「変つた題材で、選者の眼を惹かうとすること」を挙げている。「突拍子もない変つた物を持つて来て、選者の眼を駭かさうとする。然ういふ心持がすでに不自然である。斯うして現はれて来る一文もやがて不自然でなければならぬ」といっているから、書こうとする題材もその文章も「変つた」もの、すなわち、目新しさだけを狙ったと金子らに睨まれるような文章が依然として多かったということだろう。

肺病患者が苦しみの果てに吐きつけたやうな夕陽がゐもりの手の恰好をして、今日の暑さから蘇つた人々を、嘲笑ふにも似て静かに海へ沈んでいつた。後には人々をだました様に細かい風が涼しく吹いた。（石橋潮音「なやみ」、『文章倶楽部』一九一六年一二月）

灰色ばんだ陰鬱な空気のいつぱい立罩められた教室の扉から、先生の影が消えると、圧迫されて居たゴム珠が俄かに圧迫の弛むと同時に反撥に返つた瞬間のやうな私等の体はのび〳〵と、自然の恵みに秒毎に肥えて行く春蠶のやう、長閑さと言ふやうな気分に自づと腰は落着いて行く。（篠木雨月「晩秋の雨日」、『文章倶楽部』一九一七年三月）

落合直文門下の歌人である薫園の「嗜好」が、その歌文集『自然と愛』（一九一六年九月）の冒頭に収められた「季節の移り変り」の各タイトルが「黒土の色の潤ひ」「懐かしい寂しみ」「柔らかい新緑の光」などであるように、どちらかというと観照的な穏健さにあるのに対し、「青年文」の中に「新技巧の研究」を設けて、「特色を捕へた描写」（「懸賞文募集規定」のうち「特別課題」の「虫（二十五字以内）」、『文章倶楽部』一九一六年九月）を募っていた浩堂は、より先鋭的な表現を投書に求めていたようだ。「新技巧の研究（12）」で募った「雲の描写」を披露するに際し、次のようなコメントを付している（『文章倶楽部』一九一七年八月）。

　前回の若葉の描写が成績が宜かつたので、今度も――と思つて、ひそかに望みをかけて居たが、今度はあまりよくなかつた。状態即ち形とか色とかは割によく書けてゐたが、感じを描き得てゐるものは一つもなかつた。どうも皆月竝《つきなみ》であつた。諸君は更にこの感覚を新しくしなければならない。

この総評の後で掲載された入賞作は、次の二つであった。

真紅と金色と混乱して西空一面血を散らしたやうだ。そして絶間からは、たえずプラチナの光がほとばしる。

濃い乳の塊の様な雲が只一つボンヤリと浮いてゐて、静かに動く様にも思はれる、動かない様にも思はれる。

これらがすでに陳腐な表現であるとすると、『文章倶楽部』が要求する「感覚」の「新しさ」の度合いは、われわれが想像するよりも遙かに高かったと思われる。

一九一六年十一月の『文章倶楽部』第七号は、「散文」「論文」「書翰文」「短歌・俳句」という月例の懸賞文募集とは別に「臨時特別大懸賞小品文募集」の広告を掲げて、十一月末の締め切りでひろく投稿を募った。『文章世界』が募集していた「短文」に「小品文」と「はがき文」が含まれる（「懸賞募集規定」、『文章世界』一九一四年三月）とはいえ、すでに投書雑誌において「小品文」の季節は去っており、『文章倶楽部』がこの試みに打ってでた動機は、より多くの読者を獲得して創刊間もない雑誌を軌道に乗せることにあったと見るべきであろう。「随意」の「題」で「二十字詰十行以内」という要領で募集されたこの「小品文」には、一等の十円から六等の一円まで破格の賞金が用意されていた。

薫園と浩堂の連名で、一九一七年一月の『文章倶楽部』で行われた当選発表には、「日本の雑誌界を通じても、恐らく空前の」九八〇〇もの応募があったことが報告され、一等から七等まで全部で三十七篇の「小品文」が掲げられた。『文章世界』が枠を拡げて募集した「短文」への応募が八三八だったこと（「短文を選んだ後で」、『文章世界』第七巻三号、一九一二年二月）からしても、たしかにこの試みは大成功だったといっていい。気をよくした新潮社は、応募作の中から千篇を選んで単行本とすることにし、当選発表と同時に紙面で広告した。「小品千人文集」と題されたその本は、薫園と浩堂の共編で、二人が選んだ文章を「朝」、「昼」、「夕」、「夜」、「恋」、「夢」など、分類して収めた「一種の文章辞典」であり、「青少年文士の文章大観」であるという。「菊半截五百頁」で「定価五十銭」のところ、投稿者には送料込みで四十銭という「大割引」で分けるといっていて、労せずして売り尽す算段だったことがわかる。一九一七年三月の『文章倶楽部』には「『文章倶楽部』投稿家の一大展覧会」という『小品千人文集』の広告が出ていて、そこには同書の詳細な分類が掲げられていた。『小品千人文集』をまだ見ることができていないが、これを作り直して書名を変えて刊行したのが『文章資料小品一千題』である。

昨年の春『千人文集』を発行するや非常の大歓迎を受け忽ち品切となり爾来註文を謝絶し来りしところ今回薫園先生を煩はして全紙に大改訂を加へ、何人にも必要適切なる作文の資料となし、且つ名家の作例を掲げ之を註解する等全然面目を新たにして出版せり。（『文章資料小品一千題』広告、『文章倶楽部』一九一八年六月）

掲載された人数分をメドに最大千部用意しておけば本は行き渡って、一度きりのこの企画もめでたく幕を閉じるはずだったのだが、売り尽してからも注文が途絶えず、紙型をとっていなかったのでもう一度活字を組んで本を作り直すことにした、というのがおそらく真相だろう。金子薫園がどこまで手を入れたのか、今後の調査に待ちたいが、『文章倶楽部』に掲げられた当選作三十七篇のうち十二篇が、「大きな手」から「夢のまどひ」へなどと『文章資料小品一千題』で題を変えられているもののの、『小品千人文集』における文例の分類の仕方は、そのまま踏襲されている。薫園が『作歌新辞典』（一九一二年四月）で「四季」の各部に「人事」「天象」「地儀」を配していたのを踏襲し、全体を大きく「天象」「地上」「人事」の三つに分け、「天象」の下には空・雲・霧・陽・月・星・風・雨・雲・露・霜・朝昼夕夜の項目を、「地上」には山・原野・森林・海・湖沼・川・田園・街上・廃墟の項目を、「人事」には生活・心の姿・追憶・恋・夢・目醒・汀・男・女・病・死・旅・汽車電車馬車・別れ・或日の出来事・新年・歳暮の項目をそれぞれ置いている。このうち、たとえば「男」がさらに少年・青年・兄弟・老爺・労働者・雑という箇条に分けられていたようにより細分化されたものもあり、もと「投稿家の一大展覧会」だったものが、「投稿家」の名前を消して、立派な「文章辞典」に変わっている。『文章資料小品一千題』の八一頁、「風」の中の「暴風」に載る「荒い風」という文例には、タイトルの次行に「札幌　中村寒月」という投稿者の名前が記されているが、名前があるのはこれだけで、これは『小品千人文集』にあったものの消し忘れであろう。

『文章資料小品一千題』が刊行された年の終りに『文章倶楽部』は再び「小品文」の大々的な募集を行い、同じく薫園と浩堂のコンビで選考にあたった結果が一九一九年一月の誌面に発表されている。それによると、前回と同じ懸賞を目指して来た応募作は今回も一万近くに達し、その中から当選作と選外佳作を合わせて九十六篇が載せられ、また「選外掲載洩れ」として九十一の氏名が掲げられたが、前回のように単行本がこれとは別に作られることはなかった。青年文学者たちの投書から出発し、それを狙った版元や物書きの介入による盛り上がりが去ると、再び青年たちの手に戻った「小品文」の、最後の、そして規模の一番大きな集成がこの『文章資料小品一千題』であった。

この後、青年文学者たちの文集の刊行は、一九三〇年の『若草散文集』まで待たなくてはならないが、それまで、『文章資料小品一千題』の刊行は、少くとも一九二四年の二十五版まで続いていた。

　ところで、詳しくは別の機会に譲るが、『文章倶楽部』で薫園とともに「小品文」の選考に携わっていた浩堂は、安西勝が「浩堂生の名（佐藤義亮の別号）で歴史小品『最後の一節』を新潮社から出」したと記す（「加藤武雄」『日本近代文学大辞典』）加藤武雄である可能性が高い。創刊時から『文章倶楽部』の編集主任だった加藤は、かつて冬海の号で知られた投書家であり、投書家だった少年時代の思い出から書き起こした文章の中で、「文壇の末班にあつて、しがない文筆のくらしを立てゝゐる今の私」が「机上にうづ高い投書の原稿を見て、その大部分が全く紙屑籠に葬られるより外に仕方の無いものであるのを見て（…）心を寒うする事もある」という感慨をもらしている（「口笛」、『文章倶楽部』一九一九年一二月）。投書家たちに「新技巧」を説いていた浩堂とこの加藤武雄が同一人だとすると、『文章資料小品一千題』に収めた文章の大半は一度「紙屑籠」に捨てられた、取り柄のない月並みな文章だということになる。『文章資料小品一千題』の「雲」の項目には次のような文例がある。

　澄み切つた空には、小さな白い雲がたゞ一つ、西の方からゆるくゆるく浮いてきた。（「白い雲」）

　暗い灰色の雲が大空に這ひ塞がつて、うそ寒い風が身心をすくめて了ふ。（「灰色の雲」）

　重さうな雲は頭の上を西へ西へと急ぐ。（「重さうな雲」）

　彼は山の端に光るオレンジ色な夕雲と画布とを見くらべた。（「夕雲」）

『文章資料小品一千題』は、口語文の世界においてもすでに、「天象」「地上」「人事」のすべてが、誰のものでもない陳腐で月並みな表現で埋め尽くされてしまったことを示している。

　浅間は麓まで、隠れて、灰色に煙るやうに見えた。いくつかの雲の群は風に送られて、私達の頭の上を山の方へと動いた。（「古城の初夏」『千曲川のスケッチ』）

大家の書いた美文の対極に出現するのは、大家の口語文ではなく月並みな口語文である。藤村の文章は、こうして無名の散文の大地となる。

（谷川恵一）

あとがき

序文にも触れた通り、本論文集は国文学研究資料館が令和四年度から三年間にわたって遂行した共同研究「近代文学における文例集・実作・文学読者層の相関の研究」の成果となる論文集である。共同研究の経緯は以下の通り。

国文学研究資料館はこれまで古典文学を主たる研究対象とし、典籍の調査と収集、そして資料と意味の分析を行ってきたが、いわゆる「法人第Ⅳ期中期目標・中期計画」策定の過程で、今後は近代文学にも注力する方針が決定された。本共同研究はこの方針によって採択された、記念すべきはじめての近代の研究課題ということになる。

作者、読者、そして文体をつなぐ資料である文例集に注目することを決めたのち、研究計画の段階で北川扶生子、倉田容子、合山林太郎、馬場美佳の四氏と計画準備のための検討会を開催し、文例集によって可能になること、必要となる研究会のありかたについて議論を重ねた。右の四氏に栗原悠、堀下翔、湯本優希の三氏、そして多田を加えたメンバーを共同研究のコア・メンバーとし、令和四年度から五年度にかけて二、三ヶ月に一度のペースで、計九回の研究会を開催した。

さいわいに当初のメンバーの他にもこのテーマに関心を持ってくださる研究者が全国、そして海外から複数現れ、発表者は延べ一七人、参加者は毎回二〇人程度、多い回は三〇人に上る研究会となった。当初の想定を上回る規模だったが、告知をインターネットのみとしオンライン開催形式をとったことで、たがいに住む地域も世代も異なる研究者たちの障壁がいくぶん薄くなったのかもしれない。資料調査は後述する「国文学研究資料館文例集コレクション」の元となるコレクションを中心として共同研究参加者が各自で行い、令和五年度には文例集を多数所蔵する三康図書館の調査を合同で行った。研究の三年目である令和六年度の主たる活動は論文集刊行の準備であり、論考と「文範百選」の解題執筆、そして近く文学通信社のホームページにて公開予定の、出版記念座談会を行った。

＊　＊

令和三年に国文研に着任して共同研究のテーマを設定せよと指示を受けたとき、すぐに、研究室の棚に積みかさなっている文例集のことが思い浮かんだ。最初に手に入れたのは橋詰孝一郎《はしづめこういちろう》『中学書翰文範《ちゅうがくしょかんぶんぱん》』（一九〇〇）、卒業論文を書いていた頃である。戦前の本なんか買うのはほとんど初めてで、永井荷風の小説の、古めかしくみえる手紙文はどのくらい「古い」のだろう？　といった興味が、自分にあったかどうかもおぼえていない。ただ、候文や文語体をつかった荷風小説の手紙文は明治大正期の手紙文例からさほどかけ離れたものではなく、むしろ「近代文学」がくりかえし描いた多くの手紙文の方が、当時の常識からすれば異常なほど親密な調子をもっている――ページを開いてそう理解したとき、浅はかにもひとわたり把握したように思いこんでいた文学史の稜線が、くずれ落ちるような思いにかられたことはたしかである。

それから一五年ほどのあいだ、どれも非常に求めやすい価格だったこともあってすこしずつ買いあつめてきた文例集は一五〇〇点を超え、ひとつひとつを眺めるうちに、その重要性は減ずるどころかますますクリアになるように思えた。文学作品や知識人の文章からはなかなか見えてこないが、どうも文学が取りあげてきた「ことば」のいくつかには、手紙やスピーチをはじめとして、暗々裡に共有される類型のようなものがあったらしい。ルールとか規範というほど強固なものではないのだが、話しことばや定型詩などの今日からは同じにしか見えない「ことば」のなかにも、微細な型をかたちづくっているものがある。文学作品がしばしばこうした暗黙の了解をあえて裏切り、あるいは過剰なほど従順にふるまうことで新しい言葉の領野を切りひらいてきたのだとすれば、文例集はその類型をさぐるためのもっとも適切な資料群である、と考えるようになったわけである。

三年間の共同研究は、そうした個人的な発想をはるかに超える地点まで、文例集をめぐる研究の可能性を高めてくれた。文学の文体を測るという分析方法だけでなく、文例集そのものに「新しい」文学形式への編者の意志を読むこと、異なる社会集団の結びつきを導く（強制する）力が文例集にあること、文例集の背後に立ちのぼる読者あるいは文学志望者たちの声を聞くことなど、研究会のたびに、論文集の論考が届くたびに、多くを教えられた。準備段階から関わってくださった方々をはじめ、研究会にご参加いただいたすべての方々、そして研究会の趣旨に賛同してくださりご架蔵の貴重な近世・明治期文例集を頂戴した高木元氏に、記して深く御礼申し上げる。

参加者のうち最年長である谷川恵一氏が、姿を現すたびに桁はずれの調査量と見通しで研究の範囲を拡大してくださったことも忘れられない。どちらが『美文韻文 花紅葉』の重版を多く持っているかなどと、谷川先生と意味のない（？）腕くらべに興じたりした私のささやかな関連蔵書は、すべて「国文学研究資料館文例集コレクション」として寄贈した。本書に「文範百選」として写真と解題が載る本はこのコレクションの一部であり、本書が書店に並ぶころには、国文研の蔵書検索から価格なども含めた全容を把握できるようになるはずである。杉山雄大氏には論文集の執筆だけでなく目録作成にもご協力いただいたこと、感謝してもしきれぬ思いでいる。まったく認知されていない「文例集と文学」というテーマに光を当てる挑戦にともに乗りだしてくださった、文学通信の渡辺哲史氏にも御礼申し上げたい。氏の熱意と辛抱強いご懇請がなければ、本書が日の目を見ることはなかった。

文学の「ことば」をめぐる思考がここからはじまる、そんな論文集が、多くの人の力によって完成した。おそらくここで取りあげられた方法は、日本の近代文学以外にも有効な分野があると思う。本書を読んだ誰かが、新しく文体を見つめなおす試みに乗りだしてほしいと、なぜか寄贈のあとも増えつづける文例集を眺めながら強く願っている。

編者代表　多田蔵人

執筆者プロフィール

多田蔵人（ただ・くらひと）
国文学研究資料館研究部准教授
著書『永井荷風』（東京大学出版会、二〇一七年）、校注『断腸亭日乗』（岩波文庫、二〇二四年～続刊中）。論文「言葉をなくした男　森鷗外『舞姫』」（『日本近代文学』二〇二一年一一月）など。

馬場美佳（ばば・みか）
筑波大学人文社会系教授
『「小説家」登場　尾崎紅葉の明治二〇年代』（笠間書院、二〇一一年）「蔵書印〈此ぬし紅葉山人〉をめぐって　小説『此ぬし』と『男色大鑑』翻刻」（『稿本近代文学』二〇二四年五月）、「耐震元年の「五重塔」　濃尾大地震と〈暴風雨〉」（『日本近代文学館年誌　資料探索』二〇二三年三月）、「「外科室」と「魔酔」の物語　高田早苗遭難事件顛末との関連から」（『論集泉鏡花』和泉書院、二〇二一年）

倉田容子（くらた・ようこ）
駒澤大学文学部教授
『テロルの女たち　日本近代文学における政治とジェンダー』（花鳥社、二〇二三年）、「親密性の条件　松浦理英子「裏ヴァージョン」試論」（『文学・語学』二〇二三年一二月）など。

都田康仁（みやこだ・やすひと）
神戸大学大学院人文学研究科博士課程後期課程／日本学術振興会特別研究員DC
「高浜虚子「風流懺法」論　「主観的写生文」と印象派」（『国文論叢』二〇二三年三月）、「資料紹介 山口誓子は写生文をどう読んだか　「かけはしの記」「はて知らずの記」を中心に」（『国文論叢別冊』二〇二三年九月）

杉山雄大（すぎやま・ゆうだい）
二松学舎大学非常勤講師
「大西巨人『白日の序曲』と「戦後色の褪化」現象　野間宏の事例との比較から」（『日本文学』二〇二四年二月）、「〝犠牲〟をめぐる視差　大西巨人『たたかいの犠牲』における「政治と文学」」（『昭和文学研究』二〇二一年九月）、「一九四七年・大西巨人のスタートライン　ヒューマニズムへと展開する我流虚無主義の精神」（『昭和文学研究』二〇一七年三月）

堀下翔（ほりした・かける）
筑波大学人文社会系特任研究員
「「汽車」考　与謝野鉄幹『東西南北』における字音語」（『和歌文学研究』二〇二四年一二月）、「「血汐」考　明治期和歌が受容した新体詩の語彙」（『国語国文』二〇二四年一月）、「新派歌人の「歌」の歌　鉄幹に対する曙覧の影響」（『日本近代文学』二〇二三年一一月）

田部知季（たべ・ともき）
富山大学学術研究部人文科学系准教授
「日本派地方俳誌『アラレ』の位置　個人への関心と俳書堂との繋がりを中心に」（『日本文学』二〇二四年二月）、「万太郎、俳句に帰る　『藻の花』、『俳諧雑誌』にみる大正期前半の足跡」（慶應義塾大学『久保田万太郎と現代』編集委員会編『久保田万太郎と現代　ノスタルジーを超えて』平凡社、二〇二三年）、「古典趣味・佐々醒雪・沼波

瓊音　明治四十年代における俳句評価の諸相」（『日本近代文学』二〇二三年五月）

栗原悠（くりはら・ゆたか）
国文学研究資料館研究部准教授／総合研究大学院大学日本文学研究コース准教授
『島崎藤村と創作の論理　一九二〇－三〇年代の〈社会〉と「役」の思想』（有志舎、二〇二五年 ※近刊）、「〈代表〉欠格 島崎藤村「夜明け前」と行政改革としての幕末－明治維新期」（『日本近代文学』二〇二四年五月）

合山林太郎（ごうやま・りんたろう）
慶應義塾大学文学部教授
『幕末・明治期における日本漢詩文の研究』（和泉書院、二〇一四年）、『文化装置としての日本漢文学』（共編著、勉誠出版、二〇一九年）など。

北川扶生子（きたがわ・ふきこ）
関西学院大学文学部－
『結核がつくる物語　感染と読者の近代』（岩波書店、二〇二一年）、『漱石文体見本帳』（勉誠出版、二〇二〇年）、『漱石の文法』（水声社、二〇一二年）

湯本優希（ゆもと・ゆき）
日本体育大学桜華高等学校教諭・立教大学日本学研究所研究員
「文章の〈型〉の獲得　学校教育における美辞麗句集」（野田研一編『耳のために書く　反散文論の試み』水声社、二〇二四年）、「明治期の文章活動における文壇とその裾野の相互作用　読者が表現者となるとき」（徐禎完・鈴木彰編『文化権力と日本の近代　伝統と正統性、その創造と統制・隠滅』文学通信、二〇二三年）、『ことばにうつす風景　近代日本の文章表現における美辞麗句集』（水声社、二〇二〇年）

高野純子（たかの・じゅんこ）
国文学研究資料館管理部学術情報課データ標準化推進係資料整理等補助員／駒沢女子大学・駒沢女子短期大学学修支援センター学習指導員
五十嵐伸治・伊狩弘・千葉正昭編『田山花袋事物事典』（鼎書房、二〇二四年）所収『近代の小説』（作品への窓）、「平井鷲蔵・関根（速水）義憲・大塚知平」「宮川春汀」「中村白葉」（事項解説）、「ダーウィン受容の一側面　藤村旧蔵書からの考察」（『近代作家旧蔵書研究会年報』第二号、二〇二四年三月）

山本歩（やまもと・あゆむ）
尚絅大学現代文化学部講師
「『文章世界』の指導における「頭の修練」〈小説作法〉は何を伝えるか」（『近代文学論集』二〇二三年三月）、「『新文壇』上の小川未明　日本文章学院の研究として」（『尚絅大学紀要　人文・社会学編』第五四号、二〇二二年三月）

谷川恵一（たにかわ・けいいち）
国文学研究資料館名誉教授
『言葉のゆくえ　明治二〇年代の文学』（平凡社ライブラリー、二〇一三年）『歴史の文体 小説のすがた 明治期における言説の再編成』（平凡社、二〇〇八年）。校注に、『明治名作集』（岩波書店、二〇〇六年）・『教科書 啓蒙文集』（岩波書店、二〇〇九年）

［編　者］

国文学研究資料館

国内各地の日本文学とその関連資料を大規模に集積し、日本文学をはじめとするさまざまな分野の研究者の利用に供するとともに、それらに基づく先進的な共同研究を推進する日本文学の基盤的な総合研究機関。創設以来50年にわたって培ってきた資料研究の蓄積を活かし、国内外の研究機関・研究者と連携し、日本の古典籍及び近代文献を豊かな知的資源として活用する、分野を横断した研究の創出に取り組んでいる。

文体史零年

——文例集が映す近代文学のスタイル

2025（令和7）年3月28日　第1版第1刷発行

ISBN978-4-86766-079-9　C0095

発行所　株式会社 **文学通信**

〒113-0022 東京都文京区千駄木2-31-3 サンウッド文京千駄木フラッツ1階101
電話 03-5939-9027　Fax 03-5939-9094
メール info@bungaku-report.com　ウェブ https://bungaku-report.com

発行人　岡田圭介

印刷・製本　モリモト印刷

ご意見・ご感想はこちらからも送れます。上記のQRコードを読み取ってください。

五十嵐力著
縮刷 新文章講話
早稲田大學出版部藏版
七婦人
説教學
全
東京 東雲堂 發行
現代詩人選集
島崎藤村氏五十年祝賀記念
雪月花
大和田建樹
言文一致
全
東京 大家 十四家集評論辨 第一
文玉圃藏版
新撰歌典
東京